Die letzte Spätschicht

„Es regnet wie im Tropenwald." murmelte Peter, der am Fenster stand. Sein Hemd war nassgeschwitzt. Er kam, aufgrund seiner fülligen Statue, von allen Kollegen am wenigsten mit der langanhaltenden Hitze zurecht.

„Sei doch froh, dass es eine kleine Abkühlung gibt." kommentierte Matthias, der ebenfalls die Arbeit zur Nebensache machte und sein Butterbrot aß.

„Das Problem ist, dass die Luftfeuchtigkeit dann noch schlimmer ist. Wir hatten jetzt 5 Tage am Stück zwischen 35 und 40 Grad und jetzt der Regen...ich kriege da Atemnot." erklärte Peter.

Im Hintergrund kündigte sich durch ein bedrohliches grummeln ein Gewitter an.

„Das wird schwül ohne Ende." fügte er hinzu.

Matthias zuckte nur mit den Achseln. Er war froh, dass es nun mehrere Tage am Stück warm war, denn er hasste den Winter und liebte den Sommer umso mehr. Ihn beschäftigte mehr, dass es die letzte Spätschicht sein würde, die sie nun gemeinsam im Büro verbrachten. Es war vor 5 Monaten, als sie zusammengerufen wurden und erfuhren, dass die Firma bald mangels Auftragslage schließen würde. 5 Jahre hatte er für die Delta GmbH und Co KG gearbeitet, und noch nie hatte er sich irgendwo in einem Betrieb so Wohl gefühlt wie dort.

Die meisten seiner Kollegen hatten bereits das sinkende Schiff verlassen und sich schnell um eine neue Firma bemüht oder aus Trotz die Arbeitslosigkeit in Kauf genommen indem Sie einfach nicht mehr erschienen.

Doch er und Peter gehörten zu denen, die bis zum bitteren Ende bleiben würden, auch wenn es bedeutete, dass man von den 280 Kollegen, die sich bis zur Verkündung noch ein Großraumbüro teilten, nun zu den letzten 12 gehörten.

Aus einem sinnlosem Ehrgeiz heraus hatte Matthias sich vorgenommen, der Letzte zu sein, der das Büro verlässt und sich absichtlich für die Spätschicht bis 23 Uhr eintragen lassen. Peter würde eine Stunde vor ihm gehen. Sabrina und Thomas waren um 19 Uhr gegangen und hatten sich unter Tränen mit einer Umarmung verabschiedet.

„Weisst du denn mittlerweile, was du ab nächsten Monat machen wirst?" fragte Matthias.

„Ich habe schon eine Jobzusage für den Apple Kundensupport. Nächste Woche werde ich dort eingearbeitet." antwortete Peter.

„Du verzichtest freiwillig auf einen Monat Freistellung? Bezahlt werden für einen Monat Nichtstun?" runzelte Matthias die Stirn.

„Apple ist genau mein Ding." grinste Peter. „Ich freu mich schon drauf...weiß eh nicht was ich so lange zuhause soll."

„Ich weiß da schon was." Er lehnte sich zurück und verschränkte die Arme hinter seinem Nacken, um Gemütlichkeit zu symbolisieren. „Ich werde mir aus dem Internet sämtliche Wrestlingkämpfe der 90er runterladen und einfach mal nichtstun bis ich Blutblasen am Arsch habe."

„Nee Ey, Wrestling ist voll nicht mein Ding." lachte Peter.

„Ja..was da heute läuft ist Mist, aber in den 90ern war das cool." kommentierte Matthias. „Bei mir läuft der Rechner zuhause schon. Wenn ich zuhause bin ist die Festplatte vollgerotzt mit Wrestling."

„Also nutzt du die Freistellung. Hast du denn schon was neues für danach?" fragte Peter.

Matthias überlegte kurz.

„Ich habe 2 Jobangebote bekommen. Das eine ist so was wie hier, allerdings wesentlich schlechter bezahlt und das andere ist die Skyline Corporation."

„Was ist dat denn?" fragte Peter neugierig und holte einen Apfel aus seiner Lunchbox, die er sich für den Rest der Schicht aufbewahrt hatte.

„Die bauen Windkanäle,um die Aerodynamik von Autos zu entwickeln, aber ich müsste dafür nach Stuttgart ziehen." erklärte Matthias.

„Oh, das ist aber ein ganz anderes Level als das hier." stellte Peter fest. „Und sowas traust du dir zu?"

„Ich weiss nicht." zuckte Matthias mit den Achseln „Ich habe zwar Physik studiert, allerdings habe ich nichts daraus gemacht und lieber dann was einfaches gemacht wie sowas hier." er deutete mit dem Kinn auf den Monitor, womit er die letzten 5 Jahre Kundendatensätze bearbeitet hatte.

„Klingt ja nicht uninteressant, muss ich ja sagen." gab Peter zu und lief mit trägen Schritten wieder zurück an seinen Arbeitsplatz, wo der Monitor bereits im Standbymodus gewechselt war. „Dann werde ich jetzt mal wieder so tun als ob ich arbeite."

„Ich denke, ich werde weiter Kundendatensätze bearbeiten...keine Lust so weit wegzuziehen." murmelte Matthias, ohne auf Peter einzugehen. Es war eher ein Selbstgespräch.

„Wissen musst du das. Kann Vor und Nachteile haben." biß Peter in seinen Apfel.

Matthias wechselte in sein E-mail Postfach, um für Skyline seine Absage zu verfassen.

Durch die Fenster blitzte es, da das Gewitter im vollem Gange war. Dicke Regentropfen prasselten gegen die Fensterscheiben.

„Mir wird der Laden hier trotzdem fehlen." unterbrach Peter nach wenigen Minuten die Stille, nachdem er gegen die Fenster stierte und nachdachte.

„Ja, mir auch." bestätigte Matthias

„Mir kann beim bestem Willen keiner erzählen, dass man den Standort nicht retten konnte." sagte Peter nach weiteren 2 Minuten überlegen. „Der Witz ist ja, das Delta

GmbH gar keinen Auftragsmangel hat, sondern lediglich keinen Großkunden für diesen Standort hier finden konnten."

„Genau." nickte Matthias. „ Ich habe mal recherchiert und herausgefunden, dass die Standorte Potsdam und Dresden alleine 3 Großkunden bekommen haben. Wenn man uns nur 15% des Volumens übertragen hätte, hätte der Standort gerettet werden können."

„Aber das wollen die ja nicht." wurde Peter ungewollt lauter „Die wollen ja nicht den Standort retten und Arbeitsplätze sichern, die wollten schon länger die Bude dicht machten. Das hätte uns schon klar sein müssen als die bei der vorletzten Betriebsversammlung sagten, dass der Standort 47.000 Euro Verlust im Monat gemacht hat."

„Tja, aber was will man machen..is halt so, ne?" zuckte Matthias erneut mit den Achseln und warf die leere Lunchbox, die mittlerweile an manchen Stellen abgebrochen war, in den Papierkorb.

Er griff zum Telefon und wählte eine Nummer.

„Am letzten Arbeitstag arbeitest du noch ganz normal?" fragte Peter erstaunt.

„Quatsch!" winkte Matthias ab „Ich rufe meine Frau an."

„Aso." nickte Peter und begann selber im Internet zu surfen. Schon seit mehreren Tagen suchte er bei Ebay ein bestimmtes Spiel für seine Konsole.

„Schatz?...Ja ich bin es."sprach Matthias in den Hörer. „ Ja hier ist alles ruhig.Aber hatte ich am letzten Tag auch nicht anders erwartet......Sind die Kinder etwa noch wach?.....Ach so, hat sie wieder Fieber....Okay, nicht schön.....Ich wollte uns nach Feierabend Pizza mitbringen, brauchst also nichts zu kochen.....Okay, dann fahre ich zur Notapotheke und bringe Fiebersaft mit....Ja ich dachte auch wir hätten noch welches, aber ist ja kein Problem.....ja so um halb 12 werde ich zuhause sein..Ja..ich dich auch. Bis nachher."

„Deine Tochter wieder krank?" rief Peter aus dem Hintergrund, nachdem Matthias aufgelegt hatte.

„Ja, mal wieder. Letzte Woche war es Malte, und jetzt Jennifer wieder. Seit sie in den Kindergarten gehen sind sie ständig krank." seufzte Matthias.

„Liegt daran, weil Kindergärten generell Bazillenschiffe sind. Ein Blach ist ja immer krank und steckt dann die anderen an." meinte Peter.
Matthias war froh, dass seine Frau nicht im Raum war, denn sie mochte es nicht, wenn jemand Kinder als „Blagen" bezeichnete. Andererseits war es Peter auch nicht krumm zu nehmen, denn er war nun seit 9 Jahren eingefleischter Junggeselle und hat seine Interessen irgendwann auf Computerspiele und I-Phones verlagert.

„Ja, ist schon was dran." räusperte Matthias sich.

„Noch 10 Minuten, dann verlasse ich dieses Gebäude hier zum letzten Mal." sagte Peter trüb mit Blick auf die Uhr. Genau 21.50 Uhr. Matthias hatte nun noch 1 Stunde und 10 Minuten vor sich, die ebenfalls schnell umgehen würden.
Draußen grummelte und blitzte das Gewitter weiter vor sich hin.

„Jetzt muss ich auch noch gleich durch dieses Scheisswetter."

„Wenn du die Stunde noch wartest, kann ich dich auch am Bahnhof absetzen." bot Matthias an, denn er wusste das Peter auf Bus und Bahn angewiesen war und zur Bushaltestelle ungefähr 15 Minuten Fußweg vor sich hatte.

„Nein nein, ist gut gemeint von dir, aber ich möchte einfach nur nach Hause und dann bin ich noch länger unterwegs." lehnte Peter dankend ab.

„Okay...musst du wissen." zuckte Matthias erneut mit den Schultern. Es war ihm auch ganz Recht, denn auch er wollte schleunigst nach Hause und er musste noch zur Pizzeria und zur Notapotheke, den Fiebersaft für seine Tochter holen.

„Nein nein...Danke trotzdem." bekräftigte Peter.

Zum letzten Mal fuhr Peter den Computer runter und zog sich seine Jacke über. Mit gemächlichen Schritten lief er auf Matthias zu. Auch Matthias stand auf, um seinen zukünftigen Ex Arbeitskollegen zum Abschied zum umarmen.

„Ich hasse lange Abschiede...machs gut." sagte Peter kurz angebunden und löste die Umarmung kurzerhand wieder.

„Du auch." antwortete Matthias wehmütig.

Mit grossen aber leisen Schritten verließ Peter das Großraumbüro. Matthias setzte sich wieder an seinen Platz und widmete sich wieder seinem Monitor. Nun war sein letzter Arbeitskollege gegangen. Noch eine Stunde,dann würde auch seine letzte Schicht in dieser Firma enden.

Er öffnete das Fenster seines privaten E-mail Accounts, wo er die Absage an die Skyline Corporation verfasst hatte.

Das Telefon klingelte und Matthias nahm ab. Es war ein Kunde der Fragen zur Rechnung hatte.

Während Matthias sich die Rechnung aufrief, las er noch einmal die Absage, die er verfasst hatte quer.

Was der Kunde reklamierte, interessierte ihn nicht mehr sonderlich. Selbst wenn er jetzt auflegen oder irgendein Schwachsinn erzählen würde..was sollten sie tun? Ihn rausschmeißen?

Der Text für die Absage war okay, die richtige E-mail Adresse ebenfalls eingetragen. Mit einem Mausklick ging er auf „E-mail senden". Die Absage war verschickt. Die Bestätigung „Die E-mail wurde erfolgreich versendet" erschien auf dem Monitor. Nun hatte er wieder den Kopf frei für den Kunden.

„Ich habe die Rechnung gerade überprüft...Sie können sich online ebenfalls die Verbrauchsübersicht aufrufen. Haben Sie sie gerade vor sich? Dann können wir das gerne gemeinsam durchgehen." schlug er vor. Doch auf der anderen Seite der Leitung herrschte Schweigen.

„Hallo?" fragte Matthias nach.

Im Hintergrund grummelte von weit her ein Donner vor sich hin.

„Hallo?.."wiederholte er, doch nach wie vor war nichts zu hören.

„Herr Schwarz? Sind sie noch da?" fragte er erneut nach, doch in der Leitung blieb es stumm.

„Muß am Gewitter liegen." sprach er mit sich selbst und legte den Hörer, mit der Erkenntnis, dass die Verbindung zum Kunden getrennt wurde, auf.

Noch 50 Minuten, dann würde er ebenfalls das letzte Mal dieses Büro verlassen, doch bis dahin würde er noch 5 bis 6 Anrufe entgegen nehmen müssen, da die Kunden oft sehr spät abends anriefen. Denn zu diesen Uhrzeiten konnte man auf kurze Wartezeiten spekulieren.

Zu seiner Überraschung gönnte ihm die Leitung allerdings eine Verschnaufpause. Er loggte sich aus seinem E-mail Postfach aus und ging auf Youtube, um sich alte Wrestlingkämpfe anzusehen. Jetzt, da keiner seiner Vorgesetzten mehr da war, könnte er theoretisch alles sogar mit Ton schauen, doch es würde ein schlechtes Bild für den Kunden machen, wenn sie anriefen und Wrestling im Hintergrund hören würden, weshalb er sich dafür entschied, so wie die letzten 2 Jahre auch, auch bei seiner letzten Schicht sich die Zeit mit den Wrestlingvideos ohne Ton zu vertreiben.

Auch 10 Minuten später kam noch kein Anruf rein. Hatte etwa ein Blitz in die Leitung geschlagen, weshalb ihn niemand mehr erreichen konnte? Doch das konnte nicht sein, denn immerhin funktionierte noch das Internet einwandfrei.

Parallel öffnete er ein weiteres Fenster, um sich in sein Facebook Account einzuloggen. Vielleicht hatte seine Frau ihm irgendetwas geschrieben. Schließlich wusste sie, dass sie auf der Arbeit nicht anrufen durfte. Doch in seinem Facebook Postfach gab es keine Neuigkeiten. Allerdings stellte er auch irritiert fest, das keiner seiner 259 Facebookfreunde in der letzten viertel Stunde irgendetwas gepostet hatte. Waren etwa alle schlafen gegangen? Kaum zu glauben, wo doch sonst sogar nachts um 3 irgendjemand eine Flasche Bier oder die Lebensweisheit des Tages postete.

Mittlerweile waren es nur noch 12 Minuten, bis die Schicht zu Ende sein würde. Darauf, dass er genug Zeit hatte sich noch ein letztes Mal in diesem Großraumbüro umzuschauen, war er nicht eingestellt. Kein Kunde rief so wie sonst an, der ihn von dem Abschiedsschmerz ablenken konnte.

Draußen setzte wieder heftiger Regen ein. Ob Peter noch trocken an der Bushaltestelle angekommen ist? Er wagte es zu bezweifeln. Es wunderte ihn, dass er ihn nicht so wie sonst vom Fenster aus beobachten konnte, wie er über den riesigen Parkplatz ging. So als ob er gar nicht draußen angekommen wäre. Doch welchen Grund sollte er haben, sich noch im Gebäude aufzuhalten? Vielleicht hatte er sich aber auch so sehr beeilt, dass er ihn nicht gesehen hatte. Schließlich war er ja auch 3 Minuten mit Herrn Schwarz am Telefon beschäftigt. Wenn Peter gerannt ist, wäre es durchaus denkbar, dass er genau in diesen 3 Minuten über den Parkplatz verschwunden ist.

Noch 2 Minuten dann ist die letzte Schicht beendet. Die Telefonanlage zeigte an, dass alles in Ordnung wäre, doch trotzdem rief niemand an.

„Wahrscheinlich wieder in der letzten Minute, damit ich noch ne viertel Stunde unbezahlt hier bleiben und Rechnungen erklären kann."sprach Matthias mit sich selber. Doch diesmal irrte er. Die letzten Sekunden brachen an.
10...9...8...7...6...5....4...3...2...1
„....und aus." sagte er laut und drückte den Knopf, um das Telefon zu sperren. Herr Schwarz war tatsächlich sein letzter Kunde gewesen. Hätte er das eher gewusst, hätte er eine knappe Stunde eher nach Hause gehen können.
Zum letzten mal zog er sich die Jacke in dem Gebäude an und griff nach seinem Wagenschlüssel.
So wie Peter zuvor, sah nun auch er wehmütig ein letztes Mal auf den Monitor, die die Meldung „Die Anwendung wird heruntergefahren" aufzeigte.
„Das war es dann wohl." sagte er leise und lief durch den dunklen Flur die Treppe hinunter.

Durch den Regen lief er über den Parkplatz zu seinem Wagen und stieg ein. Sein Auto war das einzige auf dem grossen Parkplatz, was allerdings nicht verwunderlich war, da er der einzige war, der noch auf dem Gelände war.
Im Schrittempo rollte er vom Gelände, um sich gedanklich in Würde von der Firma, wo er die letzten Jahre gearbeitet hatte, zu verabschieden.
Es fiel ihm schwer, da er dort viele Kollegen kommen und gehen gesehen hatte. Die Kollegen, die er nicht leiden konnte, konnte er mit einer Hand zählen. Mit den anderen hatte er dort viel Spaß gehabt. Und nun waren sie aller verstreut und würden bald woanders arbeiten. Ihn eingeschlossen.
Gerade auf der Hauptstraße angekommen, wählte er die Handynummer seiner Frau, um sich zu vergewissern, dass zu Hause alles in Ordnung sei. Doch zu seiner Überraschung ging nach 5 mal klingeln die Mailbox dran.
Vielleicht war etwas passiert und er sollte sofort nach Hause durchfahren. Andererseits hatte er versprochen, dass er von der Notapotheke das Medikament gegen das Fieber seiner Tochter mitbringen würde.
Vielleicht war seine Tochter auch einfach wieder nur aus ihrem Bett gekommen, was sie regelmäßig tat und seine Frau war dabei, sie wieder ins Bett zurückzubringen. Sicher würde sie in 3 oder 4 Minuten zurück rufen. Mit dem Gedanken, dass es das nur sein könne, fuhr er zur Notapotheke und parkte direkt vor der Tür.
Er steckte sich den Kragen hoch, damit es nicht in seine Jacke reinregnen konnte und lief zur Tür der Notapotheke. Die Klingel war von außen zu hören, doch in der Apotheke rührte sich nichts.
Matthias schaute auf das Schild im Schaufenster, um sicherzugehen, dass die Apotheke auch wirklich Notdienst hatte, doch sah, dass das Schild mit seiner Erkenntnis übereinstimmte. Es war Mittwochabend und da hatte genau diese Apotheke Notdienst. Es musste also jeden Moment jemand öffnen.
Doch auch nach 2 Minuten passierte auf der anderen Seite immer noch nichts. Er betätigte die Klingel erneut und wieder war sie von außen zu hören, doch von innen rührte sich niemand. War die Dame, die sonst den Notdienst übernahm etwa

im Tiefschlaf? Fragte er sich. Er klingelte weitere 3 male schnell hintereinander. Doch drinnen im Dunkeln rührte sich immer noch nichts.

Er holte das Handy aus seiner Jackentasche um nachzusehen, ob seine Frau mittlerweile versucht hatte, zurückzurufen oder wenigstens eine Nachricht zu schreiben, dass alles in Ordnung wäre. Doch auf dem Display war nichts.

Laut Messenger-Status war sie um 22.02 Uhr das letzte Mal online gewesen. War sie etwa eingeschlafen? Nun gut, es wäre nicht das erste Mal, dass er nach Hause kam und seine Frau schlafend auf der Couch liegt. Doch das war eigentlich nur dann der Fall, wenn sie die Nacht zuvor wenig geschlafen hatte. Letzte Nacht, überlegte er, waren sie halbwegs zeitig zu Bett gegangen, weshalb die Einschlaf Theorie eigentlich untypisch war. Doch was sollte es anders sein?

Er warf einen letzten Blick in die dunkle Notapotheke, wo sich immer noch nichts rührte und lief wieder zurück zu seinem Wagen.

Scheinbar hatte das Gewitter die Menschen erschreckt, denn außer ihm war niemand auf der Straße. Das einzige, was ihn von seinem Zuhause trennte, waren die roten Ampeln, an denen er zwischendurch stehen bleiben musste.

Mittlerweile hatte der Regen nachgelassen und zu einem leichtem Nieselregen abgeebbt.

Im Wohnzimmer brannte Licht, als er den Wagen am Bordstein vor der Tür parkte. Seine Frau schien tatsächlich auf der Couch eingeschlafen zu sein.

Er stieg aus und lief durch den Nieselregen zur Haustür. Mit einem letzten Blick zurück auf die Menschenleere Straße, schloß er die Tür auf. Zu seiner Überraschung stellte er fest, dass der Fernseher nicht wie sonst lief, wenn seine Frau auf der Couch eingeschlafen war. Alles war still im Haus. Der Haustürschlüssel klackte leise, als Matthias ihn auf der Kommode ablegte und ins Wohnzimmer schlich.

Der Fernseher war eingeschaltet, doch das Bild war schwarz. Scheinbar hatte der Blitz auch ins Kabelnetz eingeschlagen, weshalb kein Programm mehr zu erkennen war.

Doch die Couch, wo er seine Frau liegend erwartete, war leer.

War sie vielleicht zu seiner Tochter nach oben gegangen und vielleicht dort im Bett eingeschlafen? Das war schließlich auch schon mal passiert. Mit dieser Theorie im Hinterkopf lief er leise, um niemanden zu wecken, die Treppen hinauf. Vorsichtig schob er die Kinderzimmertüre auf. Doch die Betten waren leer. Weder seine Frau, noch seine Kinder lagen drin. Doch wo waren sie?

Matthiass Kopf wurde heiß und innerhalb von wenigen Sekunden hatte sich ein Schweißfilm auf seiner Stirn gebildet.

Hastig lief er ins gemeinsame Schlafzimmer, wo er ebenfalls niemanden vorfand.

„Schatz???" rief er durchs Haus. Nun war es ihm egal, ob jemand geweckt werden könnte. Panik rann durch seine Adern. „Schatz...? Wo seid ihr??"

Doch er erhielt keine Antwort.

Der leere Platz

„Wo bist du so lange gewesen?" fragte Thorben besorgt,als er die Wohnungstür öffnete.

„Ich war spazieren." antwortete Alexandra.
Misstrauisch sah er seine Freundin an.Ihre Augen waren blutunterlaufen, so als hätte sie geweint.
„Spazieren..." wiederholte er ungläubig. „Wir haben gleich 11 Uhr nachts."
„Ja und? Bist du mein Vater?!" giftete sie zurück und lief an ihm vorbei in die Wohnung.
„Du hättest wenigstens mal eine Nachricht hinterlassen können. Ich komme nach Hause, niemand ist da..ich weiß nicht wo du bist,..." zählte er auf.
„Ich war spazieren, hab ich doch gesagt!" Sie zog ihren Mantel aus und hielt ihm ihre Hände hin.
„Fühl mal, mir ist Arschkalt..."
Er merkte, dass es ihre Art war, vom Thema abzulenken, doch er versuchte den Spagat, sich nicht ablenken zu lassen und trotzdem seine schwangere Freundin nicht aufzuregen.
„Setz dich erstmal, ich mache dir einen heissen Kaffee." ließ er sich fürs erste auf das Ablenkungsmanöver ein, doch er war sich bewusst, dass er gleich weiter nachhaken würde. Alexandra war selber jemand, die immer wissen wollte wo er ist und auch wenn er 10 Minuten später von der Arbeit nach Hause kam, sollte er erklären, wo er in diesen 10 Minuten gewesen ist. Schließlich könnte auch eine andere Frau dahinter stecken, mit der er einen Quickie auf seinem Rücksitz hatte.

Seit sie schwanger wurde und sie sich zunehmend unattraktiver fühlte, fing es an und war mit wachsendem Bauch schlimmer geworden.

Gleiches Recht für alle, so erwartete er ebenfalls, dass sie nicht einfach ohne eine Nachricht zu hinterlassen, einfach weg ist.

Er stellte ihr den Kaffee hin, den sie im Klammergriff annahm. Während er sich ihr gegenüber setzte, ließ er sie nicht aus dem Augen und wartete darauf, dass sie von alleine die Wahrheit erzählen würde. Doch Alexandra schwieg.

„Und?...Wo warst du nun...spazieren?" fragte er zögerlich.

„Ich war am Kiosk mir n Kaffee holen und bin ein bisschen herumgelaufen." antwortete sie. Thorben sah ihr tief in die Augen. Er glaubte ihr nicht.

In den letzten 3 Tagen hatte sich das Verhältnis zwischen den beiden ein wenig angespannt. Als sie sich kennenlernten, war Alexandra mit Markus, ihrem damaligem Freund zusammen. Schon nach dem zweiten Wiedersehen verliebten die beiden sich ineinander.

Lange hatte Thorben gewartet, dass sie ihn verlassen würde. Erst vor wenigen Wochen ist sie den Schritt gegangen. Als Alexandra Markus kennenlernte, hatte er ein ernstes Drogen und Alkoholproblem. Zwar verdiente er gut, doch da er seine Rechnungen nicht bezahlte, half Alexandra regelmäßig aus,um ihm vor dem Gefängnis zu bewahren. Es war eine Art Hörigkeit, die sie dazu veranlasste, ihm immer aus der Klemme zu helfen, und dass obwohl er sie regelmäßig verprügelte. Erst, als sie herausfand, dass seine regelmäßigen Unternehmungen mit den Kumpels im Bordell endeten, löste sie sich, zumindest emotional und körperlich von ihm. Dummerweise hatte sie ihn da schon geheiratet.Doch sie entschied sich dazu, bei ihm zu bleiben, um sich das ganze Geld, was sie Jahrelang in ihn investiert hatte, zurückzuholen.

So lange sie ihn bekochte und seine Wäsche wusch, störte Markus sich nicht sonderlich an dem, was sie tat. Jede Nacht verbrachte sie bei Thorben und wenn er nicht zur Arbeit musste, hatten sie auch tagsüber Zeit für gemeinsame Unternehmungen.

Zwischendurch, meistens wenn Markus zu viel getrunken hatte, beschwerte er sich, das Alexandra zu wenig zu Hause wäre und er erwartete, dass sie daheim blieb um zu kochen oder zu putzen.

Anfangs trat Thorben gar nicht in Erscheinung und wartete eine Straße weiter auf sie. Doch als sie merkte, dass Markus ziemlich gleichgültig war, so lange etwas zu Essen auf dem Tisch stand und seine Wäsche sauber war, holte er sie auch direkt vor der Tür ab.

Thorben liebte sie, auch wenn die Situation ihn mehr als nervte. Er hasste das Risiko, dass sie einging, nur um sich ihr Geld wiederzuholen. Wenn sie bei ihm zu Hause war, ließ er nur selten sein Handy aus den Augen, denn schließlich konnte jederzeit etwas passieren. Oft nutzte er die gemeinsamen Stunden, um auf sie einzureden, endlich Klarschiff zu machen und „auf das Geld zu scheissen." Doch Alexandra vertröstete ihn Monat für Monat.

Es war ein sonniger Samstag, der alles ändern sollte. Sie hatten beschlossen, in Köln den Dom zu besichtigen und pünktlich um 13.00 Uhr stand Thorben in der Einfahrt,um Alexandra abzuholen.

„Wir müssen noch eben zum Motorradclub Motoröl holen für den Lackaffen." sagte sie, als sie zu ihm ins Auto stieg.

„Kann der sein Scheißöl nicht alleine holen?" verdrehte Thorben die Augen.

„Ich hab dafür seine Karte, wenn der selber geht, muss ich dem seine Karte geben. ", antwortete sie und setzte ihren Hundeblick auf.„Ich dachte mir, wenn der heute Abend zur Arbeit ist, hole ich ein paar Sachen zum anziehen aus dem Schrank und gehen irgendwo hin."

Es nervte ihn, dass die selbstverständlichsten Dinge, wie ein gemeinsamer schöner Abend immer an Bedingungen geknüpft war, doch da er ein harmonisches Wochenende haben wollte, willigte er ein. Gemeinsam fuhren sie zum Motorradgeschäft und besorgten das Öl.

„Der sagte zwar, es reicht ihm wenn ich es heute Abend bringe, aber ehrlich gesagt ich hab kein Bock, auf die Uhr zu schauen, weil der Arsch sein Motoröl braucht. Bringen wir dem das jetzt? Dann haben wir bis morgen mittag Ruhe." schlug sie vor.

„Hmm..ja meinetwegen." murmelte Thorben und sie machten sich auf den Weg zurück.

Alexandra ging ins Haus und Thorben wartete draussen. Während er sich auf die Motorhaube seines Citroens hockte und eine Zigarette anzündete, dachte er nach, wie es noch so lange weitergehen soll. Vor 5 Monaten hatte Alexandra ihm gebeichtet, dass sie schwanger wäre. Er freute sich, denn er mochte Kinder. Der bittere Beigeschmack war, dass sie noch verheiratet war. Was, wenn sie ihn, bis das Kind auf der Welt ist, immer noch nicht verlassen hatte? Allein schon, wenn er herausfindet, dass sie schwanger ist, würde das Ganze eskalieren, da sie sich ihm schon lange verweigerte.

Die Haustür ging auf und Alexandra stand unter dem Türrahmen.

„Jetzt weiss ich, warum der auf sein Motoröl bis heute Abend warten konnte. Dieses Dreckschwein sitzt auf der Couch und schaut Kinderpornos!" rief sie. Schon im selben Augenblick stand Markus in Boxershorts hinter ihr und riß sie wieder ins Haus.

Thorben konnte Alexandra schreien hören.

„Fass mich nicht an, du ekelhaftes Dreckschwein!"

„Ich mach das, weil du mich fertig machst! Irgendwas muss ich ja machen, wenn du nicht willst!" brüllte er.

„Du sollst mich nicht anfassen!" wiederholte Alexandra.

Thorben lief zur Terassentür und klopfte an die Scheibe.

„Lass Alexandra los!" rief er.

Ein Faustschlag knallte mit Wucht von innen gegen die Scheibe der Terrassentür. Mit einem durchgedrehten Blick sah Markus ihn an.

„Setz dich in dein Auto und verpiss dich!!" schrie er.

Er wunderte sich selber, dass er diesmal keine Angst hatte. Doch darin war seine Liebe und sein ungeborenes Kind.

„Zuerst soll Alexandra rauskommen." rief er zurück.

Markus rüttelte an der Terrassentür. Er war so rasend vor Wut, dass er scheinbar vergaß, dass er die Tür einfach nur aufmachen brauchte.

„Ich hab gesagt du sollst dich verpissen!" brüllte er erneut.

Insgeheim hoffte Thorben, das er rauskommen würde. Für die ganze Zeit, die er seine Freundin schikanierte, und jetzt, dass er sie bedrohte. So durchgedreht Markus in diesem Augenblick war, würde er ihm die Scheisse aus dem Leib prügeln.

Doch die Abrechnung sollte warten. Im selben Augenblick stolperte Alexandra aus der Tür und hechtete Richtung Auto.

„Nichts wie weg hier!" keuchte sie.

Thorben lockerte seine Hände wieder, die fest zusammengepresst zu Fäusten geballt waren und marschierte ebenfallsin die Richtung seines Wagens, stieg ein, startete den Motor und die beiden fuhren davon.

„Was war denn los?" fragte Thorben, nachdem sie sich mit dem Auto einige Kilometer entfernt hatten.

Eine Weile gab Alexandra keine Antwort, doch wenige Minuten später, erzählte sie was los war.

„Er hatte es scheinbar nicht gehört, dass ich ins Haus kam. Ich schlich mich ins Wohnzimmer und da lag er auf der Couch. Er hatte sein Handy quer auf den Tisch gestellt. Da lief ein Video von einem 12 jährigem Mädchen und der lag da und war..." Sie schüttelte sich angewidert.

„Wir fahren jetzt erstmal nach Hause." schlug Thorben vor. Auch wenn eine Eskalation nicht das war, was er sich wünschte, doch es war endlich etwas passiert, dass sie endlich einsah, dass es so nicht weitergehen konnte.

Alexandra lebte sich in seiner Wohnung ein, die sie ihm zuvor bereits dekoriert hatte. Außer dass das Handy die ganze Zeit vibrierte, da Markus wie ein Wahnsinniger ständig versuchte, anzurufen, war fürs erste Ruhe. 4 Wochen später kam Thorben von der Arbeit nach Hause, als Markus gerade in seinem Wohnzimmer saß. Thorben schluckte und wusste im ersten Augenblick nicht, wie er sich verhalten sollte.

Markus stand auf und streckte ihm die Hand entgegen.

„Ich denke, für mein Verhalten von letztens ist eine Entschuldigung fällig."sagte er und lächelte ihn an. Ein Verhalten, eine Geste, die Thorben nicht zuordnen konnte.

„Ich hatte sehr viel Streß auf der Arbeit...war mir alles zuviel." fügte er hinzu.

Unsicher sah Thorben Alexandra an.

Sie nickte und versuchte zu lächeln.

„Solche Tage haben wir alle mal." sagte Thorben kleinlaut und zog sich ins Bad zurück. Um sich nicht blöd zu fühlen, ging er unter die Dusche und machte sich frisch. Es dauerte eine halbe Stunde, bis Markus endlich verschwand.

„Kannst du mir mal erklären, was das für ein skurriler Besuch war?" fragte Thorben irritiert.

„Es ist alles gut, Schatz." versuchte Alexandra ihn zu besänftigen. „Ich habe ihm gesagt, dass ich erstmal hier bleibe."

„Was heisst denn hier erstmal?! Ich dachte das Thema ist gegessen..es wird eine Scheidung eingereicht und gut ist!" zischte Thorben.

„Ja, mach ich auch noch. Aber wenn ich ihm das jetzt sage mit der Scheidung, sperrt er die Karte. Und dein Konto ist mit 1500 EUR im Minus." erklärte sie.

„Das ist mir doch scheissegal! Ich will sein scheiß Geld nicht!!" muchste Thorben.

„Ich brauch die Karte nur noch, bis dein Konto geglättet ist. Markus bekommt nächsten Monat eine Sonderzahlung, dann räum ich ihm bis auf die Miete und das er was zu essen hat, das Konto leer, damit es uns finanziell gut geht und dann reiche ich die Scheidung ein, Versprochen. Aber wichtig ist doch erstmal, dass ich hier bei dir bin, oder?"

„Und was hast du dem gesagt, warum du hier bist?" fragte Thorben irritiert.

„Ich hab ihm gesagt, dass ich erstmal 6 bis 8 Wochen hier bleibe, bis sich die Situation beruhigt hat...und er hat es akzeptiert." antwortete Alexandra.

„Der akzeptiert, dass du bei nem anderen Typen wohnst?" hinterfragte Thorben ungläubig.

„Ja." antwortete Alexandra „Weil er davon ausgeht dass ich dann wiederkomme. Der kommt ja alleine nicht klar. Der kann sich ja noch nicht mal alleine etwas zu essen machen."

Mit der Faust in der Tasche nahm Thorben es hin, dass sie 2 mal in der Woche zu ihm fuhr, um seine Wäsche zu waschen. Doch dass er regelmäßig schrieb, dass er sich mit ihr treffen wolle, ärgerte ihn.
Doch Alexandra wollte diese Ehe friedlich beenden, was Thorben für ein unmögliches Unterfangen hielt.

„Möchtest du noch Kaffee?" fragte Thorben besorgt, was Alexandra mit einem Kopfschütteln ablehnte.

„Hast du was von dem Lackaffen gehört heute?" fragte er. Er kannte die Antwort bereits. Erst letzte Nacht hatte Markus nachts um 3 vor der Tür gestanden und Sturm geklingelt. Er wolle reden. Als Alexandra das letzte Mal 2 Tage zuvor zum Wäsche waschen dort war, hatte er die Gunst der Stunde genutzt, als sie auf Toilette war, um ihre Handtasche zu durchwühlen und den gesamten Inhalt herauszuholen. Erst, als sie wieder bei Thorben zu Hause war, hatte er die Sachen durchgesehen und den Mutterpass gefunden.

„Hat einfach nur mit seinen Nachrichten genervt." antwortete Alexandra.

„Sonst nichts? Dir nicht aufgelauert oder so?" hakte Thorben ungläubig nach.

„Was soll das? Ist das ein Verhör oder so?" wurde Alexandra zickig.

„Nein, aber wir haben es mit einem Irrem zu tun. Ich kann mir nicht vorstellen, dass der sich mit ein paar Nachrichten nerven zufrieden gibt, nachdem er hier nachts um 3 randaliert hat."
Alexandra stand auf, ohne darauf zu reagieren. Thorben blieb sitzen. Wenige Sekunden später kam Alexandra mit einer angebrochenen Flasche Eierlikör wieder.

„Sach mal...." Er riß die Augen weit auf. „Was glaubst du was du da tust?"

„Ich trink was...ich möchte schlafen, dann kann ich wenigstens durchschlafen wenn die Flasche leer ist." Sie öffnete die Flasche und setzte sie an, um zu trinken. Doch Thorben stand hastig auf und riß ihr die Flasche aus der Hand.

„Bist du bescheuert?! Willst du unser Baby umbringen?!"

„Ist doch eh alles scheißegal." entgegnete Alexandra.

„Wie meinst du das?" Seine Augen waren weit aufgerissen.

„Egal." Mit einer abwinkenden Handbewegung beendete sie das Thema.

„Nein, nicht egal. Was ist los?! Du bist stundenlang spazieren, siehst total verheult aus und bist total komisch." Er wurde ungewollt laut.

„Ich hab Unterleibschmerzen, das ist alles.Und jetzt lass mich in Ruhe."
Sie stand auf und ging ins Schlafzimmer. Thorben blieb noch eine Weile im Wohnzimmer sitzen. Irgendetwas stimmte nicht, und das wusste er.

Er schmiegte sich wie jede Nacht an sie und legte seine Handfläche auf ihren Bauch. Doch diese Nacht nahm sie seine Hand und wischte sie unsanft von ihrem Bauch weg. Er war zu müde, um sich darüber jetzt Gedanken zu machen. Doch morgen würde er sie weiter beobachten.

Es war Donnerstagabend, als Alexandra dabei war, die Wäsche zu waschen. Thorben saß auf der Couch und spielte ein Spiel auf seinem Handy. Zwar beherrschte er das Spiel, doch in Wahrheit war er in Gedanken versunken. Zu viele Informationen, die er vor wenige Minuten bekam, die es erstmal zu verarbeiten gab. Die Frage, was er nun tun solle, rannte durch seinen Kopf. Womit hatte er so ein Schicksal verdient? Seine Freundin hatte ihm erst eine Woche später erzählt, dass sie sich an diesem ominösen Abend mit Markus getroffen hatte. Wieder eines ihrer Versuche, alles friedlich zu regeln. Doch sie hatte ihm immer noch nicht alles erzählt, doch ihre Andeutungen mit dem, was er selber festgestellt hatte, reichte, um sich ein Gesamtbild zu machen.
Schließlich stand er auf und zog sich seine Jeanshose über.

„Wohin gehst du Schatz?" fragte Alexandra, die gerade dabei war, Wäsche zu sortieren.

„Ich gehe eine Runde spazieren. Ich brauche etwas frische Luft." antwortete Thorben. Er zog sich die Jacke über und ging in die Küche.

„Jetzt noch?" hinterfragte Alexandra.

„Ja...mir geht es nicht gut. Ich muß ein wenig raus."
Er ging in die Küche um sich eine Zigarette zu stopfen.

„Bist du denn in 20 Minuten wieder hier?Ich mach uns ne Kleinigkeit zu essen und dann können wir noch gemeinsam einen Film schauen wenn du Lust hast."

„Joah, 20 Minuten..halbe Stunde..." er griff zu dem Messerblock und zog das Fleischermesser heraus und schob es sich unter die Jacke, ehe er durchs Wohnzimmer an ihr vorbei ging und sich zur Wohnungstür bewegte.

„Ist wirklich alles in Ordnung?" fragte sie besorgt.

„Ja, es ist alles okay...wirklich."
An der Tür drehte er sich nochmal um und sah ihr tief in die Augen.

„Ich liebe dich Schatz." sagte er in einem ernsten Ton.

Alexandra sah ihn einige Augenblicke schweigend an, dann lächelte sie.

„Ich liebe dich auch." sagte sie schließlich.

Alle Lichter waren aus, als Thorben mit langsamen Schritten auf das Haus zubewegte, in dem Markus wohnte. Den Wagen hatte er eine Straße weiter abgestellt, damit er bei den Nachbarn kein Aufsehen erregt. Es war mittlerweile Mitternacht durch und nun würde alles schlafen. Selbst Markus schien nicht mehr wach zu sein, denn sein Motorrad stand vor der Tür. Doch im Gegensatz zu den frühen Abendstunden war das flackern des Fernsehers durch das Fenster nicht mehr zu erkennen.

Erschöpft setzte er sich gegenüber der Haustür auf den Boden und atmete seufzend aus.

Den ganzen Tag schon hatte er sich mit den Gedanken rumgeplagt, was er tun solle.

Noch heute morgen war er auf dem Spielplatz gewesen, wo er sich oft ausgemalt hatte, dass er dort mit seinem Sohn Seilbahn fahren würde, wenn er 4 oder 5 Jahre alt ist. Erst vor 3 Wochen hatte er den Kinderwagen im Internet bestellt, den Alexandra sich so sehr wünschte. Diesen einen mit den Speichenfelgen und der extrem weichen Federung. Es sollte eine Überraschung werden.

Seit diesem ominösen Abend, wo Alexandra spazieren war, hatte sie ihn nicht mehr an ihren Bauch gelassen. Wenn er mit ihrem Bauch sprach, so wie er zuvor immer getan hatte, damit sein ungeborener Sohn sich an seine Stimme gewöhnt, drehte sie sich weg und sagte schroff, er solle das sein lassen.

Heute morgen, als sie schlief, hatte er seine Hand auf ihrem Bauch abgelegt. Doch...es bewegte sich nichts, selbst nach einer Stunde gab sein Sohn kein Lebenszeichen von sich. Allgemein war ihm so, als wäre ihr Bauch wieder dünner geworden.

Für ihn bestand kein Zweifel...der Platz war leer. Sein Sohn hatte die Welt bereits wieder verlassen, bevor er sie betreten hatte.

Sie hatte es ihm verschwiegen, weil sie wusste, dass er dann durchdrehen würde. Markus hatte es erfahren, dass seine noch Ehefrau ein Kind von einem anderen erwartet und hatte es getötet. Es konnte nicht anders gewesen sein.

Schluchzend holte er das Messer aus der Jacke hervor. Die Klinge blitzte im Mondschein kurz auf.

Tränen rannten über seine Wangen.

„Daddy hat versagt. Daddy hat nicht richtig auf dich aufgepasst." wimmerte er leise vor sich hin. „Verzeih mir mein kleiner...Verzeih mir."

Langsam erhob er sich von dem Platz, an dem er gesessen hatte und ging mit langsamen Schritten Richtung Haustür.

Mit einem leisen Klimpern holte er den Haustürschlüssel heraus, den er Alexandra aus der Handtasche genommen hatte. Den Schlüssel hatte sie noch, damit sie ins Haus kam, um seine Dreckswäsche zu waschen, wenn er auf der Arbeit ist.

Leise schloß er die Tür auf. Sein Herz pochte bis in den Kopf. Er traute sich kaum zu atmen, so leise war er.

Im Wohnzimmer war ein unruhiges schnarchen zu vernehmen.

Da lag er mit freiem Oberkörper auf der Couch. Es war dunkel im Raum, doch die Silhouette konnte er sehen. Die Bauchdecke bewegte sich ungleichmäßig. Alexandra hatte ihm mal erzählt, das Markus unter Schlafapnoe litt und allein deshalb schon lange nicht mehr mit ihm in einem Bett schlafen wollte, da sie es schlimm fand, dass er zwischendurch im Schlaf nicht mehr atmete.

Als Thorben diesen Abend plante, hatte er nicht ausgeschlossen, dass er ihm einfach ein Kissen ins Gesicht drückt. Atemstillstand. Vielleicht könnte er seinen Sohn rächen, ohne Spuren zu hinterlassen.

Nachdenklich begutachtete er die Klinge des Messers. Wäre es nicht zu gnädig, es mit einem Kissen zu tun?

„Papa, ich hab dich lieb." hörte er die Stimme eines Kleinkindes neben sich. Die Stimme seines Sohnes, so wie er sie sich immer vorgestellt hatte. Doch zeitgleich vor seinem innerem Auge der leere Platz im Kinderwagen. Zeitgleich das Bild, wie er alleine über den Spielplatz läuft und an der Seilbahn steht. Die Hauptperson, weshalb er hierherkam....fehlt.

Noch vor kurzem hatten sie sich einen neuen Esstisch gekauft, der größer war, damit der kleine Platz hatte, um bei Mama und Papa zu essen. Dieser Platz würde für immer leer bleiben...Für immer,.

Die Knöchel wurden Weiss, so fest umklammerte er den Griff des Messers.

Irgendwo würde der kleine Engel jetzt im Himmel auf ihn herabblicken. Wahrscheinlich würde er sagen „Tu es nicht Papa...es ist nicht schlimm. Ich hatte mich auf der Welt ja noch nicht eingelebt." Vielleicht würde er aber auch erwarten, dass er seinen Tod rächen würde.

Thorben näherte sich weitere 3 Schritte an den schlafenden Rivalen heran.
Eine Stimme der Vernunft schaltete sich in seinem Kopf ein.
„Vielleicht hat das Baby auch nur geschlafen, als du deine Hand drauf gelegt hast. Nicht das du einen unschuldigen tötest."

Thorben hielt inne, ohne den festen Griff des Messers zu lösen. Was war, wenn die Stimme der Vernunft Recht hatte? Konnte er damit leben, einen unschuldigen getötet zu haben?
Andererseits, was wenn Markus doch seinen Sohn getötet hatte? Keine Gelegenheit wäre besser als die jetzige. Keine Alexandra, die ihn davon abhalten könnte. Der Täter, der zum Opfer wird, liegt schlafend vor ihm und er hatte es geschafft, in sein Haus einzudringen, ohne bemerkt zu werden.
Ihm war, als ob Alexandras Kugel kleiner geworden war, es hatte sich nichts mehr gerührt. In den letzten Tagen hatte er oft in das leere Babybett hineingeschaut und sein Gefühl sagte ihm, dass dieses Babybett für immer leer bleiben wird. Und alles was die Stimme der Vernunft entgegenzusetzen hatte, war ein „Vielleicht hat das Baby auch einfach nur geschlafen."

Er hab den Arm mit dem Messer. Erneut blitzte die Klinge auf, da durch einen Spalt in der Jalousie das Licht der Straßenlaterne herein schien.
Vor seinem innerem Auge lief eine Erinnerung ab, wie Alexandra mal zu ihm sagte „Ich würde gerne mal wissen, wie es ist, einen Menschen mit einem Messer zu erstechen. Einfach nur so aus Neugier." Damals war er entsetzt, denn eigentlich wollten sie nur entspannt den Abend genießen und Walking Dead im Fernsehen schauen, als sie damals auf dieses Thema kam.
„Tut mir leid, mein Schatz. Ich werde es leider eher erfahren als du."

Mit einer Wucht raste die Klinge, von Thorbens rechtem Arm gelenkt nach unten und durchbohrte Markus Brustkorb.
Markus riß die Augen weit auf. Entsetzen war in seinem Gesicht. Blut spritzte, als hätte man einen Felsen ins Wasser geworfen.
Thorben hob erneut den Arm und rammte es ihm ein weiteres Mal in den Brustkorb. Die Wut und die Verzweiflung verlieh ihm eine rohe Kraft, dass auch die Knochen ihn nicht abhalten konnten, das Messer immer wieder und wieder ihm ins Herz zu rammen.
Markus schrie, doch nur für einen kurzen Augenblick.
Doch der Mörder rammte es ihm noch einige weitere Male durch den Brustkorb. Markus musste sterben. Er durfte nicht wieder aufstehen. Der Mörder seines Sohnes musste sterben !!

Erst, als der letzte Muskel von Markus Körper zum stillstand kam, hielt Thorben inne.

„Du hast ihn umgebracht. Du hast ihn eiskalt und blutrünstig ermordet!" hallte eine Stimme seines Gewissens in seinem Kopf nach.

In seinem Gesicht und auf seinen Sachen klebte das ganze Blut, das nach oben gespritzt war. Daran hatte er, als er zu Hause beschlossen hatte, Markus zu ermorden, nicht gedacht, dass er von oben bis unten mit Blut beschmiert sein würde. Eigentlich wollte er unauffällig das Haus wieder verlassen und zu Hause mit Alexandra was essen und dann schlafen gehen.

„Du musst erstmal raus hier!" ermahnte ihn eine innere Stimme.

Er war froh, dass es dunkel war. Diese niedergemetzelte Leiche müßte furchtbar aussehen. Das Messer...er musste es verschwinden lassen. Er durfte es nicht hier sauber machen. Er musste zusehen, dass er jetzt keine Spuren hinterläßt.

Doch wo sollte er mit dem Messer hin? Die Fingerabdrücke, die er hinterließ, konnten von anderen Tagen gewesen sein, wo er im Haus war. Doch wo zur Hölle sollte er nun mit dem Messer und den blutigen Sachen hin? Mittlerweile war die Kriminaltechnik soweit, dass man, selbst wenn man alles 5 Jahre später aus dem Wasser fischt, die Spuren zu ihm zurückverfolgen konnte. Wohin damit??

„Du musst erstmal raus hier!" wiederholte die Stimme in seinem Kopf sich.

„Ja...raus hier...Erstmal raus hier. Wohin ich die Sachen verstaue kann ich mir im Auto immer noch überlegen. Erstmal unbemerkt raus hier." sprach er mit sich selber, steckte das Messer wieder unter seine Jacke und schlich zur Haustür. Durchs Fenster schaute er, ob vielleicht jemand von den Nachbarn am Fenster stehen könnte, bevor er die Tür vorsichtig öffnete und hinausschlich, streng darauf bedacht, keine Lichtschranke zu aktivieren.

An den Lichtschranken vorbei schlich er sich auf den Hinterhof, um über die Mauer hinter dem Geräteschuppen zu klettern. Durch den Schutz der Büsche verweilte er eine Weile hinter der Mauer um auszuspähen, ob er nicht gerade in dem Moment, wo er aus den Büschen kommt, jemand entlang läuft.

Doch auch nach 10 Minuten blieb es ruhig. Zu ruhig. Nicht ein Mensch kam vorbei, doch auch kein Auto war zu hören, obwohl hinter dem nächsten Häuserblock schon die nächste Hauptstraße war.

Es dauerte weitere 10 Minuten, bis er den Mut aufbrachte, die Büsche zu verlassen um im gleichmäßigem Schnellschritt zur Seitenstraße zu laufen, wo er seinen Citröen geparkt hatte.

Erleichtert atmete er aus. Niemand hatte ihn gesehen. Alexandra würde sich sicher schon fragen wo er denn so lange bleiben würde. Doch zu seiner Überraschung stellte er mit Blick auf sein Handy fest, dass sie ihn nicht ein einziges Mal versucht hatte, zu erreichen.

„Du bist einen Weg gegangen, dem dir niemand folgen wird." hörte er wieder die Stimme in seinem Kopf in einem mahnenden Unterton.

Er startete den Wagen und machte sich auf den Heimweg. Thorben wusste immer noch nicht, wohin er mit den blutverschmierten Sachen sollte, weshalb er fürs erste sich dafür entschied, die Sachen und das Messer im Keller zu verstecken. Bis jemand die Leiche finden würde, wäre es morgen früh, also hatte er noch die ganze Nacht Zeit, sich Gedanken zu machen, wo er alles verschwinden lässt.

Im Schutz der Dunkelheit stieg er aus seinem Wagen aus, den er auf dem dunkelsten Parkplatz, der frei war, abgestellt hatte. Dadurch, dass die Straße frei war und kein Auto ihm im Weg stand, war er innerhalb von 7 Minuten wieder zu Hause.

Hastig schloß er die Wohnungstür aus und hechtete durch den dunklem Hausflur die Treppen hinab in den Keller, um sich im eigenem Kellerraum eingeschlossen, die blutigen Sachen auszuziehen. Eigenartig war, das Alexandra nicht am Fenster stand und Ausschau nach ihm hielt, wie er vermutete. Hatte sie etwa doch etwas geahnt und ihn verlassen? Wenn er ehrlich zu sich selber war, konnte er es ihr nicht verdenken. Er war immer gut zu ihr gewesen und seine Tat war aus einem ehrenhaftem Motiv...Rache!

Doch konnte man mit einem Mörder unter einem Dach leben? Einen Mörder lieben?

Oft betonte sie, dass sie Markus mittlerweile hasste, dafür, dass er sie wie Dreck behandelt hatte. Doch wenn sie sehen würde, wie er ihren zukünftigen Ex Ehemann zugerichtet hatte..könnte es nicht das gute Bild, was sie von ihm hatte, verändern?

Wie könnte er erwarten, dass sie ihn nach so einer Tat liebt, wenn er selber Zweifel an sich hat? Nein, nicht für die Tat. Fast jeder hätte an seiner Stelle nicht anders reagiert und den Mörder seines ungeborenen Babys unschädlich gemacht. Nein, die Tat war in Ordnung und wenn in seiner Seele eine Gerichtsverhandlung stattfinden würde, wo er selbst auf einer Anklagebank sitzt und der Richter sein Gewissen ist, würde sein Anwalt ihn mühelos da raus hauen.

Nein..es war nicht die Tat an sich. Es waren die Gefühle, die durch seine Adern rauschten, als er sie vollbrachte. Er hat jedes einzelne Mal, wo er das grosse Messer in den Brustkorb von diesem Bastard gerammt hatte, genossen. Und das war das, wofür er sich im Nachhinein schämte. Diese rastlose Sucht nach seinem Blut und dieses sadistische Bedauern, dass er durch die Klinge des Messers viel zu schnell sterben und zu wenig Schmerz verspüren würde.

Er zog die blutigen Sachen aus und legte sie samt Messer in einen Müllsack, den er sorgsam unter eines der Umzugskartons legte, die schief gestapelt und noch nicht ausgeräumt in der Ecke des Kellerraumes standen.

Ein Kaffee zur Beruhigung, das würde ihm jetzt guttun. Dabei könnte er sich Gedanken machen, wohin er mit dem Müllsack soll.

Barfuß und in Unterwäsche sprintete er leise die Kellertreppe wieder hinauf, schloß die Tür der Wohnung auf und trat ein. Es brannte noch Licht, Alexandra war also auf keinen Fall schlafen gegangen. Sie würde eh nicht schlafen gehen, bevor er wieder zu Hause ist. Wahrscheinlicher war es, dass sie auf der Couch sitzt und ihn gleich schweigend ansieht und auf eine Erklärung von ihm wartet, wo er so lange gewesen sei.
Doch was sollte er sagen? „Schatz? Ich habe deinen Mann gerade bestialisch mit einem Messer umgebracht?"
Andererseits, wie erklärt man, dass man 1 ½ Stunden spazieren ist und dann in Unterwäsche mit getrocknetem Blut eines anderen Menschen an Händen und Gesicht wieder nach Hause kommt? Es gab heute Abend leider nur diese eine Erklärung. Die Wahrheit....und hoffen das ihre Liebe zu ihm stark genug ist, dass sie ihm irgendwann verzeihen würde, dass er die Bestie rausgelassen hat, die in jedem von uns Menschen wohnt.

„Schatz? Ich bin wieder da." rief mit zittriger Stimme durch den Wohnungsflur. Doch es blieb ruhig.
„Schatz?" wiederholte er und betrat das Wohnzimmer, wo er Alexandra sitzend auf der Couch vermutete. Doch die Couch war leer. Das Abendessen, was Alexandra fertig gemacht hatte, stand auf dem Tisch und war bereits kalt. Ihr Handy lag daneben.
Sie hatte das Handy immer bei sich, also musste sie noch zu Hause sein.
„Schatz?" rief er ein klein wenig lauter, während er durch die Küche auf den Balkon lief, wo sie theoretisch auch noch sein könnte, da der Wäschetrockner dort verstaut war.
Doch auch dort war sie nicht.
Vielleicht wäre es doch noch eine Chance, dass er ihr nicht sagen musste, was er getan hatte. Im schnellen Schritt lief er ins Badezimmer, um sich Hände und Gesicht zu waschen. Selbst in den Haaren hatte er Blutreste kleben, so hoch war es gespritzt.
Vielleicht hatte sie einen Verdacht, dass er so was vorhatte und war zu Markus gefahren, um ihn davon abzuhalten. Schließlich hatte er öfters im Wutkopf gesagt, dass er ihn irgendwann umbringen würde. Doch warum hatte sie dann nicht angerufen?
Vielleicht hatte sie in der Hektik das Handy vergessen und war einfach rausgestürmt um ihm zu folgen. Doch wäre sie nach einigen Schritten nicht wieder zurückgekommen um ihr Handy zu holen um ihm eine Nachricht zu schreiben oder ihn anzurufen?

Durch das Wasser, das aus der Brause kam, wurde das Blut wieder flüssig. Das Abwasser, das durch den Duschabluß lief, färbte sich rot. Schließlich musste er damit rechnen, dass morgen früh die Polizei vor der Tür steht. Das ganze Blut musste also verschwinden. Auch aus seinen Haaren. Trotz des ganzen Afters Shaves, das er sich mit den Händen auf die Haut klatschte, hatte er das Gefühl, er würde nach Blut stinken. In der Nase hielt sich der Geruch der eisernen Flüssigkeit, obwohl er so sauber war, wie schon lange nicht mehr. Nun würde er sich etwas anziehen und sich auf die Suche nach Alexandra machen.

Hoffentlich würde er sie rechtzeitig finden, so dass ihm noch genug Zeit blieb, den Müllsack verschwinden zu lassen.

Unter der Dusche, kam ihm die Idee, die Leiche in kleine Stücke zu hacken und zu verstecken. Wo keine Leiche, da keine intensive Suche. Doch das Problem war, dass es in wenigen Stunden wieder hell werden würde. Es war verdammtes Glück, dass er nicht gesehen wurde, wie er das Haus betrat und wieder verließ. Nun das Risiko eingehen, dass er doch gesehen werden würde? Das wäre dumm.

Auch wenn die Frage, wo seine Freundin gerade ist, ihn quälte und er am liebsten alle Zeit aufbringen würde, sie jetzt zu suchen, musste alles, was ihn belastet, verschwinden.

Als er sich etwas übergezogen hatte, rauchte er sich eine Zigarette, während er weiter überlegte, wo Alexandra sein könnte, ehe er wieder in den Keller ging und den Müllsack hervorholte. Es konnte nur sein, dass sie sich auf den Weg zu Markus gemacht hatte. Sicher würde sie gerade vor der Tür dort sitzen und darauf lauern, dass er vielleicht rauskommen könnte. Schließlich wird sie gemerkt haben, das er den Haustürschlüssel eingesteckt hatte.

Entschlossen, dort als erstes nachzusehen, warf er den Müllsack in den Kofferraum, setzte sich wieder in den Wagen und machte sich auf den Weg dorthin. Diesmal war er weniger auf Vorsicht bedacht als zuvor und fuhr bis zum Hauseingang. Vielleicht wurde das sogar weniger verdächtig, wenn man ihn jetzt sehen würde. Welcher Mörder fährt schon so offensichtlich zurück zum Tatort?

Der Citröen kam zum stillstand, doch dort saß Alexandra ebenfalls nicht. Er sah sich das Haus von außen an und es wurde für ihn selber unbegreiflich, dass hinter diesen Mauern eine zermetzelte Leiche in einer Blutlache liegt.

Verlassene Welt

Als Matthias auf der Couch aufwachte, war es taghell. Der 3 Tagebart kratzte und sein Hemd, dass er seit seiner letzten Spätschicht immer noch trug, roch nach Schweiß. Er wusste nicht wie lange er geschlafen hatte, jedenfalls war es hell, als er eingeschlafen war. Entweder war es wieder oder immer noch hell. 2 ½ Tage hatte er nach seiner Frau und seinen Kindern gesucht. Doch dabei machte er eine weitere Feststellung die ihn erschreckte so wie auch irritierte. In der ganzen Zeit hatte er nicht einen einzigen Menschen gesehen. Selbst als Deutschland in der Fußball WM im Finale gespielt hatte, war auf den Straßen mehr los gewesen als im Moment. Selbst als er dann zur Polizeiwache gefahren ist, um eine Vermißtenmeldung zu machen, war das Polizeipräsidium wie leergefegt. Nicht ein einziger Polizist war zu sehen. Er hätte genausogut alle Büros betreten können, um sich an die Computer zu schaffen zu machen, niemand hätte es gemerkt.
Wo waren sie alle hin? Und was noch wichtiger ist, warum war er nicht weg?

Alle Verwandten und Bekannten, die er anrief, gingen weder ans Telefon, noch öffnete irgendjemand die Tür. Seine Eltern nicht, ebensowenig wie seine Geschwister. Ihm war so, als wäre er nun der einzige Mensch auf dieser Welt.
Auch die Tiere schienen größtenteils verschwunden zu sein. Ab und an konnte er einen Vogel draußen sehen, doch es war eher die Ausnahme. Wo immer seine Familie gerade war, die meisten Tiere schienen mit ihnen dorthin zu sein.
Selbst bei Facebook blieb es ruhig. Niemand postete etwas. Der letzte Eintrag war nach wie vor von seiner letzten Spätschicht. In sämtlichen Messengern war keiner mehr sehr viel später als 22 Uhr vorgestern online.

In der Annahme, das nur seine Stadt betroffen wäre, fuhr er mit seinem Wagen durch die Nachbarstädte, doch auch sie waren Menschenleer. Die Geschäfte waren alle geschlossen und blieben es auch, weil kein Mensch da war, der sie öffnen konnte.
Hatte er, als er auf seiner letzten Schicht war, eine Apokalypse versäumt? Aber warum wurde ausgerechnet er in diesem Bürogebäude verschont?
Wo sollte er noch suchen? Diese Einsamkeit schien nicht nur in seiner Stadt zu sein. Selbst alle Fernseh- und Radiosender hatten ihre Sendungen eingestellt.
Es schienen nirgendwo mehr Menschen auf dieser Welt zu sein.

Einige Städte weiter in einem Naturschutzgebiet qualmte das letzte Überbleibsel eines Feuers. Thorben hatte Alexandra noch gesucht, bis die Morgendämmerung langsam einbrach. Er hatte noch etwas anderes zu tun. Er musste die Sachen verschwinden lassen, bevor es wieder hell wurde. Etwa 15 Kilometer in einem abgelegenem Naturschutzgebiet verbrannte er die blutigen Anziehsachen. Ein Hammer, den er von Zuhause mitgenommen hatte, benutzte er, um solange auf die

Klinge des Messers einzustanzen, bis sie zerbrach. Das wiederholte er, bis von der Messerklinge nur noch Scherben übrig waren.

Noch während er das Feuer brannte, grub er mit der Schaufel, die er von zu Hause geholt hatte, ein tiefes Loch, wo er die Einzelteile des Messers und die Überreste der verbrannten Anziehsachen vergrub.

Er war sich nicht sicher, ob das ausreichen würde. Doch zumindest würde es, wenn sie die Leiche finden, die Suche erschweren. Sicherlich würde die Polizei ihn als erstes verdächtigen. Denn als sein Nachfolger wäre er automatisch verdächtiger Nr.1. Die meisten Morde werden aus Eifersucht oder Habgier betrieben. Wenn aus irgendwelchen Gründen herauskommen sollte, das Alexandra von ihm schwanger war, könnte man leicht 1 und 1 zusammenzählen, dessen war er sich sicher. Doch solange keine Tatwaffe gefunden wird, würde es schwer sein, ihm etwas nachzuweisen. Ob es ausreichen würde, dass er die Sachen verbrennt? Klar würde man die Überreste irgendwann finden, doch wie lange würde es dauern, die Spuren auszuwerten und eine Verbindung ausgerechnet zu der Leiche, die in einem Haus 15 Kilometer von hier, auf der Couch liegt, ziehen?

Erst als er wieder in seinem Citröen saß, kam ihm der Gedanke, dass er die Überreste des Messers vielleicht doch besser irgendwo anders hätte vergraben sollen. Denn mit den Sachen fand man automatisch auch die Tatwaffe. Doch es war nun zu spät. Mittlerweile war es hell geworden, und das Risiko, dass man ihn jetzt sieht, wie er alles nochmal ausgräbt um es irgendwo anders neu zu vergraben, war zu groß.

Allgemein kam mit zunehmender Stunde Gleichgültigkeit dazu. Sein Baby war weg, seine Freundin spurlos verschwunden. Was spielt es für eine Rolle, dass er seinem Leben, das in einen Scherbenhaufen verwandelt wurde, draußen in Freiheit oder im Gefängnis nachtrauert?

Sollen sie ihn doch fassen. Nun ist alles egal. So was von egal.

Was für einen Sinn machte es nun, Alexandra weiter zu suchen? Es war offensichtlich, dass sie nicht von ihm gefunden werden wollte. Das einzige, was er jetzt nur tun konnte, war, wieder nach Hause zu fahren, sich hinzulegen und zu schlafen. Entweder würde Alexandra, die doch wieder zu ihm zurückkommt, ihn wecken, oder die Polizei würde ihn gewaltsam aus dem Bett holen und ihn verhaften. Alles egal. Scheissegal!

Als er zu Hause ankam, war er einfach nur noch müde. Mittlerweile war er seit 24 Stunden wach und in der Zeit allerhand erlebt. Machte es Sinn, jetzt noch auf der Arbeit anzurufen und sich krank zu melden? Wofür, wenn er sowieso mit hoher Wahrscheinlichkeit in wenigen Stunden sich im Gefängnis als brutaler Mörder wiederfindet?

Andererseits könnte es auch genausogut sein, dass sie die Leiche heute noch nicht finden. Oder Alexandra auf einmal wieder zu nach Hause kommt und von allem gar nichts mitbekommen hat. Könnte es nicht sein, dass sie einfach auch nur spazieren und nachdenken wollte? Aber ohne Handy? Das sieht ihr nicht ähnlich.

Er wählte die Nummer von der Arbeit, doch niemand ging ran. Was war auf einmal los? Es sollte schon längst jemand dort sein, um seine Krankmeldung entgegenzunehmen. Und das bereits seit 2 Stunden. Oder könnte es vielleicht sein, das er so durcheinander war, das ihm entgangen war, dass es Sonntag ist? Zumindest hatte er auf dem Weg nach Hause keinen Menschen, gesehen. Und das, obwohl schon alle auf dem Weg zur Arbeit sein müssten. Normalerweise war die Autobahn durch den Berufsverkehr voll. Doch alle schienen noch in ihren Betten zu liegen.

Übermüdet stellte er seinen Handywecker, in dem Vorhaben, wenigstens eine halbe Stunde zu schlafen und es dann erneut zu versuchen. Sein Schädel brummte. Bei den Gedanken und dem lange wach sein, stellte sich ein Müdigkeitstinitus ein. Doch in dem monotonem piepen schlief er schließlich ein.
Als er wieder aufwachte, schaute er entsetzt auf das Handy. Der Wecker des Handys hatte ganze 3 mal geklingelt, doch er hatte so tief geschlafen, dass er es nicht gehört hatte.
Mit Entsetzen stellte er fest, dass die Uhr auf dem Handy 16.26 Uhr anzeigte.
Mist! Auf der Arbeit wird sein Vorgesetzter bereits Amok laufen. Es war ihm schon 2 mal passiert, dass er verschlafen hatte. Zwar sagte man ihm dann, das die Personalabteilung versucht hätte, ihn zu erreichen, doch auf dem Display hatte er nie einen Anruf in Abwesenheit, obwohl nach einem Abgleich der hinterlegten Rufnummer sich herausstellte, das die Rufnummer korrekt war.
Er rief die Anruferliste auf und wählte erneut die Nummer von der Arbeit. Doch es war dasselbe Ergebnis wie heute morgen. Niemand ging ran.
Erneut vergewisserte er sich, dass es nicht Sonntag war. Was war los? Warum ging niemand an das verfluchte Telefon?!

Das zweite Leben

Nikolaj und seine Weggefährtin Anna saßen, wie jeden Abend, vor dem Bahnhofskiosk. Es war mittlerweile das zweite Jahr, dass sie nun auf der Straße ohne Obdach verbrachten. Zumindest war es Sommer und zumindest für Nikolaj war das Leben auf der Straße erträglich. Im Winter war das Leben die absolute

Hölle. Die Obdachlosenheime waren überfüllt und manchmal versteckten die beiden sich über Nacht in der Kirche, um den Kältetod zu entrinnen.

Bis zu seinem 15.Lebensjahr lief sein Leben noch halbwegs geradeaus. Seine Eltern hatten sich zwar getrennt, als er gerade mal 8 Jahre alt war, doch das Leben bei seinem Vater bescherte ihm wenigstens noch eine halbwegs normale Kindheit.

Als er 12 war, lernte sein Vater seine jetzige Lebensgefährtin kennen. Wie es mit Patchworkfamilien nun mal so ist: Manchmal kommen die Kinder mit dem neuem Partner des Elternteils klar, manchmal allerdings leider auch nicht.

Petra, seine neue Stiefmutter, mochte ihn nicht und es kam regelmäßig zu Streitereien, Doch wenigstens eskalierten diese nicht. Irgendwann zog Nikolaj sich in seinem Zimmer zurück und ging seine eigenen Wege, die allerdings nicht selten daraus bestanden, dass er die Schule schwänzte, um mit Kumpels oder mit seiner Freundin abzuhängen.

Als Luca, sein Stiefbruder, auf die Welt kam, brach für Nikolaj eine ungemütliche Zeit an. Sein Vater machte für das neugeborene Baby das Zimmer frei und baute Nikolajs Bett in der Abstellkammer auf, in dem manchmal noch nicht mal das Licht anständig funktionierte. Eines Abends entbrannte ein weiterer Streit zwischen Nikolaj und seiner Stiefmutter und endete in der Eskalation, als er sagte, das er dieses Baby hasse und alles noch besser war bevor Petra in sein und das Leben seines Vaters kam.

Als sein Vater später nach Hause kam, setzte er sich zu ihm ins Zimmer auf sein Bett und teilte ihm mit, dass es für alle Beteiligten besser wäre, wenn er den Haushalt verließe.

Wenige Tage später kam Nikolaj in einem Jutel unter. Eine Einrichtung für Jugendliche. Ein Domizil, wo Betreuer zur Verfügung standen und die Jugendlichen unterstützten, mit Arbeit und Wohnung sich ein neues Leben aufzubauen.

Seine damalige Freundin Christina unterstützte ihn damals ebenfalls und er suchte sich zumindest eine Wohnung, die durch das Arbeitsamt finanziert wurde.

Die Jobsuchen verliefen meistens eher negativ. Zwar fand Nikolaj schnell irgendwelche Jobs die im Verhältnis zur Verantwortung sogar ganz gut bezahlt waren, doch er verlor sie nach maximal 14 Tagen wieder, weil es ihm an Disziplin fehlte und nicht selten zu spät zur Arbeit erschien.

Doch das Arbeitsamt unterstützte ihn weiter finanziell und so hatte er wenigstens ein Dach über den Kopf.

Als er eines Sonntagsabends nach einem Wochenendtrip nach Hause kam, sollte das Leben für ihn eine dramatische Wendung haben. Er war schon verwundert, als er im Hausflur einen Karton vorfand, wo seine persönlichen Unterlagen drin waren.

Das Schloß in der Tür war schon lange überflüssig. Die Scheibe in der Tür wurde von seinem Vermieter im Vollrausch eingeschlagen, als ein Streit zwischen den beiden wieder eskalierte. Seitdem betrat er seine Wohnung immer, indem er durch den Rahmen griff, wo bis vor kurzem eine Glasscheibe war und betätigte den Türknauff.

Irgendetwas war an diesem Sonntag anders. Es stank nach abgestandenen Bierflaschen, als er vor der Tür angekommen war. Von der Nachbarin, eine junge Dame, die mehr bei ihrem Freund als zu Hause war, konnte es nicht kommen.
Vorsichtig öffnete er die Tür. Irgendetwas stimmte hier nicht.
Als er die Wohnung betrat, kam er aus dem staunen nicht mehr heraus. Irgendjemand war hier. Auf dem Boden lagen Anziehsachen, die er nicht kannte. Vor dem Fenster standen mindestens 20 leere Bierflaschen auf dem Boden. Eine Spielkonsole, die nicht seine war, war vor dem Fernseher aufgebaut. Ein Handy war am Strom zum aufladen angeschlossen.
Was war hier los? Einbrecher konnten es nicht sein. Welcher Einbrecher lässt sein Handy zum laden zurück?
Er hob das Handy vom Boden auf und zog das Ladegerät heraus, damit er sich das Display ansehen konnte.
Das Handy war in einem deutschem Netz, doch die Sprache auf serbisch eingestellt. Er wählte die Nummer der Polizei und es dauerte nur wenige Minuten, bis ein Streifenwagen vorbei kam. Doch das Ganze endete damit, dass die Polizei den Vermieter aus dem Bett holte, der ihnen allerdings sagte, das Nikolaj dort kein Mieter mehr wäre und 3 Serben dort eingezogen wären. Die Polizisten wollten von Nikolaj einen Mietvertrag sehen, damit er nachweisen kann, dass er tatsächlich Mieter dieser Wohnung wäre. Ein Nachweis, den er natürlich nicht hatte. Auch sein Einwand, das man schließlich nicht seinen Mietvertrag immer bei sich hätte, ließen sie nicht gelten. In dem Karton mit den persönlichen Unterlagen, war er nicht dabei. Den hatte der Vermieter vorsorglich verschwinden lassen. Nikolaj war nun derjenige, der von der Polizei nach draußen geleitet wurde. Sie würden die neuen Bewohner überprüfen. Dabei war es auch geblieben.

Als ob das alles nicht genug wäre, kam Christina zu dem Entschluß, das Nikolaj nicht der Mann wäre, mit dem man sich etwas aufbauen kann.
Beim Arbeitsamt gewährte man ihm nur Hilfe, wenn er einen Wohnsitz angeben könne. Sein Bitten und Flehen, das Christina ihn bei seinen Eltern für 2 oder 3 Wochen aufnehmen würde bis er eine Wohnung gefunden hätte, liefen ins Leere. Er war auf sich allein gestellt.
Das war seine Geschichte.

Seitdem war er am Bahnhof untergetaucht. Anna hatte ihn vor einem knappem Jahr angesprochen und ihn in die Obdachlosenclique eingeführt. Einen wirklichen Gefallen hatte sie ihm allerdings damit nicht getan, denn dort hatte er auch die ersten Berührungspunkte zur Drogenszene und zur Prostitution.

„Ob Marcel heute noch kommt?" hinterfragte Anna.
„Keine Ahnung." zuckte Nikolaj mit den Achseln. „Er ist sonst um die Uhrzeit schon längst hier."

„Nicht dass die ihn erwischt haben." befürchtete sie. Das wäre ein Desaster, denn Marcel war deren Drogenkurier. Wenn sie ihn tatsächlich erwischt haben, würde sie weiter auf dem trockenem sitzen.

„Ich hab auch kaum noch Kohle." gab er zu bedenken. „Könnte es mir eh nicht leisten wenn ich keine Sonderpreis kriege."

Anna stand auf und sah ihn von oben herab an.

„Ich weiß. Ich würde dir gerne was geben, aber viel habe ich auch nicht."

Sie sah sich um und bemerkte einen älteren Mann, der scheinbar irritiert zwischen den Aufgängen der Bahngleise hin und her irrte.

Mit langsamen Schritten ging sie auf ihn zu und stellte sich neben ihm, um ihn direkt anzusehen.

Der Mann merkte es und erwiderte ihren Blick.

„Hast du Lust zu ficken?" fragte Anna indiskret.

Der ältere Mann sah sie eine Weile nachdenklich an, schüttelte dann aber den Kopf,

„Schwirr ab." sagte er in einem schroffen Ton, was Anna überraschte, da er, bis er sprach, ganz nett aussah. Sie hatte ihn falsch eingeschätzt. Sie war in dem Glauben, dass er das geeignete Opfer wäre, dem man die Brieftasche aus der Jacke zieht, während man ihn befummelt und er wollüstig ihr die Zunge in den Hals schiebt.

„Bin ich dir zu jung, Opa?" fragte sie frech. „Das sollte dich nicht stören. Du bist nicht der erste jenseits der 50, der mich ficken darf."

„Ich mag keine Muschis, und jetzt verzieh dich."

Für einen kurzen Moment sah sie ihn weiter irritiert an, lief dann aber gemütlichen Schrittes zu Nikolaj zurück.

„Du wirst nachher mit mir teilen." grinste sie.

„Wie meinst du das?" fragte Nikolaj.

„Ich schaffe dir Aufträge ran. Warte im Männerklo auf mich" lachte sie und lief, so wie sie zu Nikolaj gekommen war, wieder zu dem Mann zurück. Nikolaj lief dem Nebengang ab zur Herrentoilette, wo er wartete.

„Kommst du?" lächelte sie den alten Mann an. „Ich glaube ich habe da etwas was du suchst."

der alte Mann sah sich um, ob ihn auch niemand beobachtete, folgte ihr dann aber unauffällig.

Vor der Herrentoilette deutete Anna ihm, hereinzugehen. Doch als er die Toilette gerade betreten wollte, drückte sie ihm mit der Handfläche gegen den Brustkorb, um ihm zu deuten, das er stehen bleiben soll.

„70 EUR, ansonsten bist du derjenige, der Leine ziehen kann." sagte sie entschlossen.

Der Mann hielt einen Moment inne, doch dann holte er seine Brieftasche hervor und drückte ihr einen 50 und einen 20 Euro Schein in die Hand. Sie begutachtete die beiden Scheine, bevor sie zur Seite ging und der Mann eintreten konnte. Er lief an den Waschbecken vorbei zu den Toilettenkabinen. 3 Stück an der Zahl, die nebeneinander standen.

Er bückte sich ein wenig, damit er sehen konnte, welches der Kabinen besetzt war. In der mittleren Kabine konnte er 2 Schuhe erkennen. Die Knöchel, die zu diesen Schuhen gehörten, verrieten ihm, das dort jemand auf dem Boden saß. Ein weiteres Mal sah er sich um, ob auch niemand sonst in der Herrentoilette war, ehe er die mittlere Kabine betrat, wo Nikolaj auf dem Boden kauerte und ihn von unten ansah.

Der Mann öffnete seinen Hosenschlitz und holte seinen erregierten Penis raus.

„Hier kommt etwas, worauf du gewartet hast." flüsterte er und kam 2 Schritte näher um ihm den Penis in den Mund zu schieben.

„Dann zeig mir mal, wieviel Lust du hast."

„Niko?" rief Anna vorsichtig, als sie die Herrentoilette betrat. „Niko, ist alles okay?"

„Ich bin hier." ächzte es aus der mittleren Kabine.

Anna öffnete die Kabinentür. In Fötus Stellung lag Nikolaj am Boden. Seine Hose war noch heruntergezogen. Ein Anblick, den Anna ignorierte. Sie wirkte fröhlich.

„Ich hab gute Nachrichten. Vorhin tauchte Marcel doch noch auf. Der hatte einfach nur den Zug verpasst. Ich hab uns beiden etwas besorgt. „

Nikolaj sagte nichts. Er hörte Anna reden, doch registrierte nicht, was sie sagte. Der Geschmack vom salzigem Sperma brannte noch in seiner Speiseröhre. Am liebsten würde er aufstehen und sich den Mund ausspülen, doch seine Prostata hämmerte, als hätte man sie versucht, aus seinem Körper zu reissen. Der Mann war rücksichtslos und ohne jegliches Gefühl, hatte er ihn auf die Toilette heruntergedrückt und war in ihn eingedrungen um am Ende in seinen Hals zu ejakulieren. Als wäre nichts gewesen, zog er sich wieder an und ließ den Jungen auf den Boden der Herrentoilette liegen.

Anna sah ihn ein wenig enttäuscht an, nachdem ihr Weggefährte ihr keine Antwort gegeben hatte. Sie kannte seine Verfassung, hatte sich jedoch im Gegensatz zu ihm schon längst dran gewöhnt. Sie war schon 2 Jahre länger auf der Straße und bot regelmäßig Leuten am Bahnhof ihren Liebesdienst an, um sich etwas zu Essen und Drogen zu kaufen.

Sie lief um ihn herum und legte Heroin auf den Toilettenkasten.

„Marcel hat es uns zu einem Spottpreis diesmal verkauft. Er hat scheinbar neue Quellen, damit er es uns billiger beschaffen kann. Ich leg es dir hierhin. Das hilft, um es etwas lockerer zu sehen."

Mit diesen Worten verließ sie die Herrentoilette.

Es dauerte weitere 20 Minuten, bis er endlich aufstand. In dieser Zeit waren 3 Besucher auf die Toilette gekommen, um im Pissoir zu urinieren. Obwohl sie den Jungen offensichtlich mißhandelt am Boden liegen sahen, verrichteten sie ihr

Geschäft und verließen die Herrentoilette, ohne sich die Hände zu waschen, wieder. Nikolaj vermutete, das wenigstens einer von den Besuchern Hilfe holen würde, doch zu seiner Überraschung kam niemand.

Er richtete sich auf und zog die Tür der Toilettenkabine wieder zu, um sich anschließend auf der Toilette hinzusetzen. Er nahm das Heroin von dem Toilettenkasten in die Hand und sah es nachdenklich an.

Wenn Marcel den Stoff billiger verkauft, war es meistens schmutzig. Es wäre zumindest nicht das erste Mal. Sascha, ein weiterer Junge von der Straße, den er flüchtig kannte, war nach eines dieser „billigen" Lieferungen gestorben. Lag tot auf demselben Bahnhofsklo, auf dem er jetzt kauerte. Allerdings die linke Kabine. Vielleicht sollte er es trotzdem, oder genau gerade deshalb nehmen.

Da wo Sascha nun war, ging es ihm vielleicht besser. Zumindest besser als ihm hier.

Aus der Hosentasche kramte er sein Spritze, seinen Löffel und ein Feuerzeug.

Seufzend begann er, das Pulver im Teelöffel anzuzünden, bis es sich verflüssigte und sog es in die Spritze auf. Wie tief war er gesunken? Er wollte sich mit Christina was aufbauen, und nun war er hier auf dem Bahnhofsklo und drückte sich die Nadel in die Venen, nachdem er sich von einem fremden alten Mann für 70 EUR hat ficken lassen und das Geld, für das er sich so erniedrigt hat, auch noch mit einer Hure geteilt hat, die ihn nur abzieht.

Es war nicht das erste Mal, das Anna ihn anschaffen schickt, damit sie sich gemeinsam Drogen kaufen konnten. Die anderen waren nur etwas gefühlvoller und rücksichtsvoller und nicht so grob.

Sie war nur eine Drogenabhängige Bahnhofsnutte, die Kapital aus ihm schlägt, doch sie war leider auch der einzige Mensch, die sich mit ihm abgab. Was tut man nicht alles, um nicht alleine zu sein? Was würde er auch ohne Anna tun? Er hatte zwar viel in seinem jungem Leben bereits durch, doch bis dahin hatte er das Überleben auf der Strasse nicht gelernt.

Nachdem er alles, was in der Spritze war, sich in die Blutbahn gedrückt hatte, lehnte er sich entspannt zurück.

Wie konnte er so weit fallen? Bilder der Erinnerung holten ihn ein. Seinen Vater, den er liebte und bewunderte und auch hoffte, dass er irgendwann stolz auf ihn sein würde. Er hatte ihn auf die Strasse geschickt..für eine Frau, die er kennengelernt hat. Sein eigen Fleisch und Blut.......

Ihm wurde schwindelig und alles fing an sich zu drehen. Ihm war, als würde er sich von der Realität entfernen......Christina, die Frau die er abgöttisch liebte und für die er alles getan hätte...ließ ihn zurück, auf die Strasse, in den tiefen Abgrund der Gesellschaft. Unbeschreiblich, wenn die Erinnerungen vor dem inneren Augen kommt, wie sie zusammen sich den Sonnenuntergang ansahen und sich ewige Liebe und Treue schworen und dann das letzte was er von ihr hörte..." Mit dir kann man nichts aufbauen. Es ist für uns beide besser, das wir uns trennen, wir passen nicht zusammen." Es ist, wie wenn Bild und Ton nicht zueinander passen...alles schien sich zu drehen wie in einem Karussell, dass immer schneller und schneller sich dreht...alles wiederholt sich, weil es nach einer Runde immer am selben Punkt vorbei kommt. Mit zunehmender Geschwindigkeit war immer weniger zu erkennen....Anna, die ihn freundschaftlich aufnahm und versprach, ihm zu helfen, auf der Strasse zu überleben...die ihm wie ein Zuhälter wildfremde Typen aufs Klo schickte, um ihn zu ficken. Das meiste behielt sie für sich und spielte sich noch als Großzügig auf, dass sie zu diesem Marcel ging und den Stoff besorgte und es 50:50 teilte...50:50, obwohl ER derjenige war, der sich dafür ficken lassen musste. Umgekehrt hatte sie nur selten das Geld geteilt, wenn sie sich ficken ließ....Die Bilder....die Realität..verschwimmen mit zunehmender Geschwindigkeit, dass man nur noch Lichtstreifen sieht.

Blut quoll aus seinen Nasenlöchern. Schweißperlen bildeten sich auf seiner Stirn... Menschen die ihn lieben und schätzen sollten, gaben ihn her, ließen ihn im Stich oder nutzten ihn aus...er würde nun sterben...das spürte er...Es konnte nicht anders sein...das Leben zog gerade in Bildern an ihm vorbei, so wie es in vielen Dokumentationen berichtet wurde....konnte man in Bildern schmerzen spüren?.....Demütigung....das Gefühl, versagt zu haben...das Leben ein Spiel...ein Sport, in dem man es gnadenlos verbockt hat. Auf dem letzten Platz abgeloost hat...sich eingestehen zu müssen, dass man an einem Spiel teilgenommen hat, von dem man keine Ahnung hat...dem man nicht gewachsen war.
Er sah sich selber..und er musste weinen. Seine salzigen Tränen vermischten sich mit dem Blut, dass aus seiner Nase kam und mittlerweile seine Lippen hinunter triefte...er schaute sich an wie ein Portrait, das man stundenlang bewundern könnte und das erste Mal empfand er etwas, was er noch nie in seinem Leben verspürt hatte. Selbstliebe!
Er sah sich an und verspürte dasselbe, was er sonst verspürt hatte, wenn er Christina ansah. Schmetterlinge im Bauch, ein wahnsinniges Herzklopfen, dass er den Bass in seinen Ohren spüren konnte. Erst jetzt, wo es zu Ende geht, verliebte er sich in sich selber und flehte sich selber an, ihm zu verzeihen, dass er es jetzt erst sieht...
„*Verzeih mir!!*" brüllte er in seinem Kopf. „*Verzeih mir!!*"
Es wurde dunkler, sein „ich" dunkelte sich zu einer Silhouette ab, bis es gar nicht mehr zu sehen war.....Aus......Vorbei.....Schwarz!

Die Geisterstadt

s vergingen weitere Tage, ohne dass sich etwas ereignete. Matthias hielt sich 2 Tage lang mit dem Gedanken über Wasser, dass das Ganze auch ein Experiment sein könnte. Ein Reality TV Format. Eine Sendung, wo jemand fürchterlich verarscht wird und es ausgestrahlt wird, wie man sich verhält. Doch hatte das Fernsehen die Macht, eine ganze Stadt lahm zu legen und zu evakuieren?

Er glaubte es nicht, tat aber so, als wäre es eine realistische Möglichkeit, um nicht durchzudrehen. Es war nun mittlerweile 9 Tage her, als er den letzten Menschen gesehen oder gehört hatte. Diese und die Städte nebenan waren Geisterstädte. In Kiosken waren Zeitungen von vor 9 Tagen, doch niemand, der sie bewachte, geschweige denn, kassierte.

Letzte Nacht hatte er das erste Mal halbwegs gut geschlafen, seitdem alle verschwunden waren, was aber auch an der Erschöpfung lag. Nach den ganzen unruhigen Nächten schaltete sein Verstand auf Standby und bescherte ihm einen tiefen, erholsamen, traumlosen Schlaf.

Als er aufwachte, ging er ins Bad, putzte sich die Zähne, duschte sich ausgiebig und ging anschließend in die Küche, um sich ein Mortadella Toast, 2 hart gekochte Eier und Corn Flakes zum Frühstück zuzubereiten.

Als könnte jemand überraschend vorbei kommen und über die Unordnung den Kopf schütteln, fing er an, seinen Teller abzuspülen und die Überreste in den Müll zu werfen.

Ordentlich legte er sich die Bettdecke zurecht und schüttelte die Kissen aus.

Ein umdenken hatte sich in seinem Kopf breit gemacht. Nichts hatte er in den letzten Tagen verändert und nichts war geschehen. Alle Menschen blieben nach wie vor verschwunden. Vielleicht würden sie wieder auftauchen, wenn er etwas verändern würde. Vor 5 Jahren hatte er sich viel mit der Quantenphysik beschäftigt, worüber er gestern Abend vor dem einschlafen noch bei einer Tasse Kaffee philosophierte. Könnte es nicht sein, dass kein Mensch mehr auftauchte, weil er niemanden mehr zu erwarten schien? Dann war doch das Verschwinden der Menschen eine logische Konsequenz. Er sollte dem Universum Vertrauen demonstrieren. Vertrauen darin, dass wieder Menschen auftauchen werden. Im Idealfall seine Frau und seine Kinder.

Er sollte sich nicht gehen lassen. Nein, er sollte sich rasieren, frisch machen, das Haus auf Vordermann bringen und Kuchen in der Stadt besorgen, damit er seinen Gästen auch was anbieten kann.

Hochmotiviert war er die nächsten 6 Stunden damit beschäftigt, das Haus zu putzen. Und das nur mit einer kurzen Kaffeepause von 10 Minuten. Seine Frau konnte das besser und routinierter, wie er fand, doch für einen Strohwitwer für den Anfang doch gar nicht mal so schlecht.

Nach einer weiteren Kaffeepause, nachdem er den Putzeimer weggekippt und die Lappen in die Wäsche getan hatte, setzte er sich in seinen Wagen und machte sich auf den Weg in die Stadt. Die meisten Geschäfte hatten geschlossen, doch er stellte fest, dass er zu den Läden, die länger als 22 Uhr aufhaben, freien Zugang hatte.

Am türkischem Kiosk am Rande der Stadt hatten sie regelmäßig verpackten Fertigkuchen im Angebot. Vielleicht hatte er Glück, und sie hätten welchen da.

Genauso wie die anderen Läden, war das türkische Kiosk unbewacht. Normalerweise saß hinter der Kasse die türkische ältere Mitarbeiterin, die ihre Kunden immer sehr freundlich und fast demütig bediente. Es gab diesen Kiosk schon ewig. Mit seiner Frau waren sie gemeinsam in ihrer Kennenlernphase oft dort, um Kaffee zu trinken. Am Wochenende, wenn sie etwas gemeinsam unternahmen, machten sie oft einen Stop dort und holten sich Kaffee als Wegzehrung zu ihrem Ziel.

Doch auch die alte Frau war nicht da. Die Glücksspielautomaten im hinteren Teil des großen Kiosk waren zwar im Betrieb, doch niemand war da, der diese Automaten bediente. Es war schon fast gespenstisch.

Neben der Kasse war der Ständer, wo der verpackte Trockenkuchen war. Matthias nahm sich einen davon herunter und ging zur Kasse. Er sah sich noch um, ob wirklich niemand da wäre. Es wäre auch zu peinlich, wenn er nun mit dem Kuchen einfach gehen würde und auf einmal doch jemand um die Ecke kommt und ihn des Diebstahls bezichtigt. Unsicher holte er seine Brieftasche aus der Hosentasche und legte 3,50 EUR auf den Tisch, um sicher zu gehen. Dann nahm er den Kuchen und setzte sich in seinen Wagen, um loszufahren.

Die Tankanzeige war kurz vor dem roten Bereich. Es durfte nicht mehr lange dauern, bis endlich wieder Menschen auftauchen, denn der Sprit ging zuneige. Wie durch Zufall fuhr er gerade auf eine Tankstelle zu.

1,32 EUR pro Liter. Auch der Spritpreis hatte sich in den letzten 9 Tagen nicht verändert. Er überlegte, ob er es riskieren sollte. Doch auf einmal kam ihm eine Idee. Einen Trockenkuchen für 3,50 EUR zu stehlen wäre die eine Sache gewesen. Doch es war bekannt, dass diese Tankstelle über Kameras verfügte und jeden aufzeichnete, der dort tankte, für den Fall, dass der Kunde seine Fahrt fortsetzen würde, ohne zu bezahlen. Wäre es nicht eine gute Möglichkeit, Menschen aus der Reserve zu locken?

Sich dabei filmen zu lassen, wie man tankt und ohne zu bezahlen abzuhauen. Spätestens dann mussten Menschen ihn aufsuchen. Zwar war ein Besuch der Polizei nicht das, was er sich wünschte, doch nach 9 Tagen war ihm jeder Mensch Recht.Hauptsache die Einsamkeit würde ein Ende nehmen.

Matthias hielt an, füllte den Tank und warf einen Blick in die Kamera. Die Lampe an dem Gerät leuchtete Rot, was hieß, das der Bewegungsmelder, seit er auf das Tankstellengelände gefahren war, die Aufzeichnung gestartet hatte.

Er setzte sich in seinen Wagen und startete den Wagen, um das Tankstellengelände wieder zu verlassen. Nun kann es nur noch maximal eine Stunde dauern, bis die Polizei vor seiner Tür steht. Besser wäre es jetzt, nach Hause zu fahren, damit sie ihn auch antreffen. Die Polizei zu provozieren, sich zu zeigen und ihn aufzusuchen, war die eine Sache, eine Fahndung auszulösen wiederum eine andere.

Obwohl eine Verfolgungsjagd nun auch aufregend wäre. Keine Menschen, die er gefährden würde, weil sie vors Auto laufen. Bei dem Gedanken, bekam er ein für einen kurzen Moment ein Lächeln ins Gesicht.

Zu Hause angekommen, packte er den Trockenkuchen aus und stellte ihn im Wohnzimmer auf den Esstisch. In der festen Überzeugung, dass tatsächlich gleich jemand kommen würde, stellte er Kuchenteller und Kaffeetassen auf. 4 Teller und 4 Tassen.

Warum deckte er für 4 Personen? Erwartete er tatsächlich, dass 3 Polizisten gleich vor seiner Tür stehen würden? Oder war es nicht doch eher der unbewusste Wunsch, dass ihm gleich seine Familie, seine Frau und seine beiden Kinder zum Kaffee und Kuchen Gesellschaft leisten würden?

Er setzte sich auf die Couch und rieb sich die Schläfen. Es musste einfach funktionieren. Er war so motiviert und zuversichtlich in den Tag gestartet. Er hatte es förmlich gefühlt, dass heute auch andere Menschen auftauchen mussten. Es war so, als könne man ihre Gegenwart schon förmlich fühlen. Das Universum würde ihn nicht enttäuschen. Nicht heute!

Doch mittlerweile war es dunkel geworden. Der frühe Abend war schon hereingebrochen, doch das einzige, was von Lebewesen zu hören war, waren vereinzelte Vögel und das Krähen eines Raben, der irgendwo auf eines der Dächer sitzen musste.

Die Sonne ging mit zunehmender Stunde unter. Doch die Türklingel blieb still. Was war passiert? Sie mussten ihn doch auf dem Kamerabild gesehen haben, oder? Hatten sie etwa sein Nummernschild nicht erkannt? War das Bild vielleicht unscharf gewesen, weshalb sie ihn deshalb nicht ermitteln konnten?
Unfassbar!
Als die Sonne nur noch scheinbar brennende Wolken hinterließ, als sie untergegangen war, fluchte Matthias.
Das Universum hatte ihn tatsächlich enttäuscht! Keine Menschen, die in der Nähe waren. Niemand der ihn aufsuchte! Noch nicht mal verhaften wollten sie ihn, obwohl er Benzin gestohlen hatte. Niemand! Hier war niemand mehr! Alle weg! Alle Menschen sind weg!
Seine Augen füllten sich mit Tränen der Verzweiflung.
Was ihn zu den Tränen trieb, wusste er selber nicht. Ob es mehr an der Einsamkeit lag, oder der Enttäuschung.
Mittlerweile war die Sonne komplett untergegangen. Die Wolken brannten nicht mehr und war zu einem lila, dann zu einem dunkelgrau gefärbt, bis sie schließlich komplett schwarz waren.
Im Laufe der Nacht verzogen sich die Wolken komplett und hinterließen einen sternenklaren Himmel. Doch aus das tröstete Matthias nicht.
Mittlerweile hatte er sich mit einem Stück Kuchen und einem Glas Orangensaft auf den Balkon gesetzt. Es war angenehm warm. Vielleicht sollte er diese Nacht auf dem Balkon schlafen, dachte er sich. Bisher kamen ihm nie solche Ideen, doch andererseits hatte er Angst, im Schlafzimmer etwas oder jemanden zu verpassen. Könnte es nicht schließlich auch sein, das jemand am Balkon vorbei läuft?

Außerdem gab es keinen Grund, jetzt hinein zu gehen und im Schlafzimmer zu schlafen. Die Temperaturen waren angenehm, und offensichtlich gab es auch niemanden im Moment , der sich die Mühe machen würden, durch die offene Balkontür in seine Wohnung einzusteigen, geschweige denn, ihn zu klauen.

So still hatte er es noch nie erlebt. Keine Vögel mehr, die zwitscherten. Es war vollkommen Windstill. Selbst ein rascheln in den Büschen von irgendwelchen Tieren war nicht zu vernehmen.

Erst jetzt fiel ihm auf, das gegenüber in dem Häuserblock, in vereinzelten Fenstern Licht brannte. Natürlich könnte es sein, dass sie nun schon seit mehreren Tagen leuchteten, genauso wie sich in den ganzen Geschäften in den letzten Tagen nichts gerührt hatte. Vielleicht waren aber dort doch noch Menschen, die ihm einfach nur nicht aufgefallen waren.

Er nahm einen tiefen Schluck aus seinem Glas Orangensaft. Noch während er ihn hinunterschluckte, dachte er nach, ob er rüber gehen sollte und nachsehen.

Verunsichert sah er auf die Uhr. 2.13 Uhr zeigte sein Digitalwecker in roten Zahlen an.

Was sollte er tun? Klingeln und sagen „Hallo, ich wollte nur nachsehen ob hier sonst noch jemand lebt?" Es wäre etwas unpassend. Andererseits, wenn dort jemand war, musste ihnen ebenfalls aufgefallen sein, dass mittlerweile seit 10 Tagen die Stadt wie leergefegt war. Er beschloß, es zu versuchen.

Sein abgelaufenes Reizgas, was er aus seiner Zeit als Taxifahrer aufbewahrt hatte, kramte er aus der Kommode im Schlafzimmer und steckte es in die Jackentasche. Ein wenig hatte er Angst. Schließlich wusste er nicht, was für Leute ihn dort erwarten würden, wenn jemand die Tür öffnen sollte. Doch die Einsamkeit war größer.

Matthias öffnete die Haustür und trat hinaus.

Zögernd nahm er einen tiefen Atemzug. Die rechte Hand behielt er in der Jackentasche, mit dem Zeigefinger auf den Sprühknopf seiner Reizgasdose.Mit langsamen Schritten lief er nach hinten über den dunklen Hof auf den Häuserblock zu, wo in den Fenstern vereinzelt die Lichter brannten.

Musternd sah er nach oben und merkte sich die Wohnungen, wo das Licht brannte. Denn wenn niemand öffnen würde, müsste er es bei einer anderen Wohnung versuchen. Wenn es sein muss, in allen.

Die Haustür stand einen Spalt auf und Matthias betrat den riesigen Hausflur. Es war stockdunkel und da auf jeder Etage 4 Haustüren waren und er die Übersicht verloren hatte, in welcher dieser Wohnungen nun Licht brannten, bevorzugte er es, das Licht im Hausflur auszulassen, denn so konnte er wenigstens unter den Türspalten erkennen, wo Licht brannte und wo nicht.

Im dritten Stock konnte er Licht unter dem Türspalt erkennen.

Vorsichtig streckte er die Hand aus und drückte die Klingel. Mit der anderen Hand unklammerte er fest sein Reizgas.

„30....29....28...27..." zählte er leise vor sich hin, um demjenigen in der Wohnung etwas Zeit zu geben, die Tür zu öffnen. „...6...5.....4.....3....2....1."

Er drückte erneut die Klingel, schließlich könnte jemand meinen, er wäre irrtümlich auf die Klingel gekommen. Diesmal zählte er allerdings von 20 auf 0 rückwärts.

„20...19....18....17...16....15....14....13.....12....11....10...9.....8....7...6....5...4...3...2.... 1...."

Er musste sich selber eingestehen, dass es auch eine eigenartige Uhrzeit war, um spontan zu klingeln. Wenn er zu Hause wäre und vom normalem ausgehen würde...hätte er nachts um halb 3 die Tür geöffnet?

Achselzuckend lief er in die 4.Etage. Dort waren gleich 2 Türen, wo Licht durch den Türspalt zu erkennen war. Doch eines der Türen stand sogar ein Spalt offen.

Er bekam leichtes Herzklopfen. Doch diesmal war es keine Furcht, sondern die Aufregung, gleich endlich nach 10 Tagen wieder einem Menschen zu begegnen.

„Hallo?" rief er vorsichtig durch den Türspalt, Von innen kamen die Geräusche eines laufenden Fernsehers. Traf er nun doch endlich wieder menschliches Leben?

„Hallo?" wiederholte er. Doch niemand antwortete.

Wenige Meter hinter der Tür stand ein leerer Mülleimer. Der Müllsack, der eigentlich dazu gehörte war raus. Offenbar war der Bewohner dieser Wohnung gerade dabei, den Müll nach draußen zu bringen. Das würde auch erklären, warum unten die Haustür offen stand.

„Hallo? Ist da jemand?" rief er erneut und wagte die ersten 2 Schritte in die Wohnung,

Als er nun mehr von dem Fernseher hören konnte, konnte Matthias sich ein leichtes grinsen nicht verkneifen.

„"Ohh jaaa...komm fick mich...mrrr.." kam es aus dem Wohnzimmer. Dazu eine keuchende Männerstimme. Wer immer hier auch wohnte, war während er sich einen Porno ansah, aufgestanden, um den Müll rauszubringen.

„Hallo? Ist jemand zuhause?" wiederholte Matthias wieder. Langsam zweifelte er selber daran, dass jemand antworten würde, wollte allerdings vermeiden dass er für einen Einbrecher gehalten wird und auf einmal etwas über den Kopf gezogen bekommt.

Vorsichtig lief er weiter, während er immer wieder rief, ob jemand zuhause wäre, bis er schließlich im Wohnzimmer angekommen war.

Auf dem Wohnzimmertisch stand eine Rolle mit Küchentüchern. Vor der Couch lagen bereits ein paar von der Rolle zusammengeknüllt vor der Couch..

Der Bewohner hatte sich in der Wiederholungsschleife einen Porno in den DVD Player gelegt und war, als er den ersten Druck abgelassen hatte, offenbar den Müll rausbringen. Es wäre ziemlich unangenehm, wenn derjenige jetzt wieder kommen würde und ihn im Wohnzimmer stehen sehen würde, weshalb Matthias wieder die Wohnung verließ und im Hausflur das Treppengeländer hinunter sah, ob jemand schon auf den Weg nach oben war.

Doch Fehlanzeige! Er war der einzige Mensch in diesem Hausflur.

Die Chancen, die er sich ausgerechnet hatte, auf einen Menschen zu treffen, verringerten sich, denn wer braucht 20 Minuten, um den Müll rauszubringen? Hinzu kam, dass er, um zur Haustür zu kommen, an den Müll Containern vorbei musste. Ihm hätte dort jemand auffallen müssen.

Nein! Wer immer sich den Porno in der Dauerschleife ansah und eine Pause einlegte, um den Müll rauszubringen, war genauso verschwunden wie seine Familie und der Rest der ganzen Stadt.

Er betrat erneut die Wohnung und sah sich ein letztes Mal um. Viel Platz, um sich zu verstecken war hier nicht, denn die Wohnung war eine typische Junggesellenwohnung und umfasste gerade mal 2 ½ Zimmer.

Mit gesenktem Kopf lief Matthias wieder durch den ganzen Hausflur die Treppen herunter.

Draussen angekommen drehte er sich um und sah die ganzen 4 Stockwerke hoch auf das Gebäude und sah sich jedes einzelne Fenster, wo Licht brannte nochmal kurz an.

Nein...der Schein trügte...er war tatsächlich alleine...ganz alleine.

Die Besucherin

Auch Thorben hatte mittlerweile festgestellt, dass hier irgendetwas nicht stimmte. Auf der Arbeit schien ihn niemand zu vermissen. Als er dorthin fuhr, war niemand da, obwohl der Kalender zeigte, dass es nicht Sonntag war, so wie er zwischenzeitlich vermutete. Alexandra hatte sich ebenfalls nicht mehr gemeldet.

Sie war auch schon seit Tagen nicht mehr online gewesen. Ob es ihr gut ginge? Er befürchtete, dass sie sich etwas angetan haben könnte. Doch wo sollte er noch suchen? Er hatte schon die ganze Stadt durchkämmt, und dabei festgestellt, dass einige Läden unbewacht waren und keine Menschenseele ihm entgegen kam. Doch vielleicht war er auch einfach dabei, gerade durchzudrehen.

Als er von seiner letzten Suchaktion wieder nach Hause kam, holte er die Trittleiter aus dem Schlafzimmer und stellte sie vor dem Küchenschrank, um hinaufzuklettern. Er griff nach der Flasche Eierlikör, die er oben auf dem Schrank versteckt hatte. Alexandra hatte zwischendurch Alkohol eingekauft, unter dem Vorwand, dass sie zusammen mit ihm gemütlich vor dem Fernseher „ein Gläschen" trinken wollte. Doch die Wahrheit war, und dass hatte er durchschaut, dass sie ihre Ängste im Alkohol ertränken wollte. Angst vor ihrem Ex Mann und der Rache, die er verüben würde, weil sie mit einem anderen Mann durchgebrannt war.

Er nahm ihr jedes mal aufs neue den Alkohol weg, um seinen ungeborenen Sohn zu schützen und versteckte die Flaschen oben auf dem Schrank, weil er wusste, dass sie selbst mit einer Trittleiter dort oben nicht dran kommen würde.

Doch nun würde er selber etwas zu trinken brauchen.

Irgendetwas stimmte hier nicht und er konnte nicht begreifen was. Seit er Markus mit dem Messer niedergemetzelt hatte, war er keiner Menschenseele mehr begegnet. Alle waren verschwunden, als seien sie aus der Stadt abgehauen. Er versuchte schon übers Radio und übers Fernsehen etwas herauszufinden, ob es einen Grund für eine Evakuierung gab. Doch das Radio blieb stumm und das Bild des Fernsehers blieb schwarz. Scheinbar waren auch die Leute verschwunden, die das Programm gestaltet hatten.

Vielleicht eine Atombombe. Es könnte sein, dass irgendwo ein Reaktor in die Luft gegangen war und er in wenigen Tagen mit Pusteln übersät und 3 Hoden tot im Bett liegt.

Was würde es ihn jetzt noch kümmern, wenn er sich dann totsäuft?

Er stellte sich die Flasche in den Eisschrank. Eierlikör war etwas, was er am liebsten kalt genoß. Eigentlich trank er nur, wenn er etwas zu feiern hatte. Doch diesmal würde er sich aus Frust und Hilflosigkeit besinnungslos saufen.

Doch bis es kalt war, so beschloß er, würde er noch einen Versuch wagen, Alexandra zu finden und dafür noch einen klaren Kopf behalten. Es gab einen Ort, den er noch nicht abgesucht hatte. Und zwar dort, wo er eigentlich nicht mehr hin zurück wollte. Markuss Haus.

Er setzte sich wieder in seinen Citroen und machte sich auf den Weg.An dem Haus angekommen, kramte er wieder den Schlüssel aus der Jackentasche. Im Gegensatz zum letzten Mal, als er hier gewesen war, war es ihm nun egal, ob irgendwelche Nachbarn ihn sehen könnten. Er konnte schließlich nun die Leiche auch einfach nur gefunden haben. Davon abgesehen, hatte er schon seit mehreren Tagen niemanden mehr gesehen.

Zögernd schloss er die Tür auf. Ihm war jetzt schon klar, dass das, was er jetzt sehen wird, ihm den Magen umdrehen wird. Der Verwesungsprozess müsste bereits begonnen haben und es roch im Eingangsbereich schon merkwürdig nach Tod.

Unter dem Motto „Augen zu und durch" drückte er die Tür auf und ihm kam eine Wolke vom fauligem Gestank entgegen. Er hielt die Luft an und bewegte sich nicht.
Nebenan im Wohnzimmer hörte er sie schon. Die ganzen Fliegen, die sich über das tote Fleisch hermachten. Nun wagte er den Schritt ins Wohnzimmer. Jetzt im hellen, würde er sehen, was er angerichtet hatte.
Die Jalousien waren halb hochgezogen genau wie in der Nacht, als er Markus ermordet hatte. Offensichtlich war hier niemand gewesen, auch nicht Alexandra.
Ein Anblick des Grauens kam ihm entgegen. Die Augäpfel von Markus waren bereits getrocknet und eitrige Augenhöhlen blickten in seine Richtung. Inmitten des Brustkorbes war ein riesiges, fleischiges Loch. Getrocknetes Blut war an den Rändern.
Vorsichtig näherte er sich der Leiche um sie von oben herab anzusehen.
In der Wunde, die aus mehreren kleineren Wunden bestand, da er mit dem Messer immer wiederholt durch die Brust stach, war ein größerer schwarzer Fleck. Erst beim genauerem Hinsehen erkannte er, dass dieser Fleck ein ganzes Fliegennest war, von der die summenden Geräusche aus kamen. Zwischendrin entwickelten Maden neues Leben.
Thorben spürte, wie sich seine Speiseröhre füllte und so schnell wie er konnte flüchtete er auf die Toilette, um sich zu übergeben. Was hatte er nur getan? Er hatte den Mörder seines ungeborenes Sohnes auf bestialische Weise ermordet. Doch war er viel besser als er?
Ja! war er. Denn er hätte sich wehren können, sein Sohn nicht. Sein Sohn war unschuldig, er nicht!
Thorben hat nur das getan,was jeder in seiner Situation gemacht hätte. Er hatte sich selbst zum Kläger, Richter und Henker auserkoren.
Nachdem er sich noch weitere 2 Male übergeben hatte, sah er sich im Haus um. Er suchte nach Spuren, die darauf hindeuteten, dass Alexandra in den letzten Tagen hier gewesen war. Sie musste dort gewesen sein, denn schließlich hatte sie keine Sachen. Von zuhause hatte sie nichts mitgenommen, es konnte nur sein, dass sie das Haus aufgesucht hatte, um Anziehsachen und Pflegeartikel zu holen. Doch auch nach einer halben Stunde Suche deutete nichts auf diese Theorie hin.
Wenn sie zuhause gewesen wäre, hätte er das sicher gemerkt, selbst wenn sie darauf bedacht wäre, keine Spuren zu hinterlassen.
Doch warum war sie nicht zurück gekommen, um ihr Handy zu holen? Die Frage ging ihm immer noch nicht aus dem Kopf und beunruhigte ihn.

Wieder zuhause angekommen, setzte er sich im Wohnzimmer auf die Couch und rieb sich die Schläfen. Die Speiseröhre brannte immer noch von dem erbrochenem. In der Nase hatte er immer noch den Geruch der Fäulnis, die Markus Leiche umgab.

Wie lange würde es so dauern, bis der Geruch aus der Nase verschwinden würde? Und was könnte er tun, um das zu beschleunigen?

Doch der Ekel war der unangenehme Teil dieses Gestanks. Doch er konnte auch etwas positives abgewinnen. Denn dieser Gestank erinnerte ihn daran, wie er den Mörder seines Sohnes hingerichtet hatte. Und auch wenn er das Bild der faulen, von Fliegen befallenen Leiche ein grausamer Anblick war, wünschte er sich jedoch, dass er es wesentlich langsamer, schmerzhafter und qualvoller getan hätte.

Er holte sich die Flasche Eierlikör aus dem Kühlschrank und setzte sich wieder zurück auf die Couch und lehnte sich zurück.

Der Likör kühlte das Brennen seiner Speiseröhre. Welche Bedeutung haben Gläser in einer Welt, wo seine Chance auf ein Familienleben zerstört wurde, seine Liebe abgehauen war und den einzigen Menschen, den man in den letzten Tagen gesehen hatte, kalt, verfault und Tot war?

Mit jedem weiterem tiefen Schluck aus der Flasche spürte er, wie seine Sinne immer mehr benebelt wurden. Ein Besäufnis mit ihm war immer ein billiger Abend gewesen, da er nicht viel vertrug.

Als ob die Sucht ihn überfallen hätte, folgten weitere tiefe Schlücke, bis nur noch ein kleiner Rest in der Flasche war. Es war Sucht, aber nur sekundär nach dem Alkohol. Es war die Sucht nach Betäubung. Nach Verdrängen. Wenigstens für ein paar Stunden.

Wen interessiert die Leiche dieses Scheisskerls? Das Alexandra verschwunden war und er keinen Schimmer hatte, wo sie ist, war viel schlimmer.

Seine Hände wurden allmählich taub. Die Zunge wurde schwerer. Die Gedanken unklarer.

Die Beine wurden schwächer, und es fiel ihm schwer aufzustehen.

Auch, wenn er jetzt schon nicht mehr bei Sinnen war, dürstete es ihm nach der Flasche Wein, die ebenfalls im Kühlschrank im oberen Fach war. California. Billig -Wein aus dem Discounter, der aber trotzdem süffig war und nach mehr schrie, gerade dann, wenn Kummer auf der Seele lag.

Doch aus der Flasche war der Weißwein ungenießbar. Nun musste ein Glas her.

Zuerst nippte Thorben an dem Wein und redete sich ein, dass er es genießen würde. Doch die Wahrheit war, dass seine Lippen mittlerweile ebenfalls taub waren und die Geschmacksnerven ihren Dienst versagten.

Mit dem Glas und der Flasche in den Händen, setzte er sich wieder zurück auf die Couch. Er nippte wieder an dem Glas, doch inzwischen schmeckte er gar nichts mehr, sondern merkte nur noch, dass es kalt am Gaumen wurde.

„Ich hab mein Kind verloren." lallte er. „Ich hab meine weiße Weste als unbescholtener Bürger verloren...." er sah auf ihr Bild, dass an der Wand hing. „Und du verlässt mich auch einfach..einfach so..lässt mich alleine...ich wollte alles haben, und jetzt habe ich nichts!"

Er versuchte aufzustehen um zu dem Bild zu gehen, doch ihm wurde schwindelig und kippte nach vorne. Eine Weile kauerte er auf dem Boden des Wohnzimmers.

„Verlassen hast du mich...einfach abgehauen...jetzt..wo ich dich am meisten brauche." stammelte er immer wieder. „Ich liebe dich...ich brauche dich..." seufzte er, in der Hoffnung, das Alexandra vielleicht doch irgendwo noch in der Wohnung wäre und ihn hören würde.

Auf einmal spitzte er die Ohren. Ihm war tatsächlich so, als ob er gerade im Flur Schritte gehört hätte.
Obwohl alle Glieder taub waren, spürte er, das Adrenalin durch seine Adern floß.
Sie war hier. Sie war doch nicht weg, wie er dachte. Sie hatte ihn doch nicht verloren. Ein Gefühl des Glückes durchtrieb ihn. Warum hatte sie sich tagelang versteckt? Warum bereitete sie ihm so überflüssig Kummer? Und ausgerechnet jetzt war er zu betrunken, um ihr alles zu erklären. Wie gerne würde er jetzt mit ihr über das reden was er getan hatte. Wissen, was sie darüber dachte.
Nun konnte er sie auch endlich sehen, wenn auch nur verschwommen. Sie kam gerade ins Wohnzimmer. Doch irgendetwas stimmte nicht. Sie hatte keine schwarze Lederjacke, das wüsste er. Zwar hatte Alexandra auch blonde Haare, doch die Gesichtsform passte nicht zu ihr, genausowenig wie ihre Frisur.

Wer immer diese Frau war, die gerade sein Wohnzimmer betreten hatte, es war NICHT Alexandra. Doch wer war es?
Die Person kam mit langsamen aber sicheren Schritten näher. Thorben versuchte sich zusammenzureissen, um die Person wenigstens einmal klar zu sehen, doch es war Chancenlos. Dafür hätte er nicht so viel trinken sollen.
„Sind sie okay?" hörte er eine weibliche Stimme. Die Frau bückte sich zu ihm, um näher sein Gesicht zu betrachten.
„Wer sssind Siiie?" säuselte er.
Die Frau antwortete nicht, stattdessen ging sie mit ihre Hand durch sein Gesicht.
„Wohnen Sie hier?" fragte die weibliche Stimme ohne seine Frage zu beantworten.
„Wie sssind Sie h-hier reingekommn?" versuchte er rauszubringen, doch die Zunge war zu schwer. Es verschwamm alles. Gegen den Alkohol und seine Wirkung zu kämpfen, verbrauchte zu viel Energie.
Es war egal, wer diese Frau war und was sie in seiner Wohnung zu suchen hatte. Er wollte nur noch schlafen....Alexandra suchen...schlafen...Alexandra suchen...schlafen....

Von Reue und Liebe

Schwarz...Tonlos...nur sein eigener Herzschlag war zu hören. Langsam konnte er auch wieder etwas fühlen. Irgendetwas nahm er war...an seinem Rücken...Härte...Er lag auf einem harten kalten Boden, soviel steht fest.

Sein Gehör, begann, seine Arbeit wieder aufzunehmen. Das Geräusch eines tropfenden Wasserhahn. Das Piepen eines Tinitus.

Langsam öffnete Nikolaj seine Augen und sah in ein grelles weißes licht, was ihm ins Gesicht leuchtete, ihn blendete.

Was war passiert? Wo war er?

Langsam kamen die Erinnerungen auch wieder. Er war auf dem Bahnhofsklo von einem Mann sexuell mißhandelt worden. Anna hatte ihnen für das Geld, was sie bekommen hatte, damit der Mann das machen durfte, Drogen gekauft und ihm die Hälfte gegeben. Er hatte es sich in die Venen gespritzt, wohlwissend, dass der Stoff zu diesem Preis nur Dreck sein konnte. Sein Körper versagte seinen Dienst. Er starb.

Doch auf einmal war das Leben in seinem Körper wieder zurückgekehrt und er lag wieder dort, wo er gestorben war.

Eine dünne Spur Blut war auf dem feuchten Boden entlanggezogen. Das war das Blut, dass aus seinem Kopf gelaufen war.

Er konnte sich nicht erinnern, wann ihm das letzte Mal so übel gewesen war. Dieses Teufelszeug, am liebsten würde er Marcel umbringen. Und Anna gleich mit.

Mit aller Kraft schleppte er sich zur Eingangstür der Herrentoilette und zog die Tür auf, um überrascht festzustellen, dass ihm nicht der gewöhnliche Bahnhofslärm entgegen kam. Keine Durchsagen von Verspätungen, kein Gemurmel von Menschen und auch keine klackenden Schuhe von Frauenfüßen, die durch die Bahnhofshalle liefen.

Selbst wenn er jetzt den ganzen Nachmittag dort auf der Toilette gelegen hatte und es nun mitten in der Nacht war, war es ungewöhnlich ruhig am Bahnhof.

„Anna..." rief er geschwächt, doch Anna antwortete nicht. Doch auch das war nichts neues. War sie wirklich für ihn da, wenn er sie brauchte?

Er schlurfte durch den Gang, bis er mitten in der Bahnhofshalle stand, doch kein Mensch weit und breit. Sein Blick reichte, obwohl er von den Drogen noch angeschlagen war, bis zum Ende der Bahnhofshalle. Das dort hinten war Tageslicht. Es war nicht mitten in der Nacht, sondern noch hellichter Tag. Und doch war hier keine Menschenseele. Sie alle waren verschwunden.

Nikolaj holte Luft, um Anna erneut zu rufen, hielt dann aber inne. Welchen Grund hatte er, sie nun weiterhin zu rufen? Sie war das letzte, was er nun gebrauchen konnte.

Träge setzte er sich auf den Boden und lehnte sich an eines der Schaufenster und stierte.

Etwas war noch eigenartig. Die Tür der Bäckerei stand offen und Licht brannte, und doch war keine Menschenseele zu erkennen. Am Kiosk daneben, sowie beim Blumenladen und der Pizzeria genau dasselbe Phänomen.

Es konnten nur die verdammten Drogen sein. Was hatte dieses dreckige Teufelszeug nur mit ihm gemacht, dass er auf einmal keine Menschen mehr sehen konnte? Es dauerte eine ganze Stunde, bis er sich wieder in der Lage fühlte, aufzustehen und nach draußen zu gehen.

So lange hatte die Wirkung noch nie gehalten. Er hatte erwartet, dass die Wirkung der Drogen, wenn er eine Weile saß, nachlassen würde und dann die Menschen zurückkehren würden. Doch das passierte nicht. Normal war eigentlich, unter Drogeneinfluß zu halluzinieren. Doch vielleicht war die leere Halle die Halluzination.

Gebückt schlenderte er nach draußen ins Freie. Das Sonnenlicht verursachte in ihm ein weiteres Schwindelgefühl, so dass er sich erneut hinsetzen musste.

„Was ist passiert? Mein Kreislauf ist vollkommen hinüber." gestand er sich selber ein. Eines stand für ihn fest, wenn er wirklich noch am Leben war, würde er nie wieder Drogen anfassen. Denn das hier musste ein Zeichen sein.

Doch wenn es ein Zeichen ist, dann ein verdammt merkwürdiges. Nun hatte er auch einen Ausblick auf die Straßen um dem Bahnhof herum. Auch draußen keine Menschen. Keine Busse und Autos die fuhren. Einfach nur Stille. Er war mit dem sanften Sommerwind alleine.

Sein Magen knurrte. Das letzte Mal, als er etwas gegessen hatte, war vor 2 Tagen. Wäre Anna nicht einfach verschwunden, hätte er von dem Geld wenigstens etwas zu essen kaufen können. Doch Anna war schneller und dachte nur an sich selbst und an ihre Drogen. Wegen ihr würde er wieder klauen müssen.

So, wie er es schon oft getan hatte, lief er zum Bäcker in der Bahnhofshalle. Mindestens einmal in der Woche betrat er die Bäckerei, um etwas zu essen zu stehlen. Zu seinem Glück waren die Angestellten dort gutherzige Menschen, denen zwar schon längst aufgefallen sein müsste, dass er jedes Mal, wenn er dort ist, belegte Brötchen klaut, jedoch ihn nicht zur Anzeige brachten, sondern so taten, als würden sie es nicht merken. Ihm war so, als würden sie die Brötchen mit den Eiern und der Remoulade absichtlich aus ihrem Sichtfeld hinstellen, so dass er es leichter hatte, sie einzustecken und damit zu verschwinden.

Oh doch, es gibt sie noch, die Engel auf Erden. So viel böses kann man auf dieser Welt sehen, wenn man auch nur halbherzig hinschaut. Doch um die guten Menschen zu erkennen, musste man schon genauer hinsehen. Als bestes Beispiel die Angestellten aus dieser Bäckerei.

Schon sehr oft beobachtete er, dass jeder sein eigenes Leid zu tragen hatte. Die Blumenverkäuferin schien in der Liebe vor kurzem selber einen Schicksalsschlag erlitten zu haben. Er sah, wie sie heimlich weinte, als er an dem Blumenladen vorbei schlurfte. Wie makaber, in einem Laden zu arbeiten, wo Liebe im Vordergrund steht, und dann selber enttäuscht zu werden. Es ist, als würde der Weihnachtsmann ein Haufen Geschenke bringen und jedem ein Lächeln ins Gesicht zaubern. Und wenn er fertig ist und dann die beschenkten dran sind, die Hände leer sind.

„Was habt ihr denn für den Weihnachtsmann?"..."Ach, den sollen wir beschenken. Wofür?"

Ob da nicht auch ein heiliger Weihnachtsmann hinterfragen würde, warum er das alles tut? „Was habe ich davon?!"

Vor der Bäckerei stellte er fest, dass er diesmal nicht auf die Gutherzigkeit der Angestellten angewiesen war. Die belegten Brötchen lagen hinter dem Tresen, doch niemand war in der Nähe, die ihn sehen könnten. Weder Kunden, noch Verkäuferinnen.

Das Stehlen war zur Gewohnheit geworden. Das erste Mal, als er etwas entwendet hatte, was ihm nicht gehörte, lebte er noch bei seinem Vater. Es war eine Halskette, er erinnerte sich noch. Die Angst erwischt zu werden. Der Gedanke, das diese Tat eigentlich vollkommen überflüssig ist. Doch er wollte sie haben und wollte kein Geld dafür ausgeben. Und als Nikolaj sie in der Tasche hatte und um die Ecke verschwunden war, nachdem er den Laden verlassen hatte, wusste er, dass es nicht in Ordnung war. Zumindest das.

Doch dieses Gefühl, etwas zu tun, was nicht in Ordnung war, hatte er in der Zeit auf der Straße die Sensibilität zu verloren. Es war nicht mehr falsch, etwas zu stehlen. Es war eine Notwendigkeit und sein gutes Recht. Denn schließlich musste er überleben.

Er nahm sich gleich 3 belegte Brötchen und so schnell er konnte lief er wieder von der Bahnhofshalle ins freie. Es war zwar niemand da, der ihn maßregeln konnte, doch schließlich konnte sich das in jeder Sekunde wieder ändern.

Auf eines der Brötchen war eine Frikadelle und eine Gurke. Auf dem anderen Käse mit einem Salatblatt und dem dritten klein geschnittene Eier mit Remoulade. Direkt hintereinander maufelte er die 3 Brötchen und sah sich dabei um, in der Erwartung, dass jeden Augenblick wieder jemand auftauchen konnte. Doch das passierte nicht.

Was war nur los? Warum waren keine Menschen mehr da?

Ihm kam ein schrecklicher Gedanke. Was wäre, wenn er durch das schmutzige Koks nun doch gestorben war? Könnte es nicht sein, dass seine Leiche noch auf der Herrentoilette liegt und er gerade als Geist umher schwirrt und deshalb keine Menschen mehr sieht? Das Jenseits als parallele Welt? Die „Anderswelt"? Eine Welt für die lebenden und eine Welt für die Toten? Doch das hieße auch, dass er Sascha irgendwo auf dem Bahnhofsgelände begegnet sein müsste.

Diesen Gedanken verfolgend, durchlief er erneut das komplette Bahnhofsgelände und schaute in jedem Winkel, ob da nicht irgendwo ein Junkie oder ein Obdachloser dort herumsitzen würde. Doch Fehlanzeige. Das passte nicht in seine Theorie. Es gab genug Menschen, die sich hier herumtrieben und irgendwann

gestorben waren. Doch wer sagt, dass die Geister an den Orten bleiben, wo sie gestorben sind? Wer sagt denn, das, vorausgesetzt Nikolaj ist auf dem Bahnhofsklo gestorben, dass er auch auf dem Bahnhofsgelände bleiben muss? Er sollte irgendwo anders hin, wo er sich vielleicht mal Wohl gefühlt hatte. Doch wo wäre das? Etwa in der Abstellkammer, wo sein Vater einst ein Kinderzimmer für ihn eingerichtet hatte?
Bei Christina?

Seufzend stellte er fest, dass es keinen Ort gab, wo er sich mal dauerhaft Wohl gefühlt hatte. Was ein armseliges Leben hatte er gelebt, dass es keinen Ort gab, wo er hin konnte?
Selbst sein kurzes Zusammenleben mit Christina hatte er nicht mehr in angenehmer Erinnerung. Denn es endete mit dem faden Beigeschmack des Verrats, des allein gelassen werdens. Christina hatte ihn hängen lassen.
Doch sie war leider auch die einzige Adresse, die ihm jetzt einfiel, wo er eventuell doch noch unterkommen könnte. Er wollte einfach nur weg hier von diesem Bahnhof. Weg von den ganzen Dealern, weg von Anna, weg von den anderen Obdachlosen.
Daher raffte er sich auf und begann, in die Richtung durch die Stadt zu laufen, wo Christina wohnte. Was sie wohl sagen würde, wenn er auf einmal vor der Tür steht? Sie wohnte noch da, dass wusste er, da er wenigstens einmal in der Woche sich von Anna abgeseilt hatte, um zu Christina zu laufen. Und jedes Mal stand er abseits von ihrer Haustür und überlegte, ob er klingeln sollte. Innerlich war er wütend auf sie, dass sie ihn abserviert hatte, doch insgeheim liebte er sie noch immer und hoffte, dass sie ans Fenster kommen, ihn sehen und dann von sich aus herein lassen würde. Doch warum sollte sie so was tun? Weil sie ihn genauso vermisst wie er sie? Wohl kaum!
Doch jedes Mal entschied er sich dafür, wieder zurück zu gehen, wo er hingehört. Zum Bahnhof, zu den anderen Obdachlosen. Zu den Menschen, die versagten.

Er hätte alles verhindern können. Es waren nur wenige Schritte zu tun, die er nicht tat. Aus Bequemlichkeit, weil bei Christina zu sein angenehmer war, als bei irgendwelchen Bewerbungsgesprächen zu hocken. Statt sich selber als den wichtigsten Menschen zu nehmen und alles zu tun, um sein Leben in den Griff zu bekommen, nachdem sein Vater ihn ausquartiert hatte, saß er nichtstuend mit Christina zusammen, suchte ihre Nähe und verplemperte seine Gedanken daran, wie er beweisen könnte, wie groß seine liebe zu ihr war. Und sie war die erste, die sich von ihm verabschiedete, als er auf dem Nullpunkt war.

Vor einem Schaufenster blieb er stehen und betrachtete es. Bevor die ganzen Menschen verschwunden waren, wurde das Schaufenster noch geputzt. Er konnte sein eigenes Spiegelbild darin erkennen.
Tief sah er seinem Spiegelbild in die Augen. Da stand er vor ihm, der Mensch. Der einzige Mensch, der seit seinem ersten Atemzug bis zu heutigem Tag ihm immer

beigestanden hatte. Der alles durchlebt hatte, ohne ihn auf die Strasse zu setzen. Ohne ihm den Laufpass zu geben.

Es war nicht sein Vater und auch nicht Christina und schon gar nicht Anna wussten besser, wie er denkt und wie er fühlt als die Person, die er gerade ansah.

Sich selbst!

„Bitte verzeih mir." schluchzte er, wie ein kleiner Junge, der jetzt bereute, dass er seine Mutter gehauen hatte. Das Wesen im Schaufenster spiegelte die Trauer um die verlorene Zeit, in der er die Erkenntnis nicht hatte, in seinen Augen wieder.

Gerade in diesem Augenblick fielen ihm so viele Momente ein, wie er sich selbst Dinge angetan hatte, die er Christina nie angetan hätte.

Wie oft hatte er sich verstellt, um anderen zu gefallen? Wie oft hatte er gelächelt, obwohl er seinem gegenüber am liebsten ins Gesicht gespuckt hätte?

Wie oft sagte er „Entschuldigung" obwohl er wusste, dass es keinen Grund gab, sich zu entschuldigen?

Wie oft sagte er, es wäre in Ordnung, obwohl er wusste, das man dabei war, ihn zu hintergehen?

Wie oft hatte er sich selber verleugnet?!

„Hättest du das Christina jemals angetan?" fragte ihn auf einmal das Spiegelbild, das offenbar Eigenleben entwickelt hat. *„Hättest du jemals zu anderen gesagt du würdest sie nicht kennen? Nein?! Warum hast du es dann mit mir getan?! ICH hab in diesem dreckigem Jutel unter der kalten Dusche mit dir gestanden! Ich habe mit dir zusammen beim Sozialamt gesessen, um dieses schäbige Zimmer in diesem Jutel überhaupt zu bekommen! Mit dir gemeinsam die kalten Nächte am Bahnhof in der Ecke gekauert und nach einem warmen Platz Ausschau gehalten? Wie oft habe ich mit dir zusammen deinen Liebeskummer ausgehalten, als Christina dich weggeschickt hatte?! Deine Wut geteilt wenn deine Stiefmutter dich wieder provoziert hatte?.....Und du? Du hast mich immer wieder verleugnet. Musste mir anhören wie du ihr hinterhertrauerst. Hättest du das Christina angetan? Einer anderen hinterherzutrauern wenn sie neben dir sitzt obwohl sie alles für dich gemacht hat?"*

„Hör auf, es tut mir leid!" schrie Nikolaj dem Schaufenster entgegen.

Was war bloß los mit ihm? Wirkten die Drogen etwa immer noch?

Als er wieder hinsah, imitierte das Spiegelbild wieder seine Bewegungen. Er hatte halluziniert. Das ganze passte dazu, dass er keine anderen Menschen mehr sehen konnte.

„Ich dreh durch." keuchte er. Vielleicht war er gar nicht tot und dies nicht die „Anderswelt". Vielleicht stand er doch nur einfach noch unter Drogen.

Was sollte er nun bei Christina? Den Menschen, der ihm beisteht, und die ganze Zeit beigestanden hatte, hatte er gerade ins Antlitz geschaut. Was wollte er dort? Sich wieder wegschicken lassen? Das konnte er dem Menschen im Spiegel nicht antun. Das wäre eine Bestrafung für den Menschen, der wirklich die ganze Zeit immer bei ihm war.

„Sie soll zur Hölle fahren! Ich gehe überall hin, nur nicht zu ihr." zischte er entschlossen.

Alle waren sie weg, Christina, Anna, der Mann der ihn fickte und allgemein alle Menschen, die sonst auch immer am Bahnhof auf und ab liefen. Alle Menschen in der Stadt. Nur der junge Mann im Spiegel blieb....wie immer im Leben.

Der Wendepunkt

Die Sonne bewegte sich langsam von Osten nach Süden. Es war schon einige Stunden taghell, als Richard unter einem gestürztem Baum aufwachte, unter dem er sich am Abend vorher gelegt hatte, um zu schlafen. Nun war schon der vierte Tag, wo er sich in dem riesigem Wald versteckt hatte. Er fror, da er immer noch müde war und rieb sich die Hände, da er sich dadurch Wärme erhoffte. Neben ihm stand die Tasche mit der Kettensäge, die er sich nun schweigend ansah.

Was war auf einmal passiert? Er hatte die Kontrolle verloren. Zwar nur für einen kurzen Augenblick, aber es reichte, dass er sich sein eigenes Leben in Schutt und Asche gelegt hatte. Und das alles wegen einer Aunseinernadersetzung mit dem Ordnungsamt.

Eigentlich sollte alles gut werden. Die Firma bot ihm einen besseren Posten an, wo er wesentlich mehr verdient, obwohl er dafür weniger arbeiten musste. Der einzige Haken an der Sache war, dass er wieder umziehen musste, da der neue Posten an einem ganz anderem Standort war.

Mit seiner Frau Beate hatte er sich ein Haus angesehen und sich sofort darin verliebt. Mit Garten, so wie Beate es sich immer gewünscht hatte.

Als sie sich gerade eingelebt hatten, holte zumindest Richard dann doch ein Teil der Vergangenheit ein. Unbezahlte Parkknöllchen, die in gelben Briefumschlägen zugestellt wurden.

„Ich werde morgen früh zum Ordnungsamt gehen und das klären." versprach Richard, als er mit seiner Frau abends zusammen saß, nachdem sie zu Abend gegessen hatten.

„Was willst du da klären? Ich hab dir gesagt, besorg dir einen Bewohnerparkausweis, auch wenn wir eh in wenigen Wochen umziehen. Aber du hast ja nicht gehört." meckerte Beate.

„Jetzt mal im Ernst, Schatz. Wenn ich weiß, dass ich in 3 Wochen umziehe, dann werf ich der Stadt doch nicht noch 30 EUR in den Schlund für einen Parkausweis, damit ich ein Jahr da parken kann." versuchte er zu argumentieren.

„Ne, dann holst du lieber gar keinen und zahlst lieber 120 EUR für Parknöllchen, weil die dich 12 mal aufgeschrieben haben..Und jetzt sind es wesentlich mehr, weil die jetzt schon 38,50 EUR für jedes Knöllchen haben wollen. Für das Geld hättest du ohne die Mahngebühren 3 Jahre parken können." unterbrach sie ihn.

„Und genau das sehe ich nämlich nicht ein. Ich hab zum Ordnungsamt eine E-mail , dass ich bald umziehe und da im Moment noch wohne und das ich nicht ereit bin, für die kurze Zeit, ein ganzes Jahr Gebühren für einen Parkausweis zu bezahlen, sie sollen davon absehen, mich aufzuschreiben." ergriff Richard wieder das Wort.

„Meine Güte." Beate verdrehte die Augen. „Du bist manchmal so stur!"

„Man darf sich nicht immer alles gefallen lassen. Ich werde morgen früh dahin gehen und das mit denen vor Ort persönlich klären. Ich wollte morgen früh sowieso in die Stadt, um dem Baumarkt die Kettensäge zurückzubringen, bevor wir für einen weiteren Tag noch Leihgebühren abdrücken müssen." erklärte Richard.

„Du musst doch morgen früh arbeiten, wie willst du das alles machen?" hinterfragte Beate.

„Ich fange morgen 2 Stunden später an. Habe ich schon mit meinem Vorgesetzten geklärt. Das passt schon." antwortete Richard.

Es war 9.04 Uhr, als er das Büro der Sachbearbeiterin des Ordnungsamtes betrat. Er war 45 Minuten mit dem Auto unterwegs gewesen , weil das Ordnungsamt in seiner neuen Kommune dafür nicht zuständig war. Danach würde er wieder zurückfahren, um im Baumarkt die gemietete Kettensäge zurückzubringen. Zwar eine ganz schöne hin und her Fahrerei, aber er wollte die Bußgelder für die ganzen Parkknöllchen ein für alle Mal erledigen.
Noch im Auto hatte er sich zurechtgelegt, wie er den Sachverhalt am bestens darlegen sollte und konnte seinen Text mittlerweile auswendig.

„Guten Tag." grüßte er freundlich, als er nach Aufruf das Büro betrat. Die Sachbearbeiterin deutete ihm, sich zu setzen.

„Weswegen ich sie aufsuche.." begann er, nachdem er sich gesetzt hatte. „Ich habe einen Haufen Strafbefehle bekommen, weil ich meine Strafzettel wegen parken ohne Parkschein nicht bezahlt hatte..Nun ja, vielleicht wusste die Kollegin im Außendienst nicht, das ich dort wohne."

„Ob sie dort wohnen oder nicht, ist irrelevant, Herr Peters. Sie hätten sich auch einen Bewohnerparkausweis besorgen können."unterbrach die Sachbearbeiterin ihn in einem belehrendem Ton. Schon zu Beginn des Gespräches traf Richard auf mehr Gegenwehr als er mit gerechnet hatte. Doch er riß sich zusammen und räusperte sich. „Das verstehe ich. Hab ich auch letztes Jahr getan, wie sie sicher

Ihren Unterlagen entnehmen können. Doch als der Ausweis ablief, war ich eh kurz davor umzuziehen. Ich hab gehofft, dass die Kollegin dann ein Auge zudrücken würde. Irgendwo muss ich ja meinen Wagen abstellen. Schließlich wohnte ich noch da."

Die Sachbearbeiterin sah ihn musternd aber kalt an.

„Auch wenn sie umziehen, müssen Sie , solange sie dort wohnen, sich einen Parkausweis besorgen. Egal ob sie 1 Woche, 4 Wochen oder nur noch 2 Tage dort wohnen. Ansonsten aus dem Parkscheinautomaten einen Parkschein ziehen."

„Können wir uns nicht wenigstens in der Mitte treffen? Ich bezahl die Strafe und Sie erlassen mir die Verwaltungsaufwände?" Das war bereits sein Plan B, was er zwar nicht einsah, doch wenigstens eine Lösung haben wollte, mit der er sich anfreunden konnte.

„Nein, Herr Peters." schüttelte die Sachbearbeiterin mit dem Kopf in einem Tonfall, als ob sie gerade einem Kleinkind die Schokolade verweigern würde. „Wenn Sie sich ohne Bewohnerausweis keinen Parkschein ziehen, haben Sie das selber zu verantworten. Die Kosten sind nun fällig und die haben Sie zu bezahlen."

Am liebsten wäre er aufgestanden und hätte die Sachbearbeiterin allein für ihren Ton geohrfeigt, doch er sah ein, dass seine Frau recht damit behielt, dass es nichts bringen würde, mit dem Ordnungsamt zu reden.

„Ich werde Sie dann nicht länger von Ihrer Arbeit abhalten."er stand auf und ging zur Tür. Doch bevor er den Raum verließ, drehte er sich nochmal um. „Schließlich sind Sie sehr damit beschäftigt den Bürgern das Geld aus der Tasche zu ziehen."

Sein Kopf glühte vor Wut. Am liebsten hätte er sie umgebracht, aber er blieb ruhig. Doch wenigstens dieser Satz musste raus. Auch wenn es eh nichts brachte, so konnte er wenigstens ein kleinen Teil seines Frusts abbauen, indem er ihr diesen Spruch drückte.

Er wählte über sein Handy die Nummer seiner Frau, die offenbar schon seinen Anruf erwartet hatte, so schnell wie sie dran war.

„Du hattest Recht...da sitzen Maschinen aus Fleisch." brummte er.

„Hab ich dir doch gesagt, aber du hörst ja nicht. Weisst ja immer alles besser." gab Beate in einem vorwurfsvollem Ton von sich. „Kannst du noch Kondensmilch mitbringen wenn du eh schon mal in der Stadt bist?"

Obwohl es eine Bitte seiner Frau war, wich sie nicht von ihrem Vorwurfsvollem Ton ab.

„Was soll ich denn noch alles machen? Klärende Gespräche führen...Kettensäge zum Baumarkt bringen...schick mich doch zum am besten noch zum Großeinkauf...macht ja nichts, muß ja nur in einer Stunde auf der Arbeit sein!" maulte er.

„Ich will keinen Großeinkauf, sondern nur 2 kleine Tüten Kondensmilch, aber wenn das zu viel für dich ist, setz ich mich aufs Fahrrad und hol sie mir selber. Und außerdem hab ich nicht gesagt du sollst zum Ordnungsamt rennen um mit denen was zu klären. Das war deine eigene dumme Idee." erwiderte Beate angesäuert.

"Ich mach schon." wedelte er besänftigend mit den Händen, so als würde seine Frau vor ihm stehen. „Ich komm nochmal kurz rum, bevor ich zur Arbeit fahre und bringe dir deine Kondensmilch mit."

Der Weg zum Supermarkt bedeutete einen Umweg für ihn, da es dort ebenfalls schlecht mit parken war. Doch streit mit seiner Frau war nun das letzte, was er gebrauchen könnte, weshalb er einwilligte.

10 Minuten später parkte er auf dem Krankenhausparkplatz neben dem Supermarkt. Auch hier war wieder, so wie in der ganzen Stadt Parkscheinautomaten. Innerlich fluchte er, doch versuchte Ruhe zu bewahren. Schließlich wäre er in wenigen Minuten wieder draußen und die 30 Cent würden ihn nun auch nicht ärmer machen. Doch noch mehr Streß wollte er nicht.
Er stieg aus und lief zum Parkscheinautomaten. Doch als er gerade das Geld einwerfen wollte, stutzte er.
„1 Euro?" murmelte er erstaunt. 1 Euro nur um 5 Minuten für 2 Tüten Kondensmilch mal eben das Auto abstellen zu dürfen. Frechheit!
Er schaute sich um, ob er irgendwo eine Politesse sehen konnte, um abschätzen zu können, ob er es 5 Minuten riskieren könnte. Tatsächlich sah er am anderen Ende des großen Parkplatzes eine stehen, die eifrig dabei war, ein Foto von einem Wagen ohne Parkschein zu machen.

„Entschuldigen Sie..." rief er und lief dabei auf die Politesse zu. „Da vorne mein Wagen, der Nissan... er zeigte auf seinen Wagen, nachdem die Politesse sich nach ihm umgedreht hatte.
„Ich bin nur kurz rein Kondensmilch kaufen. Das lohnt sich jetzt nicht, für einen Parkschein da jetzt 1 Euro in den Automaten zu schmeißen. Ich bin sofort in 5 Minuten wieder weg. Nur, dass sie mich da nicht aufschreiben."
Musternd sah die Politesse ihn an.
„Es tut mir leid, aber das ist egal ob sie 5 Minuten oder 30 Minuten einkaufen, Sie brauchen für diesen Parkplatz einen Parkschein."
„Ich bitte Sie, ich bin in 5 Minuten ja wieder weg." argumentierte er schon fast flehend.
„Wenn Sie Glück haben und es wirklich nur 5 Minuten sind, bin ich bei Ihrem Auto noch nicht angekommen bis sie wieder raus sind." zuckte sie nur mit den Achseln. Es gab nur die Möglichkeit, sich zu beeilen, was er dann auch tat. So schnell er konnte, betrat er den Supermarkt und nahm sich die Kondensmilch aus dem Regal und setzte seinen Weg direkt zur Kasse fort, wo noch 5 andere Kunden standen. 2 davon mit vollgepackten Einkaufswagen.
Er sah raus aus dem Fenster des Supermarktes. Die Politesse stand nun 3 Autos weiter als vorhin noch, als er sich mit ihr unterhalten hatte. Scheinbar ließ sie sich Zeit. Doch das machte die Kunden, die vor ihm in der Schlange standen, nicht schneller.

Nun stand nur noch die alte Dame vor ihm. Er sah in ihren Einkaufskorb. Sie hatte nur etwas Gemüse, Vitamintabletten und einen Kuchen. Das sollte eigentlich schnell gehen.

Die Kassiererin zog die Artikel über den Scanner und nannte der alten Dame den Preis. Nun war er endlich dran und die Politesse noch zu weit weg. Das würde er schaffen. Erleichterung machte sich in ihm breit.

„Moment mal, der Kuchen sollte eigentlich reduziert sein." protestierte die alte Dame plötzlich. „Der steht hier mit 4,99 EUR, da war aber ein Schild, dass der im Angebot wäre für 3,79 EUR."

Musste das jetzt sein?

„Davon weiß ich nichts." schüttelte die Kassiererin mit dem Kopf.

„Sehen Sie nach. Bei dem Kuchen steht ein Schild." bestand die alte Dame auf ihre 1,20 EUR.

„Pascal?" rief die Kassiererin eines ihrer Kollegen. „Schaust du bitte mal nach ob der Zitronenkuchen im Angebot ist? In der Kasse ist kein Angebotspreis angegeben."

Pascal war ein untergewichtiger Angestellter der offenbar ein Problem hatte, sich vernünftig zu rasieren, da sein Bart ungleichmäßig lang war. Offenbar eines der behinderten Menschen, die jeder Betrieb je nach Betriebsgröße einstellen musste.

Mit gemütlichen Schritten schlurfte Pascal nach hinten, um beim Kuchenfach nachzusehen, ob es den Angebotspreis, den die alte Dame angab, auch wirklich gab.

Mittlerweile, das konnte Richard vom Fenster aus beobachten,nur noch 5 Autos neben seinem. Es wurde langsam knapp.

Auch wenn die alte Dame nichts dafür konnte, dass er nun ohne Parkschein sein Auto geparkt hatte, hasste er sie.

Pascal kam wieder. Endlich wird die Situation sich klären, damit auch er nun endlich abkassiert werden konnte.

„Nur auf beschädigte Verpackung." murmelte Pascal. „Steht auch darunter. Der Preis bezieht sich auf den Apfelkuchen da die Verpackungen stellenweise angerissen sind."

„Dann müssen Sie das auf ihren Schildern deutlicher schreiben. Ich zahle keine 4,99 EUR für einen Kuchen." giftete die Alte nun.

„Also soll ich den Kuchen stornieren?" fragte die Kassiererin unsicher.

„Nein, da steht 3,79 EUR in dem Regal wo ich den Kuchen herhatte. Und da bestehe ich drauf, das ich den Kuchen für 3,79 EUR nehmen kann."

„Mein Kollege hat gerade nachgeschaut. Das Angebot gilt nur für den Apfelkuchen mit den angerissenen Verpackungen." antwortete die Kassiererin freundlich.

Die Politesse war nun nur noch 2 Autos entfernt. Anscheinend hatte dort noch jemand keinen Parkschein, denn sie holte ihre Kamera heraus, um den nächsten Wagen zu fotografieren. In Richard stieg der Stresspegel.

„Ich möchte ihren Vorgesetzten sprechen." forderte die Alte nun und verschränkte die Arme.

Was erlaubte die Frau sich, für 1,20 EUR so einen Aufstand zu machen?

„Hören Sie mal." mischte er sich nun ein. „Hier sind auch noch andere Leute, die was vorhaben! Nehmen Sie den verfluchten Kuchen oder lassen Sie es bleiben!"

„Es geht hier nicht um den Kuchen. Es geht ums Prinzip!" wurde die Alte laut. Das Prinzip, das ihn gleich 10 Euro kosten würde, wenn er in 2 Minuten nicht draußen ist.

Er bekam Schnappatmung bei dem Gedanken und wendete sich der Kassiererin zu.

„Hören Sie, können Sie mich zuerst abkassieren? Ich bin sehr in Eile."

„Moment, junger Mann!" widersprach die Alte. Es war lange her, dass jemand ihn als Junger Mann bezeichnet hatte. Mittlerweile war er 42 und seinem schwarzem Lockenkopf folgte einer mittlerweile lang gewordenen Stirn, da ihm vorne schon die Haare ausgefallen waren.

„Sie werden sich ja wohl noch einen Augenblick gedulden können." herrschte sie. „ Ich war zuerst dran und ich möchte, dass das mit dem Angebot nun geklärt wird." Am liebsten hätte er sie erwürgt.

„Kommen Sie bitte zu mir?" forderte ein freundlich junger Mann, der sich bereits an die Kasse nebenan gesetzt hatte, ihn auf. Seine Gebete waren erhört worden und er rannte förmlich zur anderen Kasse, bevor jemand vordrängeln konnte. Der Kassierer rechnete die Ware ab und Richard stürmte mit den beiden Tüten Kondensmilch nach draußen.

Keine Sekunde zu früh, wie er feststellte, denn die Politesse stand bereits an seinem Wagen und war dabei, ihre Kamera wieder aus ihrer Weste zu holen, um das Beweisfoto zu schießen, dass er ohne Parkschein geparkt hatte.

„Ich bin wieder da." hechelte er und schloß das Auto auf um die Kondensmilch zu verstauen.

„Aber leider zu spät, ich bin an ihrem Auto angekommen." lächelte sie.

„Aber Sie haben mich noch nicht aufgeschrieben." Sich sicher, das er ohne Strafe nun davon fahren könnte, startete er den Motor. Doch die Politesse ließ sich nicht beirren.

Sie drückte den Knopf ihres Gerätes und das digitale Foto war gemacht.

„Jetzt schon." Man konnte förmlich die Schadenfreude in ihren Augen sehen.

Richard drehte den Schlüssel wieder um und der Motor verstummte. Hastig stieg er aus und lief auf sie zu.

„Hören Sie mal, was erlauben Sie sich? Ich war wieder zurück, bevor sie mich aufschreiben konnten. Das ist jetzt reine Schikane, was Sie da machen." stammelte er.

„Ich mache nur meine Arbeit." zirpte sie und tippte das Kennzeichen in ihrem Gerät ein, ohne sich von Richard stören zu lassen.

Mit Wucht schmiß Richard die Autotür zu und ging zum Kofferraum.

Ihr würde er es jetzt zeigen. Niemand...NIEMAND hat das Recht ihn zu schikanieren.

Er konnte sie innerlich lachen hören. Als würde sie sagen „Du Würstchen sagst mir nicht, wie ich meine Arbeit zu erledigen habe."

„Sie dürfen hier nur mit Parkschein parken. Das wussten Sie. Das sind Sie selber schuld."belehrte sie ihn und verstaute ihr Gerät wieder in ihrer Weste.

Was erlaubte sie sich, mit ihm zu reden als wäre ein kleiner ungehorsamer dummer Junge?!

Er griff nach der Kettensäge.

„Sie hätten sich ja einen Parkschein ziehen können, aber weil sie die 1 Euro nicht zahlen wollten, zahlen Sie jetzt 10." hackte sie weiter auf ihn rum.

Seine Hand umklammerte fest den Griff der Kettensäge. In ihm wehrte sich noch etwas und versuchte ihn zu beruhigen. Doch es war zu schwach. Diese Demütigung, diese Schikane. Diese Politesse war böse, genoß es richtig, ihm einen Strafzettel zu geben.

Sie beugte sich hervor und heftete den Ausdruck des Strafzettels an die Windschutzscheibe.

„Vielleicht überlegen Sie das nächste Mal, ob es nicht besser wäre, einen Parkschein zu ziehen. Sehen Sie es als Lehrgeld." sagte sie triumphierend.

Der Motor der Kettensäge startete mit einem laute surren. Bevor die Politesse reagieren konnte, rannte er mit der Kettensäge auf sie zu. Sie war schwer und seine Arme hämmerten, da er so schnell das Gewicht gehoben hatte.

Sie war zu entsetzt um zu schreien, selbst dann, als sich die Sägeblätter in ihre Schultern bohrten. Das Blut spritzte, als sie sich ins Fleisch gruben, um die darunter liegenden Knochen zu raspeln. Der Motor kreischte, da er die Drehzahl erhöhte, um die Schulter vom Körper dieser Frau zu trennen.

Der Anblick war grausam, und in ihm stritten sich 2 Seelen. Der einen, der es leid tat was er gerade tat und es versuchte zu verhindern. Und der anderen, die es genoß, diese Frau in Stücke zu sägen. Es ihr heimzuzahlen, dass sie mit ihm sprach wie mit einem kleinen Idioten. Es tat so gut, den Frust über die Sägeblätter rauszulassen, als seien sie ein Ventil.

„Ruft doch jemand die Polizei!" schrie einer, der das Blutbad sah, was Richard gerade anrichtete. Er musste weg hier. Gleich würden die ganzen Gaffer und anschließend die Polizei hier stehen. Obwohl die Kettensäge schwer war, ließ er sie nicht los, sondern fing an zu rennen. Von weit her konnte er schon Polizeisirenen hören. Jemand hatte offenbar schon die Polizei gerufen.

Das Gewicht ignorierend, rannte er. In der Nähe war ein Wald, da dies der Rand der Stadt war und gleich Kilometerweit nur noch Land kommen würde. Er müsste es nur noch durch die Unterführung der Autobahnauffahrt schaffen, damit er sich in diesem Wald verstecken konnte.

Nur noch wenige Meter, dann hatte er es geschafft. Seine Sicht war schlecht, weil ihm Blut dieser Frau ins Auge gespritzt war. Allgemein war sein ganzes Gesicht voller Blut.

Die Unterführung kam zum Ende und seine Beine trugen ihn in die Büsche an den ersten Bäumen vorbei. Nun konnte ihn zumindest von der Strasse aus niemand so einfach sehen. Doch sie würden ihn suchen. Er drehte sich um und sah in den tiefen Wald. In der Nähe der Strasse wäre er auf jeden Fall verloren. Es würde nur wenige Minuten dauern bis sie ihn fassen würden. Tiefer im Wald wäre er wenigstens eine Zeit sicher.

Die Kettensäge zog er hinter sich her und lief stur geradeaus immer tiefer in den Wald.

Nun war er hier, mittlerweile der 4. Tag schon. Es überraschte ihn selber, dass die Polizei ihn hier nicht gefunden hatte. Er hatte damit gerechnet, dass sie spätestens nach einem Tag seine Spuren hier finden würden. Schließlich müsste er eine Blutspur hinter sich hergezogen haben. Die Kettensäge tropfte die ganze Zeit, selbst die ersten hundert Meter in den Wald hinein noch. Zwar war der Wald riesig, doch er hatte in den Nachrichten schon mal Berichte gesehen, wo sie Täter in besseren Verstecken gefunden hatten.

Andererseits traute er sich auch nicht, den Wald zu verlassen. Mit Sicherheit würden Sie schon dort irgendwo stehen und auf ihn warten. Vielleicht war es sogar eine Strategie, dass sie ihm draußen auflauern würden. Schließlich musste er irgendwann rauskommen. Er hatte Durst, obwohl er vom letzten Regen vorgestern genug von den Blättern auflesen konnte. Doch 2 Tage konnten, ohne etwas zu trinken lang werden.

Und Hunger hatte er auch. Zwar hatte er ein Gestrüpp gefunden, wo er Waldbeeren pflücken konnte, doch so langsam wuchs in ihm die Gier nach Fleisch.

Lange konnte er nicht mehr hier bleiben. Er wollte wissen was draußen los war. Was mit seiner Frau war. Sein Auto hatte er am Tatort stehen gelassen. Sicher wird die Polizei seine Frau zuhause aufgesucht haben.

Oh Gott, und wie wird Beate über ihn urteilen? Wie würde sie es verkraften, dass ihr Mann jemanden mit einer Kettensäge getötet hatte? Wahrscheinlich hatte sie schon längst die Koffer gepackt und hatte ihn verlassen.

Die Blätter raschelten, als er auf die Pflanzen trat, während er immer weiter Richtung Ausgang des Waldes lief. Was brachte es, zu fliehen? Er würde in diesem Wald nicht mehr lange überleben. Und wofür die Freiheit, wenn Beate ihn nun wirklich verlassen hatte?

In seinem Kopf rumorten die Fragen, was in ihn gefahren war. Ja, die Politesse gab ihm einen Strafzettel, und ja, sie hatte es getan um ihn zu schikanieren, und JA sie hatte es offensichtlich genossen, ihn zu schikanieren. Aber bringt man deshalb jemanden um? War das wirklich er, der eine Frau mit einer Kettensäge zersägt hatte?

Fakt war, er lernte etwas neues über sich. Und zwar dass er sich selbst bei weitem nicht so gut kannte, wie er glaubte.

Das Ende des Waldes kam immer näher. Mittlerweile war es nur noch ein Gebüsch, was ihn von den Straßen trennte. Und mit Sicherheit auch von den Gefängnismauern.

Eigenartigerweise hörte er keine vorbeifahrenden Autos, obwohl es eine Hauptstraße war, die am Wald entlang führte. Sicher haben sie die Straßen gesperrt, weil eine Fahndung nach ihm läuft.

Wieder umklammerte er mit beiden Händen den Griff der Kettensäge. Was sollte er tun? Sie ergeben oder sie alle niedermetzeln, wenn sie versuchen ihn zu verhaften? Sich ergeben wäre sicher die klügere Variante, denn die Kettensäge schützte ihn nicht davor, von einem Polizisten erschossen zu werden. Andererseits...wofür leben? Wofür? Er würde den Rest seines Lebens eh im Gefängnis verbringen.

Vorsichtig schob er die Äste des Busches beiseite und warf einen Blick auf die Straße. Sie war leer. Keine Autos...allerdings auch keine Polizisten, die darauf warteten, dass er herauskommen würde.

Auch als er ganz heraustrat und den ersten Schritt auf den Bürgersteig setzte, war weit und breit keine Menschenseele zu sehen.

Vielleicht gäbe es doch eine Chance, zu seinem Haus zu kommen, ohne geschnappt zu werden. Zumindest wüsste er dann, woran er bei seiner Frau ist.

Er blickte nach unten auf die Kettensäge. Sie hielt ihn auf, da sie schwer war. Doch sie war auf der anderen Seite im Moment auch das einzige, womit er sich verteidigen konnte. Er würde sie mitnehmen, so wie er sie die ganzen 4 Tage im Wald bei sich trug.

Es dauerte 20 Minuten, bis er wieder auf dem Parkplatz angekommen war, wo sich alles ereignete.

Sein Wagen stand immer noch dort, obwohl er davon ausging, dass sie ihn sicher beschlagnahmt hatten.

Vor seinem Wagen stand ein Krankenwagen, doch kein Mensch in der Nähe weit und breit.

Ihm stockte der Atem, als er feststellte, das hinter dem Krankenwagen immer noch die zersägte Leiche lag. Sie war Blass und man konnte erkennen, dass die Leichenstarre schon längst eingesetzt hatte. Wenigstens hatte jemand ihre Augen geschlossen. Fliegen hatten sich schon über die Wunde hergemacht,wo vor 4 Tagen noch das Blut herausgequollen war. Ein angesägter Knochensplitter schaute heraus. Irgendetwas stimmte hier nicht. Es sah so aus, als ob die Sanitäter abgehauen wären, als sie versucht hatten, das Leben dieser Frau zu retten. Und den Krankenwagen hatten sie dann auch stehen gelassen. Nirgendwo ein Mensch in der Nähe. Fast gespenstisch, wie Richard feststellte.

Allein mit sich selbst

Obwohl es schon in die zweite Woche ging, in der Matthias keine einzige Menschenseele gesehen hatte, schaute er trotzdem noch regelmäßig aus dem Fenster, ob nicht doch noch jemand am Straßenrand vorbeilaufen würde. Die anderen Wohnungen im Häuserblock hatte er ebenfalls inspiziert. 2 Wohnungen hatte er sogar dafür aufgebrochen. Doch sie waren ebenfalls , genauso wie die Wohnungen die er zuvor betreten hatte. Es stand nun unwiderruflich fest. Hier war kein Mensch mehr. Er war ganz allein.

Doch nicht nur die Stadt, in der er lebte schien von dem plötzlichen Verschwinden der ganzen Menschen betroffen zu sein und auch nicht nur sein Freundeskreis. Wenn man nach sämtlichen Einträgen im Internet geht, scheint die Menschheit auf der ganzen Welt verschwunden zu sein. In sämtlichen Communities und Foren war der jüngste Eintrag der Abend, wo seine Frau und seine Kinder verschwunden sind. Er loggte sich bei Facebook ein und postete selbst nun einen Eintrag.

„Hallo, wo seid ihr alle??"

Doch wer sollte es lesen? Aber wichtig war ja , dass er auf sich aufmerksam macht. Es musste doch noch irgendwo jemanden geben. Die Vorstellung, er könnte wirklich der einzige Mensch auf diesem riesigem Erdball sein, machte ihm Angst. Er war noch nie in seinem Leben so lange allein wie jetzt. Sonst hatte er, auch bevor er seine Frau kennen gelernt hatte immer jemanden, mit dem er simsen oder telefonieren konnte. Und wenn keines seiner persönlichen Kontakte greifbar war, gab es immerhin noch den Chat im Internet. Doch auch sämtliche Chatrooms im Internet blieben leer.

Es war grauenhaft, alleine mit sich selbst zu sein. Erst jetzt kam er das erste Mal richtig dazu, über sein Leben nachzudenken. Und über sich selbst.

Szenen aus seiner Kindheit kamen ihm ins Gedächtnis, wo er sich nun, viele Jahre später im -nachhinein fremdschämte. Wie er es sich mit seiner ersten großen Liebe verbockt hatte, als er im fünften Schuljahr war.

Wie ein Film lief es vor seinen Augen ab, wie sie voreinander standen und freudestrahlend sich fürs Kino verabredet hatten. In Daniela war er das erste Mal schon im dritten Schuljahr verliebt, konnte aber seine Gefühle nicht so wirklich deuten. Er wusste nur, dass er sie toll fand und gerne in ihrer Nähe war. Und nun war es endlich soweit und waren verabredet. Zu Hause duschte er sich und nahm heimlich das After Shave seines Vaters. Kritisch betrachtete er sich im Spiegel. Die Haare, sie liegen nicht so er es sich vorstellte. Mit dem Kamm ging er sich nochmal durch die Haare, doch nun sah es noch schlimmer aus. So streng..wie eine männliche Bräse. Wild wuschelte er sich mit den Händen durch die Haare. Nochmal von vorne alles, diesmal mit der Bürste. Es wurde immer schlimmer. Nun standen sie auch noch in alle Richtungen ab und panisch drückte er sie immer nach unten. Und dann noch dieser Pickel auf der Wange. Musste das ausgerechnet jetzt sein? So konnte er ihr unmöglich gegenüber treten. Und überhaupt...in welchen Film sollten sie gehen? Und worüber sollten sie sich nach dem Film unterhalten. Mit Sicherheit würde sie ihn anschließend doof finden.

Frustriert zog er sein Hemd wieder aus und setzte sich im freien Oberkörper in sein Zimmer und starrte in den Fernseher. Nur noch eine Stunde, dann würde es soweit sein.

Schwer atmend griff er zur Fernbedienung und schaltete das Fernsehgerät und die Spielkonsole ein ein. Sein Entschluß stand fest. Er war noch nicht soweit.

„Daniela will wissen, wo du gestern gewesen bist. Du wolltest sie um 6 Uhr abholen." baute sich Katharina, eines ihrer Freundinnen vor ihm auf, als er in der Pause seine Sportsachen vor der Turnhalle für den Sportunterricht deponierte. Matthias sah sie mit großen Augen an und überlegte fieberhaft nach einer Ausrede. Er konnte ihr ja schlecht sagen, das er Angst hatte.

„Ich hab Boxen auf der Konsole gespielt...hat etwas länger gedauert. Sorry." fiel ihm nur ein, was sogar zum Teil der Wahrheit entsprach.

„Boxen gespielt? Daniela hat gestern auf dich gewartet!" fletschte Katharina verständnislos die Zähne.

„Hab doch gesagt es tut mir leid. War beim 5.Gegner angekommen, das habe ich vorher noch nie geschafft. Den wollte ich erst noch wegboxen."

Katharina drehte sich um und ging zu Daniela, die einige Meter abseits stand, wieder zurück. Seitdem hatte sie kein Wort mehr mit ihm gesprochen.

„Ich hab Boxen auf der Konsole gespielt." wiederholte Matthias tonlos, als die Erinnerung sich in seinem Kopf abspielte. „Gott wie konnte ich nur so bescheuert sein? ...Ich hab Boxen auf der Konsole gespielt."

Nun konnte er verstehen, warum sie nicht mehr mit ihm sprach. Selbst 2 Jahre später als er sie auf einer Feier traf, hatte sie seine Aufforderung zum tanzen abgelehnt und gesagt, dass sie ihn nicht leiden kann.

Auch wenn Daniela keine besondere Rolle mehr in seinem Leben spielte, die Erinnerung tat weh.Im nachhinein zu sehen, wie dumm man war. Warum war er das Risiko nicht eingegangen und trotzdem zu dem Date einfach hingegangen? Was wäre gewesen, wenn er das gemacht hätte? Wäre er mit Daniela doch noch ein Paar geworden? Hätte er dann jemals seine Frau kennengelernt? Hätten seine Kinder dann jemals existiert?

Fragen, die keine Rolle mehr spielten, denn die Zeit konnte niemand zurückdrehen. Das Gedankenspiel mit der Zeit, das wusste er, war sowieso reine Zeitverschwendung, denn Albert Einstein hatte schon festgestellt, das Zeit eine Illusion ist.

Nun konnte er sich auch aus Danielas Verhalten einen Reim machen, denn erst vor 9 Jahren hatte er sie wieder getroffen, als er auf dem Weg zum Friseur war. Sie schob einen Kinderwagen vor sich her, und nun, Jahre später, hatte sie sich auf der Straße sogar mit ihm unterhalten. Sie erzählte ihm, wie glücklich sie wäre. Verheiratet, 2 Kinder...vor kurzem ein Haus gekauft. Das Leben wie es sein sollte. Damals hatte er sich für sie gefreut, doch nun fiel ihm ein, dass er ihr als erstes die Frage „Und was machst du so?" beantwortet hatte und ihr erzählte, dass er Junggeselle wäre. Das war 2 Jahre, bevor er seine spätere Frau und Mutter seiner Kinder kennenlernte.

Nein, sie hatte ihm nicht verziehen, dass er sie versetzt hatte. Sie erzählte ihm nicht, wie gut es ihr ginge, um einfach nur mit ihm zu plaudern. Sie wollte ihm noch eine rhetorische Ohrfeige mit auf dem Weg geben.

„Tja, hättest du mich damals nicht versetzt, dann würde ich jetzt deine Kinder mit dem Kinderwagen vor mir herschieben, du Arschloch..Ooooh, und du bist jetzt alleine? Das tut mir aber leid."

Er starrte in den Spiegel. Sein Bart pickte am Hals. Sein 3 Tage Bart vor knapp 2 Wochen hatte er sich nochmal rasiert gehabt, doch seitdem er festgestellt hatte, das nirgendwo mehr ein Mensch ist, sah er in Körperpflege keinen Sinn mehr. Nur wenn der abgestandene Schweiß in den Achseln brannte, duschte er. Doch so lange eh niemand da ist, der ihn sehen könnte, beschloss er, sich die Haare und den Bart wachsen zu lassen.

Die Fische des Aquariums hatte er gerade gefüttert und beobachtete sie, wie sie sich über die aufgetauten roten Mückenlarven hermachten. Er müsste sich was einfallen lassen, um neues Fischfutter zu bekommen. Doch die Tiernahrungsgeschäfte haben alle geschlossen. Andererseits, wenn man Benzin ohne Bedenken stehlen kann, kann man auch in einem Tierhandel einbrechen. Oder?

Er setzte sich in seinen Wagen und fuhr los. Nur wenige Kilometer von hier war ein riesiges Tierfuttergeschäft. Er stellte den Wagen auf dem Parkplatz ab und lief die wenigen Meter zur Tür. Sicherheitshalber probierte er, ob die Tür auch wirklich verschlossen war, was sich bestätigte.

Er hob einen dicken Stein vom Boden auf, der am Rand des Parkplatzes gelegen hatte und sah sich Stein und Tür immer im Wechsel an. Er zögerte, ihm fehlte der Mut. Das, was ihm vorschwebte, wäre der Beginn einer Anarchie. Keine Regeln, keine Gesetze, keine Besitztümer. Jeder konnte tun und lassen was er wollte. War es wirklich richtig, was er da vorhatte? Was wäre, wenn er nach Hause kommt und jemand hätte ihm die Tür eingetreten und würde dann zu ihm sagen „Ich wohne jetzt hier."?

DOCH HIER IST NIEMAND, DER DAS TUN KÖNNTE!

Matthias holte aus und warf den Stein. Die Glastür zersplitterte und die Alarmsirene heulte auf. Das schrille Geräusch, schmerzte in den Ohren. Er rannte ins Gebäude und machte sich eine Plastiktüte, die er mitbrachte, mit gefrorenem Fischfutter voll und rannte zurück zum Wagen, um mit Vollgas davon zu fahren.

Erwischen würde ihn eh niemand, obwohl er es sich im Grunde seines Herzens wünschte. Doch die Alarmsirene verursachte in ihm eine Panik, weshalb er keine Ruhe bewahren konnte und einfach nur schnell wieder weg wollte.

Zu Hause wieder angekommen, verstaute er das Frostfutter im Eisschrank und setzte sich wieder zurück auf die Couch. Das beobachten des Aquariums beruhigte ihn. Seine Gedanken kreisten. Alleine das gluckern des Wassers hatte ein entspannende Wirkung.

Das Aquarium begann zu schrumpfen und verwandelte sich in sein allererstes Aquarium, dass gerade mal 30 Liter umfasste und 2 Mini Haie als Bewohner hatte. Es war seine allererste Wohnung, die er bezogen hatte, als er sein Physikstudium antrat, dass er hinterher abgebrochen hatte.
Es donnerte von außen gegen die Tür. Wieder dieser stinkbesoffene Penner von nebenan. Das ging nun schon seit Wochen so, dass Raimund von nebenan sich eine Kiste Bier in den Kopf jagte und anschließend anfing zu randalieren. Er bildete sich irgendeinen Lärm ein, der aus seiner Wohnung kommen sollte.
Matthias lief zur Tür seiner kleinen 1 Zimmer Wohnung und öffnete sie. Raimund stand vor ihm. Mittlerweile hatte er eine Säufernase. Sein Kopf war rot vor Wut.
„Wenn Sie nicht aufhören, so einen Lärm zu machen, werde ich den Mieterschutzbund einschalten." Schrie er durch den Hausflur.
„Ich weiß gar nicht, was sie von mir wollen. Ich habe gar nichts getan. Ich sitze gerade am Tisch und esse etwas." rechtfertigte Matthias sich.
„Verarsch mich nicht, Junge! Verarsch mich nicht. Ich hab gehört wie du mit dem Stuhl immer absichtlich rückst!"
War das sein ernst? Weil er den Stuhl rangezogen hatte, um besser essen zu können, machte er einen Aufstand, als würde er eine wilde Fete feiern?
„Ich habe nur den Stuhl rangezogen... „ machte er einen erneuten Versuch die Sache friedlich zu klären, doch Raimun unterbrach ihn.
„LEG DICH NICHT MIT MIR AN, JUNGE! ICH WARNE DICH..LEG DICH NICHT MIT MIR AN!" brüllte er.
Matthias ballte hinter der Tür die Fäuste. Am liebsten würde er ihn umbringen. Oder wenigstens ihm das Gesicht mit der Faust zertrümmern. Vielleicht wäre das eine Lektion, die er bräuchte, damit er endlich Ruhe geben würde. Denn mittlerweile war er so weich gekocht, dass er sich nicht traute, nachts die Klospülung zu bedienen, weil er genau wusste, das es dann wieder gegen die Tür oder wenigstens gegen die Wand hämmern würde.
Raimund war sturzbetrunken und konnte sich kaum noch auf den Beinen halten. Matthias war kein Superman, allerdings auch nicht schmächtig. Raimund würde, obwohl er ihm mit seiner Masse körperlich überlegen war, bei einer Prügelei den kürzeren ziehen. Sollte er es wagen?
„Warum lassen Sie mich nicht in Ruhe?" fragte Matthias, doch Raimund schubste ihn, das Matthias nach hinten in seine Wohnung taumelte.

„LEG DICH NICHT MIT MIR AN, JUNGE!" wiederholte er und taumelte zurück nebenan in seine eigene Wohnung.

Matthias sah rot, doch versuchte sich wieder zu beruhigen. Der Schubser provozierte ihn, doch schnell hatte er sich wieder im Griff.

„Lassen Sie mich in Ruhe!" rief er ihm noch hinterher und schloß die Wohnungstür leise.

„Lassen Sie mich in Ruhe..." murmelte Matthias, in Erinnerungen schwelgend. Was war er bloß für ein Feigling gewesen? Raimund war ihm unterlegen. Es wäre eine Kleinigkeit gewesen, ihm eine Klatsche zu geben. Und dann wäre sicher auch Ruhe gewesen. Wovor hatte er Angst?

Er hatte es sich noch weitere 3 Monate gefallen lassen, bis er kapitulierte und auszog. War das wirklich nötig? Es wäre mit einem Faustschlag ins Gesicht erledigt gewesen. Raimund hatte keine Freunde, mit denen er sich hätte rächen können. Die Nachbarn hatte die Randaliererereien des Wohngenossen ebenfalls schon mitbekommen. Matthias war nicht der einzige, der diesem Nachbarschaftsmobbing ausgeliefert war. Jeder hätte es verstanden und jeder hätte ihn gedeckt, selbst wenn Raimund ihn dann angezeigt hätte. Es gab keinen logischen Grund zu kapitulieren und sich von so einem versoffenem Arschloch rausekeln zu lassen. Doch einen. Elendinge FEIGHEIT!

Das Alleinsein tat ihm nicht gut. Jetzt, wo er niemanden hatte mit dem er sich austauschen konnte, kamen die Erinnerungen hoch, die ihn daran erinnerten, dass er ein Feigling ist. Er selbst hatte sich nie als Feigling gesehen. Doch die Bilder der Erinnerungen sprechen Bände. Sagen ihm die Wahrheit. Wer und wie er wirklich ist!

Mit beiden Händen ging er sich durch die Haare und schlurfte ins Badezimmer. Das Licht im Badezimmer hatte durch die Kacheln einen beinahe grünlichen Ton.

Er sah in den Spiegel und seinem Spiegelbild tief in die Augen.

Das war sie, die Wahrheit...er war ein Feigling.

Und nun fielen ihm mehrere Situationen ein, wo ihm bewusst wurde, dass er ein Feigling war.

Dieses Physikstudium...er hatte es abgebrochen, weil er Angst hatte zu versagen. Genauso wie die Jobentscheidung, die er an dem Abend, wo alle verschwunden waren, getroffen hatte. Er hatte die Wahl, zwischen einem Job, wo physikalische Kenntnisse gefragt werden, die ihn sogar mit seinem abgebrochenem Studium genommen hätten. Und einen Job wo keine besonderen Kenntnisse erforderlich sind, aber auch weniger verdient.

Welchen Job hatte er genommen? Den, wo keine Kenntnisse gefragt sind. Schließlich hätte er in dem anderen Job versagen können.

Er wendete sich von seinem Spiegelbild ab. Er wollte sich diesen Feigling nicht länger anschauen. Vor ihm taten sich tiefe Abgründe auf. Er war nicht alleine. Er hatte Gesellschaft. Gesellschaft, die ihm mit jeder fortschreitenden Minute immer unangenehmer wurde. Sich selbst!

Kerstin

Langsam öffnete Thorben die Augen. Ihm war immer noch schwindelig, weshalb er es vermied, aufzustehen. Jemand saß auf der Couch. Diesmal konnte er sie klarer sehen. Die Frau, mit den blonden Haaren, die er schemenhaft gesehen hatte, bevor er wieder das Bewusstsein verlor.

„Geht es Ihnen gut?" fragte die Frau.

„Es geht." stöhnte er.

„Ich habe Sie auf die Couch gehievt, damit Sie nicht auf dem harten Boden liegen. Ich hoffe das war okay."

Thorben nickte nur, sagte aber nichts weiter.

„Möchten Sie auch einen Kaffee? Ich war so frei und habe mich an Ihrer Kaffeemaschine bedient während sie geschlafen haben."

Er fragte sich, wer diese Frau war. Doch er protestierte nicht, da sie offenbar als harmlos einzustufen war. Er lag besinnungslos auf dem Boden. Sie hätte die Chance gehabt ihm die ganze Wohnung leerzuräumen, doch stattdessen trug sie ihn auf die Couch und kochte Kaffee. Sie war in derselben Situation wie er. Sie war alleine, das hatte er selbst im verkaterten Schädel begriffen.

Ohne eine Antwort abzuwarten, stand sie auf und holte ihm eine Tasse Kaffee und stellte sie vor ihm auf den Tisch. Thorben setzte sich in der Zeit auf und streckte seine Gliedmaßen.

„Sie haben nicht zufällig eine Ahnung wo alle Menschen hin sind, oder?" fragte sie, bereits die Antwort kennend. Sie wollte ein Gespräch mit ihm anfangen.

„Nein." antwortete Thorben zögerlich. „Auf einmal waren alle weg."

„Ja..war bei mir auch so." nickte die Frau. „Ich bin übrigens Kerstin."
Sie streckte ihm die Hand entgegen, die er höflich annahm.

„Thorben." nannte er ebenfalls seinen Namen.

„Weiß ich..Ich hatte ihren Ausweis aus der Brieftasche geholt, damit ich wenigstens weiß, bei wem ich gerade eingebrochen bin." sagte sie schnippisch.

„Warum sind Sie eigentlich bei mir eingebrochen?" wollte er wissen. Auch wenn es eine außergewöhnliche Situation war, hätte sie auch die Klingel benutzen können.
Kerstin überlegte kurz, ob sie eine ehrliche Antwort geben sollte, entschied sich dann auch dafür.

„Ich wollte erstmal wissen, mit wem ich es zu tun habe..Ich mein...Sie könnten schließlich ja auch ein Irrer sein, oder?"
Sie nahm einen weiteren Schluck aus ihrer Kaffeetasse.

„Aber dann hab ich gesehen, dass sie hilflos auf dem Boden lagen. Sie stecken in derselben Situation wie ich."

„In welcher Situation stecken wir denn?" fragte er .

„Das alle Menschen verschwunden sind." antwortete sie prompt. Dann sah sie ihn schweigend an und wartete, dass er etwas sagen würde, doch er nickte nur.

„Es ist schon mehrere Monate her, 3 Monate um genau zu sein, dass ich niemanden mehr gesehen habe. Umso froher bin ich, das ich Sie gefunden habe." fügte sie hinzu.
Mehrere Monate? Er wunderte sich. Er stellte das Verschwinden der Menschheit erst vor knapp 2 Wochen fest.

„Bei mir ist es nicht so lange." sagte er schließlich, als ihm die Stille unangenehm wurde. „Es war vor 2 Wochen, als ich spazieren ging und als ich nach Hause kam, war meine Freundin auf einmal verschwunden. Und mit ihr alle anderen Menschen auch."

„ Ja...so ungefähr wars bei mir auch." bestätigte sie. „Ich hatte ein Date mit so einem Kerl aus dem Internet...ich mein, nicht dass Sie etwas falsches von mir denken ..ich bin jahrelang Einzelgängerin gewesen....."
Thorben merkte, dass sie versuchte, ihre Geschichte zu erzählen, doch in Rechtfertigungen ausschweifte. Murmelnd nickte er nur, um ihr zu deuten, dass ihr Privatleben ihn nicht sonderlich interessiert und sich dafür nicht rechtfertigen bräuchte. Eine Geste, die sie allerdings ignorierte.

„Meine letzte längere Beziehung ist jetzt 5 Jahre her, seitdem hatte ich so die Schnauze voll von Kerlen, dass ich froh war, dass ich meine Ruhe hatte...nach 5 Jahren hatte ich allerdings dann doch keine Lust mehr auf dieses Alleinsein und hab mir im Internet ein Profil bei einer Partnerbörse gemacht und dann diesen Mann kennengelernt."

Thorben nahm seine Tasse und nahm einen Schluck Kaffee. Besser wäre gewesen, diese Kerstin hätte ihm neben dem Kaffee auch noch seine Zigaretten gelegt, doch wenn er jetzt aufstehen würde, um sie zu holen, würde er sie unhöflich unterbrechen.

„Na ja...er war ein toller Mann...das muss ich zugeben. Wir küssten uns..und er lud mich zu sich nach Hause ein..." setzte sie ihre Geschichte fort.

Doch jetzt wo er Schmacht hatte, konnte er eh keinen klaren Gedanken fassen, weshalb er aufstand und sich eine Schachtel Zigaretten aus seinem Vorrat in der Küche holte. Kerstin unterbrach ihre Geschichte, so wie er es erwartet hatte, setzte dann aber mit ihren Erzählungen fort, nachdem er wieder saß und sich einen Glimmstengel angezündet hatte.

„Ich hab hin und her überlegt. Sollst du oder sollst du nicht...ich mein, ich hatte schon Lust...aber als anständige Frau macht man sowas nicht, dachte ich mir...ich hab jetzt 5 Jahre ohne, da kommt es darauf auch nicht mehr an."

Er hoffte, sie würde jetzt endlich zum Punkt kommen, denn sein Schädel dröhnte immer noch. Den Gefallen tat sie ihm auch.

„Ich entschied mich jedenfalls dagegen, auch wenn es mir schwer fiel und fuhr nach Hause."

Thorben erwartete, dass jetzt was kommen würde. Doch Kerstin nickte dann nur stumm, um ihm zu deuten, dass ihre Erzählung beendet war.

„Ja, und dann?" fragte er und nahm einen Zug aus seiner Zigarette.

„Ja nichts..Ich hatte mich schon gewundert, dass auf dem Weg nach Hause schon kein Mensch mehr auf den Straßen unterwegs war..aber na ja, nachts um 2 macht man sich da ja weniger Gedanken drüber. Aber ich hab seit dem auch keine Menschenseele mehr gesehen." antwortete sie.

„Wie haben Sie mich gefunden?" wollte er wissen.

„Ich war 2 Monate zuhause ohne eine Antwort auf dieses Rätsel zu finden. Vor einem Monat habe ich dann beschlossen mich auf die Suche nach anderen Leuten zu machen, weil ich mir dachte, ich kann ja nicht der einzige Mensch auf einmal auf dem ganzen Erdball sein."

Sie stand auf und ging in die Küche, um sich Kaffee nachzuschenken, dann setzte sie sich wieder ihm gegenüber auf die Couch und zündete sich ebenfalls eine Zigarette an.

„Ich war dann hier in dieser Straße, und dann war mir Ihr Wagen aufgefallen. Denselben Wagen habe ich einen Tag vorher mitten in der Stadt stehen gesehen. Irgendjemand muß ja mit dem Wagen gefahren sein, was für mich bedeutete, hier ist noch irgendwo ein Mensch."

Er überlegte kurz, wann er in der Stadt gewesen ist, doch dann fiel es ihm ein. Er hatte vorige Tage noch in der Stadt nach Alexandra gesucht. Aus der Sorge heraus, er könnte sie vielleicht im vorbeifahren übersehen, stellte er seinen Wagen auf dem Parkplatz ab und lief eine Runde zu Fuß durch die Stadt. Doch die Runde war nicht lang, maximal 20 Minuten. Demnach mussten er und diese Kerstin sich knapp verpasst haben.

„Dann habe ich den Parkplatz eine Weile beobachtet und festgestellt, das er auch manchmal anders stand..also bewegt worden war. Hab sie wohl immer wieder verpasst. Bis ich mich dann auf die Lauer gelegt habe, als Ihr Parkplatz wieder frei war und gewartet habe, bis Sie irgendwann nach Hause kommen. Was dann ja auch so gewesen ist."

„Und dann haben Sie anstatt zu klingeln einfach die Tür aufgebrochen." unterbrach Thorben sie.

Verlegen schaute Kerstin auf den Boden.

„Na ja, wie dem auch sei." meinte Thorben dann schließlich, als er merkte, dass Kerstin dazu nichts weiter zu sagen hatte. „Haben Sie eine Idee, wo alle Leute hin sind?"

„Nein, keine Ahnung." schüttelte Kerstin den Kopf. „Sie waren der erste und einzige Mensch den ich auf meiner Suche gefunden habe."

„Ich verstehe das nicht. Die können doch nicht alle verschwunden sein." schüttelte Thorben den Kopf.

„Niemand ist mehr auf dieser Welt, außer wir." ergänzte sie. „ Ich habe Bekannte in Amerika. Sie alle antworten mir nicht mehr. Keiner geht ans Handy, meine Nachrichten werden nicht mehr beantwortet. Es gibt kein Fernsehen mehr, kein Radio mehr.. Die gesamte Zivilisation ist von jetzt auf gleich praktisch abgeschafft." wurde ihre Stimme panisch.

„Eines passt in diese Theorie allerdings nicht rein." unterbrach Thorben sie. „Sie sprachen davon, dass sie seit Monaten keine Menschen mehr gesehen haben. Ich bin erst seit 2 Wochen von der Außenwelt abgeschnitten."

„Wollen Sie mir damit sagen, dass ich spinne?" wurde Kerstin lauter.

„Nein, aber irgendetwas passt in ihre Theorie, das die Zivilisation ausgelöscht wurde, nicht rein."

"Und wo sollen sie bitteschön alle sein?!" hinterfragte Kerstin.

„Ich hab keine Ahnung, jedenfalls passt da etwas nicht." Er drückte seine Zigarette aus und stand auf.

„Wo gehen Sie hin?" fragte Kerstin.

„Aufs Klo. Das ist ja zumindest noch da." antwortete Thorben.

Mit diesen Worten verschwand Thorben ins Badezimmer. Kerstin blieb sitzen. Sie hatte sich mit Thorben bereits beschäftigt, als er noch geschlafen hatte. Sie warf einen Blick in die Regale und in die Schubladen. Was sie herausgefunden hatte war, dass er mit jemandem, einer Frau, zusammenlebte. Denn in den Schubladen waren gemeinsame Bilder. Warum sie in Schubladen versteckt waren und nicht an der Wand hingen, war ihr allerdings nicht klar, traute sich jedoch nicht, zu fragen, da er ansonsten merken würde, dass sie geschnüffelt hatte.

Irgendetwas sagte ihr, dass Thorben ein dunkles Geheimnis mit sich trug, denn er erzählte sehr wenig von sich. Doch er schien zumindest kein böser Mensch zu sein, weshalb sie beschloß, ihn auf ihrem Weg mitzunehmen, wenn er dazu bereit war.

Einige Minuten später kam Thorben wieder und setzte sich wieder auf die Couch.

„Werden Sie mit mir mitkommen?" fragte sie.

„Mitkommen? Wohin?" wollte Thorben wissen.

„Ich mache mich weiter auf die Suche nach anderen Menschen." antwortete sie.

„Wo wollen Sie suchen? Wollen Sie durch leere Städte laufen? Nein, tut mir leid. Meine Freundin ist auch weg und ich hoffe, dass sie irgendwann hierhin zurück kommt. Hinterher bin ich nicht da, wenn das passiert."

Nun verstand Kerstin. Er liebte seine Freundin und wollte hier in der Wohnung auf sie warten, allenfalls sie in der Nähe suchen. Doch wie würde er die Wahrheit verkraften, dass es nicht passieren wird, dass sie hier auftaucht?

„Wie heisst ihre Freundin?" fragte Kerstin, um etwas mehr darüber zu erfahren.

„Alexandra." antwortete Thorben und holte eine weitere Zigarette aus der Schachtel.

„Alexandra wird hier nicht auftauchen." sagte sie kurz angebunden und erhoffte sich damit einen „Kurz aber Schmerzlos" Effekt.

„Was macht Sie dessen so sicher?" fragte Thorben, nachdem er den Satz verdaut hatte.

„Alle sind weg, keiner weiß was mit Ihnen ist...Ihre Freundin ist auch seit 2 Wochen verschwunden. Meinen Sie nicht auch, wenn Sie noch hier irgendwo wäre, wäre sie längst wieder hier?"

Thorben stand auf und ging zum Fenster. Er konnte nicht mehr ruhig sitzen.

„Ich weiß es nicht...Ich weiß auch nicht warum sie nicht da ist...ich hab keine Ahnung."

Kerstin ahnte, dass sie mit ihrem Gefühl, das Thorben etwas zu verbergen hatte, vielleicht doch Recht hatte.

„Hatten Sie Streit?" hakte sie nach.

„Nein...nein..."schüttelte er überlegend den Kopf. „Nein direkten Streit hatten wir nicht...Nein."

„Was dann? Was ist denn passiert?" wollte sie nun genauer wissen.

„Das ist egal." antwortete er streng. „Ich wüsste nicht, was Sie das angeht. Wir hatten unsere Probleme, mehr brauchen Sie nicht zu wissen!"

Innerlich bereute sie, dass sie ihn eingeladen hatte, sie zu begleiten. Irgendetwas schien doch nicht mit ihm zu stimmen.

„Na ja, ich werde jetzt mal weiter." sagte sie und trank den letzten Schluck aus Ihrer Kaffeetasse.

„Moment mal, wo wollen Sie hin?" rief er. Kerstin war bereits an der Wohnungstür.

Sie drehte sich nochmal um.

„Ich werde weiter nach den anderen Leuten suchen. Wenn Sie nicht mitwollen, ist das okay."

„Warten Sie bitte." wurde sein Ton auf einmal weicher. Kerstin hielt inne und blieb nach wie vor an der Wohnungstür stehen. Auch sie hatte es satt, alleine zu sein.

„Das gerade war nicht so gemeint. Ich bin angespannt, das ist alles,." entschuldigte er sich.

„Bleiben Sie bitte für ein paar Tage...Ich denke mal Sie werden auch müde sein..Wenn Sie Recht behalten und Alexandra taucht nicht auf, werde ich mit Ihnen mitkommen."

Er verstand sich selber nicht, warum er eine fremde Frau bat, bei ihm zu bleiben. Zerfrass die Einsamkeit ihn so sehr? Versprach er sich von Kerstins Gesellschaft, das die blutigen Bilder, wie er immer wieder die Klinge des Messers in Markus Brust rammte, in den Hintergrund verschwinden? Sollten dadurch die Alpträume aufhören, wenn er wüsste, dass im Zimmer nebenan noch jemand anders ist? Ja! Genau das erhoffte er sich. Und dafür nahm er sogar in Kauf, das Alexandra wirklich zurückkehrte und fragen würde, warum eine andere Frau in ihrer gemeinsamen Wohnung ist.

Kerstin überlegte. Sollte sie seinen Vorschlag annehmen? War sie auf Gesellschaft angewiesen? Jahrelang war sie Einzelgängerin. Doch sie hatte zumindest Freunde, mit denen sie sich austauschen konnte. Sie war Einsam, aber nie wirklich alleine.

Durch Michael, den Mann den Sie aus dem Internet traf, wurde erst die Sehnsucht nach Zweisamkeit wieder geweckt. Doch dieser Thorben war kein Ersatz dafür.

„Also gut...3 Tage." sagte sie schließlich.

„Gut...Danke." lächelte Thorben zufrieden. „Ich bin sicher Sie haben Hunger. Mögen Sie Pizza? Ich hab ein paar Tiefkühlpizzen noch im Eisschrank."

Sie hatte tatsächlich Hunger. Dankbar nahm sie sein Angebot an.

Verfolgt

Auch wenn es ein Akt von Selbstverrat war, die Neugier quälte ihn und somit stellte er sich doch wieder an die Stelle, von der er sonst auch immer Christinas Fenster beobachtet hatte. Er traute sich nicht zu klingeln, doch vielleicht würde sie doch irgendwann ans Fenster kommen.

Diese Ruhe empfand er als angenehm. Keine Menschen, die rundherum tuschelten und heimlich mit dem Finger auf ihn zeigten. Keine Typen, die ihm das Geld abnehmen wollten, weil sie die stärkeren im Revier waren.

Das einzige Manko war, dass auch nirgendwo Leute waren, die man beklauen konnte. Doch das war auch nicht nötig, denn sämtliche Geschäfte waren geöffnet und unbewacht. Satt wurde er allemal. Doch irgendwann würde er Drogentechnisch wieder auf dem trockenem sitzen. Und wo keine Leute, da auch keine Dealer.

Doch wenn er wirklich in der Anderswelt ist und tot ist, wie er zwischenzeitlich vermutete, würde er dann wirklich Entzugserscheinungen bekommen? Die Zeit wird ihm diese Frage beantworten.

Nachdem er mehrere Stunden vor Christinas Fenster gestanden hatte, lief er weiter seines Weges. An einem Kiosk machte er halt, um sich selber eine Dose Bier aus dem Kühlschrank zu holen und setzte seinen Weg fort, bis er schließlich im Stadtpark angekommen war. Es war bereits Einbruch der Dunkelheit und normalerweise nicht ganz ungefährlich,sich dann noch im Park aufzuhalten. Doch so langsam kam er dahinter, das er alleine in der ganzen Stadt war und ihm niemand mehr gefährlich werden konnte. Sich unter einem Baum lehnend, öffnete er seine Dose Bier und nahm einen Schluck und betrachtete die Bäume

Warum war er eigentlich in den letzten Monaten nie hierher gekommen? Der Park war wesentlich schöner und wahrscheinlich selbst mit Menschen wesentlich friedlicher als am Bahnhof. Vielleicht wäre er dann nie in die Drogenabhängigkeit verfallen, wenn er nicht auf Anna gehört hätte.Doch hätte würde könnte....es war zu spät dafür.

Er wusste, als Anna ihn in diese Szene brachte, das Drogen etwas gefährliches waren. In der Schule musste er sich den Anti Drogen Zeichentrickfilm anschauen, in dem die Muppets und Michaelangelo von den Turtles ihm zeigten, das Drogen etwas schlechtes sind. Und bevor er auf der Strasse landete, hatte er sich auch immer von Drogen fern gehalten. Doch leider war seine Bekanntschaft Anna aus dieser Szene. Und Anna war seine einzige Bezugsperson, weshalb er für sich keine andere Wahl sah, als sich dem Thema Drogen zu öffnen, um dazu zu gehören, damit er nicht alleine war. Im nachhinein unglaublich, zu welchen Schritten manche Menschen bereit sind, um nicht alleine zu sein. Doch anfangs hatte er es noch nicht mal bereut. Anna fing an, ihm Gras näher zu bringen. Er war entspannter als zuvor und konnte auch sein Straßenleben gelassener sehen. Es ging 6 Monate gut, doch dann wurde das erste Mal Heroin ins Spiel gebracht..

Beim Arzt hatte er immer Angst vor Nadeln, doch sie versprach ihm, dass es ihm danach wirklich besser gehen würde. Und tatsächlich hatte er keine Reue gespürt, nachdem er sich das erste Mal das Zeug in die Venen gespritzt hat.

Es war wie ein 3 stündiger Urlaub von seinen Problemen. Ein herrliches Gefühl, frei von Ängsten zu sein. Er war auf der Strasse, weil seine Freundin ihm den Laufpass gegeben hatte, doch es war ihm egal. Keine Trauer, keine negativen Emotionen, er fühlte sich Pudelwohl. Für einen Moment half das Zeug, sich einzusuggerieren, dass er, obwohl er an einem Tiefpunkt angekommen war, alles richtig gemacht hatte.

Anfangs war es nur ein testen, ein ausprobieren. Doch weil es sich so toll anfühlte, ließ er sich 2 Wochen später auf einen weiteren Schuss ein. Der Stein wurde ins Rollen gebracht. Aus den Ausnahmen wurde eine Regelmäßigkeit, die er zunehmend brauchte, um klar zu kommen. Seine Abhängigkeit merkte er viel zu spät. Erst als er bereit war, das erste mal einen Mann oral zu befriedigen, damit er sich einen weiteren Schuss leisten konnte, wurde ihm klar, dass es zu spät war.

Doch was hatte er zu verlieren? Eine Chance auf ein normales Leben war gleich 0. Warum sollte er sich dann nicht wenigstens auf der Straße Wohl fühlen?

Doch so toll es war, wenn der Stoff wirkte, so tief war der Fall, wenn es seine Wirkung verlor. Gerade dann, wenn kurzfristig keine Aussicht darauf war, neues zu bekommen.

Es wurde dunkler und Nikolaj warf die leere Dose in den Müll, während er wieder auf dem Weg in die Stadt war. Vielleicht sollte er es doch einmal wagen, bei Christina zu klingeln. Mit Sicherheit würde sie nicht öffnen, doch vielleicht hatte er Glück.

Er fragte sich selber immer wieder aufs neue, was er bei ihr wolle. Sie hatte nicht zu ihm gehalten, als er sie dringend brauchte. Nur er selbst. Sich selbst, der einzige Mensch auf den er sich verlassen konnte. Der einzige Mensch der mit ihm die ganzen Jahre durch dick und dünn gegangen war. Doch er liebte Christina immer noch.

Würde eine Partnerin es verstehen, wenn man ihr sagt, das man der Ex immer noch hörig ist? Wahrscheinlich nicht. Aber sein Spiegelbild musste es akzeptieren.

„Christina." rief er und ließ dabei die Vorhänge ihres Zimmerfensters nicht aus den Augen. Doch es bewegte sich nichts.

Vielleicht war sie mit den anderen Menschen verschwunden. Vielleicht hatte sie aber auch einfach nur jemanden kennengelernt und war gerade woanders auf einer Party. Doch irgendwann hätte sie doch hier auftauchen müssen. Bei den unzähligen malen, wo er die ganze Zeit immer wieder zu verschiedenen Uhrzeiten aufgetaucht war, hätte er ihr nicht längst begegnen müssen.

Er lief zur Tür und betätigte die Klingel. Doch nichts passierte. Er wartete 2 Minuten, ob sie ihm vielleicht nicht doch die Tür aufmachen würde, doch die Tür blieb zu.

Mit den Schultern zuckend lief er wieder zurück. Wo sollte er hin? Vielleicht würde er , obwohl ihm nun die Stadt gehörte, ein vertrautes dunkles Eckchen am Bahnhof nehmen um zu schlafen.

Als er wieder am Schaufenster vorbei lief, erschrak er. Für einen kurzen Moment war ihm, als hätte sein Spiegelbild ihn giftig angeschaut. Wie eine Freundin, die ihren Freund dabei erwischt, wie er einer anderen hinterherschaut. Oder, so wie es jetzt der Fall war, gesehen wurde, wie er bei der gefürchteten Ex vor der Tür stand. Er blieb stehen und sah seinem Spiegelbild ins Angesicht.

„Es tut mir leid. Ich komme von ihr einfach nicht los." entschuldigte er sich.

Doch das Spiegelbild schien seine Entschuldigung nicht zu akzeptieren und sah ihn weiterhin grimmig an. Er konnte selber nicht einschätzen, ob er selber dieses Gesicht zog und der Spiegel das nur wiedergab, oder ob in diesem Spiegel wirklich sein anderes Ich lauerte und ihn so ansah. Zu verwirrt, um es einzuschätzen.

„Vergiss nicht, ICH war derjenige, der die ganze Zeit zu dir gehalten habe und die ganzen Nächte mit dir an diesem verschissenen Bahnhof hockte." sagte er zu dem Spiegel. „Nicht diese Hure! ICH war es."

Seine Gesichtszüge weichten sich wieder auf.

„Du verstehst das nicht...ich erwarte auch nicht von dir dass du es verstehst. Ich würde gerne anders, doch ich kann für meine Gefühle nichts....und schließlich hatte sie mich nicht gezwungen, meinen Weg zu vernachlässigen." sprach er zu dem Spiegel.

Er war sich bewusst, dass es abgedreht war, was er gerade tat, doch es fühlte sich so realistisch an, auch wenn es ein Konflikt mit sich selber war, dem er vor einem Schaufensterspiegel gerade austrug, es gab ihm zumindest das Gefühl, dass er nicht alleine war.

„Du siehst doch was gerade läuft. Sie war damals gegangen als du sie brauchtest...und jetzt ist sie auch nicht da. Wo ist deine Schlampe?! WO IST SIE DEINE SCHLAMPE?!" brüllte er durch die Einkaufspassage und zog dabei eine verstörte Grimasse.

Ein Geräusch unterbrach ihn und erschrocken drehte er sich um. Was war das?

Es hörte sich an, als ob jemand durch einen Schritt einen Stein getreten hatte. Wild sah er von links nach rechts. Doch es war niemand zu sehen.

„Hallo?..." rief er und seine Stimme hallte durch die Nacht. „Hallo? Ist hier jemand?"

Doch niemand antwortete.

Ein Gefühl der Angst wanderte durch seinen Körper. Irgendjemand musste hier sein, denn die letzten 2 Tage hatte er nichts gehört. Kein Geräusch, außer die des Windes. Doch diesmal war es windstill, was sollte denn einen Stein bewegt haben?

Er lief vorsichtig in die Richtung, von der er das Geräusch gehört hatte. Am liebsten würde er wegrennen, doch konnte er dann seelenruhig sich am Bahnhof hinlegen und schlafen? Mit Sicherheit nicht!

„Haaalloooo." rief er erneut. „Ist hier jemand?"

Wieder kam nichts darauf. Er schaute in die Ecken, ob etwas im Dunkeln lauern könnte. Es könnte schließlich auch Anna sein, die ihn die ganze Zeit heimlich beobachtete und sich vielleicht sogar über ihn lustig machte.

Er tat so, als ob seine Suche abgeschlossen war und lief, mit den Händen in den Hosentaschen vergraben, weiter Richtung Bahnhof. Jedoch waren seine Ohren diesmal gespitzt, ob er nochmal ein Geräusch oder Schritte hören würde. Doch nichts dergleichen. Außer seine eigenen.

Zwischendurch blieb er aus heiterem Himmel stehen, um sicher zu gehen das niemand synchron zu seinen Schritten lief und es deshalb überhörte. Doch es bestätigte sich, er war der einzige hier.

Ohne nach links und rechts zu schauen, lief er über die Hauptstraße aufs Bahnhofsgelände. Worauf sollte er achten? Autos, die ihn anfahren könnten, kamen keine mehr. Eigentlich unnötig, dass die Ampeln noch regelmäßig von rot auf grün oder von grün auf rot umsprangen.

Er betrat das Bahnhofskasino. Die Automaten leuchteten, doch ansonsten war es ruhig. Hier fühlte er sich halbwegs sicher. Er legte sich auf den Boden hinter den Blumenkübeln und versuchte zu schlafen. Doch die erste halbe Stunde machte er kein Auge zu. Er hatte den Eingang im Blick. Das Kasino war mit Teppichen ausgelegt, das war der große Nachteil. Schritte würde er nicht auf Anhieb hören, was ihn auch ein wenig beunruhigte. Doch irgendwann überrannte ihn die Müdigkeit und er schlief ein.

Plötzlich wachte Nikolaj wieder auf. Wie lange hatte er geschlafen? Hier im Kasino konnte er Tag und Nacht nicht unterscheiden. Es war jedenfalls ein Geräusch, dass ihn geweckt hatte. Ein kurzes dumpfes Pochen war es, was ihn aus dem Schlaf riss. Als sei etwas schweres, zum Beispiel eine Billard Kugel auf den Teppich gefallen.

Panisch schaute er sich um, doch niemand war zu sehen. Doch nun stand für ihn eins fest. Irgendwas oder jemand verfolgte ihn.

„Hallo?" rief er mit zittriger Stimme.

Ein Spielautomat begann ganz hinten im Raum, Musik zu spielen. Er kannte die Automaten aus Pommesbuden. Es war nichts ungewöhnliches dass sie manchmal Musik spielten. Auch früher in den Pommesbuden schon, fingen sie einfach alleine an zu spielen, obwohl niemand davor saß. Eigenartig war nur, dass die Automaten die ganze Zeit geschwiegen hatten und sich das jetzt aus heiterem Himmel änderte..

Leise stand er auf und schlich zu dem Automaten, der die Musik von sich gab.

Credit 0,00 EUR stand dort. Niemand, der daran gespielt hatte, wie er vermutete. Doch warum diese Musik jetzt auf einmal?

„I-I-Ich hab eine Waffe. Also komm besser raus." bluffte er stotternd. Er hatte Angst. Doch es blieb ruhig.

Zuerst langsam, dann im eiligen Tempo, das in einen Sprint ausartete rannte er aus dem Bahnhofskasino heraus durch die Bahnhofshalle nach draussen. Er hatte ein paar Stunden geschlafen, aber auch nicht allzulange, denn es hatte gerade mal die Morgendämmerung eingesetzt. Er machte eine Verschnaufpause und keuchte. Das atmen fiel ihm schwer. Doch er ließ den Eingang der Passage keine Sekunden aus den Augen, da er damit rechnete, dass ihn jemand verfolgen würde.

„Komm raus! Ich weiss dass du da bist!" schrie er und seine Stimme hallte durch das ganze Gelände.

„Na los! Komm raus! Ich hab keine Angst!" fügte er hinzu. Doch es war gelogen. Er hatte panische Angst, doch zugleich war er auch aggressiv. Mit voller Wucht trat er gegen eines der Mülltonnen, die vor dem Bahnhofseingang standen, um zu demonstrieren, dass er gefährlich war.

„Ich bring dich um!" seine Stimme schwächte zu einem krächzen ab. Wenn da wirklich jemand war, würde dieser jemand es ihm tatsächlich abkaufen?

In der Bahnhofshalle blieb es ruhig. Niemand der ihm folgte. Doch kein Grund, sich sicher zu fühlen. Denn letzte Nacht war es auch ein Geräusch in der Stadt, was er bemerkte und war offensichtlich unbemerkt bis zum Bahnhof gefolgt.

Immer noch beobachtete er den Ausgang der Bahnhofshalle und entfernte sich mit langsamen Schritten rückwärts vom Gelände weg. Er hatte einen Plan. Er wollte zu Luft kommen und sich dabei schon mal langsam entfernen. Dabei hielt er Ausschau, ob ihm auch wirklich niemand folgen würde, bevor er einen weiteren Sprint hinlegt und abhaut. Doch wo sollte er hin?

In der Stadt war es durch die Laternen hell beleuchtet. Obwohl er dort das erste Mal das Gefühl hatte, verfolgt zu werden, fühlte er sich dort noch am sichersten. Es dauerte 2 Minuten und mittlerweile hatte er rückwärts die andere Seite der Hauptstraße überquert.

Innerlich zählte er.

1.............................2.......................................

…..............................

3!!

So schnell er konnte drehte er sich um und legte einen Sprint durch die die Einkaufspassage hin. Er versuchte dabei, sein Gehör auf den Boden zu konzentrieren, ob ihm jemand hinterherrennt. Doch er hörte nur seine eigenen Schritte. Seine Lunge brannte, doch er wollte nicht stehen bleiben. Zu groß war die Angst, das ihm jemand dicht auf den Fersen war, wenn er sich nun umdrehte.

Am anderen Ende der Einkaufspassage führte eine Treppe hinunter zur U-Bahn, die er hinunter rannte. Beinahe wäre auf der Rolltreppe gestürzt, konnte sich aber im letzten Moment noch halten.

Auch hier unten war keine Menschenseele, wie er erwartet hatte. Eine U Bahn stand verlassen an der Haltestelle. Die Türen waren offen. Er sprang den Steig hinunter auf die Schienen. Jetzt, wo keine Menschen mehr da waren, war nicht damit zu rechnen, das ihm eine U-Bahn entgegen kommen würde.

Er hatte Angst im Dunkeln. Die einzigen Orientierungspunkte waren kleine Lampen, die alle 50 Meter an der Wand angebracht waren. Doch hier unten schien er zumindest vor seinem Verfolger am sichersten zu sein.

Erst, als er in dem dunklen Tunnel einige hundert Meter zurückgelegt hatte, gönnte er sich eine kurze Pause um wieder durchzuatmen. Während sein Puls bis in seine Schläfen pochte, versuchte er, sich zu beruhigen und sah sich in der nur leicht erhellten Dunkelheit um.

Das einzige was zu hören war, waren seine tiefen Atemzüge. Die Lichter an der Wand brachten ihm nichts. Durch den langen Sprint, den er hingelegt hatte, sah er nur noch Sterne, die ihm vor den Augen flackerten. Der Wechsel von hell auf dunkel ließ ihn für einen kurzen Moment erblinden. Das einzige was ihm blieb, war sein Gehör. Doch seine tiefen Lungenzüge waren zu laut, dass er sich unsicher war, ob wirklich außer ihm selber nichts anderes zu hören war.

Während er noch nach Luft rang, überlegt er, wie er weiter vorgehen soll. Sollte er weiter in den dunklen Tunnel hineinlaufen? Das Risiko war, das, wenn sein Verfolger nun doch auftauchen würde, ihn inmitten des Tunnels niemand finden würde. Andererseits waren die Chancen, von seinem Verfolger nicht gefunden zu werden, dort besser.

Frustrationsquellen

Zuerst lief Richard durch die Straßen, nachdem er den Parkplatz, wo die verstümmelte Leiche lag, verlassen hatte. Lieber wäre er mit dem Wagen gefahren, doch er dachte sich, dass er, für den Fall, dass die Polizei doch noch auftauchen sollte, zu Fuß besser flüchten und sich verstecken könnte. Doch schon 2 Straßen weiter stellte er fest, das kein Mensch in der Nähe war. Weder Zivilisten noch Polizei waren zu sehen . Weshalb er kurzerhand doch zurückkehrte, um den Wagen zu nehmen.

Den ganzen Weg nach Hause war niemand erschienen. Keine Autos, die ihm entgegenkamen oder vor ihm an der roten Ampel standen. Keine Fußgänger, die gerade ihre Einkäufe nach Hause brachten sowie keine Leute, die an den Bushaltestellen warteten. Die ganze Stadt war wie leergefegt. Wegen ihm? Fragte er sich. Doch sie würden doch wegen einem Mann, der durchdreht und mit einer Kettensäge auf eine Politesse los geht doch keine ganze Stadt evakuieren. Wahrscheinlicher wäre es gewesen, dass sie das SEK in den Wald geschickt und ihn über den Haufen geschossen hätten.
Vor seinem Haus angekommen, öffnete er die Tür. Es sah alles noch so aus wie an dem Morgen, wo er das Haus verlassen hätte. Keine Spuren einer Flucht, keine gepackten Koffer, keine Kleidung oder Gegenstände die fehlten. Allerdings auch keine Frau.

„Beate?" rief er durchs Haus. Doch es blieb stumm. Keine Antwort. Er lief durch die einzelnen Zimmer, doch sie waren alle Menschenleer.
„Beate, ich bin es." rief er erneut. Er stellte die Kettensäge ab und lief in den Garten, den einzigen Ort auf dem Grundstück, den er noch nicht durchsucht hatte.
Doch auch im Garten war niemand.
Schweigend sah er sich die Äste an und erinnerte sich, wie er wenige Tage zuvor sie mit der Kettensäge gestutzt hatte. Wenn man ihm da erzählt hätte, das er kurze Zeit später damit einen Menschen zersägen würde, den hätte er für bekloppt erklärt.
Erschöpft ausatmend setzte er sich auf eines der Gartenstühle und ließ die Gedanken kreisen. Als er noch im Wald war, wünschte er sich nichts sehnlicher, als wieder nach Hause zu kommen.
Jetzt war er zuhause, doch es fühlte sich nicht mehr an wie sein Zuhause.

Was war bloß in ihn gefahren? Die Frage fing wieder an, ihn zu quälen. Er war frustriert. Wenn ihn jemand verärgerte, wünschte er ihnen die Pest an den Hals. Und wenn er ehrlich zu sich selber war, wünschte er sich auch jedes Mal, wenn er einen Strafzettel an der Windschutzscheibe hatte, das diese Politesse bei der nächsten Strasse, die sie überquert, von einem Laster überrollt wird. Doch selber jemanden töten? Wie konnte das passieren?
Konnte er wirklich so dermaßen die Kontrolle über sich verloren haben?

Er beugte sich vor und ging sich mit den Händen durch die Schweißnassen Haare. Auch wenn er jetzt ratlos vor der Frage, wo seine Frau abgeblieben war, stand, er würde gleich erstmal eine Dusche brauchen, um sich wieder frisch zu fühlen.
Er war müde und seine Knochen taten ihm weh. Doch er raffte sich auf und ging nach oben ins Badezimmer, um eine heisse Dusche zu nehmen.

Er drehte immer wieder die Duschbrause aufs kalte Wasser, um die Temperatur wieder hochzudrehen, damit das lauwarme Wasser ihm wenigstens für einen kurzen Moment heiß vorkommt.

Richard war in seinen Erinnerungen versunken und war nun als 13 jähriger Junge in der Schuldusche, nach dem Sportunterricht. Er würde die Schulpause verpassen, doch es war ihm egal. Er hasste es, mit den anderen Jungs aus seiner Klasse gemeinsam zu duschen, weshalb er wartete, bis sie alle weg waren und dann erst unter die Dusche ging. Mit einem Handtuch bekleidet, verließ er den Duschraum und watschelte in die Umkleidekabine zu seinen Sachen. Schnell, bevor die anderen wieder zurückkamen, zog er sich an. Als er gerade gehen wollte, fiel ihm auf, dass jemand an seinem Schulrucksack gewesen war. Entgeistert schaute er hinein.

Als er unter der Dusche war, hatte seine Klassenkameraden sich an seinen Sachen zu schaffen gemacht und ihm ins Pausenbrot gespuckt. Ein dicker grüner Klumpen lief seine Fleischwurst hinunter. Diese Schweine! Warum taten sie es immer wieder?

Als seine Eltern hierher gezogen waren, war er nachträglich in diese Klasse gekommen. Doch schon von Beginn an fingen sie an ihn zu schikanieren, indem sie ihm Sachen klauten, so wie heute, ins Butterbrot spuckten oder ihn ohrfeigten.

Er hasste sie. Er hasste sie alle! Am liebsten würde er sie umbringen.

Er warf sein Pausenbrot in den Mülleimer und ging raus auf den Schulhof. Als hätte Klaus und die anderen dort schon auf ihn gewartet, standen sie an der Ecke von der Turnhalle und rauchten. Sie nutzten die Ecke fast jede Pause, um dort zu rauchen, da sie dort schon von weitem sehen konnten, wenn ein Lehrer sich nähert und die Kippen verschwinden lassen konnten.

Richard rauchte ebenfalls, und das auch in der Pause. Jedoch hatte er ein Versteck außerhalb des Pausenhofs in den Büschen, wo er in Ruhe rauchen konnte, ohne das ihm jemand seine Zigaretten abnehmen konnte.

„Ööyy...Richard, komm mal her." hörte er Klaus Stimme von hinten. Zu dumm. Er hatte gehofft, er könnte sich an ihnen vorbei schleichen, doch das war ein Irrtum.

Der junge Richard drehte sich um und sah Klaus und seine Clique an.

„Was ist los?" fragte er vorsichtig.

„Komm doch mal her." forderte Klaus ihn erneut auf.

Er wollte eigentlich nicht dahin, doch was blieb ihm übrig? Wegrennen würde nichts nützen, denn spätestens wenn die Pause zu Ende war und es wieder nach oben in die Klassenräume ging, würde er ihm sowieso wieder begegnen. Und dann würde er noch Prügel kassieren, dafür, das er nicht gehorcht hatte.

Er versuchte, keine Angst zu zeigen und aufrecht zu gehen. Doch vor Aufregung stolperte über seine eigene Füße und konnte gerade noch verhindern, hinzufallen. Doch es reichte schon, das zumindest die Mädchen, die dort in der Clique standen, über ihn lachten.

„Haste ne Kippe?" fragte Klaus.

„Nein, ich hab leider auch keine." schüttelte Richard den Kopf. Er hatte welche, war aber, da er wusste, dass sie gerne nach dem Sportunterricht seine Sachen durchwühlten, so schlau, sie in den Gebüschen zu verstecken, wohin er sich in den Pausen immer zurückzog.

„Lüg mich nicht an, Richie." sagte Klaus zweifelnd und kam einen Schritt auf ihn zu.

Richard zuckte zusammen, als Klaus sich vor ihm aufbaute.

„Ich h-hab wirklich keine." stotterte Richard.

„Lass ihn in Ruhe, Klaus. Wenn er sagt, er hat keine. Dann hat er keine." mischte Nicole sich ein.

Klaus sah Nicole an, dann wieder Richard.

„Nicole meint, du würdest uns nicht anlügen. Hat sie Recht?" fragte er mit hochgezogener Augenbraue.

Richard sah Nicole an und nickte schließlich. Er traute Nicole nicht, ließ es sich aber selten anmerken. Sie stand immer bei den anderen und hatte auch mitbekommen, dass sie manchmal lachte, wenn einer ihrer Freunde ihm im vorbeigehen in den Bauch boxten. Doch trotzdem versuchte sie manchmal zu schlichten, damit er nicht allzuviel Prügel kassierte.

„Ja, komm dann verpiss dich!" sagte Klaus großzügig. Richard drehte sich um, ohne etwas zu erwidern und ging. Das er sich herausnahm, so mit ihm zu reden, und dass auch noch vor den anderen, demütigte ihn. Doch was sollte er tun? Würde er sich dagegen wehren, würde er wieder Prügel kassieren.

Die Versuche, sich einzureden, dass er mit seiner Friedfertigkeit der klügere wäre, der bekanntlich nachgibt, scheiterten. Er unterdrückte oft den Gedanken, dass er sie am liebsten umbringen würde. Nein, er war nicht der klügere, der nachgibt. Er war ein Angsthase!

Frisch geduscht lief er ins Schlafzimmer und warf sich aufs Bett. Die heisse Dusche hatte seinen Kreislauf ins Wanken gebracht. Ihm war schwindelig. Wenn er nur die innere Ruhe hätte, würde er jetzt schlafen. Doch wie konnte er, wenn seine Frau verschwunden war? In dem Vorhaben, wenn er sich etwas ausgeruht hatte, sich auf die Suche zu machen, blieb er noch eine Weile auf dem gemeinsamen Ehebett liegen und stierte an die Decke.

Was war es gewesen, was ihn dazu veranlasste, so etwas grausames zu tun? War es wirklich seine Absicht, diese Frau zu töten? Nein!

Er wollte sie bloß erschrecken, dass war es! Er wollte nur den Motor dieser Kettensäge aufheulen lassen, damit sie aufhören würde ihn zu schikanieren. Ihr Angst einjagen. Ihr zeigen, dass sie nicht das Recht hatte, auf ihn herum zu hacken. Doch irgendwas trieb ihn näher an diese Frau ran. Ihr Angst zu machen war auf einmal nicht genug. Es ist dasselbe wie Kartoffelchips. Man sieht sie, man nimmt eine und schmeckt das Paprika auf der Zunge. Und dann nimmt man noch eine..und noch eine..dann eine ganze handvoll. Man schaufelt sie in sich rein und muß sich zusammenreissen, dass man sie nicht frisst wie ein Schwein. Und auf einmal ist die Tüte leer.

Er wollte nur mal kosten, wie es ist, jemanden Angst einzujagen, die einen unterdrückt. Und wenn man merkt, das es funktioniert und der Unterdrücker tatsächlich entsetzt ist, das er sich diesmal mit dem falschem angelegt hat, weiter machen. Die Angst des anderen genießen und auskosten. Er wollte sie nicht töten, doch er wollte in ihren Augen Todesangst sehen. Doch die Todesangst reichte ihm innerhalb von wenigen Sekunden auf einmal nicht mehr. Es mussten Schmerzen her. Es war so ein befreiendes Gefühl, sie schreien zu hören und er wollte auf einmal mehr davon. Auch der bloße Schmerz war auf einmal nicht genug. Er wollte ihr nicht nur weh tun, er wollte ihr Schaden zufügen. Schaden, den man sehen konnte. Blut!

Eine kleine Wunde?.."Größer!" feuerte ihn etwas an und drückte die Sägeblätter tiefer in ihr Fleisch. „Noch größer!"

Es wurde anstrengend, als die Säge sich durch ihre Knochen arbeitete. Doch eine Anstrengung, die gut tat. Als würde sich sein gesamter Frust durch die Kettensäge entladen und ihn von dem Druck befreien, den er verspürte, wenn er versuchte, seinen Hass zu unterdrücken.

Es war einfach passiert...weil er wenige Sekunden nicht aufgepasst hatte.

Nach der Schule hatte er, als er sicher war, das niemand in der Nähe war, seine Zigaretten aus dem Gebüsch und fuhr mit dem Fahrrad davon. Heute war der 6. Heute müsste das neue Superman Comic raus sein. Und wie er es jedes Mal machte, wenn die 2 Monate des Wartens um waren, fuhr er mit dem Fahrrad nach der Schule zum Bahnhofskiosk. Glücklicherweise war er schlau genug, sein Geld in den Schuhen zu verstecken, damit seine Mitschüler es ihm nicht klauen konnten. Am Bahnhof angekommen, stöberte er sich durch das ganze Regal der bunten Comics, bis er gefunden hatte, was er suchte. Superman!

Richard war ein Anhänger der Superman Comics. Träumt nicht jeder Mensch davon, stark und unverwundbar zu sein? Und gerade Superman war sein grosses Vorbild. Superman war nicht nur stark und unverwundbar, nein, er setzte seine Kräfte auch für das Gute ein. Um die schwachen zu beschützen. Und seine Devise war, kein Lebewesen zu töten. Es gab auch Ausgaben, wo er seine Widersacher am Ende sogar rettete um sie vor dem sicheren Tod zu bewahren.

Seinen Feind nicht nur verschonen, sondern auch noch zu retten. Das war wahre Größe. Eine Größe, die er leider nicht hatte, wie er sich eingestehen musste. Wenn er sich seine Schulkollegen, die ihn mobbten, vorstellte, wie sie in einem brennendem Haus um Hilfe schreien..er hätte sie niemals gerettet. Nein, er hätte aufgepasst, das auch die Feuerwehr nicht durchkommt. Dabei wäre er gerne so wie Superman, doch an seine Eigenschaften würde er, selbst wenn er seine Superkräfte hätte, nie heran kommen. Doch diese Eigenschaft war seine Ausrede, um sich vor sich selber nicht als Schwächling outen zu müsse. Nie gestand er sich ein, dass er sich nicht wehrte, weil er schwach war. Nein, er war stark, so redete er es sich immer ein, und er könnte den anderen mühelos zeigen, dass er ihnen überlegen war. Doch auch Superman hatte seine Kräfte in seiner Jugend immer geheim halten. Er war kein Angeber. Es war seine Größe, dass er einsteckte und trotzdem dabei die Ruhe bewahrte. Doch es kostet Kraft, es sich einzureden wenn man innerlich wusste, dass die traurige Wahrheit anders aussah.

Das Comic, das er kaufte, verstaute er im Rucksack und machte sich mit dem Fahrrad auf den Weg nach Hause. Dieser führte über eine lang gezogene Straße parallel zu einem Naturschutzgebiet entlang. Eine Straße, die er nur ungern entlang fuhr, weil Klaus und seine Clique in ihrer Freizeit immer dort herumlungerten. Doch es war der einzige Weg zu seinem Elternhaus, und er musste ihn entlang.

Tatsächlich hockte Klaus dort mit den anderen an einer Bank. Vor der Bank hatte sich bereits eine Pfütze gesammelt, da sie immer, wenn sie irgendwo herumlungerten, auf den Boden rotzten. Sie waren von der Schule aus erst gar nicht nach Hause gegangen, denn ihre Schulrucksäcke lagen neben der Bank verteilt auf den Boden.

„Stooop." rief Klaus mit ruhigem Ton und war bereits aufgestanden, um ihm den Weg zu versperren. Richard bremste sein Fahrrad und stieg ab, um nicht umzukippen. Er war noch wenige Meter von Klaus entfernt. Erwartungsvoll sah Richard ihn an, in der Hoffnung, das Klaus diesmal keine grossartige Lust hatte, ihn zu schikanieren. Doch dieser Wunsch sollte nicht in Erfüllung gehen.

„Gib mal ne Kippe." sagte Klaus und grinste ihn an, während er mit seinen Händen den Lenker von Richards Fahrrad umklammerte, so dass er nicht abhauen konnte.

„Ich hab keine." log Richard.

„Klar hast du...alle die ich finde, darf ich behalten." wurde sein Grinsen breiter und griff nach seiner Jacke und fing an, die Taschen zu durchsuchen.

Richard überlegt, was er jetzt tun sollte. Wenn er die Durchsuchung verweigern würde, würde Klaus sofort wissen, dass er Zigaretten hatte. Vielleicht würde er sie gar nicht finden. Doch auch dieser Wunsch blieb unerfüllt, als Klaus in seine Innentasche griff und die angebrochene Schachtel Zigaretten rausholte.

„Was haben wir denn da?" fragte er triumphierend. „Ich dachte du hast keine."

Mit der flachen Hand schlug er Richard gegen die Stirn, das er nur mit Mühe verhindern konnte, nicht nach hinten zu kippen.

„Die behalten wir alle. Zur Strafe, dass du gelogen hast.."

Er gab ihm einen weiteren Schubser, der diesmal fest genug war, das Richard samt Fahrrad zu Boden fiel.

„Was hast du da in deinem Rucksack?" fragte Klaus. „Und du solltest mich besser nicht nochmal anlügen!

„Meine Schulsachen." keuchte Richard.

Ein weiterer Typ aus Klauss Clique war aufgestanden und nahm seinen Rucksack.

„Ja dann wollen wir doch mal sehen, ob Richie diesmal die Wahrheit sagt."

Er öffnete den Rucksack und kippte ihn auf dem Bürgersteig aus.

Es waren tatsächlich Schulsachen drin, doch auch das Superman Comic fiel zwischen den ganzen Schulheften heraus.

„Was haben wir denn da? Superman?" lachte Klaus spöttisch.

Nun kam auch Nicole dazu. Sie nahm das Comic an sich und blätterte es durch.

„Superman? Wirklich? Das ist ja cool." kommentierte sie. Doch Richard ahnte schon, dass sie es nur sagte, um ihn zu verhöhnen.

„Ja, findest du wirklich?" fragte Klaus.

„Der Mann aus Stahl, wie Richard...." lächelte sie.

Richard stand auf und klopfte sich den Dreck von den Anziehsachen.

„....niemals sein wird." lachte Nicole und riß das Comic mit beiden Händen in 2 Hälften und warf es vor Richards Füße.

„Was jetzt...Superman?" lachte sie und ging wieder zurück zur Bank, wo die anderen saßen.

Das zerissene Comic lag vor ihm. Seite 7 und 8 waren aufgeschlagen.

Wortlos bückte Richard sich um das Comic aufzuheben.

„Oh Nicole." lachte Klaus „Wie kannst du sowas böses tun? Dem kleinen sein Comic zu zerreisen. Böööses Mädchen..Hahahahaha."

Etwas fiel Richard auf, was ungewöhnlich war, als er sich die Bilder aus dem Comic ansah.

Superman trug in beiden Händen eine Kettensäge und rannte auf eine Frau zu. Sein sonst lächelndes Gesicht war eine böse Grimasse. Im nächsten Bild rammte er die Kettensäge durch die Frau hindurch. Das letzte Bild nur noch rot....Blutrot!

Er schreckte auf und war wieder in seinem Bett im Schlafzimmer. Es war ein Traum. Seine Erinnerungen und seine Phantasie waren miteinander verschmolzen. Er war doch eingeschlafen, obwohl er seinem Körper eigentlich nur ein paar Minuten Ruhe gönnen wollte.

Nun war er wieder hellwach und stand auf, um sich frische Sachen aus dem Schlafzimmerschrank herauszuholen. Er würde jetzt einen Kaffee trinken und dann mit dem Wagen in die Stadt fahren, um Beate zu suchen.

Als erstes, noch während der Kaffee kochte, würde er ihre Schwester anrufen, ob sie vielleicht dort wäre, bevor er ihr Lieblingscafe, wo sie regelmäßig Pause machte, wenn sie einkaufen war, aufsuchen würde.

Der erste Schritt, ihre Schwester, war erfolglos. Es nahm niemand ab, was eigenartig war, denn sie gehörte zu den Personen, die ihr Handy nie aus den Augen lassen. Also würde er nun in der Stadt nach ihr suchen.

Das Lieblingscafe hatte er abgeklappert, doch da war sie nicht. Niemand war dort. Wo waren sie alle hin? Evakuierung wegen ihm konnte er ausschließen.

Er schaltete das Radio ein, doch auch von dort kam nur rauschen. Vielleicht hatten irgendwelche Jugendliche in der Zeit, wo das Auto auf dem Parkplatz stand, die Antenne abgebrochen. Aber das passte nicht zu dem, was er sah oder eben genau nicht sah.

Vielleicht konnten seine Eltern erklären, was hier vor sich geht. Sie lebten am anderen Ende der Stadt. Seit sein Vater in Rente war, waren seine Eltern immer zuhause. Kurzentschlossen machte er sich von der Stadt aus auf den Weg.

An einer roten Ampel blieb er stehen. Rechts neben ihm war das Gebäude, wo er zur Schule gegangen war. Die Schule war vor 12 Jahren geschlossen worden. Es war mal geplant, das dort das neue Bürgerbüro eröffnet wird, doch bei diesen Plänen war es auch geblieben. Das Gebäude stand nun Jahrelang leer.

Links von ihm war ein alter Parkplatz, der zu dem Kaufhaus gehörte, dass nur 1 Jahr nach der Schule geschlossen wurde. Eine andere Kaufhauskette wollte eigentlich dort einziehen, doch aus Gründen, die die Stadt nicht nannte, war es nie passiert.

In seiner Jugend fand auf dem Parkplatz immer die Kirmes statt.

„Richard, da ist eine Dame am Telefon." flüsterte sein Vater, nachdem er an seiner Zimmertür klopfte und Richard ihn herein bat. „Sie will dich sprechen."

„Wer??" fragte Richard aufgeregt. Ihm fiel beim besten Willen nicht ein, welches Mädchen ausgerechnet ihn sprechen will. Doch gleich würde er es herausfinden.

„Richard? Nicole hier, Hi." grüßte eine weibliche Stimme auf der anderen Seite der Leitung.

„Nicole?" Fragte Richard erstaunt zurück. Er nahm das Telefon und trug es in die Küche, so dass seine Eltern nicht zuhören konnten. Das Telefonkabel war angespannt, doch es reichte, dass er die Küchentür schließen konnte.

„Ja...Du, ich sitze gerade zu Hause und hab mich gefragt..na ja..ob du Lust hast mit mir etwas über die Kirmes zu gehen." sagte sie schüchtern.

„Mit mir? Du willst mit mir über die Kirmes gehen?" fragte Richard ungläubig. Er traute dem Braten nicht. „Und was ist mit Klaus und den anderen?"

„Ich häng nicht mehr mit denen ab..Anfangs waren sie ganz lustig, aber mittlerweile finde ich sie einfach nur Blöde, weisst du?" erklärte sie.

Ob er das glauben sollte? Andererseits, warum sollte sie ansonsten anrufen. Er ging in sich und führte ein inneres Selbstgespräch. Es gab Momente, wo sie versuchte zu schlichten, wenn Klaus ihn wieder verprügelte oder die Zigaretten wegnahm. Oder manchmal erst die Zigaretten abnahm und dann verprügelte. Ja, er musste zugeben, dass sie die eine oder andere Tracht Prügel verhindert hatte. Vielleicht war sie doch nicht so übel ,wie er dachte.

„Ich weiss nicht. Ich bin gerade am lernen." antwortete er. Eine willkommene Lüge, denn die Wahrheit war, dass er auf dem Bett gelegen und ein Comic gelesen hatte, als sein Vater hereinkam. Doch er wollte sich den Streß nicht antun, ihr unbedingt gefallen zu wollen. Allein bei der Frage, worüber er sich mit ihr die ganze Zeit unterhalten sollte, löste ein unruhiges Gefühl in ihm aus.

„Oh...das ist schade..Na ja, ich will ja nicht, dass du in der Schule wegen mir schlechter wirst..Aber trotzdem schade." gab sie sich enttäuscht.

„Na ja, so will ich das nicht sagen..." rang er nach Worten.

„Es wäre ja nur für 2 oder 3 Stunden, danach könntest du ja weiter lernen." redete sie wieder auf ihn ein, als sie witterte, das er sich bei seinem Nein nicht so sicher war.

„Hmmm...." er schien zu überlegen. Doch er überlegte nicht ob er mit ihr zur Kirmes sollte oder nicht, sondern was es für eine Ausrede gäbe, die ihn nicht so blöd dastehen lässt.

„MICH würde es sehr freuen. Ich weiß sonst nicht was ich den ganzen Tag machen soll." ließ sie nicht locker.

„Also gut..." sagte er schließlich, denn ihm fiel keine Ausrede ein.

„Wirklich? Cool!" sie schien sich aufrichtig zu freuen. „Ich warte an der Schule vor dem Fahrradkeller auf dich. Sagen wir so in einer Stunde?"

„Ja...ja..eine Stunde ist okay." stotterte Richard „Bis gleich."

Er legte auf. Schweißperlen hatten sich auf seiner Stirn gebildet. So durchgeschwitzt wie er jetzt war, konnte er unmöglich zum Treffpunkt.

So schnell er konnte sprang er unter die Dusche. Jetzt, wo es kein zurück mehr gab, fing er an, sich auf das Treffen zu freuen. Unter der Dusche malte er sich aus, wie die Gespräche mit ihr verlaufen würde. Was er interessantes erzählen könnte. Vielleicht würde sich da sogar mehr entwickeln. Wäre das nicht eine ultimative Love Story? Erst Mitglied in der Clique ihrer Mobber und hinterher seine Freundin?

Ob sie auch Comics mögen würde, wenn sie sich ein wenig damit beschäftigt? Wahrscheinlich nicht, sie würde aus Höflichkeit sich mit ihm darüber unterhalten. Aber aufrichtiges Interesse konnte er da nicht erwarten. Doch alleine schon der Gedanke, dass sie ihm zuliebe so tun würde als ob, ließ sein Herz höher schlagen.

Er griff in seine Spardose und holte einen 10 Mark Schein heraus. Es könnte ja immerhin sein, dass sie mit ihm aufs Riesenrad wollte. Was wäre er für ein Kavalier, wenn er sie nicht einladen würde?

Obwohl er wenig Zeit hatte, fühlte er sich nun doch auf sein allererstes Date im Leben gut vorbereitet. Nicole war ihm direkt aufgefallen damals, als er in diese Schule kam. Die Tische waren damals zu einem Rechteck gestellt worden. Er saß in der Ecke zur Wand hin, sie genau in der gegenüberliegenden Ecke, so dass er sie direkt ansehen konnte. Auf dem ersten Blick war sie zu seinem heimlichen Schwarm geworden. Doch eine heimliche Liebe, die nicht lange anhielt. Schon als er mitbekam, dass sie regelmäßig bei Klaus und seiner Clique stand, hatte er sie abgehakt. Klaus hatte schon am zweiten Schultag in der Pause ihm Kaugummi in die Haare gespuckt. Sie hatte zugesehen und gelacht damals. Sie konnte nur ein schlechter Mensch sein.

Doch womöglich war es jetzt an der Zeit, dass er das Bild, dass er von ihr hatte, korrigieren müsste.

Er achtete darauf, nicht zu schnell zu fahren, dass er nicht wieder schwitzen musste. Dafür fuhr er mit seinem Fahrrad auch über eine rote Ampel, um die Zeit wieder reinzuholen und gemütlich fahren zu können.

Gedanklich plante er schon, wie es weitergehen würde. Es war nun Samstag. Vielleicht, wenn sie sich danach auch noch gut verstanden, würde sie sich auch am Sonntag mit ihm treffen. Sicher würde sie das. Schließlich hatte sie ihn angerufen und ihn um ein Date gebeten. ER, der Außenseiter, wurde von einem gutaussehendem Mädchen zu einem Date gebeten. Es könnte sogar sein, dass sein

Außenseiterdasein damit beendet ist. Was die anderen wohl sagen würden, wenn sie sehen,das Nicole ausgerechnet mit ihm zusammen ist? In Ruhe lassen würden sie ihn. Ganz sicher!

Was könnte er nur am Sonntag mit ihr unternehmen? Schon wieder Kirmes? Wenn es so ist, müsste er seine Eltern fragen, ob sie ihm Geld leihen würden. Aber das würde sicher kein Problem werden. Seine Mutter lag ihm schließlich schon lange in den Ohren, dass er sich nun doch endlich mal eine Freundin suchen sollte. Sie hatte nicht verstanden, das es nicht daran scheiterte, dass er keine Freundin wollte, sondern daran, dass sich die Mädchen nicht für ihn interessierten. Doch in den Augen der Mütter sind die Kinder immer die hübschesten. Sie kommen nicht auf die Idee, das jemand ihr Kind hässlich oder dumm finden konnte. Und das ist auch gut so!

Er hatte nicht mehr viel Zeit, seine kurzfristige Zukunft mit Nicole zu planen, denn er war nur noch 100 Meter von der Schule entfernt. Er hasste dieses Gebäude, doch vielleicht würde er die Schule schon heute Abend mit anderen Augen sehen. Nicht mehr als den Ort, an denen er regelmäßig gemobbt wurde, sondern als den Ort, wo er seine Traumfrau kennenlernte.

Mit dem Fahrrad fuhr er die Rampe herunter. Nicole saß tatsächlich schon da und erwartete ihn. Seine letzte Befürchtung, sie könnte ihn vielleicht doch versetzen, bestätigte sich nicht.

„Da bist du ja." strahlte sie.

„Bin ich zu spät?" fragte er unsicher.

„Nein, nein, durchaus nicht. Ich hab schon befürchtet dass du nicht kommen würdest." meinte sie. Sie hatte scheinbar dieselbe Angst wie er. Doch aus beiden Richtungen hatten sich die Befürchtungen nicht bestätigt. Es schien ganz gut zu laufen.

Er stieg vom Fahrrad und schloß es ab, bevor er sich wieder seinem Date widmete.

„Können wir?" fragte sie

„ Ja." lächelte er. Sein Herz schlug wie verrückt.

Gemeinsam liefen sie über die Kirmes und unterhielten sich. Er fragte sie belanglose Dinge über die Schule, über Dinge, die sie im Geschichtsunterricht durchgenommen hatten und wie sie klar käme.

„Vielleicht kannst du mir ja Nachhilfe geben." schlug sie vor.

„Ja...ja, das kann ich machen." nickte er nach kurzem Überlegen.

„Wenn du möchtest, können wir ja morgen auch was machen. Ins Kino gehen?" fragte sie.

Richard überlegte schon, wie er seine Eltern am besten nach Geld fragen sollte. Aber das ließe sich irgendwie schon regeln.

Für einen kurzen Augenblick stockte ihm der Atem. Von weitem konnte er Klaus und die anderen am Autoscooter stehen sehen.

Sanft schob er sie nach links, um so weit wie möglich am Autoscooter vorbei zu laufen.

„Was ist los?" fragte sie.

„Da hinten sind Klaus und seine Freunde. Ich hab keinen Bock auf die." antwortete Richard.

„Oh verstehe." murmelte sie. „Ja, das muss jetzt auch nicht sein."

Doch es war zu spät. Er hatte sie bereits gesehen und sah sie musternd an. Doch zu Richards Überraschung schien er sich heute nicht sonderlich für ihn zu interessieren, denn er drehte sich wieder zu den anderen, um sich weiter zu unterhalten.

Erleichtert atmete Richard aus, als sie sich ein Stück weit vom Auto Scooter entfernt hatten.

„Die tun dir nichts." meinte Nicole, die bemerkte, dass er angespannt war.

„Den Eindruck hatte ich sonst nicht." sagte Richard kleinlaut.

„Ja, aber jetzt bist du mit mir unterwegs. Sie haben dich sonst immer angepackt, weil du alleine warst. Aber schon, wenn du mit jemand anders, auch wenn es nur ein Mädchen ist, unterwegs bist, dann trauen sie sich nicht an dich ran." erklärte sie.

„Meinst du?" fragte er verwundert. Doch die Frage war überflüssig. Schließlich hatte er es selber gerade gesehen.

„Ja, Klaus und seine Freunde sind Feiglinge. Sie trauen sich nur an ejmanden ran, wenn er alleine ist."

Sie waren eine Runde über die Kirmes gelaufen und ihre Schritte trugen sie zurück zum Schulgelände.

„Ich muss gleich nach Hause. Ich habe meinem Vater versprochen, das ich heute nicht allzuspät zu Hause bin." meinte Nicole und sah ihn erwartungsvoll an. Ob sie darauf wartete, dass er sich anbot, dass sie ihn nach Hause bringen würde? Natürlich würde er das tun. Er wusste, was sich gehörte.

„Wir können uns ja noch etwas hier hinsetzen, wenn du möchtest." schlug sie vor und setzte sich auf die Treppenstufen neben der Fahrradrampe. Dabei deutete sie ihm, sich neben sie zu setzen, ohne eine Antwort von ihm abzuwarten.

Eine Weile saßen sie nebeneinander und schwiegen, bis Nicole wieder das Wort ergriff.

„Sag mal...hattest du eigentlich schon mal ne Freundin?"fragte sie.

„Hm..ja..ist aber schon lange her." log er. Es war ihm unangenehm zu sagen, dass er noch nie eine Freundin hatte.

„Ich hatte noch nie einen festen Freund." sagte sie und holte aus ihrem Rucksack eine Dose Cola. Mit einem zischen öffnete sie die Dose.

„Ehrlich nicht?" fragte er verdutzt. „Das hätte ich jetzt nicht gedacht."

„Wieso nicht?" fragte sie.

„Ich hab immer gedacht, dass du..na ja...du und Klaus." er suchte nach den richtigen Worten, fand sie aber nicht.

„Ich und Klaus?..." lachte sie. „ Neee...ich fand den mal ganz süß, aber ganz ehrlich, er ist nicht wirklich mein Fall. Mein Traum war es immer, einen Jungen kennen zu lernen, der noch nie eine Freundin hatte. Hmm...um ehrlich zu sein, bin ich davon ausgegangen, dass du noch nie eine hattest."

Ihm wurde heiß am Kopf. Wie sollte er jetzt aus der Nummer wieder herauskommen? Hatte er sich mit seiner Lüge aus Scham nun etwa disqualifiziert?

„Na ja...wir sind nur miteinander gegangen. Haben noch nichtmals Händchen gehalten oder so." zuckte er verlegen mit den Schultern und versuchte seine Aussagen von zuvor zu revidieren.

„Wirklich nicht?" lächelte sie. „Du hast also noch nie jemanden geküsst?"

Statt zu antworten, lächelte er bis über beide Ohren.

Sie machte ein ernstes Gesicht und sah ihm tief in die Augen.

„Würdest du MICH denn mal gerne küssen?"

Er konnte sich nicht erinnern, wann sein Herz das letzte Mal so schnell geschlagen hatte. Heute morgen noch konnte er sich noch nichtmals vorstellen, das er ein Date mit Nicole haben würde, geschweige denn, sie küssen zu dürfen.

„J...J...Ja" stotterte er.

Sie rutschte näher zu ihm und spitzte ihre Lippen. Aus Reflex spitzte er seine ebenfalls. Ein leiser Schmatzer war an diesem windstillen Abend zu hören.

„Richard?" flüsterte sie ihm leise zu.

„Ja?" fragte er. Seine Brust schien beinah zu explodieren vor Aufregung.

„Möchtest du mich mal richtig küssen? Also einen Zungenkuss?" war ihre Frage.

Fieberhaft überlegte er, was er tun sollte. Er hatte noch nie ein Mädchen geküsst, geschweige denn mit Zunge. Was ist wenn er sich blamiert? Sich vielleicht sogar dämlich anstellen würde? Oh mein Gott, warum war er auf diesen Moment nicht vorbereitet? Andererseits, wie bereitet man sich auf so einen Moment vor?

„Meinst du das im Ernst jetzt?" insgeheim hoffte er, dass es doch nur ein Scherz oder eine dumme Idee gewesen war. Eine, auf die sie vielleicht in 1 oder 2 Tagen zurück kommen würde, wenn er sich seelisch drauf vorbereitet hatte.

„Ja klar. Möchtest du nicht?" fragte sie mit enttäuschter Miene.

„Doch, doch, sehr gern sogar." versuchte er zu lächeln. „Es ist nur so...ich habe das noch nie gemacht..Ich hab Angst ich könnte was falsch machen." gab er zu.

„Ach, da gibt es nichts falsch zu machen." lächelte sie wieder entspannt. „Schließe einfach deine Augen und öffne deinen Mund ein Stück. Den Rest mache ich schon." erklärte sie.

Er tat wie sie gesagt hatte und schloß die Augen und öffnete seinen Mund dabei einen Spalt. Wie lange hatte er von diesem Augenblick geträumt. Von einem Mädchen die Zunge im Mund zu haben, ein Gedanke, der ihm vor 2 Jahren noch ekelhaft erschien, doch hinterher mit der Zeit seine Phantasie beim masturbieren wurde, sowas irgendwann zu tun. Und jetzt ist es endlich soweit. Ob es wohl ekelig ist, gleich ihre Zungenspitze zu berühren? Oder ist es umso schöner, das mit einer Frau zu tun, in die man sich verliebt hat?

Doch irgendetwas stimmte nicht. Er wartete, dass sie auch mit ihrem Mund näher kommen würde, doch nichts geschah.

„Haha, schaut euch mal an wie er aussieht. Richiiieeee...Froschfresse!" hörte er auf einmal eine männliche Stimme.Was zur Hölle machte der auf einmal hier?

Und er war nicht alleine. Als Richard die Augen aufriss, waren er und die ganze Clique um ihn herum versammelt.

„Was solln das werden?" fragte Klaus immer noch lachend.

So schnell er konnte, stand er auf. Mit entsetzen stellte er fest, dass Klaus nicht der einzige war, der lachte. Auch Nicole zeigte mit dem Finger auf ihn und lachte.

„Hast du etwa gedacht ich knutsche mit so einem wie dir?" lachte sie.

„Immerhin hast du ihn ja schon geküsst." tat er so, als ob er sich Richard gegenüber anerkennend zeigen würde.

„Bah, ja,und das fand ich schon zum kotzen!" machte sie ein angewidertes Gesicht.

Klaus kam Richard ganz nah und sah ihm tief in die Augen.

„Hm, scheint so, als ob du bei Frauen doch nicht so gut ankommst." sagte er leise.

Sekunden später folgte eine schallende Ohrfeige. Weitere Sekunden später folgte ein Fausthieb in seinen Magen.

„Auu...du tust mir weh!" stöhnte Richard.

„Au, du tust mir weh." äffte Nicole ihn nach und trat ihm in den Schritt. Darauf war Richard nicht vorbereitet, genauso wenig wie die Ohrfeige und den Fausthieb, doch der Tritt in den Schritt tat am meisten weh. Durch den Überraschungsangriff musste er Wasser lassen. Kurze Augenblicke später war seine Hose um seinen Schritt herum nass.

„Hast du gedacht in so was wie dich wäre ich verknallt?! Guck dich doch mal an, du Hosenpisser!"

Richard schaute sich das Gebäude von seinem Wagen aus an, an dem sich das ganze damals zugetragen hatte. Durch seine Adern liefen die Emotionen, so als ob es gerade vor wenigen Minuten erst passiert wäre.

Eine ganze Weile stand er mittlerweile an derselben Stelle. Der Motor bubbelte vor sich hin als würde er warten, das sein Besitzer nun nach der 4. grünen Ampelphase endlich losfahren würde. Doch hinter ihm war niemand, der ihn deswegen drängelte, und so blieb er noch eine weitere grüne Ampelphase stehen und stierte zu dem ehemaligem Schulgebäude.

„Richard?." rief sein Vater. Er war mit dem Fahrrad in die Stadt gefahren, nachdem sein Sohn um 22 Uhr immer noch nicht nach Hause gekommen war.

„Richard." wiederholte er. Es war mittlerweile 3 Uhr nachts. Er war schon 2 mal an der Schule gewesen, doch erst beim dritten Versuch, kam ihm die Idee, den Schulhof bis zum Fahrradkeller zu betreten. Er glaubte nicht wirklich dran, das er seinen Sohn dort finden wollte, doch er wollte nicht eher nach Hause, bis er überall nachgesehen hatte.

„Richard?" fragte er leise, als er seinen Sohn vor der Tür des Fahrradkellers im Dunkeln kauern sah.

Richard antwortete nicht. Sein Vater kam vorsichtig näher.

„Richard, ist alles in Ordnung?" Doch aus der dunklen Ecke kam keine Antwort. Richard vergrub das Gesicht in beide Hände. Sein Vater hockte sich besorgt vor ihm hin.

„Richard, was ist los?!" fragte er nun beinahe panisch. Das letzte mal, als er seinen Sohn gesehen hatte, war, als er freudestrahlend zu seinem ersten Date mit dem Fahrrad fuhr. Und Stunden später mitten in der Nacht kauerte er alleine auf dem Schulhof und rührte sich nicht.

„Hey!" er stieß ihn an und erhoffte sich eine Reaktion.

Erst jetzt hob Richard seinen Kopf und sah seinen Vater an. Sein Gesicht war voller Schürfwunden. An seinem Mundwinkel hing getrocknetes Blut.

„Sie haben mich fertig gemacht, Papa!" weinte Richard und umklammerte seinen Vater nun und drückte ihn fest an sich.

„Sie haben mich fertig gemacht!" wiederholte er immer wieder schluchzend. Sein Vater schaute schockiert drein, so hatte er seinen Sohn noch nie erlebt. Sanft drückte er ihn an sich, ohne zu wissen was er sagen sollte. Schließlich wusste er auch nicht, was passiert war.

„Wer hat dich fertig gemacht, Junge?" fragte er nach 2 Minuten.

„Sie alle.." schluchzte Richard und versuchte immer wieder aufs neue Fassung zu erringen, doch ohne Erfolg. „Sie haben mir weh getan..sie alle...haben mich geschlagen und getreten...mich fertig gemacht."

„Komm jetzt erstmal nach Hause. Und dann erzählst du mir in Ruhe zu Hause was passiert ist, okay?" schlug er vor, in der Hoffnung, bis sie zu Hause wären, zu erfahren was passiert ist.

„Nein, ich will nicht nach Hause." weinte Richard wie ein kleiner Junge und presste ihn fester an sich und vergrub seinen Kopf in seiner Schulter. „Ich will nur noch sterben, Papa! Ich will einfach nur noch sterben!"

Er ertrug diese Erinnerungen nicht mehr. Mittlerweile war es die 7. grüne Ampelphase, als er endlich aufs Gaspedal trat und mit Vollgas über die Kreuzung fuhr.

Aus der Mitte gerissen

Leise, tippelnde Schritte weckten Christopher aus seinem Schlaf. Er und seine Partnerin Heidi waren bis 2 Uhr aufgeblieben und hatten Fern gesehen. Die letzten 4 Tage hatten sie schon keine Nacht mehr als 5 Stunden Schlaf gehabt. Eigentlich hatten sie vorgehabt, wenigstens heute mal früher schlafen zu gehen. Ein Vorhaben, das, seit Heidi die neue Staffel ihrer Lieblingsserie aus dem Internet geladen hatte, kläglich scheiterte.

Schlaftrunken schaute Christopher auf den Wecker. 5.26 Uhr. Noch 2 Stunden, bis sie aufstehen müssten. Dieses Geräusch von einer schleichenden Person konnte nur eins bedeuten.

„Luca...geh wieder ins Bett." flüsterte Christopher leise.

„Mama?" sagte der kleine Luca und kletterte mit seinen 4 Jahren das Bett hinauf, ohne Christopher zu beachten. Der Junge legte sich bei seiner Mutter in den Arm und schlief weiter.

Christopher war es Recht, Hauptsache, er könne noch ein wenig schlafen.

Er lernte Heidi und ihre Kinder vor knapp 3 Jahren kennen. Manuela war damals 3 Jahre und ihr Bruder Luca 2 Jahre alt. Erst vor 6 Wochen war die alleinerziehende Mutter mit ihm zusammengezogen. Lange hatte sie den Schritt gescheut. Anfangs, weil sie nicht wusste, wie er mit ihren Kindern klarkommen würde. Doch da er viel mit ihnen unternahm und offensichtlich bereit für eine Patchworkfamilie war, gewöhnten die Kinder sich sehr schnell an ihn.

Doch es gab noch andere Steine, die aus Heidis Sicht einer Patchworkfamilie im Weg standen.

Als Christopher das nächste Mal auf die Uhr sah, war es zehn vor 7. Immer noch eine Stunde übrig, die man noch schlafen könnte. Doch zuvor quälte er sich aus dem Bett, um das Licht im Flur wieder auszuschalten, das Manuela offenbar angeschaltet hatte. Manchmal wurde sie nachts wach und bekam Angst im Dunkeln, weshalb sie im Flur das Licht anschaltete, ehe sie weiterschlafen konnte.

Noch schlaftrunken lief er wieder zurück ins Schlafzimmer, wo Luca an Heidi angekuschelt mit offenem Mund im Bett lag und leise schnarchte, wie ein Igel.

Christopher legte sich wieder dazu, legte seine Arme um die beiden und schlief weiter.

„Ich kann den Termin heute Abend um 19.00 Uhr wegen Migräne nicht wahrnehmen." las Heidi die SMS von Elisabeth Rohde, eines der Helferinnen, die das Jugendamt beauftragte, vor. Entsetzt schaute sie Christopher an.

„Da stimmt etwas nicht. Erst werde ich und mein Ex kurzfristig heute morgen zum Jugendamt bestellt und dann sagt die wegen Migräne ab. Irgendwas stimmt da nicht, Schatz."

„Hmmm..." Christopher versuchte die Situation einzuschätzen, doch er war überzeugt, dass es sich hierbei nur um einen Zufall handeln konnte.

„Mach dich nicht verrückt." versuchte er sie zu beruhigen. „Was soll denn sein? Die Rohde hat dir doch vorige Tage selber gesagt, du bräuchtest dir keine Sorgen machen."

„Ich hab keine Ahnung. Die riefen gestern an und meinten, wir sollten um 9.00 Uhr beim Jugendamt sein, und jetzt sagt die ab. Findest du das nicht komisch? Mir kommt es vor als ob gleich irgendwas schlimmes kommt und die nicht dabei sein will."

Er hielt vor dem Kindergarten an und Heidi stieg mit den Kindern aus.

„Viel Spaß im Kindergarten euch zweien." rief er den Kindern, wie jeden Morgen, hinterher. Wenige Minuten später kam Heidi wieder aus dem Kindergarten und stieg zu ihm ins Auto. Betrübt schaute sie aufs Amaturenbrett.

„Ich verstehe das alles nicht. Warum können die mich nicht einfach in Ruhe lassen? War schon damals, als die Bülles bei dem Routineauftrag reinkam und mich als Rabenmutter hinstellte, nur weil die Kinder im Wohnzimmer spielen sollten, damit ich sie besser im Blick habe, wenn ich den Haushalt mache."

„Ja, mir kommt es auch so vor, als ob die dich auf dem Kieker hat." bestätigte Christopher

„Da bin ich mal gespannt, was da gleich kommt. Wäre lieb wenn du, bevor du zur Arbeit fährst, zu Hause noch etwas Ordnung machst. Kann ja sein, das der Degen oder irgendein anderer von denen gleich mitkommt." bat sie ihn.

„Kein Problem, mach ich." nickte er.

Herr Degen war, genau wie Frau Rohde, ebenfalls eines der Helfer, die vom Jugendamt beauftragt wurden. Doch während Frau Rohde selber den Grund des Einsatzes nicht verstand, war Degen ständig darauf aus, dass Heidi eine Therapie bräuchte.

Christopher setzte sie am Rathaus ab und fuhr durch nach Hause, um die Betten der Kinder zu machen und zu spülen.

Als er sicher war, das man so die Leute in die Wohnung lassen kann, machte er sich einen Kaffee und setzte sich auf die Couch, in dem Vorhaben, in der nächsten viertel Stunde sich auf dem Weg zur Arbeit zu machen.

Währenddessen betrat Heidi mit ihrem Ex Mann Nico das Büro von Dagmar Bülles.

„Schönen guten Morgen. Setzen Sie sich doch bitte." sagte sie freundlich.

Heidi war misstrauisch, allerdings auch über die Freundlichkeit der Sachbearbeiterin ein wenig entspannter. Doch dies sollte nur von kurzer Dauer sein.

Lächelnd setzte sie sich dem ehemaligem Ehepaar gegenüber. Unter ihren Armen waren dicke Schweißflecke zu erkennen. Ihre Haare schien sie sich schon länger nicht mehr gewaschen zu haben, denn sie sahen nass aus, was sich beim genauerem hinsehen als fett herausstellte.

Hinter ihrer dicken Brille war ein breiter runder Kopf. Allgemein glich die füllige Sachbearbeiterin einem Schneemann. Eine kleine Kugel auf eine große Kugel aufgesetzt. Statt einer dritten Kugel ganz unten, hatte sie Beine.

Ihre Gesichtszüge fielen von dem Lächeln innerhalb von Millisekunden in ein strenges Gesicht.

„Ich mach es kurz. Ihre Kinder werden gleich aus dem Kindergarten geholt und in Obhut eines Kinderheimes genommen."

Heidi blieb die Luft weg. Es fühlte sich an, als hätte man ihr einen Fausthieb in den Magen und eine Ohrfeige zugleich versetzt.

„U..und..und Warum?" stotterte Nico.

„Sie, Frau Hufschmied, haben jetzt mittlerweile mehr als ein Jahr eine Hilfe im Haus, und es hat sich NICHTS getan." wurde der Ton von Dagmar Bülles krächzend laut. Es sah aus, als ob ihr durch ihre Fettleibigkeit auf einmal das Atmen schwer fiel. „Und Sie, Herr Bartels, befinden sich ebenfalls schon seit 8 Monaten im Coaching von Herrn Degen, und dort zeigen Sie ebenfalls keine Fortschritte!"

„Moment..." Heidi versuchte den Schock zu verdauen, doch es gelang ihr nicht. Ihr wurde kurz schwarz vor Augen. „Wenn Sie mir meine Kinder wegnehmen wollen...dann will ich wissen warum.."

„Sie müssen mir das Formular noch unterschreiben, dass sie mit der Inobhutnahme einverstanden sind." ignorierte Frau Bülles Heidis Einwand.

„*Unterschreib da bloss nichts, was immer da kommt. Wenn die Druck machen, schalten wir einen Anwalt ein. Aber unterschreib da bloß nichts.*" erinnerte sie sich an das, was Christopher beim aussteigen noch im Auto zu ihr sagte.

„Bevor ich irgendetwas unterschreibe, will ich das mein Anwalt erstmal einen Blick darauf wirft." schluchzte Heidi.

„Für einen Anwalt haben wir keine Zeit. Sie haben eine halbe Stunde Zeit, sich zu überlegen, ob Sie es freiwillig unterschreiben oder ob wir übers Gericht Ihnen das Sorgerecht entziehen." Sie beugte sich weiter vor und sah Heidi bedrohlich in die Augen „Und dann sehen Sie Ihre Kinder NIE WIEDER!"

Christopher hatte sich krank gemeldet, nachdem Heidi ihn anrief und ihm erzählte was passiert war. Das sie die Kinder in Obhut nehmen, damit hatte er nicht gerechnet. Gerade jetzt in diesem Moment wollte er Heidi nicht alleine lassen. Ihre Ängste, die Kinder zu verlieren, hatten sich bewahrheitet. Oft, wenn sie von dieser Angst sprach, beruhigte er sie, dass sie sich keine Sorgen machen bräuchte. Solange kein schwerwiegender Grund vorliegt, hätte das Jugendamt nicht die Berechtigung dazu. Er konnte es aufrichtig rüber bringen, denn er war selber davon überzeugt, dass sie keine handhabe dafür haben würden. Sogar Frau Rohde hatte ihr wenige Tage zuvor noch versichert, dass sie sich darum keine Sorgen machen bräuchte.

Er stand am Fenster und sah Heidi auf das Haus zulaufen. Schon vom Fenster konnte er dicke Tränen auf ihren Wangen sehen. Sie war gebrochen. Das wichtigste in ihrem Leben wurde ihr gerade weggenommen.

Er öffnete ihr die Tür, sich unsicher, wie er sich verhalten soll. Die halbe Stunde, die er auf sie gewartet hatte, überlegt er, ob er schon mal die Sachen der Kinder packen sollte. Doch andererseits verstand er nicht, warum die Kinder in ein Heim sollten. Das auch noch zu unterstützen, indem er die Koffer packt, fühlte sich wie ein Fehler an.

Sie lief Tränenüberströmt an ihm vorbei. Seinen Versuch, sie zum Trost in den Arm zu nehmen, blockte sie ab und ging ins erste Kinderzimmer, um die Sachen zu packen.

Christopher selbst lief nach draussen, wo Herr Degen an seinem Volvo stand und wartete, das Heidi mit den Koffern wieder herauskommen würde.

„Haben Sie 5 Minuten?" fragte Christopher höflich. Er hatte, als er hörte, dass Heidi mit Herrn Degen kommen würde, beschlossen, selber das Gespräch zu suchen. Während er das letzte gesamte Jahr nur im Hintergrund war, zuhörte, was sie von Heidi forderten und sein Kommentar dazu gab, wollte er nun selber aktiv werden. Denn nun hatten sie nichts mehr zu verlieren.

„Na klar." lächelte Degen, der noch mit seinem Organizer beschäftigt war. Er legte ihn in seiner Aktentasche ab und sah ihn augenscheinlich mitfühlend an.

„Ich habe schon gehört, was diese Frau Bülles entschieden hat." begann Christopher. „Eine Entscheidung, die mir vollkommen unverständlich ist. Ich dachte immer, man nimmt Kinder in Obhut, wenn eine Gefährdung vorliegt...also Kinder mißhandelt oder mißbraucht werden. Aber so etwas findet hier nicht statt. Den Kindern geht es gut."

„Frau Hufschmied hatte über ein Jahr eine Hilfe im Haus. Und es haben sich keine Verbesserungen gezeigt. Deshalb wurde so entschieden." rechtfertigte Degen die Entscheidung der Sachbearbeiterin.

„Wo bitteschön soll die Gefährdung vorliegen, die diese Entscheidung rechtfertigt?!" formulierte Christopher eine Frage.

„Wie ich schon sagte, es dauert halt zu lange und es kommen keine Besserungen." wiederholte Degen „Es war jetzt ein Jahr 3 Hilfen im Haus. Können Sie sich vorstellen, was das kostet?"

„Was für Verbesserungen sollen Ihrer Ansicht nach kommen? Das Jugendamt hatte einen reinen Routinekontrollauftrag, als meine Lebensgefährtin sich von Ihrem Mann getrennt hat. Dieser ist positiv verlaufen. Das Jugenadamt kaum aufgrund von Aussagen der Schwiegereltern, dass die Kinder nichts zu Essen bekommen würde...Behauptungen, die sich allerdings als gelogen herausstellten. Eigentlich hätte nach der Feststellung der Kontrollauftrag beendet sein müssen. Doch dann wurden scheinbar Gründe fingiert, um ihr den *schlechte Mutter* Stempel zu verpassen."

„So ist es nicht." versicherte Degen. „Es sind einige defizite aufgefallen, die sehr Wohl eine Gefährdung der Kinder darstellen." rechtfertigte Degen sich.

„Ach ja, da war ja was...dass sie ihre Kinder in der Badewanne nicht mit Rasierschaum spielen lässt, stimmt." wurde Christopher zynisch.

„Nein, dass ihr Sohn Luca aggressives Verhalten im Kindergarten zeigte und die Tochter Manuela sehr zurückhaltend ist..was ja wohl auf sselische Verwahrlosung schließen lässt."

„Das kleine Jungs sich schon mal prügeln und kleine Mädchen sich zurückhalten, finden Sie überall. Und daraus machen Sie eine Gefährdung?" Christopher konnte sich ein zynisches Lachen nicht verkneifen. Er war, als er noch die Rolle des Zuhörers im Hintergrund hatte, der Meinung, Heidi würde die Aussagen von frau Bülles und den Helfern nicht ganz so wiedergeben wie es gelaufen ist. Etwas falsches in die Aussagen hinein interpretieren oder nicht richtig argumentieren.

„Nein, das nicht. Ich hatte Ihrer Lebensgefährtin lange genug geraten, eine Therapie aufzusuchen, weil sie mit dem Erziehungsthema überfordert ist. Doch sie hat leider nichts unternommen." entgegnete Degen.

„Woran machen Sie das fest?" stellte Christopher eine rhetorische Frage.

„Das sagt mir mein Bauchgefühl." antwortete Degen.

„Ihr Bauchgefühl..." nickte Christopher sarkastisch. Die Argumentationen der Helfer waren tatsächlich so, wie Heidi es immer beschrieben hatte.

„Hören Sie..meine Lebensgefährtin ist sicher nicht perfekt...aber sie werden keine Frau auf der Welt finden, die das ist. Doch Sie haben keinen Anhaltspunkt...nicht einen...dass die Kinder bei ihr in irgendeiner Form gefährdet sind."

„Ich habe Ihnen nichts mehr zu sagen." Degen wendete sich wieder seinem Organizer zu.

„Ihr Bauchgefühl.." Christopher ließ nicht locker. "Sie nehmen einer Mutter die Kinder weg, weil es Ihr Bauchgefühl sagt...Das ist Hohn...Diese Sachbearbeiterin, diese Frau Bülles, hatte bei dem Routinekontrollauftrag meiner Lebensgefährtin schon Kindeswohlgefährdung unterstellt, weil die Betten der Kinder keine echten Kinderbetten sind und weil das Spielzeug im Wohnzimmer liegt. Glauben Sie mir, ich bin außenstehend genug um beurteilen zu können, dass diese Frau Bülles meine Lebensgefährtin auf dem Kieker hat."

Er näherte sich dem Psychologen und schaute ihm tiefer in die Augen.

„Ich werde Frau Hufschmied den Rücken stärken, dass sie den Mut hat, gegen die Methoden, die hier genutzt werden, anzugehen."

Von weitem kam Heidi mit 2 Koffern, für jedes Kind einen, auf die beiden zu.

Ihre Augen verrieten, dass sie sich immer noch nicht beruhigt hatte.

Gerne hätte er noch mehr Drohgebärden ausgesprochen, doch die Anwesenheit seiner Partnerin unterbrach ihn, was ihm nachhinein, wie er sich später dachte, auch besser so war.

„Wenn Sie möchten, können Sie mit Herrn Schmieder fahren, wenn es Ihnen dadurch etwas leichter fällt." bot Degen an.

Mittlerweile hatten sich dicken Tränen wieder zwischen Heidis Nasenlöchern und ihrer Oberlippe gesammelt. Sie brachte nur ein zustimmendes Nicken zustande.

„Ich hole eben die Wagenschlüssel, dann können wir." sagte Christopher tonlos und lief zur Wohnung zurück, um die Schlüssel zu holen.

Die Straße war nass und das Wetter nicht weniger trüb als die Stimmung. Regentropfen bildeten sich auf der Windschutzscheibe, die die Scheibenwischer Sekunden später wieder wegwischten. Heidi schwieg, da sie sich noch nicht beruhigt hatte. Christopher schwieg, weil er nicht wusste, was er sagen sollte. Was waren die richtigen Worte in so einer Situation?

Erst als sie von der Autobahn herunterfuhren, konnte Heidi wieder sprechen.

„Luca hatte es wohl irgendwie gespürt, dass das passieren würde." unterbrach sie die Stille tonlos.

„Wie meinst du das?" fragte Christopher.

„Er kam heute morgen und hatte sich zu uns Bett gelegt. Das hat er noch nie gemacht...Er hatte gespürt dass das passieren würde." Ihre Stimme wurde wieder brüchig. „Mein kleiner Junge wollte die letzten Stunden bei uns sein."

Auch Christopher kämpfte mit den Tränen, als er Heidis Auslegung für das Verhalten ihres Sohnes hörte. Könnte es tatsächlich sein, dass er es gespürt hat? Fragte er sich. Oder könnte es Zufall gewesen sein? Oder eine Mischung aus beidem, dass irgendeine Stimme ihm sagte er sollte ins Schlafzimmer kommen, weil irgendetwas passieren würde?

„Ich soll den Kindern gleich sagen, das sich Mama erst mal um sich kümmern muss und sich nicht um sie kümmern kann...wie soll ich ihnen sowas sagen?" schluchzte Heidi.

Damit sie in dem Glauben leben, Mama kann sie nicht gebrauchen. Meine Güte, sind das MONSTER! Dachte Christopher.

Er wartete draussen, als Heidi das Kinderheim betrat. Nico, Bülles und Degen waren bereits dort. Da er schon damit rechnete, dass es sicher länger dauern würde, lief er nebenan zum Kiosk und holte sich einen Kaffee, um sich dann an die Ecke des Eingangsbereiches zu stellen und eine zu rauchen.

Wehmütig sah er die Schachtel an. Er hatte nun seit 4 Monaten nicht mehr geraucht und eigentlich ging es ihm ganz gut damit. Doch das war der richtige Zeitpunkt, um wieder damit anzufangen. Das Feuerzug flammte auf und der Tabak glühte. Er verstand die Welt nicht mehr. Das was gerade ablief, war einfach nur eine grosse Ungerechtigkeit. Gefährdung? In ihrer Wohnung. Keine Spur. Einer Mutter ihre Kinder wegzunehmen, weil sie ihre Kinder manchmal zu sehr verhätschelt? Er konnte sich erinnern, das seine Schwester einen Mann beim Jugendamt meldete, weil er mitten auf dem Spielplatz seinen Stiefsohn windelweich geschlagen hatte. Und das hatte mehrere Wochen gedauert, bis das Jugendamt dort ernsthaft etwas unternommen hatte. Und für Erziehungs Feaupax werden solche Maßnahmen schon ergriffen?

Auch Selbstvorwürfe quälten ihn. Das, was heute passierte, war genau das, was Heidi immer befürchtet hatte. Er konnte sich es nicht vorstellen, dass das Jugendamt ohne eine akute Gefährdung Kinder in Obhut nehmen. Hatte er das ganze Thema zu sehr auf die leichte Schulter genommen?

Wenige Meter neben ihm hörte er plötzlich das Geräusch einer sich schließenden Kofferraumklappe. Da war sie. Dagmar Bülles. Der Regen und der Schweiß hatte sich auf ihrer Haut und in den Haaren vermischt und ließ sie wie einen nassen Straßenköter riechen. Sie hatte Unterlagen aus ihrem Mercedes geholt und lief wieder zurück in das Gebäude des Kinderheims.

Wie kann man sich in so einer Position einen Mercedes leisten? Fragte er sich. Nachdenklich lief er ebenfalls auf das Gebäude des Kinderheims wieder zu, da noch sein Auto in der Nähe des Eingangs geparkt war.

Eine Seitentür in der Nähe des Haupteingangs öffnete sich und eine junge Frau kam heraus. Aus Reflex trat Christopher hinter sein Auto, so dass er nicht auf Anhieb gesehen werden konnte. Denn es war nicht gern gesehen, dass man auf dem Grundstück des Kinderheims rauchte. Die Frau hatte 2 Kinder bei sich, die er nur zu gut kannte. Die Kinder, die er heute morgen noch am Kindergarten abgesetzt hatte. Manuela und Luca. Sie machten auf ihn einen neugierigen Eindruck, so wie sich umsahen. Sie wussten nicht, was sie erwartet. Scheinbar gingen sie davon aus, dass sie heute Mittag wieder, wie jeden Tag, wenn der Kindergarten Ende ist, mit ihm und ihrer Mama nach Hause kommen würden.

Obwohl es nicht seine eigenen Kinder waren, war der Gedanke, dass er sie heute vielleicht zum letzten mal sehen könnte, ein Stich in sein Herz.

Es war besser so, dass sie ihn nicht gesehen hatten , fand er. Vielleicht hätte es die Situation noch schwerer gemacht, als sie schon ist.

Anfangs waren die Kinder für ihn ein Mitbringsel, als er Heidi kennenlernte. Eine Aufgabe, die man in Kauf nimmt, wenn man eine Beziehung zu einer Frau mit Kindern eingeht. Aus diesem Mitbringsel wurde Gewohnheit. Heidi ohne die Kinder? Undenkbar! Sie gehören zu ihr, also akzeptiert man sie. Man nimmt sie alle ,oder man geht. Er hatte sich für alle 3 entschieden. Aus dieser Entscheidung wurde eine Aufgabe, die er gerne machte. Sie nervten ihn manchmal, doch wenn sie auf ihn hörten oder ein Moment so war, wie sie in Familien vorkommen...das die Kinder hinten auf dem Hof spielen und sie riefen „Mamaaaaa...ich hab Durst." und er oder sie eine Flasche Orangensaft aus dem Fenster reichten...Momente, die ihn auch mit Freude erfüllten.

Es waren nicht seine Kinder. Es war nicht sein Fleisch und Blut, was mit dieser jungen Frau gerade um die Ecke in ein anderes Gebäude lief. Doch auch er empfand es so, dass etwas genommen wurde, was mittlerweile auch zu ihm gehörte. Die Kinder wurden auch aus seinem Leben gerissen, und der Gedanke, gleich zu Hause auf leere Kinderzimmer zu blicken, tat weh.

Heidi hatte sich auf einem Blumenkübel gesetzt und weinte. Er stand 30 Meter entfernt, doch hörte es, als ob sie neben ihm sitzen würde. Ihr Ex MannNico stand daneben und war leichenblass. Auch er sah mitgenommen aus.
Heidi war gebrochen. Er musste jetzt stark sein. Stark wie zwei, um sie aufzufangen.

Einige Meter abseits stand Frau Bülles mit den Helfern. Er beobachtete sie eine Weile und suchte nach einer Spur von Anteilnahme. Vergebens. Sie plauderten und er konnte sogar hören, das die Sachbearbeiterin von ihrem Mercedes erzählte.
Es war ungerecht, was gerade ablief. Und irgendetwas musste er doch tun können.
Er atmete tief ein und lief auf die Gruppe zu.
„Guten Tag." grüßte er und streckte Dagmar Bülles die Hand entgegen. Sie sah ihn nur mißtrauisch an und verschränkte die Arme.
Christopher ließ sich nicht beirren und ließ seine Hand ausgestreckt.
„Ich bin Christopher Schmieder. Ich kenne die Kinder schon seit 3 Jahren und ich wollte mich vorstellen und fragen, wie ich helfen kann, das Frau Hufschmied die Kinder schnell wieder bekommt."
Erst jetzt zog er seine Hand wieder zurück, da er erkannte, das die Sachbearbeiterin ihre verschränkte Haltung nicht ändern wird.
„Sie können ein wenig auf Frau Hufschmied aufpassen. Sie scheint Ihnen zu vertrauen." antwortete Herr Degen.
„Ja, das werde ich...selbstverständlich." versuchte Christopher zu lächeln, machte aber sofort wieder eine ernstere Miene. „Ich meine aber, wie ich helfen kann, dass die Kinder wieder nach Hause kommen. Ich dachte mir, ich könnte ja regelmäßig nach dem Rechten sehen...etwa eine Art Vormund." Er wusste, dass unter anderen Bedingungen Heidi niemals zulassen würde, dass er sie bevormundet, wie es aus dem Ausdruck „Vormund" hervorgeht, denn sie war manchmal sehr eigenwillig.
Doch er hatte keinen Zweifel, das Heidi sich ihn als „Vormund" gefallen lassen würde, wenn sie dafür die Kinder wieder mit nach Hause nehmen kann.
„Ich gehe mal eben zur Toilette, dann fahre ich wieder zurück ins Büro. Ich hab noch einiges zu erledigen." sagte Frau Bülles zu Degen, ohne Christopher und seinem Vorschlag weitere Beachtung zu schenken.
„Ich komme mit in Ihre Richtung, damit ich mich von Frau Hufschmied und Herrn Bartels verabschieden kann." sagte Degen und lief mit ihr mit.
Christopher glaubte nicht, was gerade passierte. Hatte diese Kuh ihn gerade tatsächlich ignoriert und wie einen dummen Jungen stehen gelassen?
Obwohl sie sich schon einige Meter entfernt hatten, hörte er, wie sie zu dem Psychologen sprach.
„Pff...was bildet der sich denn ein, wer der ist?"

Dagmar verabschiedet sich von dem Psychologen und lief ins das Kinderheim hinein, um die Gästetoilette aufzusuchen. Noch während sie sich auf die Toilette setzte, genoß sie ihren Triumph. Es hatte lange gedauert, bis sie es emdlich geschafft hatte, die Kinder in Obhut zu nehmen. Lieber wäre es ihr gewesen, das die Hufschmied ihr einen handfesten Grund geliefert hätte. Doch sie hatte ein grosses Haus und einen Mercedes. Das alles kostete Geld. Kosten, die ihr normales Gehalt nicht auffingen. Seit es beim jugendamt für Inobhutnahmen eine Art Provisionsmodell gab, hatte sie ihre Chance erkannt, sich regelmäßig eine Finanzspritze zu geben. Sie war sich bewusst, dass sie es in einem unvorsichtigem Rahmen tat. Während die anderen Sachbearbeiter im Schnitt 8 Inobhutnahmen verzeichneten, war sie mit durchschnittlich 40 Inobhutnahmen Spitzenreiter. Da sie das größte Gebiet zu betreuen hatte, war dieser krasse Unterschied allerdings nie grossartig aufgefallen.

Sie verrichtete ihr Geschäft und lief, ohne sich die Hände zu waschen, an den Waschbecken vorbei wieder nach draußen.

Zu ihrer Überraschung stellte sie fest, das die Autos des Psychologen und der von diesem Typen, der vor wenigen Minuten versuchte, sich als Frau Hufschmieds Vormund zu bewerben, immer noch auf dem Hof standen.

„Manche geben keine Ruhe!" fluchte sie leise und rückte ihre Brille zurecht, in der Annahme, dass dieser Kerl bei dem Psychologen einen weiteren Versuch machte, auf ihn und ihre Maßnahmen einzuwirken.

Was allerdings nicht passte, war, das weder die beiden, noch Frau Hufschmied oder Herr Bartels zu sehen waren.

Sie sah sich noch einmal um um sicher zu gehen, dass sie sie nicht übersehen hatte und lief weiter zu ihrem Mercedes. Ihre Aktentasche packte sie vorsorglich wieder in den Kofferraum.

Eigentlich hatte sie gehofft, das sie den Psychologen noch einmal sprechen könnte, bevor sie wieder ins Büro fährt. Denn diese Hufschmied wollte etwas schriftliches, was begründet, warum ihre Kinder in Obhut genommen wurden. Dabei würde sie Hilfe brauchen, denn sie wusste selber keine genaue Begründung.

Sie startete den Mercedes und rollte langsam vom Hof herunter. Was sie nicht ahnte, war, das sie vor wenigen Minuten vorerst zum letzten Mal irgendwelche Menschen gesehen hatte.

Das zweite Ich

Ruhe....Stille...

Ein zweischneidiges Schwert.

Ruhe war eigentlich etwas, was Matthias sich gewünscht hatte, bevor sie alle verschwunden waren.

Es waren die Kinder da, die er liebt und für die er sein letztes Hemd geben würde, doch manchmal waren sie, wie Kinder nun mal so sind, auch anstrengend. Bevor er das erste Mal Vater wurde, hatte er sich die Rolle eines Familienoberhauptes anders vorgestellt, wie es vielen Männern so geht.

Was hatte er gedacht, wenn er Vater ist? Das seine einzige Aufgabe darin besteht, die Hausaufgaben abzufragen wenn sie irgendwann in der Schule sind und deren Partner unter die Lupe zu nehmen, wenn sie in die Pubertät kommen?

Nein, als seine Tochter geboren wurde, wurde er das erste Mal mit Dingen konfrontiert, von denen er vorher noch nie gehört hatte. Ein Baby, das schreit, und er wusste nicht warum. Hunger? Schmerzen? Sich allein gelassen fühlen.

Es waren auch schöne Seiten, dieses kleine Wesen abends nach Feierabend im Arm zu halten oder auf dem Schoß liegen zu haben und Grimassen zu schneiden und dafür mit einem Babylächeln belohnt zu werden. Genauso war es mit seinem Sohn, der 1 ½ Jahre später auf die Welt kam.

Doch als die Kinder laufen lernten, machte er die Erfahrung, dass es nicht reicht, einfach zu sagen „Lass das sein" oder „Geh da weg."

Zwischenzeitlich hatte er sich dabei erwischt, dass er dachte, dass es leichter wäre, einen Hund zu dressieren als seine Kinder dazu zu kriegen, dass sie nicht an alles dran gehen. Erziehung, ihnen sprechen beibringen, Worte die nicht in einen Kindermund gehören, zu vermeiden. Sich zu fragen „War das jetzt richtig, was ich dem Kind erzählt habe?"

Anfangs gab es Ärger im Kindergarten, weil er den Kindern erzählte, das im Keller der Buh Mann wäre, damit sie sich vom Keller fern halten.

„Wie können Sie den Kindern sowas erzählen?" machte man ihm den Vorwurf.

Dabei hatte er es gar nicht böse gemeint, doch es sind Dinge, Fehler, die man aus Unwissenheit macht.

Dazu kam die Arbeit, die Horrorbotschaft, das der Betrieb, in dem er Jahrelang beschäftigt war und sich Wohl fühlte, schließen würde. Ein Wendepunkt im Leben, wo man neu hinterfragen kann „Wo will ich hin? Was möchte ich aus meinem Leben machen? Welche Laufbahn soll ich jetzt einschlagen?"

Fragen, die einen dazu zwingen, sich mit sich selbst zu beschäftigen. Sich zu fragen „Was kann ich besonders gut?" Manche Wege schlägt man nicht ein, weil man denkt ‚man kann es zwar, aber nicht gut genug. Das Risiko ist zu groß, das man scheitern könnte.

In andere Gewässer wird man eiskalt reingeschubst und man stellt fest, das man Wissen und Fähigkeiten hat, die einem bisher gar nicht bewusst waren. Wächst über sich hinaus.

Das Finanzamt will Geld. Und wenn sie kein Geld wollen, wollen Sie Unterlagen, von denen man nicht weiß wo man sie jetzt genau hat. In welchem der vielen Kartons im Keller?

Der Vermieter, da war doch noch was . Genau,man hatte ihn angerufen weil das Badezimmer schimmelt. Er wollte sich darum kümmern. Hat man da nachgefasst?

Beim Auto ist die nächste Inspektion fällig. Der Bordcomputer zeigt es ständig an. Wann soll man das machen?

Eigentlich müsste man noch zum Zahnarzt, weil der Backenzahn sich zwischendurch bemerkbar macht, wenn man was kaltes isst.

Schon wieder blitzte es auf der Autobahn vor einem auf. Mist! Zu schnell gefahren. 2 Punkte in Flensburg. Wieviel Punkte hat man jetzt eigentlich? Kann man es riskieren zu sagen „Ich pass jetzt besser auf", zahlt und bleibt fröhlich, oder sollte man sich um eine MPU bemühen?

Sind die Versicherungen noch auf dem aktuellem Stand? Oder sollte man auch mal dort anrufen, um zu prüfen, ob man Unter oder Überversichert ist.

Der Fernseher geht zwischendurch immer aus. Wäre es nicht besser, sich nach einem neuem umzuschauen bevor er ganz den Geist aufgibt?

Im Aquarium sind in der letzten Zeit mehrere Fische gestorben. Besser wäre es, das Wasser zu überprüfen. Im Internet vielleicht mal zu recherchieren, was sie falsch machen.

Die Waschmaschine klackert eigenartig. Besser wäre es, da ebenfalls sich schon mal nach einer neuen umzuschauen.

Ein Brief vom Anwalt in dem Verfahren gegen einen Ebay Verkäufer, wo er sich ein gebrauchtes Notebook bestellt hatte und einzelne Tasten fehlten und der das Gerät nicht wieder zurücknehmen wollte. Genau, das war ja auch noch. Ärgerliches Thema.

Das Fahrrad seiner Frau wurde letztens gestohlen. Er wollte das auch noch der Versicherung melden. Und das, wo man im Moment sowieso schon so viel um die Ohren hat. Doch niemand hat Geld zu verschenken, deshalb muss es gemacht werden.

Wurde das Paket von den Ohrringen seiner Frau schon zurückgeschickt, dass er bestellt hatte und sie nicht nutzen konnte, da sie eine Nickelallergie hat? Er hatte das ganze schon storniert, als sie hinter seiner Überraschung kam, doch es war bereits auf dem Weg. Die Leute warten noch auf die Rücksendung, damit sie die Stornierung bearbeiten können. Das jetzt auch noch.

So viele Themen, die ihn und seine Frau beschäftigten. Er sehnte sich schon nach der Woche...am besten eine ganze Woche am Stück, wo sie abends mal nichts wichtiges zu besprechen hatten.

Matthias hätte nicht gedacht, dass dieser Wunsch eher wahr werden würde, als er dachte.

Doch die ganzen Angelegenheiten wurden nicht gelöst. Nein, sie waren auf Eis gelegt worden. Die Angelegenheiten oder er?

Von jetzt auf gleich hatte irgendeine höhere Macht ihn aufs Abstellgleis gesetzt. Die Briefe, Pakete...alles war noch da. Doch niemand mehr, der darauf wartete, dass sie erledigt werden.
2 Tage lang redete er sich ein, dass er das Ganze als Urlaub sehen sollte. Urlaub von seinen Problemen.
Doch leider hat er in diesen Urlaub jemanden mitgenommen. Sich selbst!

Nun wo Ruhe war. Keine Frau und keine Kinder die ihn ablenkten. Keine lästigen Briefe, die ihn daran erinnerten, dass er sich noch um etwas kümmern musste. Es war so, als würde er neben sich selber sitzen und sagen „Prima, jetzt kannst du dich ja mit mir beschäftigen. Weisst du noch, als du damals so doof warst und.....Meine Güte, warst du damals peinlich."
Eine Szene fiel ihm wieder ein, als sie im Irish Pub waren. Er und seine Frau waren da gerade mal 3 Monate zusammen. Sie wollte unbedingt hören, wie er „I was made for loving you" von KISS für sie singt. Den ganzen Abend hatteie s gelöchert und sein Argument dass er nicht singen könnte mit „Muss man beim Karaoke auch nicht. Das ist doch nur zum Spaß." erwidert.
Was waren das für Zeiten, bevor seine Frau Hausfrau und Mutter wurde. Lange blonde Haare und wenn sie ausgingen, zog sie immer eine Hautenge schwarze Lederhose an. Oh Mann, viele Typen hatten ihn damals beneidet, das ER sie hatte.
Er ging zur Toilette und als er wieder kam und sich gerade setzen wollte, hörte er die Ansage des DJ's.
„Und als nächstes haben wir jetzt den Matthias auf der Bühne, der schmettert für uns eine Scheibe von KISS...I ...was made...for loving youuuu...Matthias, komm nach oben."
Paralysiert lief er nach oben und nahm das Mikrofon entgegen. Was sollte er jetzt tun?
Der Stakkato mäßige Bass von Gene Simmons war durch die Lautsprecher zu hören.
d.d.d.d.d.d.d.d.d.d.d.d.d.d.d.d.d.d.d., das Schlagzeug und die Gitarren kamen zum Intro dazu. Das Publikum bewegte sich zum Rhythmus mit.
Sie erwarteten etwas von ihm. Und seine Frau sah ihn stolz an. Er musste es zumindest versuchen.
„Mhhhh Yeeeah." sang er mehr oder weniger passend zum Lied durchs Mikrofon. Es war grausam, seine eigene Stimme zu hören. Das war noch eine einfache Stelle und hörte sich beschissen an. Wie sehr würde er sich beim Rest des Liedes blamieren? Keiner nahm es so richtig wahr, als er mit den Händen wild um sich wedelte und durchs Mikro das Lied unterbrach.
„Nein...Stop..Stop..ich mach mich hier nicht zum Affen...Ausmachen!"
Die Mundwinkel fielen erst, als die Leute sahen, das er fluchtartig die Bühne wieder verließ und sich neben seine Frau setzte. Nun stoppte die Musik.
„Nein, ich hab gesagt ich kann nicht singen! Ich bin kein Kasper!" Schnauzte er und nahm aus Verlegenheit einen dicken Schluck aus seinem Bierglas.

„Hmm...schade..ich hab es nicht böse gemeint. Ich wollte einen lustigen Abend mit dir." murmelte seine Frau mit einem enttäuschtem Gesicht. Für den Rest des Abends kamen sie auf 7 oder 8 Sätze, die sie noch mit ihm sprach.

„Du warst eine richtige Spaßbremsen. So schief hättest du gar nicht singen können wie du dich blamiert hast als du hysterisch von der Bühne gerannt bist." sprach er mit sich selbst. „An dem Abend fanden dich alle doof...so richtig scheiße...und ich denke mal, weil die meisten dich nur an diesem Abend gesehen haben werden sie heute noch alle denken, dass du scheisse bist."
Er nahm einen Schluck aus seiner Kaffeetasse und ließ die Worte, die er zu sich selber sprach, einwirken.

„Die haben dich alle beneidet, das du so eine gutaussehende Schnalle hast." setzte er das Gespräch als sein zweites Ich fort. „Und hinterher werden sie sich gefragt haben, was sie mit so einem Blödmann wie dir will...Na ja, irgendwo verständlich, oder? So eine heisse Braut kann sich von vielen Männern einen aussuchen und nimmt so ne Flasche wie dich, der wie ein kleines Mädchen schreiend von der Bühne rennt....Haha...aber du bist ja schon immer feige gewesen."

„Warum kommst du jetzt mit Dingen, die Jahrelang her sind?" unterbrach er sich selber. „Was soll das jetzt? Das ist Jahrelang her. Ich bin mittlerweile verheiratet, habe 2 Kinder und andere Sorgen als mich mit Dingen zu beschäftigen, wie ich meiner Frau den Abend ruiniert habe. Was spielt das heute noch für eine Rolle?"

„Ja mein Freund." sein zweites Ich nahm mittlerweile auch einen anderen Stimmfarbton an, so als ob er einen richtigen Dialog führen würde. „Warum komm ich Jahre später damit? Weil du mir die ganzen Jahre vorher nie zugehört hast. Hast dich mit anderen Menschen unterhalten. Dich sogar mit Problemen auseinandergesetzt, die dich eigentlich gar nichts angehen....Nur damit du dich nicht mit mir unterhalten musst. Aber jetzt haben wir ja jede Menge Zeit."

„...die ich aber nicht mit dir verbringen will!" zischte Mattias.

„Dir wird aber nichts anderes übrig bleiben. Niemand hier, der dich von mir ablenken kann...wo waren wir stehen geblieben? Ach so, bei deiner Braut...Genau, du wolltest sie sogar damals verlassen, weil du Komplexe hattest...wärst nicht gut genug für sie..:Weisst du es noch?"
Oh ja, und jetzt fiel es ihm wieder ein. Es waren anstrengende Tage und Nächte, in der die Eifersucht an ihm nagte. Er wusste nicht, ob jeder Typ, der auch nur halbwegs besser aussah als er eine Gefahr war und seine zukünftige Frau Blicke mit ihm ausgetauscht hatte, oder ob er nur Gespenster sah. Gespenster, die ihn tagsüber von seiner Arbeit ablenkten, und nachts wach hielten.
Die zermürbenden Verlustängste wurden irgendwann unterträglich für ihn, weshalb er in einer weiteren schlaflosen Nacht sich an seinen Schreibtisch setzte und einen Schlussmachbrief verfasste Wieder war er feige gewesen. Kämpfe nicht, dann kannst du auch nichts verlieren. Noch auf dem Weg zur Arbeit warf er den Brief bei ihr in den Briefkasten.

Als er nach Hause kam, hatte er schon 3 Nachrichten von ihr auf seinem Anrufbeantworter.

Immer die gleiche Mitteilung.

„Wenn du das abhörst, melde dich bitte bei mir. Ich versteh die Welt auf einmal nicht mehr." schluchzte Sabine in den Telefonhörer. Der Drang war groß, zurückzurufen und zu sagen „Schatz, es ist alles okay." Doch er konnte es nicht.

„Es ist besser für uns beide." redete er sich immer wieder über den ganzen Abend ein. Doch kurz vor Mitternacht stand sie dann schließlich vor seiner Tür.

„Warum hast du mich nicht zurückgerufen?" Sie bemühte sich, vor ihm nicht zu weinen, doch man sah ihren blutunterlaufenen Augen an, das sie damit die letzten Stunden verbracht hatte.

„Es hat keinen Sinn, Sabine." rechtfertigte er sich. „Du bist ein Super Frau, die jeden Kerl haben kann...und ich hab keine Lust für eines dieser Kerle hinterher verlassen zu werden."

„Was ist das für eine dumme Ausrede?" fragte sie mit einem verbitterten Unterton. „Ist das diese *Ich bin nicht gut genug für dich* Masche, oder was soll das?"

„Das ist keine Ausrede." antwortete er verlegen.

„Lass mich doch bitte rein...um zu reden." bat sie ihn.

Die Entscheidung fiel ihm schwer. Er redete sich ein, es wäre vernünftig, ihr die Tür vor der Nase zuzuschlagen, sie draussen im Dunkeln stehen zu lassen und damit abzuschließen, damit er sich eine Frau in seiner Kragenweite suchen kann. Doch nachdem er kurz überlegte, gab er ihr ein Handzeichen, einzutreten. Kaum war sie drin und die Tür im Schloß eingerastet, fiel er ihr um den Hals.Nun war er derjenige, der bitterlich weinte.

„Ich hab Angst dich zu verlieren..Ich denk du kannst ganz andere Männer haben, was will so eine wie du mit mir? Verstehst du das?"

„Nein, verstehe ich nicht." Sie hatte sich, erleichtert darüber, dass er sie reingelassen hatte, wieder etwas gefangen. „Ich kann dir nur sagen, dass deine Angst unbegründet ist. Ich würde dich nie für einen anderen verlassen. Ich liebe dich so wie du bist. Das must du mir glauben...wäre ich sonst hier? Denk doch mal nach."

Das Aquarium war sauber und auch keine Fische, die den Anschein machten, dass sie im Moment sein eingreifen bräuchten. Im Kiosk hatte er alles was er zum Leben brauchte, besorgt. Das Haus war geputzt. Er war seinem zweiten Ich also hilflos ausgeliefert.

„Weisst du noch, als du mit Nils abhingst? Ihr hattet euch noch darum gestritten, wer vor deren Haus auf der Mülltonne sitzen darf." fing sein zweites Ich wieder an.

„Ich war da 6 Jahre alt!" unterbrach er sich selber.

„ Ja, und du hast zu seinem Opa *Arschgeige* gesagt und bist weggerannt....Haha, und am nächsten Tag bist du dahin und hast dich auf die Mülltonne gesetzt, damit du erster bist. Und da hat die Mutter von dem die Tür aufgerissen und dich rund gemacht, was dir einfällt zu Nils Opa Arschgeige zu sagen und dich dann noch auf deren Mülltonne zu setzen...Hihihi..und du hattest da noch auf der Tonne gesessen und gegrinst wie ein kleiner Doofi weil du als erster drauf warst und Nils keine Chance hatte, dich darunter zu bekommen. So ein richtig kleiner Doofi...Hahahaha....und dann hat die Mutter den kleinen Doofi da weggescheucht." Oh ja, er konnte sich auf einmal daran erinnern. Er war dann weggerannt und hatte sich in den Sandkasten gesetzt und sich geschämt.

Er vergrub den Kopf unter seinen Armen.
„Ich war da selber noch ein Kleinkind...ein Kleinkind war ich da. Warum hältst du mir sowas vor?" wiederholte er immer wieder.
„Ja warst du...du warst ein doofes Kleinkind...hahahaha."
„Ich bin doch heute nicht mehr so..Ich war da noch ein kleiner Junge." rechtfertigte er sich vor sich selber.
„Ja...und die Nachbarn fanden dich auch alle doof....ein doofes Kind warst du...Hahahaha."

Lebenszeichen

Schon am frühen Morgen hatte sich Thorben aus der Wohnung geschlichen, um seine Mitbewohnerin nicht zu wecken und war in die Stadt gefahren. In den Läden, die offen war, nahm er sich Eier, Brot und Aufschnitt und alles, was sonst noch für ein ausgiebiges Frühstück gebraucht werden konnte. Letzte Nacht hatte er das erste Mal richtig gut geschlafen. Keine Alpträume die ihn quälten und auch das aufwachen war angenehm, ohne dass sein Kopf voller Sorgen und negativer Gedanken war, wenn er sich wieder an die aktuelle Situation erinnerte.
Die Sonne schien und es war angenehm warm. Das ganze weckte positive Gefühle in ihm und er war voller Tatendrang.
Als er wieder zurück war, deckte er den Tisch, kochte die Eier und Kaffee. Sobald der Kaffee durch ist, würde er Kerstin wecken. Es war jetzt 10 Uhr morgens.

„Guten Morgen." murmelte Kerstin noch schlaftrunken, als er ins Kinderzimmer, das ursprünglich für seinen Sohn gedacht war, hineinschlich und sie vorsichtig weckte. Aus dem Keller hatte er ihr eine Luftmatratze geholt, damit sie nicht auf dem Boden schlafen musste und trotzdem ihr eigenes Reich hatte.

„Ich habe uns Frühstück gemacht." lächelte er und drehte sich wieder um, um zurück ins Wohnzimmer zu gehen.

Kerstin reckte sich und stand dann schließlich auch auf, um ins Badezimmer zu verschwinden und sich frisch zu machen. Thorben servierte in der Zeit den Kaffee.

„Hast du gut geschlafen?" fragte er, als sie aus dem Bad ins Wohnzimmer kam. Sie hatte sich etwas angezogen und dezent geschminkt.

„Ja, ich kann nicht klagen. Und selbst?" fragte sie zurück.

„Ja, bei mir genauso." nickte er.

„Oh, das sieht aber gut aus." strahlte sie, als ihr nun der gedeckte Tisch auffiel.

„Ich hab mir gedacht, ich organisiere uns eine kleine Verstärkung. Wir werden welche brauchen, wenn wir uns auf die Suche nach anderen Menschen machen."

Kerstin war nun seit 3 Tagen bei ihm und an den letzten Morgenden gab es nur Kaffee und wenn sie Hunger hatten, machten sie sich eine Konservendose warm. Den Abend davor hatten sie beschlossen, ab dem nächsten Tag nach anderen Menschen zu suchen, denn die Chance, das noch jemand auftauchen würde, ging mittlerweile gegen 0.

„Da hast du wohl Recht." bestätigte sie und setzte sich an den Tisch und griff nach einer Scheibe Brot um sie mit Butter zu bestreichen und Fleischwurst zu belegen.

„Hast du schon eine Idee, wo wir als erstes suchen werden?" fragte er und griff ebenfalls nach einer Scheibe Brot.

„Ja, habe ich. Gerade mal 25 Kilometer von hier, eine Stadt weiter. Da werden wir nochmal genau nachschauen." antwortete sie.

„Warum da? Warst du da noch nicht gewesen?" hinterfragte Thorben.

„Doch, war ich. Aber wahrscheinlich hatte ich dort jemanden verpasst...so wie wir uns in der Stadt verpasst haben."

„Wie kommst du darauf?" fragte Thorben und sah sie mit schief gelegtem Kopf an.

„Ich hab gestern, wo ich die 3 Stunden an deinem Lap Top gesessen habe, sämtliche Facebook Profile durchsucht, und da war einer, der vor 2 Wochen was gepostet hatte. Es war keine Ortsangabe bei dem Profil dieses Mannes, aber als ich die Freundesliste durchgeschnüffelt hab, war mir aufgefallen, das viele von ihnen aus der Nachbarstadt kommen und einer hatte auch einen gemeinsames Foto von sich und dem Typen vor einem Jahr gepostet." erklärte sie.

„Was hat der Mann den gepostet?" wollte Thorben wissen.

„Einfach nur *Hallo Hallo,* also scheint er auch wie wir gemerkt zu haben, das die ganzen Menschen verschwunden sind." sagte sie und biß ein Stück ihres Brotes ab.

„Okay." nickte Thorben. „dann sollten wir dahin und nach diesem Mann suchen."

„Wird nicht leicht sein. Wir können nicht davon ausgehen das der einfach in der Stadt spazieren geht und wir ihn dort treffen. Wir werden wenn es hart auf hart kommt, Straße für Straße jede einzelne Wohnung aufbrechen müssen." meinte sie.

„So, wie du dir zu meiner Wohnung Zugang verschafft hast.?" zog Thorben eine Braue hoch.

„Ganz genau." bestätigte Kerstin mit ernster Miene.

„Warum hast du den Mann nicht einfach angeschrieben? Vielleicht würde er uns ja sogar schreiben wo er wohnt, dann können wir uns die ganze Arbeit sparen." schlug Thorben vor.

„Das hab ich, aber er scheint die Hoffnung wohl aufgegeben zu haben. Er hat seine Nachrichten nicht abgerufen. Vermutlich wird er nach dem Post noch 2 oder 3 Tage zwischendurch nachgesehen haben und dann aufgegeben haben." vermutete sie.

„Davon ist auszugehen." stimmte Thorben ihr nachdenklich zu.

„Es scheint jemand zu sein, der nur vom Computer aus online geht. Keine GPS Daten in seinen Posts." fügte Kerstin hinzu.

„Heisst also, es ist gar nicht zu 100% sicher das der Mann auch wirklich in der Nachbarstadt lebt?" hinterfragte Thorben.

„Richtig..aber wie ich schon sagte, die meisten Freunde kommen daher und es gibt ein Foto wo er ebenfalls in der Stadt zu sehen ist."

„Es ist nichtsdestotrotz die Nadel im Heuhaufen suchen." gab Thorsten sich enttäuscht und nahm einen weiteren Schluck aus der Kaffeetasse.

„Was möchtest du stattdessen tun? Weiter hier rumsitzen und warten?" Sie stand auf und fing an, den Tisch abzuräumen, obwohl Thorben sein Brot noch nicht aufgegessen hatte.

„Und was wenn wir ihn finden? Was machen wir dann?" Er warf sich den letzten Bissen in den Mund, da Kerstin durch ihr Abräumen Zeitdruck erzeugte.

„Keine Ahnung. Aber je mehr wir sind, desto eher finden wir raus, was hier vor sich geht." rief Kerstin ihm aus der Küche zu.

Sie packten Proviant und Anziehsachen zum umziehen ein. Eine Anordnung von Kerstin, woraus Thorben schloß, dass sie nicht vorhatte, wieder mit ihm hierher zurückzukommen.

„Wenn wir immer zurück fahren, kostet es Zeit. Wir werden uns von Stadt zu Stadt wühlen müssen, bis wir endlich jemanden gefunden haben. Und bis dahin gibt es ja im Moment eingerichtete Wohnungen genug, in denen man unterkommen kann." erklärte sie.

„Und wie sollen wir in die Wohnungen reinkommen? Möchtest du überall die Türen eintreten?" fragte er und bog auf die Autobahn ab, um Zeit zu sparen.

„Hab ich deine Tür eingetreten?" entgegnete sie und holte einen Dietrich aus der Tasche und hielt ihm diesen hin.

„Ich hab 2 davon. Wenn von der anderen Seite kein Schlüssel steckt, bekommt man damit jede Haus und Wohnungstür auf." erklärte sie.

„Einfach mit dem Dietrich überall einbrechen?" Er war unsicher. Zwar hatte er, bis auf Kerstin, in der letzten Zeit niemanden mehr gesehen, doch er könnte zumindest eine Wohnung erwischen, wo der Bewohner nicht gerade volltrunken auf dem Boden liegt.

„Fahr hier ab, das ist kürzer zur Stadtgrenze." wie sie ihn an, ohne auf seinen Kommentar einzugehen.

Tatsächlich war 200 Meter hinter der Autobahnabfahrt das erste Ortsschild, wo der Citroen zum stehen kam.

Links und Rechts gingen Häuserblöcke aneinander gereiht die Straße hinab.

„Ich schlage vor, ich zeige dir einmal, wie man mit einem Dietrich umgeht, und dann durchforstet einer die linke und der andere die Rechte Seite." schlug sie vor.

Thorben nickte. Der Plan behagte ihm nicht, andererseits hatte er selber keine bessere Idee.

Sie zeigte ihm, wie man die Türen aufbekommt und nach wenigen Versuchen, fand er selber, dass es gar nicht so schwer war.

Die ersten Wohnungen die er betrat, hatte er ein flaues Gefühl im Magen. Es fühlte sich an, als sei er ein Einbrecher, doch nachdem er 30 Minuten lang Türen aufgehebelt hatte, entwickelte sich in ihm ein Gefühl der Selbstverständlichkeit. Nach einer Stunde war es ein Gefühl der Routine, die Türen zu öffnen, in die Wohnungen zu stürmen, einmal alle Zimmer durch zu gehen und dann die Wohnung wieder zu verlassen, um sich die nächste Wohnung vorzunehmen.

Es war schon faszinierend, das, obwohl von außen alles gleich aussah, die Wohnungen von innen so unterschiedlich eingerichtet waren. Dieselbe Raumaufteilung, doch manche Wohnungen wirkten ungemütlich klein, manche doch komfortabel groß und hell. In manchen roch es unangenehm nach kaltem Rauch und abgestandenem Schweiß, andere wiederum dufteten, als sei erst gestern dort frisch gestrichen worden.

Während die einen Wohnungen liebevoll mit Wandtattoos gestaltet waren, waren hingegen andere Tapeten durchs Nikotin gelb, in einer Wohnung, in der er eingedrungen war, sogar mit Kaffeeflecken verziert.

Durch den Kopfhörer, den er am Handy angeschlossen hatte, kam ein kurzer Rufton, dann Kerstins Stimme.

„Ist alles ok bei dir?" Die beiden hatten, bevor sie sich ins Auto gesetzt hatten, Handynummern ausgetauscht und so eingestellt, dass das Handy nach einmal klingeln automatisch das Gespräch annimmt, so dass der angerufene über Kopfhörer mit Mikrofon kommunizieren kann, ohne dass Handy aus der Tasche zu nehmen.

„Ja, bei mir ist alles okay. Und bei dir?" antwortete er.

„Ja, bei mir auch..und hast du dich schon mit deiner Einbrecherkarriere abgefunden?" Man hörte ein Lächeln in ihrer Stimme.

„Joah, anfangs etwas ungewohnt, überall einzudringen, aber mittlerweile habe ich mich dran gewöhnt." gab er zur Antwort.

Zuerst dachte er, sie hätte wegen was wichtiges zu berichten, weshalb sie anrief, doch er stellte schnell fest, dass sie einfach nur jemanden zum reden suchte.

„Das geht schnell. Ich weiß." kommentierte sie. „Wo bist du denn gerade?"

„Ich bin jetzt bei Hausnummer 56 im 2.Stockwerk." antwortete Thorben.

„Haha, hast du in eines der Wohnungen dir ne Kaffeepause ohne mich gegönnt?" lachte sie. „Ich bin schon bei Hausnummer 71 im Erdgeschoss."

„Tja, ich bin eben sehr genau. Ich geh ja auch in die Wohnungen rein." antwortete er mit einem Lächeln.

„Jaja, das hätte ich jetzt auch gesagt. Ich geh auch in die Wohnungen rein...Oh Scheisse!!" In ihrer Stimme machte sich entsetzen breit.

„Was ist los?" fragte Thorben.

„Ich muss hier raus!" entgegnete sie nur. Danach hörte er nur röchelnde Geräusche.

„Kerstin, was ist los?!" Doch sie antwortete nicht.

Von der Panik gepackt, rannte er aus der Wohnung, in der er sich gerade befand, die Treppen herunter auf die Strasse. Die Hausnummer 71 war auf der gegenüberliegenden Straßenseite gerade mal wenige Häuser weiter. Schon von weitem konnte er sehen, wie Kerstin gebeugt vor der Tür stand und zu brechen schien.

„Kerstin, ist alles okay?" keuchte er besorgt, nachdem er sie erreicht hatte.

Doch Kerstin gab keine Antwort, sondern röchelte weiter.

Thorben sah auf das Wohnhaus und entschied sich spontan dafür, selber nachzusehen.

Vorsichtig schob er die Wohnungstür auf. Ausser, dass es bestialisch stank, war allerdings nichts ungewöhnliches.

Er zog sich das T-Shirt über die Nase damit der Gestank nicht direkt in seine Nase ging und lief weiter hinein.

Im Wohnzimmer angekommen, traf ihn das Grauen.

Von der Decke hing eine halb verweste Leiche, die ihm scheinbar direkt in die Augen schaute. Um die Augenhöhlen herum krabbelten 3 Käfer. Die Oberlippe war offensichtlich schon verwest und entblößte die Vorderzähne mit angeschimmeltem Zahnfleisch. Die langen gelockten Haare sahen strohig aus. Um dem Kleid herum, das die Leiche anhatte, flogen mehrere Fliegen.

Es sah so aus, als würde die tote Frau ihn von oben aus hämisch angrinsen, doch der Zettel, der auf dem Wohnzimmertisch lag, passte nicht dazu.

Ich halte den Ekel vor mir selber nicht mehr aus! Vergebt mir!

Nachdenklich nahm Thorben den Zettel. Was hatte das zu bedeuten? Was mag der Grund sein, warum diese Frau sich erhängt hatte? Weshalb ekelte sie sich vor sich selber?

Beim genauen betrachten der Leiche fiel ihm auf, das der Bauch eine Wölbung hatte.

„Oh mein Gott." flüsterte er leise zu sich selbst. Wer immer diese Frau war, sie war schwanger, als sie sich das Leben genommen hatte. War das Baby der Grund? Doch nachdem er den Zettel weitere 3 Male gelesen hatte, wurde ihm klar,was diese Frau in den Tod getrieben hatte.

Betroffen stieg er auf den Wohnzimmertisch, um mit der Leiche auf einer Höhe zu sein.

Er schaute ihr in die Höhlen, wo irgendwann mal Augäpfel waren. Diese Frau schien sie direkt anzusehen. Von oben sah es nun nicht mehr nach einem Grinsen aus, sondern eher wie ein grimmiger Angriffslustiger Blick.

„Was hat man dir angetan?" flüsterte er ihr leise zu. Die Leiche der Frau sah ihn durch die Augenhöhlen an.

Er fand, das der scheinbar wütende Gesichtsausdruck nun passte, wenn sie ihm von ihrem Leid erzählen würde.

Wie sie in der Wut der Verzweiflung ihm schildert, wie dieses *Dreckschwein* sie ins Bett, in die Büsche oder wer weiß wohin gezerrt hatte und ihr die Kleider vom Leib riß um in sie einzudringen. Sich an ihr austobte und sie am Ende befruchtete.

Vielleicht war es kein wildfremder..Vielleicht war es jemand von der Familie. Vielleicht sogar der eigene Vater? Der Vater des Freundes? Oder der Partner einer Freundin?

Er sah sich, nachdem er vom Wohnzimmertisch wieder heruntergestiegen war die Wände mit den Bildern an. Anhand der Fotos sah man, dass sie gerade mal 20 oder 21 Jahre alt war.

Betrübt sah er wieder zu der hängenden Leiche hinauf. Der Zettel war für irgendeinen Angehörigen geschrieben. Vielleicht ihr Freund? Vielleicht ihre Eltern? Doch so, wie die Natur diesen Körper zugerichtet hatte, hing sie ungefähr 5 bis 6 Monate da oben an der Decke. Und niemand hatte sie gefunden. Nicht finden wollen.Diese Frau schien am Ende ihres Lebens sehr einsam gewesen zu sein, das niemand sich die Mühe gemacht hatte, sie zu besuchen. Denn sonst hätte man sie gefunden.

„Wie krank manche sind." sprach er mit sich selber und meinte die Angehörigen dieser Frau. Die Frau da oben wurde, so wie es scheint, vergewaltigt. Zumindest mißbraucht.Doch statt ihr zu helfen, damit fertig zu werden, wurde sie von der Familie ausgestoßen.

Wieder ertönte der Rufton in seinem Ohr. Das Handy nahm nach einmal klingeln das Gespräch wieder an.

„Hast du sie gesehen?" fragte Kerstin mit zittriger Stimme.

„Ja habe ich." antwortete Thorben. „Ich komme jetzt wieder zu dir nach draußen."

Er legte über einen Knopf im Kopfhörer auf und machte sich wieder auf den Weg nach draußen. An der Schwelle des Wohnzimmers drehte er sich noch einmal zu der Leiche um, die an der Decke hing.

„Tut mir leid, das du solche Qualen erleiden musstest...hoffe es geht dir dort besser, wo du jetzt bist." sprach er zu ihr. Er kannte diese Frau nicht, doch das Schicksal dieser Frau, das er in seinem Kopf zusammen puzzelte, berührte ihn.

„Puh...jetzt verstehe ich, warum du so ausgeflippt bist." sagte er schwer ausatmend, als er nach draußen kam. Kerstin saß auf einer Stufe vor der Haustür und hatte sich eine Zigarette angezündet.

„Ich hab zwar in den letzten Wochen, wo ich die ganzen Wohnungen durchforste, einiges gesehen, aber das noch nicht." Verächtlich blies sie Zigarettenqualm aus der Nase.

„Wenn man damit nicht rechnet..verstehe ich dass du dich da erschrocken hast." Er setzte sich auf der Stufe neben ihr. „Du hast nicht zufällig noch ne Zigarette für mich über?"

Ohne eine Antwort zu geben holte sie ihre Zigarettenschachtel aus der Jackentasche und drückte sie ihm in die Hand.

„Wer bist du?" fragte sie nach einigen Augenblicken des Schweigens.

„Wie darf ich deine Frage verstehen?" hinterfragte er.

„So wirklich viel weiß ich über dich nicht. Ich weiß, das deine Freundin verschwunden ist, kenne deine Situation...aber ich weiß nicht so wirklich wer du bist...als Mensch." ergänzte sie.

„Na ja...so viel gibt es über mich nicht zu erzählen." windete er sich. Er wollte nicht grossartig über sich erzählen.

„Du hattest was angedeutet...das du dachtest, deine Freundin wäre abgehauen...hattet ihr Streit?" wurde sie konkret, ohne ihn anzusehen.

Er nahm einen tiefen Zug aus seiner Zigarette.

„Nein...Streit nicht direkt."

„Wie hat man denn indirekt Streit?" hakte sie nach.

„Alexandra, also meine Freundin, hat immer sehr viel mit sich selber ausgemacht...wenn es Probleme gab, hat sie sie oft für sich behalten...was auch manchmal zu Konflikten führte." begann er dann doch zu erzählen.

„Was waren das für Probleme?" wollte Kerstin wissen.

„Ach..." Er zuckte mit den Achseln. Von dem ungeborenem Baby und dem ermordeten Rivalen wollte er ihr nicht erzählen. „Meistens wenn es um finanzielle Dinge ging."

„Na ja, manche Frauen sind so. Sie wollen sich ihre Eigenständigkeit bewahren." versuchte sie eine Erklärung für ihr Verhalten zu finden. „Viele Männer kommen damit nicht klar."

„Nein..das ist eher weniger." sprach er, doch eher mit sich selber.

„Was dann?" sie hatte es trotzdem gehört.

„Egal." winkte er ab. „Wie ist es bei dir? So viel weiß ich von dir auch noch nicht." wechselte er das Thema.

„Ach, da gibt es auch nicht viel zu wissen. Das entscheidende hatte ich dir ja schon erzählt." meinte sie.

„Du sagtest du hättest ein Date mit irgend so einem Michael gehabt. Und als du von dem Date kamst, war auf einmal niemand mehr auf der Strasse." fasste er zusammen. „Aber das ist auch soweit alles was ich von dir weiß."

„Na ja...er war mein erstes Date nach langer Zeit. Ich war mal verlobt, aber das ist ewig her. Hatte lange die Schnauze voll von Kerlen." erzählte sie.

„Aber auf lange Sicht hat man doch keine Lust darauf, alleine zu sein, oder?" mutmaßte er ihr Motiv, sich mit diesem Michael zu treffen.

„Nein." schüttelte sie den Kopf. „Das war es noch nicht mal. Für mich war das Alleinsein okay. Je länger es dauerte, desto weniger störte es mich. Irgendwann dachte ich mir halt, ich bin zu schade dafür, alleine zu leben. Ich war bis zur Lösung meiner Verlobung ein Familienmensch. Ich wollte heiraten, Kinder bekommen...Hausfrau und Mutter werden."
Thorben sagte nichts, sondern nickte nur.

„Irgendwann kam ich auf die Idee, mich im Internet auf einer Partnerbörse anzumelden...Ich sag dir, die meisten Kerle sind dort nur sexbessesene Spinner. Schrieben nur Hi oder fragten sofort nach sexuellen Vorlieben." erzählte sie weiter. „Doch Michael war anders. Er schrieb lange Mails, der erste und einzige Typ dort, der etwas von sich preisgab, aber auch Interesse an mir zeigte."

„Und dann hattest du dich mit ihm verabredet..." unterbrach Thorben sie.

„Ja." lächelte sie verträumt. „Wir trafen uns und gingen etwas trinken. Er war noch symphatischer als in seinen Mails oder am Telefon. Na ja , wir küssten uns und er fragte mich, ob wir zu ihm gehen sollen." Ihr Gesicht wurde wieder ernster. „Irgendwie wollte ich...Na ja, er war ein guter Fang..und ich hatte auch eine Irre Lust..nach so langer Enthaltsamkeit..ist ja kein Wunder."

„Und was hat dich davon abgehalten?" wollte Thorben wissen.

„Ach, meine Mutter hatte mir immer gepredigt, mit nem Typen nicht sofort ins Bett zu gehen." lachte sie. „ Meinte wenn man das tut kann man die Beziehung vergessen....ich hätte bei meinem Ex-Verlobten mich daran halten sollen...War reine Zeitverschwendung."

„Aber du wolltest ihn wiedersehen?" fragte Thorben.

„Ja klar. Wir waren für den nächsten Tag fürs Kino verabredet...na ja...aber dann sind alle verschwunden. Den Rest kennst du ja."
Thorben nickte bestätigend und stand auf, um das Gespräch abzubrechen, bevor sie auf die Idee kommen könnte, mehr über sein Leben erfahren zu wollen.

„Wir sollten weiter suchen."

Thorben wechselte wieder auf die andere Straßenseite und setzte seine Durchsuchung dort fort, wo er aufgehört hatte. Kerstin tat dasselbe auf ihrer Straßenseite. 4 Stunden lang hörten sie nichts voneinander. Als er den letzten Häuserblock durch hatte und nach draußen trat, wartete sie bereits auf ihn.

„Und hast du noch jemanden gefunden?" fragte sie.

„Nein, sonst hätte ich angerufen." erwiderte er.

„Ich habe allerdings was." sagte Kerstin.

Neugierig trat Thorben auf sie zu.

„Siehst du das Haus da drüben?" fragte sie und zeigte mit dem Daumen auf ein grosses Haus, das an der Straßenecke stand.

Es sah ziemlich heruntergekommen aus. Es war eines der Häuser, die unter normalen Umständen gut als Geisterhaus vermarktet werden könnte.

Im Vorgarten wucherten die Pflanzen. Irgendwann war mal vom Eingangstor zur Haustür ein Gehweg gewesen, den sich die Natur allerdings schon wieder geholt hatte. Der Weg war schon grün vor Unkraut. In der Hofeinfahrt stand ein alter himmelblauer Mercedes aus dem Anfang der 80er Jahre.

Die Fenster des Hauses waren verschmutzt, so dass man aus der Entfernung nicht reinschauen kann. Hinter eines der Fenster waren verwelkte Pflanzen zu erkennen.

„Ja sehe ich..Und?" fragte Thorben.

„Fällt dir nichts auf?" wollte Kerstin wissen. „Das ganze Grundstück sieht so aus, als ob da schon länger niemand mehr leben würde...Doch die Einfahrt ist frei. Kein Unkraut...der Wagen wird regelmäßig noch bewegt."

„Das kann Zufall sein." zuckte Thorben mit den Achseln. „Kann mir nicht vorstellen, dass dort jemand lebt."

„Vielleicht hast du Recht. Aber wir sollten nachsehen." schlug sie vor.

Ohne darauf zu antworten, lief Thorben in die Richtung des Hauses und betrat das Grundstück. Kerstin hatte Recht. Irgendjemand hatte kurz vorher noch im Wagen gesessen. Wer auch immer den Wagen fuhr, hatte im Auto geraucht. Am Rand des Fensters auf der Fahrerseite hingen Aschereste. Der Wind hätte es in den letzten Wochen schon lange wegwehen müssen. Die Ascheflocken waren frisch, maximal 2 Stunden alt.

Er winkte sie aufgeregt zu sich.

„Du hast Recht." flüsterte er und deutete auf die Asche auf der Fahrerseite. „Aber was tun wir jetzt?"

Sie sah sich mißtrauisch um und holte ihren Dietrich aus der Jackentasche.

„Einbrechen? Sollen wir es nicht erstmal mit klingeln versuchen?" fragte er irritiert.

„Wir wissen nicht, mit wem wir es zu tun haben." entgegnete sie leise.

„Tut mir leid, aber ich hab keine Lust, das mir jemand eine Schrotflinte an den Kopf hält, weil ich für einen Einbrecher gehalten werde." protestierte er und lief in die Richtung der Haustür.

Kerstin schüttelte den Kopf, folgte ihm aber.

Thorben drückte auf die Klingel, doch nichts passierte. Von innen war keine Klingel zu hören.

„Entweder ist die Klingel kaputt, oder jemand hat sie abgestellt." flüsterte Kerstin.

„Was machst du da?!" fragte er leise aber streng, als er sah, dass wieder ihren Dietrich aus der Jackentasche holte.

„Wir gehen da jetzt rein, was denkst du denn?" antwortete sie.

„Wir können da nicht einfach eindringen, wenn wir wissen dass dort jemand wohnt." widersprach er.

„Wenn niemand aufmacht...." zuckte Kerstin mit den Schultern. Mit einem leisen klicken öffnete sich die Tür.

Thorben widerstrebte es, das Haus einfach zu betreten, doch schließlich folgte er ihr.

Sie betraten den Flur, der einen Blick in die Küche und auf der anderen Seite ins Wohnzimmer gewährte. Frisch geputzt sah anders aus, doch irgendjemand hatte zumindest mit dem Staublappen die grösseren Flächen bearbeitet.

Beide liefen sie ins Wohnzimmer, wo noch ein alter Röhrenfernseher stand. Auf dem Tisch lag eine Fernsehzeitung. Thorben nahm sie in die Hand und schaute sich das Datum an. Sie war 4 Wochen alt, also die letzte Ausgabe, bevor alle Menschen verschwunden waren.

„Ich sehe mich mal in der Küche um." sagte Kerstin und verschwand. Thorben nahm sich weiter das Wohnzimmer vor.

Ihm fiel auf, dass keinerlei persönliche Bilder in den Regalen standen oder an den Wänden hingen. Die Wände waren mit Stickbildern geschmückt. Auf der Couch lag ein Set, mit denen man Stickbilder machen könnte. Offenbar hatte jemand diese Bilder selber gemacht.

„Ich hatte Recht, hier lebt jemand." rief Kerstin und kam wieder zurück ins Wohnzimmer. „Im Topf ist noch ein Rest Rindfleischsuppe. Der Topf ist noch lauwarm. Hier hat sich vorhin noch jemand etwas zu Essen gemacht."

„Dann ist wohl jemand oben, wo das Schlafzimmer sein muß." ging Thorben wieder in den Flüsterton über.

Kaum hatte er es ausgesprochen, hörte er auf einmal ein dumpfes pochen. Jemand lief gerade die alten Holztreppen hinunter.

Kerstin packte Thorben am Arm und zog ihn hinter die Tür, so dass sie zumindest nicht auf dem ersten Blick entdeckt werden konnten. Die letzte Treppenstufe war erklommen, denn das dumpfe Pochen wechselte auf das Geräusch von Schuhen, die im Flur liefen. Es war eher ein schlendern, als ob siech jemand träge und lustlos durchs Haus schleppen würde. Das schlendern kam näher und Thorben fühlte sich nun noch unwohler als zuvor, in ein fremdes Haus eingedrungen zu sein. Denn nun war er kurz davor, dabei erwischt zu werden.

In wenigen Sekunden würde er sehen, was es für eine Person ist, denn die Schritte passierten langsam die Schwelle des Wohnzimmers.

Stop! Die Person blieb stehen und nur noch die offene Wohnzimmertür war zwischen ihnen und der Gestalt. Atemgeräusche auf der anderen Seite der Tür. War die Person heruntergekommen, weil sie was gehört hatte? Musste so sein, denn sonst hätte sie schon längst das Wohnzimmer betreten.

Es dauerte eine halbe Minute, bis die Person sich endlich umzudrehen schien und durch den Flur in die Küche ging.

„Puh." atmete Kerstin erleichtert aus. Thorben hielt die Luft weiter an. Er traute sich noch nicht, zu atmen.

Kerstin verließ das Versteck, um vorsichtig einen Blick in den Flur zu riskieren. Thorben versuchte anhand der Geräusche mit dem Gehör, die Person zu verfolgen.

„Wir sollten schauen, das wir uns irgendwie nach oben schleichen können, damit wir wissen, mit wem wir es zu tun haben." flüsterte Kerstin.

Thorben vermutete, das die Person sich erneut etwas zu essen machen würde, denn es wurde ein Messer aus dem Messerblock gezogen. Er kannte das Geräusch nur zu gut. Ein Geräusch, dass ihn in seinen Träumen verfolgte, seit der Nacht, in der er Markus zermetzelte. Doch irgendwas stimmte nicht. Er hörte keine Kühlschranktür, um irgendwelche Zutaten heraus zu nehmen, noch sonst irgend etwas, was daraus schließen ließ, dass in der Küche irgendwas gemacht wurde. Bedeute dies etwa....?

„Scheisse!" fluchte Thorben und hechtete nach vorne um Kerstin von der Stelle, an der sie stand wegzuziehen. Im selben Augenblick kam ein älterer Mann mit einem grossem Küchenmesser aus der Küche durch den Flur ins Wohnzimmer gerannt.

Mit einem lautem Angriffschrei wollte er sich mit erhobenem Messer auf Kerstins stürzen. Hätte Thorben sie nicht von der Stelle gezogen, hätte der Mann ihr die Messerklinge durch den Kopf gerammt.

Doch er reagierte zu langsam, um den Angreifer unschädlich zu machen, doch zumindest hatte er seine Begleiterin gerettet und nun traten sie einige Schritte zurück, um den wilden Messerhieben des Angreifers auszuweichen.

Es war ein Mann um die 70 Jahre mit einem Vollbart. Mit einem verstörten Blick sah er die beiden Eindringlinge an und fuchtelte mit dem Messer weiter vor ihnen rum. Er trug eine Schlafanzughose. Offenbar hatte der Mann tatsächlich geschlafen und war wach geworden, weil er unten etwas gehört hatte.

„Aufhören!" schrie Kerstin panisch.

„Was macht ihr in meinem Haus?!" krächzte der Mann.

„Hören Sie bitte auf. Wir können alles erklären." schrie Thorben.

Der Mann hielt inne, hielt aber noch das Messer in ihre Richtung und sah die beiden weiterhin mit einem irrem Blick an.

Innerlich entspannte sich Thorben ein wenig, denn nun erkannte er, dass der Angreifer sich nur verteidigen wollte. Er hielt die beiden für Einbrecher und wollte nur sein Reich verteidigen.

„Wir hatten gesehen, das hier jemand lebt und wollten nachsehen." erklärte Thorben.

„Natürlich lebt hier jemand. Und das gibt euch das Recht einfach in mein Haus einzubrechen?!"

„Wir sind froh um jeden Menschen den wir finden, seit alle verschwunden sind." erklärte Kerstin panisch.

„...wir hatten geklingelt,aber die Klingel wurde scheinbar abgestellt." fügte Thorben hinzu.

„Und deshalb meint ihr dass sei eine Einladung, einfach einzudringen?!" wiederholte er seine Frage.

„Es tut uns leid..unter normalen Bedingungen wären wir nicht in ihr Haus eingedrungen..aber jetzt..."

„Aber jetzt, aber jetzt..." unterbrach der Alte ihn, indem er ihn nachäffte. „Das hier ist ein Privatgrundstück. Da habt ihr nichts zu suchen. Ich möchte meine Ruhe haben!"

„Mehr Ruhe als jetzt geht ja wohl kaum noch." widersprach Kerstin. „Oder haben Sie etwa nicht mitbekommen, dass alle Menschen unter kuriosen Umständen verschwunden sind?"

Der Mann hielt inne. Sein Gesichtsausdruck entspannte sich.

„Doch habe ich." sagte er nun ruhig. „Ich wollte einkaufen..und auf einmal merkte ich, das die Stadt wie leergefegt war. Doch es macht für mich keinen Unterschied. Ich lebe eh schon seit 30 Jahren alleine."

„30 Jahre." wiederholte Kerstin verblüfft. „Das ist eine verdammt lange Zeit."

„Nicht, wenn man freiwillig alleine ist." Auch der Mann schien jetzt die Eindringliche zumindest als ungefährlich einzustufen, denn er senkte das Messer und setzte sich aufs Sofa.

Thorben und Kerstin sahen sich an und kommunizierten mit den Augen, ehe sie sich ihm gegenüber auf die Couch setzten.

„Warum sind Sie schon so lange alleine?" fragte Kerstin, um ein Gespräch mit ihm aufzubauen.

„Ich hasse Menschen!" antwortete der Mann kurz und bündig.

„Warum hassen Sie Menschen?" wollte Thorben wissen.

Er rechnete damit, das der Mann eine biestige Antwort geben würde, doch stattdessen sah er die beiden nachdenklich an.

„Weil Menschen egoistische Blutsauger sind...Deshalb." antwortete er.

„Wir Menschen brauchen aneinander." widersprach Kerstin.

Der Mann sah sie an und fing an, verächtlich zu lachen.

„Nur wenn man Angst vor sich selber hat...das ist der Grund, warum ihr nach anderen Menschen sucht....weil ihr Angst habt, euch mit euch selbst beschäftigen zu müssen...weil ihr dann seht, wie hässlich eure Seelen sind." sein Grinsen sprach Bände. Er genoß es, die beiden zu beleidigen.

„Ich weiss nicht, wo Ihre negative Meinung über Menschen herkommt, aber ich halte es für besser wir gehen jetzt." sagte Kerstin und fasste Thorben sanft am Arm, um ihm zu deuten, mitzukommen. Doch Thorben blieb stur sitzen.

„Wir müssen herausfinden, was hier vor sich geht...warum alle verschwunden sind. Je mehr wir sind, desto leichter wird es. Schließen Sie sich uns bitte an." redete er auf den alten Mann ein.

„Du hast ihn gerade gehört. Er hasst Menschen. Wir verschwenden hier unsere Zeit." giftete Kerstin und stand auf. Doch Thorben zog sie an der Hand wieder neben sich auf die Couch.

„Ich weiss nicht was man Ihnen angetan hat, dass sie so über Menschen denken..., doch wir brauchen jeden, den wir finden können...Sie und ich..." er deutete auf Kerstin und sich selber „...sind gute Menschen. Wir haben nicht vor, Sie alleine hier zurückzulassen."

Der Alte sah Thorben an, bevor er gehässig anfing zu lachen.

„Du willst mir erzählen du willst mich mitnehmen, weil ihr es nicht übers Herz bringt, mich alleine hier zurückzulassen?" Doch dann wurde sein Blick wieder ernster. „Und das ist genau eines der Gründe, warum ich mich von der Zivilisation abgewendet habe. Nein, das ist nicht der Grund, warum du auf mich einredest...nein, ihr wollt nicht alleine sein. Draußen ist weit und breit keine Menschenseele, die euch was tun kann. Ihr wart noch nie im Leben so frei wie jetzt. Ihr braucht keinem Chef in den Arsch zu kriechen, um euren Lebensunterhalt zu verdienen. Ihr geht einfach in einen Supermarkt wo eh keiner aufpasst und holt euch was zu essen. Ihr habt keine Termine, die ihr einhalten müsst. Geld hat keine Bedeutung mehr,.... also keinen gesellschaftlichen Druck mehr." Er beugte sich weiter nach vorne, um Thorben direkt in die Augen zu sehen. „ Nein, ihr habt Schiss, dass ihr euch mit euch selbst beschäftigen müsst...deshalb sucht ihr die anderen. Also erzähl mir keinen Scheiß, das ihr mich nicht alleine zurücklassen wollt."

„Ja, wir sind schlechte Menschen. Er hat Recht." sagte Kerstin sarkastisch. „Können wir jetzt gehen?"

„Da reagiert sie kiebig, deine kleine." lachte der Alte. „Ganz normale Reaktion, wenn man einen Spiegel vorgehalten bekommt."

Kerstin sah den Alten scharf an.

„Ich weiss nicht, wer sie auserkoren hat, alle über einen Kamm zu scheren, aber ich habe nicht vor, mir das noch länger anzuhören. Aber sie haben Recht! Sie würden uns mit ihrer negativen Einstellung über die Menschheit, vergiften!"

„Sie sind noch ein naives junges Ding, ich nehme Ihnen Ihre Bissigkeit nicht übel." sagte er in einer provokanten Gelassenheit. „Sie sind in Ihrer Kindheit wahrscheinlich mit dem Glauben aufgewachsen, dass es Gut und Böse gibt...Doch Engel und Teufel, Gut und Böse ist ein Mythos. Es gibt Gut und Böse gar nicht. Sie meinen, Mutter Theresa war eine heilige, weil sie den sterbenden die Hände gehalten hat? Irrtum, sie hat es nicht getan, weil es eine heilige ist, sondern weil ihr einer abging dabei, dass sie in den Medien überall als heilige angepriesen wurde.

Wenn die Taliban mit ihren Sprenggürteln 1000 Zivilisten in die Luft jagen, mag das vielleicht krank sein, aber sie sehen sich nicht als böse. Sie tun es, weil sie an etwas glauben. Wenn einer mit dem Messer seinen Rivalen nieder sticht, dann macht er es nicht, weil er böse ist, sondern weil er für sich einen Grund sieht....''
Thorben zuckte zusammen, als er das hörte. Der Alte sah ihn dabei durchdringend an. War es Zufall, dass er genau das als Beispiel anführte, oder wusste er vielleicht doch mehr über ihn als er zu erkennen gab?
Doch Kerstin hatte genug. Sie riß sich von Thorben los und lief zur Haustür.

,,Wenn du dir weiter das Gelaber von dem kranken Penner anhörst, bitte. Aber ich werde mich jetzt weiter auf die Suche nach anderen Leuten machen.''
Sie warf die Haustür zu und war draußen.
Nun war Thorben und der Alte alleine und saßen sich gegenüber. Er erwartete, dass der Alte noch was sagen würde. Was sollte diese Anspielung mit dem Messer und dem Rivalen?

,,Weiber...fallen immer auf dieses scheinheilige rein.'' fuhr er fort, nachdem einige Augenblicke stille war. ,,Ich hab lange genug mit Menschen zu tun gehabt. Mag ja sein, dass sie anderen nichts schlechtes wollen, aber das sie sich den Arsch aufreissen, weil sie anderen was gutes tun wollen, ist Verarsche schlechthin. Verkäufer verkaufen, weil sie Provisionen wollen. Männer schenken Frauen Blumen, weil sie ihr an die Wäsche wollen. Die Menschen, die für ihren Partner das letzte Hemd geben, machen das, weil sie ihren Partner lieben, aber auch, weil sie nicht alleine sein wollen. Nicht sich selber ausgeliefert sein. Die Menschen werden immer bescheuerter. Warum? Durch das Internet..weil jeder Hornochse die Möglichkeit hat, seine unqualifizierte Meinung zu verbreiten. Sie leiden alle unter psychischen Probleme. Für Dinge, die eigentlich nicht der Rede wert sind. Ich sag dir was..das sind keine Probleme, sie leiden alle unter emotionaler Langeweile. Als früher Krieg war, hatte keiner Zeit sich über erfundene Krankheiten wie Burnout oder ADHS Gedanken zu machen. Sie hatten wichtigeres zu tun.'' sprudelte es nur aus dem Alten heraus.
Thorben hörte eine Weile zu, machte sich aber gleichzeitig Gedanken, ob Kerstin draussen auf ihn warten würde.

,,Ich werde schauen, ob meine Begleitung noch da ist.'' unterbrach er den Alten auf einmal und stand auf, um, wie Kerstin zuvor, das Haus durch die Tür zu verlassen.
Zu seiner Erleichterung wartete Kerstin tatsächlich auf der anderen Straßenseite auf ihn.

,,Ich hab gedacht, du kommst gar nicht mehr raus und ziehst bei diesem Arschloch ein.'' grüßte sie ihn.

,,Nein nein.'' schüttelte er den Kopf. ,,Ich dachte erst, wir sollten alles tun um ihn zu überreden uns anzuschließen, hab aber dann darin doch keinen Sinn mehr gesehen.''

,,Und was machen wir nun?'' fragte Kerstin. ,,Es wird zwar gleich dunkel, aber ich bin noch fit. Ich schlage vor, wir setzen unsere Wohnungsdurchsuchungen fort.''

„Ja..“ stimmte Thorben zu. Auf einmal hörte er wieder das klingeln seines Handys durch den Kopfhörer. Das Handy nahm das Gespräch wieder automatisch an.

„Hallo?“ fragte Thorben unsicher. Auf der anderen Seite der Leitung war stille.

„Rufst du mich gerade an?“ fragte er seine Begleiterin, die daraufhin das Handy aus der Hosentasche holte, um nachzusehen, ob sie gerade einen sogenannten Taschencall hatte. Doch auf dem Display war nichts.

„Nein, ich bin das nicht.“ antwortete sie.

„Hallo?“ hörte er auf einmal eine männliche Stimme durch den Kopfhörer.

„Ja Hallo??“ antwortete Thorben aufgeregt.

„Wer ist das?“ fragte Kerstin leise.

„Ich kann nicht lang sprechen. Wir treffen uns morgen Abend um 22 Uhr an der Raststätte Geismühle auf der A57.“ sagte die männliche Stimme.

„Wer sind Sie?“ wollte Thorben wissen.

„Kommen Sie und Denise bitte dorthin. Alles andere klären wir später.“ Es erfolgte ein Besetzt-Ton. Der Anrufer hatte aufgelegt.

„Wer hat angerufen?“ fragte Kerstin.

„Irgend ein Typ.“ antwortete Thorben irritiert. „Er meinte das wir uns morgen Abend um 22 Uhr an der Raststätte Geismühle auf der A57 treffen.“

„Das ist gerade mal 45 Minuten von hier...Aber woher hat er deine Nummer? Und wer ist es?“ wollte Kerstin wissen.

„Ich kann es dir nicht sagen...Ich weiß nur, das er dich Denise nannte.“ sagte Thorben.

„Was?!“ Kerstin schaute ihn entsetzt an.

„Ja...er sagte ich und Denise soll morgen an der Raststätte Geismühle sein. Um 22 Uhr.“ wiederholte er, unsicher, da er Kerstins Schock in den Augen sah.

„Ooookay..“ entwich es ihr verblüfft.

„Warum Denise?“ fragte Thorben, der über den abweichenden Namen schon während des Telefonats irritiert war.

„Denise heisst meine Schwester.“ antwortete sie nach kurzem Überlegen.

„Und wie kommt er darauf, dass du deine Schwester bist?“ schob er als Frage hinterher.

„Ich weiss es nicht...“ überlegt sie, doch dann hellte sich ihr Gesicht auf. „Der Handyvertrag, über den ich telefoniere, läuft auf den Namen meiner Schwester. Sie hatte ihn auf ihren Namen für mich abgeschlossen, weil ich einen negativen Schufa Eintrag habe.“

Thorben überlegte. Ihm war nicht Wohl dabei. Irgendetwas stimmte mit dem mysteriösen Anrufer nicht.

„Das heisst, wer immer das ist, hat unsere Handygespräche abgefangen. Zumindest konnte er sehen, welche Rufnummern miteinander telefoniert haben.“ kombinierte er.

„Das macht Sinn." bestätigte Kerstin. „Aber wer könnte es dann sein?"

„Entweder ein Hacker, oder jemand von der Regierung, der Zugriff auf die Mobilfunkdaten abgerufen hat." überlegte Thorben.

„Was machen wir?" fragte Kerstin. Beide schwiegen und schienen zu überlegen.

„Wir suchen nach Menschen...welche Wahl haben wir?" stellte er eine rhetorische Frage

„Keine, fürchte ich." gab Kerstin zur Antwort.

Der dunkle Tunnel

Angst war sein ständiger Begleiter. Man sagt, die Angst weist den Weg. Doch sollte tatsächlich der Weg durch den dunklen Tunnel der richtige sein?

Nachdem er eine Weile im Dunkeln gekauert hatte, beschloss Nikolaj, doch den dunklen Weg durch den Tunnel anzutreten. Denn der Weg zurück in die Stadt bereitete ihm Unbehagen. Die Wahrscheinlichkeit war zu gross, dass der geheimnisvolle Verfolger ihm oben auflauern würde. Welche Möglichkeit blieb ihm?

Er versuchte, so leise wie möglich zu laufen, damit er einen eventuellen Verfolger hören konnte. Doch die Angst machte ihn wahnsinnig. Kaum war er soweit im Tunnel, dass auch das letzte Licht verschwunden war, war ihm, als würde er überall Schritte und Geräusche hören. Vielleicht waren es bloß Ratten, versuchte er, sich selber zu beruhigen, allerdings ohne Erfolg.

Doch wer oder was sollte im Dunkeln auf ihn lauern? Was sollte er davon haben?

Geld hatte er keines, und auch keine Drogen. Es gab keinen Grund ihn zu verfolgen. Niemand, der etwas davon hätte.

Vielleicht verfolgte er auch sich selber. Sein eigenes ich, dass ihn vielleicht verfolgte um ihn zu töten? Aus Rache, weil er ihn jahrelang ignoriert hatte? Für ein Mädchen? Humbug!

„Nikolaj..." hörte er eine junge Stimme, die seiner sehr ähnlich war. Es schien, als ob sie von weit her hinter ihm kam.

„Nikolaaaaj...." Es schien ihm, als ob ein gewisser Spott in der Stimme war.

Verängstigt bückte Nikolaj sich und hockte sich auf den Boden. Mit seiner Hand hatte er nach einem Stein gegriffen und warf es in die Richtung, aus der die rufende Stimme kam.

Es ertönte nur das Geräusch des aufprallenden Steins auf den Schienen. Danach war wieder Ruhe.

Das konnte unmöglich seine eigene Stimme gewesen sein. Halluzinierte er? War es der Drogenentzug, dass ihn Dinge hören ließ, die gar nicht da waren?

Einige Minuten blieb er in der Hocke sitzen und traute sich nur, flach zu atmen. Doch nichts geschah, weshalb er dann doch sich wieder aufraffte und weiter lief.

Es dauerte eine halbe Stunde, die er sich durch den dunklen Tunnel tastete, als plötzlich weit hinter ihm wieder ein Geräusch zu hören war. Ein Geräusch von Steinen.

Wieder blieb er stehen um zu lauschen. Das konnte er sich unmöglich eingebildet haben. Wieder das Geräusch...nochmal...und nochmal...Es waren eindeutig Schritte, die versuchten zu schleichen. Und je genauer er zuhörte, desto mehr klang es danach,dass die Schritte nicht mehr so weit weg waren wie vorhin noch. Von der Lautstärke her konnten es nur noch 20 bis 30 Meter sein.

„H..Hallo? Ist da jemand?" rief er verängstigt. Stille. Wer immer da war, war gerade stehen geblieben. Vielleicht wäre es doch besser gewesen, wieder zurück in die Stadt zu gehen. Der Verfolger hatte ihn ja doch gefunden und war ihm in den dunklen Tunnel gefolgt.

„Ist da jemand?" wiederholte er unsicher. Doch nichts rührte sich.

Vorsichtig bückte er sich und griff nach einem weiteren Stein.

„Ich hab einen Stein...ich werfe." warnte er, doch seine zittrige Stimme verriet seine Angst. Die Ansage wurde mit einem weiteren Schritt quittiert. Wieder schien der Verfolger näher gekommen zu sein. Vielleicht hat er auch einfach nur seinen Standort verändert, so das ihn ein eventuell geworfener Stein ihn nicht treffen würde.

„Wer ist da?" krächzte er panisch .

Nun hörte er etwas, was er die ganze Zeit nicht wahr nahm. Ein Atmen. Jemand stand dort...und atmete.

Nun war er sich sicher, dass er sich das nicht einbilden konnte.

Sollte er den Stein tatsächlich werfen? So lange der Verfolger weiß, das er bewaffnet ist, würde er sich ihm vielleicht nicht nähern. Doch würde er den Stein jetzt werfen, wäre er unbewaffnet und bis er einen neuen aufgehoben hätte, hätte ihn der Verfolger eingeholt.

„Antworte!" versuchte er streng zu klingen, doch er kam wenig glaubwürdig rüber. Er hörte es weiter ruhig und gleichmäßig atmen. Es lauerte, lauerte auf ihn. Wie ein Tier, dass seine Beute beobachtet, bevor es sich auf sie stürzt und zerreisst.

Vorsichtig lief er einen Schritt weiter. Er erwartete, dass die Schritte ihm wieder folgen würden, doch nichts passierte. Das Atmen entfernte sich mit jedem Schritt, den er tat. Erst lief er langsame, vorsichtige Schritte, die zu einem schnellem Gehen und schließlich zu einem Rennen wurden. Die einzigen Orientierungspunkte waren die schwachen Beleuchtungen an den Wänden.

Erst, nachdem er einige Minuten durchgerannt war, gönnte er sich eine Verschnaufpause. Offenbar hatte er Abstand gewinnen können, denn das Atmen war komplett verschwunden. Eine Tatsache, die ihn in diesem Augenblick sogar eher beunruhigte, denn der Verfolger schien sich offenbar seiner Sache sicher zu sein, dass er ihn eh wieder finden und einholen würde. Mit Sicherheit, denn auch, als er am Tunnel angekommen war, war weit und breit niemand zu sehen, und trotzdem waren auf einmal mitten in der Dunkelheit Geräusche hinter ihm.

Doch mit Erleichterung stellte er fest, dass weit hinten zumindest ein heller Punkt zu sehen war. Dahinten war der Tunnel zu Ende. Gleich würde er es zur nächsten Haltestelle geschafft haben.

Nikolaj beschloss, diesem Spuk ein Ende zu setzen. Er gönnte sich noch 30 Sekunden ehe, er zum nächsten Sprint aus der Dunkelheit ansetzen würde. 5.....4......3......2.......1.

Er hechtete los und der helle Punkt wurde immer heller und endlich konnte er schon etwas erkennen. An der Haltestelle stand eine führerlose Bahn. Die Scheinwerfer waren ausgeschaltet und sah aus, als ob die Bahn ihn direkt mit kalten Augen ansehen würden.

Das Ende des Tunnels war erreicht und die Helligkeit hatte ihn wieder. Endlich fühlte er sich wieder sicherer. Er kletterte den Abstieg hinauf. Die Lunge brannte, so sehr war er gesprintet.

Ein letztes Mal drehte er sich um und warf einen Blick zurück in die Dunkelheit. Mühsam kniff er die Augen zusammen um besser sehen zu können, ob ihm gleich jemand aus dem Tunnel folgen würde.

Jetzt, wo er wieder im hellen war, fühlte er sich sicher und mutig entschied er, dort wo er nun saß, zu bleiben und den Tunnel weiter im Auge zu behalten. Der Verfolger war ihm zu weit in dem Tunnel gefolgt, als dass er nun von der anderen Seite auf einmal auftauchen könnte. Das hieß, er müsste gleich ebenfalls herauskommen und dann würde er endlich sehen, wer ihm ans Leder will.

Wieder bemühte er sich, so flach und leise wie möglich zu atmen, damit ihm bloß kein Geräusch entgeht. Es konnte nur noch wenige Augenblicke dauern, bis die Gestalt herauskommen müsste. War es ein Mann? Eine Frau? Vielleicht sogar ein Tier? Oder gar etwa...er selbst?

Schließlich hatte er inmitten des Tunnels eine Stimme gehört die seinen Namen rief und sich nach ihm selbst anhörte. Oder war er dabei, durchzudrehen? Mittlerweile müsste schon längst die Silhouette von jemanden auftauchen. Er hatte sich das ganze doch nicht etwa eingebildet. Oder doch? War er tatsächlich die ganze Zeit alleine in dem dunklem Tunnel gewesen?

„Verdammt!" fluchte er. Entweder war sein Verfolger doch zurückgekehrt und würde ihn in 2 oder 3 Stunden von der anderen Seite aus jagen, oder er müsste sich eingestehen, dass er auf dem bestem Weg war, durchzudrehen.
Alles drehte sich vor seinen Augen. In ihm loderte wieder Panik auf.
Ohne darüber nachzudenken, setzte er sich in das Führerhaus der Bahn. Jetzt oder Nie. Das war seine einzige Chance, herauszufinden, wer ihm folgte. Er drückte auf den Knopf, um die Türen der Bahn zu schließen. Zitternd suchte er den Schalter, um die Scheinwerfer der Bahn einzuschalten.
Binnen einer Sekunde beleuchteten die Scheinwerfer die nächsten 50 Mieter des Tunnels.
Umrisse von Schienen waren zu erkennen, doch keine Person. Gefolgt war ihm derjenige also nicht. Sollte er tatsächlich schauen, wie er die Bahn ans laufen bekommt und durch den Tunnel fahren? Wenn derjenige tatsächlich umgedreht war, um ihm vielleicht von der anderen Seite aus aufzulauern, würde er ihn vielleicht überfahren.
Unsicher saqh er sich auf dem Cockpit um. So viele Knöpfe, die zu drücken waren. Welcher sollte der richtige sein? Nachdem er ein paar von ihnen gedrückt hatte, schien er den richtigen erwischt zu haben. Ein leises surren war zu vernehmen. Unten unter dem Control Panel war ein Gaspedal und eine Bremse. Es schien nicht schwer zu sein, die Kontrolle über die Bahn zu halten.
Langsam drückte er mit dem rechten Fuß das Pedal herunter und die Bahn setzte sich langsam in Bewegung. Die Scheinwerfer beleuchteten die nächsten 50 Meter vor ihm und dann wiederum die nächsten 50 Meter. Immer noch keine Person zu erkennen. Doch im Moment war es noch eine Entfernung, die in dieser Zeit hätte zurückgelegt werden können. Doch selbst wenn er diese relativ langsame Geschwindigkeit von etwa 25 km/h beibehalten würde, konnte ein Mensch das unmöglich schaffen, vor ihm diesen Tunnel verlassen zu haben.
Der gesamte Tunnel war enger, als er es beim hindurchlaufen empfunden hatte. Er schien von der Breite her genau auf die Bahn ausgelegt zu sein. Selbst wenn ein Mensch sich gegen die Wand pressen würde, würde die Bahn ihm das Gesicht wegrasieren.
Mittlerweile waren 2/3 des Tunnels durchfahren, doch immer noch keine Spur des mysteriösen Verfolgers. Nikolaj näherte sich der Erkenntnis, dass er sich das Ganze eingebildet haben musste. Doch können Halluzinationen so realistisch klingen, dass man meint, dass jemand direkt hinter einem steht?
Ein heller Punkt weit hinten war zu erkennen. Das war es. Die Bahn verließ den Tunnel wieder und keine Person war zu erkennen. Nikolaj trat so fest er konnte auf die Bremse und die Bahn kam an der Haltestelle zum Stillstand.
Sein Herzschlag pochte. Schweißperlen bildeten sich auf seiner Stirn. Nervös schaute er aus dem Fenster. Sein Blick durchstreifte die komplette Haltestelle. Kein Mensch weit und breit. Er musste sich das ganze eingebildet haben. Es konnte nicht anders sein.

Er drückte den Knopf für die Türen, die sich mit einem schleifendem Geräusch öffneten.

Durchs Fenster des Führerhauses hielt er weiter die Haltestelle im Blick. Nirgendwo war ein Geräusch zu hören. Hier war niemand. Wahrscheinlich die ganze Zeit nicht.
Seine Nerven und sein Puls beruhigten sich langsam wieder. Was war bloss los mit ihm? Er rannte durch die Stadt und irrte stundenlang durch einen dunklen Tunnel, weil er sich einbildete, das er verfolgt wird.
Langsam kam Erleichterung darüber in seine Gliedmaßen, das ihm niemand folgte und ruhigen Schrittes lief er wieder die Treppen hinauf, nachdem er aus der Bahn ausgestiegen war.
Die Hände in den Hosentaschen vergraben, lief er mit gesenktem Kopf durch die Stadt, bis er am Stadtpark angelangt war.
Jetzt, wo sich alles nach stundenlanger Anspannung wieder entspannte, wurde er müde und legte sich im Park unter einem Baum.
Seine Augenlider wurden schwer und gelassen schloss er die Augen. Eine Weile hörte er die Geräusche der Atmosphäre, die zunehmend immer leiser wurden.

Durch ein lautes Klatschgeräusch direkt neben ihm wurde er wieder wach. Es hörte und fühlte sich so an, als hätte direkt neben ihm etwas auf den Boden gestampft. Er schreckte auf und sah links und rechts um sich. Doch in der Dunkelheit war niemand zu sehen. Vor Schreck blieb ihm der Atem weg, als er aufstehen wollte und mit der Hand sich abstützte. Es fühlte sich an wie ein Schuhabdruck neben ihm. Er tastete die Stelle ab. War das schon da, bevor er eingeschlafen war? Nein, das wäre ihm sicherlich aufgefallen. Mit dem Feuerzeug beleuchtete er die Stelle. Tatsächlich! Das war ein Schuhabdruck.
Er hatte es sich nicht eingebildet. Jemand hatte gerade, als er schlief neben ihm gestanden und auf den Boden getrampelt.
Er stand auf und entfernte sich einige Meter vom Baum, unter dem er gelegen hatte und sah sich um. Weit und breit keine Menschenseele zu sehen. Ihm war so, als hätte er es in dem Gebüsch 20 Meter abseits von ihm rascheln gehört. Doch vielleicht war es auch der Wind oder ein Vogel. Doch vielleicht stand auch jemand in dem Gebüsch und beobachtete ihn. Lauerte ihm auf.
„Hallo?" rief er wieder ängstlich. „Wer immer du bist, komm raus und stell dich."
Doch es blieb ruhig. Ein Windstoß blies um seine Nase. Doch wenige Augenblicke später, raschelte es wieder im Gebüsch.
„Komm raus! Ich hab keine Angst mehr!!" schrie Nikolaj. „Komm raus, ich mach dich fertig!!"
Seine Stimme hallte durch den ganzen Park. Er wunderte sich über sich selber, dass er auf einmal seinen Mut zusammenbekam.
Wieder herrschte Stille. Selbst der Wind schwieg. Nikolaj hielt noch einige Augenblicke die Büsche im Auge, doch noch nicht mal ein Blatt rührte sich.

Er atmete tief ein. Stolz auf sich selber. Doch hier würde er trotzdem keine Minute länger bleiben. Auch wenn der Mut reichte, den Verfolger einzuschüchtern, es würde nicht zum Heldenstatus reichen, dass er sich nun wieder hinlegen würde, um weiter zu schlafen.

Er drehte sich um, um in Richtung Stadt zurückzulaufen, doch 30 Meter von ihm entfernt stand eine dunkle Gestalt und versperrte ihm den Weg. Er erschrak, weil er nicht damit rechnete.

Er kniff die Augen zusammen, in der Hoffnung erkennen zu können, wer da steht, doch er konnte nichts erkennen. Es sah aus wie der schwarze Peter aus einem Kartenspiel, dass er als Kind hatte. Ist es sogar der schwarze Peter? Doch der Gedanke schien ihm absurd.

„H-Hallo?" stotterte er auf einmal wieder. Der Mut hatte ihn wieder verlassen.

„Wer bist du? Was willst du von mir?"

Die dunkle Gestalt rührte sich nach wie vor nicht. Ob das ein lebendiges Lebewesen war? Es könnte auch genausogut eine Vogelscheuche sein, die dort steht und ihm den Weg versperrt.

„Wer bist du?" rief er panischer.

Erst jetzt bewegte sich die Gestalt. Doch keine Vogelscheuche.

Nikolaj ballte beide Hände zu Fäusten, da die Gestalt immer näher kam. Bedrohlich nah. Er konnte sich nicht rühren, denn die Angst fuhr ihm durch die Glieder.

Erst einen Meter vor ihm blieb die Gestalt stehen.

Mit der Taschenlampe leuchtete die Gestalt sich selber ins Gesicht. Nikolaj erschrak. ER SELBST stand vor ihm.

„Erkennst du mich jetzt!?" fragte die Gestalt ihm in einem wütenden Unterton. Seine Augen waren voller Hass.

Nikolaj war immer noch Starr vor Schreck. Kam diese Gestalt aus dem Spiegelbild heraus um ihm zu folgen? Eine Sekunde später spürte er nur noch ein dumpfes Pochen an seiner Schläfe. Sein zweites Ich hatte mit der Taschenlampe auf ihn eingeschlagen. Nikolaj brach vor ihm zusammen.

„Hast du mir nicht zugehört?! Mich verletzt das, wenn du dieser Hure hinterhertrauerst!" schrie ihn sein zweites Ich an. „Alles hast du für sie über Bord geworfen. Dein ganzes Leben hast du über Bord geworfen. MICH hast du dafür über Bord geworfen!"

Ein heftiger Fußtritt landete in seine Magengegend.

„Du bist nichts mehr Wert! Du bist ein elender Junkiepenner!" schrie sein zweites Ich ihn an. „Du hättest mich so lieben müssen, wie du sie geliebt hast!"

Ein weiterer Tritt landete gegen seinen Brustkorb. Nikolaj hielt sich schützend die Hände vors Gesicht, da er annahm, dass dort der nächste Tritt landen würde.

„Du hast mich allein gelassen!" hörte er auf einmal eine weibliche Stimme, die er nur zu gut kannte.Christina!

Er nahm die Hände vom Gesicht und sah nach oben. Da wo sein zweites Ich vor wenigen Augenblicken noch gestanden hatte, stand jetzt Christina.

„Hättest du das auch mit mir gemacht?! Mich alleine gelassen? Mich ignoriert? Mein Leben ruiniert?!"" fauchte sie ihn an.

„Schatz, Bitte!" wimmerte er

„Schatz?! Haha, du hast es immer noch nicht gelernt!" sie spuckte ihn an. Aus Reflex hielt Nikolaj die Hände vors Gesicht. Doch als er die Hände wieder wegnahm, stand sein zweites Ich vor ihm.

„DU HÄTTEST MICH SO BEHANDELN MÜSSEN WIE DU SIE BEHANDELT HAST!" Er bückte sich zu ihm runter und packte ihm am Kragen um ihn zu schütteln.

„DICH SELBST HÄTTEST DU LIEBEN SOLLEN!" krächzte die Gestalt.

„Lass mich!" schrie Nikolaj. „Lass mich bitte in Ruhe!"

„Du hast alles zerstört, Nikolaj." hörte er wieder Christinas Stimme. „ Ich habe dir immer beigestanden und du hast es mir mit Missachtung gedankt!"

„Bitte...es tut mir leid...es tut mir leid." wiederholte er immer wieder.

Er spürte, wie die Hände der Gestalt sich um seinen Hals klammerten und zudrückten.

„DU BIST SCHON LÄNGST TOT." krächzte Christinas Stimme. Die Hände um seinen Hals schnürten ihm die Kehle zu. „VERRECKT IN DER GOSSE...DU BIST EIN VERSAGER! DU HAST ALLES ZERSTÖRT!"

Nikolaj konnte nichts mehr sagen, denn er bekam keine Luft mehr. Er versuchte sich zu wehren, aber die Hände um seinen Hals waren kräftiger. Der Druck stieg in seinem Kopf. Vor seinen Augen fing an, alles zu verschwimmen.

„STIRB NIKOLAJ!" verzerrte sich zunehmend die Stimme seiner Ex Freundin.

„Hey!.... Hey."

Wild schlug Nikolaj um sich, doch jemand hielt seine Handgelenke fest.

„Junge beruhig dich! Du hast geträumt...Beruhige dich!" forderte ihn eine männliche Stimme in einem strengen Ton auf.

Nikolaj keuchte und versuchte nach Luft zu ringen. Er saß unter dem Baum, unter dem er sich schlafen gelegt hatte.

Vor ihm hockte ein Mann, den er nicht kannte und sah ihn an.

„Du hast geträumt, Junge!" redete er weiter auf ihn ein, um ihn zu beruhigen.

Irritiert sah Nikolaj sich um. Es war immer noch überall dunkel. Doch von der Stadt kam noch genug Licht, dass er den Mann vor sich sehen konnte.

„Wie heisst du ,Junge?" fragte der Mann.

„Nikolaj." antwortete er.

„Nikolaj, mein Name ist Erik Decker." stellte er sich flüchtig vor. „Hast du noch irgendwelche anderen Menschen gesehen?"

Nikolaj antwortete nicht. Er stand noch unter Schock.

„Hast du andere Menschen gesehen?!" wurde sein Ton schärfer und rüttelte ihn leicht.

„Nein...nein..." das Rütteln half ihm, in die Realität wieder zurück zu finden. Erik ließ von ihm ab und erhob sich, um sich nachdenklich von ihm abzuwenden.

„Mist!" fluchte er.

Nikolaj beruhigte sich langsam wieder. Der Mann schwieg eine Weile, um zu überlegen.

„Haben Sie mich die ganze Zeit verfolgt?" fragte Nikolaj zögerlich.

Der Mann, der sich als Erik Decker vorstellte, drehte sich zu ihm und sah ihn an.

„Ich bin dir ins Casino gefolgt. Ich wollte mit dir reden, aber du bist weggelaufen. Als ich da vorne durch die Stadt gelaufen bin..." er deutete mit dem Kinn in die Richtung, von der die Lichter der Stadt kamen. „...hab ich dich schreien gehört und habe dich dann hier gefunden."

Beschämt stierte Nikolaj auf den Boden.

„Steh auf, wir müssen los." hörte er Erik sagen.

„Wie? Wohin?" fragte Nikolaj erstaunt.

„Falls dir das noch nicht aufgefallen ist..wir sind hier alleine. Ich bin dabei die, die Menschen, die übrig sind, zu suchen und zusammenzuführen." antwortete Erik.

„Wo sind sie denn alle?" fragte Nikolaj in einem naiven Ton.

„Genau das will ich ja rausfinden. Und du kommst mit. Du solltest besser nicht alleine bleiben. Hinterher tust du dir noch was an." sagte Erik.

„Warum sollte ich mir was antun?" wollte Nikolaj wissen.

Erik grinste verächtlich.

„Junge, du bist voll auf Turkey...die Entzugserscheinungen bringen dich noch auf dumme Ideen." Sein Gesicht wurde wieder ernster. „Ich erkenne einen Junkie aus 100 Metern Entfernung."

Nikolaj versuchte den Kommentar zu ignorieren und stand auf.

„Und wohin gehen wir?"

„Wir haben eine Verabredung." antwortete Erik. „Wir müssen allerdings ein Stück laufen, denn ich habe meinen Wagen am Hauptbahnhof stehen gelassen."

Die böse Seite in jedem

Richard hatte die ganze Stadt abgesucht, ohne jemanden zu sehen. Weder seine Frau, noch sonst jemanden. Verzweifelt fuhr er wieder nach Hause. Es hatte keinen Sinn, jetzt ziellos durch die Gegend zu fahren. Seine Vergangenheit holte ihn nun auf einmal immer wieder ein. Egal, an welcher Ecke er stand oder durch welche Straße er fuhr, kamen immer wieder Bilder der Erinnerungen vor seinem Innerem Auge. Die ganzen Versuche, einen klaren Gedanken zu fassen, scheiterten. Sie hatte ihn nun auch verlassen, genauso wie alle anderen. Alle hatten sie ihn verlassen. Ließen ihn im Stich. Hatte er die Menschen jemals anders kennen gelernt?

Damals, als sein Vater ihn weinend auf dem Schulhof entdeckt hatte, nachdem Klaus, Nicole und die anderen ihn demütigten, hatte er nichts für ihn getan.

,,Das werden sie büssen." stammelte er noch auf dem Weg nach Hause. ,,Mach dir keine Sorgen, mein Junge. Die werden nicht ungestraft davon kommen." sagte er immer wieder.

Was war passiert? Nichts war passiert. Sein Vater hatte sich schon am nächsten Tag wieder seiner Arbeit gewidmet. Von der Nacht wurde kein Wort mehr erwähnt.

Als er seine Frau kennenlernte, schien sie der einzige Mensch auf der Welt zu sein, die ihm zuhörte und ihm das Gefühl gab, verstanden zu werden. Doch auch das schien ein grosses Mißverständnis zu sein. Warum sonst hatte sie ihn nun verlassen?

Er legte sich wieder aufs Bett und dachte nach. Warum hatte man ihm das damals angetan? Warum immer wieder gemobbt? Er hatte doch niemanden etwas getan. Und trotzdem hackte man immer wieder aufs neue auf ihn rum.

Warum sollte er noch weiter durch die Gegend fahren und seine Frau suchen? Sie hatte ihn verlassen. Wo sollte sie sonst sein? Weg mit den anderen..verschwunden? Weshalb denn?

Er drückte sich sein Kopfkissen auf die Ohren und schlief ein. Die letzten Tage hatten ihn geschlaucht. Erst diese Aufregung, als er diese Frau zersägt hatte, dann diese Flucht. Das Schlafen im feuchtem Wald, was auch erst klappte, als er vor Erschöpfung fast ohnmächtig wurde. Doch obwohl er schlief, war er auch im Schlaf angespannt.

Nach dem Duschen das Liegen auf dem Bett, entspannte ihn, doch die Suche spannte ihn wieder an. Jetzt war ihm alles egal. Sollen sie alle zum Teufel gehen. Ihn in Ruhe lassen. Ihn schlafen lassen..

Er hatte alles getan, was er konnte. Durch die Stadt gefahren, ständig auf ihrem Handy versucht, sie zu erreichen. Seine Eltern versucht zu erreichen. Doch nirgendwo ging niemand ran. Alle ließen sie ihn zurück.

Das Klingeln seines Handys riß ihn aus seinem traumlosen Schlaf. Doch bevor er aufs Display schaute, ging sein Blick als erstes auf die Uhr. Es war viertel nach 3 in der Nacht.

Aus dem Augenwinkel schaute er nun aufs Display seines Handys. Eine fremde Rufnummer.

Er nahm ab, aber sagte nichts.

„Richard?" hörte er eine männliche Stimme sprechen. „Richard? Können Sie mich hören?"

Wenn es seine Frau gewesen wäre, hätte er geantwortet, dessen war er sich sicher. Sie war noch der einzige Mensch, der ihn halbwegs interessierte. Doch von ihr abgesehen, fing er an, die Menschheit zu hassen. Wahrscheinlich wollte dieser Mann, der gerade anrief, ihn auch bloß ärgern und verspotten. Warum sollte er antworten?

„Richard?" fragte die Stimme erneut.

Mit leerem Blick stierte Richard in die Richtung des Schlafzimmerspiegels und lauschte der Stimme.

„Richard, antworten Sie mir bitte."

Er drückte den roten Hörer seines Handys. Das Gespräch war beendet.

Immer noch war er müde, doch auf der anderen Seite hellwach. Innere Unruhe hatte sich wieder breit gemacht. Weshalb belästigte man ihn mitten in der Nacht?

Richard erhob sich aus seinem Bett und schlurfte die Treppen hinab in die Küche, holte sich einen Teebeutel aus dem Schrank und machte sich heisses Wasser im Wasserkocher. Als der Tee fertig war, setzte er sich an den Küchentisch und tat das, was er im Schlafzimmer bereits getan hatte. Stieren.

Vor ihm stand eine Packung Smacks. Der Frosch auf der Packung lächelte ihn an.

„Froschgesicht." murmelte er vor sich hin.

„Froschgesicht." rief Björn ihm hinterher, als er über den Pausenhof lief und schnürzte dabei die Lippen zu einem Kussmund. „Nicole sagt, du bist ein Froschgesicht..Quark...Hahaha." Die anderen, Klaus und Nicole eingeschlossen, lachten.

„Bloss nicht aufregen." sagte er zu sich selber, als er den Schulhof verlassen hatte und sich in die Büsche zurückgezogen hatte, wo er für jede Pause seine Schachtel Zigaretten versteckte. Er zündete sich eine Zigarette an und nahm einen tiefen Lungenzug. Wie gerne würde er es ihnen heimzahlen. Seit sie das mit ihm nach der Kirmes abgezogen haben, war er das Gespött der ganzen Schule. Nicole und Klaus hatten es überall herumerzählt, das Nicole ihm erst den Kopf verdrehte und dann anschließend erniedrigte. Ihm sagten, wie scheisse er ist. Ihn boxten, traten und anspuckten.

„Froschgesicht." murmelte er kopfschüttelnd. Seit Nicole das im beisein ihrer Clique zu ihm sagte, war es sein Spitzname geworden. Als sie noch „Loser" zu ihm sagten oder „Schwächling" konnte er noch damit leben. Selbst mit „Homo" konnte er sich halbwegs anfreunden. Doch „Froschgesicht" sagt aus, dass er hässlich sei. Und sein Aussehen konnte er nicht beeinflussen. Und das machte ihn hilflos.

Doch er konnte gegen sie nichts tun. Er war alleine. Und er war zu schwach. Die nächsten 1 ½ Jahre würden sie ihm das Leben weiterhin zur Hölle machen. Seine Gedanken kreisten darum, wie er bis zum Ende der Schule dieses Mobbing überstehen soll. Am besten nicht nur in den grossen Pausen, sondern auch in den 5 Minuten Pausen sich hier in dieses Gebüsch zurückziehen. Zum Glück hatte sein Versteck noch niemand bemerkt. War das sein Schicksal, das er sich umgeben von Bäumen und Pflanzen nur sicher fühlen konnte?

Vom Schulhof konnte er die Schulklingel wieder hören. Die Pause war vorbei. Jetzt müsse er wieder sein sicheres Versteck verlassen und dahin gehen, wo sie alle waren. Wo sie ihn beleidigten und ihre eigene Unzufriedenheit an ihm auslebten, weil er schwächer war.

Er schaute vorsichtig durch die Äste, um sicherzugehen, dass dort niemand stand und ihn zufällig herauskommen sehen würde. Als er sichergestellt hatte, dass die Luft rein war, versteckte er seine Packung Zigaretten wieder unter dem Ziegelstein, wo er sie immer drunter legte und lief mit den Händen in den Hosentaschen vergraben und gesenktem Kopf wieder zurück auf den Schulhof. Die anderen waren schon weiter in die Richtung des Schulgebäudes gelaufen, weshalb sie nicht mitbekamen, das er für die Pause das Schulgelände verlassen hatte. Unter dem Vordach des Schulgebäudes standen sie noch. Und ausgerechnet da musste er drauf zulaufen. Er hasste diesen Moment jedes Mal nach der Pause. Fühlte sich wie auf dem Präsentierteller.

Was machte er eigentlich hier? Wirklich Unterricht würde jetzt eh keiner stattfinden. Bei ihrem Klassenlehrer, Herr Robertz, hatten sie Deutsch, Politik und Mathematik. Vor 4 Monaten war er für längere Zeit ausgefallen. Angeblich, so erklärten die anderen Lehrer es den Schülern, sei er in einen rostigen Nagel getreten, weshalb er sich einen Virus eingefangen hatte. Doch es hatte sich auch das Gerücht verselbständigt, dass er für einige Wochen in einer Psychiatrie war, weil er mit dem Druck nicht fertig wurde. Die Schüler wurden immer schlimmer und frecher. Doch Richard konnte auch nicht einfach zu Hause bleiben und jemanden vorschicken, der seinen Mitschülern erklärt, er sei in einen rostigen Nagel getreten.

Was zu diesem Gerücht passte, war, dass seit seiner Rückkehr kein richtiger Unterricht mehr stattfand. Sie durften herumsitzen und Hausaufgaben machen. Und wenn sie mit den Hausaufgaben fertig waren, durften sie sich unterhalten und sich selbst beschäftigen.

Seine Idee war, dass er diesmal den Eingang durch die Pausenhalle nehmen könnte, um zur Klasse zu kommen. Denn dafür musste er am Lehrerzimmer vorbei. Die Wahrscheinlichkeit war gering, dass sich Klaus und seine Clique ausgerechnet dort aufhalten würden.

Sein Puls schnellte innerhalb von Millisekunden vor Schreck nach oben, als irgendetwas mit einem Klatschen seinen Hinterkopf traf. 20 oder 30 Halbstarke fingen gleichzeitig an zu lachen.

Als Richard sich umdrehte und auf den Boden schaute, lag eine Bananenschale hinter ihm. Jemand hatte sie ihm an den Kopf geworfen.

„Froschgesicht..Quark Quark." blies Björn die Backen auf, was die anderen um ihn herum mit einem Gelächter quittierten.

„Ignorier sie einfach, dann lassen sie dich irgendwann von alleine wieder in Ruhe." hörte er im Kopf seine Mutter, die ihm das immer wieder predigte, wenn er zu Hause erzählte, was seine Mitschüler mit ihm machten. Sie ignorieren...wie kann man eine Horde ignorieren, die ihn Dinge hinterher rufen und mit Bananenschalen bewerfen? Warum half ihm niemand? Fragte er sich.

Ja ignorier sie einfach..so wie deine Mutter und dein Vater sie ignorieren...wenn sie ihren Jungen fertig machen." hörte er eine zynische Stimme in seinem Kopf.

Sie alle über ihn lachen zu hören, trieb ihm die ersten Tränen in die Augen, doch er versuchte stark zu sein. Es sich nicht anmerken zu lassen. Er wischte sich ein Bananenbändchen, das noch auf seiner Schulter klebte, ab und lief weiter Richtung Pausenraum, um zum Klassenraum zu kommen.

Wie er erwartet hatte, war wieder Gammelstunde. Herr Robertz saß´schon am Pult, doch er hatte keine Aktentasche dabei. Auch heute würde kein Unterricht stattfinden. Wie jedes Mal, setzte er sich so weit wie möglich nach vorne. Vielleicht würde Herr Robertz es mitkriegen, dass sie ihn wieder ärgerten und endlich mal einschreiten. Es hatte noch nie funktioniert, obwohl er es eigentlich schon längst gehört haben müsste. Doch wer weiß. Die Hoffnung stirbt zuletzt...aber sie stirbt!

Klaus, Björn, Fabian, Martin und Nicole liefen an ihm vorbei, um sich 3 Reihen hinter ihm zu setzen.

„Quark." blies Björn wieder die Backen auf, als er an ihm vorbei lief.

Richard sah ihn kurz an, um sich nicht anmerken zu lassen, das er eingeschüchtert war.

„Quark." wiederholte Björn und lachte. „Froschgesicht."

„Lass mich einfach in Ruhe." antwortete Richard kleinlaut.

Björn machte ein gespielt grimmiges Gesicht und kam auf ihn zu um mit seiner Faust einen Schlag auf seinen Kopf anzudeuten. Wie jedes Mal, bremste er kurz vor seinem Gesicht, so das Richard zusammenzuckte.

„Lass mich in Ruhe." äffte er ihn nach. „Quark."

Auch die anderen, die dabei waren, sich hinten hinzusetzen, lachten über Björns Späße.

Von dem Gelächter motiviert, machte Björn weiter.

„Quark...lass mich..quark..in..Quark..Ruhe...Hehehe." Die anderen lachten lauter.

Herr Robertz bekam es mit, deutete Björn allerdings nur mit einem beinah bettelndem Gesichtsausdruck, sich zu setzen.

Mit einem Faustschlag schlug Björn ihn auf die Schulter.

Richard schrie kurz auf.

„Missgeburt!" flüsterte Björn und lief nach hinten, um sich zu den anderen zu setzen.

Herr Robertz sah den schwachen Schüler mitleidig an, doch in seinem Gesicht stand *„Was soll ich machen? Ich kann mich ja selber nicht wehren."*

Einige Minuten war es ruhig in der Klasse. Richard hatte sein Physikbuch und sein Heft herausgeholt und war dabei, die Hausaufgaben für morgen zu machen. Doch was hatte er davon? Schließlich hatte er weder Freunde, noch Hobbys, um die gewonnene Freizeit zu nutzen.

Er lauschte dem Gemurmel hinter ihm. Irgendetwas waren Klaus und seine Gefolge wieder dabei, auszuhecken.

„Quörk..quork quörk quörk." hörte er Björn leise kichern. Richard versuchte, den Rat seiner Mutter zu befolgen, doch es gelang ihm nicht.

Vorsichtig drehte er sich um. Nun war scheinbar Ruhe, denn seine derzeitige Frustrationsquelle war offenbar gerade damit beschäftigt, etwas zu malen oder zu schreiben. Sei es drum, Hauptsache er lässt ihn in Ruhe.

Ein wenig erleichtert drehte Richard sich um. Er sollte sich besser auf die Hausaufgaben konzentrieren, damit er fertig ist, wenn die Stunde vorbei ist.

Wieder gekicher hinter ihm. Aus Reflex drehte Richard sich um. Es stand fest, sie lachten über ihn. Aber warum?

Björn hatte einen roten Kopf, da er sich zusammenriß, nicht laut loszulachen. Was hatten sie wieder getan? Die Antwort auf die Frage ließ nicht lange auf sich warten., denn sein Mitschüler hob das Blatt Papier hoch und zeigte ihm, was er gezeichnet hatte.

Einen Frosch mit einer Sprechblase. „Ich bin Richie..Quork Quork."

Ihm wurde schummrig vor den Augen. Alles, was er sah, begann vor seinen Augen zu flimmern und zu zittern. Wenn er es nicht besser wüsste, könnte er es auch für ein Erdbeben halten.

Wo kamen die Kräfte auf einmal her, die ihn über eine Tischreihe springen ließen, um seinen Gegner zu erwischen, der 1 Sekunde zuvor noch 5 Meter von ihm entfernt gesessen hatte.

Die Hände um seinen Hals, es fühlte sich nur zu gut an.

„Jetzt ist Feierabend...ich schalte deinen Verstand nun aus." schien eine innere Stimme kurz vorher zu ihm gesagt zu haben, denn er konnte es sich selber nicht erklären, was gerade passiert ist. Er drückte zu und sah den röchelndem Kontrahenten direkt in die Augen.

Jetzt lachst du nicht mehr...du Scheisser!

Die Todesangst, die er in Björns Augen sah, verursachte in ihm ein Orgasmus-ähnliches Gefühl. Er musste weiter machen. Den ganzen Frust in seine Hände abladen. Fester zudrücken. Ihn töten!

Alle Schüler in der Klasse sprangen auf, um dazwischen zu gehen. Doch eine unbändige Kraft lag gerade in seinen Händen, das selbst mehrere Arme, die normalerweise stärker waren als er, seinen Griff nicht lösen konnten.

„ICH BRING DICH UM! ICH BRING DICH UM!" schrie Richard immer wieder.

Björn röchelte, als Richards Daumen immer fester auf seinen Kehlkopf drückte. Ihm wurde schwarz vor Augen.

Schalte ab, mein Freund. Ich mach das schon.

Richard holte den Teebeutel aus der Tasse, um damit nach der Packung mit dem Frosch zu werfen, so dass sie vom Tisch fiel. Sie musste raus aus seinem Blickfeld. Was hatten sie dumm aus der Wäsche geschaut, als sein Verstand sich wieder einschaltete.

„Richard..." sagte Robertz damals mit einem entsetztem Gesichtsausdruck. „Was ist bloß in dich gefahren?? So kenne ich dich gar nicht."

Alle hatten sie entsetzt geguckt. Doch er hatte sich geirrt, das Ganze falsch wahrgenommen. Er war nicht über die Tischreihe gesprungen. Der Tisch lag abseits auf der Seite.Mit einem Arm weggestoßen, als sei er aus Pappe.

Und sie hatten ihn alle für ein paar Wochen in Ruhe gelassen, nachdem er diesen Penner ins Krankenhaus gewürgt hatte.

Wieder klingelte das Handy und Richard nahm erneut ab.

„Richard..können Sie mich hören?" Schon wieder diese männliche Stimme. Doch wieder antwortete Richard nicht, sondern stierte grimmig gegen die Wand.

„Richard...wenn Sie mich hören...kommen Sie heute Abend um 22 Uhr zum Rastplatz Geismühle auf der A57." Der fremde legte auf.

Richard blieb eine Weile sitzen und schien nachzudenken, doch dann stand er schließlich auf und ging zur Kettensäge, die auf der Arbeitsfläche der Küche lag, nachdem er sie gestern Abend mit reingenommen hatte.

„Ihr tut mir nicht mehr weh..Niemand tut mir mehr weh." sprach er mit sich selbst. „So lange ich allein auf der Welt bin, habe ich meine Ruhe.."

Er nahm die Gartenhandschuhe, die Beate im Vorratsschrank verstaut hatte und legte sie neben die Kettensäge.

„Ich werde euch alle töten, ..ich werde es nicht zulassen, das noch weitere Menschen leben, die mich demütigen...nicht mehr...nie mehr wieder....nie mehr wieder."

Erik Decker

„Und sie ist einfach gegangen? Schwupps weg? Mit nem Zettel am Telefon?" vergewisserte Till sich, dass er es richtig verstanden hatte.

Erik nahm einen grossen Schluck aus seinem Bierglas und stellte es mit übertriebener Wucht auf dem Tresen ab.

„War doch irgendwann mit zu rechnen, oder?" er sah seinen Partner bestimmt an.

„Na ja..." Till schüttelte nachdenklich den Kopf. „Du bist in unserem Beruf manchmal etwas übertrieben. Wie willst du eine Familie gründen?"

Erik deutete der Barkeeperin, ihm und seinem Partner noch ein Bier zu bringen. Dann wendete er sich wieder Till zu.

„Ich habe dich immer beneidet...Wenn der Dienst zu Ende ist, stellst du den Wagen in den Hof, setzt dich in deinen kleinen Golf und fährst nach Hause zu deiner Familie. Da, wo deine Frau und deine Kinder schon auf dich warten..."

„Es ist schön, wenn jemand zu Hause auf einen wartet." stimmte Till ihm zu.

„Und ich weiß auch, dass du mir kaum von deiner Familie erzählst, um mich nicht neidisch zu machen." fügte Erik hinzu.

„Na ja, ganz so ist es nicht." stritt Till ab. „Ich denke eher, das du das genaue Ebenbild eines guten Polizisten wiedergibst. Keine Familie, die durch den Job gefährdet wird. Keine emotionalen Bindungen die einen erpressbar machen oder von der Arbeit ablenken können...Ich denke manchmal, ich habe nicht den passenden privaten Background, um ein guter Polizist zu sein."

„Das ist quatsch." verzog Erik das Gesicht. „Du bist ein sehr guter Polizist. Wie kommst du auf so'n Scheiss? Ich kann mich freuen, dass ich so einen Partner wie dich bekommen habe."

„Aber mal im Ernst..." Die Barkeeperin stellte den beiden ein neues Bier hin. Till nahm sofort sein Glas in die Hand. „Ich war immer der Meinung, dass du dich deshalb so in den Job reinsteigerst, weil zu Hause eh niemand auf dich wartet..Aber dann hast du diese tolle Braut und du machst trotzdem Sonderschichten."

Erik atmete tief ein, um etwas Zeit für eine Antwort zu gewinnen.

„Das liegt daran, dass es auch Verbrechen gibt, wenn eine Frau bei mir zu Hause ist."

„Ja, aber du bist doch nicht der einzige Polizist." lachte Till.

„Nein..." Erik machte einen ernsten Gesichtsausdruck. „Aber du hast Familie, du solltest für deine Kinder da sein, wenn deine 8 Stunden um sind. Kollegen wie

Manfred und Bernd zum Beispiel, die bei der Beweisaufnahme schlampen, weil sie pünktlich Feierabend machen wollen, braucht keiner. Du..." Er sah ihn stolz an. „Du hast eine Familie zu Hause die dich braucht. Und trotzdem bleibst du eine Stunde länger, wenn dein Kumpel Erik dich braucht."

„Möchtest du Cora nicht mal anrufen und schauen ob ihr es mit euch nicht doch noch geklärt kriegt?" wechselte Till das Thema.

„Nein..nein.." Erik schüttelte den Kopf. „Mir liegt viel an ihr...aber ich sagte ihr auch, das mein Beruf auch meine Berufung ist. Wenn sie deshalb geht, soll sie gehen. Sie soll sich jemanden suchen, mit dem sie glücklich ist und alle sind zufrieden."

„Möchtest du denn nicht auch irgendwann mal deinen Lebensstil Richtung Familienplanung bewegen?" hakte Till nach.

Erik schien zu überlegen, denn er gab ihm eine Weile keine Antwort. Doch schließlich ergriff er wieder das Wort.

„Klar hätte ich gerne eine Familie gehabt...Doch da draußen rennen Geisteskranke rum...die überwiegend Frauen verschleppen und umbringen. Meistens aus Habgier und Eifersucht..manchmal aber auch, weil sie einfach nur einen Sprung in der Schüssel haben...Und ich möchte erst Kinder in diese Welt setzen, wenn ich gegen diese kranken Spinner erfolgreich was unternommen habe."

„Ach das ist doch Schwarzmalerei." gab Till sich gespielt empört.

„Mach dir um mich keinen Kopf. Ich bin schon glücklich so wie es ist." schloß Erik das Thema und trank den Rest seines Bierglases mit einem großem Schluck leer, ehe er aufstand und seinem Partner deutete, dass es jetzt an der Zeit wäre, zu gehen.

Er schloss die Tür seiner kleinen 2 Zimmerwohnung auf. Vorhin ging es ihm tatsächlich noch gut, als er mit Till in der Kneipe war. Doch nun war es dunkel in der Wohnung, wenn er die Tür aufschloß. Keine Cora, die schon das Essen fertig hatte und ihm sagte, welchen Film sie rausgesucht hatte, um auf der Couch noch ein wenig zu entspannen. Mit der Dunkelheit war es auch kalt in der Wohnung geworden, wie er fand. Kein Wunder, denn Cora hatte auch immer die Heizung aufgedreht, weil sie schnell gefroren hatte. Doch nun blieben die Heizungen aus.

Er legte sich auf die Couch und griff zur Fernbedienung, um den Fernseher einzuschalten und zappte durch die Kanäle. Bernd das Brot, Family Guy, Teleshopping und „Schwiegertochter gesucht". Was sollte er jetzt einen Film anmachen? Es gab Dinge, die machen alleine keinen Spaß. Und dazu gehörte es, ganze Filme zu schauen. Er ließ den Fernseher an, obwohl nichts interessantes für ihn dabei war. Einfach nur, um ein Stück der Dunkelheit zu verdrängen.

Doch in Gedanken war er bei ihr. Ein halbes Jahr war er jetzt mit Corsa zusammen gewesen. Schon nach 5 Wochen, nachdem die beiden zusammenkamen, war sie zu ihm in seine kleine 2 Zimmer Wohnung gezogen. Die kleine Kassiererin aus dem 1 Euro Laden war hellauf begeistert von ihm. Sie interessierte sich für das, was er machte, auch wenn sie es störte, dass er schon mal 2 Stunden später von der Arbeit kam, um für seinen Job weitere Recherchen anzustellen. Verdächtige zu verfolgen oder sonst wie sich auf Spurensuche zu begeben.

Eine Leidenschaft, dich auch manchmal zu Diskussionen führte. Einen Versuch, die Lücke zwischen Privatleben und seinem Job in der Mordkomission zu schließen, war, als sie sich selber für die Polizei bewarb. Doch als sie hörte, das sie nach ihrer Ausbildung in einem anderen Bereich eingesetzt werden würde und nicht mit ihrem Lebenspartner zusammen arbeiten würde, trat sie den Rückzug an und arbeitete weiter als Kassiererin im 1 Euro Laden.

Doch gestern, als er nach Hause kam, war es das erste Mal dunkel, als er die Tür aufschloss. Sie hatte in der Wohnküche auf dem Herd einen Zettel gelegt, dass sie keinen Sinn mehr in ihrer Beziehung sehen würde und daher zu einer Freundin kurzfristig gezogen wäre.

Er hatte sie daraufhin angerufen. Allerdings nicht, um sie wieder zurückzuholen, denn er akzeptierte ihre Entscheidung. Eher, um den genauen Grund zu erfahren. Als Antwort kam, wie er sich es schon gedacht hatte, dass er zu wenig Zeit für sie hatte und ihm sein Job wichtiger wäre als sie.

Nach 20 Minuten schaltete er den Fernseher wieder aus. Es hatte keinen Zweck. Die Geräusche aus den Fernseherboxen und das Flimmern des Bildschirms gaben ihm in keinster Weise die Wärme zurück, die Cora in der Wohnung hinterließ. Erschwerend kam hinzu, das die Geräusche ihm beim nachdenken störten.

Das Licht der Straßenlaterne vor seinem Balkon schien in die Wohnung und spendete ihm ein wenig Licht und er stierte an die Decke.

Warum hatte der Typ sich nicht einfach ergeben, als sie, mit dem Haftbefehl, die Wohnung des Täters stürmten? Warum musste es unbedingt eine Schiesserei geben? Dieser Idiot, er hätte sich stellen können und alles wäre gut gewesen und nach 15 Jahren die Freiheit wieder erlangt. Warum drehte er durch und schoss um sich?

Die Kollegen von der Streife rückten an und gaben Verstärkung. Von da an wäre es deren Problem gewesen. Doch wieder hatte er das Gefühl, er wäre der einzige, der das Problem lösen konnte. Die Nachbarn waren gefährdet. Er konnte nicht warten. Etwas in ihm hatte es ihm verboten, sich im Hintergrund zu halten und zu warten dass die Kollegen den Rest machen. Auf eigene Faust hatte er die Wohnung gestürmt und in Agentenmanier den Täter ausgeschaltet. Was gab es dafür? Ein Dankeschön? Eine Gehaltserhöhung? Siegesfanfaren? Nein! Eine Untersuchung der Staatsanwaltschaft, weil er sich nicht an die Vorschriften gehalten hatte. Sein Polizeichef, Constantin Emilius, hatte dann das ganze doch noch abgewendet, allerdings mit der Vorwarnung, dass es das nächste mal zu einer Suspendierung kommt, wenn er wieder mal „den Helden spielt". Konnte sie nicht einsehen, dass es wichtigere Dinge gab, als auf der Couch zu liegen und fern zu sehen? Wie hatte Emilius das ganze wieder in Ordnung gebracht? Wie groß ist sein Einfluss auf die Staatsanwaltschaft? Hatten sie wirklich so wenig voneinander? Sie hatten schon das eine oder andere zusammen unternommen.

Frustriert schüttelte er den Kopf. Es hatte keinen Sinn, jetzt nachzudenken, denn seine Gedanken vermischten sich immer wieder. Welchen Sinn hatte es jetzt noch, sich darüber den Kopf zu zerbrechen? Er musste Cora irgendwie wieder aus seinen Gedanken verbannen. Es gab wichtigeres zu tun, als wegen Beziehungsproblemen sich das Hirn zu zermartern. Er brauchte alle Sinne beisammen. Die Menschen da draussen brauchten ihn. Sein Beruf war seine Berufung. Vielleicht würde er es morgen mit etwas zu tun bekommen, womit er sich voll und ganz ablenken könnte. Erschöpft zog er die Waffe aus seinem Halfter und legte sie auf den Wohnzimmertisch, um sich dann umzudrehen und zu schlafen.

„Ich habe dich heute in mein Büro gerufen, um mich mit dir über deine Methoden zu unterhalten." sagte Constantin, nachdem Erik sein Büro betreten und auf seine Bitte hin sich ihm gegenüber gesetzt hatte.

„Wenn du das wegen gestern meinst..." begann Erik.

„Natürlich, meine ich das wegen gestern!" unterbrach Constantin ihn. Die beiden arbeiteten nun 12 Jahre zusammen und Constantin war es gewöhnt, dass er regelmäßig Erik ausbremsen musste. Es dauerte 5 Jahre, bis sie beim „Du" angelangt waren.

„Nochmal zum mitschreiben. Du arbeitest bei der Mordkomission. Deine Aufgabe besteht darin, die Informationen der Pathologie auszuwerten und daraus ein Täterprofil zu erstellen und den Täter zu suchen. Bewaffnet bist du, damit du dich verteidigen kannst. Für alles andere, sind die Kollegen da. Und was hast du gestern gemacht?!" stellte er eine rhetorische Frage.

„Ich habe den Täter erschossen, als er sich seiner Verhaftung entziehen wollte." antwortete Erik.

„Richtig. Meyer hatte dir die Tür vor der Nase zugeknallt und hat wie ein Irrer durch die Gegend geballert. 32 Polizisten waren bereits im Einsatz. Meyer zu stoppen war nicht deine Aufgabe. Theoretisch hättest du auch nach Hause fahren können. Was hast du dir dabei gedacht, auf eigene Faust wieder nach oben zu gehen, die Tür einzutreten und Meyer zu erschiessen?" wollte Emilius wissen.

„Moment.Es waren 32 Polizisten vor Ort. Aber es hat keiner irgendetwas unternommen, um Meyer zu stoppen. Alle haben sie da unten gestanden und gewartet. Ich musste etwas tun. Es waren Menschenleben in Gefahr." erklärte Erik.

„ Und das gibt dir das Recht, wie Rambo da im Alleingang reinzustürmen und Meyer zu erschiessen." hinterfragte Constantin.

„Ansonsten hätte er mich erschossen. Ich musste mich verteidigen!" rechtfertigte Erik sich.

„Ah, verstehe." der Polizeichef nickte zynisch. „ Und letztes Mal, als du bei dem Bremer eingebrochen warst, um Spuren zu suchen, hast du behauptet, dass die Tür offen gestanden hätte."

„"Ich bin da nicht eingebrochen!" widersprach Erik.

„Doch bist du! Die Spurensicherung hatte das nicht bestätigt, weil du den Brosowski nach Feierabend auf n Bier eingeladen hattest. Meinst du, ich weiß das nicht?!" sah Emilius ihn bissig an.

„Der Bremer hatte 2 Kinder ermordet!" begründete Erik das Motiv seines Regelbruchs. „Wir alle wussten, das Bremer dahinter steckte, aber niemand konnte etwas tun, weil keine Spuren zu finden waren. Weder du, noch der Richter haben es hinbekommen, eine Hausdurchsuchung durchzudrücken..."

„Wir hatten Bremers Wohnung durchsuchen lassen, aber nichts gefunden." war nun Emilius in der Situation, sich zu verteidigen.

„Die gemeldete Wohnung, aber nicht die Wohnung seines ehemaligen Arbeitskollegen, in der er seine Videoaufnahmen, wo er die Kinder quälte, versteckte." ergänzte Erik. „Ich habe damit die entscheidenden Beweise gefunden, um Bremer zu überführen und die ermordeten Kinder zu rächen."

„Und damit die Staatsanwaltschaft mit in die Bredouille gebracht, Beweise zu verwenden, die rechtswidrig zusammengestellt wurden. Weisst du eigentlich, was wir da für krumme Dinger drehen mussten, um daraus was zu machen? Wir mussten zum einem die unrechtmäßig erbeuteten Beweise verwenden und zum anderen abwenden, dass du auch noch eine Klage am Arsch bekommst."

„Was willst du jetzt von mir?!" fragte Erik scharf.

„Ich möchte, das du aufhörst, den Helden zu spielen und einfach nur deinen Job machst." antwortete Emilius prompt. „Ich muss den Staatsanwalt jedes Mal, wenn du ´Scheisse baust, zum Essen einladen. Meiner Frau gehen mittlerweile die Gerichte aus."

„Das war jetzt das eine Mal." beschwichtigte Erik.

„5 Anzeigen wegen Körperverletzung." ergänzte Constantin seine Liste. „3 Anzeigen wegen Sachbeschädigung, 2 Anzeigen wegen Entlockung eines Geständnisses aufgrund falscher Tatsachen."

„Meine Aufgabe ist es, die Menschen zu schützen, indem ich dafür sorge, das die, die ihnen was tun könnten, unschädlich zu machen." belehrte Erik ihn.

„Aber die Rechtsprechung setzt dir Grenzen für deine Methoden. Bleibe bitte innerhalb dieser Grenzen." Er stand auf, um Erik zu deuten, dass das Gespräch beendet war. Erik stand auf und verliess das Büro. Till wartete bereits draussen auf ihn.

„Und ist alles okay?" fragte er.

„Ja..das übliche wieder." winkte Erik ab und lief in die Richtung seines Büros. „Ich muss den Bericht wegen gestern noch fertig machen."

„Was hat er denn jetzt gesagt?" hakte Till nach.

„Ist alles in Ordnung." blockte Erik ab und setzte sich im Büro an den Computer, um den Bericht fertig zu stellen.

Till sah ihm eine Weile zu, wie Erik den Bericht fertig tippte. Erst, als er den letzten Absatz fertig gestellt hatte, sah er seinen Partner an.

„Ist was?" fragte er beiläufig.

„Nein nein...Alles gut." schüttelte Till mit dem Kopf.

Das Handy klingelte und Erik nahm ab.

„Decker?" Jemand sprach auf der anderen Seite der Leitung. „Was?!.....Oh mein Gott....wir machen uns sofort auf den Weg." Er legte auf.

„Was ist los?" fragte Till.

„Das war Carina von der Spurensicherung." antwortete Erik. „Sie haben im Wald die Leiche einer 17 jährigen gefunden. Wir müssen dahin."

Till nickte und holte den Wagenschlüssel aus der Jackentasche.

„Dann los."

Das Gelände war bereits abgesperrt. Die Schaulustigen tummelten sich um die Absperrungen, die nur mit Mühe von den Beamten zurück gehalten werden konnten.

Erik und sein Partner mussten einige Meter weiter entfernt parken und den Rest zu Fuß gehen. Carina von der Spurensicherung, eine Frau Anfang 50, der das Leben bereits mitten ins Gesicht gezeichnet war, kam ihnen schon entgegen.

„Gut das ihr da seid. ..Also bei dem Mädchen handelt es sich um Nathalie Bongers, 17 Jahre alt...ist nach der Berufsschule letzten Donnerstag nicht mehr nach Hause gekommen." erklärte Carina, während sie zwischen Erik und Till ein paar Meter lief.

„Irgendwelche brauchbaren Spuren?" fragte Erik.

„Genaues kann ich erst sagen, wenn wir sie ins Labor gebracht haben." antwortete sie „Jedenfalls ist das hier nicht der Tatort. Sie wurde erdrosselt und dann hierher gebracht."

„Woraus schließt du das?" fragte Till.

„Todeszeitpunkt ist ungefähr vor 2 Tagen gewesen. Doch vom Zustand der Leiche her liegt sie allenfalls 5 Stunden dort." antwortete Carina.

„Wurde sie beim Geschlechtsverkehr ermordet?" fragte Erik.

„Kann ich noch nicht sagen. Aber ich werde das nachher im Labor prüfen." meinte die Leiterin der Spurensicherung.

„Ist sonst noch irgendwas gefunden worden?" fragte Erik.

„Wir sind gerade dran."

Erik sah Till an.

„Wir werden erstmal die Eltern informieren. Vielleicht haben sie wichtige Informationen." sagte er zu seinem Partner. Till nickte zustimmend. Erik wendete sich an Carina. „Ruf mich an, wenn ihr die Leiche untersucht habt."

„Das machen wir." nickte Carina.

Die beiden Polizisten machten sich auf den Weg zum Wagen. Jetzt kam der Teil, den Erik am meisten an seinem Job hasste. Die Angehörigen über den Tod eines geliebten Menschen zu informieren.

Die Flucht vor sich selbst

Zusammengekauert saß Matthias in der Ecke des Wohnzimmers. Sein Bart, den er sich mittlerweile hat stehen gelassen, pickte am ganzen Hals.

„Was soll das?" fragte er. Doch niemand im Raum antwortete. Generell war im niemand im Raum, der ihm antworten könnte. „Nein..ich will das nicht hören....Lass mich damit in Ruhe!" wurde seine Stimme lauter.

Die Abenddämmerung brach bereits herein. Mit der Kaffeetasse hatte er sich auf den Boden gesetzt. Was kümmert es ihn? Es war eh niemand da, der ihn sehen kann.

„Ich will davon nichts mehr hören!!" schrie er in den menschenleeren Raum. Die Vision seines zweiten Ichs, der ihm Bilder aus der Vergangenheit zuspielten, schienen schlimmer und realistischer zu werden.

Mit einem ächzen stand er auf und schleppte sich in Richtung Badezimmer.

„Kein Bock mehr." stöhnte er. „kein Bock mehr."

Mit einem Ruck knallte er den Klodeckel nach hinten. .

Mit beiden Händen zog er sich die Jogginghose, die er jetzt schon seit fast 2 Wochen trug, herunter und setzte sich.

Das letzte mal hatte er vor 3 Tagen ein grosses Geschäft gemacht. Seit 2 Tagen aß er nichts mehr. Sein Magen fühlte sich an, als ob irgendwelche Männchen gerade aufräumen und zusammensammeln würden, was man noch ausscheiden könnte. Es hatte sich eine Menge angesammelt, doch jedes Mal, wenn er versuchte auf die Toilette zu gehen, fühlte er sich beobachtet. Das zweite Ich sprach die ganze Zeit zu ihm. Wenn er am Tisch oder auf dem Boden saß. Wenn er spazieren ging, wenn er unter der Dusche war und sogar wenn er auf der Toilette saß. Die Stimme wurde immer realer. Er konnte nicht pressen, wenn er das Gefühl hatte, jemand würde neben ihm stehen und ihn dabei Dinge aus seiner Vergangenheit erzählen. Auch wenn er es versuchte, gab er es kurze Zeit später wieder auf und zog sich die Hose wieder hoch. Noch nicht mal nachts, wenn er versuchte zu schlafen, gab die Stimme Ruhe. Wenn die Anekdoten der Stimme ausgingen, wiederholte sie einfach das, was sie ihm schon bereits vorgehalten hatte.

Er drückte, das seine Augen fast aus den Höhlen quillten.

„Kein Bock mehr!" wiederholte er dabei immer wieder. *Es muss doch möglich sein zu kacken, wenn man alleine im Haus ist!*

„Und weisst du noch, damals auf der Karnevalsparty im 6. Schuljahr?" redete die Stimme weiter, während Matthias auf der Toilette saß und weiter drückte. „Als Vampir bist du gegangen....hahahah Graf Dracula...Hahaha, die anderen in deiner Klasse haben sie es schon getrieben, und du lässt dir von deiner Mama die Haare machen lassen, damit du als Graf Dracula gehen kannst..."

„Kein Bock mehr...kein Bock mehr..."

„ Und Katharina hatte dich gefragt, ob sie Daniela für dich fragen soll, ob sie mit dir tanzen möchte...Haha, und du Honk hast gedacht, nachdem du sie so derbe drauf gesetzt hast, tanzt sie mit dir...."

„Kein Bock mehr...Kein Bock mehr..."

„Sogar die Lehrerin hatte Mitleid mit dir, das sie NEIN gesagt hat und ist zu ihr hingegangen um sie zu überreden, dass sie doch wenigstens einmal mit dir tanzt...Ooooohhhhh."

„Kein Bock mehr..." es fühlte sich an, als würde sein Darm gleich reissen.

„Und was hat sie gesagt? Haha...*Ich kann den nicht leiden* hat sie gesagt...du warst das Gespött der ganzen Klasse an diesem Abend. Wie immer hast du es geschafft, dich zum Gespött zu machen. Schlimm schlimm."

„KEIN BOCK MEHR!" wurde Matthias lauter. Endlich kam die Erleichterung und der Druck in der Magegegend ließ nach, als er das erste mal seit 3 Tagen wieder etwas ins Klo plumpsen hörte.

„Und wie du beim kacken guckst. Wusstest du, dass du unheimlich bescheuert beim kacken ausschaust?" lachte sein zweites Ich, die Stimme seiner selbst, die er schon seit mehreren Tagen wahr nahm, weiter.

„Kein Bock mehr." stöhnte Matthias und schaute in die Badewanne, die neben dem Klo, auf dem er hockte, stand.

„Kein Bock mehr?" meinte die Stimme in einem sarkastischem Unterton. „Oh ja, geh mit dem Föhn baden. Mach Schluss mit allem. Was soll das werden? Ist das die Mitleidsnummer von früher? Wie hieß sie noch gleich? Janine..wo du immer wie ein Vollidiot dich auf die Brücke gestellt hast und so getan hast, als ob du springen wolltest? Wie alt warst du da noch gleich? 16 warst du, oder? Oder 15... Bah, was eine billige Nummer...zu erwarten dass sie dann alle angerannt kommen und sagen *Oh nein, bitte spring nicht. Eigentlich haben wir dich doch ganz gern* Bah zum kotzen!"

Warum hielt diese Stimme nicht einfach den Mund? Warum kramte sie alles raus, was es gab, um bei ihm einen Fremdschäm Effekt zu verursachen?

„Und hat es jemanden interessiert? Nein, du hast ihnen die Bestätigung gegeben, dass du ein absoluter Blödian bist..hehehe."

„Das habe ich 2 mal gemacht."widersprach Matthias.

„Ach soooo...ich habe mich nur 2 mal zum Volldeppen gemacht. Na ja, dann geht's ja." kicherte die Stimme.

„Ich war in Janine halt verschossen und wusste nicht, wie ich auf mich aufmerksam machen soll. Ich war da 15!" rechtfertigte Matthias sich.

„Jaaaaaa stimmt...dann ist *Ich bring mich um weil du mich nicht lieb hast* genau das richtige. Stimmt. Ohh ja, ich liebe dich Hauptsache du springst nicht...arrruuuu." imitierte die Stimme ein Wolfsgeheul.

Er wischte sich das Hinterteil ab und zog die Jogginghose wieder hoch. Er musste raus hier. Das Gelächter dieser Stimme war im Badezimmer noch schlimmer. Ihm war so, als ob sie hallen würde. So konnte es nicht weitergehen. Er musste raus hier. Sache packen und weg. Verschwinden! Weg! Ganz weit weg!

Aus dem Keller holte er seine Reisetasche und packte ein paar Sachen zum umziehen ein, sowie ein paar Getränke. Er war dabei, durchzudrehen. Allein mit sich selber zu sein, tat ihm nicht gut.

„Diese Reisetasche.." war die Stimme ihm ins Schlafzimmer gefolgt. „Das ist so ne ähnliche, wie die im 3.Schuljahr auf der Klassenfahrt...weisst du noch, die Klassenfahrt damals..wo du allen die Nachtwanderung verdorben hast? Die Lehrer hatten Daniela und noch 2 andere aus deiner Klasse zur Seite genommen und sie sollten sich als Gespenster verkleiden, um die anderen bei der Nachtwanderung zu erschrecken. Durch Zufall hast du es mitbekommen und hast es erstmal dem Rest der Klasse erzählt."

„Ich kenne die Anekdote, schließlich war ich selber dabei gewesen." murmelte Matthias.

„Ah ja? Dann kannst du dich sicher noch erinnern, wie sie dann während der Nachtwanderung aus den Büschen gesprungen kamen? Alle hatten sie sich erschrocken...und du bist stehengeblieben und hast gerufen, dass es Daniela und...wer war es noch?...Jaqueline und Thomas waren. Oh Mann...na ja, sie fanden dich da alle doof an dem Abend..."

Matthias warf sich den Rucksack über und holte den Wagenschlüssel vom Schlüsselbrett. Mit Hast zog er die Haustür auf und stürmte raus. Es schien zu funktionieren, die Stimme wurde für einen kurzen Augenblick leiser. Sollte sie alleine in dem Haus bleiben und in der Vergangenheit leben.

Zu schade, das alle verschwunden waren. Ein Pilot, der ihn jetzt in die Karibik fliegt oder sonstwohin, hauptsache weit weg, wäre jetzt nicht schlecht.

Er öffnete die Wagentür, die er schon länger nicht mehr abschloß, da niemand mehr da war, der den Wagen klauen konnte und setzte sich hinein. Erleichtert, das nun Ruhe war, atmete er aus und genoß die Stille. Er steckte den Schlüssel ins Zündschloß, startete jedoch den Motor noch nicht. Wo wollte er überhaupt hin?

Ein letzter Blick zu dem Haus, wo er erst vor 3 Jahren mit seiner Frau eingezogen war. Seine Familie. Sie fehlte ihm so sehr.

Der Motor startete, nachdem Matthias den Zündschlüssel umgedreht hatte und fuhr mit Vollgas los.

„Kommst du mit ins Schwimmbad?" fragte Janine ihn, als sie sich vor der Schule trafen.

„Hmm..ich weiß nicht...der Sulzbacher hat mich eh schon auf dem Kieker." gab sich der 15 jährige Matthias nachdenklich.

„Och komm..." lächelte Janine ihn an. „da kommen 2 Typen hin..und ich möchte mit denen nicht so gerne alleine sein."

Die Vorstellung, das sie sich mit 2 Jungen allein im Schwimmbad treffen würde, brachte ihn um. Seit 2 Wochen hatte er sich unsterblich in die neue Klassenkameradin verliebt. Was wäre, wenn er jetzt die Schule schwänzen und mitkommen würde? Wäre er nicht ihr Aufpasser? Ihr Begleiter? Würden sie es wagen, sich an sie ranzuschmeissen, wenn er dabei war? Ihm blieb keine andere Wahl. Soll Herr Sulzbacher ihn doch auf dem Kieker haben. Das Feld würde er jetzt nicht räumen. Es war an der Zeit zu kämpfen.

Kurzentschlossen fuhr er mit ihr gemeinsam mit dem Fahrrad zum Schwimmbad. Noch war niemand da und er hoffte, dass es auch dabei bleiben würde. Dann hätte er Janine für sich alleine. Zumindest an diesem Vormittag im Schwimmbad. Doch wenige Minuten später wurde ihm diese Hoffnung genommen. Die beiden Typen kamen mit einem VW Golf angefahren. Der Wagen hatte ein niederländisches Kennzeichen.

„Da seid ihr ja." strahlte Janine.

„Sorry Baby, wir haben das Schwimmbad hier nicht auf Anhieb gefunden." sprach einer der Typen mit Akzent. Der andere hielt sich im Hintergrund und sprach kein Wort.

„Jetzt seid ihr ja da...das ist ein Freund von mir, Matthias." stellte sie ihn den beiden vor.

„Ich bin Jan und das ist Ray...dann wollen wir mal."

Die beiden waren deutlich älter als er und Janine, und sein Schwarm schien hellauf von den beiden zu sein. Insbesondere von Jan. Auf einmal fühlte er sich deutlich fehl am Platz.

Während Janine und die beiden Typen einen Platz suchten, wo sie das Handtuch auslegen konnten, sprang Matthias ins Wasser und schwamm zwei Bahnen, bevor er sich zu ihnen wieder gesellte.

„Wir wollen Wahl, Wahrheit oder Pflicht spielen." sagte Jan, als er auf die 3 zukam.

„Spielst du mit?" grinste Ray, der nun das erste Mal in seinem Beisein gesprochen hatte.

Matthias nickte verlegen und hockte sich neben Janine.

„Also Janine..." fing Jan an. „Wahl, Wahrheit oder Pflicht?"

„Wahl." antwortete Janine.

„Also..entweder...du küsst deinen Freund Matthias...."

Aus dem Augenwinkel beobachtete er sie. Sie lachte amüsiert.

„...oder du lässt dich von mir dahinten in den Büschen fingern...oder du gibst Ray einen Zungenkuss."

Er hoffte, dass sie die erste Wahl nehmen würde. Sie würde doch nicht tatsächlich sich von fremden Männern fingern lassen.

Erwartungsvoll schaute Matthias Janine an.

Kurzentschlossen stand sie auf und deutete Jan, mitzukommen.

Matthias traute seinen Augen kaum, als die beiden um die Ecke in den Büschen verschwanden. Wie konnte sie ihm so etwas antun? Schließlich hatte er extra für sie die Schule geschwänzt.

„Meinst du, die machen das wirklich?" fragte er Ray verunsichert.

„Na klar." antwortete Ray und zündete sich eine Zigarette an.

„Hmm..." er holte ebenfalls eine Zigarette aus seinem Schulranzen und zündete sie sich an, was allerdings schon nach einem Zug in einem Hustenreiz endete.

„Ob ich mal nachschauen soll?" fragte Matthias unsicher, als er sich wieder gefangen hatte.

„Tu dir keinen Zwang an." antwortete Ray in seinem holländischem Akzent und nahm einen weiteren Zug aus seiner Zigarette und legte sich auf den Rücken.

Er überlegte, entschied sich dann aber, aufzustehen und nachzuschauen. Vorsichtig schlich er um die Ecke. Tatsächlich konnte er sehen, wie Janine in den Büschen auf dem Boden lag und Jan neben ihr mit seiner Hand zwischen ihren Beinen war. Das zu sehen tat weh. Konnte er tatsächlich da so rumstehen und das zulassen?

Laut räusperte er sich, um die beiden zu stören.

Entsetzt wendete Jan sich ab. Auch Janine setzte sich auf.

„Boah, Matti verpiss dich!" keifte sie ihn an.

Er war gerade auf die Autobahn aufgefahren, immer noch, ohne ein Ziel zu haben.

„Weisst du was der Haken am abhauen ist?" hörte er auf einmal wieder die Stimme seines zweiten Ichs neben sich. „Egal wohin du abhaust......*du nimmst dich mit!*"

Das Treffen

2 Scheinwerfer bewegen sich durch die Dunkelheit. Meter für Meter erschließt sich die Straße hell vor sich und verschwindet wieder in der Dunkelheit.

„Ob der Typ schon da ist?" fragte Kerstin. Sie waren nur noch wenige Kilometer von dem Rastplatz entfernt.

„Wir werden ungefähr 10 Minuten eher da sein. Vielleicht haben wir Glück und er ist noch nicht da." antwortete Thorben.

„Warum Glück?" wollte Kerstin wissen.

„Weiß nicht..." Thorben überlegte. „Ich fühle mich wohler, wenn wir als erstes da sind und ihn schon von weitem ankommen sehen als umgekehrt, ...er uns auflauert."

„Du traust ihm nicht?" hinterfragte Kerstin.

„Ich weiß nicht, wie ich es sagen soll. Er hat unsere Handys angezapft. Ich weiß nicht, ob er unsere Gespräche belauschen konnte oder ob er einfach nur sehen konnte, das wir telefonieren. Jedenfalls hatte er irgendwas gehackt, was ein normaler Bürger nicht kann." überlegte Thorben laut.

„Ja, das stimmt. Das ist schon komisch." gab Kerstin zu. „Zumal er sehen konnte, das der Handyvertrag meiner Schwester gehört."

„Ja, das fand ich allerdings auch eigenartig. Es scheint als hätte dieser Jemand Zugriff auf Providerdaten." meinte Thorben.

„Aber streng genommen...was sollte passieren? Wer immer das ist, ist in derselben Situation wie wir. Was haben wir zu befürchten?" hinterfragte Kerstin.

„Man weiß es nicht. Man kann den Leute nur vor den Kopf gucken."

Der Citroen fuhr auf dem Rastplatz. Bewusst parkte Thorben weiter hinten auf dem Rastplatz rückwärts in eine Parklücke, so das er die Einfahrt beobachten konnte. Er schaltete den Motor aus. Ein leises heulen aus der Motorhaube war zu vernehmen, bevor es ganz verstummte.

„Vielleicht ist es ein Agent..oder vielleicht auch nur irgendein Hacker, der genauso Anschluss sucht wie wir." meinte Thorben, nachdem sie eine Weile nebeneinander saßen und schwiegen.

„Im grundegenommen können wir es erst mal als ein gutes Zeichen sehen. Wir haben die Häuser durchsucht, weil wir auf der Suche nach Anschluss waren. Und jetzt meldet sich der Anschluss sich sogar bei uns." überlegte Kerstin.

„Ja...vielleicht hast Du Recht." stimmte Thorben zu.

Schon von weitem war ein rauschen zu hören. Es folgten wenige Sekunden später 2 Scheinwerfer. Der Wagen kam näher und fuhr in die Einfahrt des Rastplatzes an der alten Mühle vorbei und kam wenige Meter vor ihnen zum stillstand.

„Du bleibst hier sitzen. Sicher ist sicher." ordnete Thorben an und stieg aus. Der Neuankömmling schaltete den Motor aus und es öffnete sich ebenfalls die Fahrertür.

Ein kleiner aber sportlicher Mann stieg aus. Sein Gesicht war markant, doch seine Augenringe verrieten, dass er auch schon einiges durch hatte.

„Sie sind Thorben?" fragte er und streckte ihm seine Hand entgegen, die Thorben aus Reflex annahm. „Ich bin Erik. Erik Decker.Wir haben telefoniert."

Thorben nickte stumm.

Auch die Beifahrertür öffnete sich und ein Jugendlicher Junge stieg aus. Er zitterte am ganzen Körper und seine Augenringe waren dicker als die seines Fahrers.

„Das ist Nikolaj. Ich habe ihn im Stadtpark aufgelesen." stellte er seinen Mitbringsel vor. Thorben schüttelte auch ihm die Hand. Der Junge schaute schüchtern zu Boden.

„Wo ist ihre Begleitung?" wollte Erik wissen.

„Sie sitzt im Wagen. Ich wollte erstmal wissen, wer Sie sind. Sie nannten ihren Namen, ohne dass ich ihn gesagt hatte." sagte Thorben.

„Ich bin Polizist. Als die Menschen alle verschwunden sind, habe ich die Möglichkeiten meines Jobs ausgeschöpft, um mir Zugang zu den Providerdaten zu beschaffen. Und da war mir aufgefallen, dass Telefonate live stattfinden. Deshalb bin ich auf euch aufmerksam geworden." erklärte Erik.

Ein wenig erleichtert atmete Thorben aus. Er hatte ein wenig bedenken, dass es auch ein Irrer sein könnte. Doch jetzt, wo sie einen Polizist dabei hatten, fühlte er sich doch ein wenig sicherer.

Erik sah sich um.

„Hier sollte noch jemand sein. Ich hatte weitere Handyaktivitäten von jemandem entdeckt und gebeten, hierher zu kommen." meinte Erik.

Thorben sah sich um.

„Nein, außer uns ist hier niemand. Wir sind zehn Minuten bevor ihr kamt, hier eingetroffen." erklärte Thorben.

„Hmm..verstehe." murmelte Erik. „Dann warten wir noch etwas. Vielleicht kommt der noch."

„Was geht hier eigentlich vor? Wo sind die ganzen Menschen hin?" hoffte Thorben, dass der Polizist bereits eine Erklärung gefunden hatte.

„Ich weiß es leider auch nicht. Auf einmal waren alle weg und ich war alleine da. Der Junge war der erste, den ich getroffen habe. Und jetzt euch. Ich war erleichtert, als ich auf die Providerdaten zugriff und Aktivitäten sah." antwortete Erik.

„Es gibt noch jemanden. Meine Begleitung hatte ein Facebook Profil gefunden, auf dem jemand vor kurzem erst einen Post abgegeben hatte." erzählte Thorben.

„Wo ist er?" fragte Erik interessiert.

„Wir waren unterwegs, denjenigen zu suchen, als Sie anriefen. Aber haben ihn leider nicht gefunden." antwortete Thorben.

„Wie heisst der Mann?" schob Erik als Frage hinterher.

Thorben überlegte. Doch er konnte sich an den Namen nicht mehr erinnern.

„Puh, keine Ahnung. Aber meine Begleitung weiss es. Moment." Er lief zum Wagen und öffnete die Beifahrertür.

„Kerstin, wie hieß der Mann, den du bei Facebook gefunden hattest?"

„Matthias...." Kerstin überlegte...."Moment, ich schau mal eben in meinem Smartphone nach. Ich hab ihn ja angeschrieben." Sie holte ihr Handy heraus und loggte sich bei Facebook ein. Erik blieb geduldig 2 Meter vor Thorbens Auto stehen und wartete.

„Hier...ich habe es gefunden." sagte sie eine Minute später. Sie gab ihm das Smartphone, damit Thorben es Erik zeigen konnte. Mit dem Smartphone in der Hand lief er zu Erik und hielt ihm das Display hin.

Konzentriert schaute Erik aufs Display und lief im Eilschritt zu seinem Wagen um ein Notebook aus dem Kofferraum zu holen. Mit dem Gerät unterm Arm kam er wieder zurück und stellte es auf die Motorhaube.

„Was machen Sie da?" fragte Thorben.

„Ich suche die Adresse." antwortete Erik.

„So was können Sie?" fragte Thorben fasziniert.

„Ich habe von hier Zugriff auf den Polizeicomputer." erklärte Erik. „Wenn ich das möchte, kann ich sogar schauen, was Sie für Seiten im Internet besucht haben."

„So was kann man bei der Polizei?" fragte Thorben entsetzt.

„Überschätzen Sie nicht die Möglichkeiten der Polizei." lachte Erik. „Wir sind nicht halb so mächtig wie die Bürger im allgemeinen meinen. Wenn in Bayern gegen Sie ermittelt wird, heisst das nicht zwangsläufig, dass es in Nordrhein Westfalen im Computer steht....Aber wo kein Mensch, da auch keine Abwehr auf die Regierungsdatenbanken."

„So was können Sie hacken?" fragte Thorben entsetzt. So was sollte ein Polizist sein, der Regierungscomputer hackt?

„Ich bin kein Profihacker...aber ich hatte Kollegen, die mir das eine oder andere nützliche gezeigt haben." Er wendet sich Thorben zu. „Ich habe die Adresse."

„Dann schlage ich vor, wir fahren los." meinte Thorben.

„Wir müssen noch auf Richard warten." unterbrach Erik seinen Eifer.

„Richard?"

„Der, auf den wir gerade warten." antwortete Erik.

„Okay...na ja, ich hoffe er lässt nicht allzulange auf sich warten." meinte Thorben.

„Mir ist kalt..ich setz mich in den Wagen, wenn das okay ist." sagte Nikolaj.

„Mach das." gab Erik sein Einverständnis.

Während Nikolaj in den Wagen stieg, schaute Erik in Thorbens Auto. Seine Begleitung hatte er noch nicht zu Gesicht bekommen.

Ihm war so, als ob er sie schon mal gesehen hätte, konnte aber im Dunkeln nicht wirklich etwas erkennen.

Nach wenigen Augenblicken widmete er sich wieder seinem Notebook.

„Von diesem Matthias sollte eine Nummer zu finden sein. Vielleicht können wir ihn anrufen und hierher bestellen. Wie lange fährt man von hier dorthin?" fragte Erik, der mit Nikolaj eine 2 stündige Autofahrt hinter sich hatte.

„Nicht lange." Thorben überlegte. „Etwas über 20 Minuten vielleicht."

„Okay, das hört sich doch gut an." kommentierte Erik. Schon wenige Sekunden später holte er sein Handy aus der Jackentasche und wählte eine Nummer.

„Wir haben übrigens noch einen alten Mann in einem Haus entdeckt." fiel Thorben dann die Begegnung in dem augenscheinlich verlassenem Haus ein.

„Einen alten Mann?" fragte Erik mit grossen Augen. Er war um jeden Menschen froh, den er zur Gruppe dazu bekam.

„Ja, aber er machte mir nicht den Eindruck, dass er grosse Lust hätte, sich uns anzuschließen." erklärte Thorben.

Wie kommen Sie darauf?" fragte Erik.

„Hmm..na ja, wir haben ihn gebeten uns anzuschließen, aber er wollte nicht." antwortete Thorben.

„Unglücklicherweise befinden wir uns gerade nicht auf einem Wunschkonzert. Sie zeigen mir gleich, wo der Mann wohnt. Er muss sich uns anschließen, ob er will oder nicht. Wir werden niemanden alleine zurücklassen." sagte Erik bestimmend.

Thorben nickte nur zustimmend.

Kerstin stieg nun ebenfalls aus dem Wagen. Zwar hatte Thorben angeordnet, dass sie sich im Hintergrund halten solle, doch nachdem sich Thorben und der geheimnisvolle Mann sich nun einige Minuten augenscheinlich entspannt miteinander unterhielten, beschloß sie, ihrer Nikotinsucht nachzugehen und auszusteigen, um eine zu rauchen.

Erik sah sie nun um so neugieriger an, denn jetzt, wo die Windschutzscheibe durch das Spiegeln nicht ihr Bild verzerrt, konnte er sie genauer mustern.

Sowohl Thorben, wie auch ihr, fiel auf, das Entsetzen sich in seinem Gesicht breit machte."

„Oh mein Gott." entwich es ihm.

„Ist mit Ihnen alles in Ordnung?" fragte Thorben besorgt.

Erik starrte sie noch ein paar kurze Augenblicke an, schüttelte dann aber kurz den Kopf, um sich schnell wieder zu sammeln.

„Ja...ja..alles in Ordnung...Mir war nur so, als ob ich ihre Begleitung kennen würde...aber sie sieht ihr nur sehr ähnlich." antwortete Erik.

„Nicht, dass ich Erinnerungen an eines Ihrer verflossenen wecke." versuchte Kerstin zu scherzen.

„Nein nein, nichts dergleichen." wehrte Erik ab und klappte das Notebook zu und wählte wieder mit seinem Handy eine weitere Nummer.

Angespannt lauschte er dem Rufzeichen auf der anderen Seite der Leitung, doch niemand nahm ab.

„Verdammt!" fluchte er.

„Stimmt etwas nicht?" fragte Thorben.

„Dieser Richard, den ich entdeckt hatte und hierhin bestellt habe...Er geht nicht ans Handy." antwortete Erik.

„Vielleicht hatte er eine Autopanne." mutmaßte Kerstin.

„Ja das kann sein, aber das können wir im Moment nicht gebrauchen." gab Erik zu Bedenken.

Er wählte eine weitere Nummer. Das Rufzeichen läutete einige Male.

„Es scheint niemand in der Nähe des Handys zu sein." mutmaßte Kerstin.

Erik schüttelte den Kopf.

„Nach einigen Wochen Alleinsein rechnet man nicht unbedingt mit einem Anruf und hat daher nicht unbedingt das Handy immer griffbereit."

„Wie lange wollen wir noch auf diesen Richard warten?" wollte Thorben wissen.

„Ja..gute Frage." Über diese Frage musste Erik sich selber erstmal klar werden. Es ging ihm um jeden Menschen, den er für die Gruppe gewinnen konnte. Doch er durfte sich nicht allzulange an einer Person aufhalten.

Er warf einen Blick auf die Uhr.

„Wir haben jetzt 22.22 Uhr. Ich schlage vor, wir warten bis 22.45 Uhr, dann rufen wir nochmal an, und wenn dann immer noch niemand dran geht, dann fahren wir weiter." schlug Erik vor. Thorben und Kerstin willigten ein.

Der Kampf ums überleben

Das Handy hatte 2 mal geklingelt, doch er nahm nicht ab. Das war wieder dieser Typ.

Doch Richard wollte nicht mit ihm sprechen. Er hatte auch so etwas dominantes in der Stimme Genauso wie die anderen, die ihm früher zusetzten. Er musste sterben.

„Du kannst es kaum erwarten mich zu treffen." grinste Richard. In seinem Wahn, der einzige Mensch auf der Welt zu sein, damit er endlich seine Ruhe hatte, trat er aufs Gas. Noch ungefähr 1 Stunde Autofahrt würde er vor sich haben. Er war zu spät losgefahren, doch er wollte vorbereitet sein. Die Kettensäge hatte er nochmal geölt und mit Benzin gefüllt. Wo dieser Typ war, könnten vielleicht auch noch andere Menschen sein. Er musste vorbereitet sein.

Doch er hatte nicht nur seine Kettensäge dabei,obwohl sie sein Markenzeichen werden sollte.Wären jetzt noch Journalisten da, hätten sie ihn sicher als Kettensägenkiller vermarktet.

Doch darüber hinaus hatte er noch ein paar andere Überraschungen mitgenommen, für den Fall, dass seine Kettensäge versagte.

Wieder leuchtete das Display auf. In einer Sekunde würde das Handy wieder klingeln. Er erwartete ihn bereits. Er schaute auf die Uhr seines Wagens. 22.45 Uhr. Vielleicht sollte er doch dran gehen, schließlich könnte er davon ausgehen dass er nicht mehr auftaucht und dann verschwinden. Dann wäre er den weiten Weg umsonst gefahren.

Auf dem Standstreifen hielt er an und schaltete den Motor aus. Der Wunsch , alle die ihm potenziell das Leben schwer machen könnten, zu töten, ließ ihm schwindelig werden, was ihm schon das Fahren erschwerte. Jetzt noch dabei zu telefonieren, könnte in der nächsten Leitplanke enden.

Er nahm ab.

„Jaaa...?" er war entsetzt über sein eigenes Spiegelbild. Der Rückspiegel über dem Amaturenbrett reflektierten seine Augen wieder. Er schaute in die Augen eines Geistesgestörten, wie er erkennen musste. Doch die Normalos haben nicht das durchgemacht, was er durchgemacht hat. Andernfalls würden sie es verstehen.

„Richard, wo bleiben Sie?" fragte Erik.

„Ich brauche noch ungefähr eine Stunde." antwortete Richard.

„Ich hab Sie doch rechtzeitig angerufen!" wurde Erik streng. „Sie hätten es theoretisch sogar schon ne Stunde eher schaffen können. Was zur Hölle haben Sie so lange gemacht?!"

„Ich habe noch ein paar Sachen gepackt." wurde Richards Stimme auf einmal brüchig. Er hatte es mit einem Unterdrücker zu tun,...genauso wie seine Mitschüler damals. Alles Unterdrücker! Sie müssen sterben!
Richard legte auf.

„Dafür wirst du besonders qualvoll sterben, dass du es wagst, so mit mir zu reden!" fletschte er die Zähne .
Etwa 200 Meter entfernt sah er auf einmal, das ein Auto auf die Auffahrt fuhr, um ebenfalls auf die Autobahn zu kommen.

„Du wirst wohl warten müssen, mein unterdrückender Freund." sprach Richard mit einem ernsthaften Unterton mit sich selbst.
Er startete den Motor wieder, schaltete allerdings sofort die Scheinwerfer wieder aus, um dem Wagen unbemerkt folgen zu können, und fuhr los.

Mittlerweile hatte er sich dem vorfahrendem Wagen bis auf 100 Meter genähert. Dadurch, das seine Scheinwerfer ausgeschaltet waren, wurde er noch nicht bemerkt. Hinzu kam, das der Fahrer des Mercedes offenbar auch nicht mit einem Verfolger rechnete.
Schon 3 Ausfahrten später fuhr er wieder ab und auch dort folgte Richard ihm unbemerkt. Wenn er auch den Abstand etwas vergrößern musste, denn durch die Straßenlaternen und den Ampeln könnte man ihn im Rückspiegel nun sehen.

Weitere 10 Minuten später fuhr der Mercedes vor ihm auf ein Grundstück mit einem grossen Gebäude. Durch die Straßenlaternen konnte Richard erkennen, dass es sich bei dem Gebäude um ein Kinderheim handelte. Von weitem sah er, das der Fahrer des Mercedes ausstieg und es sich um eine mollige Frau handelte. Er beobachtete, wie sie sich Zugang zu dem Kinderheim verschaffte und im Gebäude verschwand. Da drin war sie ein gefundenes Fressen für ihn. Im Schutz der Dunkelheit konnte er ihr nun ins Gebäude folgen und sie töten.
Leise öffnete er die Fahrertür und stieg aus, um aus dem Kofferraum seine Kettensäge und seinen Rucksack zu holen. Den Rucksack, mit den „Überraschungen".

Dagmar öffnete die Tür des Kinderheims und schlich hinein. Eigenartigerweise war die Tür nicht verschlossen gewesen. Sie wusste selber nicht genau, was sie hier glaubte zu finden. Sie hatte seit mehreren Tagen keine Menschen mehr gesehen. Alle waren sie auf einmal verschwunden, nachdem sie die letzten Inobhutnahmen durchgeführt hatte. Auf der Rückfahrt schon kam es ihr eigenartig vor, hatte sich aber da noch keine grossartigen Gedanken darüber gemacht. Erst am nächsten Tag, als immer noch alles ruhig und leer blieb, wurde sie unruhig.

Hier an diesem Ort hatte sie das letzte Mal einen Menschen gesehen. Als sie von der Toilette kam, waren sie auf einmal verschwunden. Sie hoffte, hier die Lösung des Rätsels zu finden.

Doch niemand war hier. Weder Kinder noch Angestellte. Doch wo waren sie alle hin? Sie konnten doch alle unmöglich weg sein.
Mit der Taschenlampe leuchtete sie in jeden einzelnen Raum. Die Betten in den Kinderzimmern waren leer.
In eines der Kinderzimmer sah sich genauer um. An der Wand hingen Bilder von den Kindern, denen das Zimmer gehörte. Jeweils 3 Kinder waren in jedem Zimmer untergebracht. An 2 von den 3 Kindern konnte sie sich erinnern. Sie hatte selber die Inobhutnahme damals angeordnet. Ein Geschwisterpärchen, welches sie der Mutter vor ungefähr einem Jahr entrissen hatte. Ironischerweise, sie konnte sich noch gut an den Fall erinnern, warf sie der Mutter vor, das die Kinder kein eigenes Zimmer hätten und das eine Zumutung für die Kinder wäre. Und nun musste sich die beiden Geschwister ein kleineres Zimmer mit einem dritten Kind teilen.
Die Stadt bot, wie viele Städte, den Sachbearbeitern des Jugendamtes ein Provisionsmodell, wodurch 35% der ersten Unterhaltszahlung der Eltern auf ihre eigene Abrechnung bekam. Als sie den Job damals antrat, hatte sie selber nicht verstanden, wozu das gut sein soll, wusste aber schnell, dieses Provisionsmodell für ihre Vorteile zu nutzen. Mit dem Geschwisterpärchen auf den Bildern hatte sie es genauso gemacht wie mit dem Geschwisterpärchen bei der Inobhutnahme, bei der sie auf einmal alle verschwunden sind. Das Schema, dass sie anwendete, war immer dasselbe. Wenn sie einen Grund hatten, die Lebensräume der Familien zu besichtigen, suchten sie dass sprichwörtliche Haar in der Suppe. Das finden von Gründen, warum man schlechte Eltern sei, war ihr Spezialgebiet. Die Angriffsfläche wurden geschaffen und den Eltern, leichteres Angriffsziel immer die Mütter, einsuggeriert, das sie schlecht und überfordert sind. Gib einem verunsichertem Menschen das Gefühl, das du ihn beobachtest und er wird unweigerlich weitere Fehler machen. Diese unweigerlichen Fehler waren dann immer die Gründe, die Kinder aus ihren Familien zu entfernen. Es gab vereinzelte Familien, die sich zur Wehr setzten und sie schnell die Rückführung veranlasste, bevor das Ganze vor dem Familiengericht landete. Doch die meisten trauten sich eine Gegenwehr gar nicht oder wussten nicht Bescheid, was man am besten tun konnte. Und das waren die, die letzten Endes ihren Mercedes und ihr Haus finanzierten.
War das Verschwinden der Menschen vielleicht eine Strafe Gottes? Sollte ihr die Situation zeigen, dass sie sich mit ihrer Raffgier einsam gemacht hat?

Schritte!
Aus Reflex schaltete sie die Taschenlampe aus. Sie war sich sicher, dass sie auf dem Flur Schritte gehört hatte. Oder war es vielleicht was anderes gewesen?
Tap...Tap...Tap...Tap...
Nein, kein Zweifel.Jemand lief gerade den dunklen Flur entlang. Doch wer könnte das sein?

Ängstlich versteckte sie sich hinter eines der Kinderbetten.

Nebenan war eine Tür zu hören. Wer immer auch dort war, inspizierte gerade das Kinderzimmer nebenan. Doch er kam zu dem gleichen Ergebnis wie sie zuvor, dass dort niemand ist, weshalb Sekunden später das Geräusch einer sich schließenden Tür zu hören war.

Die Schritte wurden lauter.Jemand kam auf das Zimmer, wo sie hinter dem Kinderbett kauerte, zu.

Mit einem Mal wurde die Tür aufgestossen und klopfte gegen die Wand. Nicht feste, doch auch nicht sonderlich sanft.

Mit einer Taschenlampe leuchtete derjenige, wie sie vorher, durchs Zimmer. Sie hielt die Luft an, um durch die Atemgeräusche nicht auf sich aufmerksam zu machen. Was könnte derjenige für Absichten haben? Wahrscheinlich keine guten.

Die Schuhe schabten über den Boden, als die Gestalt sich umdrehte und wieder den Raum verliess. Erleichtert atmete sie aus. Als die Schritte immer leiser wurden und auf dem Flur verschwanden, stand sie auf und schlich zur Tür. Hier würde sie die Lösung des Rätsels nicht finden. Im Gegenteil, hier würden neue Rätsel eröffnet. Es gab für sie nur eines. Weg von hier!

Vorsichtig schaute sie um die Ecke, doch in der Dunkelheit war nichts zu sehen. Allerdings konnte sie auch niemanden mehr hören. Außer ihr war hier niemand, was dazu passte, dass die Schritte immer leiser wurden, bis sie schließlich ganz verstummten

Nun stand sie mitten auf dem Flur. Durch ein seichtes Licht,dass durchs Fenster kam, konnte sie die Türen nebenan sehen.

Eines erschien ihr auf einmal merkwürdig. Die Räume, die sie selber schon erreicht hatte, hatte die mysteriöse Gestalt betreten, doch nachdem er das Zimmer betreten hatte, wo sie sich versteckte, lief er an den verblieben Zimmern vorbei. Könnte das bedeuten...?

In der Dunkelheit kreischte auf einmal der Motor einer Kettensäge auf, um unmittelbar danach in den untertourigen Drezahlbereich zu sinken.

Ihr Puls schnellte in die Höhe. Dass sie den Angreifer in der Dunkelheit nicht sehen konnte, machte ihr zusätzlich Angst. Allein an der Lautstärke des Kettensägenmotors konnte sie so ungefähr erahnen, wie weit er noch entfernt war. Doch es wurde lauter. Er schien sich ihr mit langsamen Schritten zu nähern.

Doch wenn sie ihn nicht sehen konnte, könnte es nicht sein, dass auch er sie nicht sieht?

Sie war über sich selber überrascht, dass sie trotz der Panik in dieser Situation noch halbwegs klar denken konnte. Sie schlich zur Seite und presste sich eng an die Wand. Vielleicht würde er ja an ihr vorbeilaufen.

Wieder spielte der Angreifer mit dem Drehzahlbereich der Kettensäge und ließ die Säge mehrmals hintereinander aufschreien.

Wieder sank die Drehzahl in den untertourigen Bereich. Streckenweise hörte es sich so an, als würde der Motor jeden Moment absaufen. Doch das tat er nicht.

Doch zu ihrer Erleichterung stellte sie fest, das ihr Plan zu funktionieren schien, denn tatsächlich bewegte sich das Geräusch an ihr vorbei. Er suchte sie und fand sie nicht. Er vermutete, dass sie zum Ende des Flures geflüchtet wäre und lief ihr mit langsamen bedrohlichen Schritten hinterher. Doch spätestens am Ende des Ganges würde er merken, dass etwas nicht stimmte und an ihr vorbei gelaufen sein muss. Sie musste zum anderen Ende schleichen und hoffen, dass er sie bis dahin nicht hören würde.

Auf Zehenspitzen schlich sie zum anderen Ende und entfernte sich von dem Angreifer. Vielleicht könnte sie sich auch in eines der Zimmer verstecken, doch wenn sie dort entdeckt wird, gab es keinerlei Ausweichmöglichken mehr. Dann war sie verloren.

Es konnte nicht mehr weit sein und das Geräusch der Kettensäge entfernte sich weiterhin. Noch wurde sie nicht entdeckt.

Sie tastete sich im Dunkeln vor, bis ihre Fingerspitzen die Wand berührten. Das laute Geräusch des untertourigen Kettensägenmotors verstummte. Ihr Verfolger hatte die Kettensäge abgeschaltet.

Doch sie hatte mit der Handfläche die Tür entdeckt. Theoretisch hätte sie genug Zeit, die Tür aufzureissen und zu flüchten, denn ihr Verfolger war noch am anderen Ende des Flures.

Sie drückte die Türklinke herunter und zog daran. Doch es passierte....nichts. Die Tür war abgeschlossen.

Durch das Geräusch wurde der Verfolger wieder aufmerksam auf sie. Die Kettensäge startete wieder im Dunkeln und kam diesmal schneller als zuvor deutlich näher. Diesmal war ihr Verfolger nicht mit einem gemütlichen Schritt unterwegs. Es waren maximal nur noch 2 Meter, bis die Kettensäge sie erreichte.

Aus Panik warf sie sich zur Seite. Es folgte nur eine Sekunde später ein schrilles Geräusch von Sägeblättern, die sich in die Brandschutztür hineinfraßen. Gefolgt von Funken, die für einen kurzen Moment den Flur erhellten.

Das Adrenalin stieg Dagmar in den Kopf. Ohne zu überlegen, stand sie auf und rannte wieder den Flur entlang zurück. Die andere Tür müsste noch offen sein, schließlich war sie durch die Tür in den Flur gelangt. Währenddessen war der Motor der Kettensäge abgestorben und die Sägeblätter steckten in der Brandschutztür fest. Sie konnte hören, wie er am Griff der Kettensäge zog, um die Maschine von der Tür zu befreien. Das war ihre Chance, einen Vorsprung zu bekommen, den sie auch so gut wie sie konnte, nutzte.

Zu ihrem Glück war die Tür offen und sie rannte so schnell wie sie konnte. Vollgepumpt mit Adrenalin, vergaß ihr Körper, das ihre Beine gerade 102 Kilo bewegen mussten. Und das schnell genug, um zu überleben.

Sie hechtete die Treppen herunter und war vom 2. Stockwerk bereits ins erste gelangt und nun auf der ersten Stufe hinab ins Erdgeschoss.

Von oben kam wieder das Geräusch der aufkreischenden Kettensäge. Ihr Verfolger hatte die Maschine aus der Tür befreien können. Doch es war lange genug, um einen akzeptablen Vorsprung zu haben und sich verstecken zu können. Doch wo? Anhand der Silhouette, als die Funken sprühten, konnte sie erkennen, das ihr Verfolger wesentlich schlanker und daher auch schneller war als sie. Doch andererseits hatte sie keine schwere Kettensäge zu schleppen. Wenn sie sich jetzt zusammenreisst, würde sie es bis zu ihrem Mercedes schaffen und einfach abhauen können.

Doch das atmen fiel ihr schwer und die Lunge brannte. Stehen zu bleiben, stellte sich als Fehler heraus, denn jetzt merkte sie wieder, wie schwer ihre Beine waren.

Sie kam an der Tür des Haupteingangs an und versuchte sie aufzuziehen. Doch die Tür rührte sich kein Stück. Sie rüttelte dran und ein wenig gab die Tür auch nach, was bedeutete, dass sie nicht abgeschlossen sein konnte. Sie rüttelte weiter an der Türe, doch sie ließ sich nur einen Spalt bewegen. Oben konnte sie das Geräusch der Kettensäge lauter hören. Ihr Verfolger war im Treppenhausflur angekommen. Ihr Vorsprung war geschrumpft.

Nun sah sie den Übeltäter. Unten war ein Stock in der Tür eingekeilt, weshalb sie sich nicht komplett öffnen ließ. Sie ließ sich auf die Knie plumpsen und machte sich an dem Stock zu schaffen. Doch dieser ließ sich nicht befreien. Die Kettensäge wurde immer lauter. Richard war nun mittlerweile im ersten Stock. Durch die Panik, die sich wieder in ihr breit machte, hatte sie keine Ruhe, den Stock zu entkeilen und rüttelte wie wild daran.

Es brachte nichts, der Stock rührte sich nicht und gleich würde er bei ihr sein. Sie stand auf und rannte links herunter, wo sich die Küche befand. Sie hoffte, dort ein grosses Fenster zu finden, durch das sie herausklettern könnte. Sie fand zwar Fenster, doch sie waren alle verriegelt, so das Kinder nicht herausklettern konnten.

Kurzentschlossen nahm sie einen Stuhl und warf sie gegen die Fensterscheibe. Doch ihre Kraft reichte noch nicht mal, um einen Sprung in die Scheibe zu bekommen. Mit einem lautem *klong* prallte der Stuhl von der Scheibe ab und fiel auf den Boden.

Wieder hörte sie Schritte. Als sie sich umdrehte, stand ihr Verfolger hinter ihr. Ein Mann Ende 40 mit einer breiten Stirn und schwarzen Locken. Mit beiden Händen umklammerte er den Griff seiner Kettensäge. Sein Gesichtsausdruck verriet Häme und Siegessicherheit.

Dagmar griff zu einem Salzstreuer und warf damit nach ihm. Sie war nicht die beste Werferin, doch dieses Mal hatte sie getroffen.

„Ahh!" schrie Richard und ließ die Kettensäge fallen, um sich an die Stirn zu fassen, wo sie ihn mit dem Salzstreuer getroffen hatte. Zwischen seinen Fingern quoll Blut. Sie hatte ihm eine Platzwunde zugefügt. Es war ihre Chance, die Oberhand zurückzugewinnen und so griff sie nach einer Teekanne, mit der sie mit beiden Händen umfasst auf seinen Kopf einschlug.

Er brach vor ihr zusammen, doch sie schlug weiter auf ihn, um sicherzustellen, dass er nicht mehr wieder aufsteht.

„Das hast du dir so gedacht, häh?" schrie sie ihn an. „Was bist du für einer, dass du meinst du kannst mir mit deiner Kettensäge Angst einjagen?!"

Sie war erst die Gejagde, und nun war sie Jägerin. Etwas in ihr genoß es, diesen Triumph auszukosten.

Mit dem Fuß trat sie die schwere Kettensäge zur Seite, so dass er nicht einfach so wieder nach ihr greifen konnte. Ihr fiel auf, dass er damit eh keinen großen Schaden mehr anrichten konnte. Als er mit der Säge in die Brandschutztür raste, wurden die Sägeblätter beschädigt. Zwar könnte man damit nach wie vor noch jemanden verletzen. Doch töten bestimmt nicht mehr.

„Was bist du doch für ein hässlicher Wurm. Na? Ohne deine Motorsäge bist du wohl nichts, hm?"

Es war der gleiche Genuss, den sie empfand, wenn sie die verunsicherten Mütter schikanierte. Das hatte ihr in den letzten Tagen am meisten gefehlt, wie sie gerade erkannte.

Sie griff zu einem Küchenstuhl und schlug, so feste sie konnte, ein weiteres Mal auf ihren Angreifer ein, der bewusstlos zusammenbrach.

Nun, wo er regungslos vor ihr auf dem Boden lag, entspannten sich ihre Glieder wieder. Es tat gut, auszuleben, wie sich das Blatt wendete. Das ganze musste einfach nur ein Alptraum sein, der ihr was sagen wollte. Alle Menschen verschwinden, es führt sie ausgerechnet wieder zu diesem Kinderheim zurück und dann kommt ein geheimnisvoller Fremder, der sie, wie in einem schlechten Horrorfilm, mit einer Kettensäge durch das Kinderheim jagt. Was sollte dieser Traum ihr sagen? Dass sie doch irgendetwas ändern sollte?

Sie lief wieder zu der Eingangshalle des Kinderheims zurück, wo auch einige Fotos von den Kindern hingen. Nicht wenige waren dabei, die sie hierherbringen ließ. Es waren sogar ein paar dabei, wo es richtig war, sie hierher zu bringen. Wo die Eltern Drogen nahmen, die Kinder nachweislich grün und blau geschlagen hatten. Doch viele wurden aus ihrer Geldgier heraus hierher gebracht, nachdem sie gewaltsam ihren Eltern entrissen wurden. Mütter und Väter, die einfach nur ein wenig Unterstützung bei der Erziehung benötigten, als Gefährdung für ihre Kinder ausgeschrieben. Fälle, wo Eltern argumentierten „Dann müssten sie in jeden 2. Haushalt reingehen und die Kinder rausnehmen." sie patzig „ Wir sind jetzt aber nicht in anderen Haushalten, sondern bei Ihnen." entgegnete.

Am Anfang fiel es ihr schwer, so zu sein, doch sie brauchte damals noch dringend das Geld, da sie mit einem Schuldenberg ihre Karriere begann. Doch aus Überwindung wird Gewohnheit und als die Provisionen nicht mehr für ihren Schuldenberg, sondern für ihren Luxus flossen, war es schon längst Gewohnheit geworden.

War der Mann mit der Kettensäge der Teufel, der sie in die Hölle holen sollte? War dieser Alptraum eine grosse Ermahnung? Wann würde dieser Traum endlich enden?

Sie bückte sich und wackelte langsam und in aller Ruhe an dem Stock, bis er sich endlich lösen ließ und die Tür aufging. Mit Sicherheit würde der Traum enden, wenn sie das Gelände verlassen hatte.

Langsam kam Richard wieder zu sich. Sein Schädel pochte und die Platzwunde brannte. Überall um ihn herum war sein eigenes Blut verteilt.

Diese Schlampe...sie hatte ihn gedemütigt. Auf ihn eingeschlagen...erst um sich zu wehren. Doch dann lag er doch schon am Boden und sie schlug weiter auf ihn ein und beleidigte ihn. Sie war genauso wie die anderen aus seiner Schule.

Draufschlagen, wo er doch schon am Boden lag und ihm sagen, was er für ein Verlierer er doch war. Sie musste sterben. Sie war genauso böse wie alle anderen.Alle müssen sie sterben.

Benommen schnallte er seinen Rucksack ab und wühlte darin herum. Da war sie, seine Todeskette. Seine eigene Kreation. Er hatte, bevor er sich auf den Weg gemacht hatte, 12 Chinaböller D in der Garage gefunden. Durch den ganzen Stress mit Job und Umzug, hatten sie letztes Jahr kein richtiges Silvester feiern können, weshalb sie nicht genutzt wurden. Er verknüpfte sie mit einer Zündschnur miteinander, in dem Vorhaben, sie einem der Unterdrücker umzulegen, dass sie qualvoll in kleinen Explosionen sterben.

Dagmar lief langsam auf den Wagen zu. Dabei kramte sie aus ihrer Hosentasche ihren Schlüsselbund hervor. Sie drückte den Knopf ihres Wagenschlüssels. Ein klicken folgte und die Blinklichter ihres Mercedes signalisierten ihr, das die Türen nun offen sind.

Sie war erschöpft, sie war KO und sämtliche Muskeln ihres schweren Körpers taten ihr nun weh. Wie konnte ein Traum nur so realistisch sein? Doch der Ausgang des Traumes, dass sie den Teufel besiegt hatte und nun als Überlebende das Gelände verlassen konnte, konnte nur bedeuten, dass sie nun in der Realität irgendetwas ändern musste.

Richard sah, dass die Unterdrückerin gerade dabei war, in ihr Auto einzusteigen. Sie durfte auf keinen Fall entkommen. Doch sein Schädel pochte immer noch. Sein Versuch, zu rennen, misslang. Es fühlte sich an, als ob sein Hirn gegen die Schädelwände hämmerte..nein, er musste langsam laufen, um die Schmerzen zu ertragen.

Mittlerweile hatte sein Opfer sich schon in ihren Wagen reingesetzt und saß am Steuer, doch die Fahrertür war noch offen. Sie machte Pause, kam gar nicht auf die Idee, dass er wieder aufstehen könnte, so sehr thronte sie über ihn. Arroganz! Sie wird sehen was sie davon hat.

Die Wut ließ die Platzwunden auf seinem Kopf wieder brennen. Er bückte sich, nahm einen Stein und warf ihn nach ihr.

Dagmar erschrak, als der Stein die Heckscheibe zersplittern ließ. Ihr Herzschlag schnellte wieder in die Höhe.

Sie zog die Fahrertür zu und sah in den Rückspiegel. Der Verfolger torkelte auf sie zu, war aber noch gut 10 bis 20 Meter entfernt. Warum war sie nicht zuerst , bevor sie sich ausruhte? Hatte sie sich zu sehr darauf verlassen, das der Traum so gut wie zu Ende war?

Ihre Finger zitterten, als sie versuchte, den Schlüssel ins Zündschloss zu stecken. Nein, so kurz vor dem Ziel durfte sie sich von dem Teufel nicht erwischen lassen. Doch er war schon zu nahe gekommen.

Endlich gelang es ihr, den Motor zu starten. Mit Vollgas trat sie aufs Gaspedal und der Mercedes brachte sich in Bewegung.

„Mist!" fluchte er. Einer der Chinaböllers hatte sich von der Todeskette gelöst. Sie der Unterdrückerin um den Hals zu hängen, konnte er vergessen. Doch wenigstens war es ihm gelungen, sie zu zünden und durch die zerbrochene Heckscheibe hineinzuwerfen.

Er wurde im Rückspiegel immer kleiner. In wenigen Metern hatte sie die Torausfahrt erreicht. Sie hatte den Teufel zwar nicht besiegt, aber war ihm zumindest entkommen. So schnell, wie sie jetzt war, konnte er sie jetzt noch unmöglich einholen.

Der Mercedes passierte die Toreinfahrt und setzte die ersten Meter auf der offenen Straße auf. Sie hatte es geschafft, sie war nun frei. Jeden Augenblick würde sie nun aufwachen und dann würde sie einiges im Leben ändern.

Hinter ihr auf dem Rücksitz explodierte es. Einzelne Stücke Leder flogen durch das Führerhaus, die die Explosion von den Sitzen gerissen hatte. Durch den Schock steuerte sie den Wagen gegen einen Bordstein und drehte sich anschließend in die entgegengesetzte Richtung. Ein Wunder, dass der Reifen bei dieser Wucht nicht geplatzt war.

Der Sitz hatte sie vor dem Großteil der Explosion geschützt, doch das piepen in den Ohren schien ihren Kopf platzen zu lassen. Sie spürte auf Ihrem rechten Arm, wie Glut von den sprühenden Funken sich durch ihren Pullover fraßen und nun hässliche Brandmale auf ihrer Haut hinterließen.

Der Motor war abgesoffen, doch sie würde ihn nun wieder starten müssen, denn der Teufel torkelte nun ebenfalls durch die Toreinfahrt auf sie zu. Sie sah nun, was zu der Explosion geführt hatte, denn er hatte mehrere Chinaböllers in der Hand, die mit einer Schnur aneinander gebunden war. Während er auf sie zukam, riß er die Schnur auseinander, um aus der Verkettung wieder einzelne Böller zu machen.

Der Motor startete wieder, als sie den Schlüssel umdrehte, doch er war an ihr vorbeigelaufen. Im Rückspiegel sah sie, dass er die Böller alle aneinander hielt und gleichzeitig anzündete. Mit dem Bündel stand er an ihrem Kofferraum. Sie konnte nicht sehen, was er tat, denn durch die Explosion war ihr Rückspiegel zersplittert. Doch sie konnte es sich denken. Sie musste den Tinitus und die Brandwunden auf ihrem rechten Arm ignorieren, wenn sie überleben wollte. Sie hatte den Alptraum noch nicht hinter sich gebracht. Vorausgesetzt, dass dies überhaupt ein Traum war. Denn sie konnte sich nicht erinnern, wann sie so einen Schmerz verspürte wie das Fiepen in ihrem Kopf, das sie gerade hatte. Sie drückte den rechten Fuß herunter und der Mercedes setzte sich wieder in Bewegung.

Es war ein dumpfes Geräusch, als 11 Chinaböllers gegen das Armaturenbrett prallten. Diesmal sprühten ihr die Funken in die Augen, als die erste der 11 explodierten. Es fühlte sich an, als ob ihre Augäpfel verglühten. Das ganze Gesicht brannte. Die nächste Explosion erfolgte.

Ihr Verstand schaltete ab, so wie der Schutzmechanismus, den die Natur eingerichtet hat, es vorgegeben hat, um sie vor den weiteren Qualen zu schützen. Ein Chinaböller nach dem anderen explodierte, trennte ihre Hand, dann ihren Arm ab, rissen ihr Gesicht auseinander.

Die Scherben der Glasscheiben flogen aus dem Auto heraus, als die Explosionen sie sprengten. Nach Explosion Nr.11 torkelte Richard zu dem Wagen, der aus allen Seiten qualmte.

Der Anblick, als er in das Führerhaus sah, war erschreckend, brachte ihm allerdings auch Befriedigung. Zwar hatte die Todeskette nicht funktioniert, doch die Überraschung mit den Böllern war trotzdem geglückt. Man konnte noch erkennen, dass es vor wenigen Minuten noch ein Mensch war, doch das ganze Wageninnere war mit angebranntem Fleisch und verbrühtem Blut besudelt. Am Steuer saß ein Skelettkopf, an dem an manchen Stellen angebranntes Fleisch festgewachsen war.

Das Tacho und die anderen Armaturen, die zum Bordcomputer gehören, waren in seine Einzelteile zerlegt.

„Du stinkst bestialisch!" sagte er herablassend und torkelte langsam wieder zurück auf das Gelände des Kinderheims , um seinen eigenen Wagen zu holen. Hoffentlich hatte dieser Typ noch am Rastplatz auf ihn gewartet. Er würde der nächste Unterdrücker sein, der sterben wird!

Spurensuche

Erik und Till standen vor dem Haus der Familie Bongers. Das Namensschild der Familie war aus Ton gemacht und mit grau glasiert worden. Offenbar in einer Arbeitsgemeinschaft in der Schule von Kinderhänden gemacht.

„Hier wohnt Familie Bongers. Ruth, Günther, Nathalie und Roxy."

Roxy musste die Hauskatze sein, denn am unteren Rand der Tafel wurde, bevor die Tontafel glasiert wurde, in einer kindlichen Art eine Katze herein geritzt.

Erik klingelte und wenige Augenblicke später öffnete eine Frau mittleren Alters mit einer Kurzhaarfrisur die Haustür.

Erwartungsvoll sah sie die beiden an.

„Frau Bongers?" fragte Erik.

„Sind Sie von der Polizei? Haben sie meine Tochter gefunden?" fragte sie direkt mit grossen Augen. Sie hatte ihre Tochter bereits als vermißt gemeldet.

Till schaute beschämt auf den Boden. Das waren die Momente, wo er Erik am liebsten alleine vorschicken würde.

„Frau Bongers, dürfen wir kurz reinkommen?" fragte Erik in einer betroffenden, ruhigen Stimmlage.

„Ist sie...?" begann sie.

Betreten nickte Erik.

Es dauerte 10 Minuten, bis Ruth Bongers sich soweit beruhigte, dass sie wieder sprechen konnte. Erik und Till warteten geduldig. Sie brauchten Informationen, die die Mutter der ermordeten ihnen vielleicht geben konnte.

„Frau Bongers, wann haben Sie Ihre Tochter das letzte Mal gesehen?" fragte Erik, als er das Gefühl hatte, das Frau Bongers langsam wieder aufnahmefähig war.

„Wir hatten mit unserer Tochter in den letzten Wochen viel Streit." begann sie. „Sie hatte sich, seit sie diesen Mann kennengelernt hatte, total verändert."

„Was für ein Mann?" wollte Till wissen. Wohlwissend, dass Eriks Frage noch nicht beantwortet war.

„Sie hatte ihn im Internet kennengelernt. Nathalie war immer ein liebes Mädchen gewesen. Pflichtbewusst, fleissig. Sie hatte immer gute Noten in der Schule. Ihre Lehrer mochten sie sehr. Bis sie 16 war, interessierte sie sich nicht sonderlich für Jungs. Sie wollte Tierärztin werden und lernte immer fleissig, weil sie wusste, dass sie Abitur dafür braucht. Aber dann wollte sie doch einen Freund haben und hatte dann im Internet so einen Mann kennengelernt. Sie veränderte sich...blieb länger weg, ohne Bescheid zu sagen und kam irgendwann nachts dann nach Hause. Sie gab unverschämte Antworten, wenn mein Mann und ich fragten, wo sie so lange gewesen sei und so was alles."

Es folgte ein Schniefen von ihr.

„Dieser Mann, den ihre Tochter kennengelernt hat...war sie mit ihm verabredet, bevor sie sie das letzte Mal gesehen haben?" fragte Erik.

Ruth Bongers nickte und wischte sich mit einem Taschentuch durch die Augenecken.

„Was ist das für ein Mann? Erzählen Sie mir uns von ihm.." bat Till.

„Er war viel zu alt für sie. Ich mein Nathalie ist...war...gerade mal 17. Noch gar nicht volljährig Michael..so hieß er...war 32 Jahre alt. Viel zu alt für sie. Wir haben uns immer gefragt, was ein 32 jähriger mit so einem jungen Mädchen will, die kurz vor ihrem Abitur steht."

„Was wissen Sie sonst noch über diesen Michael? Wissen Sie seinen Nachnamen?" fragte Erik.

„Nein...Nathalie wollte uns den Nachnamen nie verraten. Wir hatten sie mal gefragt, wo er wohnt, für den Fall, das wir sie suchen müssten." Betroffen sah sie auf den Boden. „Doch sie meinte W*ozu? Damit ihr mir hinterherschnüffeln könnt?....*"

„Wo im Internet hatte Ihre Tochter ihn kennengelernt? Wissen Sie den Nicknamen?" die Frage kam von Till.

Ruth Bongers zuckte mit den Schultern.

„Ich weiss es nicht. Aber mein Mann könnte das wissen. Er hat ihren Internetverlauf durchgestöbert weil er hoffte, mehr über den Freund unserer Tochter herausfinden zu können. Meine Tochter ist durchgedreht, als sie das gemerkt hatte. Wir hatten deswegen wieder gestritten gehabt."

„Frau Bongers, wenn sie nichts dagegen haben, würden wir uns gerne mal den Computer Ihrer Tochter anschauen." bat Erik.

„Ich weiss nicht, ob es was bringen wird. Ich denke mal, sie wird alles gelöscht haben, als sie gemerkt hat, das mein Mann da dran war."

„Können wir uns trotzdem den Computer anschauen?" fragte Erik. Er wusste, wenn Frau Bongers Recht hatte, gab es Mittel und Wege, die verlorenen Daten wieder herzustellen.

„Nur zu." antwortete Ruth Bongers. „Ich führe sie ins Zimmer meiner Tochter."

Sie stand auf und führte die beiden Polizisten die Treppen hinauf, wo Nathalie ihr Zimmer hatte.

Till war davon ausgegangen, das an der Wand Poster von irgendwelchen Boybands aus der BRAVO hängen würden. Doch er irrte. Die Wände waren kahl.

„Da steht er." sagte Ruth Bongers und deutete auf den PC, der an ihrem Schreibtisch stand. Erik setzte sich an den Schreibtisch und startete den Computer des ermordeten Teenagers.

„Passwortgeschützt...wie ich es befürchtet hatte." murmelte Erik.

„Lass mich mal ran, ich boote das System neu und umgehe das Passwort. Ich weiss, wie das geht." schlug Till, der sich mit Computern besser auskannte als sein Partner, vor. Erik machte ihm Platz und Till setzte sich an die Tastatur.

„Möchten Sie vielleicht einen Kaffee oder so?" bot Frau Bongers an.

„Gerne." nickte Erik und Frau Bongers ging nach unten in die Küche, um den Herren einen Kaffee zu machen.

„Bekommst du es hin?" fragte Erik.

„Schon fertig." sagte Till zufrieden und machte den Platz am Schreibtisch wieder frei. Auf dem Monitor war das Windows Profil dabei, zu laden.

„Wie hast du das so schnell hinbekommen?" fragte Erik anerkennend.

„Gewusst wie..." lachte Till.

Erik setzte sich wieder zurück an den Schreibtisch und durchforstete den Verlauf.

„Die Seite kann nicht angezeigt werden." las Till hinter ihm vor. Die Kiste hat gar keine Internetverbindung.

Erik stand auf und ging ins Treppenhaus.

„Frau Bongers..?" rief er herunter.

Unten waren Schritte zu hören. Frau Bongers verließ die Küche und kam in den Flur.

„Ja?" rief sie nach oben.

„Der Computer ihrer Tochter ist nicht mit dem Internet verbunden." sagte Erik.

„Oh, ja das stimmt. Mein Mann hatte sie fürs Wlan gesperrt, weil er hoffte, dass sie sich dann nicht schreiben könnten wenn ihre Handy-Guthaben aufgebraucht war."

„Könnten Sie das Internet für uns hier oben freischalten?" fragte Erik freundlich.

„Natürlich..einen Augenblick." antwortete Frau Bongers und ging ins Wohnzimmer. Erik ging wieder zurück in Nathalies Zimmer.

„Wie kann man so naiv sein, zu meinen, dass sie dann nicht mehr schreiben können, weil man ihr das Wlan dicht macht?" schüttelte Till , der das Gespräch mitbekommen hatte, den Kopf.

„Eltern glauben an so einiges, wenn sie nicht ,wissen was sie tun sollen." kommentierte Erik und startete die Seite neu. „Sie hat den ganzen Verlauf gelöscht."

Ohne einen weiteren Kommentar von seinem Partner abzuwarten, holte er sein Handy aus der Jackentasche.

„Carsten?..Erik hier. Hör mal, ich brauche ein Programm zur Wiederherstellung von gelöschten Daten....Ja....schick es auf meine E-mail Adresse....Danke dir.." Er legte wieder auf.

„Und jetzt willst du deine E-mails von dem Computer des Opfers abrufen? Das ist verboten." bemerkte Till.

„Ich weiß, aber die Kiste jetzt ins Labor zu bringen, kostet zu viel Zeit. Wir müssen davon ausgehen, dass der Täter flüchtig ist. Ich möchte keine Zeit verlieren ." antwortete Erik.

„Mhhh, da möchte wohl jemand wieder zu Constantin Emilius auf den Stuhl." lächelte Till.

„Nein, ich möchte den Täter finden, bevor er abhauen kann."

Erik lud von seiner E-mail Adresse aus das Programm herunter und startete es.

„Das könnte jetzt ein wenig dauern."

Frau Bongers betrat das Zimmer und stellte den beiden Polizisten den Kaffee hin.

„Konnten Sie etwas entdecken?" fragte sie.

„Wir sind gerade dabei. Ihre Tochter hat sämtliche Internetdateien gelöscht, aber wir sind gerade dabei, sie wiederherzustellen." antwortete Till.

„War Ihre Tochter nur an diesem Computer oder auch am Computer Ihres Mannes?" fragte Erik.

„So viel ich weiss nur an ihrem eigenem Computer." antwortete Ruth nach kurzem überlegen.

„Ich habe das Programm jetzt geladen. Ich könnte jetzt deine Hilfe gebrauchen." sagte Erik, der keine Ahnung hatte, wie er das Programm nun anwenden soll.

„Lass, ich mach,." sagte Till und die beiden tauschten die Plätze.

„Möchtest du alle gelöschten Dateien in einen separaten Ordner oder sollen alle Dateien an den Plätzen auf der Festplatte, wo sie waren, bevor sie gelöscht wurden?" fragte Till.

„Das ist mir egal, Hauptsache ist, ich finde was ich suche." antwortete Erik.

„Okay." Till drückte die Entertaste, nachdem er das Programm konfiguriert hat. „Wiederherstellung läuft."

Als Erik und Till nach unten in die Küche kamen, war Herr Bongers ebenfalls von der Arbeit Heim gekehrt. Mit gebückter Haltung und das Gesicht in die Hände vergraben saß er am Küchentisch. Seine Frau hatte ihm offensichtlich schon von der schlechten Nachricht berichtet.

„Herr Bongers?" machte Erik auf sich aufmerksam.

Der Vater der ermordeten schaute zu ihm auf. Seine Augen waren rot. Reste von Tränen hingen an seinen Augenrändern.

„Hat es dieses Schwein getan?" schluchzte er.

„Wir gehen davon aus, wir haben aber noch ein paar Fragen an Sie bezüglich der Identität des Mannes, mit dem Ihre Tochter in letzter Zeit ausgegangen ist." sagte Erik.

„Ich weiß nicht, wie ich Ihnen da helfen kann. Nathalie hat ein grosses Geheimnis aus ihm gemacht. Wir wissen gerade mal den Vornamen..aber sie hat uns nicht gesagt, wie er weiter heisst, noch wo er wohnt oder sonstwas." das Sprechen fiel ihm offensichtlich schwer.

„Verstehe." nickte Erik. „Ihre Tochter hatte die Daten von der Festplatte gelöscht, aber es ist uns gelungen, sie wiederherzustellen. Wir müssen allerdings die Festplatte ausbauen und sie mitnehmen, um die Daten auszuwerten." meinte Erik.

„Ist das wirklich erforderlich?" fragte Herr Bongers skeptisch.

„Ja, das ist es durchaus. Wir haben das Profil der Community, über den Ihre Tochter mit diesem Michael geschrieben hat, ausfindig gemacht, doch wir brauchen die Festplatte, um zurückverfolgen, von welcher IP das Ganze gesendet wurde." erklärte Erik.

„Der Computer war mal meiner und hab ihn meiner Tochter geschenkt. Wenn Sie sagen, Sie haben die Daten wiederhergestellt, dann können Sie auch die Kundendaten, die vorher drauf waren, wiederherstellen. Das wäre ein Verstoß gegen den Datenschutz, wenn ich Ihnen die Festplatte aushändigen würde." antwortete Herr Bongers.

„Wir können per Durchsuchungsbeschluß die Festplatte konfiszieren. Aber darüber hinaus können Sie versichert sein, das wir an den Daten Ihrer Kunden kein Interesse haben. Wir wollen nur den Mörder Ihrer Tochter finden, nichts weiter." versicherte er ihm.

„Ich weiß nicht, ob ich das erlauben kann. Ich müßte das mit der Firma abklären." schüttelte Herr Bongers betroffen den Kopf.

„Ludgerus Bongers! Wir haben dafür keine Zeit! Der Mörder Ihrer Tochter könnte bereits auf der Flucht sein! Gestatten Sie mir , die Festplatte auszubauen und mitzunehmen, ansonsten werde ich das ohne Ihre Erlaubnis tun!!" wurde Erik streng.

„Was ist denn los Schatz? Möchtest du nicht auch, das Nathalies Mörder geschnappt wird?" fragte Ruth Bongers verunsichert.

„Doch sicher, Spatz." er schaute beschämt zu Boden. „Doch ich könnte meinen Job verlieren."

„Die Daten sind bei uns sicher aufgehoben. Ich verspreche Ihnen, die Kundenakten werden verschwinden. Wir interessieren uns nur für die Daten Ihrer Tochter." versicherte Erik nochmals.

„Erik? Ich habe die Festplatte ausgebaut. Das IT Team ist soweit." kam Till in die Küche geplatzt.

„Sie haben die Festplatte schon ausgebaut, ohne mein Einverständnis?" wurde Ludgerus Bongers grimmig. „Sie wissen schon, dass ich Sie dafür verklagen kann, oder?"

Er trat einen großen Schritt auf Till zu, um ihm die Festplatte aus der Hand zu reissen, doch Erik fing ihn am Handgelenk ab und drückte zu, so das er sich seinem Partner nicht weiter nähern konnte. Dabei sah er ihm tief in die Augen.

„Das Risiko nehme ich in Kauf, wenn wir dafür den Mörder Ihrer Tochter finden." Ruckartig ließ er los, da er wusste, das Herr Bongers zu angeschlagen war, einen weiteren Versuch zu unternehmen, die Festplatte an sich zu reissen.

„Frau Bongers, wir werden uns bei Ihnen melden, wenn wir etwas herausgefunden haben." sagte er zu Ruth Bongers. Ihren Mann ignorierte er, da er allen Anschein nach die Ermittlungen blockierte.

Doch dieser sagte nichts mehr, sondern setzte sich zurück auf seinen Stuhl.

„Irgendwie fand ich das Verhalten von Herr Bongers merkwürdig." gab Till zu Bedenken, als sie draußen im Wagen saßen.

„Ja, ich finde auch, etwas stimmt da nicht...vielleicht sollten wir doch mal ein genaueren Blick auch auf seine Daten werfen." stimmte Erik ihm zu.

„Was könnte das sein? Vielleicht Steuerhinterziehung oder sowas?" überlegte Till laut.

„Wenn es sowas ist, werden wir die Daten löschen. Mich interessiert nur der Mord an Nathalie Bongers, der Rest geht mir am Arsch vorbei." schnaubte Erik verächtlich und startete den Wagen.

Die beiden lieferten die Festplatte in der IT ab und gingen zurück ins Büro, um die Auswertung abzuwarten. Constantin Emilius kam ihnen bereits entgegen.

„Meine Herren, ich möchte dass Sie kurz mitkommen." sagte er und deutete mit der Handfläche in die Richtung seines Büros.

„Wenn es um das Programm ging, um die Daten wiederherzustellen..ich habe Vorschriftsmäßig die Festplatte hierher gebracht." wollte Erik ihm zuvorkommen.

„Nachdem du gemerkt hast, das das Programm dir nicht die Information gibt, die du brauchtest...aber es geht genau um das mitbringen der Festplatte. Denn unsere definitionen von Vorschriftsmäßig gehen hier auseinander. Also bitte in mein Büro." wurde Emilius ungeduldiger.

„Scheisse!" flüsterte Till.

Sie betraten das Büro und Emilius deutete ihnen, sich ihm gegenüber zu setzen.

„Wir haben mal wieder eine Beschwerde." begann er, schon bevor er sich hinter seinen Schreibtisch gesetzt hatte. „Herr Bongers rief an und teilte uns mit, dass ihr die Festplatte ohne sein Einverständnis entwendet habt."
Erik glaubte nicht, was er da hörte.

„Wir brauchen die Festplatte, um den Mörder seiner Tochter zu finden." rechtfertigte Erik sich.

„Ja, das ist mir schon klar. Aber Herr Bongers ist kein Verdächtiger. Ihr hättet euch einen Durchsuchungsbefehl holen müssen, um die Festplatte sicher zu stellen." belehrte der Polizeichef ihn.

„Ja, ich merk es mir fürs nächste Mal. Dürfen wir jetzt weiter arbeiten?" wurde Erik forsch.
Constantin beugte sich vor, um nicht so laut reden zu müssen.

„Ihr bringt dem Mann jetzt seine Festplatte wieder, damit alles seine Ordnung hat." flüsterte er.

„Wir haben die Festplatte schon der IT gegeben und mit der Auswertung beauftragt!" wurde Till nun lauter.

„Dessen bin ich mir bewusst. Ihr werdet gleich, wenn ihr das Büro verlassen habt, die Festplatte wieder von der IT abholen und ihm sie so zurückbringen, wie ihr sie mitgenommen gehabt. Ich habe mit euch noch ein paar Fälle hier zu besprechen. Der Staatsanwaltschaft fehlt noch der Bericht zu dem Mord an Hans Klüger. Ich habe versprochen, dass ich sicherstellen werde, dass sie den heute kriegen. Und den werdet ihr hier in meinem Büro machen."

„Herr Emilius, bei allem Respekt, der Scheiss Bericht kann warten, wir müssen einen Mörder erwischen." widersprach Till, doch Erik legte ihm die Hand aufs Bein um ihm zu deuten, still zu sein.

„Wir werden gleich hier und jetzt den Bericht fertig stellen." versprach Erik.

„Was sollte das getue von wegen *wir werden hier und jetzt den Bericht fertig stellen?*" fragte Till verärgert, als sie aus dem Büro ihres Chefs wieder herauskamen und auf dem Weg zur IT waren.

„Du hast den Wink nicht verstanden. Emilius wollte uns helfen. Der Scheiss Bericht war nur, um Zeit zu schinden, damit die IT fertig werden kann, bevor wir die Festplatte wieder abgeholt haben. Alles was wir finden, dürfen wir nicht verwenden, aber es kann uns trotzdem eine Hilfe sein." erklärte Erik.

Hatte Till sich doch in seinem Chef geirrt? Offenbar hatten sie ihn mehr im Rücken, als er vermutete.

„So haben wir Rüffel bekommen, Herr Bongers seinen Willen und wir Zeit, uns die Daten von der Festplatte zu besorgen."

Sie betraten die IT. Jürgen, einer der IT Spezialisten, kam ihnen schon entgegen. In der Hand hielt er die Festplatte.

„Ich haben es schon gehört..das die Festplatte hier ist, war juristisch nicht einwandfrei." lächelte er.

„Habt ihr was herausgefunden?" fragte Erik, ohne auf die Begrüßung des IT Kollegen einzugehen.

„Wir haben die Festplatte erstmal nur kopiert. Fürs auswerten hätte die Zeit nicht gereicht. Aber das können wir jetzt in Ruhe übernehmen." antwortete Jürgen.

„Okay, gut." nickte Erik.

„Moment...das gehört nicht zu unserem Auftrag...Das ist deshalb für uns reines Freizeitvergnügen. Wir würden uns freuen, wenn du uns eine Pizza zukommen lässt, damit die Kollegen, dessen Frauen mit dem Essen zuhause warten, nicht hungern müssen. Und ich meine jedem eine Pizza." grinste Jürgen. Es war allgemein bekannt, das Erik etwas springen ließ, wenn sie etwas für ihn taten, was nicht den Vorschriften entsprach. Da sie Erik und seinen Eifer mochten, hielten sich die Bestechungsforderungen in Grenzen.

„Salami und Thunfisch wie beim letzten Mal?" lächelte Erik.

„Jup, aber dieses Mal auch bitte bei den Pizzabrötchen Knoblauchbutter mit dabei."

Erik nahm die Festplatte entgegen und bewegte sich wieder Richtung Ausgang.

„Wäre schön, wenn ich in 1 bis 2 Stunden ein Ergebnis habe, wenn wir wiederkommen."

„Verlass dich auf uns." rief Jürgen ihm hinterher.

Ludgerus Bongers hatte die beiden bereits erwartet, denn bevor Erik klingeln konnte, machte er bereits die Tür auf.

„Ich gehe mal davon aus, dass Sie etwas bringen, was mir gehört." sagte er, als Erik mit der Festplatte in der Hand auf ihn zulief.

Der Kommissar drückte ihm die Festplatte in die Hand und sah ihn bissig an.

„Ich weiss, dass sie sauer sind, weil ich mich direkt an Ihren Vorgesetzten gewendet habe. Dass es soweit kommen musste, tut mir auch leid. Aber ich kann es mir jetzt nicht erlauben, auch meinen Job zu verlieren." sagte er entschuldigend.

„Wenn uns der Mörder Ihrer Tochter durch die Lappen geht, ist es einzig und allein Ihre Schuld. Ich hoffe Sie können dann damit leben."

Mit diesen Worten drehte Erik sich um und lief zurück zum Wagen, wo sein Partner Till auf ihn wartete.

Kurz bevor er am Wagen ankam, klingelte sein Handy. Der Kommissar nahm ab.

„Decker....?" meldete er sich.

„Hallo Erik. Jürgen hier." war der IT Spezialist auf der anderen Seite der Leitung.

„Habt ihr was rausgefunden?" fragte Erik.

„Wir haben hier ein kleines Problem...so gesehen einen kleinen Konflikt." begann Jürgen.

„Was für einen Konflikt?" wollte Erik wissen. Auch Till hörte gebannt zu.

„Wir haben die IP Adresse ausgewertet...also sowohl die Nachrichten des mutmaßlichen Killers als auch, auf deinen Wunsch hin, die alten geschäftlichen Dateien." fuhr Jürgen fort.

„Ja und?" Erik wartete gespannt.

„Diese Kundendaten sind 3 Jahre alt und von einem online Server damals immer aktualisiert worden. Diese alte IP von dem online Server gehörte damals zu Flatline Telekommunikation GmbH. Die IP Adresse der Nachrichten des Killers gehören ebenfalls zur Flatline Telekommunikation GmbH." erklärte Jürgen.

„Augenblick mal...das heisst die Nachrichten wurden von der Firma, wo Ludgerus Bongers arbeitet, aus geschrieben?" hakte Erik nach.

„Ganz genau." bestätigte Jürgen.

„Und jeder Irrtum ist ausgeschlossen?" vergewisserte der Kommissar sich.

„Absolut...und wir haben noch etwas auf der Festplatte gefunden. Aber ich schlage vor, das schaust du dir am besten vor Ort an." kündigte Jürgen an.

„Okay...wir kommen." Erik legte auf.

Zurück zum alten Haus

Matthias hielt an einer Tankstelle. Der Sprit war so gut wie leer und er hatte Kaffeedurst. So wie er es von den letzten Wochen gewohnt war, würde eh keiner etwas sagen, wenn er sich den Wagen volltankt und sich am Kaffeeautomaten bedient. Leider...er wünschte, jemand wäre dort, auch wenn er dann Benzin und Kaffee nicht umsonst bekommen würde. Er war zwar müde, doch er nahm sich vor, wenigstens noch 1 bis 2 Stunden weiter zu fahren und zu hoffen, das wenigstens ein Auto seinen Weg kreuzen würde, bevor er den Rest der Nacht im Wagen schlafen würde.

Als das Auto getankt war und er einen Becher Kaffee ergattert hatte, setzte er sich zurück in seinen Wagen. Durch Zufall fiel ihm auf, das die obere LED seines Handys blinkte. Dies bedeutete für gewöhnlich, dass jemand entweder angerufen oder ihm eine Nachricht geschrieben hatte. Neugierig nahm er das Handy in die Hand und schaltete das Display an.
Sein Herz schlug schneller. Jemand, immer dieselbe Nummer, hatte mehrmals versucht ihn zu erreichen. Er wählte sofort die Rückruftaste. So nervös war er schon ewig nicht mehr gewesen.
Nach wenigen Sekunden ging jemand dran.

,,Decker...“ meldete sich eine männliche Stimme.

,,Hallo....“ Er wusste nicht so Recht, was er sagen sollte.

,,Matthias sind Sie es?“ fragte die Stimme.

,,Ja...Ja...wer sind Sie?“ wollte Matthias wissen.

,,Mein Name ist Erik Decker. Hören Sie, es geht Ihnen wahrscheinlich genauso wie uns, dass alle Menschen verschwunden sind.“

,,Ja, in der Tat.“ nickte Matthias so als ob man ihn sehen könne.

,,Ich hab ein paar verbliebene Menschen entdecken können. Ich bitte Sie, sich uns anzuschließen.“ hörte er die Stimme von diesem Decker.

,,Ja..Ja klar!“ das war das Beste, was er in den letzten Wochen gehört hatte.

,,Gut...wir hatten bis vorhin an dem Rasthof Geismühle gewartet, da wir uns dort getroffen hatten. Einer unserer Gruppe schilderte uns, das sie einem alten Mann begegnet sind. In einem Haus. Da wir nicht wussten, ob wir Sie noch erreichen, sind wir auf dem Weg dorthin. Wo befinden Sie sich gerade?“ fragte Decker.

,,“Ich bin gerade auf der Höhe von Paderborn.“ antwortete Matthias.

,,Wenn ich Ihnen die Adresse schicke, wo wir gerade hin fahren, würden Sie dort hinkommen?“

„Ja...ja natürlich würde ich das...Warten Sie dort bitte auf mich, okay? Ich werde dort hinkommen...aber bitte warten." stammelte Matthias. Er sah die Chance, seinem zweitem Ich, dass ihn mit alten Geschichten schikanierte, zu entkommen.

„Wenn Sie sagen, Sie kommen, werden wir selbstverständlich auf Sie warten. Ich habe Ihnen gerade die Adresse per whatsapp geschickt." hörte er Decker sagen.

„Ja super...ich komme..ich freue mich." lächelnd legte er auf.

„Ich freu mich?" tauchte auf einmal sein zweites hänselndes Ich auf der Beifahrerseite wieder auf. „Hattest du sowas in der Art nicht zu Daniela auch gesagt....bevor du sie draufgesetzt hast?!" lachte die Stimme.

„Es ist mir scheissegal, was du sagst...bald bin ich dich los. Dann brauche ich dir nicht mehr zuhören." lachte er. Vor Freude bildeten sich Tränen in seinen Augen.

„Oh..loswerden wirst du mich nie. Mach dich mal weiter zum Gespött. Du wirst irgendwann wieder in die Situation kommen, wo du mir zuhören musst. Und glaube mir, ich werde dir alles vorhalten...jede Sekunde."

Die beiden Autos kamen am Straßenrand zu stehen. Direkt gegenüber von dem alten Haus, wo Kerstin und Thorben das letzte Mal den alten Mann gesehen hatten. Erik stieg aus und lief zu Thorbens Wagen. Thorben kurbelte die Scheibe herunter.

„Das ist das Haus?" wollte Erik wissen. Thorben nickte bestätigend.

„Gut...wenn der Mann so feindselig ist wie ihr sagtet, wird er nicht vor Begeisterung auf dem Tisch tanzen, wenn wir alle zusammen auf der Matte stehen. Deshalb werde ich zuerst alleine reingehen und zusehen, dass wir ihn auf unsere Seite ziehen können." schlug Erik vor.

„Okay einverstanden." willigte Thorben ein.

„Wäre mir lieb, wenn ihr auf den Jungen etwas acht gebt. Nicht das er scheisse baut."
Wieder nickte Thorben und Erik machte sich auf dem Weg zum Haus.

So wie zuvor Thorben und Kerstin klingelte Erik, doch nichts war zu hören. Der Mann hatte, genau wie Thorben es ihm geschildert hatte, die Klingel abgestellt.

„Herr Girod?" rief Decker. Er hatte in der Zeit, wo sie noch auf Matthias und Richard gewartet hatten die Zeit genutzt, um Informationen über den alten Mann, der an der von Kerstin und Thorben genannten Adresse wohnte, zu beschaffen.
Es blieb still.

„Herr Girod...öffnen Sie bitte die Tür. Ich muss mit Ihnen sprechen." rief Erik abermals, doch wieder blieb alles still.
Vielleicht schlief er, denn schließlich war es noch mitten in der Nacht.
Er schaute auf alle Fenster, doch überall blieb es dunkel.
Doch auf einmal nahm er etwas wahr. Schritte, die durch den Kies in der Garageneinfahrt führten. Schleichende Schritte.

Erik griff zu seiner Dienstwaffe, die er in dem Halfter seiner Jackeninnentasche mitführte. Er hatte nicht vor zu schiessen, doch wenn es sich nicht vermeiden ließ, wäre es nicht schlecht, zu zeigen, dass er nicht ganz wehrlos dem Fremden gegenübersteht.

Die Schritte kamen näher. Sie waren schon ganz dicht hinter ihm.

Mit einem mal drehte Erik sich um und zielte mit seiner Waffe auf...Kerstin.

Erleichtert ausatmend senkte er die Waffe wieder.

„Verfluchte Scheisse, schleichen Sie sich nie wieder so an mich ran!" flüsterte er.

„Entschuldigen Sie bitte...Ich dachte nur, Sie brauchen vielleicht meine Hilfe." entschuldigte Kerstin sich flüsternd.

„Mir wäre es lieber, Sie würden bei Thorben und Nikolaj an den Autos bleiben." widersprach Erik.

„Der Mann hat, als wir hier waren, die Tür auch nicht geöffnet. Ich habe sie mit einem Dietrich aufgebrochen." Sie holte ihren Dietrich aus der Jackentasche.

„Das ist sehr fürsorglich von Ihnen, aber wenn ich da rein will, werde ich schon reinkommen." murmelte Erik. „Aber zuvor will ich ihm die Gelegenheit geben, mir freiwillig die Tür zu öffnen."

„Das wird nicht passieren. Er hat uns auch nicht aufgemacht."

Erik überlegte. Es war mitten in der Nacht. Es könnte sein, dass der alte Girod nicht öffnen wollte und er die richtigen Worte finden musste, um ihn zu überzeugen, dass er doch die Tür öffnen würde. Andererseits könnte es genauso gut sein, dass er schlief und ihn gar nicht hörte. Er hatte nicht die Zeit, die ganze Nacht vor der Tür zu stehen und zu warten, bis der alte Mann irgendwann aufsteht.

Noch einmal sah er nach oben zu den Fenstern, um sicherzugehen, dass sie nicht gerade vom Hauseigentümer beobachtet werden.

„Also gut, geben Sie her." willigte er ein und Kerstin gab ihm den Dietrich. „Gehen Sie bitte zu den anderen zurück. Wenn was ist, melde ich mich."

„Okay alles klar." antwortete Kerstin und ging wieder zurück zu den anderen beiden.

Mit dem Dietrich schloss Erik die Tür auf und schlich ins Haus. Überall war es dunkel. Der Besitzer schien tatsächlich zu schlafen.

Aus der Küche hörte er das brummen des Kühlschranks, ansonsten war es ruhig im Haus.

Er schlich ins Wohnzimmer, wo ebenfalls alles ruhig war. Durch den Mond waren die Möbel schemenhaft zu erkennen.

Auf dem Tisch stand eine leere Tasse mit einem Teebeutel. Daneben ein halbvoller Aschenbecher. Erik hielt seine Hand über den Aschenbecher. Wärme kam von ihr gegen seine Handfläche empor. Irgendetwas stimmte nicht. Die Zigarette wurde erst vor wenigen Minuten ausgemacht.Und da stand er bereits vor der Tür.

Gerade als er die Feststellung machte, merkte er, dass irgendetwas von hinten gegen seinen Kopf drückte.

„Wenn du nicht willst, das ich abdrücke, begibst du dich ganz langsam ohne zucken zum Ausgang." hörte er eine ältere Männerstimme hinter ihm. In der Spiegelung der Vitrine sah er den Alten stehen. Mit einer Schrotflinte in der Hand.

„Herr Girod, Sie müssen sich uns anschließen." sagte Erik mit ruhiger Stimme, hob aber dabei die Arme.

„Ich muss gar nichts. Das habe ich deinen Freunden schon gesagt. Und wenn ihr bewaffnet in mein Haus eindringt, macht mir das nicht unbedingt mehr Lust darauf, mich eurem Verein anzuschließen." entgegnete Girod.

„Ich werde jetzt den rechten Arm senken um Ihnen meine Waffe zu geben." sagte Erik, in der Hoffnung, es würde dazu führen, das auch der Alte seine Waffe ablegt.

„Wehe du verarschst mich. Ich drück ab!" war die Stimme unheimlich laut.

„Nein..werde ich nicht." langsam senkte er die Hand und griff nach seiner Waffe in seinem Halfter und hob die Hand mit der Waffe. Dann lockerte er seinen Handgriff und seine Dienstwaffe fiel zu Boden.

„Können wir jetzt reden?" fragte er.

Girod schaute auf den Boden, wo erik die Waffe fallen ließ. Selbst im Halbdunkeln konnte er sehen, dass auf der Waffe E.D eingraviert war.

Der Alte schwieg.Scheinbar schien er zu überlegen. Zumindest entfernte er den Lauf der Schrotflinte von seinem Kopf und nahm etwas Abstand.

„Ich wüsste nicht, was wir zu besprechen hätten."

„Ich weiss, warum Sie so gegen Menschen sind." begann Erik.

„Du weisst gar nichts, Junge!" Der Haken seiner Schrotflinte klickte nach hinten.

„Vielleicht weiss ich nicht alles. Doch ich weiß, das sie in den 70er Jahren ein anerkannter Professor in der Quantenphysik waren. Sie wurden von ihren Kollegen geschätzt. Doch als sie kurz davor waren, die Richtigkeit von Murphys Gesetz zu beweisen, wurden sie verspottet, weshalb Sie sich zurückzogen." zeigte Erik, dass er doch einiges über ihn wusste.

Wieder herrschte Schweigen hinter ihm.

„Woher wissen Sie das alles?" fragte er auf einmal mit einer ruhigen Stimme. Er sicherte die Schrotflinte wieder und senkte sie zu Boden.

„Ich habe meine Hausaufgaben macht. Es hat seinen Grund, warum ich sie in unserem Team haben will." erklärte Erik. „Ich möchte wissen, warum auf einmal die ganzen Menschen verschwunden sind."

Langsam drehte der Kommissar sich um, um dem Mann in die Augen zu schauen. Er hatte auf einmal nichts bedrohliches mehr. Sein Blick war zerknirscht und traurig.

„Ich hatte herausgefunden, das wir Hirnwellen ausstrahlen, die Gegebenheiten in unser Leben anziehen können. Wir entscheiden über Glück oder Pech. Dein Denken wird dich lenken. Dieses Wissen hätte den Menschen so viel Glück bringen können....doch sie haben über mich gelacht. Mich als Spinner abgestempelt." fasste Günther Girod seine traurige Karriere zusammen.

Erik setzte sich vorsichtig hin. Der Alte zögerte einen Augenblick, setzte sich dann aber ihm gegenüber und stellte die Schrotflinte beiseite.

„Die Menschen sind so dumm. Sie glauben nicht, was sie sich nicht erklären können und glauben lieber an Zufälle als an alles andere." fuhr er fort.

„Ist es denn alles kein Zufall?" wollte Erik wissen. „Das Verschwinden der ganzen Menschen..?"

Der Alte sah ihn eine Weile durchdringend an und fing an zu lachen.

„Es gibt keine Zufälle. *Nichts* auf dieser Welt ist Zufall." antwortete er. „Wir können zwar nicht immer auf Anhieb den Sinn erkennen, aber alles hat einen Sinn."

„Und wo soll der Sinn im Verschwinden der Menschen liegen?" hinterfragte Erik.

„Es könnte sein, das wir alle, die hier sind, etwas gemeinsam haben." stellte Girod die Vermutung auf.

Erik hielt inne und überlegte. Was könnte er mit Kerstin oder Thorben gemeinsam haben? Ganz abgesehen von dem drogensüchtigen, von dem Entzug gepeinigten Nikolaj?

„Ich würde mich freuen, wenn Sie uns zur Seite stehen, um die Ursache herauszufinden. Wir brauchen Sie, Herr Girod." sagte er schließlich, nachdem seine Gedanken ohne Ergebnis endeten.

Girod zeigte das erste Mal in seinem Gesichtsausdruck Ansätze, dass er ernsthaft darüber nachdenken würde. Er rieb sich das Kinn und überlegte.

„Also gut...ich werde euch helfen...aber ich werde hierbleiben. Ich habe nicht vor, mein Haus zurückzulassen." sagte er schließlich.

„Einverstanden." sagte Erik zufrieden. „Mit Ihnen werden wir der Lösung einen grossen Schritt näher kommen."

Im selben Augenblick klingelte Eriks Handy.

„Decker?" meldete er sich.

„Matthias, den Mann, den Sie angerufen haben, ist gerade hier angekommen." sagte Thorben.

„Gut...wir kommen raus." antwortete der Kommissar und legte wieder auf.

„Wir sind wieder einer mehr." sagte er zu dem Alten.

Dieser nickte daraufhin nur.

Er stand auf und deutete ihm, mit nach draussen zu kommen.

Dort warteten Kerstin, Thorben, Nikolaj und Matthias.

„Ich bin Erik Decker. Schön dass Sie hier sind." grüßte Decker ihn und streckte ihm die Hand entgegen. Matthias drückte ihm fest die Hand. Er konnte sich nicht erinnern, wann er das letzte Mal so glücklich gewesen war. Die Stimme, die ihn die letzten Wochen begleitete, war verstummt.

„Das ist Thorben, Kerstin, Nikolaj und Günther." stellte er die anderen der Gruppe vor.

„Ich bin Matthias." strahlte er über das ganze Gesicht.

„Wie gehen wir nun vor? Was machen wir als nächstes?" fragte Thorben.

„Wir haben noch einen Kandidaten, aber er ist am Rastplatz nicht aufgetaucht. Richard heisst er." antwortete Decker.

„Haben Sie versucht, Ihn nochmal zu erreichen?" fragte Kerstin.

„Ja, ich habe es, bevor ich ins Haus gegangen bin, nochmal versucht, aber es meldet sich niemand."

„Vielleicht ist ihm irgendetwas passiert. Ein Autounfall oder sowas." mutmaßte Kerstin.

„Kann schon sein, aber fällt mir schwer, mir das vorstellen , wenn keine anderen Verkehrsteilnehmer sind."überlegte Erik.

„Okay, wir haben ihn erstmal nicht hier....was machen wir?" stellte Thorben erneut die Frage in den Raum.

„Wir müssen erstmal rausfinden, was hier vor sich geht." gab nun Girod zur Antwort. „Wir müssen herausfinden, warum ausgerechnet wir zurückgeblieben sind. Wo der Zusammenhang zwischen uns ist. Irgendetwas müssen wir gemeinsam haben." sagte Girod.

„Wie sollen wir das rausfinden?" hinterfragte Thorben.

„Ich möchte erstmal, dass ihr mir alles von euch erzählt. Jede Kleinigkeit...was ihr gemacht habt..wie ihr gelebt habt..was passiert ist, kurz bevor die anderen Menschen verschwunden sind. Jedes kleinste Detail könnte wichtig sein." sagte Günther.

„Okay, so machen wir es." willigte Erik ein.

„Gut." nickte Girod zufrieden. „Ich habe leider keinen Kaffee im Haus, aber ich kann jedem eine Tasse Tee anbieten."

Der Alte drehte sich um und ging wieder ins Haus zurück.

Thorben sah Erik durchdringend an.

„Vertrauen Sie ihm?" fragte er im ruhigem Ton.

Erik nickte.

„Ja..ich vertraue ihm." nickte er. „Und selbst wenn nicht, hätten wir keine andere Wahl."

In diesem Augenblick klingelte das Handy des ehemaligen Kommissars wieder.

„Das ist Richard." stellte Erik mit Blick auf das Display fest und nahm ab.

„Richard, wir haben die ganze Zeit auf Sie gewartet, wo stecken Sie verdammt nochmal?!" fragte er ungewollt scharf.

„Es tut mir leid...ich hatte eine Wagenpanne." entschuldigte Richard sich im ruhigem Ton.

„Wagenpanne hin oder her, man kann trotzdem an sein Handy gehen! Wo stecken Sie?!" Erik akzeptierte diese Entschuldigung nicht, denn er hatte mehrmals versucht, den unbekannten zu erreichen.

„Ich bin jetzt am Rastplatz. Aber hier ist niemand." antwortete Richard.

„Da sind wir auch schon lange nicht mehr. Wir haben bis 2 Uhr auf Sie gewartet. Wir haben noch jemanden gefunden. Wir sind gerade dort. Ich schicke Ihnen die Adresse." Erik legte auf und tippte über einen Messenger auf seinem Handy die Adresse ein, um sie Richard zu schicken.

„Kommt er?" fragte Thorben, der das Gespräch am Rande mitbekommen hatte.

„Ja..er kommt hierhin." antwortete Erik nur kurz und knapp und lief ‚wie Girod zuvor, ins Haus zurück.

Thorben und Kerstin sahen sich fragend an, bis Kerstin die Schultern zuckte. Nikolaj stand abseits und sah die beiden im Wechsel ebenfalls fragend an. Doch seinen Gesichtszügen war keine Reaktion zu entnehmen.

Wenig später folgten die 3 ebenfalls in Haus, wo Girod allen Beteiligten schon jeweils eine Tasse Tee hingestellt hatte.
Alle saßen nun am Wohnzimmertisch.

„Ich habe, weil ich nicht wusste, was ihr für Tee trinkt, jedem erstmal Pfefferminztee gemacht. Bei angemeldeten Besuchen dürft ihr euch das nächste Mal etwas aussuchen." kommentierte Girod. Keinem der Beteiligten war klar, ob es ein Scherz oder ein Vorwurf gewesen sein soll.

Thorben überlegte indessen fieberhaft nach einer Version, die er der Gruppe erzählen könnte. Er wollte nicht preisgeben, dass er seinen Widersacher mit einem Messer niedergestreckt hatte. Schon gar nicht, wo jetzt ein Polizist die Gruppe anführte. Zwar war die Justiz durch diese Situation ausser Kraft gesetzt, doch Erik könnte beschließen, ihn von der Gruppe auszuschließen.

Der Alte Girod hatte sich schon mit Zettel und Stift bewaffnet.

„Es wäre einfacher, wenn man einfach die Zeit zurückdrehen könnte, um der Ursache auf den Grund zu gehen." seufzte Kerstin.

„Die Zeit ist eine Illusion." widersprach Girod ernst. „Und ich denke, hier wird die Ursache sein."

„Wie meinen Sie das?" fragte Erik.

„Viele selbsternannte Mystiker meinen aufgrund von Fotos nachweisen zu können, dass es bereits Zeitreisende gegeben hat. Es existiert ein Fotos von einem Boxkampf aus den 90ern, wo einer im Publikum ein Smartphone hält...die es zu dieser Zeit ja noch nicht gegeben hatte." erklärte Girod.

„Ja, ich habe dieses Video bei Youtube gesehen." klinkte Thorben sich in das Gespräch mit ein.

„Es gab auch ein Foto aus der Nachkriegszeit, wo inmitten der ganzen Leute einer in Markenklamotten steht."

„Alle Fälschungen!" giftete Girod. „Es gibt sowas wie die Zeit nicht. Jedenfalls nicht in der Form, wie wir es uns vorstellen. Die Menschen meinen, es gibt so was wie einen Zeitstrahl das wir unser Leben wie einen Film leben, den wir bis zu einem bestimmten Grad beeinflussen können. Als würde man die Zeit zurückspulen und bestimmte Dinge aus seinem Leben korrigieren."

„Gut, dass man nicht durch die Zeiten reisen kann, ist verständlich." stimmte Kerstin zu. „Aber dass es die Zeit nicht gibt, leuchtet mir nicht so ganz ein."

„Oh doch, man kann durchaus durch die Zeit reisen." korrigierte Girod. „Allerdings nicht vorwärts und rückwärts, aber nach allen Seiten hin. Und genau das tun wir jeden Tag in fast jeder Minute unserer Existenz."

„Erläutern Sie uns das bitte." bat Erik und nahm einen Schluck aus seiner Teetasse.

„Das, was wir als Zeit empfinden, sind in Wahrheit mehrere Universen, zwischen denen unser Bewusstsein hin und her wechselt. Stellen Sie sich selber als einen Zug vor, der von Duisburg nach Hamburg fährt. Auf dem Weg dahin gibt es mehrere Abzweigungen, und je nachdem wie die Schienen eingestellt sind, wählt man diese Abzweigungen. Das Universum sind die Schienen, unser Bewusstsein ist der Zug. Wenn wir auf eine Abzweigung zufahren, wo es nach links oder rechts geht und wir nehmen die linke Abzweigung, heisst das ja nicht, dass es den Weg nach Rechts nicht gibt, nur unser Bewusstsein fährt diesen Pfad halt nicht."

Der Alte war in seinem Element und die Gruppe kam sich vor, wie in einem Vortrag über das Leben.

„Angenommen..." Girod sah Kerstin an. „Sie fahren auf eine Abzweigung zu. Fahren Sie nach links, führen Sie das Leben in Reichtum, Glück, sind verheiratet, haben mehrere süße kleine Kinder...Fahren Sie nach rechts, führen Sie das Leben eines arbeitslosen Singles....."

„Ich würde natürlich nach links fahren." lächelte Kerstin.

„Okay...Sie fahren nach links. Ihr Bewusstsein fährt auf dem Pfad, wo sie reich sind und eine Familie haben. Aber es existiert auch das Universum parallel dazu, wo sie als frustrierter Single sich mit Geldsorgen rumplagen. Also quasi eine andere Version von Ihnen. Doch sie nehmen bewusst die linke Spur..das Leben in Reichtum, als Ihre Realität wahr."

„Aber welche Richtung man einschlägt, ist dann wohl eher Schicksal. Könnten wir es uns aussuchen, würden wir wohl alle die linke Spur nehmen." gab Thorben zu Bedenken.

„Und genau das ist der Irrtum, für den ich damals verlacht und verspottet wurde." gab Girod frustriert von sich. „Wir können durchaus die Richtung selber bestimmen. Nur wir Menschen sind viel zu sehr aufs negative orientiert, weshalb die Richtung oft automatisch nach Rechts geht."

„Und wie macht man das?" wollte Thorben wissen.

„Das Universum besteht aus Frequenzen." erklärte der Alte weiter. „Und genau das habe ich damals nachgewiesen, wollte aber niemand hören. Die Frequenz auf der wir uns befinden, entscheidet, ob wir den Weg nach links oder Rechts nehmen. Wir fahren in die Richtung, mit der wir uns beschäftigen."

„Ich habe davon schon mal gehört,." meldete Erik sich zu Wort. „Demnach soll es so sein, dass das eintritt, was man denkt."

„So ungefähr." bestätigte Girod. „Weniger dass, was man denkt, sondern das, was man fühlt. Fühl ich mich gut, dann bin ich auf einer positiven Frequenz und dann geht die Reise nach links. Positive Frequenzen senden wir, wenn wir Freude empfinden...Lachen, Glücklich sein...auf einer negativen Frequenz befinden wir uns,wenn wir Neid, Eifersucht, Hass, Trauer empfinden..dann geht die Reise nach rechts. Heisst also unsere Frequenz entscheidet, ob unsere Reise nach Hamburg oder nach Leipzig geht, um bei unserem Zugbeispiel zu bleiben....Und auf dem Weg gibt es viele Zwischenstationen, wo es an unsere Entscheidungen liegt, wie weit der Weg dorthin ist."

„Hmm...Entscheidungen.." gab Erik sich nachdenklich.

„Ich höre was." unterbrach Kerstin die Gedanken des Polizisten. Draussen war ein Auto zu hören. Alle bis auf Girod und Nikolaj rannten zum Fenster. Sie konnten sehen, wie hinter den Büschen auf der Strasse ein Auto parkte und den Motor und Scheinwerfer ausschaltete.

„Das muss Richard sein." meinte Erik. „ Ich gehe eben raus."
Mit diesen Worten verließ Erik das Wohnzimmer und ging zur Haustür. Die anderen setzten sich wieder an ihre jeweiligen Plätze.

Erik lief durch den Vorgarten zum Tor des Grundstückes. Der Wagens des Neuankömmlings stand am Strassenrand, doch niemand stieg aus.
Erik war unbehaglich. Warum stieg Richard nicht aus?
Er wartete eine Minute um dem Neuankömmling die Gelegenheit zu geben, auszusteigen. Doch als danach immer noch nichts passierte, holte er seine Waffe aus dem Halfter und lud sie. Vorsichtig lief er auf den Wagen zu. Als er an der Fahrerseite angekommen war, erkannte er, dass der Wagen leer war.
Er sah sich links und rechts um, doch nirgendwo war ein Mensch zu sehen.
„Richard?" rief er, hatte aber Schußbereit den Finger am Abzug gelassen. Das Richard nicht an sein Handy gegangen war, machte ihn schon mißtrauisch. Zwar sollte er davon ausgehen, dass sie alle im gleichen Boot saßen und dementsprechend zusammen arbeiten. Doch er war lange genug in seinem Job, um zu wissen, dass die Taten mancher Menschen nicht immer dieser Logik folgen.
Er schloß den Kofferraum seines eigenen Wagens auf, um sein Notebook herauszuholen. Wenige Minuten später war er auf dem Server des Strassenverkehrsamtes eingeloggt. Tatsächlich handelte es sich bei dem Wagen um Richards Auto. Doch warum antwortete er ihm nicht?

„Ich fand ihr Beispiel mit dem Zug sehr interessant." gab Kerstin zu, um die Stille zu überbrücken. „Was muss ich tun, um mich bewusst für die linke oder rechte Richtung zu entscheiden?"

„Manche Richtungen schlagen wir bewusst ein, indem wir uns fürs Glücklich oder Unglücklichsein entscheiden. Die Zwischenstationen schlagen wir zwar bewusst ein, allerdings ohne uns den Konsequenzen bewusst zu sein. Wir treffen jeden Tag zig Entscheidungen, ohne uns dessen bewusst zu sein. Und deshalb gibt es auch tausend Paralleluniversen und 1000ende Versionen von uns."

„Also gibt es auch eine Version von mir wo ich reich bin und eine Familie habe?" fragte Kerstin.

„Richtig genau." bestätigte Girod „Aber es gibt auch Versionen , wo Sie kalt und Tod sind."

Kerstin schluckte entsetzt, was dem Alten nicht entging. Dieser setzte, als er ihren Schrecken bemerkte, ein gütliches Lächeln auf.

„Aber das gibt es von jedem von uns...jeden Tag. Ich erkläre es Ihnen. Sie stehen an einer Straße, wo es keine Ampel gibt. Von weitem kommt ein Auto angefahren. Sie überlegen, ob sie es schaffen, die Straße zu überqueren, bevor der Wagen Sie erreicht hat. Sie entscheiden sich dazu, dass Sie es nicht schaffen würden und warten. Der Wagen kommt an und schießt an Ihnen vorbei..Sie leben. Sie leben bewusst in dem Universum weiter, wo sie weiterleben. Doch dadurch, dass sie darüber nachgedacht haben, gibt es auch ein Universum, wo sie über die Straße gelaufen sind und der Wagen sie erfasst und in den Tod reisst...oder in einem anderen Paralleluniversum gelähmt in einem Rollstuhl sitzen. Und so schaffen wir tagtäglich immer mehr Paralleluniversen."

Nikolaj bemühte sich, aufmerksam zuzuhören, doch die innere Unruhe unterbrach seine Gedanken immer wieder aufs neue. Etwas bedrohliches ging von den Wänden aus. Es war ihm, als schienen die Wände ihn anzusehen.

Es war die Haustür zu hören, wenige Sekunden Schritte, die vom Flur ins Wohnzimmer führten. Erik stand am Türrahmen.

„Irgendetwas stimmt nicht. Der Wagen gehört Richard, doch draußen war niemand."

Im selben Augenblick hörte man von unten ein dumpfes pochen.

„Gibt es einen Hintereingang, wo man durch den Keller ins Haus kommt?" fragte Erik hektisch.

„Ja, hinten im Garten ist eine Treppe, die unten in den Keller führt. Aber die Tür ist verschlossen. Allerdings ist eines der kleinen Kellerfenster nur angelehnt. Theoretisch kann man darüber in den Keller klettern." antwortete Girod.

„Hatten Sie nie Angst, das Einbrecher reinkommen können?" fragte Kerstin.

„Nein, bis Sie gestern aufgetaucht waren, hat man mich die ganzen Jahre in Ruhe gelassen. Deshalb hab ich das Fenster nicht repariert."

„Ich werde nach unten gehen und nachsehen." schlug Erik vor, der seine Waffe noch in der Hand hielt.

„Warten Sie." rief Girod ihn und griff nach seiner Schrotflinte. „Ich werde mit Ihnen kommen."

„Nein, Sie werden hier oben bei den anderen bleiben. Ich kann nicht zulassen, dass Ihnen etwas passiert. Sie werden für unser Team gebraucht. Sie unterstehen meinem Schutz."widersprach Erik.

Nikolaj lauschte dem Gespräch. Er redete sich selber ein, dass er sich eigentlich durch Erik sicherer fühlen musste. Doch eine Bedrohung ging von den Wänden aus, mit denen auch der Polizist nicht fertig werden würde. Ihm war, als ob die Wände näher kommen würde. War es immer noch der Entzug, der ihm das Leben schwer machte?

Aus den Augenwinkeln blickte er auf die Schrotflinte, die an der Couch gelehnt war. Girod hatte sie wieder abgestellt, nachdem Erik ihm untersagt hatte, ihm zu folgen.

Auch Matthias blickte auf die Schrotflinte. Er beneidete Erik für seinen Mut, in den dunklen Keller zu gehen. In seiner Phantasie nahm er die Schrotflinte und folgte dem Polizisten. Doch warum tat er es nicht? Er wartete auf sein zweites böses ich, das zu ihm sagte *weil du feige bist, wie immer in deinem Leben*. Doch die Stimme schwieg. Was Gesellschaft nicht alles ausmacht.

Doch was wäre wenn er folgen würde? Vielleicht würde er aus Versehen Erik in den Rücken schießen. Doch war das nicht auch eine willkommene Ausrede? Feigling!

Erik lief mit der Waffe in der Hand in den Flur. Die Tür, die zu den Treppenstufen zum Keller führte, stand einen Spalt offen. Er versuchte sich zu erinnern, ob die Tür vorhin schon den Spalt geöffnet war. Doch er war sich nicht sicher. Naheliegend war, das der Eindringling noch im Keller war, denn Schritte hatte er keine im Flur gehört. Doch es könnte auch sein, dass jemand nach oben geschlichen war und nun genau in die falsche Richtung lief. Jetzt hätte er einen Partner wie Till gut gebrauchen können, damit sie sich aufteilen können. Doch Till war nicht mehr da. Könnte er jemanden aus der Gruppe nehmen? Jemand, der ihm das vorwerfen könnte, war keiner. Doch wer sollte das schon sein? Eine Frau? Nein, Kerstin fiel aus. Günther Girod kannte zwar das Haus in und auswendig. Doch er war zu alt, dass er ihm da wirklich dienlich sein könnte. Nikolaj war zwar jung, doch hatte selber mit seinen Entzugserscheinungen zu kämpfen. Er hatte den Jungen eher aus Mitleid mitgenommen, doch er war davon überzeugt, dass Nikolaj sie eher aufhalten würde. Thorben und Matthias waren seine Optionen. Doch würde er die beiden damit nicht in Gefahr bringen?

Er lief wieder zurück ins Wohnzimmer.

„Thorben, Matthias..." flüsterte er. „Würden Sie bitte mit mir kommen?"

Er hatte sich kurzfristig dazu entschlossen, die beiden mit in die Suche nach dem Eindringling mit einzubeziehen. Zwar wusste er, dass er sie damit in Gefahr brächte, doch würde er den falschen Weg wählen, brächte er damit die ganze Gruppe in Gefahr. Er musste sich von 2 beschissenen Optionen die wenigter beschissene aussuchen.

Er führte sie in den Flur und schilderte ihnen die Situation.

„Die Wahrscheinlichkeit ist groß, das er noch im Keller ist. Er müsste schon geschlichen sein, um oben zu sein. Trotzdem kann ich nicht ausschließen, dass jemand da oben ist."
Er nahm seine Waffe und drückte sie Matthias in die Hand.

„Sie beide werden nach oben gehen und nach dem Rechten sehen. Ich werde nach unten gehen." sagte Erik.

„Im Wohnzimmer ist noch eine Schrotflinte. Warum nehmen Sie nicht die?" fragte Thorben.

„Weil im Wohnzimmer ein alter Mann, eine Frau und ein halbes Kind sitzen. Ich lasse sie ungern unbewaffnet im Wohnzimmer sitzen." gab Erik zur Antwort. „Ich werde mir aus der Küche ein Messer holen, bevor ich nach unten gehe. Bleiben Sie bitte solange hier stehen."
Erik ging in die Küche und holte sich ein Messer aus dem Messerblock, ehe er zu den anderen beiden wieder zurück ging. Mit dem Zeigefinger deutete er, nach oben zu gehen, während er leise die Tür in den Keller aufschob und die ersten Stufen nach unten ging.

„Tja...sollen wir dann?" fragte Thorben. Matthias nickte Achselzuckend. Er wünschte sich, eine Beschützerrolle in dem ganzem einzunehmen, doch schneller als er erwartet hatte, wurde er in diese Rolle eingeführt. Und sie bereitete ihm Unbehagen. Doch um sich die Blöße zu geben, trotz der Waffe hinten anzustehen, lief er vor Thorben nach oben. Schon nach wenigen Stufen konnte man erkennen, dass oben auf der ersten Etage links sowie auch rechts Zimmer waren.

„Wie machen wir das gleich? Teilen wir uns auf? Einer die linke Seite und der andere die Rechte? Oder nehmen wir uns zusammen beide Seiten vor?" fragte Matthias.

„Ich schlage vor, da du die Waffe hast, gehen wir nach und nach alle Zimmer durch. Du gehst rein und ich bleibe im Flur stehen und passe auf, das sich niemand nach unten zu den anderen schleichen kann." antwortete Thorben, woraufhin Matthias bestätigend nickte.

Erik versuchte, das Licht im Keller anzuschalten, doch es blieb Dunkel. Entweder hatte der Eindringling geistesgegenwärtig die Birnen herausgeschraubt, oder die Lampen waren schon vorher defekt und der Alte hatte sich um nichts gekümmert.
Er holte sein Handy aus der Tasche und leuchtete vor sich her. Leider war das Licht nur sehr schwach und es waren gerade mal die nächsten 2 Meter vor ihm zu erkennen. Er befand sich gerade im Nachteil, denn der Eindringling würde ihn eher erkennen als er ihn. Doch wenigstens bis er unten angekommen war, brauchte er Licht, da er nicht einschätzen konnte, wie weit es hinunter gehen würde. Unten angekommen war, steckte er das Handy wieder weg. Durch die Dunkelheit der Nacht kam auch kein Licht durch die Kellerfenster herein. Es waren noch nicht mal Umrisse zu erkennen. Erik musste sich nun zu 100% auf sein Gehör verlassen.

Die eigenen Schritte könnten für Schritte eines anderen gehalten werden. Andererseits Schritte eines Angreifers für die eigenen. Es galt nun, besonders gut aufzupassen.

Matthias und Thorben waren in der Zwischenzeit oben angekommen.

Leise öffnete sie die Türe auf der linken Seite. Matthias hatte Angst, doch er war entschlossen, allen seinen Mut zusammen zu nehmen. Das ganze Leben lang war er feige gewesen, doch jetzt, wo es darauf ankam, würde er nicht wieder kneifen. Obwohl er sich dessen bewusst war, dass dies der Moment war, wo die Personen in den Horrorfilmen immer sterben, wenn sie das erste Mal ihren Mut zusammennahm. Doch der Gedanke, mutig zu sterben, war für ihn das kleinere Übel. Es könnte passieren, dass er irgendwann wieder alleine wäre. Diesmal sollte sein zweites Ich keine Angriffsfläche haben, ihn wieder zu schikanieren. Nein, es sollte diesmal stolz auf ihn sein, wenn er wieder mit dieser gehässigen Gestalt konfrontiert werden würde.

Wie in einem Agentenfilm hielt er die Waffe weit von sich in alle Richtungen. Der Raum war offenbar in seinen Ursprüngen als Gästezimmer gedacht gewesen zu sein. Denn außer ein Regal und einer alten Ausklappcouch war dort nichts

„Hier scheint schon mal niemand zu sein." flüsterte er Thorben zu.

„Gut." antwortete dieser. „Dann das nächste Zimmer."

Innerlich hoffte er, dass es so wie im ersten Zimmer in allen Zimmern so wäre. Das niemand da oben ist, könne er schließlich nichts zu. Doch er hatte dann Mut bewiesen und sich der Gefahr ausgesetzt.

Die nächste Tür war auf der rechten Seite. Wieder ging Matthias vor und öffnete sie leise. Wie schon beim ersten Zimmer, betrat er es mit der Waffe voran und hielt sie in alle Richtungen.

Es war Günthers Schlafzimmer. Eine Wolke aus Muff kam ihm entgegen. Hier schien der Alte Girod schon seit Ewigkeiten nicht mehr gelüftet zu haben.

„Und? Sauber?" flüsterte Thorben.

„Ich denke schon, aber ich werde vorsichtshalber mal hinter dem Bett schauen. Da könnte sich theoretisch jemand hinter gelegt haben." antwortete Matthias im selben leisen Ton.

Obwohl er schlich, verriet ihn der knarrende Holzboden bei jedem Schritt. Doch es gab ihm die Sicherheit, dass auch hinter dem Bett alles leer sein würde. Denn oben hatte man nichts gehört. Sein Gliedmaßen entspannten sich. Erik war, so wie die Dinge lagen, auf der richtigen Spur. Doch sollte er Thorben darauf aufmerksam machen, das sie hier oben ihre Zeit verschwendeten? Schließlich war es der erste Augenblick, wo er sich in der Gruppe der mutigen Helden einordnen konnte.

Gespielt vorsichtig schaute er hinters Bett, doch nichts war dahinter, wie er erwartete.

„Sauber." rief er leise Thorben zu.

Mit einem quietschen öffnete sich durch Eriks schieben die Tür des nächsten Kellerraumes auf. Es war nun der dritte Kellerraum, doch der erste Raum war leer und offenbar als Fahrradkeller gedacht, während der zweite Raum aus alten Möbeln und Chaos bestand.

Regale die in 50cm Abständen nebeneinander aufgestellt waren, versperrten ihm die Sicht. Hier hatte Günther Lebensmittel gelagert. Durch die Regale war der Kellerraum in mehrere Gänge unterteilt. In den Räumen selber schaltete er das Licht seines Handys wieder an, da ihm dort die 2 Meter, die er sehen konnte, ausreichten.

In den Regalen waren Konservendosen, Marmeladengläser und Säcke mit Kartoffeln gelagert. Er leuchtete in den ersten Gang, doch der Boden war kahl. Niemand dort, der ihm auflauerte. Ohne sich lange an dem Inhalt der Regale aufzuhalten, ging er direkt zum nächsten Gang über. Günther schien alles mögliche hier zu lagern, wo er dachte, dass es brauchbar wäre, denn von Lebensmitteln wechselte es zu alten Gerätschaften, die er womöglich damals als Quantenphysiker verwendete.

Unter anderem erkannte er einen Helm, der aussah, als wäre er aufwendig aus Alufolie in diese Form gebracht worden. Es erinnerte ihn an eine Nachrichtensendung, wo eine Sekte für diese Helme geworben hatte, sie sollen angeblich davor schützen, vor Außerirdischen entdeckt zu werden.

Er nahm diesen Helm in die freie Hand. Es fühlte sich auch an, als sei er aus Alufolie. Vermutlich war der Helm dazu da, Hirnströme zu messen. Erik hatte mal darüber gelesen, das in der Quantenphysik Hirnströme gemessen wurden, um herauszufinden, ob Gedankenwellen den Kopf verlassen und in die Atmosphäre gelangen. Diverse Kabel innerhalb des Helmes bestätigten seine Theorie.

Als er den Helm zurück ins Regal stellte, zuckte ein Schatten durchs Licht, doch ehe er realisieren konnte, was vor sich ging, merkte er, dass ihn jemand gepackt hatte. Ein beissender Schmerz durchquerte seinen linken Arm. Es fühlte sich an, als ob etwas seinen Arm zersägen würde.

Mit dem Ellenbogen stieß er nach hinten.Zweimal und noch etwas fester ein drittes Mal, bis der Angreifer endlich von ihm abließ. Durch die Schritte hörte er, das derjenige, der ihn von hinten angegriffen hatte, dabei war, zu fliehen.

Der beissende Schmerz, der von seinem Arm ausging, raubte ihm die Luft. Er griff zu seinem Handy, dass er fallen gelassen hatte und leuchtete auf seinen Arm, der an einer Stelle mit Blut getränkt war. Durch den Schlitz seiner Jacke quoll Blut. Der Angreifer hatte ihm eine Fleischwunde zugefügt. Als das Licht der kleinen Lampe auf den Boden leuchtete, sah er auch womit. Eine kleine Stichsäge lag auf dem Boden, die der Angreifer durch seine Ellenbogenstöße in die Magengegend verloren hatte.

Er versuchte sich zu konzentrieren, um anhand der Schritte festmachen zu können, wo der Angreifer hinflüchtet. Er durfte auf keinen Fall nach oben. Doch es waren keine Geräusche der hölzernen Treppenstufen zu hören. Offenbar wollte der Angreifer sich in einem anderen Kellerraum verstecken.

Doch wie sollte er ihn jetzt unschädlich machen? In der einen Hand hielt er das Handy, um wenigstens etwas Licht zu haben. Der andere Arm war Kampfunfähig.

Wäre es nicht doch besser, nach oben zu gehen und Hilfe zu holen? Doch Thorben und Matthias waren oben. Sie von oben zu holen, wäre eine Chance für den Angreifer, aus dem Keller zu kommen. Den alten Mann, die Frau und das halbe Kind konnte er in den Kampf nicht mit einbeziehen. Sei es drum, er war nun auf sich alleine gestellt.

„Wir haben jetzt alle Räume durch. Hier ist niemand." sagte Thorben erleichtert.

„Und du bist sicher, das du den Flur die ganze Zeit im Auge hattest? Nicht dass hier jemand hinter uns die Zimmer wechselt." gab Matthias zu bedenken. Er wusste, dass es schier unmöglich war, unbemerkt an Thorben vorbei zu kommen. Doch hier oben war es sicher und er hatte trotzdem seine Daseinsberechtigung als Beschützer.

„Sag mal hältst du mich für blöd?! Ich steh hier mitten im Flur. Wie soll hier an mir jemand vorbeikommen?" widersprach Thorben. „Wir sollten nach unten gehen und im Keller Erik bei der Suche helfen."

Matthias hatte befürchtet, das Thorben so etwas sagen würde. Das hieße für ihn, er müsse sich nun in die echte Gefahr begeben.

„Okay, na gut." antwortete Matthias zögerlich und schaute sich die Waffe nachdenklich an und hoffte, dass sie ihn beschützen würde, wenn ihnen unten etwas auflauert.

„Richard? Sind Sie es?" krächzte Erik. Er musste die Strategie ändern, da er durch seine Verletzung unterlegen war. Vielleicht würde es ihm gelingen, Richard durch reden unschädlich zu machen.

„Hören Sie...ich weiss nicht warum sie das tun... Wir sind alle in derselben Situation. Wir müssen zusammen halten und als Team agieren."

Niemand reagierte, doch er hatte einen schlurfenden Schritt gehört. Er war nach wie vor nicht allein im Keller.

„Niemand von uns hat Ihnen irgendetwas getan...Wir können über alles reden."

Hätte er nur seine Waffe dabei. Er hätte allein durch das verräterische Geräusch von eben im Dunkeln in die richtige Richtung geschossen. Das Kunststück war ihm schon mal gelungen. Das er dadurch wieder auf dem Stuhl vor Emilius Schreibtisch gelandet war, war dabei weniger interessant.

„Sagen Sie mir doch wenigstens, was wir Ihnen getan haben." war sein Ton fast flehend. Er musste ihn irgendwie durch ein Gespräch entwaffnen. Denn sein Messer hatte er durch den Angriff fallen gelassen und absichtlich liegen gelassen, da er es durch seinen verletzten Arm nicht mehr halten konnte.

„Kommen Sie schon. Wir müssen nicht gegeneinander kämpfen. Kommen Sie einfach raus und wir reden über alles."

Es durfte nicht mehr lange dauern, durch den Blutverlust und dem Schmerz, sah er mittlerweile Sterne vor den Augen. Wenn er jetzt ohnmächtig wird, wäre er für den Angreifer eine leichte Beute.

„Jetzt haben Sie auf einmal nicht mehr so eine grosse Klappe, hm?" kam endlich 3 Meter von ihm entfernt eine erlösende Stimme aus der Richtung, aus der er auch den Angreifer vermutete. Und ebenfalls irrte er sich nicht bei der Person, denn er erkannte die Stimme vom Telefonat wieder. Es war tatsächlich dieser Richard.

„Schon am Telefon haben Sie so respektlos mit mir gesprochen, so als ob ich der letzte Müll wäre." fuhr Richard fort.

„Ich bin genauso angespannt wie alle. Sie haben sich Zeit gelassen, obwohl es wichtig war, das wir alle schnell zueinander finden." rechtfertigte Erik sich.

„Und deshalb reden Sie mit mir wie mit dem letzten Loser?!" schrie Richard.

Obwohl Erik das fuchtelnde Geräusch wahrnahm, traf etwas ihm mit voller Wucht an die Schläfe. Es fühlte sich an wie eine Eisenstange.

Der verletzte Arm war nicht das einzige, was ausser Gefecht war. Hätte der Schmerz ihn nicht abgelenkt, wäre er der Eisenstange trotz der Dunkelheit ausgewichen.

Sein Schädel drohte zu platzen. Das Reden hatte nicht funktioniert. Diesen Kampf würde er verlieren.

„Warte mal." flüsterte Thorben, als sie die Stufen herunter im Flur angekommen waren. Er ging zum Fenster, der hinten in den Garten führte.

„Was ist los?" fragte Matthias.

„Sieh..." Thorben zeigte mit dem Finger in den Garten zu der Stelle, wo die Gartenlaterne ein Loch in die Dunkelheit riß.

„Da steht jemand." stellte Matthias fest.

Tatsächlich stand eine Gestalt abseits von dem Lichtfleck und bewegte sich nicht. Es schien so, als ob sich jemand hinter dem Lichtkegel verstecken würde. Baumäste bedeckten das Gesicht der Gestalt.

„Ich hab erst gedacht ich bild mir das ein, als ich flüchtig in die Richtung des Fensters geschaut habe, aber du siehst auch, was ich sehe, oder?" fragte Thorben.

Matthias nickte bestätigend.

„Entweder irrt Erik jetzt umsonst alleine im Keller rum, oder der Eindringling ist nicht alleine." murmelte Thorben.

Matthias war klar, dass er eigentlich längst hätte vorschlagen müssen, im Keller nach dem rechten zu sehen. Doch was war, wenn es dort nun doch gefährlich war? Thorben war auch noch nicht auf die Idee gekommen, deshalb würde man es ihm sicher verzeihen, dass er selber die Idee offiziell nicht hatte.

„Die Gestalt da draußen rührt sich kein Stück. Scheinbar hat er noch nicht bemerkt, dass wir ihn bereits entdeckt haben." folgerte Thorben.

„Wir sollten die anderen warnen." schlug Matthias vor. Im Wohnzimmer die anderen zu warnen schien ihm ungefährlicher zu sein, als in den Keller zu gehen.

„Ich gehe die anderen warnen, du schaust mal nach, wo Erik bleibt. Du hast ja seine Waffe." legte Thorben fest. Das er es einfach so bestimmte, passte Matthias gar nicht, doch andererseits war es das naheliegendere, da er im Gegensatz zu ihm wenigstens bewaffnet war. Fakt war zudem, wenn Erik etwas passiert, wäre niemand da, der auf sie aufpasst. Erik hatte unabgesprochen die Rolle des Rudelführers übernommen. Und man kommt nicht drumherum, dass jedes Team eine starke Persönlichkeit braucht, die sagt, in welche Richtung es geht. Und niemand anderes wäre in dieser Gruppe stark genug seinen Platz einzunehmen. Also sollte er in seinem eigenem Interesse sicherstellen, dass Erik wieder nach oben kommt.

„Du bist genauso wie meine damaligen Mitschüler." sprach Richard und setzte mit der Eisenstange nach, indem er damit auf Eriks Kreuz einschlug. „Meinst, du kannst mich wie Dreck von oben herab behandeln....Warum seid ihr Menschen so?!"

Eriks Gesicht war nass. Durch die Platzwunden hatte sich eine Menge Blut in seinem Gesicht angesammelt, da 2 weitere Schläge mit der Eisenstange sein Gesicht trafen.

In seinen Gedanken wusste er, was er antworten wollte. Doch der Schmerz raubte ihm die Luft.

„Sie sind auch einer von diesen Wichsern, die ihre vermeintlich schwächeren Mitschülern angespuckt haben!" Die Eisenstange krachte neben ihm auf dem Boden, da Erik sich schmerzverkrümmt ein wenig zur Seite gedreht hatte.

Plötzlich leuchtete ihm jemand ins Gesicht. Das Geräusch eines zurückziehenden Pistolenhahns war in der Dunkelheit zu hören.

Richard sah direkt in die Richtung, aus der das Licht kam.

„Lass ihn in Ruhe." hörte man Matthiass Stimme aus der Dunkelheit.

„Draussen ist noch jemand." sagte Thorben, als er ins Wohnzimmer platzte.

„Wie?" fragte Girod irritiert.

„Draussen in Ihrem Garten steht jemand in der Nähe von der Gartenlaterne." antwortete Thorben. „Wir haben es vom Flurfenster aus gesehen."

Kerstin stand sofort auf und lief in den Flur, um sich ein eigenes Bild davon zu machen.

„Kannst du ihn sehen?" fragte Thorben, der bereits wieder hinter ihr stand.

„Ich sehe nichts." antwortete Kerstin.

Thorben sah nun selber über ihre Schulter aus dem Fenster. Tatsächlich war die Stelle hinter dem Lichtkegel, wo vorhin noch die Gestalt stand und sich nicht rührte, leer.

„Da ist niemand." wiederholte Kerstin. „Bist du sicher dass du dich nicht verguckt hast?"

„Ich hab doch keinen an der Waffel!" gab Thorben verärgert von sich.

Matthias hatte nicht damit gerechnet, dass er nun in dieser Rolle wäre, dass er jemanden mit der Waffe tatsächlich bedrohen müsste. Durch die Gestalt draussen im Garten war er davon ausgegangen, das Erik umsonst unten im Keller umherirren würde. In der Annahme, er müsste ihm nur sagen das den Eindringling, den er suchte draussen ist und dann gemeinsam nach oben gehen, ist er, ohne lange darüber nachzudenken, nach unten gegangen.

Doch er fand Erik voller Blut auf dem Boden vor und über ihm stand ein Mann mit einer Eisenstange.

„Lassen Sie die Eisenstange fallen." wiederholte Matthias, als Richard die Eisenstange immer noch fest umklammerte, bereit, damit ein weiteres Mal auf den Polizisten einzuschlagen.

Erst war er entsetzt, da er nicht damit gerechnet hatte, ausgerechnet in so eine Situation hereinzuplatzen. Doch er fühlte sich im Schutz der Dunkelheit sicher. Der Typ konnte ihn nicht nicht erkennen und war weit genug entfernt, das er ihm nichts anhaben könnte. Eriks Waffe in der Hand gab ihm nicht nur ein Gefühl von Sicherheit, sondern auch von Macht.

„Los jetzt! Ich sagte Fallenlassen!" schrie Matthias scharf.

Richard hielt inne, sich unsicher, was er nun tun würde. Doch er ließ die Stange nicht los, hob aber die Arme empor, da Matthias mit einer Waffe auf ihn zielte.

„Und jetzt fallenlassen!" forderte Matthias ihn ein weiteres Mal auf.

Doch das Gefühl von Macht und Sicherheit war zu groß, denn Matthias bekam nicht mit, das Richard ausholte und mit der Eisenstange nach ihm warf und ihn direkt ins Gesicht traf. Durch die Dunkelheit registrierte er die anfliegende Eisenstange erst direkt vor seinem Gesicht. Er ließ Taschenlampe und Pistole fallen.

„Au"! Hörte er eine Stimme, nachdem er ein Geräusch hörte, das klang wie ein Tritt. Kurze Zeit später folgten weitere Geräusche. Er war sich sicher, Fausthiebe zu hören.

„Nehmen Sie die Waffe und schießen sie!" hörte er Eriks Stimme im Kommandoton.

Matthias hatte sich wieder soweit erholt, dass er wieder klar bei Sinnen war. Die Eisenstange hatte gerade mal einen Kratzer auf seiner Nase verursacht. Größtenteils war es der Schock, der ihn für einen kurzen Moment außer Gefecht setzte.

Er tastete den Boden ab, bis er endlich den Griff der Pistole wieder in der Hand hielt.

„Schießen Sie verdammt nochmal!" schrie Erik.

„Ich kann nichts sehen. Nicht, dass ich Sie treffe." antwortete Matthias unsicher.

„Sie sollen mehrmals hintereinander schießen. Mag sein dass Sie mich treffen, aber ihn auch. Die Sicherheit der Gruppe geht vor. Und jetzt schießen sie!!" wurde Erik noch strenger.

„Nein, nein..nicht schießen!" unterbrach ihn Richard mit zittriger Stimme.„Bitte nicht schießen!"

Die Rangelei schien unterbrochen zu sein. Vorsichtig bückte Matthias sich und suchte den Boden nach der Taschenlampe ab. Sie konnte eigentlich nicht so weit von der Stelle sein, wo er die Waffe aufgehoben hatte. Doch im Gegensatz zur Pistole konnte die Taschenlampe weggerollt sein.

„Bitte nicht schießen!" hörte er abermals die flehende Stimme Richards.

Endlich hatte er die Taschenlampe gefunden und leuchtete nun in die Richtung, aus der der Kampf kam.

Mit ängstlichen Augen sah Richard ihn an. Erik kauerte hinter ihm und hielt ihm mit dem nicht verletztem Arm im Würgegriff. Der blutige Arm baumelte an seinem Körper herab.

„Bitte nicht schießen..." wiederholte Richard. Aus seinen Augen kamen Tränen.

„Jetzt schießen sie, verdammt nochmal. Ich kann ihn nicht mehr lange halten!" hörte er wieder Eriks Befehlston.

Matthias wusste nicht, wie er sich verhalten sollte. In Richards trauriges Gesicht zu schauen, tat ihm leid. Konnte er einem wehrlosen Menschen einfach ins Gesicht schießen?

`"Verdammt, warum schiessen Sie nicht?!" schrie Erik.

„Er kann doch gar nichts mehr machen." versuchte Matthias seine Zurückhaltung zu rechtfertigen.

„Weil ich ihn festhalte...wenn ich ihn gleich nicht mehr halten kann, wird er wieder angreifen. Glauben Sie es mir!" krächzte Erik.

Matthias sah ein, das Erik mit Sicherheit Recht hatte. Doch wie konnte er jemanden erschiessen, der sich nicht wehren konnte?

„Bitte...schiessen Sie nicht." flehte Richard.

„Kann ich ihn nicht einfach irgendwo anschiessen, dass er kampfunfähig ist?" suchte Matthias den Mittelweg.

„Wie wollen Sie in der Position aus ihm ins Bein schiessen? Verdammt nochmal, schiessen Sie ihm endlich ins Gesicht.Ich kann ihn nicht mehr lange halten!"

„Richten Sie ihn auf damit ich ihm ins Knie schiessen kann." rief Matthias nervös.

„Ich kann ihm nicht ins Gesicht schiessen. Ich bekomms nicht hin..Ich bekomms nicht hin ."

Richard erkannte die Schwäche seines Gegenübers und versuchte sich zu wehren. Ihm gelang es, seinen Hals so weit zu befreien, das er den Arm seines Gegners direkt vor dem Mund hatte.

So fest er konnte biß er Erik ins Handgelenk.

„Aarghh." schrie Erik vor Schmerz. Und obwohl Blutspritzer aus seinem Handgelenk schossen , hielt er Richard weiter fest.

Matthias rannte auf die beiden zu und hielt den Lauf der Pistole an Richards Schulter und drückte ab.

Ein Schuss krachte und Richard schrie vor Schmerz.

Erik riß Matthias die Waffe aus der Hand.

„Geben Sie her!" herrschte Erik ihn an und Matthias erkannte, dass er ein weiteres Mal versagt hatte.

Erik drückte ihm den Lauf auf die Stirn und zog den Hahn nach hinten. Aus seinem Gesicht tropfte Blut.

„Du hast es nicht anders gewollt." krächzte er.

„Erik, da draussen ist noch jemand." hörte der Polizist plötzlich eine weitere Stimme. Kerstin war in den Keller gestürmt. „Der Typ ist offenbar nicht alleine." Erik sah sie an, dann widmete er sich wieder seinem Kampfgegner.

„Wer ist da draußen?!" fragte er streng.

„Ich weiss es nicht. Ich bin alleine gekommen." wimmerte Richard.

„Wer steht da draußen?!" schrie Erik erneut und drückte ihm wieder den Lauf seiner Pistole an die Stirn.

„Ich weiss es wirklich nicht. Ich schwöre es!" beteuerte Richard.

„Vielleicht sagt er die Wahrheit." mischte Matthias sich ein.

„Sie! Sie gehen nach oben!" fauchte Erik ihn an. „Sie sind mir keine Hilfe!" Matthias hielt einen Moment inne, überlegend, was er sagen sollte. Doch ihm fiel nichts ein. Er hatte ja Recht. Hätte er auf Erik gehört, hätte der Angreifer nicht die Chance gehabt, ihm ins Handgelenk zu beissen. Wenn Erik nun komplett Kampfunfähig war, war es seine Schuld.

Mit gesenktem Blick ging er an Kerstin vorbei die Kellertreppe hinauf.

„Was ist passiert?" fragte Kerstin entsetzt.

„Ich hatte ihn und ich habe ihn aufgefordert zu schiessen, was er nicht tat. Er hatte Mitleid mit ihm." erklärte Erik kurz und bündig.

„Ist das der Typ, auf dem wir am Rastplatz gewartet hatten?" wollte Kerstin wissen.

„Ja, das ist er." antwortete Erik.

„Vielleicht gehört die Gestalt da draussen wirklich nicht zu ihm." überlegte Kerstin.

„Das tut nichts zur Sache. Jeder, der nicht auf unserer Seite ist, hält uns auf. Wir müssen ihn eliminieren." belehrte Erik sie.

„Können wir ihn nicht einfach nur fesseln? Müssen wir ihn unbedingt töten?" hinterfragte Kerstin.

„Und das Risiko eingehen dass er sich losmacht?!" entgegnete Erik.

„Wir können ihn doch nicht einfach über den Haufen knallen." argumentierte Kerstin.

Erik sah sie nachdenkend an

„Also schön...dann holen Sie etwas, womit wir ihn fesseln können." willigte er anschließend ein, doch dann wurde sein Gesicht todernst „Doch reisst er sich los und etwas passiert, geht das auf Ihre Kappe!"

Kerstin überlegte kurz, nickte dann aber. Sie war entschlossen, das Risiko einzugehen.

Wenige Minuten später hatte Kerstin von Günther Girod ein Seil besorgt und Erik fesselte ihn mit Thorbens Hilfe an eine alte Couch in dem Kellerraum, wo Girod die alten Möbel aufbewahrte.

Anschließend erkundigte sich Kerstin nach dem Medikamentenschrank im Haus, damit sie Eriks Wunden versorgen konnte.

„Es ist eine 2cm tiefe Fleischwunde." stellte sie fest, als sie den Rest seines Ärmels anhob. „Ich werde jetzt einen Druckverband anlegen um die Blutung zu stoppen. Danach werden Sie sich am besten etwas ausruhen."

„Nicht bevor ich weiß, wer oder was da draußen ist." widersprach Erik.

„Wir halten das im Auge." beruhigte Girod ihn. „Ruhen Sie sich ruhig etwas aus. Wir haben hier alles im Griff."

„Er hat Recht. Ruhe Sie sich ruhig etwas aus." bekräftigte Thorben. „Wenn wir nicht klar kommen, wecken wir Sie."

Erik dachte einen Augenblick darüber nach. Sein Arm pochte genauso wie seine Schläfen von den Schlägen mit der Eisenstange. In dieser Verfassung war er den anderen wirklich nicht dienlich.

„Also gut...wenn was ist, macht ihr mich wieder wach."

Die anderen nickten bestätigend.

Er legte sich auf die Couch und stierte an die Decke. Von den Schlägen sah er immer noch Sterne.Langsam senkte sich sein Puls wieder. Der Rhythmus des Pochens hinter seiner Schädeldecke beruhigte ihn. Schließlich schlief er ein.

Unter Arbeitskollegen

„Was hast du gefunden?" fragte Erik, nachdem er mit Till bei Jürgen in der IT Abteilung angekommen war.

Jürgen führte ihn, ohne auf seine Frage einzugehen in sein Büro. Erst als er die Bürotür hinter sich zugemacht und seinen Monitor angeschaltet hatte, fing er an zu reden.

„Also..." begann er. „Wie ich dir schon am Telefon sagte, habe ich 2 verschiedene IP Adressen unter den gelöschten Daten gefunden. Zum einem die IP Adresse unter denen die alten Kundendaten auf der Festplatte gelandet sind. Das ist knapp 3 Jahre her. Inzwischen hatte die Firma, und das habe ich nachgeprüft, den Provider gewechselt. Die Daten von dem Absender, mit dem das Opfer geschrieben hat, kamen von der neuen IP Adresse der Firma...aber beides kam von ein und demselben Gebäude."

„Das heisst also dieser Michael, mit dem das Opfer ausging arbeitet in derselben Firma wie ihr Vater." kombinierte Erik.

„Richtig, genau...aber ich habe noch etwas auf der Festplatte gefunden, was mir äußerst fragwürdig erscheint. Aber ich schlage vor, du machst dir da ein eigenes Bild von."

Jürgen öffnet eine andere Datei und ein Video startete.

In diesem Video war ein nackter Mann zu erkennen, der auf dem Boden kroch. Am Hals trug er ein Hundehalsband, das straff gezogen war.

Eine strenge Frauenstimme war im Hintergrund zu hören.

„Du wagst es auf meinen Boden zu pinkeln?! Du bist ein böser Hund! Du solltest dich was schämen!!"

Die Frau, der die Stimme gehörte, trat nun ebenfalls ins Bild. In einem Latex Catsuit stand sie vor ihm und riß ihn am Halsband hinter sich her.

„Dir werde ich es zeigen, was es heisst, seiner Herrin den Boden vollzupinkeln!"

„Es tut mir leid Herrin...Ich bin ein böser Hund." wimmerte der Mann.

Angestrengt schaute Erik auf den Monitor und traute seinen Augen nicht.

„Ich kenne den Mann."

Aus den Boxen des Monitors war das Geräusch einer schallenden Ohrfeige zu hören.

„Du magst es doch wenn ich dich schlage...du perverses Schwein...hahaha." folgte ein gehässiges Lachen.

„Ist das nicht Ludgerus Bongers?" fragte Till, der ebenfalls konzentriert auf den Monitor schaute. Erik nickte bestätigend.

„Ja Herrin..."

„Soll ich dich noch dafür belohnen, dass du mir den Boden vollgepisst hast?! Steh auf!!!"

„Ja Herrin..."

„Meinst du es gibt einen Zusammenhang zwischen dem Video und dem Mord an seiner Tochter?" hinterfragte Till.

„Ich weiß es nicht." Erik schaute nachdenklich. „Aber wir werden es herausfinden."

„Jaaa....wichs mir auf die Stiefel." tönte die gehässige weibliche Stimme aus den Monitorboxen. „Und dann wirst du mir schön dein Sperma von den Stiefeln lecken...harharhar...du dreckiges Stück Scheisse."

„Wir werden Herrn Bongers auf der Arbeit ein kleinen Besuch abstatten." sagte Erik.

„Was ist das für eine Aufnahme?" wollte Till wissen. „Woher kommt sie?"

„Es handelt sich hierbei um ein Amateurvideo. Das hat die Domina gefilmt." antwortete Jürgen.

„Mit einer versteckten Kamera?" fragte Erik.
Nein, das Video ist nicht heimlich aufgenommen worden." antwortete Jürgen.

„Also ist das Video mit vollem Einverständnis von Bongers aufgenommen worden." schüttelte Till ungläubig den Kopf. „Wer macht denn sowas?"

„Du würdest nicht glauben was es nicht alles gibt. Bongers scheint es anzumachen, sich auf Video anzusehen, wie er von einer Domina schikaniert wird." lachte Jürgen. „Es gibt Sex Communities, wo Männer dafür Geld bezahlen, dass eine Frau ihnen befiehlt, sich Frauensachen anzuziehen und auf den Strich zu gehen."
Till konnte sich das Lachen nicht verkneifen.

„Unglaublich, aber woher weisst du sowas?"

„Meinst du, ich hab in den letzten 15 Jahren noch keine Nachrichten dieser Art ausgewertet?" antwortete Jürgen.

„Ich möchte, dass du mir eine Kopie des Videos machst." bat Erik seinen IT Spezialisten. „Und wenn es geht möchte ich auch die Kontaktdaten dieser Dame haben, die in dem Video Herr Bongers gerade ins Gesicht pinkelt."

„Was willst du denn mit der?" fragte Till verwundert.

„Die Nachrichten des mutmaßlichen Mörders kamen aus der Firma, wo der Vater des Opfers arbeitet. Herr Bongers wollte verhindern, dass wir in den Besitz der Festplatte gelangen. Ich möchte einfach nur sichergehen, dass dieses Video nichts mit dem Mord an seiner Tochter zu tun hat."

„Es gibt keine Anweisungen, die besagt, dass wir diese Domina befragen." widersprach Till. „ Es gibt kein Indiz dafür, das diese Frau etwas mit dem Mordfall zu tun hat."

„Mich interessieren Arbeitsanweisungen schon langte nicht mehr." giftete Erik und lief Richtung Ausgang. Till lief ihm hinterher.

„Du hast heute morgen noch mit Emilius gesprochen. Er holt wegen dem letzten mal wieder die Kohlen für dich aus dem Feuer."
Erik schien ihm nicht zuzuhören und setzte sich, ohne seinen Partner anzusehen in den Dienstwagen.

„Ehrgeiz hin oder her, wie lange willst du noch diese Schiene fahren? Bis sie dich suspendieren?" wetterte Till weiter und stieg dabei zu ihm in den Wagen.

„Andere hätten schon lange den Dienst quittieren müssen, aber du nutzt die Geduld von unserem Chef aus. Was willst du? Ins Gefängnis?"

Erik hatte den Wagenschlüssel bereits ins Zündschloß gesteckt, doch er zögerte.

„Wir können Bongers noch nicht mal auf das Video ansprechen, weil es offiziell gar nicht in unserem Besitz ist. Willst du der ganzen Polizei Schwierigkeiten machen?!"

Erik lauschte den Worten seines Partners und stierte dabei aufs Lenkrad.

„Ich bewundere dich Erik. Ich bewundere dich wirklich. Doch wir haben uns schon mit der Festplatte nicht an die Dienstvorschriften gehalten. Da hat Emilius ein Auge zugedrückt. Aber alleine dadurch, das wir Bongers jetzt aufsuchen und darauf ansprechen, bringen wir uns in Schwierigkeiten."

Es herrschte ein Schweigen zwischen den beiden. Dann ließ Erik den Zündschlüssel los und lehnte sich zurück.

„Es war mein erstes Jahr bei der Polizeiausbildung." begann er zögerlich."Wir bekamen einen Anruf von einer offensichtlich verängstigten Frau. Sie würde von ihrem Mann verprügelt werden...Ich fuhr mit meinem damaligem Partner dorthin und schellten dort an. Der Mann öffnete die Tür. Hinter ihm stand seine Frau. Sie hatte ein Veilchen am Auge. Mein Partner sagte, das wir gekommen wären, weil wir einen Hilferuf erhalten hatte. Die Frau sagte, sie hätte nicht angerufen. Es wäre alles in Ordnung. Sie wäre gegen die Tür gelaufen...Jeder blinde mit Krückstock hat gesehen , dass sie von ihm geschlagen wurde. Doch solange die Frau es nicht bestätigte, durften wir nichts machen. Wir mussten unverrichteter Dinge wieder gehen. Ich sah die Angst in den Augen der Frau, doch die Dienstvorschrift besagte, wenn die Frau nicht gegen ihren Mann aussagt, dass wir nichts tun können und wieder gehen müssen...und wir gingen."

Till hörte ihm aufmerksam zu. Es war das erste Mal, dass sein Partner darüber sprach, warum er so war, wie er heute ist.

„Am nächsten Tag zu Dienstantritt erfuhr ich, dass er sie totgeschlagen hatte. 10 Minuten nachdem wir gefahren waren, hat er sie totgeprügelt."

Erik musste sich zusammenreissen. Till war entsetzt, denn er hatte noch nie gesehen, dass Erik feuchte Augen hatte.

„Und ich habe mir selber Vorwürfe gemacht...Warum habe ich auf die Scheiss Dienstvorschriften gehört und bin gegangen? Warum habe ich dem Typen nicht die Handgelenke gebrochen, um der Frau Sicherheit zu geben, dass sie aussagen konnte? Warum?!"

Dann sah er Erik direkt in die Augen. Sein Blick war voller Zorn und Verbitterung.

„Ich wollte Polizist werden, um Menschen zu beschützen. Diese Dienstvorschriften haben ein Menschenleben gekostet. Und seitdem habe ich beschlossen, nur noch auf Dienstvorschriften zu hören, solange sie mich nicht daran hindern , die Menschen zu beschützen!"

Till nickte verständnisvoll. Nun verstand er einiges besser.

„Und du meinst diese Frau ist eine Spur?" fragte er unsicher.

„Ich weiß es nicht." seufzte Erik. „Ich denke eher nicht. Doch ich frage mich, was das ist, dass man bereit ist, uns dabei zu stören, den Mörder seiner Tochter zu finden, nur damit wir dieses Video nicht zu Gesicht bekommen. Das macht mich stutzig, Till."

„Vielleicht ist es Scham." suchte Till nach einer Erklärung. „Oder würdest du deiner Frau beichten wollen, dass du darauf stehst, dich von einer jungen schwarzhaarigen demütigen zu lassen?"

„Nein, toll ist das nicht." gab Erik zu. „Doch wenn der Mörder meiner Tochter dadurch schneller gefunden wird, würde ich es in Kauf nehmen."

„Meinst du denn, er weiß, dass unser Verdächtiger ebenfalls in der Firma arbeitet?" hinterfragte Till.

„Ich weiß es nicht...Es wäre Verachtenswert, wenn es so wäre. Doch genau das möchte ich herausfinden." gab sich Erik entschlossen.

„Wir sollten jetzt die Bongers aufsuchen. Schon ne Idee, wie wir ihn befragen, ohne dass er Wind davon bekommt, das wir eine Kopie der Festplatte gemacht haben?" fragte Till.

„Ich lass mir was einfallen." versprach Erik.

„Gibt es etwas neues? Haben Sie etwas herausgefunden?" fragte die Mutter des Opfers, als sie die Tür öffnete.

„Bedaure, nein." schüttelte Erik den Kopf. „Ich würde gerne Ihren Mann sprechen, ist er zuhause?"

„Mein Mann ist in seinem Home Office. Kommen Sie doch rein." bat Frau Bongers. Eine Einladung, die Erik und Till sofort annahmen und das Haus betraten. Frau Bongers ging vor und führte die beiden Polizisten zu dem Home Office ihres Mannes.

„Schatz, die Herren von der Polizei sind nochmal vorbeigekommen. Sie wollen dich sprechen." sagte Frau Bongers, als sie die Tür des heimischen Büro ihres Mannes öffnete.

Mit einem irritiertem Gesichtsausdruck schaute Ludgerus auf die beiden Polizisten, die an der Türschwelle standen.

Erik betrat das Büro. Als Till ihm folgen wollte, hielt Erik ihm die flache Hand vor dem Bauch, um ihm zu deuten, dass er draußen bleiben solle. Eine Aufforderung, die Till bereits kannte. Erik würde wieder gegen die Dienstvorschriften verstossen. Und er sollte davon nichts mitbekommen, um nicht ebenfalls in Schwierigkeiten zu geraten. Gehorsam blieb Till stehen, damit sein Partner ihm die Tür vor der Nase schloß.

Erik setzte sich Bongers gegenüber an den Schreibtisch.

„Herr Bongers, als erstes wollte ich Ihnen sagen, dass es mir leid tut, dass wir wegen der Festplatte aneinander geraten sind." begann er das Gespräch.

„Ich hab schon gehört Herr Decker, dass Sie es mit den Gesetzen nicht so genau nehmen." blockte Bongers ab.

„Die Wahrheit ist...wir tappen im Mordfall Ihrer Tochter komplett im Dunkeln. Wir wissen nicht wo wir suchen sollen. Die Festplatte ist das einzige, was wir haben, um an einer Spur zu kommen." gab Erik sich unwissend. „Und die Festplatte ist die einzige Chance die wir haben, um an den Mörder Ihrer Tochter zu kommen. Ich weiß, das es für Sie im Moment auch nicht leicht ist. Deshalb haben wir bisher von einem richterlichen Beschluss abgesehen. Aber wenn Sie nicht kooperieren, werde ich den richterlichen Beschluss besorgen. Und daran können die Anwälte Ihrer Firma auch nichts daran ändern. Dann wird alles Public, was auf der Festplatte drauf ist." Sein Ton wurde unterschwellig bedrohlicher. „Deshalb wollt ich Sie bitten, dass Sie mir offen sagen, was wir ausser den Spuren des Mörders Ihrer Tochter noch auf der Festplatte finden könnten. Ich schwöre Ihnen, alles was Sie sagen, wird auch in diesem Raum bleiben."

Ludgerus saß auf seinem Bürostuhl und sah den Kommissar ungerührt an.

„Ich habe die Festplatte vernichtet." sagte er gespielt beschämt und deutete mit der offenen Hand Richtung Tür. „Ist sonst noch etwas? Ich habe zu tun."

Erik stierte ihn an. Mit allem hatte er gerechnet, jedoch nicht damit. Es stellte sich ein weiteres Mal heraus, dass es richtig war, sich nicht an die Vorschriften zu halten. Ansonsten wäre die Festplatte mit den Spuren für immer zerstört. Doch das wusste Bongers nicht.

Hastig stand Erik auf und griff über den Schreibtisch an Bongers Kragen und zog ihn zu sich.

„Sie mieser kleiner Penner!" giftete er leise aber bestimmt. „Ich werde herausfinden, warum Sie unsere Arbeit sabotieren. Und wenn Sie etwas mit dem Mord an Ihrer Tochter zu tun haben, werde ich einen Grund finden, um Sie auf offener Straße zu erschiessen. Das schwöre ich Ihnen."

„Ich weiß beim Besten Willen nicht was Sie von mir wollen."

„Ich will wissen, was auf der Festplatte noch war, dass Sie sie zerstören mussten!"

„Ich sage gar nichts!" krächzte Bongers.

„Haben Sie eine Affäre? Es bleibt unter uns! Ich bin nicht Ihr Beichtvater. Es interessiert mich nicht wenn Sie Ihre Frau bescheissen. Ich will den Mörder Ihrer Tochter finden!"

„Ich werde mich dazu nicht äußern."

Er ließ ihn wieder los und Bongers sackte in seinem Stuhl zusammen.

„Ich habe mit dem Mord an meiner Tochter nichts zu tun." wimmerte er.

„Davon bin ich noch nicht überzeugt!"

Erik drehte sich um und verließ das Home Office wieder.

„Was hast du erwartet, Erik? Das er sagt *ja stimmt ich lass mich von so einer Dominafotze anpissen und keul mir darauf im Büro einen*? Hast du das gedacht?" hinterfragte Till, als sie wieder im Dienstwagen saßen. Inzwischen war es dunkel geworden.

„Nein, habe ich nicht. Ich wollte wissen, wie wichtig es ihm ist, das Video geheim zu halten. Er hätte mir von dem Video erzählen können. Doch er tat es nicht." überlegte Erik.

„Tja...wenn das herauskommt, ist seine Frau weg. Ist doch logisch." meinte Till die Erklärung gefunden zu haben.

„Das ist sicher das eine." stimmte Erik ihm zu. „Doch da ist noch etwas. Wenn es nur eine Affäre ist, hätte er auspacken können. Ganz vertraulich. Doch er hat trotzdem nicht ausgepackt, weshalb ich davon ausgehe, dass das Video mehr mit dem Mord an seiner Tochter zu tun hat, als wir angenommen haben."

Inwiefern?" fragte Till, stellte dann aber fest, dass die Fahrt zu Ende war und Erik an seinem Privatwagen anhielt.

„Du hast jetzt Feierabend. Es ist besser du gehst jetzt nach Hause." sagte er und griff über seinen Schoß, um die Beifahrertür zu öffnen.

„Wie? Und was machst du jetzt?" fragte Till irritiert.

„Ich hab jetzt auch Feierabend. Fahr nach Hause zu deiner Familie."

Till stieg aus, nachdem er einige Augenblicke vergebens auf eine Erklärung wartete und stieg in sein Auto um nach Hause zu fahren.

Für Erik Decker war noch langte nicht Feierabend. Über seinen Messenger hatte Jürgen ihm eine Adresse mitgeteilt, die er zuvor noch aufsuchen musste.

Justyna Klichta wurde im Register als Edelhure und Domina geführt. Er hatte in seiner Laufbahn schon einige Huren kennengelernt. Meistens, um sie an den Mord ihrer Kolleginnen zu befragen. Doch dies war das erste Mal, dass er es mit einer Edelhure zu tun bekam. Umso entsetzter war es, als er den Wohnort von Justyna Klichta aufsuchte. Eine Barackengegend. Wohnhäuser, die kurz vor dem Abriss standen. Mehrere 5 Familienhäuser hintereinander, in denen allenfalls eine Wohnpartei wohnte. Einzelpersonen und Familien, die sich bisher noch nicht haben vergraulen lassen. Nur das Haus, in dem Justyna wohnte, war voll besetzt

So wie er erfahren hatte, trennte sie von ihrem Arbeitsplatz nur ein Stockwerk. Eines der Häuser wurde angemietet, um Justyna in der 1. Etage als Edelhure zu beschäftigen. Die anderen Wohnungen in dem Gebäude waren ebenfalls besetzt. Das ganze Haus wurde als Bordell angemietet. Im Erdgeschoss war ihre Privatwohnung. Die Miete übernahm, so viel hatte Erik schon herausgefunden, Igor Stankovic. So wie er erfahren hatte, nicht nur der Arbeitgeber, sondern auch der Lebensgefährte von Justyna.

Erik stieg aus seinem Dienstwagen und lief zur Haustür. Mittlerweile hatte es angefangen zu regnen.

Er klingelte und eine gefühlte Minute später öffnete eine schlanke Frau im Bademantel die Tür.

„Hübscher, haben wir einen Termin?" lächelte sie. Erik merkte, dass es kein aufrichtiges lächeln war. Er war ein Störenfried, in ihren Augen ein Freier, der ohne Termin einfach vor der Tür stand und dann auch noch bei ihrer Privatwohnung klingelte.

„Frau Klichta...Mein Name ist Erik Decker, Kriminalpolizei Abteilung Mordkommission." stellte er sich vor und zeigte ihr seine Marke.

Sie sah ihn entsetzt an.

„Mordkommission...ist etwas passiert?" fragte sie mit offenem Mund.

„Nicht in Ihrem direktem Umfeld, aber ich würde sie doch gerne mal sprechen. Kann ich reinkommen?" fragte Erik.

„Es ist mir ehrlich gesagt gerade nicht Recht. Ich erwarte in wenigen Minuten Besuch und ich muss mich noch umziehen." antwortete Justyna.

„Ich werde sie nicht lange aufhalten." versprach Erik.

Etwas genervt wendete sie sich von ihm ab und lief zurück in die Wohnung. Für Erik die Aufforderung, einzutreten.

Justyna war bereits ins Schlafzimmer gegangen, um sich beim reden weiter umzuziehen.

„Ich bin hier, weil einer Ihrer Kunden in einem Mordfall verwickelt ist. Ich möchte Ihnen ein paar Fragen dazu stellen." begann Erik und holte sein Smartphone aus der Tasche.

„Soll ich dich dafür belohnen, dass du mir den Boden vollgepisst hast?! Steh auf!!" kam es aus dem kleinen Lautsprecher des Handys.

Decker hielt ihr das Handy hin, so dass sie aufs Display sehen konnte. Sie schaute flüchtig aufs Display und machte einen überraschten Gesichtsausdruck.

„Das ist Ludgerus Bongers. Der?! Der soll in einen Mordfall verwickelt sein? Näh." In Ihrem Unterton war Spott zu hören.

„Erzählen Sie mir etwas über Ludgerus Bongers." bat Erik sie.

Justyna schien einen Augenblick darüber nachzudenken, was sie erzählen sollte.

„Was soll ich Ihnen von Ludgerus erzählen? Er ist ein devoter Mann, wie vieler meiner Kunden." sagte sie. „Einer von denen, denen einer abgeht, wenn sie gedemütigt werden. Nichts besonderes halt."

„Also ein Perverser." Dies sollte eine Frage sein, hatte es aber eher als eine Aussage formuliert.

„Ich weiss nicht, was in Ihren Augen ein Perverser ist. Ich denke nicht, dass man pervers ist, nur weil man sexuelle Neigungen hat, die nicht jeder für sich nachvollziehen kann. Sie glauben gar nicht wie viele Menschen es gibt, denen Sie den Perverser Stempel aufdrücken würden."

Erik räusperte sich verlegen, da er merkte, dass er bei Justyna für sein Kommentar auf Gegenwehr stieß.

„Ludgerus ist ein Mann, der sich, wie viele Männer, das holt, was er zuhause nicht bekommt. Sie suchen sich dann den Kick bei einer Prostituierten oder einer Domina." erklärte Justyna.

„Wie viel wissen Sie über Ludgerus Bongers als Privatperson?" fragte Erik.

„Ich weiss das er verheiratet ist und eine Tochter hat. Ludgerus traut sich nicht, mit seiner Frau über seine Vorlieben zu sprechen, weil sie so denken könnte wie Sie.... Das er ein Perverser ist."

Dem Kommissar kam es vor, als hätte er einen Hauch von Vorwurf in ihrem Unterton gehört, den er allerdings ignorierte.

„Hatten Sie auch Sex?" fragte er.

„Sie haben mir eben das Video vorgespielt." antwortete Justyna und nahm die Haarbürste, um sich die Haare zu bürsten. „Deshalb verstehe ich Ihre Frage nicht."

„Ich meine, ob Sie auch mit ihm fickten." wurde Erik konkreter.

„Nein." schmunzelte Justyna. „So ein Typ ist er nicht. Beischlaf bekommt er auch zuhause. Das, was Sie mir eben auf Ihrem Handy gezeigt haben, bekommt er zuhause nicht, und das ist auch das einzige, was er sich von mir holt. Aber ich verstehe nicht, was das Ganze mit einem Mord zu tun haben soll."

„Ludgerus Tochter wurde ermordet." antwortete kurz und knapp.

Justyna sah ihn geschockt und teilnahmsvoll an.

„Oh mein Gott. Das wusste ich nicht."

„Was hat das mit dem Mord zu tun? ...Genau das frage ich mich auch." sagte Erik und stand dabei auf, um ihr ein paar Schritte näher zu kommen, bis er direkt vor ihr stand.

„Jedenfalls war er bereit, unsere Ermittlungen zu behindern,damit das Video, was ich Ihnen gerade vorgespielt habe, nicht ans Licht kommt."

„Ich habe keine Ahnung. Jedenfalls muss ich jetzt nach oben. Mein Kunde kommt jeden Augenblick." brach sie das Thema ab.

„Ich möchte wissen, warum Ludgerus unsere Ermittlungen behindert und Sie können es mir sagen." ignorierte Decker ihr Ausweichmanöver.

„Ich habe jetzt keine Zeit. Und mein Freund ist immer da, wenn ich Kundschaft habe. Es wäre besser, wenn Sie weg wären, wenn er kommt." versuchte sie, ihn einzuschüchtern. „Polizei im Haus macht das Geschäft kaputt."

Zeitgleich klopfte es an der Wohnungstür. Justyna ging durch den Flur um die Tür zu öffnen.

Ein stämmiger Mann mittleren Alters mit einem Bart wie Bud Spencer in seinen alten Filmen, steckte seinen Kopf durch den Türschlitz.

„Es hat sich ein Kunde in 2 Minuten angemeldet und du bist hier unten!" schnauzte er.

„Ich bin aufgehalten worden." entschuldigte sie sich demütig.

„Willst du das dem Kunden gleich auch erzählen, dass du aufgehalten worden bist?! Was hat dich aufgehalten.?"

Die Beschreibung passte zu Igor, dem Lebensgefährten und Zuhälter von Justyna.

„Verzeihen Sie." mischte Erik sich ein und holte wieder seine Marke heraus. „Ich bin Kommissar Erik Decker. Ich hatte ein paar Fragen..."

„Was fällt Ihnen ein, hier reinzuplatzen und ohne meinen Einverständnis hier irgendwelche Fragen zu stellen?!"unterbrach Igor ihn.

„Ich ermittle in einem Mordfall." antwortete Erik nun etwas lauter.

„Da scheiss ich drauf. Sie haben als allererstes mit mir zu reden und nicht mit Justyna!"

„Gut, dann frag ich Sie. Was können Sie mir über Ludgerus Bongers sagen?"

„Ich sage gar nichts. Ich muss mich aufs Geschäft konzentrieren. Die anderen kommen auch gleich. Und jetzt gehen Sie." sagte Igor und wendete sich ab.

„Wenn Sie nicht mit mir sprechen wollen, werde ich Ihre anderen Angestellten befragen!"

Dass der stämmige Igor so schnell war, hatte Erik nicht mit gerechnet, denn ehe er sich versah, hatte Igor sich wieder umgedreht und packte ihm am Hals.

„Du weisst nicht, mit wem du dich gerade anlegst, du kleiner Bullenscheisser!"

Mit einem geschicktem Griff an Igors Handgelenk befreite er sich aus dem Würgegriff und drückte ihn am Oberarm nach unten. Igor unterdrückte einen Schmerzschrei.

„Du wirst jetzt dem Bullenscheisser seine Fragen beantworten." giftete Erik mit einem sarkastischem Unterton. „Warum hat Ludgerus Bongers versucht, wegen dem Video, unsere Ermittlungen zu behindern?!"

„Sie brechen mit den Arm."ächzte Igor.

„Ich wiederhole meine Frage. Warum hat Ludgerus Bongers versucht, wegen dem Video, unsere Ermittlungen zu behindern?!"

„Arrgh!" keuchte Igor.

„Ich höre nichts." Die Sache fing an, Erik Spaß zu machen.

„Ich weiß es nicht..Ich weiß nicht viel über unsere Kunden." antwortete Igor mit schmerzverzerrtem Gesicht.

„Einer aus seiner Firma hatte ihn hergebracht. Mehr wissen wir auch nicht." mischte sich Justyna ein.

„Welcher Arbeitskollege? Der Name!" hakte Erik nach und drückte fester zu.

„Wir sind ein diskretes Haus." antwortete Igor. Er hatte das Gefühl, dass der Polizist ihm gleich den Arm brechen würde.

„Falsche Antwort. Der Name!"

„Oliver Krantz. Er ist Stammkunde bei uns. Er kommt einmal die Woche her." antwortete Justyna, die nicht mehr länger zusehen konnte, wie Erik ihrem Partner Schmerzen zufügte.

Er ließ seinen Gegner los. Igor blieb in gekrümmter Haltung vor ihm. Einen weiteren Angriff traute er sich nicht.

„Danke." bedankte sich Erik kurz angebunden und lief an Justyna vorbei aus der Wohnung heraus.

Das Puzzle fügte sich allmählich zusammen. Zwar beantwortete es seine Frage nicht, warum Bongers versuchte zu verhindern, dass sie das Video zu sehen bekamen. Doch ein Arbeitskollege brachte ihn dorthin. Und ein Arbeitskollege war auch derjenige, mit dem seine Tochter Nachrichten austauschte. Zwar passte der

Name nicht, doch ein Zufall konnte das nicht sein. Er würde härtere Methoden anwenden müssen, damit Bongers auspackt, wo der Zusammenhang liegt.

Versager auf Abwegen

Erik schlief und fest. Die Verletzungen hatten ihn geschwächt.

Kerstin hatte seine Wunden mit Kühlakkus bedeckt und sah jede halbe Stunde nach dem Rechten. Matthias begleitete sie stets. Er hatte Redebedarf. Die Tatsache, dass er alle gefährdet hatte, weil er sich weigerte, den Eindringling zu erschiessen, setzte ihm zu. Teilweise suchte er die Bestätigung, dass er richtig gehandelt hatte und jeder dasselbe an seiner Stelle getan hätte. Eine Bestätigung, die ihm niemand gab, weil sie nicht in seiner Situation waren.
Doch es war auch die Flucht vor seinem zweiten Ich. Zu groß war die Angst, dass die innere Stimme sich wieder melden könnte, um ihm sein Versagen vorzuhalten. Kerstins Gesellschaft schützte ihn davor, dass die Stimme sich wieder zu Wort meldete.
„Ich konnte es einfach nicht tun. Er hatte gefleht, dass ich nicht schiesse. Dadurch, dass Erik ihn festhielt, war er wehrlos. Wie kann ich jemandem, der wehrlos ist, einfach knallhart ins Gesicht schiessen?" fragte er Kerstin. Doch Kerstin war nachdenklich und im Inneren mit sich selbst beschäftigt. Denn Günther hatte sich weiter mit dem Thema beschäftigt, warum sie alle nun hier waren, abgeschnitten von den anderen Menschen. Er stellte die These auf, dass es eine Entscheidung gewesen sein muss, die sie in dieses Paralleluniverum gebracht hatte.
„Irgendetwas ist passiert. Jeder von uns hat etwas getan,...eine Entscheidung gefällt, die uns hierher brachte..in dieses Paralleluniversum."

„Die Frage ist, warum ist man sonst in einem Paralleluniversum, wo die Mitmenschen auch sind...und jetzt sind auf einmal alle weg?" stellte er die Frage in den Raum.

„Offenbar, weil wir mit diesen Entscheidungen ein Universum geschaffen haben, dass es zuvor noch nicht gab...was vielleicht...wenn man an Schicksal glauben mag, nicht vorbestimmt war. Ein Pfad, auf dem die anderen Menschen einen nicht folgen konnten." vermutete Günther.

Aber was für Entscheidungen könnten das gewesen sein?" fragte Kerstin.

„Also bei mir bin ich mir sicher, weil ich mich entschieden habe, mich von der Außenwelt abzuschotten, Ich hatte die Schnauze voll von der Menschheit, weshalb ich für mich beschlossen hatte, dass ich mich im Haus verbarrikadiere...mit den Menschen abschließe."

Es beherrschte betretendes Schweigen.

„An meinem letzten Abend, bevor sie alle verschwanden." begann Kerstin schließlich „hatte ich nach längerem mal wieder ein Date. Ich lernte Michael im Internet kennen. Am Ende brachte er mich zu meinem Wagen und wir küssten uns. Na ja...wir küssten uns leidenschaftlicher. Ich glaube, wenn wir nicht auf einem öffentlichem Parkplatz gewesen sondern in einem Schlafzimmer, wären wir im Bett gelandet."

Die anderen lächelten verschmitzt. Doch Kerstins Gesichtsausdruck blieb ernst.

„Er fragte mich noch, ob ich nicht zu ihm kommen möchte...Ich hatte richtig Lust...aber meine Mutter hatte mich immer ermahnt, nicht mit den Typen sofort ins Bett zu gehen..Und wenn ich nicht auf sie gehört hatte, hatte ich es immer bereut. Ich hatte mich zusammgerissen und sagte dass ich jetzt nach Hause fahren würde. Er war sichtlich enttäuscht. Ich denke mal, damit hatte es sich erledigt. Ich denke, dass ich mich damit fürs alleinsein entschieden hatte. Das war wohl meine Entscheidung, die mich in dieses Paralleluniversum gebracht hatte."

Günther nickte nachdenklich.

„Ich war auf der Bahnhofstoilette." begann Nikolaj. „Ich war nun schon länger auf der Strasse...ich war an einem Punkt angekommen, wo ich einfach nur noch die Schnauze voll hatte vom Leben. Eine Freundin, die ich auf der Strasse kennenlernte, gab mir Drogen. Schon am Preis konnte ich sehen, dass es nur unsauberer Stoff sein kann. Ich dachte das ist vielleicht meine Ausgangstür..Ich nahm bewusst zuviel davon...wollte mir ein Ende setzen...das war meine Entscheidung."

„Also war danach niemand mehr da." kommentierte Günther.

„Richtig...Ich lag bewusstlos auf dem Boden des Bahnhofsklos. Und als ich wieder zu mir kam, waren alle verschwunden. Genau." bestätigte Nikolaj.

„Es war meine letzte Schicht in meiner alten Firma, wo ich ganze 5 Jahre gearbeitet hatte.Ich war dabei, Bewerbungen zu schreiben. Ich hatte die Wahl, zwischen einem Job, wo ich viel verdiene, aber auch entsprechend Herausforderungen habe, oder einem Job, wo ich ein relativ kleines Gehalt habe, aber von der Tätigkeit her jeder doofe beherrscht.."

Alle sahen ihn an und hörten ihm zu.

„Ich muss dazu sagen..ich war oft im Leben feige..hatte Angst zu versagen..oder das falsche zu tun...Und genauso wie an diesem Abend, habe ich mich für das augenscheinlich leichtere entschieden und meine Bewerbung zu der Firma geschickt, die einen leichten Job zu vergeben hatten. Das war wohl meine Entscheidung."

„Also waren, nachdem du die Bewerbung abgeschickt hattest, alle Leute verschwunden?" fragte Kerstin.

„Richtig genau." bestätigte Matthias. „Ein paar Minuten vorher hatte ich noch mit meiner Frau telefoniert. Ich sollte zur Notapotheke fahren, weil meine Tochter Fieber hatte. Das war das letzte, was ich von meiner Familie gehört hatte."

Es herrschte wieder Schweigen. Sie überlegten, ob die Theorie mit den Entscheidungen zutreffend ist.

„Was war deine Entscheidung?" fragte Nikolaj und sah Thorben dabei an. Dieser zuckte zusammen. Er hätte mit der Frage rechnen müssen.

„Ich habe gar keine Entscheidung gefällt.Und darüber hinaus finde ich diese Theorie ziemlich weit hergeholt." blockte Thorben ab. „Ich werde mal sehen , wie es Erik geht."

Mit diesen Worten stand er auf und ging hinüber zu Erik. Doch Decker schlief noch tief und fest.

„Was hast du gemacht, bevor alle Leute verschwunden sind?" rief Günther. Diese Frage war an Thorben gerichtet.

„Nichts! Ich habe nichts gemacht." antwortete Thorben patzig.

„Du musst doch irgendwas gemacht haben. Musik gehört..oder Fern gesehen. Oder irgendwas in der Art..Niemand macht nur einfach nichts." meinte Nikolaj.

„Ich...." Thorben überlegte, was er sagen sollte. „Ich war spazieren. Nachdenken, über meine Beziehung, meine Freundin und so."

„Und du hast überlegt, ob du mit ihr zusammen bleiben sollst oder nicht und eine Entscheidung gefällt?" fragte Günther.

„Ja..." nickte Thorben nach kurzem Überlegen. „Ja..so ungefähr."

„Und als du nach Hause kamst, war sie verschwunden." ergänzte Kerstin.

„Richtig, genauso war es." bestätigte Thorben.

„Kann ich noch etwas zu trinken haben?" fragte Matthias.

„Im Kühlschrank ist noch ne Cola. Bedien dich." antwortete Günther und Matthias stand auf, um in die Küche zu gehen.

Je mehr er über die Theorie der Entscheidungen nachdachte, desto mehr ergab das Ganze einen Sinn. Entscheidungen...er hatte immer versucht, Entscheidungen zu fällen, die augenscheinlich am einfachsten waren. Die ihm bequem und ohne Konflikt erschien. Unangenehmen Gefühlen aus dem Weg gehen. Manchmal war auch die Entscheidung, nichts zu tun, eine Entscheidung. Und dann kam die Stimme nach längerer Zeit des Einsamseins. Vielleicht sollte ihm das Ganze etwas sagen. Das zweite Ich, was ihm alles vorhielt, das Verschwinden seiner Familie. Vielleicht war das Schicksal gegen ihn gerichtet.

Von der Küche aus ging er in den Keller.

Richard saß gefesselt an der Couch gelehnt. Es war schwer zu erkennen, ob er noch bei Bewusstsein war. Matthias stand vor ihm und betrachtete ihn. Welche Entscheidung mag er wohl gefällt haben, dass er nun mit ihnen hier in dieser einsame Welt war? Ob er auch ein zweites Ich hatte, das ihn die Fehltritte seiner Vergangenheit vorhielt? Hatte er vielleicht auch in den falschen Momenten die falschen Entscheidungen gefällt, weil sie augenscheinlich die einfacheren waren? Stand ihm vielleicht dasselbe Schicksal bevor, dass er irgendwann durchdrehen würde und versucht, alle übrig gebliebenen Menschen umzubringen?

Was wäre gewesen, wenn er sich anders entschieden hätte und den Job mit den Herausforderungen angenommen hätte? Vielleicht wäre er kurze Zeit später Arbeitslos gewesen, weil er gescheitert wäre. Doch zumindest wäre er nicht hier. Denn er hätte da das erste mal den Mut gehabt etwas zu riskieren. Wäre nicht feige gewesen.

Vielleicht war die Entscheidung seine letzte Chance gewesen und als Strafe wurden ihm die Menschen die er liebte genommen. Es konnte nicht anders sein. Das hier musste die Hölle sein!

„Hey." er gab ihm eine sanfte Ohrfeige um ihn zu wecken. Mit trüben Augen sah Richard ihn an. Er wartete. Wartete auf den Grund, warum Matthias ihn weckte.

„Welche Entscheidung hast du gefällt?" fragte er leise. Doch Richard sah ihn mit seinen Blutunterlaufenen Augen nur an.

„Deine Entscheidung, die du gefällt hast, die dich hierher geführt hat." ergänzte Matthias. Doch Richard gab keine Antwort.

Matthias wartete noch 2 Minuten, doch Richard regte sich nicht. Er war wohl wieder ohnmächtig geworden.

„Also verfolgt man diese Theorie mit den Paralleluniversen weiter, existiert noch eine Welt, wo wir genau die entgegengesetzte Entscheidung gefällt haben und dort weiterleben." dachte Kerstin laut nach.

„Richtig...In einem anderen Universum sind Sie zu Michael nach Hause gegangen und sind mit ihm zusammen." nickte Günther. „ Matthias hat seinen Job mit Herausforderung angenommen und verdient gerade mehr Geld, Nikolaj hat sich nicht fürs sterben entschieden und hat einen Weg gefunden, von der Strasse wegzukommen. So ungefähr könnte es sein, ja."

„Und was ist mit den anderen? Sind die anderen auch in einer einsamen Parallelwelt?" fragte Kerstin.

„Könnte sein, ja." sagte Günther. „Denn die Frage, warum ausgerechnet unsere Entscheidungen uns in die einsame Parallelwelt brachte und die anderen nicht, ist durchaus eine interessante Frage. Doch vielleicht sind wir auch nur in der einsamen Welt gelandet, weil das Schicksal für die Entscheidungen die wir getroffen haben, nichts vorgesehen hat."

„Das klingt so n bisschen als wären wir Spielfiguren. Gehen wir mal davon aus, dass Gott derjenige ist, der mit den Figuren spielt. Und er weiß nicht, was er mit uns weiterspielen soll...was für ne Situation..also packt er sie so lange wieder in eine Kiste. Wir sind wie Figuren die nutzlos in einer Spielkiste liegen." philosophierte Nikolaj.

„Ich denke nicht, dass wir die Theologie da mit reinziehen können. Gott kann nichts für unsere Entscheidungen." widersprach Günther.

„Mich interessiert eher die Frage, wie kommen wir aus diesem Paralleluniversum wieder raus? Wie komme ich wieder in die Welt zurück, wo meine Freundin ist? Das ist das einzige, was mich im Moment interessiert." gab Thorben von sich.

In diesem Augenblick kam Matthias wieder aus dem Keller zurück ins Wohnzimmer.

„Wo bist du lange gewesen?" fragte Kerstin.

„Ich war im Keller." antwortete Matthias ehrlich.

„Es wäre besser, wenn du dich von diesem Typen fern hältst." empfahl Günther.

„Verstehe..du meinst ich könnte ihn ja vielleicht sogar losbinden, wenn ich schon nicht in der Lage bin ihm ins Gesicht zu schiessen." gab Matthias sich bissig.

„Das hat doch gar keiner gesagt. Wir meinen eher, weil der Typ gefährlich ist." schlichtete Kerstin.

Ein Donnern gegen die Scheibe unterbrach das Gespräch.

„Was war das?" fragte Kerstin entsetzt. Angespannt riß sie die Augen auf. Auch die anderen waren zusammengezuckt.

„Es hörte sich so an, als ob jemand mit der Faust von außen gegen die Scheibe gedonnert hätte." flüsterte Matthias.

„Und du bist sicher dass du den Arsch im Keller nicht losgemacht hast?" hinterfragte Thorben.

„Ich bin ein Feigling, kein Idiot!" giftete Matthias zurück.

Günther stand auf und ging als einziger zum Fenster, um herauszuschauen. Draußen sah er nur die Dunkelheit.

„Vielleicht ist einfach nur ein Vogel gegen die Scheibe geflogen. Oder wir sind nicht alleine." mutmaßte er.

„Da nachts in der Regel keine Vögel fliegen, ist die zweite Möglichkeit wahrscheinlicher." antwortete Thorben.

Matthias ging zu Eriks Jacke, die über dem Stuhl hing und holte die Pistole heraus. Die Waffe in der Hand vermittelte ihm ein Gefühl von Sicherheit. Doch er fragte sich auch, was er mit der Waffe solle, wenn ihm sowieso der Mut fehlte, zu schießen.

Auch Günther hatte zu seiner Schrotflinte gegriffen. Er ging von der zweiten Variante aus, dass draußen jemand war.

„Matthias...Sie bleiben hier und passen auf die Frau und den Jungen auf. Ich und Thorben werden rausgehen und nachsehen." Jetzt wo Erik schlief, hatte Günther die Führung vorübergehend übernommen.

„Ich habe in der Küche noch eine Dose Reizgas." wendete er sich an Thorben.

Matthias war die Aufteilung Recht. Er war derjenige, der heldenhaft jemanden beschützen durfte, ohne sich ernsthaft in Gefahr zu begeben. Mit der Pistole in der Hand setzte er sich zu Kerstin und Nikolaj.

Günther holte Thorben die Dose Reizgas aus der Küche und drückte sie ihm in die Hand.

„Du kannst zwar damit niemanden umbringen, aber um einen Angreifer außer Gefecht zu setzen, reicht es." erklärte er, was Thorben mit einem Nicken quittierte.

Hinter der Haustür blieben die beiden stehen und sahen sich an.

„Was sagt uns, dass sie uns wirklich feindlich gesinnt sind?" hinterfragte Thorben.

„Leute, die Anschluss suchen, versuchen es erst mal an der Tür. Der oder die, die jetzt draußen sind, wollen uns ganz offensichtlich Angst machen." antwortete Günther. „Du reisst die Tür auf und ich gehe mit der Schrotflinte hinaus und du folgst mir."

„Alles klar." nickte Thorben.

Er hielt den Knauff der Haustür fest. Gedanklich zählte er bis 3 und riß anschließend die Tür auf.

Günther lief mit 2 hastigen Schritten mit der Schrotflinte voran hinaus und hielt den Lauf in alle Richtungen. Doch dort war niemand.

Er deutete Thorben mit einem Nicken dass die Luft rein ist und es weitergehen kann. An der Hausecke blieben sie stehen.

„Das Fenster, von wo aus gegen die Scheibe geklopft wurde, geht zum Garten raus. Da der Weg um das ganze Haus herumführt, wäre es sinnvoller, dass wir uns aufteilen und von beiden Seiten kommen. So hat keiner ne Chance, uns zu entkommen." flüsterte Günther. Thorben nickte erneut um ihm zu signalisieren, dass er verstanden hatte. Er schlich zurück, um von der anderen Hausseite zum Garten zu gelangen.

Langsam wurde Erik wach. Sein Schädel dröhnte immer noch leicht, doch nun ging es ihm ein wenig besser. Kerstin stand schon bereits vor ihm und sah ihn musternd an.

„Geht es Ihnen etwas besser?" fragte sie mit einem besorgten Gesichtsausdruck.

„Ja..."antwortete Erik nach kurzem Überlegen und sah sich um. „Wo sind Günther und Thorben?"

„Jemand hat von draußen gegen die Scheibe geklopft. Sie sind gerade dabei zu untersuchen, wer oder was es war." antwortete sie, fasziniert darüber, dass er sofort wusste, wer von der Gruppe fehlte.

„Gegen die Scheibe geklopft?" fragte er mit grossen Augen und raffte sich auf, um zum Wohnzimmerfenster zu gehen. „Hier an diesem Fenster?"

„Richtig, genau." bestätigte Matthias.

Er drehte sich um und sah Matthias an.

„Ich werde durchs Fenster raus gehen. Du machst das Fenster hinter mir zu." ordnete Erik an.

„Möchtest Sie Ihre Waffe wieder?" fragte er und wollte gerade nach hinten greifen, da er die Pistole zwischen Hose und Gürtel eingeklemmt hatte.

„Nein, wenn es jemanden gelingt, hier reinzukommen, müssen Sie sich verteidigen können." verneinte Erik. „Aber diesmal müssen Sie auch wirklich schiessen, sonst geht die Frau und der Junge wegen Ihnen drauf."

Er wendete sich wieder dem Fenster zu und öffnete es. Nachdem er ein weiteres Mal sich umgesehen hatte, sprang er heraus und war nun im Garten.

Matthias stand auf und schloss das Fenster hinter ihm. Es war ihm der Frust anzusehen.

„Warum hält er mir das vor?!" fluchte er.

„Was ist los?" fragte Kerstin besänftigend.

„Ich konnte dem Typen nicht ins Gesicht schiessen...Er war in diesem Augenblick ein wehrloser Mensch und er redet mit mir als ob ich der letzte..." Er starrte auf seine Hände und suchte nach dem richtigem Wort „....Feigling wäre."

„Nimm es nicht persönlich. Er meinte es nicht so." beruhigte sie ihn.

„Nein! Er hat Recht" widersprach er ihr. „Ich war mein ganzes Leben lang ein Feigling."

„Es ist jetzt belanglos, was in der Vergangenheit war. Es zählt die Gegenwart." verdrehte Kerstin die Augen, um seine Komplexe herunter zu spielen.

„Nein...dieser Polizist hat es scharfsinnig erkannt." er setzte sich hin und begab sich in eine Denker Position. „Ich bin immer unbequemen Situationen aus dem Weg gegangen. Ja es zählt die Vergangenheit. Doch das ich den Kerl nicht erschossen habe, gehört zur Gegenwart."

„Vielleicht war es ja auch richtig, ihn nicht zu erschiessen, wer weiß das schon?" stellte Kerstin in Frage.

„Keine Ahnung!" gereizt stand er auf und ging in die Küche.

Thorsten passierte die hintere Ecke des Hauses, die zum Garten führte. Er bückte sich um nicht auf Anhieb gesehen zu werden und ließ seinen Blick durch den kompletten Garten streifen. Zumindest die Stellen , die durch die Gartenlaternen beleuchtet wurden.

Für einen kurzen Moment sah er eine Gestalt hinter den hinteren Büschen vorbeihuschen. Er hielt den Zeigefinger auf den Knopf der Reizgas Dose, bereit abzudrücken. Als Günther die Schrotflinte nahm und ihm das Reizgas gab, war er besorgt, doch nun sah er das Reizgas als Vorteil, denn nun konnte er sich zur Wehr setzen und trotzdem keine Tragödie auslösen, wenn sich herausstellt, das es sich bei der Gestalt doch um Günther handelte.

Doch auf der anderen Seite...wer sagte ihm, dass Günther ihn nicht aus Versehen erschiessen könnte?

Was er nicht ahnte, war, dass er bereits entdeckte wurde. Ein Augenpaar beobachtete ihn, wie er hinter der Häuserecke kauerte und auf eine verräterische Bewegung lauerte.

Langsam und mit leisen Schritten schlich er ihm näher. Obwohl es nur noch 2 Meter waren, die sie trennten, hatte Thorben die Gestalt noch nicht wahr genommen.

Mit einer leisen aber schnellen Bewegung war er um die Ecke gehuscht und drückte Thorben gegen die Wand.

„Wo ist Günther?" flüsterte Erik.

Thorben war noch starr vor Schreck. Er hatte Erik weder kommen sehen noch hören. Doch dann zeigte er mit dem Finger in die andere Richtung des Gartens.

„Er wollte von der anderen Richtung kommen." antwortete er.

„Gut. Ich möchte dass du wieder ins Haus gehst. Ich werde zusehen dass ich Günther finde und ihn dann ebenfalls rein schicken. Hast du ne Ahnung, wieviele Leute hier draußen sind?" fragte Decker.

„Gesehen..oder besser gesagt wahrgenommen haben wir nur einen. Aber es könnten auch mehrere sein." meinte Thorben.

„Alles klar." Er ließ Thorben los und verließ die Ecke wieder, indem er wieder hinter die Büsche schlich.

Ähnlich wie Thorben hatte Decker die Bedenken, dass sie zu dritt sich irrtümlich gegenseitig umbringen, weshalb er beschlossen hatte, die anderen beiden aus der Gefahrenzone zu schicken und sich alleine der Sache anzunehmen.

Thorben hatte keine Erfahrung im Nahkampf. Günther, so kalkulierte Erik, würde körperlich nicht mehr Fit und schnell genug sein, jemanden zu jagen. Er wäre ihm mehr hinderlich als nützlich. Was waren das für Zeiten, als er noch mit Till zusammen arbeitete. Er war bei weitem nicht sein Kaliber.Manchmal viel zu zurückhaltend. Stand sich selber gedanklich im Weg. Doch wenn alles im Rahmen der Vorschriften war und er ihn brauchte, wusste Erik, konnte er sich auf seinen Partner verlassen.

Thorben kam wieder durch den Flur ins Wohnzimmer. Kerstin stand auf und ging direkt auf ihn zu.

„Habt ihr denjenigen erwischt?" fragte sie.

„Nein, Erik hatte mich ausfindig gemacht und mich wieder reingeschickt, damit ich mit auf euch aufpasse." antwortete Thorben.

Matthias nickte stumm. Es gab unzählige Momente, in denen er sich genauso blöd fühlte wie in diesem Moment. Man hatte ihm eine leichte Aufgabe übertragen. Mit der Pistole bewaffnet bei Nikolaj und Kerstin zu sitzen und auf sie aufzupassen. Durch sein Versagen im Keller traute der Gruppenführer ihm dies nicht mehr zu und gab jemand anderem die Aufgabe. Diesmal ohne dass er scheiterte. Diese Chance würde er von Decker womöglich nicht mehr bekommen.

„Konntet ihr wenigstens schon herausfinden, wie viele es sind?" fragte Nikolaj.

„Nein, auch nicht. Erik ist noch da draussen. Er wird, wenn ich ihn richtig verstanden habe, Günther ebenfalls reinschicken, wenn er ihn findet." erklärte Thorben.

Matthias war sich unsicher, wie er es nehmen sollte. Eigentlich müsste es für ihn bedeuten, dass die Tatsache, dass er es im Alleingang versuchte, nichts mit ihm zu tun hat. Es könnte allerdings auch bedeuten, dass er Thorben die Aufgabe genausowenig zutraut.

Girod hatte er überschätzt. Erik schlich sich an ihn heran. Zwar hatte der Alte ihn im Gegensatz zu Thorben kommen gehört, doch das Manöver sich schleunigst umzudrehen und zu versuchen ihm die Schrotflinte in den Magen zu rammen endete mit einer Entwaffnung durch zwei geschickte Handgriffe. Gerade wollte Günther zuschlagen, als er erkannte, wer ihm die Schrotflinte abgenommen hatte.

„Verfluchte Scheisse! Was machen Sie hier draußen?!" fluchte er leise.

„Günther, gehen Sie rein. Ich kümmere mich darum." gab Erik ihm dieselbe Antwort wie Thorben zuvor.

„Einen Scheiß werde ich!" lehnte Günther ab. „Hier schleicht jemand auf meinem Grundstück rum.

Es ist nicht nur mein Recht, mein Reich zu verteidigen, sondern auch meine Pflicht."

„Wir wissen nicht, mit wem oder was wir es hier zu tun haben."argumentierte Decker. „Und auch nicht wieviele es sind. Ich möchte dass sie rein zu den anderen gehen. Zumindest bis ich herausgefunden habe, wie viele es sind. Gerade Sie möchte ich nicht im Team verlieren."

„Und du meinst, ich bin nicht in der Lage auf mich und mein zuhause aufzupassen, Junge?" fragte Girod sarkastisch. Er hatte von dem förmlichen *Sie* auf *Junge* gewechselt. Das war auch Erik aufgefallen.

„Hören Sie, natürlich denke ich dass Sie auf Ihr Reich aufpassen können. Doch ich bin für das Team verzichtbar. Sie hingegen sind der kluge Kopf der Gruppe, der hier Licht ins Dunkle bringen kann. Die Gruppe kann es sich nicht erlauben, Sie zu verlieren."

„Schmier mir kein Honig ums Maul. Du traust es mir nicht zu. Kannst dir aussuchen, entweder wir erledigen den Kerl zusammen, oder du gehst wieder rein. Haben wir uns verstanden?" Girod war offenbar nicht mehr gewillt, Erik als Gruppenführer zu akzeptieren. Nicht, solange er es unterbindete, dass er auf sein zuhause aufpasste. Erik und die anderen waren in seine Augen Gäste. Es hatte nach seiner Nase zu gehen, nicht nach der, eines Polizisten.

„Ich versuche Ihnen zu helfen." rechtfertigte Decker sich.

„Dann helfen Sie mir auch und schwätzen Sie hier nicht rum." fasste Günther sich kurz. Was sollte Erik tun? Günther Girod war ein Sturkopf. Schon immer gewesen, weshalb er überhaupt in seiner Forschung so weit kam. Er hätte nie so weit der

Theorien der Quantenphysik so weit folgen können, wenn er getan hätte, was anderen von ihm verlangten.

Er überlegte kurz, doch ihm fiel kein weiteres Argument ein.

„Also schön...dann machen wir es gemeinsam. Ist der hintere Teil des Gartens umzäunt oder kann man von hinten abhauen?" wollte der Polizist wissen.

„Leider kann man das. Am Ende des Gartens ist nur ein Feld. Es war mal geplant, dass dort neue Häuser gebaut werden, allerdings ist daraus nie etwas geworden." erzählte Girod.

„Okay, also kann da jemand von dem Feld gekommen und darüber wieder abhauen." fasste Erik zusammen.

„So ist es." stimmte Günther zu.

Nikolaj schaute sich um und hielt die Ohren gespitzt, ob er etwas von draussen hören konnte. Die ganze Zeit hatte er das beklemmende Gefühl, dass sie hier nicht so sicher wären, wie sie dachten. Etwas spürte er in den Wänden, was Hass versprühte. Könnte es nicht auch der Spiegel sein, an dem er schon ein paar mal vorbei gelaufen war? Die Möglichkeit hatte er noch gar nicht in Erwägung gezogen, dass das Wesen aus dem Spiegel,was sich als sein zweites Ich ausgab ,ihn weiter verfolgen könnte.

Er war müde und schläfrig und mittlerweile fror er auch. In dem Vorhaben, sich eine handvoll kaltes Wasser ins Gesicht zu hauen, stand er auf und ging ins Badezimmer.

Vor dem Waschbecken hielt er die Hände unter den Wasserhahn und warf sich anschließend, wie er es vorgehabt hatte, kaltes Wasser ins Gesicht, um wieder wach zu werden.

Nikolaj sah in den Spiegel. Erst jetzt fiel ihm auf, dass er schon seit Jahren es vermieden hatte, seinem Spiegelbild in die Augen zu schauen.Wovor hatte er eigentlich Angst?

Vorsichtig hob er seinen Kopf und sah sein Spiegelbild direkt an.

Dass er eher der blasse Hauttyp war, wusste er schon immer. Doch diese Blutunterlaufenen Augen entsetzten ihn. War das wirklich er oder eine Zombie Vision? Er lebte schon länger auf der Strasse und zwischendurch hatte er die Möglichkeit auf dem Bahnhofsklo einen Blick in den Spiegel zu werfen. Vorausgesetzt irgendwelche Randalierer hatte den Spiegel nicht eingeschmissen. Doch so schlimm hatte er in den letzten Monaten nicht ausgesehen.

War es der Entzug, der ihm zusetzte?

Gerade wollte er sich wegdrehen, war ihm auf halbem Weg so, als ob er im Spiegel eine Bewegung registriert, die er gar nicht gemacht hatte. Etwas misstrauischer sah er wieder in den Spiegel.

Um seine Spiegelung zu testen, verdrehte er die Augen und schnitt Grimassen. Doch sein Spiegelbild machte artig alles mit.. Hatte er das sich etwa nur eingebildet? Es war ja auch eine schnelle Drehung.

Diesmal war der Moment intensiver, wo er sich betrachtete und sich selbst tief in die Augen schaute.

Kann man sich selbst lieben? In sich selbst verliebt sein so wie in eine Partnerin? Kann man seine eigenen Augen schön finden?

Er kam mit dem Gesicht immer näher und erhoffte sich, in seinen glasigen Augen etwas erkennen zu können. Doch außer Umrisse seines eigenen Kopfes sah er nichts. In den Pupillen sah es aus, als hätte er einen Ameisenkopf.

Für einen kurzen Augenblick zog das Spiegelbild eine Grimasse, obwohl seine eigenen Gesichtszüge regungslos und konzentriert waren.

Für einen Moment schoß sein Puls nach oben. Er hatte sich nicht geirrt. Sein vernachlässigter Geist war im Spiegel und hatte die ganze Zeit auf ihn gelauert. Darauf gelauert, dass er irgendwann in den Spiegel schauen und ihn sich dann holen würde.

Er zeigte ihm eine Grimasse. Will ihm zeigen was er für ein Idiot ist. Ihn verhöhnen.

Er hasste ihn und damit sich selbst. Weil es ihn immer wieder daran , dass er sich selbst nicht die Liebe gab, die er für sich forderte...eigentlich jemand anderes haben wollte. Christina!

Mit der Faust schlug er in den Spiegel. Unter seinen Fingerknöcheln zerbrach der Spiegel in einzelne Scherben. Doch die Grimasse blieb, hatte jedoch nun einige Risse im Gesicht.

Sein eigenes Gesicht war voller Zorn. Ungerührt blickte er auf seine Faust, die nun voller winziger Splitter war.

Das war alles, was von ihrer Liebe übrig blieb. Und nun wurde ihm bewusst, das sein Schlag nicht ihm selbst gewidmet war, sondern seiner Ex Freundin, weil sie seine Liebe nicht mehr erwiderte. Seitdem war diese Gestalt, die aussah wie er im Spiegel. Vielleicht auch unsichtbar in den Wänden. Und sicherlich war es auch nicht Decker, der ihn im dunklen Tunnel verfolgte, sondern er selbst. Sein Geist.

Kalte silberne Splitter. Das war es. Alles was davon übrig blieb.

Leise schloß er die Tür des Badezimmers ab, damit er ungestört sein konnte und setzte sich auf die Brille. Tränen rannten seine Wangen hinunter. Er weinte in der Stille des Badezimmers.

„Das wird nicht einfach sein. Er kann überall sein. Entweder er ist über das Feld geflüchtet und längst über alle Berge oder er hat es ausgenutzt, das wir nun hier stehen und ist durch den Garten wieder am Haus." stellte Erik fest, als sie vor dem grossen Feld hinter dem Garten standen.

„Ich schlage vor, dass wir nochmal den Garten absuchen und wenn wir nichts finden wieder rein gehen." schlug Günther vor.

„Ich bin dafür, dass wir wieder rein gehen und morgen von hier verschwinden, wenn die Sonne aufgeht." war Erik anderer Meinung.

„Kommt nicht in Frage!" wurde Günther giftig. „Ich werde bestimmt nicht mein Haus hier zurücklassen."

Decker wendet sich dem alten Mann zu.

„Hören Sie zu. Hier war jemand..und kurt vorher ist ein Irrer in ihren Keller eingestiegen und hat versucht mich umzubringen. Und wenn er es geschafft hätte, wären die anderen die nächsten gewesen.Sie eingeschlossen. Sie werden nicht alleine hier bleiben. Ich werde dafür sorgen, dass wir alle durch die Nacht kommen und dann zusehen dass wir hier verschwinden. Und Sie werden mitkommen."

Die beiden Männer liefen langsam wieder in die Richtung des Hauses zurück, waren allerdings nach wie vor achtsam.
Währenddessen war Matthias in den Keller gegangen. Wieder stand er vor Richard, der immer noch an einer alten Couch gefesselt kauerte.
„Du..." sagte er tonlos und sah Richard dabei in die Augen. Richard erwiderte seinen Blick, neugierig darauf, was Matthias nun wieder von ihm wollte.
„Du warst meine Prüfung gewesen. Ich bin hier in der Hölle fernab von meiner Familie gelandet, weil ich immer schon ein elender Feigling war. Und als dieser Decker dich im Polizeigriff fest hatte, war es meine Prüfung, ob ich mich gebessert habe. Ob ich nun endlich nicht mehr feige bin."
Richard sagte nichts, sondern hörte ihm weiter zu.

„Wir haben ihn nicht gefunden. Wer immer das war ist spurlos verschwunden." erklärte Decker der Gruppe, als sie wieder reinkamen.
„Was heisst das jetzt?" fragte Kerstin.
„Das bedeutet, wir werden warten bis die Sonne wieder aufgeht und wir alles überblicken können und dann von hier verschwinden." antwortete Decker.
Auch Nikolaj stieß zur Gruppe wieder hinzu, nachdem er sich 20 Minuten im Badezimmer eingeschlossen hatte. Er fühlte sich auf einmal befreit. Es tat gut, mal richtig zu weinen und die ganze negative aufgestaute Energie herauslzulassen.
Es interessierte ihn nicht, was nun vorgefallen war. Das Haus war nicht gut. Die Gestalt, die durch die Wände von Spiegel zu Spiegel wanderte, war nicht gut. Er hatte nur mitbekommen, das Eriks Plan war, zu warten bis es hell ist und dann zu verschwinden.,Es war sicherlich eine gute Idee. Weg von Spiegeln. Weg von dieser Gestalt. Warum und weshalb sie nun auf einmal verschwinden mussten, interessierte ihn nicht. Sie werden alle schon die richtige Entscheidung fällen und er würde ihnen ganz einfach folgen. Und selbst wenn es der Untergang ist, ist dieser Weg noch besser gewesen, als den, den Anna ihm gelegt hatte.
„Augenblick...Wo ist Matthias?" fragte Erik, der nun festgestellt hatte, dass jemand in der Gruppe fehlte.
„Er wollte in der Küche sich etwas zu trinken holen. Das ist allerdings schon eine Weile her."
sagte Kerstin.

Matthias holte Eriks Waffe hervor und drückte den Lauf der Waffe an Richards Stirn.
„Verdammte Scheisse!" fluchte Erik, der schlimmes ahnte.

„Ich möchte das nicht tun...Ehrlich nicht." beteuerte Matthias. „Aber mir fehlt meine Familie so sehr. Ich möchte wieder in die Welt zurück, in der meine Familie Zuhause auf mich wartet. Ich muß die Prüfung bestehen."

Richard schloß die Augen und bat seine Frau um Vergebung, dass das letzte Gespräch, dass er mit ihr geführt hatte, ein Streitgespräch war.

„Matthias!!" hörte man Eriks Stimme rufen.

Doch Matthias wollte ihn nicht hören. Er tat was er tun musste. Er drückte ab.

Ein letztes Mal durchliefen die Bilder der Demütigung, die ihm in all den Jahren wiederfahren war, an seinem innerem Auge vorbei, ehe die Kugel in seinem Kopf das Lebenslicht erlosch.

Das Geständnis

„Herr Bongers, 2 Herren von der Polizei sind hier." kam die Ansage der Sekretärin durch den Sprecher.

Ludgerus wurde heiß und kalt. Wenn die beiden jetzt auch noch in seinem Büro auftauchten, konnte das nur Ärger bedeuten.

Er drückte den Knopf des Fernsprechers.

„Ich bin gerade im Gespräch. Ich sage Ihnen Bescheid, wenn die Herren eintreten können."

Erik und Till standen vor der Sekretärin und wartete darauf, dass sie ins Büro von Ludgerus Bongers gelassen wurden.

„Es dauert nur wenige Minuten. Der Chef ist gerade im Gespräch." teilte die Sekretärin den beiden Polizisten mit.

Erik und Till sahen sich an und schwiegen, bis Till schließlich einen Schritt auf den Schreibtisch der Sekretärin zulief.

„Entschuldigen Sie...ist hier irgendwo ein Kaffeeautomat?" fragte er leise und höflich.

„Wenn Sie möchten, hole ich Ihnen einen." antwortete die Sekretärin freundlich und stand auf. „Mit Milch und Zucker?"

„Nur mit Milch." antwortete Till.

Sie verließ den Raum und zog die Tür hinter sich zu. Erik und Till sahen sich erneut an und nickten. Till schloß die Tür, durch die die Sekretärin gerade verschwunden war ab und gingen gemeinsam zu Bongers Büro. Sie öffnete die Tür und sahen Bongers hinter dem Schreibtisch sitzen. Entgegen der Aussage der Sekretärin war er nicht in einem Gespräch, sondern saß mit leeren Händen hinter seinem Schreibtisch und sah die beiden Polizisten entsetzt an.

„Ich kann mich nicht erinnern, Sie schon reingebeten zu haben." protestierte er.

„Wie ich sehe, ist Ihr Gespräch eh beendet." fletschte Erik die Zähne und beugte sich über seinen Schreibtisch, so wie er es bereits in Bongers Home Office getan hatte. Doch anstatt ihn wieder am Kragen zu packen, hielt er ihm sein Handy vor die Nase und spielte das Video ab, dass Jürgen ihm von der Festplatte kopiert hatte. Die Schweißperlen auf Bongers Stirn wurden größer..

„Was wollen Sie?!" fragte er lauter als beabsichtigt.

„Ich möchte eine Erklärung, warum Sie unsere Ermittlungen behindern, damit dieses Video nicht auftaucht." antwortete Erik und zog ihm kurz an der Brusttasche näher an sein Handy heran.

„Ich weiß nicht was das sein soll. Ich hab das noch nie gesehen." versuchte Bongers seine Rolle in dem Video zu leugnen.

„Lügner! Das sind Sie!" wurde nun auch Erik lauter.

„Sagen Sie ihm besser, was er wissen will. Sie wissen ja mittlerweile selber, dass er es mit Regeln nicht so genau nimmt." mischte sich nun auch Till ein.

Bongers versuchte zu grinsen.

„Diese *guter Bulle-böser Bulle Masche* zieht bei mir nicht." versuchte er zu lachen.

Nun zog Erik ihm am Kragen zu sich heran.

„Ich weiß aber was bei Ihnen zieht. Was ist wenn ich Ihnen sage, dass ich Ihre Madame Mistress und Ihren Zuhälter besucht habe? Und was wenn ich Ihnen sage, dass ich mit dem Gedanken spiele, Ihrer Frau das kleine schmutzige Video vorzuspielen?!"

„Das dürfen Sie nicht." entgegnete Bongers ängstlich.

An seinen Augen sah Erik, dass er Bongers Schwachpunkt entdeckt hatte.

„Sie würden sich wundern, was ich alles darf." antwortete er grimmig.

„Es ist Ihre Aufgabe, den Mörder meiner Tochter zu finden, nicht meine Ehe zu ruinieren!" klärte Bongers ihn auf. Doch in seiner Stimme war Panik.

„Erik, er hat Recht. Lass es bleiben." redete auf einmal Till von hinten auf seinen Partner ein.

„Du hältst dich da raus!" keifte Decker ihn an, ohne seinen Blick von Ludgerus abzuwenden. „Werden wir doch mal sehen, was seine Frau dazu sagt, wenn sie sieht, wie ihr Mann sich von einer anderen Frau wie ein reudiger Köter am Hundehalsband über den Boden schleifen lässt!"

„Ich muss den Chef informieren, wenn du Herrn Bongers nicht augenblicklich loslässt." drohte Till von hinten.

„Kratzt mich nicht! Ruf ihn an. Ich werde, wenn ich die Ehe unseres kleinen Schweinchens ruiniert habe ,sowieso in den Ruhestand gehen."

„Herr Emilius bitte..Schnell!" forderte Till mit dem Handy am Ohr.

Ludgerus zeigte auf einmal ein breites Grinsen.

„Ich fürchte fast, das ihr Ruhestand vorgezogen wird."

„Chef...Erik dreht wieder durch. Hält sich nicht an die Arbeitsanweisungen...Er droht Herrn Bongers, weil er seine Fragen nicht beantwortet."

Bongers merkte auf einmal, dass sich sein Kragen lockerte. Ehe Till sich versah, hatte Erik sich umgedreht und seinem Partner das Handy aus der Hand gerissen .

„Ich habe es satt, mir Ihre schwachsinnigen Einschränkungen anzuhören. Ich werde jetzt zu Frau Bongers fahren und ihr zeigen, mit was für einem Schwein sie wirklich verheiratet ist." Er legte auf uhd warf Till das Handy zu.

„Hast du gedacht, du kannst mich aufhalten, du kleiner Verräter!"

Erik lief zur Bürotür.

„Halten Sie ihn auf, bitte!" flehte Ludgerus.

„Erik, bleib bitte stehen." rief Till und Erik blieb tatsächlich stehen, doch er sah, als er sich umdrehte ,seinen Partner giftig an.

„Du deckst ein mieses Dreckschwein, das weisst du. Er hat mit allen Mitteln versucht, zu verhindern, dass wir dieses Video sehen. Es hat etwas mit dem Mord zu tun. Entweder du bringst diese Bazille dazu, mir zu sagen, was ich wissen will, oder ich gehe durch diese Tür und fahre zu seiner Frau."

Till wendete sich Bongers zu.

„Sagen Sie ihm bitte, was er wissen will." bat Till ihn höflich.

„Ich weiss nicht, wovon er redet." windete Bongers sich raus.

„Du siehst es." lachte Erik zynisch. „Du bist ja ein toller Polizist. Du fällst mir in den Rücken und alles was du bekommst, ist, dass dir dreckig in die Fresse gelogen wird."

Ohne noch etwas weiteres hinzuzufügen, drehte er sich wieder zur Tür und verließ das Büro.

Till sah enttäuscht auf den Boden. Es herrschte Stille.

„Wollen Sie nicht etwas unternehmen?!" fragte Ludgerus.

Doch Till zuckte ratlos mit den Achseln.

„Er hat ja irgendwo Recht. Eine grosse Hilfe sind Sie mir wirklich nicht."

Hilflos verdrehte Bongers die Augen.

„Sein Name ist Oliver...Oliver Krantz. Er hat sein Büro nebenan. Er hatte mich mit Justyna bekannt gemacht." redete er endlich.

„Hmm." Till gab sich nachdenklich. „Den Namen hatte Ihre Mistress Justyna uns bereits genannt...Aber was hat das mit dem Mord an Ihrer Tochter zu tun?"

„Verdammt, halten Sie Ihren Partner auf! Er müsste mittlerweile an seinem Auto unten angekommen sein."flehte Bongers. Doch Till blieb ruhig und setzte sich auf einen Stuhl.

„Warum so einen Aufwand? Ich steig da nicht so ganz durch....Das hat mit dem Mord an Ihrer Tochter scheinbar gar nichts zu tun." er ließ sich von Bongers Unruhe nicht anstecken.

„Verdammt, tun Sie etwas...Meine Frau ist alles was ich noch habe. Wenn Sie mich verlässt, habe ich gar nichts mehr. Helfen Sie mir bitte!"

„Sie behindern einen Mordfall, weil Sie Ihrer Frau nicht sagen möchten, dass Sie auf SM stehen?" Er holte aus seiner Jackentasche eine Zigarette raus und zündete sie sich an.

„Nein! Ich wollte nicht, dass Sie es sehen, um einen weiteren Mordfall zu verhindern." Tränen bildete sich in seinen Augen. „Ich habe meine Tochter verloren. Ich kenne den Mörder...Ich arbeite mit ihm zusammen."

„Also dieser Oliver Krantz ist der Mörder Ihrer Tochter, ja?" hakte Till im Plauderton nach. „Und den wollten Sie decken?"

„Wollen..Nein! Ich musste es tun, um ein weiteres Leben zu schützen." Tränen kullerten nun seinen Kragen herunter, den Erik kurz zuvor noch grob angefasst hatte.

Till nahm einen dicken Zug aus seiner Zigarette und lehnte sich etwas zurück.

„Das versteh ich nicht. Das müssen Sie mir erklären."

„Ihr Partner wird in wenigen Minuten an meinem Haus sein! Halten Sie ihn auf! Dann sag ich Ihnen, was Sie wissen wollen!"

„Sie haben gesehen das mein Partner nicht gut auf mich zu sprechen ist..Ich denke nicht, dass ich ihn aufhalten kann , weil Sie versprechen, auszupacken. Ich werde etwas handfestes brauchen."

„Also gut..also gut..." Bongers nahm tief Luft, ehe er weiter redete. „Es war vor 2 Jahren, als Oliver und ich auf das Thema Sado Maso kamen. Ich hatte einen Gleichgesinnten getroffen..so dachte ich wenigstens. Er hatte mir dieses Bordell gezeigt, wo Justyna auch Ihre Dienste als Domina angeboten hatte. Meine Tochter wurde irgendwann eigenartig...hatte sich von uns distanziert. Sprach nicht mehr so offen über Ihre Gefühle als zuvor. Ich dachte Pubertät. Einen neuen Freund..Aus Sorge um meine Tochter hatte ich geschnüffelt und fand dabei heraus, das Oliver unter einem falschen Namen der geheimnisvolle Freund meiner Tochter ist."

Till hörte aufmerksam zu.

„Ich drehte durch....platzte in sein Büro...stellte ihn zur Rede...sagte ihm er solle meine Tochter in Ruhe lassen....doch er zeigte mir das Video und drohte mir, dass er es meiner Frau zeigt, wenn ich ihm verbiete, sich mit meiner Tochter zu treffen."

„Also ist Ihr Arbeitskollege ein Pädophiler der sich an Ihre Tochter rangeschmissen hat..und aus Angst, dass er ihre geheimen sexuellen Neigungen ausplaudert, ließen Sie ihn gewähren." fasste Till zusammen.

„Mit Justyna...das war eine Falle. Er hatte einen Schwachpunkt gesucht und gefunden, mit dem er mich schließlich erpressen konnte, um freie Bahn zu meiner Tochter zu haben...Meine Tochter, müssen Sie wissen, hatte Probleme mit Ihrem Selbstbewusstsein. Sie hätte mit jedem eine Beziehung angefangen, der ihr ein

Kompliment macht. Eines Nachts bekam ich einen Anruf. Es war Oliver...Er sagte mir, dass er meine Tochter getötet hatte....Er musste es mir sagen, schließlich wusste ich, dass sie mit ihm verabredet war."

„Okay...ich kann bis hierhin folgen...Aber warum sind Sie nicht zur Polizei gegangen?" wollte Till wissen. „Aus Angst, dass ihre Frau davon erfährt?"

„Nein, das war mir in diesem Augenblick egal. Ich hätte das Video ihr selber vorgespielt, wenn es meine Tochter wieder lebendig gemacht hätte." verneinte Bongers.

„Warum sind Sie nicht zur Polizei gegangen?"wiederholte Till seine Frage.

Bongers holte sein Handy aus der Schublade und schien darin etwas zu suchen. Eine Minute später hatte er scheinbar gefunden was er suchte und hielt es ihr hin. Ein Bild von einer gefesselten jungen Frau. „Er hat diese junge Frau entführt. Und er hat gedroht, sie umzubringen, wenn irgendjemand etwas von dem Mord erfahren sollte."

Till sah sich entsetzt das Bild auf dem Handydisplay an. Sie war geknebelt und hatte ein Veilchen am linken Auge.

„Das Video, allgemein der Festplatteninhalt, war eine Spur zu Krantz..Ich musste sie verwischen. Ich habe meine Tochter verloren...tragisch genug..aber ich wollte nicht auch noch meine Frau verlieren...und das Leben der jungen Frau auch nicht gefährden."

Till drehte sich um und ging zur Bürotür.

„Halten Sie bitte ihren Partner auf." bettelte Ludgerus erneut. Doch Till reagierte nicht und verließ das Büro.

Erik stand im Flur und sah Till an. Till lächelte.

„Soviel zu *Thema Guter Bulle böser Bulle zieht bei mir nicht*."

Auch Erik lächelte kurz, machte dann aber sofort wieder ein ernstes Gesicht und zog den Stöpsel aus dem Ohr, den er verwendet hatte, um das Gespräch mitzuhören.

„Das Büro nebenan ist leer. Krantz muß das Büro verlassen haben, als er uns gesehen hat, wie wir gekommen sind." erklärte Erik.

„Dann hat er jetzt ungefähr 20 Minuten Vorsprung." stellte Till fest.

„Richtig, ich habe schon mit den Kollegen telefoniert und mir die Adresse besorgt."

Die beiden stürmten nach unten zu ihrem Dienstwagen. Decker fuhr mit quietschenden Reifen los.

„Herr Krantz? Machen Sie bitte auf. Polizei!"rief Till, als sie vor der Wohnungstür von Oliver Krantz standen. Es war nicht das, was die beiden erwartet hatten. Während Bongers in einem grossen Haus lebte, war die Wohnung von Krantz, obwohl sie in der Firma die gleiche Position inne hatten, eine Wohnung in einem 8 Familienhaus. Das Namensschild von Krantz bestand aus einem schief abgeschnittenem Kreppband, das mit Kugelschreiber beschriftet auf die Klingel geklebt wurde.

Hinter der Tür rührte sich nichts, was Erik schon wenige Sekunden später veranlasste, die Tür einzutreten.

„Bist du bescheuert?! Wir können da nicht rein. Wir brauchen einen Durchsuchungsbefehl." protestierte Till, der seinen Partner lange genug kannte, um zu wissen, dass ihn das nicht interessierte.

„Wir haben jetzt keine Zeit, einen Durchsuchungsbefehl zu organisieren." fletschte Erik die Zähne und holte seine Waffe hervor.

„Herr Krantz?" rief er in die Wohnung. Dabei betrat er die Wohnung.

„So was lieblos gehaltenes kenne ich eigentlich nur von dir." kommentierte Till, nachdem er seinem Partner in die Wohnung gefolgt war. Die Wände waren kahl, kein einziges Bild hing an den Wänden. Auf der Fensterbank stand ein voller Aschenbecher und ein verwelkter Kaktus.

„Bist du sicher, dass wir hier richtig sind?" hinterfragte Till, der sich Krantz zuhause ähnlich vorgestellt hatte wie Bongers Haus.

Erik öffnete die Tür des Schlafzimmers. Zerknüllte Bettwäsche lag auf dem Bett. Genau wie im Wohnzimmer und im Flur hingen auch dort keine Bilder an der Wand.

„Nichts persönliches." kommentierte Till abermals.

Erik öffnete den Schlafzimmerschrank. In ihm hingen 3 Anzüge. Unten lag Unterwäsche und ein paar T-Shirts und Jeans zusammengelegt.

Till inspizierte das Wohnzimmer in der Zeit.

„Ich kann mir nicht vorstellen, dass hier jemand in den letzten Jahren war. Hier steht sogar noch ein alter Röhrenfernseher im Wohnzimmer." rief Till.

Erik folgte ihm ins Wohnzimmer und hielt ihm ein Stück Papier hin. Ein Ausdruck eines Farbfotos.

„Ist das die Frau von dem Bild, was sich auf Bongers Handy befand?" fragte Erik.

Till begutachtete das Foto.

„Ja, genau, das ist sie." bestätigte Till.

„Gut..leite das Bild für die Fahndung weiter. Die Kollegen sollen das Bild mit allen Vermisstenanzeigen abgleichen. Wir brauchen noch ein Foto von Krantz zur Fahndung."

„Ich konnte nichts in der Art hier in der Wohnung finden." entgegnete Till verzweifelt.

Erik holte sein Handy heraus und rief bei der Wache an.

„Ronny, hol bitte Ludgerus Bongers aus seiner Firma ab und erstelle so schnell wie möglich ein Phantombild von Oliver Krantz.....Danke." Er legte wieder auf.

„Hab das Bild weitergeleitet." gab Till von sich.

„Ich werde im Keller nachsehen. Du durchsuchst die Küche und das Badezimmer." ordnete Erik an und verschwand in den Keller.

Jeder der Mietparteien hatte einen eigenen Kellerraum, der durch ein hölzernes Gittertor abgeriegelt war. Für Decker kein Problem, das Schloß des Gitters aufzuknacken. Er wusste, dass er gerade dabei war, sich mit Emilius wieder mächtig Ärger einzuhandeln, denn Till und er waren gerade dabei, eventuelle Spuren zunichte zu machen. Doch wenn er sich an etwas klammerte und das Gefühl hatte, unter Zeitdruck zu stehen, ignorierte er es. Schließlich hatten, so rechtfertigte er den letzten Einbruch, die Kollegen von der Spurensicherung in der Lage zu sein, seine Spuren und die Spuren des mutmaßlichen Täters zu trennen.

Der Inhalt des Kellers war genauso nostalgisch wie die Wohnung. Dort stand eine alte Mofa, dessen Modell er das letzte Mal in den 80ern gesehen hatte.

Hinter dem Roller fiel Erik eine Matratze auf, die an der Wand gelehnt war. Es war sogar noch ein Bettlaken drauf. Decker schaltete das Kellerlicht an und sah sich nun die Matratze im hellen an. Man musste nicht zur Spurensicherung gehören, um zu erkennen, dass das auf dem Bettlaken Spermaflecke waren.

„Erik." hörte er Till vom Flur aus rufen. Sein Partner war gerade dabei, in den Keller zu kommen.

Decker wendete sich von der Matratze ab und blickte zum Kellerausgang, wo Till schon auf ihn zukam.

„Es gibt tatsächlich eine Vermisstenanzeige, die zu dem Bild passt. Die Kollegen haben die Datenbanken abgeglichen. Es handelt sich bei der Frau um Kerstin Reimann, 32 Jahre alt."

„Sieh dir das an." Decker zeigte mit dem Finger auf die Matratze, ohne auf Tills Meldung einzugehen.

Till trat näher und sah sich die Spermaflecken auf der Matratze an.

„Was soll mir das sagen?" hinterfragte er. „Das kann auch durch Masturbation entstanden sein...Oder Lusttropfen im Schlaf."

„Dafür sind die Flecken etwas zu dick." widersprach Erik.

„Wir müssten die Spurensicherung holen um genau das festzustellen. Aber wie sollen wir das Emilius erklären, das wir hier ohne Durchsuchungsbefehl eingedrungen sind?" fragte Till besorgt.

„Das lass mal meine Sorge sein. Ruf die Spurensicherung an." entgegnete Erik.

„Also..." Emilius atmete einmal tief ein und aus. „Die Spurensicherung hat neben den Spermaflecken auch Schweißspuren gefunden, die nicht zu der gesuchten Person gehören. Die Spuren sind ca 1 ½ Wochen alt. Problem ist, weil die Herren wieder voreilig gehandelt haben, können wir nichts von dem verwenden."

Till und Erik saßen ihm gegenüber wie 2 Schulkinder beim Rektor, weil sie beim Rauchen auf der Toilette erwischt wurden.

„Mit Verlaub.." meldete Decker sich zu Wort. „Die Zeit rennt. Krantz ist auf der Flucht und wir verschwenden hier mit bürokratischer Scheisse Zeit."

„Die Kollegen haben mit Ludgerus Bongers schon ein Phantombild erstellt. Die Fahndung läuft schon." winkte Emilius ab.

„Dann lassen Sie uns bei der Suche helfen!" zischte Erik.

„Ihr beide." Der Polizeichef zeigte mit dem Finger im Wechsel auf beide. „...machen heute gar nichts mehr. Sie bleiben schön hier. Ich hab gleich ein Gespräch mit dem Staatsanwalt. Mal wieder, weil sich nicht an die Arbeitsanweisungen gehalten wurde."

Sein Blick und sein Finger blieb bei Erik stehen.

„Ich muss mir schwer überlegen, ob ich ein weiteres Mal deinen Kopf aus der Schlinge ziehe."

„Wie konnten Sie eine Fahndung organisieren, wenn unser Eindringen rechtswidrig war?" hinterfragte Till.

„Das hängt mit der Aussage von Ludgerus Bongers zusammen. Herr Bongers war offenbar dumm genug, um auf eure Masche hereinzufallen. Wenn er cleverer gewesen wäre, hätte er euch und in erster Linie der Polizei, den Arsch weggeklagt. Weil er bisher auf die Idee noch nicht gekommen ist, konnten wir seine Aussage verwerten. Ihr seht, euer Eindringen in die Wohnung von Oliver Krantz war überflüssig."

Er stand auf und ging zum Wasserautomaten.

„Ihr habt, um ne Viertel Stunde Zeit für das besorgen eines Durchsuchungsbefehls zu sparen, ne Menge Ärger eingebrockt." schüttelte er den Kopf.

Mit seinem Becher Wasser in der Hand lief er auf Decker zu und beugte sich zu ihm runter. Trotz des bedrohlichen Gesichtsausdruckes des Polizeichefs verzog Erik keine Miene.

„Weil dein Regelverstoss, Bongers mit dem Video unter Druck zu setzen, die Spur zu Krantz freigelegt hat, werde ich gleich deinen Arsch noch einmal retten. Aber ich verspreche dir...wenn der Tag gelaufen ist, werde ich persönlich dafür sorgen, das du nicht mehr für meine Abteilung arbeitest. Stell dich schon mal darauf ein, das du in naher Zukunft nur noch am Schreibtisch hockst und Fahrraddiebstähle aufnimmst."

„Tun Sie was Sie wollen." antwortete Erik trotzig. Aber jetzt lassen Sie mich helfen, die Frau zu retten."

Emilius lächelte und wendete sich von Decker ab.

„Die verschwundene Frau wurde als Kerstin Reimann bestätigt. Ihre Schwester hat die Vermisstenanzeige letzte Woche aufgegeben. Sie hat mir anhand des Fotos von Bongers die Identität ihrer Schwester bestätigt."

Das Telefon von Emilius klingelte. Der Polizeichef nahm ab.

„Emilius...Hmmm...ja...okay...Puh...Ich verstehe."

Till und Erik schauten sich an. Tills Blick sprach Bände. Er war erbost darüber, das Erik ihn in diese Situation gerissen hatte. Um eine viertel Stunde zu sparen, saß er jetzt mit Decker gegenüber von Emilius und musste dafür gerade stehen. Warum konnte er ihn nicht einfach daraus halten und es alleine machen so wie sonst auch? Emilius legte auf.

„Meine Herren, bei der Wohnungsdurchsuchung, die aufgrund Bongers Aussage eingeleitet wurde." Emilius sah Decker streng an und betonte bewusst *aufgrund Bongers Aussage*. „...wurde unter anderem auch ein Notebook sichergestellt, auf dessen Festplatte ein Video gefunden wurde, wo das ermordete Mädchen mißhandelt wird. Und es wurde ein weiteres Video sichergestellt, was dem auf Bongers Festplatte ähnelt."

„Das ganze macht doch keinen Sinn." schüttelte Till mit dem Kopf. „Das passt in kein psychologisches Profil. Entweder es macht mich an, wenn ich jemandem Schmerzen zufüge, oder es macht mich an, wenn ich Schmerzen zugefügt bekomme. Aber beides zusammen passt nicht ins Profil."

Erik stand auf.

„"Dann werden wir der Spur jetzt folgen." sagte er entschlossen.

„Ich wusste gar nicht, dass du seit neuestem zur Fahndung gehörst." widersprach Emilius

„Tue ich auch nicht." rief Erik von der Bürotür aus, ohne sich umzudrehen. „Aber bevor ich ab morgen Fahrraddiebstähle aufnehme, möchte ich heute das Schwein noch erwischen."

Erst, als er schon seinen linken Fuß aus dem Büro raus hatte, drehte er sich noch einmal zu seinem Polizeichef um und brachte ein sarkastisches Grinsen zustande.

„Gönnen Sie mir mein letztes Erfolgserlegnis."

Die Mannschaft

Was hatte es gebracht? Nichts. Die letzte Hoffnung in sein altes Leben zurückzukehren, indem er über seinen Schatten springt, löste sich in Rauch auf.

Es ist ihm schwer gefallen, den Mann im Keller zu erschiessen. Gefesselt, wie er war, blickte er ihn hilflos an, wie ein Schwein, das kurz vor seiner Schlachtung steht.

Es war eine Tat gegen sein Herz, doch er drückte ab, in der Hoffnung , dass er wieder in die Welt zurückkommt, in der seine Familie ist.

Als es hell wurde, hatte die Gruppe einen alten VW Bus, der am Straßenrand stand, aufgebrochen und kurzgeschlossen. Mit ihm waren sie nun auf der Flucht.

Der Alte wollte ursprünglich nicht mit, doch Decker hatte ihn überzeugt, dass sie seine Hilfe brauchen würden.

Decker...weswegen war er eigentlich hier? Welche Entscheidung hatte er gefällt, dass er auf einmal in einem Universum ohne Bevölkerung landete? Ihm fiel auf, dass weder Thorben noch er sich dazu geäussert hatten.

Kerstin war hier, weil sie sich dazu entschieden hatte, weiter ein Leben als Single zu führen, obwohl ein Mann an ihrer Seite bereits wartete und sie beim Date mit nach Hause nehmen wollte.

Nikolaj war hier, weil er sich gegen das Leben entschieden hatte, doch die Überdosis zu klein war, um sich aus dem Leben zu fixen.

Der Alte hatte, wie sich herausstellte, die erste Zeit gar nicht gemerkt, dass alle Menschen auf einmal verschwunden waren. Er hatte sich fürs Alleinsein entschieden und sein Wunsch wurde wahr.

Er selbst war feige wie immer und hatte sich für eine Anstellung entschieden, die weit unter seiner Qualifikation war.

Und was war mit dem Mann, den er letzte Nacht in den Kopf geschossen hatte? Welche Entscheidung hatte er gefällt?

Die Gestalt oder die Gestalten, die letzte Nacht draußen umherirrten. Hatten sie auch eine Entscheidung gefällt? Aber warum waren sie nicht Menschen wie diese Gruppe, die über jeden Kontakt, zu dem sie sich anschließen konnten, froh waren? Waren sie gute Menschen und der Mann und die Gestalt draußen böse?

Eine Frage, die der Alte, als Matthias diese Frage nachdenklich äusserte, verneinte.

„Im Universum gibt es sowas wie gute und böse Menschen nicht. In welches Universum man sich hineinzieht, ist keine Glaubensfrage. Es ist wie ein Naturgesetz. Ähnlich wie die Schwerkraft. Wenn du von einem Hochhaus springst ist es auch egal ob du ein guter oder ein böser Mensch bist. Du wirst unweigerlich unten aufschlagen."

„Mich würde interessieren, wohin wir jetzt eigentlich genau fahren." sagte Thorben.

Erik saß am Steuer und reagierte nicht. Kerstin gab ihm stattdessen eine Antwort darauf.

„Wir wollten erstmal weg von dort. Jetzt am hellichten Tag können wir bei der Fahrt sicher gehen, dass uns niemand folgt."

„Wäre trotzdem nicht schlecht, wenn die Reise ein Ziel hätte." mopperte Nikolaj.

„Ich denke bei dem Leben dass du vorher geführt hast, sollte dir jede Reise Recht sein, und sei sie doch so ziellos." mischte sich Decker ein.

„Was ist Ihrer Auffassung nach eine Möglichkeit, wieder in die Zivilisation zurückzufinden?" fragte Matthias. Diese Frage war an den Alten gerichtet.

„Theoretisch einfach, indem man die Art seines Denkens und Fühlens ändert. Damit zieht man sich und sein Bewusstsein in ein anderes Universum." antwortete Girod.

„Und praktisch?" wollte Matthias wissen.

„Gibt es keinen Weg...der Theoretische Weg funktioniert nicht. Ich habe es ausprobiert." antwortete Girod ernst. „Wenn man sich die ganzen Universen als einen Baum vorstellt und jedes Paralleluniversum als einen kleinen Ast , ist der Ast hier wo wir sind, zu Ende. Egal, ob wir visualisieren das wir arm sind oder reich. Buchhalter oder berühmter Schauspieler. Sie werden nichts mehr erreichen. Hier ist das Ende der Fahnenstange. Was wir hier haben, ist vielleicht nur noch existieren...aber Leben...was man unter Leben versteht, ist es nicht mehr."

„Wie kommt so was zustande?" hinterfragte Kerstin.

„Wenn ich das mal wüsste." rieb Günther sich das Kinn."Doch was mich wundert ist, das es noch eine einzige Abzweigung gibt...Vielleicht ist die Situation doch noch nicht so verloren."

„Wie meinen Sie das?" fragte Matthias. „Von welcher Abzweigung reden Sie?"

„Von Leben und Tod." sagte der Alte kurz angebunden. „Wenn wir ab hier nichts mehr ändern könnten, müssten wir demnach Unsterblich sein. Doch als Matthias den Mann im Keller erschossen hat, war er tot...also ist eine Änderung herbei getreten."

„Ja, es gibt eine Änderung. Ich bin nun ein Mörder." kommentierte Matthias verbittert.

„Aber kein Verurteilter." fügte Kerstin hinzu.

„Verdammt, was ist das denn?" unterbrach Erik das Gespräch.
Die Gruppe schaute aus dem Fenster.3 Ruinen, die vor ein paar Jahren mal schöne Häuser gewesen sein mussten, waren aneinander gereiht. Die Natur hatte bereits sich ein großes Stück davon wiedergeholt und waren mit Unkraut und Moos bedeckt. Doch da sie gerade an einem ländlichem Stück entlang fuhren, war es für niemanden etwas ungewöhnliches.

„Ruinen...Na und?" zuckte Thorben entgeistert mit den Achseln

„Ich bin vor einer Woche schon mal hier entlang gefahren. Da waren die Häuser noch in einem einwandfreiem Zustand. Jetzt sieht es so aus, als ob sich da 20 Jahre nichts mehr bewegt hätte." erklärte Erik.

„Und das heisst?" fragte Kerstin.

„Das heisst, wir müssten uns in einem anderem Paralleluniversum befinden. In einem, wo die Menschen schon seit 20 oder 30 Jahren hier nicht mehr tätig sind." ergänzte Günther.

„Das würde ja heissen, dass es nun überall nun nur noch Ruinen gibt." dachte Kerstin laut nach.

„Wir werden es gleich sehen, wenn wir in der nächsten Stadt ankommen." sagte Erik.

„Kann es vielleicht sein, dass es dadurch gekommen ist, weil Matthias diesem Mann in den Kopf geschossen hat...dass wir dadurch in ein anderes Universum gerutscht sind?" mutmaßte Kerstin und formulierte es als Frage.

„Dann müsste ich alleine in dieses Universum gerutscht sein und nicht ihr. Denn ich habe damit mein Schicksal bestimmt. Nicht eures." widersprach Matthias.

„Was ist, wenn das genau die Änderung ist an den Regeln des Universums? Denn das die Schicksalszweige enden, gehört auch nicht zur Normalität." brachte Kerstin mit ein.

„Du meinst, wenn einer etwas tut, was das Schicksal beeinflusst, dass wir dann alle davon betroffen sind?" Wieder rieb Günther sich das Kinn.

„Mit anderen Worten, es muss immer jemand sterben, damit sich was ändert." rief Nikolaj panisch.

„Das ist nicht gesagt." beruhigte Girod ihn. „Aber klar, es muss etwas passieren, damit sich etwas ändern kann."

Erik kniff die Augen zusammen, um besser sehen zu können, was weiter vor ihm auf der Strasse passiert. Weiter entfernt liefen 2 Menschen mitten auf der Strasse. Erik trat etwas tiefer aufs Gaspedal um zu beschleunigen. Er wollte die beiden einholen, bevor sie vielleicht im Nirvana verschwanden. Als er die beiden Gestalten als eine Frau und einen Mann identifizieren konnte, drosselte er die Geschwindigkeit wieder, um sie nicht zu verschrecken. Langsam rollte der VW Bus auf sie zu.

Die beiden drehten sich um und sahen den VW Bus an, der von Erik gesteuert auf sie zurollte und neben ihnen zum stehen kam.

Mißtrauisch dreinblickend kam der Mann auf sie zu und warf einen Blick ins Führerhaus, wo Decker saß und die beiden musternd ansah.

„Kann ich Ihnen helfen?" fragte der Mann.

„Dasselbe wollte ich auch gerade fragen." antwortete Decker. „Wer seid ihr und wo kommt ihr her?"

Der Mann drehte sich zu der Frau um. Sie schauten sich in die Augen und schienen beide zu überlegen, ob die Gruppe, die in dem VW Bus waren, einen vertrauenswürdigen Eindruck machten. Doch als die Frau unauffällig nickte, schaute der Mann wieder auf Decker.

„Mein Name ist Max Rohde und das ist meine Frau Valentina. Wir sind aus der Stadt geflüchtet und suchen eine neue Unterkunft." erklärte er.

„Warum seid ihr aus der Stadt geflüchtet?" fragte Decker.

„Es tauchten auf einmal Männer auf...Böse Männer. Sie haben uns verfolgt." Sie brach in Tränen aus, woraufhin der junge Mann ein paar Schritte zurück ging und seine Frau in den Arm nahm, sich aber dabei wieder dem VW Bus mit der Gruppe zuwendete.

„Sie haben unsere Nachbarn getötet...und unser Baby...." fügte er hinzu.

„Ins Feuer geworfen haben sie sie...diese Monster...Sie haben mein kleines Mädchen einfach ins Feuer geworfen." die Frau war dabei, hysterisch zu werden.

Dem Rest der Gruppe, drehte sich der Magen um, als sie das hörten.

„Was sind das für Männer?" wollte Erik wissen.

„Wir haben keine Ahnung. Auf einmal tauchten sie auf und hatten uns überfallen." antwortete Max. „Wir konnten glücklicherweise entkommen."

„Glücklicherweise...ich wünschte ich wäre tot." schluchzte Valentina.

Erik fiel auf, dass die beiden nicht zeitgemäß gekleidet waren. Valentina trug ein Blümchenkleid, das Erik noch von alten Fotos seiner Eltern kannte. Max hatte auf seinem kariertem Sakko Ellenbogenschoner aus Leder, die Ende der 80er schon out waren.

„Steigt erstmal ein." sagte Erik, woraufhin Matthias hinten die Tür öffnete.

Die Gruppe fuhr noch eine Stunde weiter, bis sie schließlich in einer Siedlung angekommen waren, die allerdings ebenfalls aus Ruinen bestand.

„Das kommt mir hier vor, als ob die ganze Welt nur noch aus Geisterstädten bestehen würde." flüsterte Kerstin, worauf sie von Thorben ein zustimmendes nicken erntete.

Der VW kam vor einem grösseren Gebäude zum stillstand. Das Haus muß irgendwann mal ein Hotel gewesen sein. Vereinzelt hatten die Fensterrahmen keine Scheiben mehr, in manchen wiederum eingeschlagene Fenster. Die wenigsten waren intakt. Auch hier wucherten überall Pflanzen, die vom Boden herauskamen und den Mauern entlang nach oben wuchsen, um die Wände irgendwann einzureissen.

„Es wird langsam dunkel. Wir werden hier übernachten." rief Erik nach hinten. Er war den ganzen Tag gefahren und hatte sich nur 2 Pausen gegönnt, die nicht mal eine Viertelstunde dauerte. Seine Knochen taten vom sitzen weh und seine Konzentration ließ ebenfalls nach.

„Ich hab jetzt nicht unbedingt das Steigenberger erwartet...aber diese Bruchbude ist Heavy." kommentierte Thorben.

„Ich denke, was besseres wirst du auf der Welt nicht mehr finden..Ich glaube du hast es noch nicht begriffen. Die Welt, so wie du sie gestern noch gesehen hast, gibt es nicht mehr. Zumindest nicht für uns." belehrte Girod ihn.

Sie holten ihre Sachen aus dem VW Bus und betraten das alte ehemalige Hotel. Obwohl die Empfangshalle schon seit vielen Jahren niemand mehr betreten hatte, war noch alles sauber.

„Von innen Hui, von außen Pfui." pfiff Thorben.

„Hätte, als wir draußen standen auch nicht gedacht, dass es hier drinnen noch so gut aussieht." kommentierte Matthias.

„Freut euch nicht zu früh. In den Zimmern wird es wahrscheinlich anders aussehen. Einige Zimmer hatten keine Fenster." meinte Kerstin.

„Es ist zumindest gemütlicher, als wenn wir uns alle in den kleinen Hippiebus quetschen würden. Wir müssen nehmen, was wir kriegen können."

„Das Ding hat sogar einen Kamin hier." rief Matthias. Tatsächlich befand sich in der Empfangshalle ein Kamin, der jedoch, genau wie der Rest des Hotels, schon seit einigen Jahren nicht mehr genutzt wurde.

„Wäre im Winter romantisch, aber jetzt ist es warm draussen." meinte Kerstin.

„Thorben und Kerstin...Ihr beide werdet euch ein Zimmer teilen. Valentina und Max werden sich ein Zimmer teilen sowie Matthias und Günther. Sucht euch alle ein Zimmer und ruht euch aus." ordnete Erik an.

„Und was ist mit dir?" fragte Kerstin.

„Ich werde mich hier unten auf die Couch legen und Wache halten. Wenn jemand kommen sollte, werde ich es mitkriegen und euch wecken." antwortete Erik.

So wie er es anordnete, suchten sich die Mitglieder der Gruppe sich jeweils in 2er Gruppen ein Zimmer.
Valentina und Max lagen noch eine Weile nebeneinander im Bett. Sie hatten viel vom letzten Tag zu verarbeiten. Matthias und Günther warten auf Anhieb eingeschlafen, genauso wie Thorben. Doch auch Kerstin konnte nicht schlafen und schlich schließlich nach unten in die Empfangshalle, wo Erik am Tisch saß und sein Notebook hochgefahren hatte.

„Was machst du da?" fragte sie.

„Ich bin gerade dabei das eine oder andere zu überprüfen." antwortete er.

„Sagtest du nicht, dass du schlafen gehen wolltest?" schob sie die nächste Frage hinterher.

„Doch..." nickte er. „Ich wollte nur eben etwas überprüfen, dann werde ich mich auch etwas hinlegen."
Interessiert schaute sie, wie er am Notebook arbeitete, doch Erik drehte den Monitor weg, so dass sie nicht sehen konnte was er tat.

„Sind Sie im Polizeicomputer eingeloggt?" fragte sie, da sie doch noch kurz etwas erkennen konnte. „Wie kann es sein, dass wir in einem anderen Universum sind und Sie trotzdem noch Verbindung zum Polizeicomputer haben?"

„Nein, die Verbindung zum Server des Polizeicomputers ist schon lange unterbrochen." verneinte Erik. „Aber ich habe eine Sicherungskopie auf der Festplatte. Zumindest von allen Akten in Deutschland."

„Ach so, verstehe...und da sind die Akten aller Menschen in Deutschland drauf? Auf so einer Festplatte?" Ihr Interesse an seiner Arbeit wuchs. Doch Decker musste sie enttäuschen.

„Nein, nicht alle. Nur Volljährige Personen vom Stand Februar 2017. Danach konnte ich leider kein Update mehr machen." er sah sie bestimmend an. „Mobiltelefone funktionieren ebenfalls nicht mehr. Die Welt, die wir kannten, gibt es nicht mehr."

„Glaubst, du, dass wir wieder in unsere gewohnte Welt zurück kommen?" sie erhoffte sich eine ehrliche Antwort und sah ihn dabei prüfend an.

„Ich weiß es nicht. Wenn es einen Weg hierher gab, muß es zwangsläufig auch einen Weg zurück geben, doch den müssen wir erstmal finden. Bis dahin heisst es überleben."

„Ich verstehe." sie war unzufrieden mit dieser Antwort. Sie hatte gehofft, dass Erik Decker einen konkreten Plan hatte, doch sie musste feststellen, dass er genauso Planlos war wie alle in der Gruppe.

„Ich werde jetzt mal schlafen gehen." verabschiedete sie sich und stand auf.

„Mach das. Ich werde gleich nochmal durch alle Zimmer gehen und nach dem Rechten sehen, bevor ich auch schlafen gehe."
Sie ging nach oben und Erik fuhr das Notebook herunter.
Nachdem er hörte, dass Kerstin oben die Tür hinter sich geschlossen hatte, ging er ebenfalls die Treppe hinauf. Leise öffnete er die Tür von dem Rohde Pärchen.
Valentina hatte sich in den Schlaf geweint, doch Max lag immer noch wach im Bett.

„Max, könnten Sie bitte kurz rauskommen?" flüsterte Erik.
Max rieb sich die Augen, stand dann aber auf, um Eriks Bitte zu folgen. Draußen im Flur standen die beiden Männer sich gegenüber.

„Was kann ich für Sie tun?" fragte Max.

„Ich möchte einmal Ihre Ausweise sehen." bat Erik sie leise.

„Unsere Ausweise?" fragte Max irritiert, woraufhin Erik nickte.
Leise ging Max zurück an die Handtasche seiner Frau und kam wenige Sekunden später wieder raus auf den Flur und drückte Decker die Ausweise in die Hand, die dieser sorgfältig überprüfte.

„Wofür wollen Sie unsere Ausweise sehen?" fragte Max, doch ehe er sich versah, ließ Erik die Ausweise fallen und drückte ihn gegen die Wand. Bissig sah er ihm ins Gesicht.

„Wer sind Sie wirklich?!"
Max waer darauf nicht vorbereitet und sah den einstigen Polizisten an.

„Ich weiss nicht, was Sie von mir wollen." sagte Max verdutzt.

„Die Ausweise...Sie sind gefälscht. Ich habe Ihre Namen überprüft. Es existiert kein Max und Valentina Rohde. Doch die Ausweisnummern sind vom Algorithmus her realistisch. Also...wer sind Sie und warum laufen Sie mit gefälschten Ausweisen rum?!"
Er hatte, um die Gruppe in Sicherheit zu wissen, ihre Namen überpüft, doch die beiden neuen in der Gruppe im Computer nicht finden können. Die Ausweise, die Max ihm zeigte, hatten allerdings realistische Nummern. Er war sich sicher, dass er zwei Spione in seiner Gruppe hatte.

„Ich schwöre Ihnen, die Ausweise sind nicht gefälscht. Wie kommen Sie darauf?"

„Ich habe es überprüft, wie ich sagte. Sie existieren nicht." antwortete Erik.

„Wo immer Sie es überprüft haben, es muss ein Fehler sein. Und jetzt lassen Sie mich los., Ich habe für heute genug durchgemacht." Max wartete gar nicht erst, bis Erik ihn losließ, sondern riß sich von alleine los, was Erik gewähren ließ. Obwohl der Computer eine andere Sprache sprach, glaubte er Max, ohne zu wissen ,warum. Er hatte in seiner Laufbahn viele Lügner vor sich gehabt. Doch er war sich sicher, vor ihm stand keiner.

„Legen Sie sich schlafen...aber versuchen Sie mich nicht aufs Kreuz zu legen." murmelte er und ging wieder die Treppen herunter in die Empfangshalle.

Max ging wieder zurück ins Zimmer und legte sich zu seiner Frau.

Gerade hatte er sich unten auf die Couch gelegt, als Erik auf einmal Schritte auf der Treppe hörte. Die Müdigkeit verursachte schon einen Tinitus bei ihm. Sein Schädel brummte, da er sich den ganzen Tag auf die Strasse konzentriert hatte. Er hatte gehofft, dass nun Ruhe wäre, dass er auch ein paar Stunden schlafen konnte. Doch vergebens.

„Ich kam nicht drumherum, das Gespräch, dass mit einem unserer neuen Gruppenmitglieder geführt haben, zu belauschen." begann Günther.

„Es ist alles okay." winkte Erik ab. Er wollte heute nichts mehr erklären, sondern nur noch schlafen. Doch der Alte setzte sich neben ihm auf die Couch.

„Gibt es Probleme?" hakte der Alte weiter nach.

Genervt setzte sich Erik auf und überlegte, ob er Günther einweihen sollte. Doch irgendwas war in ihm, womit er sein Vertrauen hatte, weshalb er sich dafür entschied.

„Ich habe die Daten des Pärchens überprüft." begann er. „Wenn man dem Polizeicomputer glaubt, existieren die beiden gar nicht. Jedoch folgten die Ausweisnummern des typischen Algorithmen unserer Bundesregierung."

„Und was bedeutet das?" wollte der Alte wissen.

„Das bedeutet, die Ausweise sind gefälscht. Warum läuft man mit gefälschten Ausweisen durch die Strassen?" antwortete Erik.

Der Alte ließ die Information sacken und dachte nach.

„Es muss nicht sein, dass die Ausweise gefälscht sind." sagte er schließlich.

„Warum meinen Sie das?" fragte Decker.

„Während wir aus meinem Haus flüchteten und immer weiter fuhren, wechselte sich die Umgebung. Häuser sind auf einmal Ruinen. Dieses Hotel hier, in dem wir uns befinden...Vor 3 Jahren habe ich eine Broschüre im Briefkasten gehabt, die eine Werbung enthielt, da war es gerade frisch renoviert. Es sieht nun allerdings aus, als ob hier 10 oder 20 Jahre niemand mehr gewesen wäre."

„Was hat mit den Pärchen zu tun, die wir aufgenommen haben?" verstand Decker den Zusammenhang nicht.

„Nicht die Häuser haben sich verändert, sondern WIR haben das Universum gewechselt. Parallel zu der Welt, in der wir lebten, existierte dieses Universum, in dem die Menschen schon länger verschwunden sind..Mittlerweile seit ungefähr 20 Jahren. Es ist durchaus möglich, dass die beiden niemals irgendwelche Berührungspunkte mit unserem Universum hatten...oder genauer gesagt, mit den vielen Universen, mit denen wir in unserem bisherigem Leben konfrontiert waren.

Wenn wir das Universum weiterhin mit einem Baum vergleichen, ist die Welt in der wir leben, derselbe Baum. Der Ast, von dem die beiden stammen, ...also auf dem sie geboren wurden, war weit weg von den Ästen auf denen wir immer waren." erklärte er.

„Soll das heissen, den Irrsinn, den wir durchmachen, passiert auf dieser Welt öfter...nur in anderen Universen?"

„Natürlich." nickte der Alte. „Vielleicht bedeutet das, dass es ein sterbendes Universum ist...genauso wie Blätter im Herbst auch von einem Baum fallen."

„Das ist alles zu hoch für mich." seufzte Erik.

„Haben Sie sich nie gefragt, wo Menschen hin sind, wenn sie auf einmal spurlos verschwunden sind und nicht mehr wieder auf zu finden sind?" versuchte der Alte den ehemaligen Polizisten in seine lauten Gedanken mit einzubeziehen.

„Ich werde jetzt schlafen...Morgen werden wir weiter." brach Erik das Thema ab, als er merkte, dass durch das nachdenken das piepen in seinen Ohren lauter wurde.

„Dann werde ich Sie nicht länger stören. Ich werde auch noch etwas ins Bett." verabschiedete Günther sich. Erik reagierte nicht mehr,. Er war bereits eingeschlafen.

Die ganze Gruppe schlief tief und fest. Und so merkten sie nicht, das von weiten sich ein Audi Quattro, ein Manta Murena sowie ein Opel Manta 300 sich näherte. Vor dem Hotel hinter dem VW Bus kamen sie zum stehen.

Während die anderen beiden mit laufendem Motor im Auto verweilten, stand der Fahrer des Opel Manta 300 aus und betrachtete sich das Hotel aus direkter Nähe.

Ein hämisches Grinsen machte sich breit. Sie waren die ganze Nacht unterwegs, um das entflohene Pärchen wieder einzufangen. Karl Rosshauer war froh, dass er und seine Kumpanen am Tag vorher ausgeschlafen hatten, denn das Pärchen war weiter gekommen als sie mit gerechnet hatten.

Karl konnte sich bis heute nicht erklärten, was mit dieser Welt vor 22 Jahren passiert ist. Es fing alles damit an, dass er diese Hure umgebracht hatte. Warum musste sie auch versuchen, ihn aufs Kreuz zu legen? Ein einfacher Besuch im Bordell endete in einer Trägodie.

„Hallo hübsche Maus...was kostest du?" fragte er das Mädchen, die vielleicht gerade mal 20 Jahre alt war. Karl wusste selber nicht, warum er sich Trost im einem Laufhaus suchte. Das letzte Mal, als er einen festen Job hatte, war 3 Jahre her, doch keine Firma wollte ihn mehr als LKW Fahrer haben, da er durch sein Alkoholproblem unzuverlässig wurde. Mit Gelegenheitsjobs hielt er sich über Wasser. Durch sein Glasauge redete er sich selber ein, dass er für die Frauenwelt unattraktiv wäre. Seine Gedanken wurden mit Spott und Ablehnung der Frauen quittiert, was auch nichts daran änderte, dass er im Fitnessstudio Gewichte stemmte, um einen stählernen Körper zu bekommen. Doch es war weniger sein Glasauge, eher sein Alkoholproblem, was die Frauen veranlasste, ihn nach kurzer Zeit zu verlassen.

Doch Karl gehörte nicht zu den Menschen, die solche Situationen nutzten, um sich selber zu hinterfragen, ob es mit ihrem Verhalten zusammenhängen könnte. In seinen Augen waren es immer die bösen Frauen, weil sie keine Geduld mit ihm hatten und sich in Dinge reinhängen, die sie nichts angehen. Warum nervten sie ihn mit ihrer ständigen Nörgelei? Was ging es sie an, wenn er abends mal ein, 1 2 oder 3 Bier zu viel trank. Was störten sie sich daran, dass der Kühlschrank leer war? War doch seine Sache. Doch sie nervten ihn auch nicht lange. Immer waren sie schon nach wenigen Tagen verschwunden.

Es war jedes Mal aufs neue ein demütigendes Gefühl für ihn, wenn sie gingen. Er entwickelte eine Hass auf das andere Geschlecht, weil sie sich weigerten, auf Dauer sein Gegenstück zu sein. Diese Nacht war das erste Mal, dass er versuchte, den Frust im Laufhaus loszuwerden. Vielleicht war dadurch die „neu gewonnene Freiheit" besser zu verdauen.

„Komm doch erstmal rein." lächelte das Mädchen. „Ich bin Camilla, und wie heisst du?"

„Ich bin Karl....Du kannst mich Charlie nennen." versuchte Karl zu lächeln. Er wusste, dass er hier nie die große Liebe finden würde, doch es war mal ein angenehmes Gefühl, netten Kontakt zu haben und augenscheinlich begehrt zu werden, ohne dass man sich grossartig anstrengen musste. Er brauchte hier keine Anmachsprüche. Zudem war er auch nicht darauf angewiesen, dass er ihnen optisch gefiel, weshalb er sie ohne Bedenken mit seinem Glasauge anstarren konnte, ohne eine blöde Antwort zu befürchten. Das einzige was er brauchte, war Geld in der Tasche. Das es sein letztes war, interessierte ihn in diesem Augenblick nicht.

„Charlie, das klingt schön...Magst du reinkommen?" lächelte sie verführerisch.

„Was würde es mich denn kosten?" flüsterte er, so dass es niemand mitbekommen konnte. Nicht, dass es ihm unangenehm war, dass jemand mitbekommen könnte, das er gerade dabei war, sich Liebe zu kaufen, sondern eher, dass er vom Bordell wenig Ahnung hatte. Warum war er nicht eher auf diese Idee gekommen? Bis zu dieser Nacht hatte er ein Laufhaus nur von außen gesehen.

„Ich meine...für Sex.." grinste er und entblößte dabei vom Nikotin vergilbte Zähne.

„50 Mark." antwortete Camilla nun endlich und zog ihn, ehe er weiter reagieren konnte, sanft zu sich ins Zimmer und schloß die Tür zu.

50 Mark, genau soviel wie er noch besaß, doch was sollte er tun? Wie dumm würde er sich fühlen, wenn er jetzt deshalb den Rückzug antreten und die junge Dame ihm mit einem entgeistertem Gesichtsausdruck zum Ausgang geleiten würde? Er würde sich dann noch beschissener fühlen als zu dem Zeitpunkt, als er das Laufhaus betreten hatte.

In 2 Tagen würde er wieder unter der Hand eine Tour fahren, das würde schon irgendwie gehen, dass er 2 Tage ohne Mittel über die Runden kommt.

„Okay gut." nickte er und strahlte. Wenn er schon sein letztes Geld dafür ausgibt, wollte er es wenigstens genießen.

Er gab ihr den 50 Mark Schein, den sie entgegennahm und in einem Tresor verstaute. Sie zog sich aus und er tat es ihr gleich, bis sie sich nackt gegenüber standen. Sie trat näher und legte sich in seine Arme.

Ihre nackte Haut und ihre nackten Brüste zu spüren, erregten ihn.

„Können wir?" flüsterte er und sie deutete ihm, sich aufs Bett zu legen.

Er legte sich aufs Bett und sie setzte sich neben ihm auf die Matratze.

„Sex ist ja ein sehr weitläufiger Begriff." fing sie an. „wenn ich dich wichse ist das ja auch quasi Sex."

„Das meinte ich aber nicht." antwortete er unsicher.

„Ist aber so...also für die 50 wichs ich dich..für 70 wichs ich dich auch bis zum Orgasmus, kannst dir also überlegen, ob du mit dicken Eiern draussen rumlaufen willst, um 20 Mark zu sparen..." Ihr Ton war auf einmal unheimlich kühl geworden. Sie hatte ihn aufs Kreuz gelegt. „Also bis wir beim ficken sind, sind wir bei 180 Mark. Ich hoffe du hast soviel mit?"

„Du Hure, du hast mich verarscht!" wurde Karl biestig. Er stand auf und gab ihr eine saftige Ohrfeige, so dass Camilla von der Matratze flog.

„Niemand verarscht mich! Niemand hörst du?!" schrie er.

Er bückte sich und umfasste mit seinen grossen Händen ihren Hals und drückte zu. Dabei schüttelte er sie wild, als sei sie eine Puppe.

"Wie kannst du es wagen, mich zu verarschen?! Das war gegen die Vereinbarung. Das war gegen die Vereinbarung!"

Camilla lief rot an. Wild wedelte sie mit ihren Armen und Beinen, doch gegen die rohe Kraft des arbeitslosen LKW Fahrers hatte sie keine Chance.

Schließlich kamen Arme und Beine zum stillstand. Er hatte ihren letzten Lebensfunken aus ihrem Körper gedrückt.

Wie ein Stück nasse Wäsche ließ er sie fallen. Entsetzt über sich selber, griff er nach seiner Hose und seinem T-Shirt und zog sich schnell wieder an.

Als er die Tür des Zimmers vorsichtig öffnete, lünkerte er, ob ihn auch niemand gesehen hatte und schlich aus dem Laufhaus hinaus
.

Camilla war der letzte Mensch, den er gesehen hatte. Als er den Puff verließ waren die Strassen leer. Alle Freier, die draußen herumliefen waren ebenfalls verschwunden. Seitdem war er allein.

3 Monate später hatte er wieder Menschen entdecken können.

Der eine war Christopher, der bei einem Amoklauf alle seiner Mitschüler in Brand steckte und seitdem, so berichtete er, ebenfalls keine Menschenseele mehr gesehen hatte. Heute war er 36, als er seine Klassenkameraden ermordete, war er gerade mal 14 Jahre alt.

Der zweite war Armin. Armin outete sich als Pädophiler Irrer, dessen Umfeld verschwand, als er die 12 jährigen Jeanette, die Tochter seines besten Freundes, bei einem Spieleabend ihrer Eltern in ihrem Zimmer aufsuchte und ihr die Zunge in den Hals schob. Nachdem er ihre Scheide massierte und nur durch die Berührung in seine Hose ejakulierte, verließ er ihr Zimmer. Von da an waren alle verschwunden.

Der dritte war Edward, ein Mann Mitte der 20er, der beschloß, als Auftragskiller seinen Lebensunterhalt zu verdienen. Als er einers seiner Opfer vom Dach eines Hochhauses stieß, war das letzte was er hörte, die Knochen seines Opfers, die mit einem lauten Knacken auf dem Asphalt brachen und einen 2 Meter grossen Blutflecken hinterließen. Ein Anblick wie eine zermatschte Spinne unter dem Mikroskop. Seitdem war sein Leben von Einsamkeit geprägt, bis er 4 ½ Jahre später sich Charlies Gruppe anschloß.

Der vierte war Joseph, der über Kontaktanzeigen homosexuelle Männer zu sich einlud, um sie anschließend mit einem Messer umzubringen und sie anschließend zu verspeisen. Nachdem er sein letztes Opfer ermordet und gegessen hatte, war ebenfalls alles um ihn herum Menschenleer.

Entschlossen schmiß Karl den letzten Rest der Zigarette auf den Boden und trat sie aus. Er war sich sicher, dass das Pärchen, dass sie suchten, hierher geflüchtet waren. Er hatte es genossen, das Baby ins Feuer zu schmeißen. Die Qualen der Frau zu spüren, wie sie vor seelischem Schmerz schrie, sich ansehen zu müssen, wie ihr Baby im Feuer verbrennt. Oh ja, waren die Schreie ein Genuss für ihn. Weder sie noch das Baby hatte ihm etwas getan. Doch er hasste alle Frauen. Wenn sie unter seiner Hand nicht sterben, dann sollten sie wenigstens leiden. Bisher lief es immer darauf hinaus, dass sie erst leiden und dann sterben.

„Erik....Erik...." flüsterte Thorben leise aber hektisch.

Irritiert sah sich der aus dem Schlaf gerissene Decker um.

„Da draussen stehen welche." überbrachte Thorben ihm die schlechte Neuigkeit.

Obwohl er gerade aus dem Tiefschlaf gerissen wurde, war er blitzschnell geistesgegenwärtig und lief in gebückter Haltung zum Fenster, um vorsichtig hinaus zu schauen.

Nun sah er den Fremden ungefähr 10 Meter vor dem Hotel entfernt und schaute sich oben die Fenster an, offenbar wartete er darauf, dass jemand sich an den obigen Fenstern zu erkennen gäbe.

„Was die wohl wollen?" hinterfragte Thorben.

„Nichts gutes..." flüsterte Erik. „geh nach oben und weck die anderen..aber sie sollen dabei leise bleiben."

Thorben gehorchte und schlich ebenfalls gebückt, damit er durchs Fenster nicht zu erkennen ist, die Hoteltreppe hinauf.

Oh ja, Erik kannte den Typen, der gerade da draußen stand. Sein erster Ausbilder bei der Polizei hatte damals mit ihm zu tun gehabt und nach mehreren Frauenmorden überführt. Er selber war damals noch nicht bei der Polizei, doch sein Ausbilder hatte viel von ihm gesprochen. Schließlich war Rosshauer sein erster größerer Fall,den er gelöst hatte.

Wie konnte er aus dem Gefängnis entkommen? Hinzu kam, dass Karl eigenartigerweise wieder sehr jung aussah. Als er ihn das letzte Mal sah, war er alt und grau und vegetierte in seiner Zelle vor sich hin.

Sagte der Alte Girod nicht, dass Zeit eine Illusion wäre? Wie konnte Rosshauer aus der Vergangenheit in die Gegenwart kommen , um weiter in Freiheit sein Unwesen zu treiben?

Erik zog seine Waffe aus der Innentasche und vergewisserte sich, dass sie geladen war. Dann beobachtete er Karl wieder, wie er sich Richtung Hoteleingang bewegte. Die anderen Typen, die nun ebenfalls aus den anderen Autos ausgestiegen waren, kannte er hingegen nicht.

Schnell wendete er sich ab und presste sich fest an die Wand, denn Karl war nun am Erdgeschossfenster angelangt und schaute hinein.

„Erik...Thorben sagte mir..." hörte er auf einmal Kerstins Stimme, die aufgebracht die Treppe hinunter kam. Doch anstatt Erik blickte sie Karl ins Gesicht, der immer noch vor dem Fenster stand und ins Hotel hineinsah.

Sie quiekte kurz vor Schreck, da sie nicht damit gerechnet hatte. Zwar wusste sie von Thorben, dass jemand vor dem Hotel stand, doch sie hatte nicht damit gerechnet, dass sich dieser jemand schon soweit genähert hatte und direkt durchs Fenster blicken würde.

„Sie sind hier!" rief Karl, nachdem er sie kurz hämisch angegrinst hatte.

Im selben Augenblick pochte es gegen die Tür des Hoteleingangs. Wieder zuckte Kerstin zusammen , doch jetzt sah sie endlich Erik unter dem Fenster Sims kauern, der ihr deutete, sie solle wieder nach oben gehen.

Sie gehorchte und flüchtete wieder nach oben. Im selben Augenblick brach die Tür des Eingangs auf. In derselben Sekunden erfolgte ein Schuss. Armin war ins Hotelgebäude eingedrungen, doch Erik hatte schnell genug reagiert und ihm ins Bein geschossen, woraufhin Armin zusammensackte.

Bevor Karl registrieren konnte, woher der Schuß kam, war Erik zur Treppe gehechtet und rannte ebenfalls nach oben. Jedoch nicht, ohne sich umzudrehen und ein paar Warnschüsse abzufeuern, um Zeit zu gewinnen.

„Was ist los?" fragte Matthias, der oben schon auf ihn wartete.

„Schließt euch in eines der Zimmer ein. Wir werden bedroht!" antwortete Erik und schob Matthias sanft zur Seite. Er drehte sich um und richtete mit ausgestrecktem Arm seine Waffe die Treppe hinunter, so dass er jeden, der nun versuchte, nach oben zu kommen, erschiessen konnte.

„Dieser Scheisskerl hat mir ins Bein geschossen." hörte er Armin unten fluchen.

Karl sah sich Armins Bein aus dem Augenwinkel an. Mit ruhigen Schritten ging er zum Anfang der Treppe und blickte nach oben, wo Erik mit der Waffe auf ihn gerichtet, stand.

„Wer wird denn gleich schießen?" rief Karl hoch. Sein Unterton hatte etwas provokantes sarkastisches.

„Verschwindet!" schrie Erik und gab einen weiteren Warnschuß ab. Die Kugel zischte wenige Zentimeter neben seinem Kopf in die Wand.

„Die nächste trifft!" drohte Erik.

„Aber aber.." lachte Karl. „Brauchst du deine Waffe, um dich gegen mich zu wehren? Komm steck die Pistole weg und lass es uns wie Männer austragen."

Doch Erik ließ sich nicht provozieren und hielt die Waffe weiter in seine Richtung, während Karl nun einige Schritte die Treppen hinauf lief.

„Ich wiederhole mich nur ungern."sagte Erik und lud seine Waffe erneut durch.

„Du wirst nicht auf mich schiessen. Das verbietet dir deine Ehre...auf einen unbewaffneten Menschen zu schiessen." Karl grinste breit, denn er war überzeugt davon, das er Decker durchschaut hätte.

Und tatsächlich hatte Karl Recht. Zwar hielt Erik weiter die Waffe auf ihn gerichtet, doch er zögerte.

„Was ist los? Wollen wir uns nun endlich prügeln wie richtige Männer?" spottete Karl weiter. Doch er hatte nicht mit Deckers Schnelligkeit gerechnet. Denn dieser sprang mit einem Hechtsprung die Treppe herunter und erwischte Karl mit einem Sidekick. Sein Gegner flog einige Meter nach hinten, denn der Tritt hatte ihn direkt vor dem Brustkorb getroffen.

Christopher holte aus und versuchte Decker mit dem Baseballschläger zu treffen., doch geschickt fing er den Schlag ab und trat ihn in den Magen, doch mit einem weiteren Angreifer hatte er nicht gerechnet, denn Edward hatte ihn gepackt, bevor Erik überhaupt wahrnahm, dass er angegriffen wird. Von hinten nahm der Angreifer ihn in den Schwitzkasten und hielt ihm ein Messer an die Kehle.

„Ganz ruhig..sonst trenn ich deinen Kopf von deinem Körper." sagte Edward in einem kühlen Ton. Die Klinge, der man schon ansah, dass sie scharf war, war zu dicht an seiner Kehle, als dass sie noch Spielraum ließ, um weiter zu agieren. Eine falsche Regung und seine Kehle wäre durchtrennt.

„Und jetzt kommt raus, euren Beschützer haben wir schon, also kriegen wir euch erst Recht." keuchte Karl, der sich von dem Tritt gegen den Brustkorb noch nicht ganz erholt hatte.

„Na los! Kommt raus...wir haben eines von euren Leuten."

In dem Zimmer, in dem die anderen sich eingeschlossen hatten, saß die Gruppe zusammen und lauschte dem Gebrüll von Karl.

„Was machen wir jetzt?" flüsterte Kerstin.

„Wir müssen rausgehen." sagte Thorsten.. „Die Typen machen auf mich nicht den Eindruck, als ob mit denen zu spaßen wären. Die bringen ihn um."

„Thorben hat Recht." bestätigte Girod. „Er hat sein Leben dafür riskiert, um uns zu beschützen. Jetzt müssen wir auch für ihn was tun."

Alle schwiegen und schienen zu überlegen.

„Was ist los? Sollen wir eurem Freund die Kehle aufschlitzen?" rief Karl.

„Bleibt in eurem Zimmer." keuchte Erik.

Karl sah spöttisch auf Erik und blickte wieder nach oben.

„Euer Freund macht sich Sorgen um euren Arsch. Und ihr lasst ihn hängen. Ihr solltet euch schämen..Hehe." Die ganze Sache fing an, ihm Spaß zu machen.

Die Zimmertür öffnet sich und Kerstin ging voran die ersten Stufen der Treppen herunter.

Karl drehte sich zu Erik um und grinste ihn an.

„Na sieh mal einer an, du scheinst ja doch ein paar Freunde zu haben."

Hinter Kerstin folgte Thorben, danach Girod, Max, Valentina und schließlich Nikolaj.

„So, und jetzt alle nebeneinander aufstellen. Na wird's bald?!" Sein freundlich sarkastischer Ton wurde auf einmal strenger.

Wie es Karl befohlen hatte, stellten sie sich alle nebeneinander auf. Alle hatten sie Angst.

Oben im Zimmer saß noch eine einsame Gestalt, die nicht dem Befehl von Karl und seinen Kumpanen gefolgt war.

In der Ecke des Zimmers kauerte Matthias. Er zitterte am ganzen Körper. Doch es war weniger die Angst, die ihm durch die Glieder fuhr, sondern die Enttäuschung über sich selbst.

Als die anderen beschlossen, hinaus zu gehen, um Eriks Leben zu retten, beschloss er, oben zu bleiben.

Er vergrub den Kopf in seine Hände. Im nachhinein wäre er lieber gestorben, als sich dem Selbsthass auszusetzen. Doch er redete sich ein, dass es besser wäre, dass einer oben bleibt, damit er die anderen befreien könnte. Doch jetzt meldete sich sein zweites böses Ich wieder zu Wort, dass ihm die Wahrheit über sich selbst sagte. Das ihm die Maske vom Gesicht riß und ihn als Feigling entlarvte.

„Die anderen retten? Du? Nicht im Ernst, oder? Was willst du tun? Ausgerechnet Du...und das weisst du...du kannst sie nicht retten...keinen von ihnen...das wusstest du...du hattest Schiss...und du hast es vorgezogen, hier im Zimmer zu bleiben, bis sie verschwunden sind, während deine Freunde sich opfern. „

Ja, sein zweites Ich hatte Recht. Er hatte Angst gehabt. Und er wollte sich nicht von den Irren da unten hinrichten lassen.

Er wusste dass es falsch ist, oben im Zimmer zu bleiben. Es wäre richtig gewesen, sich den anderen anzuschließen.

Doch was hatten sie davon, wenn er sich opfert? Eine legitime Rechtfertigung sich nicht zu opfern. Insgeheim hoffte er, dass er den Mut noch finden würde, sein Versprechen einzulösen und sie zu befreien.

„Wen haben wir denn hier?" fragte Karl und ging wie ein Offizier an seinen Soldaten vorbei um jeden einzelnen von ihnen begutachten zu können.

Vor Kerstin und Valentina blieb er stehen.

„Ihr habt ja sogar Frauen hier." stellte Karl verspielt fest.

Erik überlegte fieberhaft, wie er sich aus Edwards Griff befreien sollte. Es wäre ein leichtes, wenn die scharfe Klinge nicht direkt an seiner Kehle anliegen würde. Ein falscher Millimeter und er stirbt.

Karl wendete sich Edward und ihm zu.

„Ich denke, unser Held hat sich mittlerweile beruhigt. Wir wollen nicht feindselig rüberkommen. Edward, pack bitte das Messer weg." forderte Karl einen seiner Männer höflich auf. Doch Edward rührte sich kein Stück.

„Edward...das Messer weg." zog Karl die Augenbrauen hoch. Doch die Klinge berührte immer noch Eriks Kehle.Schließlich streckte er seinem Gehilfen seine offene Hand entgegen. Erst nach kurzem zögern übergab Edward ihm das Messer. Erik war nun frei.

„Setzen Sie sich doch bitte, Herr..." er stoppte und wartete, das Erik seinen Namen sagte. Doch Erik schwieg und sah Karl weiterhin mißtrauisch an. Doch unbeirrt lief Karl auf ihn zu und griff in seine Jackentasche, um die Polizeimarke herauszuholen.

„Erik Decker." las er triumphierend vor. „Ei, ein Polizist. Kriminalhauptkommissar sogar."

„Lassen Sie bitte meine Leute gehen." bat Erik im ruhigem Ton. Er traute der plötzlichen Freundlichkeit seines Gegenübers nicht, doch er hoffte, sie sich vorübergehend zunutze machen zu können.

„Er wird uns nicht gehen lassen. Das sind die Leute, die unser Baby auf dem Gewissen haben." Tränen kullerten wieder aus Valentinas Augen.

Ungerührt sah Karl sie an.

„Was sind das denn für Worte? Was soll der Herr Kommissar denn von uns denken?" grinste er. „Schon schlimm genug dass ich mit einer Gruppe Psychopathen hier einlaufe. Diesen Eindruck kann ich doch nie wieder gut machen. Und dann kommt noch sowas."

„Warum lassen Sie die Leute nicht in Ruhe?" wollte Erik wissen.

„Herr Decker...." begann er laut, ohne ihn dabei anzusehen. „Seit 22 Jahren ist hier keine Zivilisation mehr. Alle verschwunden..von jetzt auf gleich...Hin und wieder tauchen nochmal Menschen wie ihr auf...manche scheinen aus einer anderen Zeit...andere widerum sogar von einer ganz anderen Welt zu kommen die ähnlich ist wie unsere."

Er drehte sich zu Erik um und ging ein paar Schritte wieder auf ihn zu.

„Warum häng ich mit diesen Psychpathen ab, Herr Decker? Weil normale Menschen mit mir nichts zu tun haben wollen. Und den Kreaturen, mit denen ich mich abgebe, geht es nicht anders."

Er drehte sich wieder um und ging auf die Gruppe zu.

„Es war die Zivilisation, die uns zu dem gemacht hat, was wir sind. Edward, der nette Herr, dem ich gerade das Messer abgenommen habe, war ein Auftragskiller....ist dieser Mann böse? Vielleicht...aber er hat in Drecklöchern gewühlt, in denen andere sich nicht die Hände schmutzig machen wollten. Er war leidglich immer der Handschuh. Ein Auftragskiller kann nicht existieren, wenn es keine Auftraggeber gibt. Und die kommen von der sogenannten Zivilisation." Man konnte eine Spur von Verbitterung in seiner Stimme wahrnehmen.

„Unser Freund Armin...dem Mann, den sie ins Bein geschossen haben, steht auf kleine Mädchen. Er war ein ganz normaler Mensch wie Sie und ich...doch dann hatte die Tochter von seinen Freunden ihre Reize spielen lassen. Sie werden sagen, er ist ein fieser Kinderficker... Und Sie haben sogar Recht. Aber das war die kleine Schlampe, die diese Neigung in ihn geweckt hat. Warum lassen Eltern es zu, dass sich 12 jährige Mädchen schminken? Das ist doch klar, das ein Mann, der diese Veranlagung hat, da schwach werden kann. Glauben Sie mir , Herr Decker, so unschuldig ist die Zivilisation nicht."
Er setzte sich auf die Couch, auf der Erik letzte Nacht noch geschlafen hatte.

„Und draußen der Mann, der an den Autos steht und aufpasst, dass Sie nicht abhauen, ist Joseph. Joseph ist etwas, was Sie als Kannibalen bezeichnen würden. Was hat er getan? Er hat ein paar schwule Männer zu sich nach Hause gelockt und sie mit einem Messer in Stücke geschnitten um sie zu essen. So was erleben wir in der Natur tagtäglich. Jeder, der ein Aquarium besitzt, hat schon mal beobachtet, wie Fische seinesgleichen auffressen. Die Natur hat es so vorgegeben, dass Menschen auch Menschen essen können. Zumindest sollte man das denken. Doch die Natur hat bei uns Menschen etwas eingebaut...eine Art Hemmschwelle...Die hemmschwelle, einen Menschen zu töten oder ins Gesicht zu schlagen. Wenn Menschen sowas doch fertig bringen, dann ist irgendetwas dauerhaft passiert, was diese Programmierung der Natur gelöscht hat...Was ist mit meinem Freund Joseph passiert, dass ihm diese Hemmschwelle genommen hat, seine Beute zu töten und zu essen, anstatt das zu essen, was uns zur Verfügung steht und einfach seine Geschmacksrichtung ein wenig ändert? Irgendetwas hat diese sogenannte Zivilisation mit ihm angestellt, dass diese Hemmschwelle abgebaut wurde. Sie sind es schuld, dass wir so sind wie wir sind. Und sie wagen es, uns auszuschließen."

„Und weil Ihre Morde von der Gesellschaft nicht geduldet werden, bringen Sie sie um, statt es zu nutzen, dass es kein Rechtssystem mehr gibt und sich einfach zurückzuziehen." ergänzte Erik.

„Zurück ziehen? „fragte er erstaunt. „Wir sollen uns zurückziehen, weil die Gesellschaft in uns etwas zerstört hat und wir damit leben müssen? Ich wüsste nicht warum...Wir bringen sie alle um, damit nicht eine neue Gesellschaft entsteht. Immer wieder tauchen Menschen auf einmal wieder auf...Wir wollen nicht, dass sie sich wieder zusammentun, eine Gesellschaft bilden und dann hinterher noch ein neues Rechtssystem schaffen und anfangen uns zu jagen. Wir folgen einfach nur dem Gesetz der Natur. Fressen und gefressen werden. Sie haben Mut, Herr Decker." Er stand auf und stellte sich wieder direkt vor ihm hin und sah ihm in die Augen.

„Sie sind schließlich auch gerade dabei, die Menschen ,die Sie finden, zu versammeln. Ich halte sie für tollkühn genug, dass Sie sie anführen und hinterher ein neues Rechtssystem einführen. Sie werden wahrscheinlich denken, dass alle, die dann übrig bleiben nur noch Psychopathen und Verbrecher sind..und damit haben Sie Recht. Doch wir wollen einfach nur überleben, und deshalb müssen wir alle töten, die meinen, normal oder unbescholten zu sein."

Er hielt ihm das Messer unters Kinn, dass er Edward abgenommen hatte.

Vielleicht haben wir ja jemanden in Ihrer Gruppe, der qualifiziert ist, uns anzuschließen. Und der Rest, kommt weg. Ja, und ich muß auch leider zugeben, auch Sie werden sterben. Gerade Sie, weil Sie als Polizist der erste sind, der uns jagen wird."

Wieder ging Karl zur Gruppe. Zuerst sah er den alten Girod an.

„Wir sind trotz allem keine Unmenschen. Wir wollen nicht unbedingt töten. Wir wollen nur die töten, die uns ausgrenzen und jagen würden, wenn sie stark genug sind. Wie heissen Sie?"

„Günther." antwortete der Alte, ohne Karl anzusehen.

„Günther, haben Sie schon mal jemanden getötet, oder sonst irgendetwas widerwärtiges gemacht?"

Günther sagte nichts. Er fürchtete, sein Todesurteil zu unterschreiben, wenn er die Frage verneinte.

„Ich vermute mal, der eine oder andere würde einfach etwas behaupten, um zu überleben...Aber ich verspreche Ihnen, wir werden uns die Zeit nehmen, genau dies zu überprüfen."

„Und Sie glauben, dass wir Mörder in unserer Gruppe aufnehmen, die Sie in Ihrer Mannschaft aufnehmen können." war eher Eriks ironische Frage als eine Aussage.

„Kennen Sie die Menschen, mit denen Sie sich abgeben?" lachte Karl. „Glauben Sie ernsthaft, Sie können den Menschen vor den Kopf gucken, nur weil Sie Polizist sind?"

Erik sah zu Boden. Es war eine gerechtfertigte Frage.

„Als es die Gesellschaft noch gab, sind Sie tagtäglich irgendwelchen Irren begegnet. Vielleicht nicht alles bestialische Mörder...doch viele, die potentielle Mörder sind...Oder anderweitig verrückte. Der Kisoskbesitzer, bei dem Sie Ihre Zigaretten holen, hat vielleicht den ganzen Schrank voller Videos mit Kinderpornos. Vielleicht ja...vielleicht aber auch nicht. Doch wissen Sie das, Herr Decker? In Ihrem alten Job war es Ihre Aufagbe, genau die Leute herauszufiltern, Sie wissen also wovon ich rede...Oder der Student mit der Brille, der Ihnen morgens aus der Bücherei entgegenkommt...vielleicht war er schon gedanklich dabei, den Mord an seiner Freundin zu planen. Oder quält zuhause aus Sadismus seine Katze." Er sah auf das Messer in seiner Hand und fuhr dann fort.

„Wir wollen sicherlich keine Armee von Irren, aber im Moment sind wir darauf aus, zu rekrutieren. Stärker zu werden." fuhr Karl fort. „Wir haben in dem Dorf, aus dem 2 Ihrer Mitglieder gestern geflüchtet sind, ein Lager. Ein paar Leute konnten sich schon für unsere Gruppe qualifizieren. In unserem Lager haben wir noch jemanden, dem die Hemmungen bewusst abgebaut wurden. Sein Kickboxtrainer hatte es übertrieben...Keine Hemmungen, jemanden das Genick zu brechen. Er hatte einen behinderten 16 jährigen auf offener Straße totgeprügelt...Einfach so...aus Frust..auf einmal war er alleine. Auf einmal waren auch für ihn die Gesellschaft verschwunden. Einen Kindermörder, einen der vorgibt bei den Nazis gewesen zu sein. Auch wenn es vom Alter nicht passt, hat er schon gezeigt, dass er bereit ist zu töten, wenn es darauf ankommt. Er scheint zumindest selber zu glauben, dass er im 2. Weltkrieg tausende von Juden vergast hat. Einen Terroristen, der einen Anschlag in Ägypten verübt hat bei dem 140 Menschen ums Leben kamen. Ein typisches Beispiel, dass ein Mensch selbst den fanatischsten Glauben verlieren kann, wenn man ihn von seinem Rudel trennt....dem Einfluss entzogen wird. Er bekennt sich selber als Irrer, dem das Hirn verdreht wurde und nicht mehr zur Gesellschaft gehören kann...aber er glaubt bestimmt nicht mehr, dass er 40 Jungfrauen im Paradies bekommt, wenn er sich selber in die Luft sprengt." Karl konnte sich ein hämisches Lachen nicht verkneifen.

„In unserem Lager gibt es Leute, die gerne Menschen quälen oder getötet haben..oder wenigstens nicht mehr weit davon weg sind, es das erste Mal zu tun. Manche Menschen wissen es gar nicht, dass sie nicht mehr weit davon weg sind, sich für unsere Mannschaft zu qualifizieren. Wir haben 11 Leute, die erst nach unserer Prüfung zu Mördern geworden sind."
Er lief weiter durch die Reihe.

„Dr. Jonas Wellheim...mein Berater und meine Rechte Hand...ein Genie und ein anerkannter Doktor der Psychologie...Er war mir eine grosse Hilfe dabei, unsere Mannschaft zu vergrößern."
Nun wurde Erik einiges klar.Bis zu diesem Moment war er noch in der Annahme, das Karl der Anführer der Psyochpathen Gruppe, die Karl immer als „Mannschaft" bezeichnete ist. Doch nun wusste er, das Karl nur die Marionette eines Psychologen war, der ihn geschickt manipuliert und für seine Zwecke agiert. Der wahre Anführer war dieser Dr. Wellheim. Das wusste er nun.

„Ich verdanke ihm viel. Wäre er nicht gewesen, würde ich heute wahrscheinlich noch als einsamer Irrer durch die Straßen laufen. Bis ich ihn traf. Er brachte mich auf die Idee, eine Mannschaft zu bilden, die stark genug ist, dass sich nicht nochmal eine Gesellschaft bilden kann, die uns ausgrenzen oder wegsperren kann."
„Was haben Sie jetzt mit uns vor? Wollen Sie uns einem Eigungstest unterziehen?" fragte Decker zynisch.

„Sie sind als ehemaliger Polizist...als Verfechter von Justizia, schon bereits disqualifiziert. Sie werden auf jeden Fall sterben, soviel steht fest. Sie wären der erste, der uns jagen würde...wie ich schon sagte."
Joseph betrat die Hotelempfangshalle und stellte sich neben Edward hinter Decker. In seiner Hand hielt er eine Eisenstange.

„Aber Ihre Gruppe wird von uns eine Chance erhalten. Wir werden sie unseren Prüfungen unterziehen und die qualifizierten aussieben und bei uns aufnehmen., Die anderen werden sterben. „

„Wenn Sie ernsthaft vorhätten, mich zu töten, hätten Sie es schon lange getan." grinste Erik.

„Seien Sie nicht so ungeduldig, Herr Decker. Sie werden schon an die Reihe kommen. Ich will Sie trotzdem dem Doktor vorstellen. Vielleicht sieht er es ja doch anders als ich. Aber ich bin mir zu 100% sicher, dass er Sie auch töten lassen wird."

„Doch eins will ich nicht..." hob Karl den Zeigefinger.

Plötzlich drehte er sich um und rammte Valentina sein Messer in den Bauch.

„"Nein!" schrie Erik, doch im selben Augenblick spürte er nur noch einen Schlag auf den Hinterkopf. Mit der Eisenstange hatte Joseph ihn KO geschlagen. Alle anderen der Gruppe schrien entsetzt auf.

Valentina brach tot vor ihnen zusammen.

„Ich dulde keine Frauen in der Gruppe...ich hasse Frauen!"

„Du Schwein!" schrie Max. Er hatte sich die ganze Zeit zusammengerissen, um den Rest der Gruppe nicht zu gefährden, doch nun konnte er sich nicht mehr zurückhalten und ging auf ihn los.

Doch Karl fing Maxs wild schwingenden Fäuste ab und rammte ihm das Knie in den Magen und trat ihm ins Gesicht.

„Fesselt sie und packt sie in die Autos...die andere Schlampe packt ihr in den Kofferraum. Mit ihr habe ich noch andere Pläne." befahl er, woraufhin Edward und Joseph sich daran machten, die anderen zu fesseln und zu den Autos zu geleiten. Die Gruppe leistete keinen Widerstand, da sie Angst hatten. Erik, der noch bewusstlos auf dem Boden lag, trugenT sie zu den Autos. Wie Kerstin, legten sie ihn in einen Kofferraum. Danach versorgten sie Armins Bein, damit er wieder in der Lage war zu fahren.

Valentinas Leiche ließen sie zurück.

Gekaufte Strafe

Diesmal leistete Igor keinen Widerstand, als er die Tür öffnete und Erik mit Till und 6 weiteren Polizeikollegen vor der Tür standen.

„Wir müssen dringend Justyna sprechen." sagte Erik kurz angebunden.

„Sie ist im Schlafzimmer." antwortete Igor und deutete auf das besagte Zimmer. Er hatte nach Eriks letztem Besuch schon damit gerechnet, dass das kommen wird. Decker schob ihn beiseite und betrat die Wohnung.

„Justyna, wir müssen Sie dringend sprechen." rief Erik, nachdem er an die Schlafzimmertür geklopft hatte.

„Einen Augenblick." rief sie von der anderen Seite der Tür.

Wenige Augenblicke später öffnete Justyna die Tür. Sie war mit einem schwarzen Satinbademantel bekleidet.

„Wir müssen uns über Oliver Krantz unterhalten." begann Erik. Als hätte sie schon damit gerechnet, deutete sie mit der offenen Hand ins Wohnzimmer, damit man sich hinsetzen konnte. Till folgte Erik. Die anderen Polizisten warteten draußen.

„Was wissen Sie über Oliver Krantz?" fragte Till.

„Ich weiß nicht, was Sie wollen." wehrte Justyna ab. „Ich hab mit Herrn Krantz nicht viel zu tun. Er ist ein Arbeitskollege von dem Herrn Bongers, weswegen Sie das letzte Mal hier waren."

„Lügen Sie mich jetzt nicht an. Es geht hier um ein Menschenleben!" giftete Erik sie an. „Wir haben ein Video gefunden, wo Sie drauf zu sehen sind und mit Krantz dieselbe Nummer machen wie mit Bongers."

„Er war ein Kunde von mir. Na und?" blieb Justyna cool.

„Ihr Kunde hat ein junges Mädchen ermordet und eine Frau entführt. Wir müssen davon ausgehen dass er diese Frau auch ermorden wird. Also hören Sie auf ihn zu decken." bettelte Till.

„Was hat das mit mir zu tun? Nur weil er bei mir Kunde ist, heisst das nicht, dass ich etwas mit seinen Verbrechen zu tun hab."

„Weil das Mordopfer die Tochter von einem weiteren Kunden von Ihnen ist. Es gibt einen Zusammenhang." antwortete Till.

„Machen Sie sich nicht lächerlich. Das kann auch Zufall sein." Sie zündete sich eine Zigarette an.

Doch Erik stand auf und schlug ihr die Zigarette aus der Hand und zog sie mit beiden Händen am Kragen ihres Satinbademantels an sich. Sie konnte seinen Atem spüren.

„Jetzt hören Sie mir gut zu...sollte der Frau, die wir suchen, etwas passieren, mache, ich Sie dafür verantwortlich. Ich habe mich über Sie und Igor erkundigt.

Fehlerhafte Steuerangaben, Beschäftigung von illegalen Einwanderern, Drogenschmuggel....sagt Ihnen das was? Ich mach Sie fertig!" er sprach leise aber mit einem scharfen Ton. Er schubste sie zurück, dass sie zurück in ihren Sitz fiel.

Sie stierte einen kurzen Augenblick. Die coole Fassade von zuvor, bröckelte.

„Wenn ich sage, was Sie wissen wollen, ist meine Existenz sowieso ruiniert." Ihre Coolness war nun ganz verschwunden. Ihre Augen wurden feucht.

„Hören Sie, Justyna...Ich werde mich persönlich für Sie einsetzen, wenn Sie uns helfen, die vermisste Frau zu finden. Aber wenn Sie einen Mörder decken, werden Sie Ihres Lebens nicht mehr froh." obwohl die Worte hart waren, sagte Erik es mit eine ruhigen Stimme.

Justyna bückte sich und hob die Zigarette auf, die Erik ihr aus der Hand geschlagen hatte und zündete sie sich an. Sie suchte nach Fassung, indem sie einen tiefen Lungenzug nahm. Erik und Till warteten geduldig. Mit dem Handrücken wischte sie sich eine Träne, die heimlich ihrem linkem Augen entweichen wollte, weg.

„Als Oliver die ersten Male bei mir war..." begann sie „...war er ein ganz normaler Kunde wie jeder andere auch. Ein Geschäftsmann halt, der regelmäßig kam um aus seinem Alltag zu fliehen..sich in sein Sklavendasein zurückziehen wollte. Doch irgendwann nahmen seine Neigungen extreme Formen an. Der Reiz einer Unterwerfung durch eine Domina ist die, das man halt kein guter Sklave ist und seine Herrin verärgert...ich hab ihn geschlagen...ausgepeitscht...angespuckt...weil er auf den Boden pinkelte, weil er mich duzte...oder einfach nur, weil er zum falschen Zeitpunkt den falschen Gesichtsausdruck machte. Doch irgendwann reizte es ihn nicht mehr, dafür bestraft zu werden. Er wollte für echte Straftaten bestraft werden. Anfangs waren es Kleinigkeiten...das er in einer Tankstelle oder im Supermarkt etwas gestohlen hatte...doch eines Abends zeigte er mir auf seinem Smartphone ein Video, das ihn zeigte, wie er eine Frau verprügelte...und ich sollte ihn dafür bestrafen. Es war mir zuwider...Ich wollte zur Polizei gehen..." Sie sah Till bittend an. „Es ist nicht alles legal, was Igor und ich machen. Aber wir sind keine Monster."

„Was passierte dann?" lenkte Erik wieder ihre Aufmerksamkeit auf sich und das Thema.

„Oliver bot uns Geld an..viel Geld...10.000 EUR pro Session, für die ich ihn für eine Straftat bestrafen sollte. Als er das ermordete Mädchen zeigte....!" Nun brach sie in Tränen aus „....wollte ich wieder zur Polizei gehen. Ich sagte zu Igor *ich mach das ganze nicht mehr mit. Das ist alles zu viel für mich*...Doch Igor sagte immer, ich soll noch etwas durchhalten..wir würden das Geld, das Oliver zahlt, zurücklegen...dann werden wir von hier verschwinden und irgendwo ein neues Leben aufbauen. Er hatte es mir versprochen. Das Mädchen war ermordet worden und ich habe ihn dafür geschlagen und getreten...und es machte ihn an...Igor sagte, ich solle nicht zur Polizei gehen, das würde das Mädchen auch nicht wieder lebendig machen...einfach nur n bisschen durchhalten...nur noch ein bisschen...die Frau die sie suchen, hatte er mir auch gezeigt."

„Justyna, wo ist diese Frau?" fragte Erik.

„Ich weiß es nicht." schüttelte sie den Kopf. „Aber er wird gleich kommen. Sie sind richtig hier."

„Die Polizei sucht nach ihm und er weiß es. Ich denke nicht, dass er hier auftauchen wird."widersprach Till.

„Doch er wird....Oliver ist krank. Er ist abhängig von mir. Er würde alles dafür tun, nur um mir zu zeigen, dass er die Frau mißhandelt hat, damit ich ihn bestrafe...man kann das, was in seinem Kopf vorgeht, nicht mit Logik erklären...Ich habe ihn sogar schon blutig geschlagen...so geschlagen, wie er die Frau und das Mädchen geschlagen hatte. Habe ihn mit einem Messer geritzt...Auch wenn ich ihn damit verletze...es interessiert ihn nicht...Hauptsache ich verletze ihn. Er wird kommen, um sich seine Strafe für seine heutige Tat abzuholen...auch wenn sie hier sind, weil sie ihn suchen." erklärte sie.

„Und da sind Sie sich sicher?" hinterfragte Till, woraufhin Justyna nickte.

„Okay, wir werden hier bleiben und ihm auflauern. Aber ich warne Sie, wenn Sie mich verarschen, um Ihrem Kunden Zeit zur Flucht zu verschaffen, mach ich Ihnen das Leben zur Hölle." drohte Erik.

„Sie brauchen nicht zu versuchen, mich einzuschüchtern. Verstecken Sie sich und Ihre Männer. Dann wird er definitiv kommen. Wenn er nicht gerade Polizei sieht, wird er der Versuchung nicht widerstehen können, sich von mir seine Strafe abzuholen." beteuerte Justyna.

Erik und Till sahen sich an und nickten sich dann zustimmend zu. Till verließ die Wohnung, um den anderen draußen wartenden Kollegen Anweisung zu geben, sich zu verstecken.

„Okay...ich werde gleich Ihre Hilfe brauchen, Justyna." bat Erik.

„Werden ich und Igor ins Gefängnis gehen?" fragte Justyna.

„Ja...werden Sie." nickte Erik. „Doch wenn Sie mir gleich helfen, werde ich alles tun, dass die Strafe nicht allzuhart ausfallen wird."

„Sie spielt mit?" fragte Till, als Erik eine Viertel Stunde später heraus kam.

„Ja..wird sie." nickte Erik.

„Jetzt wissen wir zumindest, warum jemand, der so viel verdient, so einen niedrigen Lebensstandard hat. Hat alles in eine Domina gesteckt." fasste Till zusammen. „Verstehe das nicht, wie man seine ganze finanzielle Existenz in seine Neigung stecken kann."

„Jürgen hat mir mal erzählt, dass es sogar ganze Portale gibt, wo denen einer abgeht, das irgend so eine Domina denen online das Konto leer räumt. Und Krantz hat es sogar angemacht, 10.000 EUR Schweigegeld an seine Domina zu bezahlen." erinnerte Erik.

„Wenn das nicht krank ist..." schüttelte Till entgeistert den Kopf.

Eriks Handy klingelte. Sofort ging er dran.

„Decker..." Jemand sprach am anderen Ende der Leitung. „Was?!"

Till sah am Gesichtsausdruck seines Partners, dass die Nachricht, die gerade am Handy übermittelt wurden, keine guten sind.

„Das geht nicht. Wir erwarten Krantz innerhalb der nächsten 2 bis 3 Stunden hier. Wir werden ihn abfangen. Das ist das einzige was wir im Moment haben. Wir hoffen auch, dass die Kollegen von der Fahndung ihn eher schnappen." Wieder schwieg Erik und hörte der anderen Person zu. Till erkannte die Stimme. Es war Polizeichef Emilius.

„Was soll das heissen?!" Es wurde ernster. Till sah ihn fragend an, woraufhin Erik den Lautsprecher einschaltete. Nun konnte er Emilius ebenfalls hören.

„Ich finde es auch nicht gut. Aber ich habe zu der Staatsanwältin, die jetzt darauf angesetzt ist, keinen Draht. Es gab zu viele Beschwerden über dich. Ich muss dich aus der Schusslinie nehmen, Erik."

„Morgen kannst du machen was du willst, aber du kannst uns jetzt nicht von dem Fall abziehen. Wir sind dicht dabei, Krantz zu kriegen." widersprach Erik.

„Ja, und wir werden ihn kriegen. Wir werden Krantz, wenn er bei seiner Domina auftaucht, abfangen und ihn zum Präsidium bringen, um ihn zu verhören. Meyer habe ich schon angerufen, der übernimmt das Verhör. Ich habe ihn schon aus seinem Urlaub geholt und ist unterwegs hierhin. Er wird sich gleich in den Fall reinlesen und dann übernehmen." erklärte Emilius.

„Das dauert zu lange. Bis Christian sich in den Fall reingelesen hat und fürs Verhör vorbereitet ist, vergeht zu viel Zeit." gab Erik zu Bedenken.

„Schön, dann gebe ich ihm die Akte mit, dann soll Meyer bei euch das Verhör führen, wenn dich das beruhigt. Aber du und Till..ihr seid erstmal aus dem Fall raus. Tut mir leid."

„Aber..."

„Kein Aber...sobald Meyer eintrifft, werdet ihr zum Präsidium zurückkehren und euren Urlaubsantrag unterschreiben." gab sich Emilius entschlossen.

„Urlaubsantrag?" fragte Erik irritiert. Auch Till verstand es nicht.

„Ja Urlaubsantrag. Ihr beide werdet ab morgen 2 Wochen Urlaub machen. Ich muss euch irgendwie aus dem Verkehr ziehen. Die Nolte ist neu und sehr genau. Bevor ich euch suspendieren muss, finde ich es besser das ihr freiwillig für 2 Wochen euch nicht blicken lasst, bis ich mir überlegt habe, wie ich euren Hals mal wieder aus der Schlinge hole." Dann wurde seine Stimme sanftmütiger. „Es tut mir leid Erik. Ich weiss dass du diese Frau finden willst, aber du hast in den letzten Monaten einfach zu viel Scheisse gebaut. Ich muss etwas unternehmen...Also..wenn Meyer eintrifft kommst du und Till zurück. Bis gleich." Emilius legte auf.

„Hab ich mich gerade verhört? Wir werden von dem Fall abgezogen?" wollte Till sichergehen, dass er es richtig verstanden hatte.

„Das hast du leider richtig gehört. Die neue Staatsanwältin haben sie auf uns angesetzt, weil Bongers sich über uns beschwert hatte. Sie ist der Meinung, dass man das nicht mehr schönreden kann. Sie hat das Ziel mich suspendieren zu lassen.

Deshalb nimmt Emilius uns raus, um erstmal die Wogen zu glätten. Aber ich denke, er wird nicht sonderlich erfolgreich sein." antwortete Erik.

„ Ja grosse Klasse." gab sich Till ironisch. „Also haben wir , wenn Christian kommt, Feierabend."

„Ich möchgte beim Verhör dabei sein. Du kannst dich schon mal um deinen Urlaubsantrag kümmern." meinte Erik.

„Du darfst doch nicht beim Verhör dabei sein." bemerkte Till.

„Es kann nicht schaden, wenn noch jemand vor Ort ist, der in dem Fall involviert ist. Ich möchte wenigstens noch eine saubere Übergabe machen, bevor ich in den Urlaub gehe."

Till konnte sich nicht vorstellen, dass sein Partner wirklich vorhatte, in den Urlaub zu gehen, ohne die Gewissheit zu haben, dass Kerstin Reimann gefunden wurde. Doch er gab sich so, als würde er es ihm abkaufen und nickte bestätigend.

Er hatte sich überall umgesehen, doch nirgendwo war Polizei zu sehen. Oliver hatte seinen Wagen etwas abseits gestellt und einen Fußweg von 5 Minuten in Kauf genommen. Sein Herz raste vor Aufregung. Er war gespannt darauf, was seine Herrin zu der Bosheit sagen würde, die er diesmal begangen hatte. Sie würde wieder sehr wütend werden, wenn sie ihm das nächste Video zeigt. Allein bei der Vorstellung, dass sie ihn beschimpfen würde, erregte ihn.

Vor den Büschen an den Parkplätzen vor dem Wohngebäude hielt er inne. Jemand stand in einem langen Mantel vor der Tür und hatte gerade geklingelt. Was hatte das zu bedeuten? War die Polizei vielleicht doch hier, um ihn abzufangen?

„Igor öffnete die Tür und der Mann im Mantel trat ein.

„Sie sind Herr Meyer?" fragte Igor.

„Richtig..Ich habe versucht unauffällig zu sein, aber ich hatte keinen Hintereingang oder ähnliches entdecken können." sagte Christian.

„Hier gibt es auch keinen...Aber unser Bordell ist auch nicht darauf eingerichtet, dass die Polizei hier die Kunden abfängt. Herr Decker ist unten im Dungeon. Er wartet dort bereits auf Sie." sagte Igor.

Meyer bedankte sich und folgte Igors Anweisungen nach unten. Ein Keller, der für SM Sessions als Dungeon eingerichtet wurde.

Decker stand bereits unten und kam ihm entgegen.

„Christian, schön dass du da bist." begrüßte er seinen Kollegen.

„Ich soll euch ablösen. Ungewöhnlich zu einem Verhör gerufen zu werden, obwohl derjenige, der verhört werden soll, noch gar nicht geschnappt wurde." stellte Christian fest.

„Er wird gleich kommen. Unsere Zeugin ist sich da sicher. Es war wichtig, dass du sofort hierherkommst, bevor unser Verdächtiger dich vielleicht noch sieht." erklärte Decker.

„Okay, dann bin ich ja jetzt hier. Du kannst Feierabend machen." lächelte Christian.

„Ich möchte noch hierbleiben bis du ihn verhört hast....wenn das okay ist." bat Erik ihn.

„Emilius sagte mir, das du zurück kommst, sobald ich hier bin." erinnerte Christian ihn.

„Ich weiß, was er sagte...Aber vielleicht kann ich helfen. Ich will nur mit dem guten Gefühl zurück fahren, dass ich trotz der scheisse, die ich heute gebaut habe, was erreicht habe."
Christian überlegte kurz, dann nickte er.

„Also gut...einverstanden." lächelte er schließlich.

„Bist du sicher, dass dich niemand gesehen hat?" fragte Till.

„Es ist mittlerweile dunkel draußen. Ich kann nicht ausschließen, dass jemand sich in den Büschen versteckt hat." antwortete Christian.

„Also gut." er sah seinen Partner Till an. „Du wirst Christians Mantel anziehen. Das ihr ungefähr dieselbe Frisur habt, kommt uns zugute. In der Dunkelheit kann man euch von weitem nicht auseinanderhalten."

Als Till das Haus verließ, schlich Oliver doch zur Eingangstür. Bevor er klingelte, sah er sich noch ein letztes Mal um, ob wirklich nirgendwo Polizei ist.
Justyna öffnete die Tür. Sie hatte diesmal einen langen Baumwollbademantel an.

„Hier war gerade ein Typ. Wer war das?" fragte Oliver.

„Es war jemand von der Polizei. Er hat gefragt, ob ich dich gesehen hab. Hast du etwa wieder was angestellt?" fragte Justyna.
Oliver lächelte verschmitzt.

„Das wirst du gleich sehen. Was hast du ihm gesagt?!" wollte er wissen.

„Ich hab gesagt, dass du schon länger nicht mehr hiergewesen bist und nicht weiß, was ich damit zu tun habe." antwortete Justyna.

„Okay, gut." Er betrat den Flur und lief Justyna hinterher nach unten in den Dungeon.

„Finde ich aber ganz schön unverschämt von dir, dass du nicht das Sklavenoutfit trägst, wie ich es angeordnet habe." sagte Justyna streng, als sie unten angekommen waren.

„Verzeih Herrin." sagte er und begann, sein Hemd und seine Hose auszuziehen. Darunter trug er eine Erwachsenenwindel. „Weil es draußen frisch war, hatte ich etwas darüber gezogen."

„Dann ist ja gut." entgegnete sie.

Er holte sein Smartphone aus der Hosentasche, die auf dem Boden lag und ging auf sie zu.

„Ich war wieder unartig Herrin...Ich war richtig böse." sagte er. In seinen Augen sprühte die Lust.

„Was hast du wieder angestellt du Dreckschwein!?" fragte Justyna streng.

„Die Frau, die ich entführt habe..." er hielt ihr das Handy hin. Auf dem Video konnte sie das blonde Geschöpf sehen, wie sie panisch in einem engen Raum scheinbar um Hilfe schrie.

"Ich habe sie lebendig begraben...Sie wird qualvoll ersticken...So böse war ich. Du musst mich in meine Schranken weisen."

„Du bist ein richtiges ekliges Stück Scheisse. Ich glaube, ich muss die Bosheit noch aus dir rausprügeln." meinte Justyna und zog den Bademantel aus und setzte ein Latexkorsett frei.

„Knie nieder, du Stück Dreck." befahl sie und Oliver gehorchte.

Von hinten holte sie Handschellen hervor.

„Hock dich vor dem Stützbalken da vorne und leg die Hände auf den Rücken." war ihre nächste Anordnung.

Oliver grinste zufrieden und gehorchte.

Mit den Handschellen kettete sie ihn an den Stützbalken fest.

„Ich schwöre dir, du wirst dafür schmerzen erleben, die noch nie in deinem Leben empfunden hast." sagte sie.

„Danke Herrin, ich hab es nicht anders verdient." hechelte er.

Sie gab ihm eine schallende Ohrfeige.

„Was du verdient hast und was nicht, bestimm immer noch ich!" schrie sie

„Verzeih Herrin." keuchte Oliver, der es offensichtlich genöß, seiner Domina ausgeliefert zu sein. Seine sexuelle Erregung war nicht zu übersehen.

„Hier ist jemand, der mit dir sprechen will." lachte Justyna und trat einige Schritte aus dem Lichtkegel zurück. An ihrer Stelle kam Christian Meyer aus dem Dunkeln heraus.

Oliver blickte entsetzt drein. Christian hielt ihm seine Polizeimarke vor die Nase. Mit großen Augen sah Oliver sich die Marke an, dann fing er wie wild an, mit den Armen zu rütteln. Die Handschellen waren im Hintergrund zu hören.

„Du Schlampe!" fluchte er. „Was will der Bulle denn hier?!"

„Die Fragen übernehme jetzt ich, Herr Krantz. Wo ist Kerstin Reimann?" fragte Christian im ruhigem Ton.

„Ich weiss nicht, wovon Sie reden. "stellte Krantz sich dumm, obwohl er wusste, dass er keine Chance hatte, zu leugnen. Sein Smartphone mit dem Beweisvideo lag schließlich bei seinen Anziehsachen.

„Ich rede von der Frau, die Sie entführt haben." ergänzte Christian. Justyna hielt ihm das Smartphone hin, das Krantz ihr zuvor noch gezeigt hatte, um sein Verhör zu unterstützen. Sie hatte es von seinen Sachen geholt. Dankend nahm er es an sich und hielt ihm das Video vor die Nase, das er seiner Domina kurz zuvor noch vorgespielt hatte, um sich seine Strafe zu verdienen.

„Diese Frau meine ich."

Erik stand nun mittlerweile ebnfalls am Rand des Lichtkegels um das Verhör zu beobachten. Er war nervös. Seitdem er mitbekommen hatte, das Kerstin Reimann offenbar irgendwo lebendig begraben wurde, wusste er, dass die Zeit rannte. Christian ließ sich seiner Meinung nach viel zu viel Zeit, doch er hielt sich zurück.

„Das habe ich von Youtube runtergeladen." log Oliver. „Ich wollte mir meine Strafe verdienen."

„Sie lügen. Wir haben Bongers Aussage und die Schwester der Person auf dem Video hat die vermisste Person ebenfalls identifiziert. Das auf dem Video ist die vermisste Kerstin Reimann." klärte Christian sie auf.

„Ich weiß nicht wovon sie reden...ehrlich nicht." Oliver lachte, als wäre die Unterstellung absurd. „Ich weiss nur das ich ein Recht auf einen Anwalt habe."

„Sie können gleich Ihren Anwalt anrufen. Sagen Sie mir bitte, wo Sie Kerstin Reimann vergraben haben." machte Christian weiter.

"Ich sage gar nichts ohne meinen Anwalt." verneinte Oliver. „Ich habe das Recht auf einen Anwalt und das nehme ich wahr."

„Uns rennt die Zeit davon!" machte Erik vom Rand des Lichtkegels aus Druck. Christian drehte sich zu Erik um.

„Er hat Recht. Er hat ein Recht auf einen Anwalt. Das, was wir gerade hier machen, ist nicht zulässig." flüsterte Christian.

„Irgendwo ist eine Frau lebendig begraben die vielleicht nur noch wenige Minuten zu leben hat. Wir haben jetzt keine Zeit für einen Anwalt." machte Decker seinen Kollegen auf die Situation aufmerksam.

„Ich bin ja nicht blöd. Aber es wäre wirklich besser wenn, wir ihn aufs Revier bringen, Erik. Wir kommen in Teufels Küche." zögerte Christian.

„Versuch es bitte!" bettelte Erik. „Wir haben keine Zeit."

Christian überlegte.

„Also gut."

Er ging wieder zurück zu dem gefesselten Verdächtigen.

„Sagen Sie mir bitte jetzt, wo die entführte Frau ist. Ich verspreche Ihnen, wenn wir die Frau retten können, wird sich das Strafmildernd auswirken. Kommen Sie schon."

„Ich warte immer noch auf meinen Anwalt. Lassen Sie mich mit meinem Anwalt telefonieren." blieb Oliver nun ruhig, nachdem er merkte, das die Handschellen nicht nachgaben.

„Wenn die Frau stirbt, kann ich nichts für Sie tun. Sagen Sie mir, wo Kerstin Reimann steckt." sagte Christian.

„Nein, ich sage gar nichts, bevor ich nicht mit meinem Anwalt reden konnte." blockte Oliver.

„Wenn die Frau stirbt, kann Ihnen auch Ihr Anwalt nicht mehr helfen. Jetzt seien Sie doch bitte vernünftig!" bettelte Christian.

Erik kam in den Lichtkegel und zog Krantz an den Haaren den Kopf nach hinten.

„Du sagst mir jetzt sofort, wo Kerstin Reimann ist!" zischte er.

„Erik..." rief Christian entsetzt. „Du darfst gegenüber dem Verdächtigen nicht handgreiflich werden."

„Wenn dir meine Methoden nicht passen, verlass den Raum!" fauchte Erik Christian an und wendete sich wieder Krantz zu, indem er ihm mit der Faust ins Gesicht schlug.

„Auuu...Sie haben mir die Nase gebrochen."schrie Krantz.

„Ich werde dir noch ganz andere Dinge brechen, wenn ich in der nächsten Minuten nicht weiß, wo Kerstin Reimann steckt."

„Erik, du darfst keine Gewalt anwenden, um ein Geständnis zu erzwingen." erinnerte ihn Christian.

„Wenn du die Frau retten willst, hilfst du mir, wenn du einfach nur Polizist spielen willst ,um deinen Lebensunterhalt zu verdienen, geh raus!" schrie Erik und zog Krantz Kopf erneut mit den Haare nach hinten. „Wo ist Kerstin Reimann?!"

„Ich sage gar nichts." blockte Oliver weiterhin. Ein Blutfaden lief ihm von der Nase auf die Oberlippe.

„Na schön." runzelte Decker die Stirn und ließ los. Aus dem Halfter zog er seine Waffe und hielt sie an seine Hand. „Dann wird dir das gleich furchtbar weh tun."

„Erik du drehst durch." rief Christian panisch. „Du verlierst gerade die Kontrolle."

Wieder griff Erik in seine Innentasche und holte seine Handschellen hervor und warf sie Christian zu.

„Fessel dich an den Stützbalken da vorne." befahl er.

„Was soll ich?!" fragte Christian entsetzt. Erst jetzt merkte er, das Erik die Waffe auf ihn richtete.

„Ich hab einen Menschen zu retten, und du bist gerade dabei, mich dabei zu stören. Also fessel dich da vorne an den Stützbalken." wiederholte er.

„Erik, das ist Wahnsinn!" sagte Christian aufgebracht.

„Du hast Angst, dass es Konsequenzen für deine Karriere hat, also fessel dich an den Stützbalken. Du darfst gerne erzählen, dass ich das gewesen bin. Aber lass mich jetzt bitte meine Arbeit machen." bat Erik ihn.

Statt Eriks Anweisungen zu folgen, holte Christian sein Mobiltelefon aus der Jackentasche.

„Was machst du?" fragte Erik.

„Ich werde Emilius anrufen und darüber informieren, was hier vorgeht. Vielleicht bringt er dich zur Vernunft." sagte Christian und wollte gerade wählen. Doch sich aufs Display zu konzentrieren, war ein Fehler, denn Decker reagierte blitzschnell. Ehe Christian sich versah, befand er sich im Polizeigriff und hatte ihn zum besagten Stützbalken geschoben. Die Handschellen klickten.

„Erik, du handelst dir gerade mächtigen Ärger ein." rief Christian.

Erik nahm ihm die Waffe und das Handy ab.

„Kannst eine Dienstbeschwerde einreichen." er wendete sich Oliver Krantz wieder zu. Und nun zu dir."

Er hob seine eigene Waffe wieder vom Boden auf. Er hatte sie fallen gelassen, als er sich auf Christian stürzte, um beide Hände frei zu haben.

Wieder drückte er den Lauf der Waffe an die Hand des Verdächtigen.

„Wo ist Kerstin Reimann?" wiederholte er seine Frage.

„Sie dürfen mich nicht verletzen. Sie sind Polizist..mein Anwalt macht sie fertig, das schwöre ich Ihnen." keuchte Oliver.

„Falsche Antwort!"

Ein Schuss fiel und das Blut rannte aus der Handfläche. Krantz schrie auf vor Schmerz.

„WO IST KERSTIN REIMANN?!" schrie Erik.

„Ich habe sie vergraben. Sie wird sterben und du scheiss Bulle wirst sie nicht retten können." antwortete Oliver nun wutschnaubend. „ Du wirst dir dein Leben lang vorwerfen, dass du nichts tun konntest. Und wenn du noch so auf mich einprügelst."

„Schmerz macht dich auch noch an, hm?" wurde Erik wieder ruhiger. „Na schön."

Er lief zum Ausgang des Dungeons, wo Justyna stand.

„Justyna, bringen Sie mir bitte ein Messer...Schnell."bat er sie, woraufhin Justyna sofort hoch lief um Eriks Bitte zu befolgen.

„Was hast du jetzt vor, Bulle?" ächzte Oliver.

Mit dem Messer in der Hand kam Decker wieder zurück.

„Sie haben Recht...Ich werde offenbar nicht erfahren, wo Kerstin Reimann ist...Aber ich werde nicht zusehen, wie dein Anwalt dich wieder rausboxt...Du wirst sterben."

Er hielt das Messer an Krantz Handgelenk, was eh schon mit Blut bedeckt war.

„Was hast du vor?" fragte Oliver.

„Ich werde dir jetzt die Pulsader durchschneiden..Und dann werde ich mich dir gegenüber setzen und dir beim sterben zusehen. Wenn ich schon ins Gefängnis gehe, soll es sich wenigstens lohnen." antwortete Erik und hielt die Klinge an die Halsschlagader des Verdächtigen.

„Du bluffst. Das darfst du nicht." sagte Oliver, sich sicher, das Decker es nicht tun wird.

„Erik, tu es nicht. Wenn du ihn umbringst, werden wir nie erfahren, wo Kerstin Reimann ist." rief Christian ihm aufgebracht zu.

„Tot will ich sie auch nicht finden. Lebendig oder gar nicht. Wenn Krantz uns sie nicht lebendig finden lässt, soll er auch sterben." rief Erik zurück. „Noch irgendwelchen letzten Worte?"

„Fahr zur Hölle. Mir machst du damit keine Angst." antwortete Oliver. Im selben Augenblick fraß sich die Klinge durch seine Halsschlagader. Das Blut spritzte.

„Erik!!" schrie Christian.

Decker hockte sich ihm gegenüber und sah ihm ins Gesicht.

„Ich verblute" schrie Oliver panisch.

„Ich will wissen wo Kerstin Reimann ist..wenn ich das weiß, hol ich einen Krankenwagen." sagte Erik ruhig. Das Blut spritzte überall hin.

„Rufen Sie einen Krankenwagen!" schrie Oliver. Er hatte Decker unterschätzt. Bis vor wenigen Augenblicken war er noch in dem Glauben, das Decker bluffen würde. Doch nun, wo das Blut in alle Richtungen spritzte, wusste er es besser.

„Kerstin Reimann! Wo ist sie?!" schrie Erik.

„Mir wird schwindelig! Verdammt...ich brauch einen Notarzt. Ich sterbe...!" keuchte er.

„Du verfluchter Bastard sagst mir jetzt, wo ich Kerstin Reimann finde!" schrie der Kommissar erneut.

„Städtischer Waldfriedhof...neben Grab 26 die freie Fläche." schrie Oliver. „Ich hab sie da letzte Nacht in einer Holzkiste mit einer Nachtsichtkamera vergraben."

Decker rannte daraufhin zum Ausgang.

„Haben Sie den Krankenwagen gerufen, so wie ich es Ihnen sagte?" fragte er Justyna hektisch.

„Ja, nachdem ich ihnen das Messer gegeben habe." antwortete Justyna. Oben war schon die Sirene des Krankenwagens zu hören. Decker hechtete die Treppen hoch an den Sanitätern vorbei, die schon mit Notfallkoffer bewaffnet auf dem Weg zum Hauseingang waren.

Decker stieg in den Dienstwagen, drehte den Zündschlüssel um und fuhr mit Vollgas los.

Das Handy klingelte und er ging dran.

„Erik." hörte er die Stimme seines Polizeichefs durch die Freisprechanlage. „Warum höre ich, dass du Christian gezwungen hast, sich selbst festzuketten um dann ein Blutbad anzurichten?!"

„Ich hatte keine andere Wahl...Krantz hat sich geweigert, mir zu sagen wo ich Kerstin Reimann finde. Deshalb musste ich andere Methoden anwenden." antwortete Decker.

„Wo ist sie?" fragte Emilius.

„Am städtischen Waldfriedhof, neben Grab 26..." gab ihm Erik zu Antwort.

Er legte auf, um sich besser auf den Verkehr konzentrieren zu können. Wenn das letzte Nacht gewesen ist, das er Kerstin Reimann vergraben hatte, dann war es vielleicht schon vorbei und ihr wird längst die Luft ausgegangen sein. Er wollte keine Sekunde verlieren. Er hatte alles aufgedeckt. Oliver Krantz war dieser ominöse Martin, der Bongers Tochter in eine Falle gelockt und sie umgebracht hatte und auch Kerstin Reimann als „Martin" zu sich gelockt hatte. Alles, um sie zu quälen, damit er sich eine Strafe von seiner Domina verdient. Justyna und Igor werden ebenfalls ins Gefängnis gehen, da sie eine Straftat nicht gemeldet hatten. Oliver hatte fast sein ganzes Geld, was er zur Verfügung hatte, eingesetzt, um sich ihr Schweigen zu erkaufen. Doch am Ende hatte Justyna dann doch ausgepackt.

Der Wagen kam auf dem Parkplatz des Waldfriedghofes zum stehen. Er stieg aus und rannte aufs Friedhofsgelände zu den anonymen Gräbern.

Da es Wochenende war, ist es offensichtlich niemandem aufgefallen, dass neben dem anonymen Grab 26 ein Erdhügel ist, der dort nicht hingehört.

Panisch sah sich Erik um und hielt Ausschau nach etwas, mit dem er die Kiste wieder ausgraben konnte. Glücklicherweise stand bei den Gießkannen eine verlassene Schaufel, die er sofort griff und sich daran machte, neben Grab 26 zu graben.

Von weitem hörte er sie. Sirenen. Flackerndes Blaulicht. Sie kommen. Sie kommen um ihn zu holen. Doch es war ihm egal. Er buddelte weiter, auch wenn ihm schon die Arme hämmerten, denn er gönnte sich keinen Augenblick Pause. Jede Sekunde zählte.

„Da ist er." hörte er von weitem einen seiner Kollegen.

Mit 3 Streifenwagen waren sie angerückt und 6 Polizisten rannten über das Friedhofsgelände zu der Stelle, wo Emilius sie hingeschickt hatte.

Erik war bereits an der Kiste angekommen.

Die anderen sprangen ins Grab und halfen, mit den Händen die Kiste freizulegen.

„Wir müssen die Kiste nach oben kriegen." rief einer von ihnen.

Gemeinsam hievten sie 3 Minuten später die Kiste aus dem Grab heraus.

Zwar war die Kiste von außen verriegelt, doch glücklicherweise nicht abgeschlossen.

Erik öffnete sie. Vor ihm lag Kerstin Reimanns regloser Körper.

„Kein Puls mehr." rief einer von den Kollegen.

„Verdammt!" fluchte Erik verzweifelt. Wie von Sinnen versuchte er sich an einer Herz Druck Massage. Die anderen standen um ihn herum und schauten zu.

„Ihr müsst mir helfen." rief Erik und wunderte sich selber, dass sie nur tatenlos zusahen, was ihn nicht davon abhielt, weiterhin zu versuchen, sie zu retten.

„Erik...Erik, es ist zu spät." sagte einer der Kollegen mit sanfter Stimme.

„Helft mir." krächzte Erik weiter.

„Erik...sie ist tot!" rief ein anderer.

Erst jetzt holte die Realität den Kommissar ein. Sie war blaß, die Lippen waren bereits blau. Sie war tot, und das schon seit einigen Stunden. Elendig war sie in der kleinen Kiste unter der Erde erstickt.

Erschöpft brach Erik vor der Kiste zusammen.

Von weitem waren weitere Sirenen zu hören.

„Erik..." er fühlte ein sanftes rütteln an seinem Arm. „Erik, Polizeichef Emilius will dich sprechen."

Ohne aufzublicken nahm Erik das Mobiltelefon des Kollegen an.

„Erik...es tut mir leid zu hören, was passiert ist. Der Notarzt konnte nur noch Kerstin Reimanns tot feststellen." Es war eine halbe Stunde vergangen, seitdem Erik aufgegeben hatte. „Oliver Krantz liegt im Koma. Er wird wahrscheinlich nicht durchkommen."

„Ich musste handeln...ich hätte eher handeln müssen, dann wäre Kerstin Reimann vielleicht noch am Leben." wiedersprach Erik. Sein Blick war leer.

„Nein...so wie mir mitgeteilt wurde, ist der Todeszeitpunkt gegen 18 Uhr gewesen. Frau Reimann ist bereits seit 4 Stunden tot. Du konntest es nicht verhindern." versuchte Emilius sein Gewissen zu beruhigen.

„Ich habe versagt." murmelte Erik.

„Du hättest es nicht verhindern können..." Ein kurzes Schweigen folgte. Emilius hatte ihm etwas unangenehmes zu sagen. „Die Kollegen sind vor Ort, um dich in Gewahrsam zu nehmen. Du hast in einem Verhör, in dem du nichts zu suchen hattest, einem Verdächtigen Gewalt angedroht, Gewalt vollzogen und ihn schwer verletzt, um an Informationen zu bekommen....Es tut mir leid Erik...aber für den heutigen Tag wirst du dich vor Gericht verantworten müssen." Emilius legte auf.
4 Polizisten standen schon bereits hinter ihm.

„Ich hoffe du machst uns keine Schwierigkeiten, Erik. Deine Waffe und deine Dienstmarke." hörte er einen seiner Kollegen sagen.

Abgekämpft blickte Erik zu seinen Kollegen hoch. Der bittere Geschmack des Versagens lag auf seiner Zunge. Bitterer, als der Beigeschmack der Ungerechtigkeit, die gerade passierte.

Kampfbereit zuckten seine Dienstkollegen zusammen, als er aufstand. Doch Erik hielt die Hände nach oben, um zu signalisieren, das er friedlich blieb.

Nachdem sie sich einen kurzen Augenblick wieder entspannten, griff Erik in seinen Halfter und zog seine Waffe heraus um sie dem Kollegen vor ihm in die Hand zu drücken. Sekunden später, tat er mit der Dienstmarke dasselbe.

„Tut uns leid, Erik. Wir befolgen nur Befehle." sagte Jonas, einer seiner Dienstkollegen verlegen und steckte die Waffe sowie die Dienstmarke ein.

„Ich weiß." antwortete Erik

Von den Toten zurück

Wie konnte sie wieder hier sein? Unter den lebenden? Eine Frage, die sich Erik die ganze Zeit gestellt hatte, seitdem er Kerstin das erste Mal gesehen hatte, als sie aus Thorstens Wagen ausstieg. Er dachte erst an eine zufällige Ähnlichkeit, doch als er dann den Namen der Blondine hörte, die zu seiner Gruppe gehörte, lief es ihm heiß und kalt den Rücken runter. War sie vielleicht doch nicht tot? Konnte man sie vielleicht doch noch wiederbeleben? Schließlich wurde er noch am Friedhof verhaftet. Es konnte gut sein,dass er davon nichts mitbekommen hatte. Doch sagte Emilius nicht, das sie gegen 18 Uhr gestorben war? Konnte man jemanden nach 4 Stunden wiederbeleben? Nein!

Nebenan hörte er sie schreien. So wie es schien, konnte er sie ein zweites Mal nicht retten. Wieder hatte er versagt.
Nachdem sie ihn im Hotel KO schlugen, hatten sie ihn gefesselt und in den Kofferraum verfrachtet. Noch auf der Fahrt war er aufgewacht. Doch er war noch zu geschlaucht und hatte die Hälfte der Fahrt verpasst, weshalb es anhand der Kurven schwer war, für ihn nachzuvollziehen, wohin sie gerade fuhren.
Sie hatten ihn fernab von der Gruppe in einen Raum gesperrt. Er war sich sicher, dass sie Kerstin genauso getötet hätten, so wie Karl es auch mit Valentina tat. Doch hinterher hörte er nebenan Schreie und erkannte sie wieder. Was stellten sie gerade mit ihr an?
Wenig später, nachdem die Schreie verklungen waren, riß jemand seine Tür auf und schubste Kerstin hinein, um danach schnell die schwere Brandschutztür wieder zuzuwerfen und zu verschließen.
Erik eilte zu ihr hin.
„Was haben sie mit dir gemacht?" fragte er aufgebracht.
Es dauerte einige Minuten, bis Kerstin sich wieder gefangen hatte. Hysterisch hatte sie geweint, bis sie schließlich Erik in einem Satz berichtete, was sich nebenan zugetragen hatte.
„Sie haben mich mit 6 Leuten vergewaltigt."

Dr. Bellheim schaute sich jeden einzelnen von den Neuankömmlingen an. Prüfend rückte er seine Nickelbrille die Nase herunter, um jedes einzelne der neuen Gesichter prüfend begutachten zu können. Der Doktor hätte optisch auch als Double von Bernie Ecclestone durchgehen können, dachte Thorsten sich.
Nachdem er sich jeden einzelnen angeschaut hatte, flüsterte er Karl irgendetwas zu, woraufhin beide den Raum verließen.

„Was werden die mit uns machen?" fragte Max.

„Ich gehe mal davon aus, dass sie uns irgendwelchen Tests unterziehen werden." mutmaßte der Alte.

„Was für eine Art Tests sollen das sein?" hinterfragte Nikolaj.

„Ich gehe mal davon aus, dass wir irgendwelche Fragebögen ausfüllen müssen und diese dann nach einem psychologischem Profil ausgewertet werden." vermutete Girod.

„Was soll das denn? Das kann ich mir nicht vorstellen? Was sollen das für Fragen sein? *Könnten Sie sich vorstellen jemanden umzubringen* oder wie?" sagte Thorben in einem sarkastischem Unterton.

Die Tür öffnete sich wieder und einer von Karls Leute kam herein. Mit dem Finger zeigte er auf Thorben.

„Du! Mitkommen!" forderte er ihn im scharfen Ton auf.

Mit einem ensetztem Gesichtsaudruck sah Thorben ihn an und zeigte mit dem Finger auf sich selbst-

„Ich?" fragte er.

„Ja! Mitkommen!" Er packte ihn und zog ihn am Kragen aus dem Raum heraus. Mit einem lautem Knall wurde die Brandschutztür wieder zugeworfen.

„Was werden Sie mit ihm machen?" fragte Nikolaj.

„Ich habe keine Ahnung." antwortete Girod.

„Wie konnte ich nur dumm sein?" fragte Kerstin mit leerem Blick.

„Was meinst du?" wollte Erik wissen.

„Ich hätte mir Martin damals mitgehen sollen... Ich wollte nicht alleine sein...und habe mich trotzdem dafür entschieden, alleine zu bleiben...Und jetzt bin ich hier." Ihre Augen wurden wieder feucht.

Decker sah sie nachdenklich an. Glaubte sie tatsächlich, dass sie damals falsche Wahl getroffen hatte?

„Du glaubtest bisher, wie wir alle, dass du vor der Entscheidung standest, alleine zu bleiben und ein Singleleben zu führen oder mit deiner Verabredung mitzugehen und eine Familie zu gründen...Aber deine Entscheidung, die du getroffen hattest, war eine ganz andere." begann er.

Fragend sah Kerstin ihn an.

„Was meinst du damit?" fragte sie.

„Du hast dich zwischen Leben und Tod für das Leben entschieden. Deine Verabredung, Martin...hieß in in Wahrheit Oliver Krantz und war ein Killer. Wärst du mit ihm mitgegangen, hätte er dich umgebracht." meinte Decker.

Fassungslos sah Kerstin ihn an.

"Wie kannst du sowas sagen? Du kennst Martin doch gar nicht."

„Doch."Wiedersprach Erik. „Ich komme aus einem Paralleluniversum, wo du eine andere Entscheidung getroffen hattest. Er hat dich in dem anderen Universum umgebracht."

Durchdringend sah er sie an.

„Ich habe dich tot gesehen, Kerstin. Ich habe dich selber aus einem Grab gebuddelt."

Sie hielt seinem Blick nicht stand und schaute auf den Boden. Es fiel ihr schwer, diese Information zu verdauen. Doch sie glaubte ihm.

„In dem Universum, wo du mit ihm mitgegangen bist, ging es für dich nicht mehr weiter. Du warst nur noch eine Leiche..unter der Erde in einer Holzkiste erstickt. Dein Bewusstein ist dem Weg gefolgt, in dem du weiter lebst." fuhr er fort.

„.....und es irgendwie dann doch nicht weiter ging und in einer Universumsackgasse gelandet bin." ergänzte Kerstin.

Erik zuckte mit den Achseln.

„Wenn du es so sehen willst...."

Eine weile saßen sie nebeneinander und schwiegen. Dann unterbrach Kerstin die Stille wieder.

„Was ist mir Martin...oder Oliver... passiert?"

„Ich habe ihm die Halschlagader aufgeschlitzt, um ein Geständnis zu erzwingen und mir sagt, wo ich dich finden kann. Das letzte, was ich von ihm gehört habe, ist, dass er im Koma lag." antwortete Decker.

„War das die Entscheidung, die du gefällt hattest und dich in diese Sackgasse brachte...dass du ihn fast umgebracht hättest?"

Decker versuchte zu lächeln, was ihm aber nicht gelang.

„Nein..."

„Was dann?" wollte sie wissen.

Decker schaute zur Brandschutztür.

„Wir sollten zusehen, dass wir hier rauskommen." lenkte er ab.

3 Männer führte Thorben durch mehrere Gänge einer Ruine, bis der Weg in einem Raum, was vor Jahren mal eine kleine Turnhalle gewesen muss, endete.

Dr.Bellheim und Karl saßen an einem Tisch und sahen ihn an.

„Sie sind Thorben....setzen Sie sich doch bitte." war Bellheim verdächtig freundlich. Thorben vermutete eine Falle. Doch er setzte sich zu ihnen an den Tisch. Erwartungsvoll sah Thorben die beiden an. Doch genauso musternd sahen sie ihn an und schwiegen, bis Dr.Bellheim irgendwann die Ruhe unterbrach.

„Können Sie sich vorstellen, warum wir Sie von den anderen weg zu uns geholt haben?" fragte er musternd.

Thorben überlegte fieberhaft.Womit war er hervorgestochen? Womit war er aufgefallen? Es konnte nichts gutes heissen. Er war sich sicher, dass sie ihn umbringen würden.

„Nein, ehrlich gesagt nicht." gab er sich zurückhaltend.

Dr.Bellheim und Karl sahen sich an und lächelten, dann widmeten sie sich wieder ihrem Gast.

„Ich möchte , dass sie sich etwas ansehen." sagte Bellheim. Mit der Fernbedienung schaltete er einen Monitor, der auf dem Tisch stand, ein.

Bei dem Äußeren des Monitors sollte man vermuten, das er noch ein schwarz weißes Bild zeigen würde, denn das Gehäuse sah aus, als hätte man es Ende der 70er Jahre vom Sperrmüll geholt. Doch das Bild war in Farbe und überraschenderweise gestochen scharf.

Es zeigte die Zelle, in der die übriggebliebenen der Gruppe saßen.

Günther Girod, Nikolaj und Max.

Die Brandschutztür im Hintergrund öffnete sich und Armin humpelte in den Raum. Mitten im Raum legte er einen Kanister Benzin und eine Schachtel Streichhölzer. Danach verließ er wieder den Raum. Die Brandschutztür schloß sich wieder.

Dr.Bellheim nahm ein Mikrophon in die Hand, das optisch aus derselben Generation zu stammen scheint, wie der Monitor.

„Meine Herren, wie Karl Ihnen sicherlich mitgeteilt hat, sind wir auf der Suche nach neuen Mitgliedern unserer Gruppe. Jeder von euch bekommt die Chance, einen Teil unserer Gruppe zu werden. Es sichert euch das überleben...und Teil einer starken Gemeinschaft zu werden. Armin hat euch einen Kanister Benzin und die Möglichkeit, es anzuzünden, in den Raum gestellt. Wer von Ihnen zuerst sich einen auswählt, den er mit Benzin übergießt und anzündet.....wer diesen schritt macht, hat sich für unsere Mannschaft qualifiziert. Der dritte, der übrig bleibt, wird ebenfalls durch einen von unsere Leuten sterben." erklärte Bellheim über den Lautsprecher die Regeln.

Durch den Monitor, war zu erkennen, dass der Alte grimmig in die Kamera schaute. Danach schaltete Bellheim den Monitor aus.

Thorben sah beide im Wechsel erwartungsvoll an.

„Sind Sie froh, dass Sie an diesem Spiel nicht teilnehmen müssen?" fragte er ihn.

Thorben nickte. Zwar fühlte er sich nicht sonderlich heldenhaft , dass er hier saß und die anderen in den Zwist zwischen Unschuld und Leben gestellt werden. Doch innerlich war er auch froh, dass er diese Entscheidung diesmal nicht treffen musste.

„Vielleicht fragen Sie sich, warum Sie aus dem Spiel herausgenommen wurden. Sie werden es heute im Laufe des Abends erfahren." sagte Bellheim.

„Was soll das?" flüsterte Nikolaj. „Warum wollen die, das wir uns gegenseitig umbringen?"

„Das ist ein ganz perverses Spiel." antwortete der Alte. „Sie wollen uns an die Grenze unserer psychischen Belastbarkeit bringen. Dieser Doktor ist dabei, sich eine Armee aus Psychopathen zu machen."

„Was will er damit bezwecken?" fragte Max.

„Ganz einfach..Pädophile, Frauenmörder...Kannibalen...jeder von ihnen hat ein psychologisches Problem. Sie wurden in dem normalen Universum ausgestossen. Sie sind froh, wenn sie aufgenommen werden und lassen sich leichter führen als jemand, der auch theoretisch in anderen Gruppen unterkommen könnte." erklärte der Alte. „Da aber Menschen in diesem Paralleluniversum Mangelware sind und keine neuen Mitglieder hinzukommen, müssen härtere Mittel eingesetzt werden, um einen psychisch schwachen Menschen heraus zu sieben...Und wenn sie es noch nicht sind, werden sie dazu gemacht. Sieh dir den Kanister an."

Der junge Nikolaj schaute auf die Mitte des Raumes, wo der Kanister stand.

„Einer von uns dreien wird einen von uns noch in den nächsten 48 Stunden anzünden, um zu überleben. Die Folge ist, dass diese Person seine eigene Moral in Frage stellen wird. Als Mörder gebrandmarkt, somit qualifiziert für diese Gruppe."

„Und wenn wir einfach 48 Stunden brav hier sitzen bleiben?" fragte Max.

„Ja genau..was dann passiert, sagte er nicht." fügte Nikolaj hinzu.

„Dann taugen wir für diese Vereinigung alle nichts...dann werden wir alle 3 sterben." beantwortete der Alte die Frage. „Und die Gefahr ist, dass wir ins uns gegenseitig das Vertrauen verlieren. 48 Stunden ist genug Zeit um müde zu werden und einzuschlafen. Leichter kann jemand, der wach geblieben ist, es nicht haben, sich einen von den beiden schlafenden auszusuchen und in Brand zu stecken."

„Was sollen wir denn jetzt tun? Wie sollen wir hier rauskommen?" fragte Kerstin.

„Jemand wird uns finden und dann hier rausholen." antwortete Decker.

„Pff...wer? Wer sollte uns schon hier finden?" hinterfragte Kerstin.

Statt zu antworten, deutete Erik unauffällig auf die Kamera, die oben an der Decke hing und auf die beiden gerichtet war. Kerstin verstand und schwieg.

„Manchmal bekommen Menschen eine zweite Chance." gab Decker sich nachdenklich und stierte vor sich auf den Boden. „Du schaust auf dein Leben zurück und denkst, du hast es verbockt. Und dann kommt eine Situation, wo du deine Chance siehst, es wieder gut zu machen...sich selber wieder zu achten...aus der Abneigung gegenüber sich selbst wieder stolz zu machen...Du hast Angst...Angst dabei zu verlieren...doch du siehst auch, dass du im Moment der einzige bist, der noch was tun kann...du kannst dich nicht abwenden und die Angst vor sich selber..vor den Selbstvorwürfen wird grösser, als die Angst, dein Leben zu verlieren ."

„Wovon redest du?" fragte Kerstin irritiert.

„Ich rede von Selbstachtung." antwortete Erik.

„Haben Sie schon mal jemanden getötet, Thorben?" fragte Karl und sah ihn dabei durchdringend an.

Thorben zuckte nur mit den Schultern. Er wusste nicht, was er darauf antworten solle. Jede Antwort könnte die falsche sein.

„Würden Sie vielleicht doch gerne zu Ihren Freunden in den Raum, um am Spiel des Lebens teilzunehmen?" fragte Bellheim.

„Ich weiß nicht, was ich darauf sagen soll...Nein..ich möchte nicht sterben." antwortete Thorben.

„Das müssen Sie auch gar nicht zwingend. Einer von den dreien in dem Raum wird überleben. Die beiden anderen werden draufgehen. Sie könnten ja derjenige sein, der überlebt. Niemand da drin wird gezwungen zu, sterben.Es ist von allen dreien die freie Entscheidung." erklärte Bellheim.

„Ich möchte niemanden töten." sagte Thorben kurz angebunden.

„Natürlich möchten Sie das nicht." lächelte Bellheim. „Niemand möchte das...alle möchten das Leben geschenkt bekommen, ohne etwas dafür zu tun. Doch die Drecksarbeit soll jemand anderer erledigen. Doch ich kann Sie beruhigen. Die Tatsache, dass es sich da drin um Ihre Freunde handelt, macht die Sache zwar schwerer, aber trotz allem nicht unmöglich."

„Das sagen Sie so." zuckte Thorben erneut mit den Schultern.

„Sie wissen doch wovon ich rede, Thorben. Einen Widersacher kann man töten, bei Freunden ist es etwas schwieriger....Was haben sie empfunden, als sie Ihrem Widerdsacher das Messer in die Brust gerammt haben?"

Thorben erschrak und sah Bellheim und Karl mit großen Augen an.

„Ja..wir wissen es, Thorben....Genau deshalb sind Sie hier. Sie brauchen sich, im Gegensatz zu Ihren Freunden, nicht mehr beweisen. Wir wissen, das etwas krankes in Ihnen steckt. Wir möchten von Ihnen nur wissen, ob Sie sich uns anschließen, oder ob wir Sie auch töten sollen."Obwohl Bellheim davon sprach, das er ihn auch töten könnte, hatte er ein gütlichen Gesichtsausdruck.

Thorben stierte auf den Boden. Sich der Psychopathen-Mannschaft anschließen war das letzte was er wollte. Andererseits wollte er auch nicht sterben.

„Sie glauben doch nicht, das irgendjemand Sie noch in seiner Gruppe aufnimmt, wenn herauskommt, dass Sie schon mal jemanden getötet haben?" redete Bellheim weiter auf ihn ein. „Die Menschen, die Sie hier finden, sind die einzigen, denen Sie sich noch anschließen können. Selbst dieser Decker kann Ihnen nicht mehr helfen, wenn er die Wahrheit über Sie kennt. Im Gegenteil, er wird Sie wahrscheinlich irgendwo einsperren und sie elendig verrecken lassen."

„Ich weiss nicht, wovon Sie reden." gab Thorben sich auf einmal mutig. Er hatte sich entschlossen, der Versuchung, nicht nachzugeben. Er hatte Angst, doch ein Leben unter Verbrechern zu führen, war nicht das, was er sich unter Leben vorstellte.

„Das wissen Sie nicht?" Bellheim zeigte mit einem hämischen Grinsen strahlend weiße Zähne. Wieder griff er zur Fernbedienung und schaltete den Monitor wieder ein. Es zeigte wieder das Bild der drei, die in ihrem Raum um den Benzinkanister im Halbkreis saßen. Doch dann schaltete Bellheim um und der Monitor zeigte das Bild von einem anderen Raum, wo ein Mann alleine mit dem Rücken zur Kamera stand.

Thorben erschrak erneut, als der Mann sich umdrehte und er sehen konnte, wer der Mann in diesem Raum war. Ein bekanntes Gesicht.

„Oh mein Gott." entglitt es ihm. „Wie kann das sein?"

„Ja, wie kann das sein?" lachte Bellheim. „Wie kann es sein, dass ein Mensch, dem Sie ein Messer zig mal in den Brustkorb gerammt haben, auf einmal lebendig und gesund da steht?"

Thorben rückte näher zum Monitor um sicherzugehen, dass es sich hier nicht um eine Verwechslung handelt. Doch der Mann, der alleine im Raum mit langsamen Schritten auf und ab lief, war zweifelsfrei Markus. Der Mann, den er aus Rache ermordet hatte.

„Sie können nicht mehr zurück, Mann." zischte der Doktor auf einmal. „Sie sind ein Mörder! Das, was Sie getan haben, ist krank. Wenn es noch eine Gesellschaft gäbe, könnten Sie auf diese nicht mehr losgelassen werden. Sie haben keine andere Wahl, als sich unserer Mannschaft anzuschließen!"

„Wie kann das sein??" entglitt es ihm erneut.

„Gehen Sie runter und fragen ihn." lächelte Bellheim.

Nikolaj kämpfte mit der Müdigkeit. Die Augenlider wurden mit zunehmender Minute schwerer. Doch wem konnte er trauen? Zu groß war die Angst, dass jemand, sobald er einschlief, ihn mit Benzin überschüttet und anzündet.

Da war Max. Max hatte innerhalb von 48 Stunden zuerst sein Baby verloren und schließlich seine Frau. Beide wurden direkt vor seinen Augen getötet. Welchen Überlebenswillen sollte er haben, durch einen Mord ausgerechnet mit denen zusammenzuarbeiten, die seine Frau und sein Kind töteten?

Und da war der Alte Girod. Er machte ihm nicht den Eindruck, als ob er zum Kanister greifen könnte um seine eigene Haut zu retten. Darüber hinaus, war er viel zu weise, um sich zu so einer Tat verführen zu lassen. Andererseits, wie gut kannte er die beiden wirklich? War Vertrauen in einer Welt wie dieser wirklich angebracht? Auch die anderen beiden kämpften mit der Müdigkeit. Doch weshalb? Um zu überleben? Oder nicht vielleicht doch um der letzte zu sein, der wach ist und zum Kanister greift?

Und da war noch ein Punkt. Welchen Grund hatte er, es nicht zu tun? Er war ein Junkie, der unter Angstzuständen und Entzugserscheinungen litt. Wie Vertrauenswürdig war er selbst?

Die Tür öffnete sich und Matthias schaute vorsichtig in den Raum hinein.

Erik, der das Gesicht in beide Hände vergraben hatte, sah auf und erkannt ihn.

„Da bist du ja." strahlte er kurz und tippte Kerstin, die neben ihm eingeschlafen war, an.

„Wir müssen hier weg."

Kerstin blickte auf und blinzelte mit den Augen.

„Wie ist er hier reingekommen?" fragte sie verschlafen.

„Ich bin einfach den Anweisungen des Geräts gefolgt, dass bei Erik in der Notebooktasche lag." antwortete Matthias.

„Was für ein Gerät?" wollte Kerstin wissen.

„Ich habe sowas wie einen Peilsender in meiner Jackentasche und das Ortungsgerät bei meinen Sachen. Ursprünglich, falls mir was passiert, damit meine Kollegen mich finden können. Aber hier hat es jetzt einen anderen Zweck erfüllt." erklärte Erik. „Hat dich irgendjemand bemerkt?

„Nein, allgemein ist mir überhaupt niemand aufgefallen." sagte Matthias.

„Okay, dann scheinen Sie sich zu sicher zu fühlen, dass sie niemand findet. Die Türen lassen sich nur von außen öffnen, deshalb haben Sie auch nicht einkalkuliert, dass jemand ausbüchsen könnte." meinte Erik, während er Kerstin aufhalf.

„Wir müssen von hier weg. Auch wenn niemand in der Nähe war, sie könnten jederzeit wiederkommen." gab Matthias zu bedenken.

„Ja, du hast Recht. Ich finde es übrigens gut, dass du den Mut zusammgebracht hast, hierherzukommen." gab Erik ein aufrichtiges Lob von sich. Denn damit hatte er bei ihm bei weitem nicht gerechnet. Gehofft ja, aber nicht gerechnet.

Stolz atmete Matthias ein. Er selbst hatte nicht damit gerechnet. Ihm war beim durchwühlen von Eriks Tasche das Ortungsgerät aufgefallen und es war die blanke Neugier, die ihn trieb, diesem Signal zu folgen. Er hatte gar nicht vor, so weit zu gehen, doch alle 20 bis 30 Meter vergewisserte er sich, ob auch wirklich niemand in der Nähe war und lief immer weiter, bis er schließliuch vor der stählernden Brandschutztür stand und sie öffnete und auf Erik und Kerstin stieß. Was allerdings den Stolz auf sich selber nicht schmälerte.

„Und was machen wir, wenn wir hier weg sind? Die anderen sind auch noch gefangen." hinterfragte Kerstin.

„Wir werden hier nicht ohne sie gehen, doch zuerst müssen wir hier raus und uns irgendwo verstecken." antwortete Erik.

„Wie kann das sein, dass du hier bist?" fragte Thorben, der auf einmal hinter Markus stand. Er war dem Vorschlag von Dr. Bellheim gefolgt und sich in Markus Zelle führen lassen, denn er traute dem Bild nicht, was er auf dem Monitor sah.

Markus drehte sich um und sah Thorben in die Augen. Dann grinste er.

„Du wunderst dich jetzt, hm? Hast gedacht, du könntest einfach in mein Haus eindringen, während ich schlafe...um mich dann kaltblütig umzubringen..." Er lief auf ihn zu.

„Du warst Tot. Ich war Tage später wieder im Haus und hab gesehen, wie deine Leiche von Fliegen befallen wurden." suchte Thorben entsetzt nach einer Erklärung.

„Ja..." Markus Grinsen entwickelte sich zu einem zynischem Lächeln zurück. „Dir ist es gelungen mich umzubringen...Es gibt selber Dinge, die ich bis heute nicht verstehe. Ich lag zuhause auf der Couch vor dem Fernseher..was ich jeden Abend tue, seit meine Frau mich wegen so einem Fatzke wie dir verlassen hat..Und ich hab überlegt, ob ich schlafen oder mich besaufen soll...und hinterher habe ich beschlossen, mich zu besaufen."

Thorben erinnerte sich noch an die Nacht zurück. Irgendwas stimmte an der Geschichte nicht. Ihm waren keine leeren Alkoholflaschen aufgefallen, als er sich ins Haus schlich.

„Und dann habe ich mich entschieden, mich zu besaufen...und als ich mit meinem Vodka aus der Küche wieder rauskam, sehe ich nur noch, wie du aus dem Haus gehst und die Tür hinter dir zuziehst. Und mein Wohnzimmer war voller Blut."

Nun war auch das Lächeln verschwunden und sein Gesicht wurde wesentlich ernster.

„Kannst du dir voirstellen wie das ist, wenn man seine eigene Leiche auf der Couch liegen sieht?"

Was hatte das zu bedeuten? Es konnte ihn unmöglich zweimal gegeben habe. Doch die Lösung hallte in seinem Kopf.

„Und dann habe ich mich entschieden, mich zu besaufen...ich habe mich entschieden...entschieden.....entschieden...entschieden...."

Jetzt wurde Thorben einiges klar. Er hatte sich nicht geirrt. Er hatte es geschafft, Markus umzubringen, obwohl es jetzt in diesem Augenblick anders aussah.

Markus hatte sich entschieden, sich zu besaufen und war in die Küche gegangen. Aus irgendwelchen Gründen hatte er damit das Universum gewechselt, während Throben selbst in dem anderen Universum, wo Markus sich fürs schlafen entschieden hatte, ihn mit dem Messer umgebracht hatte. Nachdem Markus sich betrunken hatte. Doch dann hatten sich die Universen überlagert und war wieder in das andere Universum zurückgekehrt und hatte seine Leiche auf der Couch vorgefunden.

Er war Tagelang auf seinem Motorrad durch die Gegend gefahren, bis er Thorben wiedergefunden hatte. Er war dabei, mit einer Frau sämtliche Wohnungen zu durchsuchen. Auf einmal stießen noch andere Leute dazu und kamen in diesem alten Haus unter. Nachts wollte er zuschlagen, doch dann tauchte auf einmal dieser Bulle auf, weshalb er flüchtete.

„Ich kick dich aus dem Leben...so wie ich den kleinen Bastard aus dem Leben getreten habe." sagte Markus kühl.

Die Blicke zwischen den beiden gefrierten. Für einen Bruchteil einer Sekjunde überlegte Thorben, wer der kleine Bastard gewesen sein soll, doch dann wurde ihm schnell klar, dass sein ungeborener Sohn gemeint war.

Ihm wurde schummrig und obwohl er von einer Sekunde auf die nächste nur noch einen Tunnelblick hatte, traf seine Faust ihn direkt aufs Nasenbein. Markuss Nasenbein war direkt gebrochen, doch er blieb stehen. Er holte zum Gegenschlag aus und traf Thorben am Kopf. Doch es war kein Volltreffer, wie er feststellen musste. Thorben blutete nichtmals.

Er spürte zwar den Treffer, doch nahm ihn nur dumpf, wie in einem Traum, wahr. Wieder holte er aus und schlug Markus ein weiteres Mal mit der Faust ins Gesicht. Vor seinen Augen spielte sich die Szene ab, wie seine schwangere Freundin vor ihm stand und er sie in den Bauch trat, weil er es nicht ertragen konnte, dass sie von ihm ein Kind erwartete. Hörte die Schreie seines ungeborenen Sohnes. Er hätte bei ihr sein müssen, als es passierte...es verhindern...er hatte...versagt...

Die Faust landete ein weiteres Mal in seinem Gesicht und ein befreiendes Gefühl entwich seiner Brust, als die Gesichtsknochen von Markus unter seinen Knöcheln zerbrachen. Obwohl es leise war, hörte er es als lautes Krachen in seinen Ohren., es war wie eine Sucht, von dem er auf einmal immer mehr wollte und schlug weiter zu. Immer wieder wieder und wieder. Es war ein Gottes Geschenk, dass er die Chance bekam, ihn ein weiteres mal zu töten...wieder Rache zu nehmen. Er brauchte diesmal kein Messer. Ihn mit den bloßen Händne totzuschlagen, war viel befreiender. Sein Gegner, der ihm eigentlich bei weitem überlegen war, hatte nicht mit dieser unbändigen Wut und dem unaufhaltsamen Rachedurst gerechnet. Ein Fehler, der ihn nun das Leben kostete. Schon nach dem ersten Schlag war Markus dabei, zu sterben, denn mit dem Treffer hatte er ihm das Nasenbein ins Hirn gerammt. Der Rückschlag war reiner Reflex gewesen. Das er nach dem Schlag stehen blieb, dasselbe Phänomen wie das des Huhns, das noch wild umherflattert, nachdem es geköpft wurde.

Selbst noch, als Markus tot am Boden lag, schlug Thorben noch einige Male zu, bis er endlich bemerkte, dass er gerade dabei war, eine Leiche zu verprügeln.

„Bravo, Thorben, Bravo." hörte er auf einmal Bellheims Stimme aus den Lautsprechern. „Ich wusste dass Sie einer von uns sind."

Thorben drehte sich zu den Lautsprecherboxen, aus dessen Richtung Bellheims Stimme kam, die von einem anerkennendem klatschen begleitet wurde. „Sie sind für die Gesellschaft entgültig disqualifiziert...Willkommen in unserer Mannschaft."

„Das Geheimnis des Lebens wurde endlich nachgewiesen." las Günther sich selbst aus einer Zeitung vor. Er lag auf einmal am Strand und er spürte, wo er jetzt war, ging es ihm gut. Obwohl er sich selber nicht daran erinnern konnte, dass seine Arbeit endlich geschätzt wurde, nahm er den Zeitungartikel glücklich zur Kenntnis. Endlich, nach so vielen Jahren bekam er Wertschätzung für seine Arbeit. Ein Durchbruch in der Quantenphysik. Was auf einmal passiert war, dass er ein anerkannter Quantenphysiker war, war ihm egal. Das Glück war nun da und nur das zählte. Anerkennung, Geld...das grosse Glück. Es war nun nicht mehr nötig, dass er sich von der Außenwelt abschottete. Nein im Gegenteil! Gerade jetzt musste er für die Menschen da sein, denn nun würde es viele Rückfragen geben. Den ganzen Menschen, die nun zu ihm aufsahen, müsste er schließlich helfen, das Glück zu erlangen.

„Professor Girod..." hörte er eine weibliche Stimme seinen Namen rufen. Nun war er auf einmal sogar Professor. Zwar konnte er sich nicht erinnern, diesen Titel errungen zu haben, doch er genoß es. Er blinzelte, als er sich umdrehte. Die Sonne blendete ihn. Vor ihm stand eine leicht bekleidete junge Studentin. Ihre Haut war braun gebrannt. Was machte er auf einmal an einem Strand?

„Professor Girod...Ich habe Ihnen eine kleine Erfrischung gebracht."

Sie hielt ihm eine kleine Schüssel mit Wasser hin. Es war tatsächlich sehr heiß in der prallen Sonne..Dankend nahm er die Schüssel an und schüttete sich das Wasser über den Kopf. Das meiste kippte er an seinem Kopf vorbei und es plätscherte auf den Boden.

Augenblick mal...wieso plätscherte es auf dem Boden? Er stand mitten im heissen Sand...das Wasser konnte nicht plätschern. Vor allem war das ganze Wasser schon lange auf den Boden angekommen. Wieso plätscherte es immer noch?

Er riß die Augen auf. Das was er sah, passte nicht mehr in das Bild, das er kurz zuvor hatte. Nikolaj warf den Kanister beiseite. Es war das ganze Benzin, das auf den Boden geplätschert war.

„Junge Verdammt!" fluchte Girod. „Tu das nicht!" Doch es war zu spät. Nikolaj zündete ein Streichholz an und ließ es in die Benzinpfütze fallen, die er gerade verursacht hatte. Von jetzt auf gleich war der ganze Körper des Jungen im Flammen, als hätte man einen Lichtschalter betätigt. Er schrie vor Schmerz, als das Feuer sein Fleisch röstete. Doch Nikolaj hatte sich selbst dazu entschieden und den Freitod gewählt.

Obwohl der Schmerz ihn verleitete, durch den Raum zu rennen, blieb er an der Stelle stehen. Überall stank es mittlerweile nach geschmortem Fleisch. Trotz der Flammen konnte der Alte sehen, dass Nikolaj die Augen schloss, während er verbrannte.

Wie ein Brett fiel er um. Das verbrannte Fleisch legte die ersten Knochen frei.

Die Brandschutztür öffnete sich und 3 Männer kamen herein gestürmt und löschten die Flammen.

„Ihr Mörder! Das geht alles auf euer Konto. Ihr Barbaren." schrie Max und ging auf einen der 3 Männer los, der ihn unsanft wieder wegschubste.

„Wie ich sehe, hat der Junge euch die schwere Entscheidung abgenommen." hallte wieder Dr.Bellheims Stimme aus den Lautsprecherboxen. Die 3 Männer verließen den Raum wieder und warfen die Brandschutztür hinter sich zu.

„Bedauerlicherweise hat sich, obwohl einer von euch tot ist, keiner von Ihnen beiden für unsere Mannschaft qualifiziert...aber ihr seid noch zu zweit, also werdet ihr noch eine Chance von mir bekommen. Einer von euch beiden wird überleben, der andere sterben. Ihr entscheidet Wer."

„Wie gehen wir jetzt am besten vor?" fragte Kerstin.

Erik schaute in sein Notebook, doch sein Gesichtsausdruck verriet, dass ihm nicht gefiel was er sah.

„Was ist los?" fragte Matthias.

„Nichts! Das ist es ja. Ich habe aktuelle Satelitenbilder von dem Ort hier angefordert, in der Hoffnung dass ich sehen kann, wo die Leute versammelt sind." sagte Erik.

„Und wo ist das Problem?" hakte Kerstin nach.

„Das Problem ist, das mein Computer keine Verbindung zum Sateliten findet...wahrscheinlich weil wir in einem Parraleluniversum sind, wo es keine Sateliten gibt." ergänzte Erik.

„Das heisst wir müssen selber nochmal zurück." meinte Kerstin.

Die 3 hatten sich von der Ruinensiedlung 2 KM entfernt, um sich zu beraten.

„Die Frage ist, ob sie überhaupt hier sind. Wie ich schon sagte, ich habe nicht einen Menschen auf der Suche nach euch gesehen." runzelte Matthias die Stirn.

„Ich denke, dass sie sich im Untergrund aufhalten. Wir waren im Keller eingesperrt. Es ist nicht auszuschließen, dass sie auf die ganzen Ruinen verteilt sich alle in den Kellerräumen aufhalten." vermutete Erik.

„Wie soll das gehen?" fragte Kerstin.

„Diese Siedlung gehörte alle zur selben Wohnungsbaugesellschaft. Die Häuserblöcke wurden ungefähr in den 70er Jahren gebaut. Zu diesem Zeitpunkt wurden die Häuserblöcke unterirdisch nicht selten miteiander verbunden." vermutete Erik, der sich bei der Flucht die Ruinen angesehen hatte.

„Das heisst jetzt was...?" wollte Kerstin wissen.

„Wir werden uns eines der Gebäude vorknöpfen und dann durch die Kellergewölbe die anderen suchen. Abhauen können wir nicht."

„Wieso können wir nicht abhauen?" fragte Matthias.

„Der Raum, in dem wir gefangen waren, war mit einer Kamera ausgestattet. Das bedeutet, sie werden schon längst gemerkt haben, das wir geflüchtet sind. Aufhalten konnten sie uns nicht, weil sie offenbar nicht damit gerechnet haben, das Matthias uns hier finden wird. Sie waren unvorsichtig. Doch sie werden uns überall suchen...und finden. Doch das wir in ihrer direkten Nähe sind und bleiben...damit werden sie nicht rechnen." schmiedete Erik einen Plan.

„Du willst also wieder da rein?" fragte Kerstin entsetzt.

„Haben wir eine andere Wahl? Ich habe hier nirgendwo ein Auto gesehen, was wir kurzschließen können. Wir können nicht schnell genug verschwinden, um weit genug weg zu sein, dass sie uns nicht kriegen können. Sie haben uns selbst im Hotel geschnappt, obwohl das eine 12 Stunden Fahrt war."

„Mit anderen Worten, wir sind in der Gefahrenquelle noch am sichersten." dachte Matthias laut nach, was Erik mit einem Nicken bestätigte.

Das Urteil

„Das ist nicht gerecht." sagte einer der Wärter, der Decker sehr gut kannte, als Erik seine Sachen entgegen nahm und zum Ausgang des Gefängnisses lief. Krantz musste in ein künstliches Koma gelegt werden, da er zu viel Blut verloren hatte. Noch in derselben Nacht hatte sein Anwalt sich gemeldet und Strafanzeige gegen Erik Decker und seine Methoden gestellt, woraufhin Decker, der seine Suspendierung noch nicht verdaut hatte, in Untersuchungshaft genommen wurde.

„Es ist okay..Ich habe das selbst zu verantworten." antwortete Erik. „Und ich stehe für das gerade, was ich getan habe."

„Du bist gegenüber einem nachgewiesenen Täter gewalttätig geworden, um die Frau zu retten. Dich dafür zu verurteilen, ist nicht fair." widersprach der Wärter.

Am Ausgang blieb Erik stehen und sah den Wärter an.

„Natürlich habe ich es getan, um die Frau zu retten. Aber ich bin über meine Grenzen hinaus gegangen. Das sie mich verurteilt haben, ist ok." sah Erik ihn eindringlich an. Er hatte das Urteil selber nicht verstanden. 23.600 EUR Schmerzensgeld für einen Täter. Ein Gedanke, der ihn vor Wut schäumen ließ, dass er Krantz die nächsten Dominasitzungen finanzieren würde, dafür, das er ein Menschenleben retten wollte. Das ganze wurde ihm zur Bewährung auf 1 Jahr ausgesetzt. Seine Dienstmarke sowie seine Waffe musste er abgeben. Er hatte keine Ahnung, wie er das Geld auftreiben sollte. Denn einen Job hatte er nun nicht mehr. War er zu weit gegangen? Seine Antwort war ein klares Nein. Emilius hatte ihm empfohlen, vor dem Gericht kleine Brötchen zu backen und Reue zu zeigen. Doch da er Wiederholungstäter war und auch noch vor Gericht sagte, dass er es immer wieder tun würde, wenn es um ein Menschenleben geht, wurde er für schuldig befunden. Da die Staatsanwältin ihm zutraute, dass Decker flüchten würde, ordnete sie für ihn die Untersuchungshaft an, wo er 3 Monate saß.

„Hast du schon Pläne, was du in Zukunft tun wirst?" fragte Till, der abends nach Feierabend bei Erik zu Besuch kam.

„Ich weiß es noch nicht." schüttelte Erik den Kopf und nippte an seiner Bierflasche. „Vielleicht werde ich mich als Detektiv zur Verfügung stellen. Irgendwie sowas in der Art."

„Die Idee ist gar nicht schlecht." pflichtete Till ihm bei. „Das ist ein Job, der dir liegen würde."

„Na ja..."

„Und die Möglichkeit, wieder bei der Polizei einzusteigen, hast du nicht?" fragte Till.

„Normalerweise werden Typen wie ich zum SEK abgeschoben...wenn sie eine hohe Gewaltbereitschaft zeigen und die Kappe kaputt haben. Aber selbst für die bin ich..überqualifiziert." Er stellte die Bierflasche ab. „Es war einfach zu viel. Es liegt viel gegen mich vor, wo ich über meine Grenzen gegangen bin..wo ich gegen Anweisungen verstossen habe. Wenn ich Krantz einfach nur verprügelt hätte, hätten Sie mich vielleicht im SEK halten können. Aber mir wurde vorgeworfen, das ich Krantz töten wollte."

„Kaum zu glauben." schüttelte Till mitfühlend den Kopf.

„Sie haben doch Recht...Ich hätte Krantz am liebsten getötet..und ich habe es auch in Kauf genommen, dass er bei der Folter stirbt...Hätte ich gewusst, dass Kerstin Reimann schon längst tot ist...hätte ich ihn umgebracht."

„Du bist viel zu gut für unsere Job, Erik. Du wolltest helfen. Du wolltest Menschen retten, deshalb hast du diesen Job angetreten. Doch das einzige, was immer passiert ist, ist, dass irgendwelche Gesetze und Regeln deine Arbeit blockiert haben." Till säuselte mittlerweile. Es war schon sein viertes Bier. Er würde sich ein Taxi rufen müssen, um nach Hause zu kommen.

„Ich bin auch der Meinung, man sollte uns mehr Freiraum geben...aber..Na ja.." Erik zuckte mit den Schultern. „Wir haben die Gesetze nicht gemacht. Wir müssen uns ihnen nur beugen."

„Vielleicht solltest du nach einem Job suchen, wo du trotzdem gutes tun kannst. Es muss doch irgendwas geben, wo du trotzdem Menschen retten kannst. Es muss ja nicht unbedingt bei der Polizei sein." dachte Till laut nach.

„Und was soll das sein? Ich hatte schon mal geschaut, ob ich Sanitäter werden kann...aber dafür braucht man ein sauberes polizeiliches Führungszeugnis. Und das habe ich nicht. Ich war bis vor 3 Monaten Polizist und bin jetzt vorbestraft. Auf dem Arbeitsmarkt sieht es schlecht für mich aus., Im Callcenter könnte ich anfangen...Daten hab ich noch keine geklaut."

„Ja..." nickte Till sarkastisch. „Du kannst Menschen helfen indem du ihnen ihre Rechnung erklärst...Einwandfrei."

„Was soll ich sonst tun, Till? Bei der Polizei ist Schluß für mich. Ich kann mich jetzt nur noch nach einem Job umsehen damit ich meine Bewährungstrafe bezahlen kann und wenn mein Führungszeignis wieder soweit sauber ist zusehen, dass ich mir ein neues Leben aufbauen kann." dachte Erik laut nach.

„Vielleicht sollte ich nochmal mit Emilius reden." schlug Till vor.

„Ach das hat keinen Sinn." winkte Decker ab. „Ich habe darauf auch keine Lust mehr. Ich fühle mich aufgebraucht. Auch, wenn einige Dinge aus meiner Vergangenheit zu meiner Verurteilung geführt haben, bin ich stolz auf das , was ich getan habe. Zumindest in denen Fällen, wo es erfolgreich war und ich dadurch jemanden retten konnte. Doch jetzt ist Schluß damit."
Till griff zu seinem Handy und bestellte ein Taxi. Als er auflegte sah er seinen ehemaligen Partner entschlossen an.

„Mein Taxi ist in 10 Minuten hier...ich werde mal schauen, was ich für dich tun kann. Du hast in den letzten Jahren so viel für mich getan. Jetzt bin ich mal dran."

„Was willst du denn für mich tun? Willst du mir einen Job an der Tankstelle besorgen? ...Lass gut sein, Till...Es hat Spaß gemacht mit dir zusammenzuarbeiten.

Und ich bleib dabei, du bist ein guter Polizist. Konzentriere dich auf deine Karriere. Das ist die größte Freude die du mir machen kannst." sagte Erik.

„Ich weiss nicht, ob ich in deine Fußstapfen treten möchte." lachte Till und hielt ihm die Bro faust hin, die Erik annahm.

„Aber ich sollte mal in Erwägung ziehen, in deine zu treten. Frau...Familie...Ruhe...Wenn meine Bewährungsstrafe abgelaufen ist, werde ich so ein Ziel mal anpeilen."

„Du bist müde...das ist normal." entgegnete Till, der sich schon zu Eriks Wohnungstür bewegte. „Aber ich weiss, dass du einer von den guten bist. Du wirst irgendwann einen Weg finden, da weiter zu machen wo du aufgehört hast."

Erik lag noch eine Weile wach auf der Couch und stierte an die Decke. Hatte Till vielleicht Recht und er würde irgendwann wieder zu seiner alten Stärke zurück finden? Die Untersuchungshaft hatte ihm sämtliche Energie geraubt. Er wusste immer, dass er sich nicht an die Regeln hielt. Aber er wusste auch, dass er Emilius und Till immer hinter sich hatte und ihn im Notfall decken würden. Wie oft hatte Emilius für ihn die Kohlen aus dem Feuer geholt? Insgeheim war Emilius immer auf seiner Seite gewesen, doch er musste ihn maßregeln, weil er sich zuvor für ihn eingestzt hatte, um die Suspendierung zu vermeiden. Deshalb war er auch unbewusst davon überzeugt, dass es das richtige war, was er tat. Doch nach der Sache mit Krantz, konnte selbst der nichts für ihn mehr tun. Man hatte ihn suspendiert und weggesperrt. Er hatte genug Zeit, die die Richtigkeit seines Handelns zu überdenken. Wenn er die Zeit nochmal zurückdrehen könnte, würde er weiter alles geben um Menschen zu retten. Doch nicht bei der Polizei.

Warum hatte er nicht denselben Weg eingeschlagen wie Till. Till machte immer einen glücklichen und ausgeglichenen Eindruck. Wie oft hatte er ihn beneidet, dass auf ihn jemand mit dem Essen wartete, wenn er nach Hause kam? Noch jemand mit ihm redete, um den Tag zu verarbeiten? Dinge, die er nmit sich selber ausmachen musste. Vielleicht wäre er seinen Job anders angegangen, wenn eine Familie zuhause auf ihn gewartet hätte. Er hatte sich keine Gedanken darübermachen müssen, das die Kinder in der Schule nicht zurecht kommen. Fragen wie „Steck ich meinen Sohn in einen Fußballverein oder in eine Kampfsportschule?" waren nie Themen, mit denen er sich nach Feierabend auseinandersetzen musste. Vielleicht wäre alles anders gelaufen, wenn er sowas gehabt hätte. Dieser selbstgerechte Weg, zu glauben, Regeln brechen zu müssen um Menschen zu retten war im nachhinein doch nur gut, um seine fehlende Familie zu kompensieren. Er dachte immer, es gäbe die Familien und es gäbe die, die alles tun mussten, um die Familien zu schützen. Doch das man auch beides sein konnte, dafür war Till ein klarer Beweis. Till hielt sich immer an Regeln, doch die Grenzen, die sie bei der Polizei bekamen, reizte er nicht selten aus, um für Gerechtigkeit zu sorgen. Er reizte sie aus, doch er übertrat sie nicht. Doch es war bei weitem mehr als viele seiner Kollegen taten, die keine Familie zuhause hatten.

Er konnte sofort anfangen. Es war nur eine Idee von ihm gewesen, einfach mal bei der Tankstelle um einen Job zu bitten, doch zu seinem Glück waren tatsächlich Männer benötigt, um bei der Waschanlage die Vorwäsche zu übernehmen. Es waren nur 9 EUR die Stunde. Es würde nicht annähernd reichen um die Bewährungsstrafe zu zahlen und dabei noch seinen Lebensunterhalt zu bezahlen. Doch es war zumindest mal eine Richtung. Er hatte sich seelisch schon darauf eingestellt, dass er den Rest der Bewährungsstrafe im Gefängnis absitzen musste, da er sicher nicht über ein ganzes Jahr knappe 2000 EUR hinlegen konnte. Der Anwalt von Krantz hatte sich auf den Daschner Prozess berufen. Doch Daschner hatte damals dem Täter lediglich Gewalt angedroht, sie allerdings nicht vollzogen und es reichte schon, um ein Schmerzensgeld von 10.800 EUR zu erstreiten. Sein „Opfer" hingegen lag im Koma.

Seine Ersparnisse würden 3 Monate decken, doch dann würde es vorbei sein.

Ein Mercedes SLK fuhr auf die Waschanlage zu. Der Glanz des silbernen Lackes verriet schon, dass der Fahrer nicht wirklich dort war, um den Wagen waschen zu lassen. Doch es war nun mal sein Job, weshalb er mit dem Hochdruckreiniger das Auto vor vorne bis hinten säuberte und sich anschließend noch die Felgen vornahm. Danach ging er zur Fahrerseite, um die Karte des Waschprogrammes entgegen zu nehmen Es surrte leise, als die Scheibe herunterfuhr und eine Hand, die eine goldene Uhr am Handgelenk trug, ihm die Karte mit dem Waschprogramm und 5 EUR Trinkgeld hinhielt, die Erik annahm. Gerade wollte Decker sich umdrehen um das Waschprogramm einzustellen, als eine männliche Stimme ihn zurückrief.

„Herr Decker.."

Erik dreht sich um. Ein Glatzköpfiger Mann Ende 40 mit einem hellen Anzug und einer Nickelbrille saß im Mercedes und sah ihn an.

„Ich habe Ihren Prozess in den Medien verfolgt."

Decker kam näher und sah sich den Mann an.

„Ich habe eventuell einen Job für Sie." fuhr er fort.

„Was für einen Job?" fragte Erik neugierig.

„Ich brauche jemanden der fit ist, mit gefährlichen Situationen und einer Waffe umgehen kann."

Erik überlegte einen kurzen Augenblick.

„Nein, die Zeiten sind vorbei." antwortete er schließlich und setzte seinen Weg zum Schaltcomputer fürs Waschprogramm fort.

Doch nachdem der Mercedes durch die Waschanlage gefahren war, stand der Mann wenig später wieder hinter ihm.

„Haben Sie gleich irgendwann Pause? Es wäre gut , wenn wir uns ein paar Minuten in Ruhe unterhalten könnten. Ich bin übrigens Bernd Konitzer."

„Ich möchte mich mit Ihnen nicht unterhalten." lehnte Erik ab.

„Geben Sie mir 2 Minuten. Mehr Zeit werde ich von Ihrer Pause nicht in Anspruch nehmen." war seine Stimme fast flehend.

„Hören Sie, das ist mein erster Arbeitstag hier und ich habe nur noch 2 Stunden vor mir, bevor ich in den Feierabend gehe. Ich werde keine Pause mehr machen."

Der Mann, der sich ihm als Bernd Konitzer vorstellte, verdrehte die Augen und griff dann in seine Sackotasche.

„Dann rufen Sie mich bitte an..Bitte." Er drückte ihm eine Visitenkarte in die Hand.

„Anwaltskanzlei...." las Erik laut vor. „Gut, ich überleg es mir." sagte er schließlich, um Bernd Konitzer loszuwerden.

„Tun Sie das. Es würde mich sehr freuen." strahlte Konitzer zufrieden und ging wieder zurück zu seinem Mercedes.

„Warum hast du nicht angenommen?" fragte Till, dem er von Konitzer erzählte.

„Ich weiss es nicht...Eine Anwaltskanzlei...der wird wahrscheinlich einen Privatdetektiv brauchen...aber gefährliche Jobs hatte er schon angekündigt...das bin ich nicht mehr."

„Erik, das sind gut bezahlte Jobs. Das ist ein perfekter Einstieg." redete Till auf ihn ein.

„Nein...ich habe schon Pläne geschmiedet...Ich werde mir so ein Leben aufbauen, so wie du es führst. Ein Familienleben. Die ganze Scheisse will ich, wenn ich meine Bewährungstrafe hinter mich gebracht habe, hinter mich lassen. Einen einfachen seriösen Job nachgehen und mich auf meine Frau und meine Kinder freuen, wenn ich nach Hause komme." erklärte Erik.

„Ich verstehe...." kommentierte Till entgeistert. Er kannte Erik seit Jahren und konnte sich ihn beim besten Willen nicht als Familienvater vorstellen.

„Und wovon willst du eine Familie ernähren? Als Waschbär?" fragte er zynisch.

„Nein, der Job an der Tankstelle ist nur vorübergehend. Ich bin froh dass ich überhaupt irgendwas machen kann. Zuhause komme ich nur auf dumme Ideen. So habe ich wenigstens das Gefühl, ich tue überhaupt irgendwas."

„Was bringt dir das, Erik? Du wirst eh ins Gefängnis gehen. Von so einem Job kannst du nicht leben und die Bewährungsstrafe zahlen schon mal gar nicht." zerstörte Till seinen Optimismus. Erik wusste, das sein alter Komplize Recht hatte. Das Gefängnis würde er nicht umgehen können, bevor er sich ein neues Leben aufbauen konnte. Er war ruiniert. Zerstört. Und wenn Krantz aus dem Koma erwacht, wird er sich über das Schmerzensgeld freuen. Zwar wird er auch eine Haftstrafe absitzen, weitaus länger als er. Doch wenn er aus dem Gefängnis kommt, hat er mehr als er, obwohl er einen Menschen umgebracht hatte. Decker selber hatte nämlich nichts!

In den Krallen des Bösen

„Es ist wie du sagtest. Sie suchen bereits nach uns." bemerkte Matthias. Aus sicherer Entfernung beobachteten sie, wie ein Konvoi von 3 Autos, dieselben, die ihnen zum Hotel gefolgt waren, in die Ferne fuhren, um nach ihnen zu suchen.

„Viel Zeit haben wir nicht." kommentierte Decker. „Sie werden schnell feststellen, dass wir in so einer kurzen Zeit nicht so weit gekommen sein können und umkehren,. Bis dahin bleiben uns ungefähr 3 Stunden bis sie den ganzen Radius abgesucht haben. Bis dahin müssen wir uns gut versteckt haben."

Einer der Ruinen, das irgendwann mal ein Mehrfamilienhaus gewesen ist, stand direkt am Rande der Siedlung. Durch die eingeschlagene Haustür gelangten sie ins Treppenhaus und ins Kellergewölbe.

„Ich hoffe nur, das wir nicht erwischt werden." flüsterte Matthias.

„Die Wahrscheinlichkeit, dass wir erwischt werden ist draußen im Moment höher." argumentierte Decker. „Auch wenn du es im Moment nicht glauben willst, aber hier sind wir zumindest in Sicherheit."

Sie schlichen sich durch die dunklen Gänge, die nur durch ein leichtes Kellerlicht beleuchtet wurden. Nirgendwo war etwas zu hören.

„Sie müssen noch weit von uns weg sein. Hier in dem Gebäude sind sie jedenfalls nicht, sonst hätten wir sie schon längst gehör,." flüsterte Kerstin. Erik und Matthias nickten zustimmend.

„Wir setzen das Spiel von vorhin fort." sagte Bellheim durch den Lautsprecher. „Aber weil ihr dem Jungen die Entscheidung überlassen habt, wollen wir dem Spiel noch etwas Härte geben."

Wieder öffnete sich die Tür und einer der Männer kam herein und legte eine Stichsäge in die Mitte des Raumes.

„Der Schwierigkeitsgrad ist nun etwas höher. Derjenige, der überleben möchte, soll mir den Kopf des anderen bringen." fügte Bellheim hinzu.

Max und Günther sahen sich entsetzt an. Eins stand fest, sie waren beide keine Mörder. Was sollten sie tun?

Bellheim hatte sich die Tatwaffe gut durchdacht. Er hatte durchschaut, dass die beiden im Prinzip keine Mörder waren. Die Tat, die sie für die Mannschaft qualifizierte, musste blutrünstig sein und beim Täter ein Trauma hervorrufen. Was man hier tat, durfte man nie wieder vergessen, um sich für die Gesellschaft zu disqualifizieren. Schweißgebadet musste er aufwachen, von Alpträumen verfolgt, entsetzt über seine eigene Tat zu sein. Die Sache mit dem Benzinkanister war schon schrecklich, der Totenschädel von Nikolaj grinste die beiden an, obwohl sie wussten, dass es eher ein schmerzverzerrtes Gesicht gewesen war. Doch mit jemanden zu kämpfen und ihn zu zersägen, hinzu noch den Kopf abzusägen, davon erholt sich keine Psyche.

Das war Bellheims Masche. Die Leute, die sie aufspürten, zu einer Tat zu bringen, die sie nie mehr im Leben überwinden um ihnen dann zu suggerieren, dass sie krank wären und in der Gesellschaft keinen Platz haben. Doch wo war diese Gesellschaft, die Bellheim befürchtete? Klar tauchten hin und wieder wie aus dem Nichts Menschen auf. Doch es war eine Minderheit, eine Herausforderung daraus wieder eine Gesellschaft zu machen.

Hinzu kam die Frage, aus welchem Universum stammte Bellheim? Stammte er aus demselben wie er selbst und die anderen der ursprünglichen Gruppe oder tauchten deren Existenz aus dem Nichts aus wie die von Max und seiner kürzlich ermordeten Frau?

Günther sah sich die im Licht blinzelnde Klinge der Stichsäge an. Die Haare im seinem Nacken standen ihm zu Berge.

Er wusste, viel Zeit würde nicht mehr bleiben. Denn nach Ablauf von 48 Stunden würde er beide töten. Und die Zeit wurde durch Nikolajs Tod nicht erneuert.

„Du hattest tatsächlich Recht. Die Gebäude sind miteianander unterirdisch verbunden." stellte Kerstin fest, als sie einen dunklen Gang passierten, der noch eine halbe Baustelle zu sein schien. „Seht mal, wir sind jetzt im Gebäude nebenan." Sie zeigte auf eine beschriftete Tür, wo die Hausnummer und die Wohnungsnummer drauf stand.

„Wir sind bei Hausnummer 62 in den Keller gegangen. Der Kellerraum gehört zur Wohnung 2 auf der 62a." ergänzte Matthias, als er sich die Schrift auf der Tür durchlas.

„Was willst du denn mit der Eisenstange?" fragte Kerstin, die bemerkte, dass Erik aus dem dunklen Gang, der noch halbwegs einer Baustelle glich , eine Eisenstange mitgenommen hatte.

„Im Hotel haben sie mir meine Waffe abgenommen. Ich muss uns mit irgendetwas verteidigen. Ich habe mich zwar schon besser bewaffnet gefühlt, aber es ist besser als nichts." antwortete Erik.

Sie liefen die Treppen hinauf und schauten vorsichtig hinaus, um sich einen Überblick zu verschaffen.

Kerstin hielt zuerst den Kopf aus dem Türrahmen hinaus. Die Hausnummern 62 a bis 62j waren in einem Kreis aufgebaut. In der Mitte wiesen sie einen riesigen Gemeinschaftshof auf. Zu den Haustüren, sich hinten zum Hof befanden, kam man durch eine riesige Pforte.

Gerade, als Kerstin den Mund öffnen wollte, um etwas zu sagen, zog Erik sie unsanfter als beabsichtigt zurück.

„Wir sind hier richtig." flüsterte er.

„Wie kommst du darauf? Ich sehe niemanden." fragte Matthias, der vorsichtig auf den Hof schaute. Erik fasste ihm am Oberarm und deutete mit der anderen Hand oben auf den Balkon, wo ein Mann südländischem Aussehens mit einem langen Bart stand und in die Ferne schaute.

„Oh..den hatte ich nicht gesehen." bemerkte Matthias.

Erik kniff die Augen zusammen um besser sehen zu können.

„Das glaube ich nicht." hauchte Erik.

„Was ist los?" fragte Kerstin.

„El-Masri Mohamed. Er war mal einer der meistgesuchten Terroristen. Ich erkenne ihn auf Anhieb." antwortete Erik.

„Ich erinnere mich, das Karl sagte, das ein abtrünnig gewordener Terrorist ebenfalls zu ihrer Gruppe gehörte." meinte Kerstin.

„Das eigenartige ist nur, das El-Masri Mohamed bei einem Selbstmordattentat in Syrien ums Leben gekommen ist." sagte Erik.

„Vielleicht hatte er seinen Tod auch einfach nur vorgetäuscht. Das ist bei diesen Terroristen nichts neues." überlegte Matthias.

„Nein." schüttelte Erik den Kopf. „Man hat seine Leiche gefunden und wurde ohne Zweifel identifiziert. Ich denke eher, dass er, wie Karl, aus einem anderen Universum stammt. Aus einem Universum, wo er sich gegen dieses Selbstmordattentat entschieden hat."

„Das macht Sinn...wenn er sich gegen dieses Attentat entschieden hat und deshalb in dieses Universum hier gerutscht ist...das würde passen." überlegte Matthias.

„Wir müssen rüber zur 62 K, denn er scheint genau da Wache zu halten. Nirgendwo anders ist jemand aufgestellt, weshalb davon auszugehen ist, dass sie alle in einem Gebäude versammelt sind." sagte Erik.

„ Es könnte aber auch sein, das er auch nach uns Ausschau halten soll." murmelte Kerstin.

„Nein, denn er könnte von der anderen Seite mehr sehen. Da wo er steht, schaut er auf Bäume. Er bewacht das Gebäude." entgegnete Erik. „Wir werden jetzt durch die Kellergewölbe in die 62 K wechseln."

Günther und Max kämpften beide mit der Müdigkeit, doch sie konnten nicht schlafen. Sie waren sich bewusst, dass dies nun ihre letzte Stunde war, denn sie waren entschlossen, dass sie sich nicht für diese Irren zum Mörder machen wollten.

Ein leichtes Brummen kam aus den Lautsprechern. Bellheim hatte sie wieder angeschaltet.

„Meine Herren...Ihre Zeit ist so gut wie abgelaufen. Ihnen bleibt nur noch eine halbe Stunde. Bis dahin muss einer von Ihnen gestorben sein." Es herrschte ein kurzes Schweigen. Sowohl Günther wie Max schauten auf den Boden und lauschten den Worten des Doktors.

„Ich respektiere Ihren Standpunkt, dass Sie sich gegenseitig nicht hintergehen wollen. Daher schlage ich vor, Sie entscheiden jetzt, wer sterben soll. Ich bin kein Unmensch und habe heute zudem noch meinen guten Tag. Wenn Sie sich entscheiden, wer sterben soll, werde ich auf blutrünstige Methoden verzichten. Dann wird derjenige, der überleben soll, eine Pistole von mir bekommen und darf den anderen kurz und schmerzlos einfach erschiessen...Sie haben noch 28 Minuten, meine Herren.“

Die Lautsprecherboxen verstummten wieder.

Prompt wendet Max sich Girod zu.

„Ich habe in den letzten 2 Tagen alles verloren, wofür es sich lohnt zu leben. Ich möchte, dass sie lebend hier rauskommen. Sagen wir denen Bescheid und Sie erschiessen mich.“

„Hier wird niemand erschossen. Schon gar nicht durch mich.“ wiedersprach Girod. „ Es muss noch einen anderen Weg geben.“

„Und wie soll dieser Weg aussehen?“ fragte Max. „Glaubst du etwa noch an Wunder?“

„Ja das tue ich.“ nickte der Alte. „ Ich habe mir vom Universum unsere Rettung gewünscht.“

„...unsere Rettung gewünscht...“ wiederholte Max entgeistert.

„Du musst daran glauben. Ich hab es in den 70ern nachweisen können, dass Albert Einsteins Theorie tatsächlich bestand hat. Das die Zeit einfach nur eine Illusion ist und es für jede Entscheidung ein paralleles Universum gibt. Ich wünsche uns in ein Universum, in dem wir gerettet werden.“

Max sah ihn nachdenklich an und schüttelte den Kopf.

„Sie haben einen Sprung in der Schüssel.“

„Das sagten die anderen damals auch. Aber sie haben sich alle geirrt.“ lächelte Girod.

„Wie konnte es passieren, dass Thorben verschwunden ist?!“ fluchte Bellheim.

„Ich habe keine Ahnung.“ zuckte Karl mit den Schultern. „Er hat diesen Markus totgeschlagen. Als meine Männer in den Raum gingen, um ihn wieder zu uns zurückzubringen, war er auf einmal verschwunden.“

„Er kann sich nicht einfach in Luft aufgelöst haben. Habt ihr schon die Siedlung durchsucht, ob er sich irgendwo versteckt hat?“ wurde Bellheim laut.

„Wofür? Er hatte keine Chance aus dem Raum rauszukommen.“ hinterfragte Karl.

„Hat Armin wenigstens diesen Polizist und diese Schlampe schon ausfindig gemacht?“ fragte Bellheim .

„Nein auch nicht. Sie sind jetzt schon seit Stunden unterwegs. So weit können Sie unmöglich gekommen sein. Sie müssen sie übersehen haben.“ vermutete Karl.

„Entweder das oder sie sind hier irgendwo auf dem Gelände. Wie konnten Sie überhaupt rauskommen?“ wollte Bellheim wissen.

„Jemand hat von außen die Tür aufgemacht." antwortete Karl.

„Also ist euch, als ihr sie im Hotel aufgespürt habt, anschließend jemand gefolgt. Ansonsten kann ich mir nicht erklären, wie er uns gefunden hat."

„Wir waren zu unvorsichtig. Wir sind nicht auf die Idee gekommen, das jemand wirklich da reingehen würde. Ansonsten wäre es bewacht gewesen. Aber Sie wollten die Mannschaft alle hier haben." zuckte Karl erneut mit den Achseln.

„Sie müssen sich hier irgendwo versteckt haben. Wenn Armin und die anderen zurück sind, sollen die alles nach ihnen absuchen." befahl Bellheim.

Wieder brummten die Lautsprecherboxen kurz auf.

„Meine Herren...es bleiben Ihnen nur noch ganze 7 Minuten. Ich hoffe Sie haben sich langsam entschieden, wer wem kurz und schmerzlos ein Ende bereitet."

Die Tür öffnete sich und 2 Männer kamen herein. Einer von ihnen legte eine Waffe, Eriks Pistole, in die Mitte des Raumes neben die Stichsäge.

Max sah Girod unsicher an. Doch Girod hatte die Augen geschlossen und schien zu meditieren.

Max ging zur Mitte des Raumes und hob die Pistole auf. Er hatte es sich überlegt. Er wusste nun was er tun wollte. Er lud die Waffe durch und hob sie in die Richtung der Männer. Auf keinen Fall wollte er zu diesen Leute gehören. Eher würde er sterben. Er drückte ab und sofort brach einer der beiden Tot vor ihm zusammen.

Doch der andere reagierte schnell und zog ebenfalls seine Waffe und drückte ab. Ein kleiner Blutfleck bildete sich auf Max Stirn, bevor er ebenfalls wie der Mann zuvor, tot zusammenbrach.

Der Alte öffnete die Augen und sah auf Maxs Leiche. Mit Bedauern musste er feststellen, das er Max in dieses Universum, wo sie überleben, nicht mitnehmen konnte. Max hatte es nicht geschafft.

Doch auch bei ihm schien der Glaube ans Universum versagt zu haben. Was hatte er falsch gemacht? Er hatte, als er die Augen geschlossen hatte, visualisiert, dass er mit Max lebend die Siedlung verlässt. Das Max nicht durchgekommen ist, muss an ihm selbst gelegen haben, da er nicht mehr daran glaubte und sich gedanklich schon auf den Tod eingestellt hatte. Doch was hatte er falsch gemacht? Denn nun, wo er als einziger übrig war und nicht derjenige war, der Max umgebracht hatte, würde „die Mannschaft" ihn auch nicht am Leben lassen.

Bellheim ihm den Gedanken zusätzlich.

„Wir haben einen Überlebenden." gab der Doktor scheinbar amüsiert von sich. „Aber Sie haben sich leider trotzdem nicht für unsere Mannschaft qualifizieren können....Dirk, du weisst was du zu tun hast."

Dirk war offensichtlich derjenige, der Max erschossen hatte. Er lud erneut seine Waffe durch und richtete sie auf Günther. In den Augen des Mannes, den Dr.Bellheim Dirk nannte, war keine Spur von Emotionen. Wie eine Maschine, die Befehle empfing, zog er den Hahn seiner Waffe zurück. Langsam wie ein Roboter hob er den Arm und zielte auf den Kopf des Alten.

Doch plötzlich kam eine überraschende Wendung.

„Stop!" schrie Bellheim durch den Lautsprecher. „Kommando zurück! Nicht schiessen!"
Dirk hatte mit der Anweisung ebenso wenig gerechnet wie Günther, denn irritiert sah er hoch zu den Lautsprecherboxen.
„Gib dem Alten Mann deine Waffe!"
Dirk sah wieder zurück zu Girod und schien über den Befehl einen Augenblick nachzudenken. Doch schließlich drehte er sie um und hielt sie dem Alten mit dem Griff voran die Waffe hin, so das Günther sie gefahrlos nehmen konnte.

„Und jetzt sag ihm, er soll sich in die Ecke des Raumes setzen, damit unser Mann hierher kann." zischte Erik.
Bellheim, der von Decker ein Messer an die Kehle gedrückt bekam, gehorchte und wies Dirk an, sich in die Ecke zu setzen.
Neben ihnen lag Karls Leiche. Sein Schädel war durch die Einsenstange durchbohrt, da Erik sie ihm von hinten wie ein Speer an den Kopf geworfen hatte. Die Stange, die vorne spitz zulief, kam vorne aus seinem schielendem Auge wieder heraus.
Kerstin staunte über die Kampfausbildung, die der ehemalige Polizist durchlaufen haben muss, denn alle Männer, die sich ihnen in den Weg stellten, hatte er mit ein paar geschickten Griffen, tritten und Schlägen außer Gefecht gesetzt, bis sie schließlich den Raum gefunden hatten, von dem aus Bellheim und Karl alles beobachtet hatten.
Erik sah auf den Monitor und wartete, bis Dirk sich in die Ecke gesetzt und Günther den Raum verlassen hatte.
„Da war noch einer von unserer Gruppe..Thorben hieß er. Wo ist er?!" fragte Erik streng.
„Ich weiss es nicht. Er hatte jemanden aus seiner Vergangenheit getötet und als meine Männer in den Raum kamen, um ihn wieder zu mir zu bringen, war er auf einmal spurlos verschwunden." keuchte Bellheim.
Decker drückte das Messer fester an seine Kehle, so dass Bellheim schon einen leichten Schnitt von der scharfen Klinge spüren konnte.
„Ich wiederhole meine Frage nur ungern!" giftete er.
„Ich sage die Wahrheit. Er ist spurlos verschwunden." schrie Bellheim panisch.
„Erik..." kam auf einmal eine vertraute Stimme von hinten. Es war Girod, der den Weg zum Raum, in dem sie sich befanden, gefunden hatte. „Wir müssen hier raus." Erik nickte und wendet sich dem Doktor wieder zu.
„Ich werde Thorben finden...und wenn nicht...komme ich wieder!"
danach ließ er ab von ihm und deutete seinen 3 Begleitern, die Flucht anzutreten.

Sie rannten durch die vielen Gänge, durch denen sie gekommen waren. Zwar hatte Erik alle, die im Weg standen, zuvor außer Gefecht gesetzt, doch er hatte sie nicht alle getötet und konnten jederzeit das Bewusstsein wiedererlangen. Hinzu kam, dass sie sich nicht sicher waren, ob sie auch wirklich alle erwischt hatten. Schließlich war noch ein Konvoi unterwegs, um sie zu suchen.

Wieder rannten sie die Treppen hinauf, von denen sie gekommen waren und gelangten auf den Hof. Von weitem waren Motorengeräusche zu hören. Es war zu erwarten, dass jeden Augenblick einer der Wagen, die „die Mannschaft" hatte durch die Pforte gefahren kam.

„Wir müssen dahinten wieder in den Keller." schrie Erik und deutete mit dem Finger auf die Nummer 62a. Wieder rannten sie los. Erik voran, dann Matthias, danach Girod und Kerstin.

„Erik!" hörten sie auf einmal Kerstins Ruf. Alle 3 Männer drehten sich um und schauten auf Kerstin, die mitten auf dem Hof stand.

Um ihr Fußgelenk keilte sich eine Bärenfalle. Unter ihr war eine Tellermiene angebracht. Mit entsetztem Gesichtsausdruck sah sie die 3 an.

Das Motorengeräusch kam immer näher.

„Verdammt!" schrie Decker und wollte gerade wieder zu Kerstin hinrennen, als der Wagen, der zu dem Motorgeräusch gehörte, durch die Pforte kam,. Der Opel Manta, der auch schon beim Hotel mit dabei war.

„Rennt! Sie werden euch sonst umbringen."

Erik blieb 20 Meter vor ihr stehen. Sie hatte Recht. Der Manta kam zum stehen und 2 bewaffnete Männer stiegen aus, bereit zu schiessen.

Kerstin hob die Arme hoch.

„Ich ergebe mich...Bitte nehmt mich mit."

Decker drhete sich um und deutete den anderen beiden, weiter zu laufen.

„Was ist mit Kerstin? Wollen wir sie tatsächlich zurück lassen?" fragte Matthias irritiert, der nicht mitbekommen hatte, dass Kerstin auf eines von El Masris Tellermienen getreten war.

„Wir können für sie nichts mehr tun...wir müssen weiter." sagte Erik hastig und zog kurz an seinen Armen, dass sie mit ihm zum Flur der Hausnummer 62a rannten.

Die beiden Männer aus dem Manta kamen mit langsamen Schritten näher. Sie hielten ihre Waffen mißtrauisch weiter auf Kerstin gerichtet.

„Ich ergebe mich." rief Kerstin ihnen zu. „Nehmt mich mit. Ihr könnt mit mir anstellen, was ihr wollt, aber bitte tötet mich nicht."

„Hast du gehört, was sie gesagt hat? Wir können mit ihr anstellen was wir wollen,." grinste der eine dem anderen zu, der ebenfalls mit einem hämischen Lachen antwortete.

„Den Gefallen wollen wir ihr doch tun."

Kerstin warf einen letzten Blick zum Himmel. Das würde bald ihre neue Heimat sein. Sie entschuldigte sich gedanklich ein letztes Mal bei allen, die sie im Laufe ihres Lebens enttäuscht hatte, einschließlich ihrer Eltern, die ihr immer ein ruhiges und familiäres Leben gewünscht hatten. Wie es wohl wäre, nicht mehr zu existieren, fragte sie sich. In wenigen Sekunden würde sie es wissen.

Wollüstig packten die beiden Männer sie jeder an einem Arm und zogen sie in die Richtung des Mantas. Sie hörte noch die laute Explosion, die darauf folgte, als ihr Fuß die Tellermiene verließ. Doch ihr Verstand schaltete ab, als die Falle ihren Körper zerfetzte. Die beiden Männer nahm sie mit in den Tod.

Sie flüchteten durch die Kellergewölbe, bis sie schließlich am Vorderausgang der Hausnummer 62 wieder herauskamen.

Wie vom Universum bestellt, stand schon ihr Fluchtfahrzeug einsatzbereit vor ihnen. Sie mussten den Audi Quattro dort stehen gelassen haben, als sie ins Gebäude gestürmt sind, um sie zu suchen.

Erik schloss den Wagen innerhalb von 20 Sekunden kurz und mit Vokllgas fuhren sie davon.

„Wir können vor Glück sagen, dass der Wagen vollgetankt war." bemerkte Matthias, der sich besorgt die Nadel der Tankanzeige ansah, die mit zunehmendem Kilometer immer weiter nach links wanderte.

„Wir müssen schnell voran kommen, dass sie uns nicht einholen können und ein Versteck finden." sagte Erik, der alles aus dem Audi Quattrro heraus holte, was er konnte.

Obwohl die Natur sich bereits Teile vom Asphalt der Autobahn in Form von Unkraut wiedergeholt hatte, donnerte Erik mit 180 Km/h über die Strecke, bis sie schließlich zum Einbruch der Dunkelheit vor einem Schrottplatz zum stehen kamen.

„Viel weiter wären wir auch nicht mehr gekommen. Der Tank ist so gut wie leer." bemerkte Erik.

„Die Frage ist nur, was machen wir jetzt?" wollte Matthias wissen.

„Wir sind jetzt 5 Stunden mit Vollgas durchgefahren. Sie haben keine Möglichkeit uns anzupeilen. Ich denke mal wir haben sie abgehängt. Wir werden uns heute hier ausruhen und morgen den Wagen tanken. Hier wird es mit Sicherheit Benzinreserven geben. Wir werden uns mit der Wache ablösen, für den Fall, dass ich mich geirrt habe, was das abhängen angeht." schlug Erik vor.

Auf dem Schrottplatz suchten sie nach einer Stelle, wo sie sich ausruhen konnten und wurden schließlich mit einem alten Wohnwagen fündig, der 2 Betten enthielt.

„Ihr beide ruht euch als erstes aus..Um 3 Uhr werde ich dich wecken, Matthias, damit du mich ablöst. Günther soll sich ausruhen, er hat am meisten durchgemacht in den letzten Stunden...wenn alle damit einverstanden sind." schlug Erik vor und die beiden anderen nickten.

Schon eine halbe Stunde später legten sie sich in den Wohnwagen, um zu schlafen. Decker setzte sich draußen vor die Wohnwagentür und beobachtete den Horizont. Weit und breit war kein Motorengeräusch zu hören. Es herrschte Stille. Die Mannschaft war er losgeworden.

Seine Stimmung trübte sich, als ihm bewusst wurde, dass die meisten aus seiner Gruppe, die er anführte, nun tot waren. Alle bis auf sie und Thorben. Er war, wie Bellheim sagte, spurlos verschwunden, nachdem er jemanden getötet hatte. Doch wo war er nun? War er wieder zuhause, wo sie alle waren, die anderen Menschen? Oder war er noch am selben Ort, nur, dass sie nun auch verschwundnen waren?

Erleichtert stellte er mit Blick auf die Uhr fest, dass es mittlerweile kurz nach 3 war und er nun Matthias wecken durfte. Er war hundemüde. Speziell die Autofahrt hatte ihn extrem geschlaucht, da er hochgradig darauf konzentriert war, den einzelnen Pflanzen auszuweichen, die aus dem Asphalt der Autobahn wuchsen.

„Matthias...wach auf." flüsterte er. Mühsam quälte Matthias sich aus dem Bett und ging nach draußen. Erik zog sich aus und legte sich an seiner Stelle ins Bett. Günther schlief noch tief und fest.

Nun saß Matthias draußen an der Stelle vor der Wohnwagentür, wo Erik kurz zuvor noch gesessen hatte. Wirklich ausgeruht war er noch nicht, denn er musste kämpfen, um nicht wieder einzuschlafen. Doch zwischenzeitliche Spaziergänge im Radius von 50 Metern um den Wohnwagen herum, hielten ihn wach.

Seit er Kerstin und Erik befreit hatte, hatte er das erste Mal seit langem keine Angst mehr davor, mit sich selbst allein zu sein. Er war stolz. Stolz auf sich selbst. Der innere Schweinehund hatte ihn ständig aufgefordert, wieder einen Rückzieher zu machen und legte ihm Ausreden ins Ohr, weshalb es sinnvoller ist, dem Ortungsgerät nicht in die Ruinensiedlung zu folgen. Doch er riß sich zusammen und tat es trotzdem und wurde schließlich mit einer Heldentat belohnt. Es war ein gutes Gefühl und am liebsten hätte er jetzt sein zweites Ich neben sich sitzen und würde ihm eine lange Nase drehen. Doch wie der Teufel es wollte, tauchte diese Halluzination diesmal natürlich nicht auf.

Er war sich sicher, dass es Günther sein musste, der jetzt aus dem Wohnwagen kommen würde, da er schließlich so lange geschlafen hatte, wie die beiden anderen zusammen. Doch zu seiner Überraschung, öffnete Erik die Wohnwagentür von innen.

Er machte einen betrübten Gesichtsausdruck und seine Augen verrieten, dass es keine Müdigkeit war, die ihn so aussehen ließen.

„Günther ist tot." sagte er nur kurz angebunden und sah ihn an wie ein Vater, der seinem kleinen Sohn verklickerte, dass der Hund gestorben ist.

„Wie??" fragte Matthias fassungslos. Er wusste nicht was er sagen sollte.

„Ich vermute mal Herzversagen...Ich wollte ihn wecken..doch dann merkte ich, dass er nicht mehr atmete." antwortete Erik.

Matthias lief an ihm vorbei in den Wohnwagen.

Mit geschlossenen Augen lag Günther im Bett. Sein Mund war noch leicht geöffnet. Decker hatte Recht. Auch Günther hatte das zeitliche gesegnet. Nach allem, was er durchgemacht hatte. Für ihn stand fest, Gott musste ein Zyniker sein, wenn er Günther ausgerechnet sterben lässt, wenn sie in Sicherheit waren.
Matthias kniete vor seiner Leiche und sah ihn nachdenklich an. Insgeheim fragte er sich, ob der Alte Girod nun im Jenseits war..oder in einem anderem Paralleluniversum.

Die Entführung

Anwaltskanzlei Bernd Konitzer &Partner stand auf dem Schild, vor dem Erik nun stand. Er hatte der Versuchung widerstanden und diesen Anwalt nicht angerufen, doch er war in den letzten Tagen öfters an der Kanzlei vorbeigelaufen, obwohl es gar nicht auf seinem Weg nach Hause lag. Nichtsdestotrotz hatte er die Abende damit verbracht, alles durchzukalkulieren und sich Gedanken zu machen, wie er sein neues Leben aufbauen wollte. Doch vorerst hatte er sein altes Leben noch nicht abgeschlossen. Noch war die Bewährungsstrafe ein Bestandteil seiner Gegenwart. Müde hin oder her, er war ein Kämpfer! Und es gab nur einen Weg, das alles hinter sich zu bringen. Er tat das, was er am besten konnte, kämpfen und sich in gefährliche Situationen begeben. Vielleicht sollte er es einfach tun. Zumindest, bis die Bewährungsstrafe beglichen ist. Dann könnte er sich immer noch zur Ruhe setzen und sich Gedanken machen, wie er eine Familie gründet und wovon er sie ernähren sollte.
Bewusst hatte er keinen Termin gemacht, damit die Möglichkeit noch offen ist, bis er die Kanzlei betreten hatte, sich etwas anderes einfallen zu lassen und wieder zu verschwinden, bevor jemand gemerkt hatte, dass er jemals da war.
Doch ihm fiel nichts anderes ein, weshalb er die Tür der Kanzlei öffnete und die Sekretärin ihn erwartend ansah.

„Schönen guten Tag." grüßte sie freundlich. „Kann ich Ihnen helfen?"

„Mein Name ist Erik Decker." stellte er sich vor, feststellend, dass er nervös war. „Ihr Chef...Herr Konitzer hatte mich letztens angeworben. Ich vermute mal, er sucht einen Privatdetektiv oder sowas in der Richtung."
Irritiert sah die Sekretärin ihn an.

„Das wäre mir neu, dass Herr Konitzer einen Privatdetektiv sucht." antwortete sie. Im selben Moment klingelte das Telefon. Sie nahm den Hörer ab.

„Anwaltskanzlei Konitzer & Partner, Schmidthuysen mein Name.....Nein, Herr Konitzer ist im Moment im Gespräch. Kann ich ihm etwas ausrichten?....Okay...Gut...Ich gebs weiter. Können Sie mir nochmal Ihren Namen buchstabieren?..Gut, vielen Dank. Herr Konitzer wird sich gleich bei Ihnen melden, sobald er aus dem Gespräch wieder raus ist." Sie legte wieder auf.

„Tut mir leid, wir benötigen keinen Detektiv. Das muss ein Irrtum sein." zuckte sie mit den Achseln.
Verlegen lächelte Erik. Innerlioch war er froh, so musste er die Entrscheidung, ob er sich wieder in gefährliche Situationen begibt, nicht fällen.

„Okay..na ja, kann man nichts machen." zuckte er nun ebenfalls mit den Achseln. Auf einmal kam er sich fürchterlich dumm vor. Vielleicht hatte jemand sich einen Scherz mit ihm erlaubt? Wie konnte er nur so fürchterlich dumm sein, anzunehmen, dass irgendjenmand einen suspendierten Polizisten anheuern würde? Und dann noch einen, der demnächst wieder ins Gefängnis gehen würde, weil er die Bewährungstrafe nicht zahlen konnte?

Er war fast an der Tür der Kanzlei angelangt, als die Bürotür von Konitzer sich öffnete. Das Lächeln, als er Decker bemerkte, war eine Mischung aus Überraschung und Zufriedenheit.

„Herr Decker, ich freue mich, dass Sie den Weg zu mir doch noch gefunden haben." strahlte er über beiden Wangen und lief ihm mit ausgetreckter Hand entgegen. Erik erwiderte seinen Händedruck.

„Roswitha...Für heute bitte keine Anrufe mehr durchstellen. Bitte alles auf Wiedervorlage für morgen. Ich bin heute für niemanden mehr zu sprechen." rief er seiner Sekretärin zu. Dann schaute er wieder zu Erik. „Gehen wir in mein Büro."

„Möchten Sie was trinken? Cola? Oder etwas härteres?" fragte Konitzer freundlich.

„Ihre Sekretärin wusste nichts davon, dass Sie einen Detektiv suchen." ignorierte Erik das Angebot des Anwaltes.

„Ich habe auch nie etwas davon gesagt dass ich einen suchen würde...also Cola?" wechselte er wieder das Thema. Erik nickte.
Der Anwalt stellte ihm und sich jeweils ein Glas hin und füllte es mit Cola, ehe er ihm deutete sich zu setzen und es hinter seinem Schreibtisch ihm gleich tat.

„Herr Decker, weshalb ich sie brauche..." begann er und holte eine Akte aus der Schublade. „Ich vertrete die Interessen von Owen Stewart und Vladimir Popovic."

„Das sind die Drahtzieher des organsierten Verbrechens in unserer Stadt." antwortete Erik, der die Namen sehr gut kannte. „Die beiden Namen sind mit illegalem Waffenhandel, Erpressung und sogar Mord in Verbindung gebracht worden. Bis 2009 waren die beiden verfeindet und waren durch Schiessereien aufgefallen. Durch das Debut des Italieners Salvatore Di Fuigi, dem man nachsagt, dass er zur Mafia gehören wurde, bildeten der Kanadier Stewart und der Russe Popovic eine Allianz. Mein letzter Stand war, dass in 7 ,noch nicht geklärten Mordfällen, gegen diese Allianz ermittelt wird." zählte Decker auf.

Amüsiert hörte sich Konitzer sich die Informationen an, die Decker in seinem Gedächtnis gespeichert und prompt abgerufen hatte.

„Sie sind wirklich gut, ...und das obwohl Sie schon seit 3 ½ Monaten aus Ihrem Job raus sind." lachte er anerkennend, doch dann machte er wieder ein ernstes Gesicht und holte ein Foto aus der Akte. Das Foto zeigte Constantin Emilius.

„Sie kennen den Mann." sagte Konitzer. „Ihr eheamliger Polizeichef. Er führt die Ermittlungen gegen meine beiden Mandanten. In einer Woche ist die Verhandlung und er ist geladen, um gegen meine Mandanten auszusagen. Da sie eine Spur haben, dass sich ein Maulwurf bei der Mordkommission befindet, werden sämtliche Infos und Beweismaterial, was gesammelt wurde, unter Verschluß gehalten. Sie können sich vorstellen, dass jeder Mitarbeiter, der in diese Ermittlungen involviert wird, jeweils 1 oder 2 Puzzleteile hat, doch Ihr ehemaliger Chef alle Teile beisammen hat und die Morde aufklären, sowie bei Gericht meine Mandanten ernsthaft belasten kann." erklärte der Anwalt.

„Ich verstehe nicht, was das Ganze mit mir zu tun hat." schüttelte Erik den Kopf.

Konitzer nahm einen tiefen Schluck aus seinem Cola Glas und stellte es wieder ab.

„Ich hätte jetzt schon Lust auf was härteres, aber es gibt nichts widerlicheres, als alleine zu trinken. Finden Sie nicht auch?" fragte Konitzer, ohne auf Eriks Einwand einzugehen.

Decker nickte schließlich doch zustimmend auf was härteres. Er wollte nicht, dass der Anwalt weiter um den heissen Brei herumredeten.

Lächelnd holte Bernd Konitzer eine Flasche Ouzo aus seinem Schreibtisch hervor und schenkte sich und Decker ein Glas voll ein.

Dann redete er endlich weiter.

„Ich mache es kurz, Herr Decker. Für Sie wird es Zeit, die Fronten zu wechseln. Ihr Polizeichef und die gesamte Polizei hat sie hängen lassen, als Sie sie am dringendsten gebraucht haben. Sie waren ein guter Polizist und mit selbstlosem Einsatz haben Sie einige Menschen gerettet. Und wie hat man es Ihnen gedankt? Man hat sie ins Gefängnis gesteckt und dann noch verurteilt, weil sie einen Täter verletzt haben. Man hätte sie als Helden feiern sollen. Und jetzt haben sie weder einen Job, noch eine Ahnung, womit Sie die Bewährungsstrafe bezahlen sollen."

Erik fragte sich, woher der Anwalt das alles wusste. Er schien das alles recherchiert zu haben, um ihn für sich gewinnen zu können. Einschließlich seiner nun finanziellen Probleme.

„Meine Mandanten sind bereit, einen hohen Preis dafür zu bezahlen, damit Ihr ehemaliger Polizeichef daran gehindert wird, sie vor Gericht zu belasten."

„Und wie stellen Sie sich da vor? Soll ich ihm ins Gewissen reden? Ich denke mal, das können Sie vergessen." gab Erik zu bedenken.

„Nein...wir haben bereits versucht, ihn zu bestechen. Doch, und das muss man Ihrem Ex Chef lassen...er ist unbestechlich..." gespielt erschöpft atmete er aus. „Wir müssen also andere Maßnahmen ergreifen."

„Und wie sollen diese Maßnahmen aussehen?" fragte Decker.

„Sie müssen ihn töten!" sagte der Anwalt kurz angebunden. Erik war sich sicher, dass er sich verhört hatte. Doch Konitzer wiederholte sein Anliegen.

„Sie sollen ihn entführen und dann anschließend umbringen."
Erik stand auf und ging zur Tür des Büros, um es zu verlassen.

„Sie haben Recht. Alle haben sie mich im Stich gelassen. Doch das gibt mir nicht das Recht, Menschen zu töten, die sich für das Gute einsetzen. Emilius hat mich in den ganzen Jahren unterstützt, ihm gehört meine Loyalität. Hinzu kommt, dass ich im Moment genug Probleme habe, ohnbe das ich den Polizeichef umbringe."

„Setzen Sie sich bitte." bat der Anwalt ihn. „Ich bin auch noch nicht fertig. Mein Mandant ist sich genau dessen bewusst, deshalb möchten wir Ihnen einen Vorschlag machen. Aber nun setzen Sie sich bitte."
Erik zögerte, setzte sich dann aber doch wieder vor den Schreibtisch des Anwalts. Je mehr er wusste, desto leichter könnte er vielleicht das schlimmste verhindern.

„Also..." Konitzer holte erneut tief Luft. „ Meine Mandanten sind bereit, eine Menge dafür zu zahlen, damit der Polizeichef zum Schweigen gebracht wird. Wenn Sie den Job ausgeführt haben, bekommen Sie von uns eine neue Identität, ein Flugticket in die Schweiz, was selbstverständlich bereits auf die neue Identität ausgestellt ist plus 4,5 Millionen Euro in Bar. Das müsste reichen, um ein neues Leben anzufangen." Er beugte sich weiter zu ihm vor. „Ich schätze Ihre Loyalität und dass Sie daran festhalten, dass richtige tun zu wollen. Doch Sie sind an einem Punkt, wo Sie endlich an sich denken sollten. An Ihr Leben...an Ihre Wünsche...an Ihre Vorstellung, wie Sie das Leben gestalten möchten."
Erik überlegte. Die Worte ließen ihn nicht kalt. In seinem Kopf rumorte es, was er tun sollte. Innerlich suchte er einen weg, sich seine Tröume zu erfüllen und mal an sich zu denken, ohne Emilius überhaupt ein Haar zu krümmen. Doch er war sich auch im klaren, dass es die Lösung, die er suchte nicht gab. Er würde sich wieder gegen seine eigenen Wünsche entscheiden und stattdessen Konitzers Pläne vereiteln.

„Und wie soll das Ganze vonstatten gehen? Ich kenne Emilus gut genug, das er sich nicht so einfach umbringen lässt. Er hat sein Privatleben immer geheim gehalten...selbst vor uns. Ich weiß weder wo er wohnt, noch welchen Weg er von der Arbeit nach Hause geht. Gerade jetzt, wo er in einem Fall dieser Art involviert ist, ist davon auszugehen, dass er besonders beschützt wird."

„Wir haben das bereits recherchiert. Unser Maulwurf ist Teil seiner persönlichen Leibgarde. Ihr Job ist es, dabei zu helfen, Constantin Emilius zu entführen und ihn dann kalt zu stellen."

Lange lag er noch nachts auf der Couch und stierte an die Decke. Was man alles mit 4,5 Millioenn machen konnte...es würde nicht reichen, um ein Leben lang in Saus und Braus zu leben, schon gar nicht in der Schweiz. Doch es war eine Chance, sich ein neues Leben aufzubauen. Und Fakt war, Emilius hatte ihn tatsächlich hängen gelassen. Seit seiner Verurteilung hatte er nicht einmal etwas von ihm gehört. Doch ihn deshalb zu ermorden? Nein, das konnte er nicht tun. Es musste einen Weg geben, ihn zu retten.

Der Plan war, das der Maulwurf mit 2 weiteren Polizisten die Tiefgarage verlassen würde. Der Weg führte an ein Naturschutzgebiet vorbei. Er sollte sie angreifen. Der Maulwurf sollte sich um eines der beiden Polizisten kümmern, während Decker sich den anderen vornahm und Emilius entführte. Zuerst konnte er sich nicht vorstellen, dass es tatsächlich einen Polizisten in seinem ehemaligem Kollegium gab, der dem organisiertem Verbrechen dienen würde. Doch Konitzer hatte es ihm bewiesen und ihm noch am selben Abend einen Briefumschlag in den Briefkasten werfen lassen. In dem Umschlag war tatsächlich seine Waffe. Seine Pistole, die ihm in vielen Einsätzen, die meisten von ihnen außerhalb der Arbeitsanweisung, Treue Dienste geleistet hatte.

Sogar seine Inititalen E.D hatte er an der Seite eingravieren lassen. Sledge Hammer hatte seine Susi. obwohl er nicht mit seiner Waffe sprach wie Sledge, war dieses Dirty Harry Abbild sein großes Vorbild. Sledge hielt sich ebenfalls nicht an Arbeitsanweisungen, machte sein Ding und war dennoch auf der Seite des Guten. Für das eingravieren lassen der Initialen hatte er damals seinen zweiten Rüffel von Emilius im Laufe ihrer Zusammenarbeit kassiert. Doch es sollte eine Hommage sein an Sledge Hammer. Irgendwie wollte er immer sein wie er....wenn auch nicht so lustig.

Doch Erik war sich sicher, dass er nicht die Fronten wechseln würde. Seine Pläne sahen anders aus. Er würde Emilius retten, den Maulwurf erschiessen und das letzte Mal als Held unangenehm auffallen. Danach würde er ins Gefängnis gehen und seine Haftstrafe absitzen. Er hatte genug. Es gab nichts, wofür es sich lohnt, zu kämpfen. Dann würde er halt seine Bewährungsstrafe im Gefängnis absitzen. Es gab keinen Grund sich in die Schweiz abzusetzen. Mit wem sollte er eine Familie gründen? Es gab niemanden, die dafür in Frage käme. Seine längste Beziehung hielt 2 Jahre. Und da sollte ausgerechnet *er* von jetzt auf gleich eine Familie gründen können? War er wirklich so naiv? Nein!

Vielleicht, so dachte er sich, war es ganz gut, ins Gefängnis zu gehen und das Ganze als sein persönliches Exil zu sehen, bis er irgendwann mit frischen Gedanken sich ein neues Leben aufbaut. Sein Entschluß stand fest.

Noch am nächsten Tag hatte er einen weiteren Umschlag in der Post. Ein Headset, damit er mit dem Anwalt und mit dem Maulwurf kommunizieren konnte. Um 21.00 Uhr sollte er an dem abgelegenem Waldrand stehen und sich bereit halten.

Im Schutz der Dunkelheit lud Erik seine Waffe durch. Er war bereit, doch er war auch nervös. Regeln galten im Ernstfall für ihn nie, doch das war jetzt eine ganz andere Liga. Sich gegen Christain zu wenden und ihn aufzufordern, sich selbst Handschellen anzulegen war das erste Mal, dass er sich direkt gegen Kollegen wendete.

Das Headset schaltete sich ein und er konnte mehrere Stimme hören. Unter anderem die Stimme seines ehemaligen Chefs,Constantin Emilius. Angestrengt versuchte er, die anderen 3 Stimmen zu identifizieren, denn noch wusste er nicht, wer von ihnen der Maulwurf war.

Die eine Stimme war zweifelsfrei Thorsten. Thorsten, das wusste er, war verschuldet. Hinzu kam, dass er Emilius nicht mochte, dass hatte er schon einige Male erwähnt. Sich schmieren zu lassen, wären 2 Fliegen mit einer Klappe. Zum einem, um aus seinem finanziellem Loch zu kommen, zum anderem, um Emilius ein für allemal loszuwerden.

Der zweite war Sebastian. Er kam frisch aus der Polizeischule und erst seit einem knappen Jahr im Dienst. Er hatte zwar keinen Groll gegen den Polizeichef, doch er träumte von Reichtum und grossem Geld...was er als Polizist niemals verdienen wird. Auch er war prädsitiniert, seinen Polizeichef zu verraten. Als er die dritte stimme hörte, stockte ihm der Atem. Till! Wieso brachte er sich in so eine Gefahr?! Wieso zwingte der verdammte Scheisskerl ihn dazu, gleich gegen ihn vorzugehen? Doch es könnte auch genausogut ein Vorteil sein. Denn das grenzte, zum einem, den Maulwurf nur noch auf 2 Personen ein, zum anderen könnte Till vielleicht eine Hilfe sein, den Maulwurf zu überführen.

Von weitem konnte Erik schon den Opel Vectra sehen, in dem die 4 saßen. Er kannte die zivilen Dienstwagen nur zu gut. Er ging ein Stück zur Seite, dass er nicht auf Anhieb gesehen werden konnte.

Der Vectra kam näher. Es dauerte nicht mehr lange, bis Erik endlich auf die Reifen zielen konnte.

Noch näher...Decker setzte an.

Peng! Der Schuss knallte und der Reifen platzte. Der Fahrer hatte alle Hände voll zu tun, den Wagen wieder unter Kontrolle zu bringen.

Nachdem der Vectra sich einmal um seine eigene Achse gedreht hatte, kam er endlich zum stehen. Decker nutzte den Überraschungsmoment und kam aus seinem Versteck hervor.

„Rauskommen!Alle!" brüllte er mit der Waffe auf den Wagen gerichtet.

Alle 4 Türen öffnete sich und die 4 Insassen stiegen aus.

„Erik...!" Till sah ihn entsetzt an. „Was zur Hölle machst du hier?"

„Einer von den beiden." er zeigte auf Thorsten und Sebastian „Ist ein Maulwurf. Er wurde engagiert, um die Polizei auszuspionieren und heute Nacht Emilius in einen Hinterhalt zu locken. Und ich wurde engagiert um ihn zu ermorden."

„Was?! Das glaube ich nicht..." stockte er. „Und du machst bei sowas mit?"

„Natürlich nicht." Er sah Emilius an. „Kommen Sie zu mir."

„Ich werde einen Teufel tun. Ich weiß nicht ob ich dir trauen kann. Du bist wegen einem Mordauftrag hier." antwortete Emilius.

„Constantin, wir können ihm trauen. Er war immer ein guter Polizist." redete Till auf ihn ein.

„Sie ihn dir an, Till...Er hat mit dem organisierten Verbrechen zu tun. Er ist hier, um mich zu ermorden. Was weiss ich, was er im Schilde führt?" wehrte Emilius sich.

„Ich kenne Erik, seit ich bei der Polizei bin. Er würde so etwas nie tun." beschwörte Till ihn.

„Erik ist kein eiskalter Killer." gab Emilius zu. „Doch er ist im Auftrag des organisierten Verbrechens hier. Wir können und dürfen ihm erstmal nicht trauen.Nehmt in fest. Wir können das hinterher immer noch klären." ordnete Emilius an und Sebastian sowie Thorsten setzte sich sofort in Bewegung auf Erik zu.

„Erik, sei vernünftig." sagte Thorsten dabei ruhig und lief weiter auf ihn zu.

„Ihr bleibt beide stehen!" schrie Till.
Als sich Thorsten und Sebastian umdrehten, stand Till mit seiner Waffe auf die beiden gerichtet hinter ihnen.

„Constantin, wenn wir Erik aus dem Verkehr ziehen, wird einer von den beiden dich umbringen. Das muss ich verhindern."

„Wir müssen Sie fesseln und dann nichts wie weg von hier." schlug Erik vor.
Im selben Augenblick viel ein Schuss und Till brach mit einem schmerzverzerrtem Gesicht zusammen.
Aus dem Lauf von Sebastians Waffe qualmte es. Doch bevor er weiter reagieren konnte, hatte Erik ihn schon von hinten gepackt und in den Polizeigriff genommen.

„Der Schweinepriester hat mir in den Oberschenkel geschossen!" stöhnte Till.
Der Kampferprobte Sebastian wehrte sich und es gelang ihm, seinen Arm soweit frei zu bekommen, dass er Erik seinen Ellenbogen in den Magen rammte. Decker musste komplett von ihm ablassen. Ein Fausthieb folgte und Decker ging zu Boden.
Sebastian stürzte sich weiter auf Decker und schlug immer wieder auf ihn ein. Doch dieser trat ihm die Beine weg. Nun war Erik oben und schlug auf Sebastian ein.
2 weitere Schüsse fielen und Thorsten brach zusammen. Sebastian und Erik hielten inne. Till hatte sich wieder aufgerafft und hatte halt an dem Wagen gefunden. Erschöpft senkte er die Waffe.

„Thorsten hatte seine Waffe auf Sebastians Kopf gerichtet. Er war der Maulwurf."

„Warum hast du ihm nicht in die Beine geschossen?!" berschwerte Emilius sich lauthals. „Ich habe auch gesehen dass er seine Waffe gezogen hatte, aber ich war nicht sicher, ob er auf Sebastian gezielt hatte. Ich war mir sicher, er wollte einen Warnschuss abgeben, um die beiden auseinanderzubringen."

„Es ging alles zu schnell. Ich sah nur, dass er seine Waffe gezogen hatte und der Lauf direkt auf Sebastian zeigte. Ich musste schnell reagieren." antwortete Till.

„Ich kann mir nicht vorstellen, dass Thorsten zu sowas in der Lage ist." schüttelte Emilius den Kopf. „Er und ich waren zwar nicht immer einer Meinung, aber dass er sich darin verwickeln lässt, mich zu ermorden......"

„Man kann den Leuten nur vor den Kopf gucken." kommentierte Erik und wischte sich das Blut aus den Mundwinkeln.

„Wie gehen wir jetzt am besten vor?" wollte Till wissen.

„Konitzer sprach immer nur von einem Maulwurf. Das würde heissen wenn wir jetzt wieder zur Station zurückkehren, müssten wir sicher sein."antwortete Erik. „Till braucht außerdem medizinische Versorgung."

„Es geht schon soweit." Till ging sich mit der Hand durch die Haare. „Es war nur ein Streifschuß. Mein Bein tut zwar weh, aber ich werde nicht verbluten."
Erik bückte sich und durchwühlte Thorstens Jackentasche.

„Was tust du?" fragte Emilius.
Erik holte ein Knopfgrosses Miktophon aus der Jackentasche.

„Ich wollte nur sichergehen." sagte Erik. „Ich konnte euch, als ihr im Auto unterwegs wart, hören. Der Maulwurf musste also ein Mikro haben. Und hier ist es."

„Unglaublich." war Emilius immer noch fassungslos.

„Danke.." nickte Sebastian benommen in Tills Richtung. „Du hast mir das Leben gerettet."

„Nichts zu danken." antwortete Till und rieb sich die Wunde, die er von dem Streifschuss am Bein hatte.

„Wir müssen jedenfalls erstmal von hier weg. Wenn ich euch hören konnte, ist davon auszugehen, dass Konitzer uns auch hören konnte und weiß, dass deren Plan gescheitert ist. Vielleicht sind sie schon auf dem Weg hierher." waren Eriks Bedenken.

„Okay, dann solltet ihr erstmal nicht zurück in die Stadt. Der Weg zieht sich. Ihr seid für die Gangster auf dem Weg zurück in die Stadt praktisch eine Zielscheibe." gab Till zu bedenken.

„Er hat Recht. Am besten nehmen wir den Weg durch den Wald. Unterwegs werden wir Verstärkung rufen. Sie sollen auf der anderen Seite des Waldes auf uns warten." war Eriks Idee.

„Okay...dann geht los. Ihr habt keine Zeit zu verlieren." sagte Till.

„Was meinst du?" war Erik irritiert.

„Ich muss humpeln. Ich halte euch nur auf. Geht ihr alleine. Ich werde mich hier irgendwo verstecken, bis Verstärkung eintrifft." sagte Till.
Erik, Emilius und Sebastian sahen sich fragend an, nickten dann aber.

„Also gut, dann müssen wir das so machen." stimmte Emilius zu und zog seine Waffe, entfernte das Magazin und drückte es Till in die Hand.

„Was soll ich damit?" fragte Till irritiert.

„Ich habe 2 bewaffnete Männer dabei. Wenn sie wirklich kommen und dich finden, wirst du die Munition dringender brauchen als wir." meinte Emilius.

Till sah seinen Chef fragend an, nahm dann aber das Magazin an sich und steckte es in die Jackentasche.

„Ihr solltet keine weitere Zeit verlieren."

„Dann lasst uns jetzt verschwinden." sagte Erik entschlossen.

„Das vorhin tut mir leid. Ich habe gedacht, das du die Seite gewechselt hättest. Ich wollte verhindern , dass unserem Chef etwas passiert." sagte Sebastian und sah Erik und Till dabei im Wechsel an.

„Schon gut...du hast nur deinen Job gemacht. Ich wollte euch auch nicht bedrohen, aber ich wusste nicht, wer von euch beiden der Maulwurf ist." stimmte Till auf die Entschuldigung mit ein.

„Können wir jetzt gehen?" fragte Emilius strenger, als er beabsichtigt hatte.

„Constantin hat Recht, wir sollten los." stimmte Erik zu und die 3 gingen Richtung Wald. Till blieb am Auto gelehnt stehen und hielt Ausschau in die andere Richtung, ob sich irgendjemand nähern würde. Doch es blieb ruhig.

„Du wirst dir einige Fragen gefallen lassen müssen, wenn wir zur Wache abgeholt wurden." sagte Emilius, als sie sich schon ein paar Meter entfernt hatten. „Aber wenn du gegen Konitzer aussagst, verspreche ich dir, werde ich tun, was ich kann, um dir zu helfen."

„Erstmal müssen wir es wieder zurück zur....Argh..." Sebastian schrie auf. Wieder fielen Schüsse und Sebastian sackte zusammen. Jemand hatte ihm mit 3 Schüssen ins Kreuz getroffen.

Till stand immer noch am Auto gelehnt und gab weitere Schüsse in Richtung Emilius ab. Doch Erik schubste ihn, so das der Polizeichef zu Boden ging und die Kugeln ihn verfehlte. Decker zog seine Waffe und gab ebenfalls 4 Schüsse in Tills Richtung ab. Till wich aus und versteckte sich hinter dem Vectra.

„Kommen Sie." Erik versuchte, Emilius aufzuhelfen.

„Ich glaube, ich hab mir den Knöchel verstaucht, als ich gerade gestürzt bin." keuchte Emilius.

Erik zog ihn hoch und stützte ihn ab, um weiter zu kommen. Till hatte den Schutz des Vectras wieder verlassen und feuerte weitere Schüsse ab. Doch durch die Dunkelheit konnte er nur vermuten, wo die beiden steckten, denn Erik war mit Emilius zwischen den Bäumen verschwunden.

Schon nach 50 Metern brauchte Decker eine Pause, weil Emilius zu schwer war.

„Mach das du wegkommst, Erik. Du bist jetzt genauso eine Zielscheibe geworden wie ich." keuchte Emilius. Decker ließ ihn ab, um kurz zu verschnaufen. Während der Polizeichef kniete und sich den Knöchel hielt, stand Erik gebückt mit den Händen auf seinen Knien gestützt, um nach Luft zu ziehen.

„Erik, du musst ihn töten. Du hast einen Deal ausgemacht." hörte er Tills Stimme durch den Knopf in seinem Ohr.

„Dieser Verräter." fluchte Erik. „Verfluchter Bastard."

„Aber aber...was sind das denn für Kraftausdrücke, Partner?" erst jetzt wurde Erik wieder bewusst, das der Knopf in seinem Ohr auch eine sehr sensible Mikrophoneinrichtung hat.

„Das ausgerechnet DU, mein langjähriger Partner, sich für diese Verbrecher kaufen lässt..." begann Erik fassungslos.

„Erik...du hast lange genug den Helden gespielt." blieb Till ruhig. „Du bist der lebendige Beweis dafür, was passiert, wenn man seinen Kopf für andere hinhält....Erschieß ihn!"

„Nein! Ich werde mir ein neues Leben aufbauen. Ich werde mir an sowas nicht die Hände schmutzig machen."

Emilius beobachtete, wie die beiden über das Headset miteinander kommunizierten. Der Knöchel hämmerte immer noch. Er hoffte, dass Decker ihn soweit hinhalten konnte, bis er wieder einigermaßen laufen konnte.

„Erik, ich hab es gut gemeint mit dir." gab Till sich in einem kumpeligem Ton. „Du hast dir immer den Arsch für alle aufgerissen. Immer alles gegeben. Sogar als du in den Knast wandern musstest. Willst du dein Leben immer so weiter führen? Ich hab Konitzer gebeten, dich in die Sache miteinzubeziehen, weil wir einen guten Mann für diese Sachen brauchen...und ja...ich muß zugeben, wir brauchten auch einen Sündenbock. Nichts ist plausbler als ein ehemaliger Bulle, der aus Rache, weil sein ehemaliger Polizeichef ihn im Stich gelassen hat, um die Ecke bringt...Aber ich habe mich auch dafür eingesetzt, damit du eine neue Chance bekommst...dass du dich mit Startkapital aus dem Staub machen kannst und ein neues Leben anfangen kannst...so wie du es dir immer gewünscht hast."

„Meinen ehemaligen Boss umzubringen soll eine neue Chance sein?" hinterfragte Erik. „Außerdem Rache...wer soll das glauben? Emilius war immer für mich da gewesen und hat seine Hände über mich gehalten."

„Ach ja, hat er das?" Man konnte Tills Grinsen hören. „Diese neue Staatsanwältin...die hat es auf dich abgesehen. Und dein guter alter Freund Constantin Emilius...wenn er nicht gerade seine Recherchen gegen Stewart und Popovic aufbereitet, sammelt er auch fleissig alles zusammen, was du in den letzten Jahren verbockt hast, weil das gnädige Fräulein ein Exempel an dir statuieren will...und unser lieber Herr Polizeichef gibt ihr alles dafür, was sie braucht, um dich ans Messer zu liefern."

„Ist das wahr?" schrie Erik. Aus Reflex zog er seine Waffe und richtete sie auf seinen ehemaligen Polizeichef.

„Ich weiss nicht, worum es geht." antwortete Emilius, der nicht hören konnte, was Till zu Erik sagte.

„Er sagt, dass du Material zusammen sammelst, um mich bei dieser Staatsanwältin vorzuführen." antwortete Erik.

„Das du verurteilt wurdest, ist auch ihr Verdienst." erklärte Till weiter. „Doch anstatt sich damit zufrieden zu geben, will sie die alten Fälle, wo du deine Grenzen übertreten hast, auch wieder aufrollen. Du sollst dafür ebenfalls verurteilt werden....Und weil die kleine Schlampe für Emilius die Beine breit macht, hilft er ihr, alles dafür zusammen zu sammeln."

„Sagt er die Wahrheit, Constantin?!" krächzte Erik.

„Es wird so kommen, dass du dann noch Post vom Landesgericht bekommst, wo du vorgeladen wirst, um nochmal Stellung dazu zu beziehen, damit du dann vor Gericht dafür verurteilt wirst." machte Till weiter.

„Beschaffst du der Staatsanwältin Informationen um mich für alte Fälle zu verurteilen, weil du mit ihr ins Bett gehst?" konkretisierte Erik seine Frage.

Emilius schaute verlegen auf den Boden.

„Antworte!" schrie Erik.

„Sie hätte es sowieso getan." sagte Emilius schließlich. „Sie macht ihren Job sehr gewissenhaft. Sie hätte sowieso Akteneinsicht angefordert. Sie wollte alle Kollegen hochnehmen...Du bist nicht der einzige, der sich nicht an die Regeln hält und das weisst du...Du hast es nur immer maßlos übertrieben...Seit wir eine Beziehung führen, hatte sie erwartet, dass ich sie dabei unterstütze...Und ja, ich gebe zu, weil du es immer übertrieben hast, hab ich gedacht ich lasse sich lieber an dir austoben, bevor alle Kollegen dran glauben müssen." gab er schließlich zu. „Wir können es uns nicht erlauben, dass man uns ständig auf die Finger guckt...Soll sie sich lieber mit einem Ex Polizisten befassen, desto mehr lässt sie meine Leute in Ruhe."

„Du hattest ehrbare Vorstellungen von deinem zukünftigem Leben, Erik." hörte Decker wieder Tills Stimme. „Du wolltest dir ein sesshaftes Leben aufbauen. Eine Familie gründen,...ein ruhiges Leben führen. Und ich wollte dir dabei helfen...dir das Startkapital ermöglichen...die Verbindung herstellen. Alles was du nur dafür tun musst, ist Emilius zu erschiessen..dann kannst du mit einer neuen Identität und einer Menge Geld nochmal von vorne anfangen...Das ist deine Chance, Erik!"

Auf einmal war Decker sich nicht mehr sicher, ob er das richtige tat. Er wollte den Mordanschlag, der auf seinen ehemaligen Boss geplant war, verhindern. Und auf einmal merkte er, dass der, den er retten wollte, dabei war, auch sein zukünftiges Leben zu zerstören, während er die, die ihm helfen konnten, sich ein neues Leben aufzubauen, ins Gefängnis bringen wollte.

„Das mit Thorsten tut mir leid. Ich habe ihn ungerne erschossen. Aber nachdem ich den Anfang gemacht hatte und den Sender in seine Jacke geschmuggelt hatte, musste ich es auch zu Ende bringen. Ich konnte nicht zulassen, dass er unsere Operation gefährdet." fuhr Till fort. „Du hast immer nur an andere gedacht, Erik. Aber jetzt denk einmal an dich selbst. Schmeiß dein leben nicht an die Wand, um die zu retten, die dein Leben zerstören wollen. Denk einmal nach Erik. Denk jetzt einmal an dich."

Eriks Zeigefinger zitterte. Am liebsten würde er seinem alten Partner nicht mehr zuhören, denn er hatte Recht. Wenn er sich für Emilius entscheidet, entscheidet er sich gegen sich selbst.

„Verdammt Erik, jetzt zöger nicht. Wir brauchen noch etwas Zeit, um vor der Verstärkung abzuhauen. Jetzt drück ab und lass uns endlich von hier verschwinden. Lass uns dann einfach nach Hause fahren. Ich zu meiner Familie und du in dein neues Leben, wo du dann eine Familie aufbauen kannst, so wie ich es irgendwann mal getan habe."

„Halt verdammt nochmal deine Klappe." es war schon fast ein flehen in Eriks Stimme.

„Ich weiss, dass du mich heimlich beneidest. Du hast es mir oft genug in deinen Bierlaunen unterschwellig gesagt. Weisst du was der Unterschied zwischen mir und dir ist? Ich denke zwischendurch an mich...und das ist wichtig..Nur wenn es mir gut geht, kann ich auch für meine Familie da sein....wie willst du eine Familie haben, wenn du noch nicht mal dafür sorgen kannst, dass es dir gut geht? Du denkst immer erst an andere, und dann erst an dich..."

Der Zeigefinger zog den Abzug nach hinten.
Mit einem lauten knallen verließ die Kugel den Lauf der Pistole, die die Initialen E.D eingraviert hatte und durchbrach die Schädeldecke von Constantin Emilius.
Emilius kippte nach vorne und rührte sich nicht mehr. Der Polizeichef war tot.

Auch Till schwieg auf einmal. Erik sah sich mißtrauisch um. Ihm war, als hätte er vorhin schon von weitem die Verstärkung gehört, doch auf einmal war wieder alles ruhig.
„Till?" fragte er. „Till...hörst du mich?"
Doch Till antwortete nicht.
Er rannte zurück zu dem Vectra, von wo aus sein ehemaliger Partner vorhin noch mit ihm gesprochen hatte. Doch er war verschwunden. Auf einmal war Decker allein.

Ein neues Universum

Auf einmal hörte Matthias hinter sich, wie ein Abzugshahn nach hinten gespannt wurde. Er brauchte gar nicht nach hinten zu sehen, um zu wissen, dass Decker ihn gerade seine Waffe an den Kopf hielt.

„Du hast ihn umgebracht, nicht wahr?" fragte er.

„Ich musste es tun." antwortete Decker.

„Warum musstest du es tun?" wollte Matthias wissen. Er sah immer noch auf die Leiche des Alten, ohne sich umzudrehen.

„Wir sind hier gefangen. Es sind Entscheidungen, die uns von dem einen ins andere Universum bringen können. In einem Universum, wo es keine richtige Gesellschaft...keinen Alltag gibt, kann man keine Entscheidung treffen. Die einzige Entscheidung, die man treffen kann, ist der Tot eines anderen."erklärte Erik. „Thorben ist spurlos verschwunden, nachdem er jemanden totgeschlagen hatte. Nirgendwo eine Leiche..nirgendwo war er versteckt. War einfach weg...hat sich in Luft aufgelöst. Er ist wieder dahin zurückgekehrt, wo er war, in unser gewohntes Universum."

"Und jetzt meinst du, wenn du mich tötest, kannst du auch wieder heimkehren." murmelte Matthias. „Eine andere Entscheidung kann ich hier nicht treffen. Töte ich euch oder töte ich euch nicht? Bisher habe ich mich immer dafür entschieden, euch nicht zu töten. Doch gebracht hat es mir nichts. Jetzt mach ich es anders." erklärte Erik.

„Du hast von den Schurken einige umgebracht..und es hat sich nichts geändert." widerlegte er Deckers Theorie.

„Weil sie nicht aus demselben Universum stammten, wie wir. Es scheint keinen Einfluss zu haben." meinte Erik.

„Und was hat es dir gebracht, dass du Girod ermordet hast? Was hat es jetzt in deinem Leben verändert?" hinterfragte Matthias.

„Auch unser guter alte Girod entstammt nicht von unserem ursprünglichem Universum. Ich habe es überprüft...leider erst zu spät. Das Haus, in dem Girod lebte..wo wir ihn gefunden haben, steht schon seit 15 Jahren leer. Unser Günther hat sich schon vor 15 Jahren in seinem Haus das Leben genommen. Ich hab es im Polizeicomputer überprüft, nachdem ich ihm das Kissen aufs Gesicht gedrückt habe. Doch wir waren alle in ein Universum gerutscht, wo er sich gegen den Freitod entschieden hatte. Deshalb hatten wir die Ehre, diesen Quantenphsysiker kennenzulernen. Du bist der letzte aus dem Universum, aus dem ich entsprungen bin."

Matthias schloß die Augen und atmete tief ein. Er hatte Angst. Und nun war seine Angst berechtigt. Doch nun durfte er auch Angst haben. Jetzt war es keine Schande ,wegzulaufen.

Sich sicher, dass sein zweites Ich ihm da diesmal zustimmen würde, drehte er sich hastig um und boxte Erik in den Schritt, woraufhin dieser gekrümmt vor Schmerz zusammenbrach.

Matthias nutzte die Zeit um aufzustehen und an Erik vorbei aus dem Wohnwagen herauszurennen. Er konnte sich nicht erinnern, wann er das letzte Mal so schnell gerannt war. Es waren genug Orte auf diesem Schrottplatz, wo er sich verstecken konnte. In seinem Kopf kreisten die Gedanken, welche Strategie besser wäre. Den Vorsprung, den er hatte, riskieren, sich verstecken und darauf spekulieren, dass Decker an ihm vorbeilaufen würde. Oder weiter rennen und den Vorsprung sinnvoll nutzten um ihn auszubauen. Er konnte sich nicht entscheiden, da er kein Versteck sah, was geeignet genug wäre, dass er von Decker nicht entdeckt wird. Von weitem hörte er einen Motor. Decker war in den Quattro gestiegen, um damit die Verfolgung aufzunehmen. Zumindest wusste Matthias jetzt, dass er unmöglich weiter die Strasse als Fluchtweg nutzen konnte.

Er kletterte einem Haufen voller Schrott hianuf. So lange Decker ihn im Auto verfolgen wollte, war er hier oben zumindest sicher.

Decker kurbelte die Scheibe herunter und feuerte ein paar Schüsse ab, die links und rechts neben Matthias aufprallten. Der Schmerz von dem Faustschlag in seinen Schritt schien ihm noch die Sinne zu vernebeln, ansonsten hätte er ihn mit Sicherheit nicht verfehlt.

Unbeholfen stolzierte Matthias über den Schrottberg. Hinter sich hörte er eine Wagentür. Offenbar setzte Decker die Verfolgung zu Fuß fort.

„Du kannst jetzt nicht wegrennen. Du musst kämpfen." heizte ihn auf einmal die innere Stimme, sein zweites Ich an.

Wissend, dass er keine Zeit hatte, darüber nachzudenken, griff er nach einer Eisenstange und stolzierte den Schrottberg wieder zurück zu der Stelle, wo Decker gerade dabei war, hinauf zu klettern. Er holte aus und wartete schon auf ihn.

Als Decker etwas höher geklettert war, schlug Matthias mit voller Wucht zu und erwischte Decker am Kopf, der schreiend wieder herunter fiel.

Das gepresste Blech wies an einigen Stellen scharfe Kanten auf, an denen Decker beim Fall sich aufschlitzte. An einigen Stellen war er mit Blutflecken übersät.Matthias war überrascht über sich selber, dass er beim Kampf gegen Decker so die Überhand behielt. Doch der ehemalige Polizist hatte wieder seine Waffe gezogen und gab einen Schuß ab, der Matthias am Arm streifte.

Es war ein leichtes ziehen am Arm, doch außer einen Blutkratzer hatte die Kugel nicht mehr Schaden anrichten können.

Erik holte ein neues Magazin aus der Jackentasche und war dabei, seine Waffe nachzuladen. Matthias nutzte die Zeit, um seine Flucht fortzusetzen.

Auf der anderen Seite des Schrottberges, kletterte er wieder herunter.

An der Seite stand ein alter Toyota Corolla. Matthias ging die Luft aus, da das Klettern anstrengend war. Er musste die Strategie wechseln um sich eine Pause verschaffen zu können. Er öffnete den Kofferraum des Corollas und stieg hinein. Die Kofferraumklappe zog er sich hinter sich zu.

Eine Weile tat sich nichts. Decker schien seine Spur verloren zu haben. Doch 5 Minuten später lief er an der Seite des Schrottplatzes entlang.

Da der Corolla ein Fließheck hatte, konnte Matthias durch die Kofferraumscheibe Erik beobachten, wie er dort mit der Waffe in der Hand stand und sich umsah. Mit Sicherheit hatte er versucht, ihn am Ende des Schrottplatzes abzufangen. Nun müsste er dahintergekommen sein, dass Matthias nicht das Weite gesucht, sondern sich auf dem Schrottplatz versteckt hatte. Es wäre also nur eine Frage der Zeit, bis er ihn im Kofferraum des alten Corollas entdeckt hätte.

Matthias wartete noch, bis Erik um die Ecke verschwunden war und kletterte leise aus dem Kofferraum wieder raus.

Zerbröckelte Scherben knirschten unter seinen Füßen. In der Hoffnung, dass Erik ihn nicht hören konnte, schlich er wieder zu der Stelle, wo der ehemalige Weggefährte vorhin noch gestanden hatte.

Vorsichtig sah er um die Ecke, in der Erwartung, dass er Decker 20 Meter weiter von hinten sehen würde. Doch ihm kam eine Flamme entgegen. Matthias hatte rechtzeitig aus Reflex noch die Augen geschlossen, doch die Flamme des Schweißgerätes, die Decker einsetzte, brannte ihm ins Gesicht.

Er war schnell genug noch zurückgewichen, bevor die Flamme großen Schaden angrichten konnte, doch nicht schnell genug, um den Geruch von verbrannten Haaren wahrzunehmen. Noch bevor Matthias sich vor dem Schreck wieder erholen konnte, spürte er, das Erik ihn von hinten mit irgendeinem Gegenstand niederschlug.

Decker warf das Teil, was irgendwann mal ein Stück von einem Auspuffrohr war, zur Seite. Matthias war zwar noch bei Bewusstsein, konnte sich aber nicht rühren.

Erik zog seine Waffe und spannte den Hahn nach hinten. Die Initialen E.D blinzelten in der Sonne. Er drückte den Abzug, doch es passierte....nichts.

Ohne zu kontrollieren, ob die Waffe Ladehemmung hatte oder das Magazin schlicht leer war, warf er sie beiseite. Den Sinn der Existenz der Waffe gehörte eh der Vergangenheit an. Sie war ein treuer Diener, als er noch ein guter Polizist war. Doch die Zeiten waren vorbei. Er trug sie mit Stolz, als er sie noch einsetzte, um Menschenleben zu retten und Schurken zu stoppen. Doch nun war er selber einer.

Er packte Matthias unter den Armen und zog ihn in den Toyota Corolla, wo er sich zu vor noch versteckt hatte. Danach lief er zum Gabelstapler, der unweit vom Führerhaus des Schrottplatzes stand.

Geschickt hatte er diesen innerhalb von wenigen Sekunden kurzgeschlossen und fuhr mit dröhnendem Motor auf das Wrack des Corollas zu, um ihn auf die Gabel zu nehmen.

Matthias spürte, dass es gerade in die Luft ging, doch sein Schädel dröhnte immer noch von dem Schlag auf den Hinterkopf mit dem Teil des Auspoffrohrs.

„Du musst etwas tun!" versuchte eine innere Stimme ihn zu wecken. Doch er konnte nicht reagieren. Auch nicht, als der Gabelstapler das Wrack samt Insasse in einer Schrottpresse ablegte. Decker setzte zurück und stieg aus um, die Schrottpresse zu aktivieren.

Die Presse setzte sich in Gang. Die Pressplatte fuhr langsam herunter auf das Auto zu. Decker wendete sich ab, in dem Glauben, er hätte Matthias erledigt. Was er nicht mitbekam, war, dass Matthias sich zusammenriß und aus dem Auto kletterte, um der Schrottpresse zu entkommen. Sein Schädel hämmerte immer noch. Hinzu kam nun, das auch sein Kreislauf den Geist aufgab. Erschöpft sackte er zusammen. Benommen blickte er auf Decker, der bereits wieder auf den Gabelstapler geklettert war, um ihn auszuschalten. Er hatte noch nicht bemerkt, dass sein Opfer aus der Presse entkommen war. Scheinbar in Gedanken versunken setzte er sich ans Steuer des Gabelstaplers und stierte. Es schien, als würde er auf etwas warten.

Er sah auch nicht auf, selbst als das knirschen der Presse erfolgte, die den Toyota Corolla in Blechsalat verwandelte. Matthias nutzte die Unaufmerksamkeit seines Gegners und kroch hinter die Presse, in der Hoffnung, Decker würde ihn nicht bemerken und er könnte entkommen, wenn er sich etwas erholt hatte.

Doch Decker wurde, als die Presse unten angelangt war, wieder aufmerksam. Er stieg vom Gabelstapler ab und kam wieder zurück zur Presse und wartete gebannt darauf, das die Pressscheibe wieder nach oben kam.

Mißtrauisch sah er sich das an, was vorher mal der Toyota Corolla gewesen sein. Er schien Matthias Flucht bemerkt zu haben, denn die Presse hätte eigentlich einen dicken Blutfleck hinterlassen müssen. Es kam Decker schon spanisch vor, dass sich nichts verändert hatte, obwohl Matthias eigentlich tot sein müsste. Dies konnte nur bedeuten, dass Matthias noch lebte.

Hektisch sah er sich um. War er zu hochmutig gewesen, dass er ihn nicht bemerkt hatte?

In der Eile lief er in die Richtung des Führerhauses. Sein Ziel war unbestimmt, doch er wusste nicht, wo er zuerst suchen sollte. Das Matthias noch in seiner unmittelbaren Nähe war, ahnte er nicht.

Fieberhaft überlegte Matthias, ob er weiter warten und das Risiko eingehen soll, dass er entdeckt wird, oder den Moment für einen Überraschungsangriff nutzen soll. Vorhin noch hatte er sich fürs warten entschieden. Diesmal beschloss er, den Fehler nicht nochmal zu wiederholen. Er griff zu einer größeren Scherbe, die einmal zu einer Windschutzscheibe gehörte und rannte auf ihn zu. Jeder Schritt schmerzte und er hatte das Gefühl, dass sein Hirn gleich aus der Schädeldecke hinaus brechen würde. Doch es war nur noch ein letztes Zusammenreissen. Wenn er Erik die grosse Scherbe in den Nacken gerammt hatte, konnte er sich immer noch ausruhen. Doch im letzten Moment drehte Decker sich um, griff nach Matthias Handgelenk und brachte ihn mit 2 schnellen Tritten in seine Magengegend dazu, die grosse Scherbe fallen zu lassen.

„Hast du ernsthaft gedacht, du könntest mich damit umbringen?" lachte Erik spöttisch. „Du hättest leiser sein sollen, aber selbst dann hättest du es nicht geschafft."

Matthias keuchte. Die Panik, dass die Tritte ihm die Luft raubten, lenkten ihn wenigstens von seinen Kopfschmerzen ab.

„Na los! Steh auf!" forderte Decker ihn auf. „Dann werde ich dir dein verfluchtes Genick brechen, nachdem ich dich windelweich geschlagen habe." Doch Matthias blieb liegen. Er fühlte sich jetzt schon wie ein Boxer in der 12. Runde.

Decker half ihm auch, doch nur, um ihn 2 schnelle Fausthiebe und einem Sidekick zu geben, die Matthias wieder umwarfen. Doch Decker kannte keine Gnade und ließ seinen Gegner nicht zu Atem kommen. Er packte Matthias erneut und drückte ihn gegen die Fahrertür eines alten Volvos, der ebenfalls mal zum ausschlachten dort abgestellt wurde. Die Scheibe der Fahrerseite war bereits zersplittert. Einige Scherbenkanten ragten von unten des Fensterrahmens. Erik nahm Anlauf und sprang gegen Matthias, dass die Scherbenkanten sich in das Fleisch seines

Brustkorbes drückten. Matthias schrie vor Schmerz und sackte erneut zusammen. Doch wieder ließ Decker ihm keine Zeit zum verschnaufen und hievte ihn wieder hoch, um ihn genau in der gleichen Weise wie zuvor gegen die Tür zu lehnen.

Der Brustkorb brannte. Die Einschnitte waren nicht tief genug um seine Organe zu gefährden, doch Matthias ging in diesem Augenblick durch den Kopf, dass er eine Blutvergiftung bekommen könnte. Seine Augen fingen eine Flasche, die auf dem Fahrersitz lag, auf. Von hinten hörte er ihn schon wieder angerannt kommen. Der Komissar, der irgendwann mal ein Verfechter für das Gute gewesen war, muß durchgedreht sein. Er wollte Matthias nicht bloß umbringen, um die Chance zu haben, wieder in sein altes universum zurückzukehren, er wollte es offenbar auch auf eine rabiate, qualvolle Weise tun.

Mehr aus Reflex und Überlebenswillen griff Matthias zu der Flasche und spritzte den Flascheninhalt dem anrennenden Decker ins Gesicht.

„Aargh!" schrie Erik auf. Mit beiden Händen hielt er sich die Augen. Wimmernd sank er in die Knie. Was immer in der Flasche war, schien höllisch weh zu tun.

Ungläubig sah Matthias auf die Flasche. Er hatte seinem Gegner gerade Bremsflüssigkeit ins Gesicht gespritzt. Auf der Flasche steht ein Warnhinweis, dass die Flüssigkeit hochgradig ätzend ist.

Während Decker nun vor ihm lag und sich krümmte, überlegte Matthias, was er jetzt tun soll. Am liebsten würde er wegrennen. Sein Schädel pochte immer noch, seine Brust brannte von den Wunden, die die Scherben der Seitenscheibe bei ihm verursachten. Doch etwas in ihm wollte diesmal nicht weglaufen. Sein zweites Ich, es stand neben ihm. Nur diesmal konnte er es nicht sehen, doch zumindest hören.

„Bring ihn um!" schrie es ihm zu. „Sei nicht wieder so feige wie sonst. Bring zu Ende was du angefangen hast und bring ihn um!"

Matthias stützte sich an dem Volvo ab. Hinten auf dem Rücksitz lag ein Wagenheber, auf den er nun starrte.

„Decker wird sich irgendwann wieder erholen und dann wirst du bereuen, dass du nicht weggerannt bist. Er wird dich jagen! Sei diesmal nicht feige. Bring es endlich zu Ende!" feuerte ihn sein zweites Ich weiter an.

Matthias holte tief Luft und mit einem Fausthieb zerschlug er die hintere Seitenscheibe, um nach dem Wagenheber zu greifen.

Sein zweites Ich hatte Recht. Trotz des Schmerzes hatte Decker sich wieder aufgerichtet. Mit einem Auge sah er ihn an, die andere Gesichtshälfte war dunkelrot und sah aus wie eine angebrannte Fleischwurst.

Matthias holte aus und der Wagenheber landete mit voller Wucht gegen Deckers Kopf. Nur Bruchteile von Sekunden später spritzte überall Blut und Erik landete auf dem Bauch. Neben seinem Kopf floss eine Blutlache hervor. Er hatte ihm mit dem Wagenheber ein Loch in den Schädel geschlagen.

„Schlag nochmal zu! Los! Bring es zu Ende!" peitschte ihn sein zweites Ich erneut auf und Matthias gehorchte und schlug nochmal auf Eriks Kopf ein. Er empfand Ekel, als er fühlte, wie der Schädel unter der Wucht des Wagenhebers zersplitterte.

Das er gerade dabei war, einen Menschen totzuschlagen, versuchte er auszublenden, doch es gelang ihm nicht. Als Gehirnmasse aus Deckers Schädel hervorquoll, ließ Matthias ab und musste würgen, bevor er den letzten Rest seines Mageninhalts erbrach.

War es wirklich richtig, was er getan hatte? Wäre abhauen vielleicht diesmal doch der richtige Weg gewesen? War es die richtige Entscheidung, die er getroffen hatte? Diese Bilder vor Augen riefen erneut Ekel aus , doch in seinem Magen war nichts mehr, was er noch ausbrechen könnte. Er versuchte, an etwas zu denken, was weder mit Hirnen, noch mit Fleisch oder sonst etwas in der Richtung zu tun hatte, damit dieser Drang ,zu brechen, endlich aufhört. Wenn es so weiterginge, würde sein Magen gleich mit rauskommen.

Er spürte, wie jemand ihm unter die Arme griff. Lebte Decker etwa immer noch? Dann würde es jetzt vorbei sein. Denn in diesem Zustand war er nicht in der Lage, sich weiter zu wehren. Es war vorbei...Es...

„Gut, dass Sie uns verständigt haben. Sonst wäre der elendig an seiner eigenen Kotze verreckt." hörte er eine Stimme sagen. „Der hat keine Personalien bei. Wir nehmen ihn trotzdem erstmal mit. Mit den Personalien werden wir später klären. Denke mal, das wird wieder einer aus dem Obachlosenheim da drüben sein."

Obdachlosenheim? Matthias konnte das e nur schemenhaft wahr nehmen. Doch er war zurück in der Zivilisation. Decker hatte, was das anging, Recht. Man musste tatsächlich jemanden töten, um das Universum zu wechseln, da es ohne Zivilisation die einzige Entscheidung war, die man treffen konnte. Er war wieder zurück.

„Wir sollten ihn besser ins Krankenhaus bringen. Der sieht nicht gut aus." hörte er eine Stimme sagen. Dann wurde es wieder Dunkel um ihn herum.

Im Krankenhaus wachte Matthias wieder auf. Er konnte sich nicht erinnern, wann er sich das letzte Mal so Wohl gefühlt hatte. Endlich wieder Menschen in seiner Nähe zu spüren. Als er von seinem Bett aus aus dem Fenster schaute, fiel ihm auf, dass die Dämmerung hereinbrach. Er musste den ganzen Tag geschlafen haben. Das er nichts davon mitbekommen hatte, wie die Leute, die ihn fanden, ins Krankenhaus gebracht hatten, zeigte, wie fertig er gewesen war.

Er sah auf seinen Brustkorb, doch die Einschnitte, die Decker ihm an dem alten Volvo zugefügt hatte, waren verschwunden.

Eine innere Unruhe kam in ihm hoch. Jetzt, wo er wieder zurück in dem Universum war, wo er hingehörte, konnte er endlich seine Frau und seine Kinder wieder sehen.

Mit einem ächzen quälte er sich aus dem Bett und zog sich seine Jeans über. Im selben Augenblick kam ein Arzt herein. In seiner Hand hielt er ein Stetoskop. Etwas erstaunt sah er seinen Patienten an.

„Freut mich, dass es ihnen wieder besser geht. Ich wollte sie gerade untersuchen. Die Männer, die sie fanden, gingen von einer Alkoholvergiftung aus, doch die Sanitäter hatten bereits einen Test mit Ihnen durchgeführt und konnten das ausschließen." erklärte der Arzt. „Ich hatte einige Notfälle, aber jetzt komme ich endlich dazu, mich um Sie zu kümmern."

„Mir geht es gut." schüttelte Matthias nach kurzem Überlegen mit dem Kopf.

„Dann erklären Sie mir bitte, warum Sie bewusstlos in Ihrem eigenem erbrochenem gelegen haben, als man sie fand." sah der Arzt ihn fragend an. Offenbar war er ins Zimmer gekommen, um genau dfas herauszufinden.

„Mir ging es nicht gut...Kreislauf oder so..." redete Matthias sich raus.

„Und jetzt möchten Sie uns verlassen?" fragte der Arzt und sah auf seine Jeans. Matthias nickte stumm, ohne ihm zu antworten.

„Na ja..ist Ihr gutes Recht. Schwester Anja macht Ihnen die Entlassungspapiere fertig. Sie müssen noch unterschreiben, dass Sie auf eigenes Risiko die Klinik verlassen."

Nachdem Matthias noch am selben Abend das Krankenhaus verlies, setzte er sich sofort in den Zug. Sein Auto war verschwunden, doch das war für ihn zweitrangig. Es würde mit Sicherheit zu Hause oder an der Firma stehen. Er wollte nur noch eins. Nach Hause. Zu Frau und Kindern. Sabine würde sich sicher schon Sorgen machen. Wie lange war er jetzt weg gewesen? Wenn die Tag und Nachtzyklen in dem Universum genauso waren wie in den anderen, musste es um die 8 Monate gewesen sein.

Das erste Mal, seit er fluchtartig das Haus verlassen hatte und sich Decker und dem Rest der Gruppe angeschlossen hatte, stand er wieder vor seinem Haus. Manfred, seinen Nachbarn, hatte er ebenfalls schon gesehen, doch er hatte ihn offensichtlich wegen seinem Vollbart nicht erkannt.

Als er gerade klingen wollte, hielt er Inne. Was war mit dem Namensschild auf der Klingel passiert? Darauf stand auf einmal „Loewe". War sie etwa in den letzten Monaten ausgezogen?Er beschloß nach kurzem überlegen, trotzdem zu klingeln, vielleicht wüsste ja der Nachmieter, wo seine Frau mit den Kindern hingezogen ist. Er klingelte und nach ca 20 Sekunden öffnete tatsächlich jemand die Tür.

„Sabine." sagte er ungläubig. Sie sah anders aus als vor 8 Monaten. Die Haare hatte sie wieder lang wachseln lassen. Sie schminkte sich nun stärker als früher. Im Grunde genommen genauso wie zu ihrer Kennenlernzeit.

„Matthias." staunte sie. Matthias fiel ihr um den Hals, ein wenig überrascht, dass sie seine Umarmung nicht erwiderte, doch vielleicht hatte sie nicht damit gerechnet und war perplex. Er löste die Umarmung wieder und sah sie an.

„Wie geht es dir? Ist alles okay bei euch? Geht es den Kindern gut?" fragte er.

„Den Kindern geht es gut." antwortete Sabine verlegen.
Auf einmal baute sich ein stabiler Mann hinter ihr auf. Matthias sah ihn verwundert und entsetzt zugleich an.

„Kann ich Ihnen helfen?" fragte er, sah ihn aber herausfordernd an.

„Es ist schon okay." beschwichtigte Sabine. „Das ist Matthias. Der, der letztes Jahr verschwunden ist...habe dir doch davon erzählt."

„Ach dein Ex-Freund...ach so, ja hattest mir davon erzählt. Dann ist ja gut." Mit einem stummen nicken drehte er sich um und ging wieder zurück ins Wohnzimmer.
„Was zur Hölle soll das? Warum sagst du ich wäre dein Ex Freund? Und wer ist der Typ?!" fragte er leise aber bestimmt.
„Sag mal, bist du jetzt wieder aus der Versenkung gekommen, um mir Jahre später eine Szene zu machen? Das fällt dir n bisschen spät ein...Und *der Typ* ist mein Mann." antwortete Sabine.
„Dein Mann?!" fragte Matthias entsetzt. „Ich bin kaum weg, lachst du dir nen anderen Typen an...und verheiratet seid ihr auch schon?! Wir sind nichtmals geschieden."
Er war sich sicher, dass er in den 8 Monaten für Tod erklärt wurde. Anders konnte das rechtlich nicht möglich sein.

„Ich weiß jetzt nicht was du von mir willst...Du hast damals mit mir Schluß gemacht....habe lange gebraucht um drüber wegzukommen." runzelte Sabine die Stirn. Matthias wusste nicht, was er darauf entgegnen sollte. Er war sprachlos.
„Jetzt, Jahre später den eifersüchtigen zu spielen fällt dir etwas spät ein..." Verlegen schaute sie zu Boden „Solltest dich vielleicht mal rasieren. Siehst ungepflegt aus."
Bevor Matthias etwas erwidern konnte,schloß sie ihm die Tür vor der Nase zu.
War das gerade wirklich passiert? Was hatte das Ganze zu bedeuten?
Doch dann erinnerte er sich wieder an die höhnische Stimme seines zweiten Ichs.
„*..wo waren wir stehen geblieben? Ach so, bei deiner Braut...Genau, du wolltest sie sogar damals verlassen, weil du Komplexe hattest...wärst nicht gut genug für sie...:Weisst du es noch?*
Und wieder musste er an diese Nacht denken, wo Sabine nach seinem Schlußmachbrief nachts vor der Tür stand.
Er war wieder zu Hause. Doch irgendwie widerum auch nicht. Er war in dem Universum gelandet, wo er sich dafür entschieden hatte, Sabine die Tür vor der Nase zuzumachen und im Dunkeln stehen zu lassen.

Die Gesellschaft..hatte ihn wieder. Doch es war eine andere Gesellschaft. Er war am selben Ort, doch wieder in einem anderem Universum. Er war in dem Universum, wo er sich damals, aus Angst, gegen seine Frau entschieden hatte.

Er war wieder zu Hause...doch es ist nicht sein Zuhause....nicht mehr...und in der jetzigen Realität nie gewesen.
Nachdem er einige Minuten sprachlos vor der Haustür verweilte, drehte er sich um und lief zur Hauptstraße. Im vorbeigehen warf eine Frau mittleren Alters einen Euro zu.
Wenige Augenblicke später hielt ein Streifenwagen neben ihm. Mißtrauisch sahen die beiden Polizisten ihn an. Eines der Gesichter erkannte er. Erik Decker.
Er und sein Partner stiegen aus und liefen auf ihn zu.

„Entschuldigen Sie." sagte Erik höflich. „Darf ich einmal Ihren Personalausweis sehen?"

Decker konnte sich offensichtlich nicht an ihn erinnern.

„Habe ich etwas verbrochen?" fragte Matthias.

„Nein, alles in Ordnung." beschwichtigte Erik. „Wir haben eine Meldung aus dem Krankenhaus, dass jemand in den Entlassungspapieren Personalien einer seit Monaten vermissten Person eingetragen hat....Ihre Frau vermisst sie." Erik lächelte.

„Meine Frau?" fragte Matthias verdutzt.

„Wir haben die vermisste Person gefunden." sprach Erik ins Funkgerät. „Er scheint allerdings unter einer Amnesie zu leiden...Ich weiss, als Verkehrspolizist nicht mein Aufgabengebiet, war auch mehr Zufall...Ja, wir bringen ihn aufs Revier. Wäre nett, wenn du seiner Frau bescheid gibst, dass sie ihren Mann auf der Wache abholen kann."

Er steckte das Funkgerät wieder weg und öffnete die hintere Tür des Streifenwagens. Ohne darüber nachzudenken, stieg Matthias hinten ein. Er war neugierig darauf, wer seine Frau in diesem Universum sein würde.

Er wusste jetzt schon, dass er Sabine vermissen wird. Doch vielleicht würde er in diesem Universum auf ein neues Zuhause stossen, in dem er sich genauso Wohl fühlen würde.

ENDE

Herstellung und Verlag:
BoD- Books on Demand, Norderstedt
ISBN: 978-3-7528-2869-6